Fantasy

Das Buch

Will Flinkfuß, König der Düsterdünen. So sieht sich der junge Ysliner Will in Gedanken, wenn er von seiner Zukunft träumt: als ein in zahlreichen Balladen besungener Meisterdieb. Aber seine »Karriere« wird jäh unterbrochen, als er mit dem Ælf Entschlossen und seinem weißhaarigen menschlichen Begleiter Kräh zusammentrifft und erfährt, dass eine Jahrzehnte alte Prophezeiung ihn auserwählt hat, die Reiche des Südens vor dem Untergang zu retten. Ein Vierteljahrhundert zuvor scheiterte eine Invasion Kytrins, der Zauberfürstin Aurolans, mit ihren Nordlandheeren die zivilisierten Völker zu unterwerfen. Ihre Generäle, die Dunklen Lanzenreiter, wurden damals vernichtet, aber es gelang Kytrin, die Helden des Südens gefangen zu nehmen und in deren Nachfolger zu verwandeln.

Jetzt kehrt die grausame Zauberfürstin zurück, und eine Gruppe neuer Helden muss sich finden, ihr entgegenzutreten: neben dem geheimnisumwitterten Kedyns Krähe und dem Ælf Entschlossen auch der junge Will. Doch alleine können sie nicht siegen, weitere Mitstreiter müssen sich den drei Gefährten anschließen. Vielleicht die Goldene Wölfin, die schöne Banditenkommandeurin? Oder Kjarrigan, der mächtige, aber weltfremde Magikeradept? Der Hüne Dranæ, der sich nicht mehr erinnern kann, woher er kommt? Und selbst wenn sie sich zusammenfinden, können sie wirklich gegen die dunkle Macht Kytrins bestehen – oder werden sie enden wie ihre Vorgänger?

Der Autor

Michael A. Stackpole wurde 1957 in Wausau, Wisconsin, geboren, wuchs in Vermont auf und studierte an der dortigen Universität Geschichte. Bereits seit 1977 arbeitet der Autor zahlreicher Fantasy- und Science Fiction-Romane erfolgreich in der Entwicklung von Computerspielen, 1994 wurde er in die *Academy of Gaming Arts and Design's Hall of Fame* aufgenommen. Zu seinen größten Erfolgen zählen die Bücher zu den Serien *Battletech, Shadowrun* und die *X-Wing-Romane* von *Star Wars*.

Michael A. Stackpole lebt und arbeitet in Arizona.

Eine Liste der im WILHELM HEYNE VERLAG erschienenen Titel von Michael A. Stackpole finden Sie am Schluss des Bandes.

MICHAEL A. STACKPOLE

KÖNIG DER DÜSTERDÜNEN

DÜSTERER RUHM

Zweiter Roman

Deutsche Erstausgabe

WILHELM HEYNE VERLAG
MÜNCHEN

HEYNE SCIENCE FICTION & FANTASY
Band 06/9218

Titel der Originalausgabe
FORTRESS DRACONIS
1. Teil
Übersetzung aus dem amerikanischen Englisch
von Reinhold H. Mai
Das Umschlagbild schuf Brom

Umwelthinweis:
Dieses Buch wurde auf
chlor- und säurefreiem Papier gedruckt.

Deutsche Erstausgabe 9/2002
Redaktion: Joern Rauser

Originalausgabe by Bantam Books,
A Division of Random House Inc., New York
(A Bantam Spectra Book)

http://www.heyne.de
Printed in Germany 2002
Umschlaggestaltung: Nele Schütz Design, München
Kartenentwurf: Erhard Ringer
Technische Betreuung: M. Spinola
Satz: Schaber Satz- und Datentechnik, Wels
Druck und Bindung: Nørhaven Paperback A/S, Dänemark

ISBN 3-453-21386-6

Widmung

Dieses Buch ist all denen gewidmet,
die geduldig darauf gewartet haben.

Danksagungen

Ohne die Geduld und Nachsicht
Anne Lesley Groells und Liz Danforths hätten weder
dieses Buch noch meine geistige Gesundheit
diesen Tag erlebt. Ich schulde ihnen mehr,
als ich jemals gutmachen könnte.

AUROLAN
BORAGUL
PASS
DÜSTERMARKEN
ZSIGUL
FESTUNG
DRACONIS
GEISTERMARK
HARQUELLYN
VORQUELLYN
SEBTIA
NYBAL
WÜSTE
SARENGUL
BILASIA
ALOSA
VIARCA
MUROSO
NORRINGTON
VALSINA
LOQUELLYN
HAORRA
OKRANSCHE
MARK
WRUONA

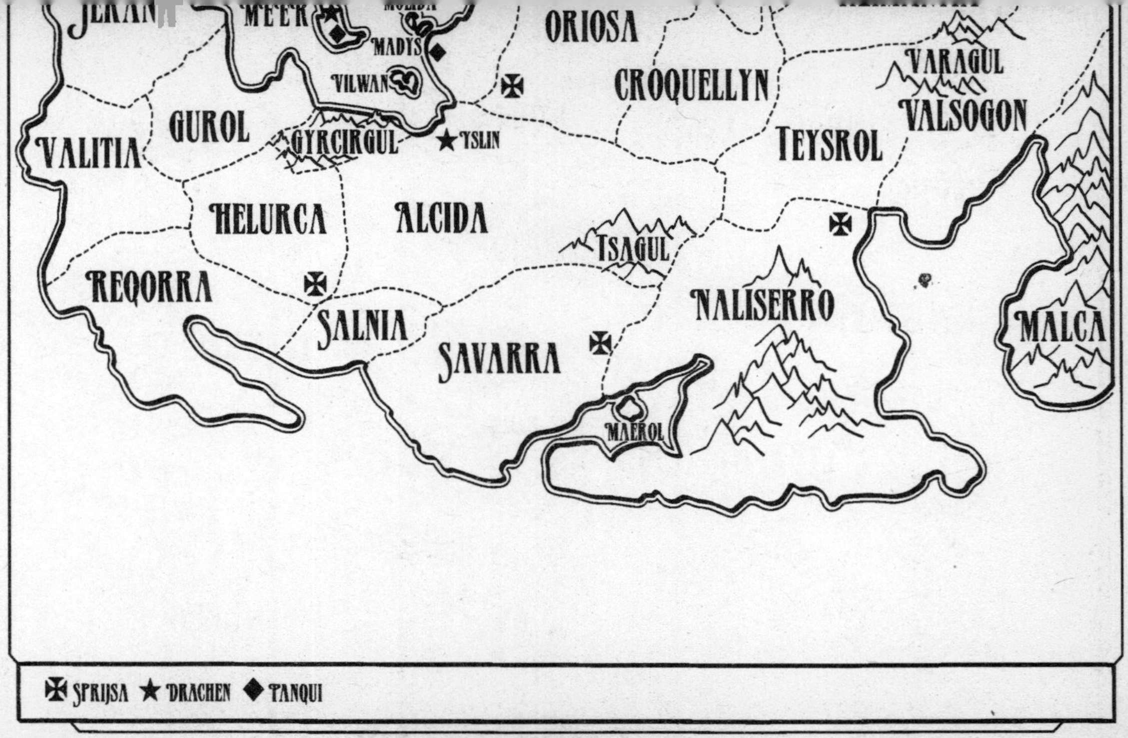
MEER
MADYS
VILWAN
ORIOSA
CROQUELLYN
VARAGUL
VALSOGON
GUROL
GYRCIRGUL
YSLIN
VALITIA
TEYSROL
HELURCA
ALCIDA
TSAGUL
REQORRA
NALISERRO
MALCA
SALNIA
SAVARRA
MAEROL
SPRIJSA
DRACHEN
PANQUI

Kapitel Eins

Will zitterte in Nässe und Regen, doch er biss die Zähne zusammen, damit sie nicht klapperten. Es regnete große, fette Tropfen. Und viel kälter, als er selbst so spät im Sommer erwartet hätte. Sie klatschten auf die Dachpfannen, spritzten ihn nass und übersäten die Pfützen unten auf der Straße mit Pockennarben. Der zerschlissene Deckenfetzen, unter den er sich kauerte, schützte ihn vor dem Trommelfeuer, aber die Kälte fraß sich zu ihm durch.

Der junge Bursche hätte es sicher vorgezogen, woanders zu sein – ganz bestimmt wäre es dort, wenn schon sonst nichts, dann doch zumindest wärmer gewesen –, aber er weigerte sich, von hier wegzugehen. Wenn er hier blieb, riskierte er zwar, sich eine Lungenentzündung einzufangen, doch wenn er fortlief, würde das auch sein Tod sein. *Ich stehe das hier durch, dann wird alles wieder gut.*

Er hob die Decke ein wenig und schüttelte den Kopf. Wassertropfen flogen aus seinen langen, braunen Haaren. Er neigte den Kopf nach rechts, um etwas Regenwasser aus dem Ohr fließen zu lassen, und lauschte. Das Stakkato der Regentropfen überdeckte nahezu alle anderen Geräusche, aber in kurzen Fetzen drang Gelächter aus dem Schankraum der Taverne im Erdgeschoss herauf. Er schob sich etwas nach rechts und machte dabei nicht mehr Lärm als ein Jungvogel, der auf den roten Dachschindeln nach einer trockenen Stelle suchte. Als er über den Dachrand hinunterschaute, sah er keinen gelben Lichtschein mehr durch die Ritzen der Fensterläden des Speicherzimmers dringen.

Unwillkürlich erblühte ein dünnes Lächeln auf Wills Lippen. *Wurde auch verdammt Zeit.* Er schüttelte die Decke ab und löste das in regelmäßigen Abständen geknotete Seil um seine Taille. Während er es auf das Dach abwickelte, nickte er langsam und flüsterte bei sich.

Verdammt die Vorqs
Und ihre Blicke.
Der Preis ist mein
Mit List und Tücke.

Nicht gerade ein Meisterstück der Dichtkunst, das wusste er schon, aber er betrachtete den kleinen Vers als ein Samenkorn für etwas weit Bedeutenderes. Er sollte ein Stück der großen Saga werden, die zukünftige Bänkelsänger über sein Leben vortragen würden. *Singen werden sie, von Will Flinkfuß, dem König der Düsterdünen. Ich werde sie alle in den Schatten stellen: Marcus, Narbenjack und Gerro. Sogar die Blaue Spinne.*

Er kroch am Dachbalken entlang, bis er eine Stelle erreichte, an der dieser über die Gasse hing. Dort schlang er das Seil um das Ende und zog die Schlaufe fest. Er ruckte zweimal daran, um sich zu vergewissern, dass sie hielt, dann machte er sich auf den Weg. Er ließ die Füße am Seil entlang gleiten, bis er einen Knoten fand, auf dem er Halt fand. Langsam stieg er weiter hinab, streckte den Arm aus, um sich an der Hauswand abzustützen und das Schwanken des Seils abzufangen. Schließlich hing er genau vor dem Speicherfenster.

Die Klinge des Dolches, den er aus der Scheide auf seinem Rücken zog, glitt sauber in die Lücke zwischen den Fensterläden. Will führte sie aufwärts, und zwischen zwei rostigen Nagelköpfen fand der Dolch den Haken. Ein leichter Druck genügte, ihn zu heben, und die Läden schwangen mit einem müden Seufzen auswärts.

Der Dieb schüttelte den Kopf, als er den Dolch wieder wegsteckte. *Blöde Vorqs. Die verdienen es nicht besser.* So begierig er darauf war, die Beute in die Finger zu bekommen, griff er doch nicht sofort nach den Fensterläden, sondern wartete erst noch einen Augenblick und lauschte. *Jetzt darf ich mir keinen Fehler mehr erlauben.*

Es gefiel ihm, wie ausgezeichnet der Plan funktionierte. Ganz sicher würden sich auch Marcus und Fabia darüber freuen. Er hatte ihn aus Informationen geknüpft, die sie längst vergessen hatten, zum Beispiel Fabias Schwärmereien über den Vorqælf Raubtier, den Anführer des Grauen Nebels, als wäre er König Augustus auf dem Feldzug gegen den Norden. Raubtier ließ keinen Zweifel daran, dass er die Menschen hasste, und Will hatte er nie mehr als höhnisch kalte Blicke und harte Fausthiebe gegönnt, aber soweit man Fabia glauben konnte, liebte er die Wärme menschlicher Frauen. Er hatte ihr vor Ewigkeiten seine Zuneigung bewiesen, bevor sie so fett geworden war, dass sie außer Marcus keiner mehr wollte.

Sie hatte von einem Schatz erzählt, den Raubtier besaß, auch wenn sie ihn selbst nie zu Gesicht bekommen hatte. Einmal war sie mitten in der Nacht immer noch vom Alkohol benebelt aufgewacht und hatte sein Gesicht vom Leuchten eines Gegenstands erhellt gesehen, den er in beiden Händen gehalten hatte. Laut Fabia hatte er breiter gelächelt als je, wenn er in ihren Armen lag. Als sie ihn danach gefragt hatte, hatte er geantwortet, sie träume, und wenn sie den Kindern die Geschichte erzählte, gestand sie selbst ein, vermutlich wirklich geträumt zu haben, denn Raubtier hätte etwas von so großem Wert, hätte er es tatsächlich besessen, sicher längst versoffen.

Will hatte selbst geglaubt, diese Geschichte sei nichts als ein Traum gewesen, bis er einmal länger darüber nachgedacht hatte. Dann hatte er sich auf die Suche nach der Frau gemacht, die Raubtier gerade benutzte. Lumina hatte gelacht, wenn Will seine Späße für sie machte, und sich über die Kleinigkeiten gefreut, die er für sie stahl, gleichgültig, ob es Gebäckteilchen waren oder ein glänzender Knopf. Sie hatte ihn mit einem Kuss belohnt, offenbar in der Überzeugung, er habe sich in sie verliebt. Das stimmte sogar, aber es hatte ihn nicht von seinem Ziel abgelenkt, und schließlich war es ihm gelungen, ihr eine Geschichte zu entlocken, die der Fabias ähnlich genug war, um ihn zu überzeugen, dass der Vorqælf tatsächlich etwas von Wert versteckte.

Es war Will nicht schwer gefallen, sich zu überzeugen, dass dieser Schatz, wie auch immer er aussehen mochte, für ihn bestimmt war. Soweit er sich zurückerinnern konnte – was zwar ein Stück, aber nicht viel weiter war, als bis zu dem Zeitpunkt, an dem Marcus und Fabia ihn bei sich aufgenommen hatten –, hasste er die Vorqælfen. Schon vor langer Zeit beanspruchten die ins Exil getriebenen Ælfen die Dünen als ihr Viertel Yslins. Als die Zeiten schlechter wurden, war die Gegend um die Dünen verarmt. Bettler, Diebe und Huren, der Bodensatz der menschlichen Gesellschaft hatte sich in den Schatten im Herzen der Stadt breit gemacht. Allmählich hatte das Gebiet den Beinamen Düsterstadt bekommen, und die bessere Gesellschaft Yslins fasste alles unter dem abfälligen Begriff Düsterdünen zusammen. Die Vorqælfen führten einen unablässigen Kleinkrieg gegen die wachsende menschliche Bevölkerung, und menschliche Beamte bekam man nur zu Gesicht, wenn sie unterwegs waren, um alle, die sich nicht rechtzeitig aus dem Staub machten, für die Galeeren, die hinaus aus Kreszentmeer segelten, zwangszuverpflichten.

Wills Hass auf die Vorqælfen war etwas, das ihn mit Marcus verband. Will konnte sich noch daran erinnern, wie der Mann ihn in sein Haus mit den anderen Kindern aufgenommen hatte, ein großes Gebäude in der

Düsterstadt. Marcus brachte ihnen das Stehlen und Schlimmeres bei, dann schickte er sie hinaus in die Stadt. Im Gegenzug für die Beute ihrer Diebeszüge bekamen sie Essen, Kleider und hin und wieder Prügel. Wer besonders reiche Beute machte, durfte im Herbst mit aufs Erntefest, auch wenn die Feiern der letzten Jahre sich nicht entfernt mit dem messen konnten, was Fabia über vergangene Feste erzählte.

Marcus und Fabia hatten sich immer gut um Will gekümmert, doch das galt nicht für alle Kinder gleichermaßen. Die Mädchen wurden bei Erreichen eines gewissen Alters für andere Aufgaben abgerichtet. Lumina hatte nicht zu ihnen gehört, aber viele von Wills Schwestern lebten davon, die Röcke zu lüpfen. Die Burschen verschwanden, sobald sie entwickelten, was Marcus ›Starrsinn‹ nannte, und tauchten nie wieder auf.

Im Lauf der Jahre schien der Starrsinn immer früher aufzutreten. Mit jedem neuen Liederzyklus über den Meisterdieb, die Blaue Spinne, wurden die Prügel häufiger und es verschwanden mehr Kinder. Will konnte sich an Zeiten erinnern, als Marcus stolz darauf gewesen war, dass die Spinne durch seine Schule gegangen war. Doch in letzter Zeit war er verbittert und bösartig geworden. Das bekamen seine männlichen Schutzbefohlenen zu spüren. Will war sicher, Marcus glaubte, sie würden ihn verlassen und auf eigene Faust nach Ruhm suchen, wie es die Blaue Spinne getan hatte.

Will hatte keine derartigen Absichten, und er hoffte, Marcus beeindrucken zu können, indem er einen Beutezug wie diesen durchzog, der der Blauen Spinne würdig gewesen wäre. Ihm war klar, dass Marcus ihm die Planung und Durchführung dieser Aktion ziemlich sicher als Starrsinn auslegen würde, hoffte aber, ihm seine Loyalität beweisen zu können, indem er die Beute ablieferte.

Er wird keine Entschuldigung bekommen, mich davonzujagen. Keine einzige.

Überzeugt, dass Nichts und Niemand im Innern des dunklen Zimmers lauerte, öffnete Will einen Laden, fasste die innere Fensterbank und zog sich ins Haus. Er hielt das Seil mit den Zehen fest und zog es mit nach innen. Aus der Hocke unter dem Fenster, während das Wasser ihm aus Haaren und Kleidern tropfte und sich in einer Pfütze um seine Füße sammelte, musterte er den Raum. Er wünschte sich, sein Herz hätte nicht so furchtbar laut in den Ohren gehämmert, aber der Lärm der berauschten Gäste im Schankraum unter ihm hätte selbst die Flügelschläge eines Drachen übertönt.

Dicht am Boden, das Gewicht auf Hände und Füße verteilt, krabbelte Will durchs Zimmer.

Von unten drang Licht durch die Ritzen zwischen den Fußbodenbrettern und zeichnete Stühle, Bett und Kleiderschrank in weichem gelbem Leuchten nach. So klein und leicht er war, er wusste, die unebenen Bretter knarzten selbst unter seinem Gewicht. Aber er war sich sicher, dass es unten niemand hören würde.

Er bewegte sich zum Kleiderschrank und tastete vorsichtig dessen Unterkante ab. Lumina hatte erzählt, sie hätte Raubtier dort knien sehen, in silbernes Licht getaucht, sich dabei aber weiter nichts gedacht. Jetzt strich Will mit den Fingern an der Rückseite der Scheuerleiste entlang und suchte nach dem Hebel oder Schloss eines Geheimfachs. Was er fand, war weit weniger aufwändig.

Seine Nägel blieben an einem Stück Leiste hängen, das um eine Haaresbreite vorstand. Er setzte die Finger an und zog es vollkommen lautlos heraus. Ein kleines Stück Holz von der Länge seiner Hand löste sich. In der Aushöhlung dahinter fand er einen Lederbeutel, der schwer genug war für ein, zwei Silbermünzen, und einen leichteren Samtbeutel. Der enthielt auch etwas, aber er konnte nicht ertasten, was.

Er schob sich den Lederbeutel unter den Gürtel. Eigentlich hätte er jetzt verschwinden sollen, bevor er seinen anderen Fund untersuchte, aber er musste sichergehen, wirklich Raubtiers Schatz gefunden zu haben. Schlanke Finger lösten den Knoten, der den Beutel verschloss, dann zog er die Samtfalten auf, und ein blendendes silbernes Licht schlug ihm entgegen.

Will kniff zugleich verzaubert und verwirrt die Augen zusammen. Der Schatz sah aus wie ein Blatt. Er wusste, es stammte von einem Baum, aber er hatte keine Ahnung von was für einem, denn in den Düsterdünen hatten Bäume Seltenheitswert. Das Blatt erstrahlte in silbernem Glanz und schien aus Metall zu sein, besaß aber nicht das Gewicht, das es hätte besitzen müssen, wäre es aus Silber getrieben. Was noch beeindruckender war: Es besaß die Struktur und Flexibilität eines echten Blattes.

Keine Ahnung, was das ist, aber es ist auf jeden Fall ein Schatz! Den winzigsten Augenblick spielte er mit dem Gedanken, das Blatt zurück in sein Versteck zu stopfen. Irgendwie erschien es ihm falsch, es hervorgeholt zu haben. Und die Idee, es könnte *falsch* sein, sich etwas zu nehmen, was ihm nicht gehörte, war ihm kaum jemals zuvor gekommen. Gleichzeitig schien es aber auch falsch, das Blatt in diesem engen, dunklen Loch zu lassen. Er spürte, dass es für einen anderen Zweck bestimmt war – und er ebenfalls. Beinahe, als gäbe es da etwas, was er damit zu tun hatte.

Plötzlich ertönte unter ihm lautes Gebrüll und etwas zerbarst an den Dielen. Bier spritzte durch die Fugen. Er war vom Regen zu nass, um feststellen zu können, ob es ihn getroffen hatte, aber er konnte es riechen, und er wusste augenblicklich, dass jemand dort unten das silberne Licht gesehen hatte. Das Donnern schwerer Schritte ertönte auf der Treppe ins Obergeschoss.

Ohne einen weiteren Gedanken, mit der Geschicklichkeit einer mehr als ein Jahrzehnt alten Diebeskarriere, stopfte Will das Blatt in den Beutel und steckte ihn in den Gürtel. Er rannte zum Fenster, warf unterwegs einen Stuhl um und hechtete nach dem Seil, als die Zimmertür aufflog. Das Seil glitt und hüpfte – einen Knoten um den anderen – hinter ihm her, gejagt von den Flüchen des über den Stuhl stürzenden Vorqs. Will segelte hinaus in die Nacht, warf die Beine nach oben und hoffte, mit einem Überschlag zurück aufs Dach zu kommen.

Seine Füße erreichten die Höhe des Dachs, doch er schaffte es nicht weit genug, um auf den Schindeln zu landen. Will drehte sich in der Luft, als er in einem kurzen, engen Bogen zurückschwang. Der wartende Vorq grinste bösartig und streckte die Hand nach ihm aus. Will trat einen Fensterladen zu und rammte ihn dem Ælf ins Gesicht, der nach hinten zurück ins Zimmer fiel.

So schnell er konnte, mehr in einer Art kontrolliertem Sturz als kletternd, ließ er sich ab und erreichte die Gasse nur Sekunden, bevor über ihm ein Schwert das Seil durchtrennte. Will ging in die Hocke, fand mit der Rechten einen Stein und schleuderte ihn zum Fenster hinauf. Das bleiche Gesicht, das höhnisch zu ihm herabgegrinst hatte, verschwand im Dunkeln.

Er spurtete die Gasse hinauf, erreichte die Straße, bog nach rechts. Auf diesem Weg floh er tiefer in die Dünen. Er hoffte, die Vorqs damit zu verwirren. Er rannte so schnell er konnte, platschte durch Pfützen, sprang über Tierkadaver und hoffte, dass der prasselnde Regen seine Spuren verwischte.

Auf gewisse Weise half ihm das Wetter tatsächlich. Es war unmöglich, seine Spur zu verfolgen. Fast augenblicklich wusch der Regen jeden noch so geringen Hinweis fort. Trotzdem narrte er Will zugleich auf eine gefährlichere Weise, wie ihm allmählich klar wurde, während er an Kapuzengestalten vorbeirannte, die geduckt durch die Straßen schlichen und dicht an durchnässten Kötern vorbei, die wütend bellten und heulten. *Hier geht's nicht weiter.*

Die Dünen waren die tiefst gelegene Gegend Yslins. Bei Flut stand ein Teil der Straßen unter Wasser, und obwohl die Flut noch Stunden entfernt war, hatte der anhaltende Wolkenbruch sie schon jetzt in vermüllte, schmutzig braune Stromschnellen verwandelt. Die Straße, die er hinunterlief, endete in einem tosenden Wildwasser.

Der Weg war blockiert. Will wandte sich nach Norden, hetzte auf eine Gassenöffnung zu. Er konnte die Verfolger hinter sich hören und wusste, er hätte die Beute wegwerfen sollen. Den Lederbeutel mit den Münzen zerrte er heraus und ließ ihn fallen, ohne einen Gedanken daran zu verschwenden. Doch als seine Finger den Samtbeutel berührten, war der warm und trocken, und er wusste: Niemand würde ihm diesen Schatz nehmen. *Nicht die Ælfen, nicht Marcus. Niemand!*

Will senkte den Kopf und rannte, so schnell ihn die Füße trugen, als der Regen ihm zum zweiten Mal in dieser Nacht einen Strich durch die Rechnung machte. Er hetzte durch eine Pfütze, deren schmutziges Wasser einen fehlenden Pflasterstein verbarg. Der rechte Fuß des jungen Diebes verfing sich im Loch. Er stolperte, schlug mit dem rechten Knie auf die Straße. Das Pflaster war vom Regen zwar rutschig nass, aber um nichts weicher geworden, und die Schmerzen schossen ihm das Bein hinauf und hinab. Bevor er den Fuß freibekam, verdrehte er sich auch noch den Knöchel. Er wälzte sich auf den Rücken, das Knie mit beiden Händen umklammert. Kalter Regen schlug ihm ins Gesicht und kaltes Gelächter schallte in seinen Ohren. Ein Pulk Vorqælfen ragte über ihm auf. Im silbrigen Mondlicht schienen sie wie Geister, und was er von ihren Mienen erkennen konnte, zeigte deutlich, dass sie keine guten Absichten hegten. Einer von ihnen blutete aus einer Wunde an der Stirn, und Will freute sich über den Beweis, dass der Stein sein Ziel getroffen hatte. Einem anderen schwoll die Nase.

Raubtier beugte sich herab und packte Will am Hemd. »Hätte mir denken können, dass du es bist. Niemand sonst wäre so dumm gewesen.«

»Die Dummheit war, es mir so leicht zu machen.«

Der Vorqælf hob die Faust. Seine Saphiraugen glitzerten im Mondlicht. »Dafür wirst du teuer bezahlen, kleiner Will. Gib es zurück.«

Will wunderte sich, dass Raubtier ihm den Beutel nicht einfach vom Gürtel riss. Er war deutlich zu sehen. Will fühlte die Wärme an der rechten Hüfte. Er wollte Raubtier auffordern, ihn sich zu nehmen, doch der Gedanke verschwand schneller als ein Blitzzucken.

»Das findest du nicht wieder. Es ist schon halb im Meer.«

Raubtier schrie auf, und seine Faust schlug herab. Sie traf Will auf der rechten Seite des Gesichts. Er sah Sterne. Er hatte den Schlag gar nicht so hart eingeschätzt, aber irgendwie fand er sich auf dem Boden wieder, und sein Gesicht pulsierte vor Schmerz.

Eine raue, scharfe Stimme schnitt durch das Klingeln in seinen Ohren. »Ich habe dir schon vor Jahren gesagt: Du wirst es bereuen, wenn du einen von ihnen anfasst.«

Raubtier wirbelte zu der drohenden menschlichen Silhouette herum, die sich in silbernem Licht in der Nacht abzeichnete, aber bevor er ganz herum war, erwischte ihn ein Fausthieb mitten im Gesicht. Die Nase des Vorqælfen knackte laut. Raubtier stolperte nach hinten und fiel in eine Pfütze. Daran, wie sein Körper beim Aufprall hüpfte und die Gliedmaßen kraftlos zur Seite flogen, erkannte Will, dass er schon das Bewusstsein verloren hatte, bevor er aufschlug.

Die anderen Graunebler zogen sich von der Gestalt zurück. Ihre Hände tasteten nach Dolch- und Schwertgriffen. *Der arme Narr hätte sich besser aus einer Sache herausgehalten, die ihn nichts angeht.* Will zog die Beine unter den Leib – so gut es ging – und kroch vorsichtig davon. Dann schlug er mit Kopf und Schultern an ein Hindernis. Er schaute hoch, sah einen riesigen Vorqælfen über sich aufragen und schrie unwillkürlich auf.

Die anderen Vorqælfen blickten zu ihm herab, dann hoben sie die Köpfe und studierten den Ælfen, der über ihm stand. Einer der Graunebler hob die leeren Hände. »Wir sind nicht auf Ärger aus, Entschlossen, aber er hat Raubtier bestohlen, und das können wir nicht durchgehen lassen.«

»Dieses Küken hat euch bestohlen?« Entschlossen lachte, und der bloße Klang dieses Lachens schien die Nebler einzuschüchtern. »Was hat er gestohlen?«

Der Nebler zuckte die Achseln. »Keine Ahnung. Raubtier hat gesagt, etwas Wichtiges.«

Entschlossen ließ sich auf ein Knie herunter und zog den Samtbeutel von Wills Gürtel. Der Jüngling griff nach dem Arm, aber seine klammen, nassen Finger fanden keinen Halt auf der dicht tätowierten Haut des Ælfen. »Das gehört mir.«

»Ach ja?« Entschlossen stand auf und öffnete den Beutel. Weißes Licht badete seine Züge, erleuchtete silberne Augen und gefletschte Zähne. Er schloss den Beutel hastig, dann trat er mitten zwischen die Nebler und versetzte Raubtier einen Tritt in die Seite.

»Schafft ihn von hier weg. Er hat mit seiner Habgier alles in Gefahr gebracht. Schafft ihn mir aus den Augen, bevor ich ihm das Rückgrat eintrete.« Der Vorqælf wirbelte herum und stieß einen Finger in Wills Richtung. »Und du, du bleibst, wo du bist!«

Die Wut in seiner Stimme ließ Will reglos erstarren. Die Nebler fassten Raubtier an Knöcheln und Handgelenken und zerrten ihn davon. Während sie abzogen, trat Entschlossen ihnen Pfützenwasser hinterher und stieß laute ælfische Flüche aus. Die andere Gestalt, ein weißhaariger Mensch mit dichtem Vollbart, wie Will jetzt feststellen konnte, ging neben ihm in die Hocke.

»Wie geht es dem Knie?«

Will zuckte die Achseln.

Der Mann schaute zu Entschlossen hoch. »Meinst du, er ist es? Das hier kann man kaum in Flammen gebadet nennen.«

Der Vorqælf nickte. Der breite weiße Haarstreifen auf seinem Kopf glänzte vor Nässe. »Stimmt. Aber er hat ein Stück Vorquellyns erlöst.«

Will schüttelte den Kopf. »Wovon quatscht ihr zwei?«

Entschlossen band sich den Samtbeutel an den Gürtel. »Du wirst es eines Tages herausfinden.«

»Vielleicht auch nicht.«

Der Vorqælf und der Mensch halfen ihm auf. »Du wirst es herausfinden, falls die Dinge sich so entwickeln, wie sie sollen.«

»Und wenn nicht?«

»Welches Lebensziel hast du, Junge? Willst du die Blaue Spinne werden, der Prinz der Schatten? Ein Meisterdieb?« Entschlossen schüttelte langsam den Kopf. »Dein Leben ist verschwendet. Es zu verkürzen, wird dir nur Schmerzen ersparen.«

Kapitel Zwei

Will gefiel ganz und gar nicht, was Entschlossen gesagt hatte, und es drängte ihn, mit einem beleidigenden Kommentar zu antworten, aber zwei Überlegungen hielten ihn davon ab. Da war zum einen die Art, wie Entschlossen Raubtier getreten hatte. Der Vorqælf war sichtlich schlechter Laune, und Will hatte keinen Bedarf, zum Ziel seiner Wut zu werden.

Zum Zweiten hätte Entschlossen mit Sicherheit härter zugeschlagen als Raubtier.

Will hatte protestieren wollen, dass Entschlossens Behauptung nicht stimmte, aber das Wort ›verschwendet‹ ließ ihn nicht mehr los. *Will Flinkfuß, König der Düsterdünen.* Der Titel verwandelte sich in Spott, wie er da im Regen stand, durchnässt, verletzt, kaum noch in der Lage, das schnell anschwellende rechte Auge zu öffnen. Aber er war schon früher verletzt gewesen, ausgelacht und als nutzlos beschimpft worden. Diesmal setzte ihm etwas anderes zu.

Der Mann warf dem jungen Burschen eine Ecke seines Mantels über die Schultern. »Er zittert, und vermutlich hat er Hunger.«

Entschlossen nickte. »Los, Junge, gehen wir.«

Will humpelte ein paar Schritte mit, ließ den Mantel von den Schultern gleiten, dann blieb er stehen.

Der Vorqælf hielt an und schaute sich um. »Du kannst uns begleiten oder ich *nehme* dich mit, Junge. Du hast die Wahl.«

Wills Nasenflügel bebten. »Ich heiße Will.«

»Ich bin Entschlossen, das ist Kräh. Jetzt beweg dich.«

Der Junge runzelte die Stirn. »Eines noch.«

»Und was?«

Will streckte zitternd die Hand aus. »Ich möchte das Blatt tragen.«

Der Vorqælf hob den Kopf. »Du glaubst, ich würde es einem Dieb anvertrauen?«

Kräh legte Entschlossen die Hand auf die Schulter. »Er hat es geholt. Er kann nicht weglaufen.«

Entschlossens Augen wurden zu silbernen Sicheln. »Wenn du das verlierst, Junge, wirst du dir wünschen, wir hätten dich Raubtier überlassen.«

Der Knabe schob das Kinn vor und schnaubte. »Raubtier hätte mich nie dazu gebracht, es aufzugeben. Ich verliere es nicht.«

Entschlossen verschloss den Beutel sicher, danach reichte er ihn Will. »Dann komm jetzt.«

Grinsend wie ein Idiot hielt Will ihn mit beiden Händen fest.

Das Blatt, es glänzt,
Strahlt hell im Licht,
In meiner Hand
Verlier ich's nicht.

Der Kopf des Menschen kam hoch, und die Andeutung eines Lächelns umspielte seine Lippen. »Gehen wir, Will.«

Der alte Mann ließ Will vorausgehen, aber der Knabe hatte nicht das Gefühl, Kräh bliebe hinter ihm, um ihn am Weglaufen zu hindern. Er lachte innerlich in dem Wissen, dass er bei der ersten Gelegenheit abhauen würde, aber das Pochen im Knie erinnerte ihn daran, dass diese Gelegenheit eine Weile auf sich warten lassen würde. Außerdem hatte der Mann Essen erwähnt, und wenn er nass und verletzt bei Marcus auftauchte, ohne

Beute vorweisen zu können, würde ihm das nur ein zweites blaues Auge eintragen. *Da kann es nicht schaden, wenn ich mich vorher wenigstens satt esse.*

Die Wärme des Beutels breitete sich durch seine Hände aus, und Will dachte darüber nach, was Entschlossen gesagt hatte. Soweit er das beurteilen konnte, war es ein würdiges Ziel gewesen, der König der Düsterdünen zu werden, aber das war gewesen, bevor er das Blatt gesehen und es berührt hatte. Und als Entschlossen ihm das Blatt dann abgenommen hatte, hatte er eine plötzliche Leere in seinem Innern gefühlt. In diesem Augenblick hatte er gewusst, dass es seine Bestimmung gewesen war, das Blatt zu stehlen. Zu welchem Zweck, das konnte er nicht sagen, aber er spürte, dass es einen gab. *Und diesen Zweck zu erfüllen, ist mein Lebenswerk.*

All das beschäftigte ihn, während Entschlossen durch die Dünen zu einer Herberge vorausging, die nicht annähernd so verfallen wirkte wie andere Vorqbehausungen. Will erinnerte sich undeutlich, schon einmal dort gewesen zu sein. Er war mit einem Eimer schmutzig braunen Putzwassers verscheucht worden. Als sie den Schankraum betraten, runzelte der smaragdäugige Barmann die Stirn, aber der Gesichtsausdruck des Vorqælfen löste sich fast zu einem Lächeln, als Kräh die Türe hinter ihnen schloss.

Kräh zog den Mantel aus und hing ihn an einen Haken beim Eingang. Sein weißes Haar war mit einer Lederschnur zu einem dicken Zopf geflochten, von der ein Regenbogen von Federn herabhing. Der Vollbart bedeckte unter einem mächtigen Schnauzer in buschiger Fülle den gesamten Unterkiefer, ließ aber eine alte Narbe an der rechten Wange frei. Darüber zog sich eine andere Narbe bis unter den Haaransatz. Das Braun seiner Wildlederkleidung war dunkler als das seiner Augen, außer an den Stellen an Schultern und Manschetten, an denen das Leder vom Regen nass war. Sein Schwert hatte ein mit Leder umwickeltes Messingheft und einen großen und kantigen, abgenutzten Knauf. Dolche hingen ihm an der rechten Hüfte, im linken Stiefelschaft und, falls Will nicht noch irgendwo einen übersehen hatte, in einer Scheide unter dem rechten Ärmel.

Will konnte sein Alter nicht einmal schätzen. Der Mann schien praktisch ein Greis, *mindestens vierzig*, aber in seinen Augen leuchtete noch eine beträchtliche Energie. Krähenfüße drängten sich um die Augenwinkel, Kratzer und kleine Schnittwunden bedeckten Wangen, Nase, Stirn und Ohren. Doch er wirkte ganz und gar nicht wie jemand, der in irgendeiner Düsterstadtkaschemme langsam vor sich hinmoderte und mit den Geschichten über seine Narben für Drinks bezahlte.

Die Art, wie er sich durch die Straßen bewegte, und die Kraft, mit der er Raubtier niedergeschlagen hatte, ließen Will vermuten, dass Kräh nicht wirklich so alt sein konnte, wie er auf den ersten Blick erschien. Ohne Zweifel hatte er in seinem Leben schon viel gesehen, und vermutlich war es ihm ganz recht, wenn sein Aussehen die Leute täuschte. Eine Menge Leute würden ihn als alt und gebrechlich abtun, aber Will war entschlossen, diesen Fehler zu vermeiden.

Dann durchlief ihn ein Schauder, und der kam nicht von der Kälte. Die Gespräche im Schankraum, auf ælfisch geführt und für ihn bis auf vereinzelte Flüche unverständlich, waren verstummt. Er wandte sich von dem alten Mann ab und sah, wie zwei Dutzend Vorqælfen ihn mit Mienen beobachteten, deren Ausdruck von freundlich bis zu respektvoll reichte. Nicht wenige zeigten auch eine Spur von Furcht. Die Ælfen flüsterten untereinander, aber Will bekam nicht viel davon mit. Abgesehen von einem Namen.

Kedyns Krähe.

Der Knabe drehte sich wieder um und starrte Kräh an. »Ihr seid Kedyns Krähe?«

»Kräh passt besser, Will.«

Entschlossen lachte. »Er hat mehr Angst vor dir als vor Raubtier, Kräh.«

Will schüttelte den Kopf. Das nasse Haar peitschte sein Gesicht. »Keine Angst.« Er schauderte wirklich. »Echt nicht.«

Kräh lächelte und führte Will zu einem Tisch, den die Vorqælfen hastig freimachten. »Setz dich. Ich besorg dir etwas Warmes zu essen.«

»Ja.« Will setzte sich, den Beutel an die Brust gepresst. »Und mein Herr, danke, mein Herr.«

Der hastige Kommentar löste Gelächter bei den Vorqs aus, die sich wieder ihren Drinks und Mahlzeiten widmeten. Will beachtete sie nicht und starrte dem breitschultrigen Mann hinterher, der sich auf Ælfisch mit dem Barmann unterhielt. *Kedyns Krähe!* Falls es einen berühmteren Menschen gab, abgesehen natürlich von König Augustus, hatte Will zumindest noch nicht von ihm gehört. In der ganzen Düsterstadt kannte man die Lieder von seinen Taten, von seinem Zug nordwärts durch die Eiswüsten Aurolans, wo er Hôrgun und Temeryxen erschlagen hatte. *Die Federn, die müssen von Frostkrallen stammen!*

Kedyns Krähe ging es nicht um persönlichen Ruhm, aber er war berühmt dafür, wie er und seine Gefährten … *Jetzt weiß ich, wer der Vorq ist, der ihn begleitet.* Dafür, wie er und seine Gefährten eine jeranische Karawane vor einem Überfall gerettet hatten, oder wie sie in einem eingeschneiten murosonischen Dorf aufgetaucht waren und aurolanische Banditen in die Flucht geschlagen hatten, oder … Wills Lieblingsgeschichte handelte davon, wie Kedyns Krähe in der Geistermark einen Vylængeneral getötet hatte, der für Kytrin ein Heer hinab nach Okrannel führte. Will wusste nicht genau, wo all diese Orte lagen, außer, dass sie alle weit entfernt waren, aber er genoss die Erzählungen von diesen Abenteuern.

Kräh kehrte zum Tisch zurück und stellte eine Holzschale mit dampfendem Eintopf vor Will ab. Daneben stellte er einen großen Keramikbecher, dessen Inhalt ebenfalls dampfte. »Iss langsam.«

Will nickte und steckte den Beutel ins Hemd. Dann nahm er den Holzlöffel, stieß ihn in die Schale und schaufelte sich in den Mund, so viel er konnte. Es schmeckte ganz gut, auch wenn der Koch nicht allzu viel Ahnung zu haben schien, denn für einen richtigen Eintopf war das Essen viel zu dick. Die Wärme der Mahlzeit zog sich vom Magen aus durch seinen ganzen Körper. Er packte den Becher mit beiden Händen, trank einen großen Schluck Glühwein. Dann lehnte er sich zurück und musste laut rülpsen.

Kräh hob die linke Braue. »Langsam, Will. Niemand nimmt es dir weg.«

Will nickte, unsicher, ob Kräh von dem Essen oder dem Blatt sprach. Ungefähr in dem Augenblick, da ihm klar wurde, dass er eher das Essen aufgeben würde als das Blatt, trat Entschlossen an den Tisch. Er hatte zwei Krüge mit Bier dabei, von denen er einen Kräh reichte. Ein anderer Vorqælf folgte ihm.

Sein Anblick zauberte ein Lächeln auf Wills Züge. Obwohl seine Augen einfarbig hellblau waren, kleidete er sich wie ein richtiger Ælf. Sein rotes Haar war links und rechts an den Schläfen zu Zöpfen geflochten. Ansonsten trug er es nach der jetzigen ælfischen Mode lang. Seine Kleidung ähnelte der von Stutzern aus der Oberstadt. Will entdeckte nicht eine Narbe oder Tätowierung, und die gerade Nase hatte sichtlich noch nie plötzliche Bekanntschaft mit einer Faust oder einem Fensterladen gemacht. Der Vorqælf war schlank, und nicht das kleinste bisschen Schmutz verunzierte seine Kleidung oder Fingernägel.

Und die Ringe an den schlanken Fingern … Will hätte sie ihm im Handumdrehen abziehen können und sich gleichzeitig die Goldmünzen in dem Beutel am Gürtel geholt. Gold war viel schwerer als Silber und für den geübten Blick unverkennbar.

»Ist das der Knabe?«

Entschlossen grunzte. »Dir entgeht wirklich nichts, was, Vergütet? Und er ist kein Knabe mehr. Er ist schon fast ein Mann.«

»Für einen Mann ist er noch ziemlich klein.«

Kräh legte Will die Hand auf den Arm. »Weißt du, wie alt du bist?«

Will schüttelte den Kopf. »Sie haben mir gesagt, meine Mutter sei im Feuer umgekommen. Meine Tanten haben sich um mich gekümmert, bis ich weggelaufen bin. Seitdem bin ich in der Düsterstadt. Hier und da.«

Entschlossen schlug mit der Faust auf den Tisch. »Dein *Alter* wollen wir wissen, Junge, nicht deine Lebensgeschichte.«

Will zuckte zusammen, dann runzelte er die Stirn. »Fünfzehn. Vielleicht mehr, aber nicht viel. Ich bin noch jung.«

Der saubere, rothaarige Ælf kniff die Augen zusammen. »Seid ihr sicher, dass er es ist? Er sieht nicht danach aus.«

»Natürlich nicht, mit so einem verschwollenen Gesicht. Raubtier hat ihn geschlagen.«

Vergütet knurrte wütend. »Dafür wird er bezahlen.«

»Das hat er schon.«

Vergütet nickte, dann deutete er nach hinten in den Schankraum. »Nächstenliebe, kümmere dich um das Gesicht des Knaben.«

Will drehte sich um, als hinter ihm ein Stuhl über den Holzboden schabte. Eine schlanke Ælfe, kaum größer als er selbst, ein zartes kleines Ding mit goldenem Haar und großen, meergrünen Augen, stand auf und kam zögernd näher. Ihre Blicke trafen sich kurz, dann schien sie zur Seite zu blicken. *Gar nicht so einfach, zu sagen, wohin sie schaut, bei Augen ohne schwarzen Punkt.* Aber sie trat zu ihm und streichelte mit der linken Hand über seine rechte Gesichtshälfte.

Er konnte nicht erkennen, was sie tat, denn sein Auge war inzwischen praktisch ganz zugeschwollen. Doch er fühlte es. Seine Haut kitzelte, wo die Ælfe ihn berührt hatte. Wärme drang aus der Hand in sein Gesicht, und unwillkürlich lächelte er. Er bemerkte, dass es nicht mehr schmerzte. Dann öffnete sich sein rechtes Auge.

Er schaute hoch und sah sie kurz das Gesicht schmerzhaft verziehen. »Was? Ich habe nichts getan. Was ist?«

Sie schüttelte den Kopf. »Nichts.«

Kräh drückte seinen Arm. »Sie hat dich mit Magik geheilt. Als Preis dafür hat sie die Schmerzen der Heilung auf sich genommen.«

Will blinzelte erstaunt. »Warum?«

Nächstenliebe lächelte ihn an. »Zum Dank für das, was du tun wirst.«

»Was werde ich tun?« Er runzelte die Stirn und sah sich zu Kräh um. »Wovon redet sie?«

Der Mann schüttelte den Kopf. »Es ist noch zu früh, dir darüber den Kopf zu zerbrechen, Will. Sieh erst einmal zu, dass du den Eintopf in dich rein bekommst, und dann werden wir sehen, ob sich ein Bett für dich findet. Danke, Nächstenliebe.«

Will starrte ihr nach, als sie ging. »Lasst ihr sie mein Bein nicht behandeln?«

»Damit du weglaufen kannst?«, lachte Entschlossen ohne viel Humor. »Reiten kannst du morgen früh auch so.«

Vergütet hob den Kopf. »Ihr brecht nicht heute noch auf?«

Entschlossen schaute in sein Bier. »Für einen Abend haben wir genug getan.«

»Aber das ist wichtig. Wenn ihr ihn nicht hin schafft ...«

Kräh hob die Hand und unterbrach die Diskussion.

»Mein guter Vergütet, verzeiht uns. Mein Freund Entschlossen möchte mich nicht beleidigen, aber die alten Knochen brauchen eine Nacht Schlaf, bevor ich mich auf einen derartigen Weg machen kann.«

Die Haut des Ælfen glich sich vom Hals bis über die spitzen Ohren der Farbe seiner roten Haare an. »Vergib mir, Kedyns Krähe. Ich wollte niemanden beleidigen. Es ist nur …«

»Mach dir keine Sorgen, Vergütet.« Kräh gluckste leise. »Ich habe geschworen, Vorquellyn zu meinen Lebzeiten befreit zu sehen. Du solltest froh sein, dass ich so alt bin, denn lange kann es nicht mehr dauern.«

»Vorausgesetzt, niemand hält uns auf.« Entschlossen schüttelte heftig den Kopf, und aus dem weißen Haarkamm, der ihm von der Stirn bis in den Nacken über den sonst kahlen Schädel lief, spritzte das Wasser. »Jetzt lass uns allein, oder mach dich nützlich, indem du uns Hartbrot und Dörrfleisch bestellst.«

Vergütet nickte ernst. »Natürlich, natürlich. Wann brecht ihr auf? Am Morgen? Am Mittag?«

Kräh zuckte mit den Schultern. »Am Morgen, falls der Regen aufhört, zu Mittag – falls nicht. Niemand ist scharf darauf, länger als nötig durch nasskaltes Wetter zu reiten.«

»Nein, natürlich nicht.« Vergütet klopfte sich mit einem Finger auf den Mund. »Vernunft, Scharfsinn, besorgt ihnen Proviant, und seht zu, ob ihr Kleidung für den … Jungmann auftreiben könnt.«

Zwei andere Vorqælfen standen von ihrem Tisch auf, zogen Ölzeugmäntel über und verschwanden in der Nacht. Will war überrascht, wie schnell sie auf Vergütets Befehle reagierten. Der Ælf sah nicht annähernd stark genug aus, um ihr Anführer zu sein. So wenig er Raubtier mochte, Will war sich ziemlich sicher, dass er Vergütet mit Leichtigkeit hätte zusammenschlagen können.

So lief das schließlich in der Düsterstadt. Es galt das

Recht des Stärkeren. Raubtier hätte das Sagen gehabt, bis jemand wie Entschlossen ihn vertrieben hätte. Marcus war unangefochten gewesen, bis die Blaue Spinne größeren Ruhm geerntet hatte. *Danach haben selbst Narbenjack und Gerro ihn herausgefordert. Jetzt hat er nichts mehr. Außer mir, heißt das.*

Vergütet starrte wieder auf Will herab, und seine Miene wurde düster. »Ich bete, dass er es ist. Viel Glück auf eurem Wege. Und Glück mit dir, Wilhelm.«

Will schaute von der Schüssel hoch, den übervollen Löffel auf halbem Weg zum Mund. »Ich heiße nicht Wilhelm.« Er blickte von einem zum anderen und sah schockierte Mienen bei allen dreien. »Ich bin nur Will.«

Entschlossen setzte den Bierkrug ab und hob skeptisch die rechte Braue. »Will? Nichts weiter? Warum wirst du rot, Junge?«

»Ohne Grund.« Will verzog das Gesicht und starrte wieder in die fast leere Suppenschale. »Ich bin Will.«

»Eigenwillig bist du, *Will.*« Krähs Stimme war locker, leicht, mit einer Spur von Freundlichkeit. »Ich glaube, du hast schon vergessen, wovor Entschlossen und ich dich bewahrt haben. Du hast vergessen, was Entschlossen dir anvertraut hat. Du wirst uns doch wohl deinen Namen sagen?«

Will tauchte den Löffel wieder ein. »Ihr lacht mich nur aus.«

Der Mann schüttelte den Kopf. »Nein, das tun wir nicht.«

Will knurrte und deutete mit dem Löffel auf Entschlossen. »Der lacht.«

»Es ist besser für dich, wenn ich lache, Junge, als dass ich dir die Antwort auf *meine* Weise entlocke.«

Das sandte einen kalten Schauer Wills Rückgrat hinab. »Nur dieses eine Mal.« Er kniff die Augen zusammen und wedelte mit dem Löffel hin und her – wie mit einem Dolch. »Ich heiße Wilmenhart.«

Entschlossen und Kräh war keine Reaktion auf den Namen anzumerken, nur Vergütet atmete laut aus. »O ja, ja. Perfekt. Damit ist eine Debatte beendet.«

Will schaute Kräh stirnrunzelnd an. »Hier geht eine Menge vor, das mir keiner erklärt.«

»Unterwegs wird genug Zeit sein, deine Fragen zu beantworten.«

Will leckte den Löffel sauber und fuchtelte wieder damit herum. »Unterwegs wohin?«

Entschlossen schnaubte. »Spielt das eine Rolle für dich? Fort von hier.«

»Vielleicht will ich hier nicht weg.«

»Dir bleibt keine Wahl.« Der riesige Vorqælf lächelte drohend und legte eine Pranke über eine narbenbedeckte Faust. »Du kommst mit, Wilmenhart.«

Kräh winkte ab. »Betrachte es als ein Abenteuer, Will. Wer von deinen Freunden war je in den Bergen? Wir werden dorthin reiten und eine Freundin besuchen, und wenn du willst, kannst du danach wieder zurückkommen.«

»Ich weiß nicht.« Will versuchte, unbeteiligt zu blicken, aber seine Stimme hob sich beim letzten Wort etwas, und ein nervöses Lächeln zupfte ihm am Mundwinkel. Er wischte sich mit dem Hemdsärmel den Mund ab, um es zu verbergen. Niemand, den er kannte, war je aus Yslin herausgekommen, außer vielleicht Marcus. Und Marcus war nie in den Bergen gewesen. *Ein passendes erstes Abenteuer für Will Flinkfuß?*

»Ich darf auf einem Pferd reiten?«

»Auf mehr als einem.«

Will nickte und kratzte mit dem Löffel die Schale aus. Er erinnerte sich nur zu gut an die Geschichten über Kinder, die von Fremden auf der Straße aufgelesen wurden und von denen man nie wieder etwas hörte. Aber die Vorsicht, die ihm diese Geschichten eingeflößt hatten, verblasste. Die Freundlichkeit in Krähs Stimme, die

Entschiedenheit in der von Entschlossen und die Wärme des Beutels an seinen Rippen garantierten ihm zwar in keinster Weise eine sichere Reise, aber sie sagten ihm, dass er zumindest von seinen Reisebegleitern nichts zu befürchten hatte.

Außerdem zog ihn die Andeutung von Gefahr geradezu magisch an, die er aus Dutzenden von Hinweisen aufgeschnappt hatte, nicht zuletzt der Tatsache, dass Entschlossen Vergütet nichts von dem Blatt erzählt hatte. Er war im schlimmsten Viertel von Yslin groß geworden. Die Wildnis konnte ihm keine Angst einjagen.

»Ist gut«, stimmte Will zu. »Wir reiten in die Berge.«

Kapitel Drei

Entschlossen und Kräh gingen voraus, die Treppe hoch und den Gang hinab zu einem Zimmer an der Rückseite der Herberge. Der Regen trommelte laut auf dem Dach, was Will nicht weiter ungewöhnlich fand. Es überraschte ihn allerdings, dass das Dach dicht war, und die Größe des Zimmers, die überraschte ihn auch. Es war groß genug für ein breites Bett *und* eine Kommode, mit einem kleinen Tisch und zerbrechlich aussehenden Stühlen in einer Ecke. Auf dem Tisch brannte eine Kerze, und einer der Stühle knirschte warnend, als Entschlossen sich setzte.

Kräh hängte die nassen Mäntel an die Haken hinter der Tür, dann deutete er mit dem Kopf zum Bett. »Nur keine Scheu, Will. Raus aus den nassen Sachen und wickel dich ins Laken. Wir wollen nicht, dass du dich erkältest.« Will war in einem Rudel Straßenkinder aufgewachsen und Scham war ihm fremd. Nasse Klamotten flogen in alle Richtungen davon, und er stand nackt im Zimmer, als es leise an der Türe klopfte. Kräh öffnete, und Will lächelte, als er Nächstenliebe im Türrahmen erkannte.

Die Vorqælfe wurde rot und blickte zur Seite. Sie reichte Kräh ein sauber gefaltetes Bündel Kleider. Er bedankte sich und schloss die Tür.

Der Mann warf die Sachen aufs Bett. »Hier. Zieh dich an.«

Will, der den Beutel mit dem Blatt in den Händen hielt, blinzelte überrascht und schaute auf. »Aber jetzt ist doch Schlafenszeit?«

Entschlossen schnaubte. »Heute Nacht wirst du nicht viel Schlaf finden, Junge. Zieh dich an.«

Kräh war ans Fenster zum Hof getreten. »Scheint aufzuklaren.«

Will setzte sich aufs Bett und zog die ein paar Nummern zu große Hose an. »Versteh ich nicht. Ihr habt Vergütet gesagt ...«

Der alte Mann reckte sich. »Vergütet weiß nicht viel von uns Menschen, Will, und glaubt, weil ich weiße Haare und einen weißen Bart habe, bin ich schon so gut wie im Grab. Es hat seine Vorteile, ihn und andere in dem Glauben zu lassen, dass ich gebrechlicher bin, als es tatsächlich der Fall ist.«

»Wir haben Vergütet erzählt, was er hören sollte, Junge.« Der Vorqælf warf Kräh dessen Mantel zu. »Inzwischen macht die Nachricht, dass wir dich gefunden haben und morgen aufbrechen wollen, die Runde. Morgen früh wird es hier von Leuten wimmeln. Sie werden alle hier auftauchen, um dich zu sehen. Die meisten von ihnen werden deinen Erfolg wollen. Ein paar andere nicht. Und ein oder zwei werden auf deinen Tod aus sein.«

Kräh zog den Mantel über. »Bei dem letzten Punkt wäre ich mir nicht so sicher, Entschlossen.«

Der Vorqælf kratzte sich mit einer großen, narbigen Hand im Nacken. »Du weißt selbst, dass es Leute gibt, die uns beide für Narren halten. Sie haben Angst, wir könnten den Feind verärgern, und sie könnten Vorquellyn schneller zurückerhalten, indem sie uns verraten, um sich bei ihr einzuschmeicheln.«

Will zog ein trockenes Wollhemd über. »Wovon redet Ihr?«

Die Oberlippe des Ælfen verzog sich zu einem bösartigen Zähnefletschen. »Was weißt du von der Welt, Junge?«

»Ich weiß eine Menge.«

»Lass hören.«

Will zögerte einen Augenblick, dann schaute er hinüber zu Kräh, der ihm aufmunternd zunickte. »Also, ich weiß, dass Augustus König ist, weil er vor langer Zeit mit seinem Heer Kytrin zurückgeschlagen hat. Dabei hat er Königin Ielena getroffen. Und ich weiß, die Vorqs haben keine Heimat, weil Kytrin sie von dort verjagt hat. Ich weiß von der Blauen Spinne, und wie er das Herz der Wruoner Piratenkönigin Vionna erobert hat. Ich meine, ich weiß noch mehr über ihn, aber das ist eine der besten Geschichten, die ich kenne. Und, und … und ich weiß, dass der Schmied unten auf der Südstraße es mit der Frau vom Bäcker aus der Spatzenstraße treibt.«

Entschlossen hob den Kopf und seine Miene wurde sanfter. »Das war's? Das ist alles, was du von der Welt weißt?« Er schlug mit der linken Faust so hart gegen die Wand, dass der Putz bröckelte. »Es ist nicht zu schaffen, Kräh. Wenn er es wirklich ist …«

»Beruhige dich, mein Freund. Keiner von uns beiden hat gewusst, dass die Blaue Spinne auf Wruona ist.« Der Mann legte dem Ælf die Hand auf die Schulter und lächelte. »Falls Will es ist, ist es unsere Aufgabe, ihm beizubringen, was er wissen muss.«

»Kräh, dazu hätte ich nicht die Zeit, selbst wenn ich doppelt so alt würde.«

»So schlimm ist es auch nicht, Entschlossen.« Kräh sah sich zu Will um. »Was weißt du von den Sullanciri?«

Der Knabe schüttelte sich. »Von denen weiß jeder. Alle dachten, sie wären Helden, aber das stimmte nicht. Sie wollten, dass König Augustus seine Armee benutzt, um die Welt zu erobern, aber er hat sie verjagt, alle zehn, die verräterischen Hunde. Sie sind davongerannt, geradewegs zu Kytrin – und haben der Hexe ihre Seelen geopfert. Dafür hat sie ihnen magische Kräfte und alles gegeben. Sie werden von den Norderstetts angeführt, Vater und Sohn, genau wie damals im Krieg. Sie sind alle da, außer dem, der sie verraten hat.«

Der Vorqælf nickte langsam. »Kennst du ihre Namen?«

»Ich habe möglicherweise ein paar gehört. Ganagrei, Nefrai-kesh. Er führt sie an. Es ist nicht gut, ihre Namen auszusprechen, weil man sie dadurch auf sich aufmerksam machen kann.«

Kräh nickte. »Es ist klug, vorsichtig zu sein.«

»Na, ich bin klüger als die es waren, so viel steht fest«, schnaubte Will. »Der Verräter, Valkener hieß er, der war es, der sie überredet hat, Augustus im Stich zu lassen. Er hat sie alle hinters Licht geführt. Er hat sie nach Norden gelockt und ihre Mission sabotiert, und dann hat ihn der Mut verlassen, als er Kytrin gegenüberstand und sie ihn für seine Arbeit belohnen wollte. Er rannte weg und versuchte dann, seine Übeltaten zu verheimlichen. König Augustus hatte ihn einst seinen Freund genannt, aber danach hat er ihn verbannt. Ich habe gehört, er soll sich ins Kreszentmeer gestürzt haben und ertrunken sein, bevor er gestellt werden konnte. Jetzt dient er Tagostscha und schießt mit einem Zauberbogen Harpunen auf Schiffe und zieht sie in die Tiefe.« Der Knabe lächelte. »Ich wette, er hat sich umgebracht, weil Ihr auf seiner Fährte wart. Er wusste, dass er der gerechten Strafe nicht entfliehen konnte, habe ich Recht?«

Krähs Züge fielen zusammen, und Entschlossen schlug wieder gegen die Wand, allerdings nicht mehr so hart wie zuvor. Trotzdem rieselte Putz auf den Boden. Beide wirkten von dem, was er ihnen erzählt hatte, schockiert. Die Wildheit, die sie im Kampf gezeigt hatten, das Selbstvertrauen bei dem Gespräch mit Vergütet – alles war wie ausgelöscht. Kräh wirkte auf einmal alt, das Feuer in seinen Augen war nur noch ein dumpfes Glimmen.

»Was ist?«

Entschlossens Augen hatten sich in der Art von Entsetzen geweitet, mit der ein Kind reagiert, wenn es erfährt, dass ein ihm lieber Mythos eine Lüge ist.

Will schauderte. »Äh, Ihr habt mich gefragt. Ich habe nur geantwortet. Ihr habt mich gefragt.«

Kräh erholte sich zuerst von seinem Schock und nickte langsam. Seine Stimme blieb beherrscht und warm, auch wenn ein leichtes Beben in seinen Worten mitschwang. »Du musst verstehen, Will, dass Entschlossen und ich den letzten Krieg gegen Kytrin miterlebt haben. Was du uns erzählt hast, ist nicht das, woran wir uns erinnern. Das letzte Vierteljahrhundert haben wir nach einem Weg gesucht, eine Prophezeiung zu verwirklichen und Kytrin zu besiegen. Wir waren so auf diese Aufgabe konzentriert, dass wir nicht bemerkt haben, wie sich die Geschichtsschreibung verändert hat.«

»Wie meint Ihr das, sie hat sich verändert? Kytrin ist die böse Hexe, die alles an sich reißen will.« Der Knabe runzelte die Stirn. »Sie hat all diese Monster unter ihrem Befehl, und die Sullanciri natürlich, und Waffen wie die Draconellen. Die anderen Armeen haben sie nicht umgebracht, weil sie vor König Augustus Reißaus genommen hat, und seither wartet sie auf eine Gelegenheit, sich zu rächen. Aber das wisst Ihr alles, weil Ihr Helden seid. Ihr beide haltet sie auf. Ich habe die Lieder der Bänkelsänger über Euch gehört.«

Entschlossen knurrte und seine Augen wurden schmal. »Ein Lied dient nur zur Unterhaltung, es ist kein Tatsachenbericht. Es macht uns vielleicht hier in der Düsterstadt zu Helden, aber das bedeutet nichts in der Oberstadt oder im Rest der Welt.«

»Stimmt nicht, was ich Euch erzählt habe?«

»Die Geschichte ist ein Mosaik, Splitter von Wahrheit durchsetzt mit Lügen. Lügen, die man erzählt hat, um der Angst zu trotzen.« Entschlossen rieb sich den Putzstaub von der Faust. »Augustus hat eine Armee besiegt und eine Königin gefunden. Das stimmt. Aber der Rest … Wunschträume.«

Will hob den Blattbeutel auf und rieb ihn. »Was hat

diese Geschichte mit mir zu tun? Warum sollte mich jemand umbringen wollen?«

Kräh hob die Hand, um Entschlossen an der Antwort zu hindern. »Manches können wir dir nicht erklären, Will. Noch nicht. Erst, wenn wir sicher sind, was du erfahren musst. Es könnte sein, dass du nur ein gewitzter Langfinger bist, der ein Blatt stibitzt hat …«

Der junge Bursche grinste. »Gewitzt stibitzt. Der Reim gefällt mir.«

Kräh lachte in sich hinein. »Das überrascht mich nicht. Wenn du derjenige *bist*, für den wir dich halten, werden wir dir eines Tages alles erklären können. Bist du es nicht, könnte ein unbedachtes Wort demjenigen zum Verhängnis werden, der es wirklich ist. Verstehst du?«

»Ich denke schon.« Will nickte und quälte sich wieder in die nassen Stiefel. »Es ist wie in der Geschichte von den Prinzenzwillingen. Der, den man außerhalb des Schlosses aufgezogen hat, durfte nicht erfahren, wer er war, weil es Leute gab, die seinen Tod wollten.« Er hob den Kopf. »Ihr wollt mir doch nicht sagen, ich sei ein Prinz oder so was?«

Entschlossen lachte laut auf, und es lag ein Hauch von Grausamkeit darin. »Du bist kein Prinz, Junge, ganz und gar nicht.«

»Oh.« Will vermutete, dass die beiden ihn anlogen, aber er entschied, sie das nicht merken zu lassen. Er zuckte die Achseln und stand auf. Die klamme Nässe der Stiefel ließ ihn das Gesicht verziehen. »Ist wohl auch besser so, denn ein Prinz wird vom Regen genauso durchnässt wie ein Dieb. Aber der Dieb kann's ertragen.«

Durchs Fenster und über die Dächer setzten sie sich ab, in tiefster Nacht und dichtem Regen. Für einen alten Mann und einen Hünen von einem Vorq bewegten die beiden sich gar nicht schlecht. Will folgte ihnen, hauptsächlich, weil sein Knie noch immer ausreichend schmerzte, um die schwierigere Route, die er gewählt hätte, als Risiko erscheinen zu lassen. Dabei machte er sich weniger Sorgen um sein Wohlergehen als darum, das Blatt unversehrt zu halten. Das überraschte ihn.

Sie kletterten hinunter zur Straße und erreichten einen Stall, wo sie eilig drei Pferde sattelten. Getreide und andere Vorräte wurden auf sechs weitere Pferde gepackt, die dann alle an einem Seil hinter Entschlossens Pferd hertrabten. Will fand sich zum Schluss auf einem braunen Wallach wieder, der recht zahm wirkte. Das war ihm ganz recht so, denn als er das letzte Mal versucht hatte, auf einem Pferd zu reiten, war der Besitzer aufgetaucht, bevor er außer Reichweite war. Der Gaul hatte sich aufgebäumt und Will abgeworfen. Zurück zu Marcus zu humpeln war alles andere als vergnüglich gewesen.

Kräh fasste die Zügel des Wallachs und führte ihn durch die Stadt. Der Regen lockerte sich zu einem Nieseln auf und Nebel wallte durch die Gassen. Sie kamen am Südrand der Düsterdünen entlang, dann verließen sie die Stadt durch das Westtor. Die Posten hoben kaum den Kopf, um ihnen nachzusehen. Entschlossen schnippte ihnen Schlaflieder aus gemünztem Gold zu, als Ermunterung, weiterzuschlafen und ihr Vorbeikommen zu vergessen.

Sie ritten eine Weile nach Westen, aber die Wolken hingen dicht und düster am Himmel, was Will keine Möglichkeit bot, am Stand des Mondes abzuschätzen, wie lange es dauerte. Er wusste nur, dass sie eine weite Strecke hinter sich hatten, als sie nach Nordwesten abbogen, einen Pfad durch Berge voller Baumstümpfe entlang. In einem flachen Tal hielten sie an einer verlassenen Holzfällerhütte an und stellten die Pferde in einer Höhle ab.

Seine beiden Begleiter kümmerten sich um die Pferde, also ging Will in die Hütte und suchte sich eine trockene Stelle zum Schlafen. Ein kurzes Angstgefühl ließ sein Herz hämmern, aber die Wärme des Blattes im Beutel verjagte alle Sorgen. Es dauerte nicht lange, und er ergab sich einem vollen Magen und erschöpfter Müdigkeit. Er träumte von großen Abenteuern, die sich in Wohlgefallen auflösten, sobald er erwachte.

Hell und klar brach der Morgen an, und Will erwachte mit der Sonne. Sich müde den Schlaf aus den Augen reibend, stieg er über den schlummernden Kräh und taperte hinaus ins Tageslicht. Er sah Entschlossen in der Nähe der Hütte kauern und leise auf ælfisch fluchen. Auf der Wiese vor der Hütte trollten sich Kaninchen zwischen den Baumstümpfen. Ihre Ohren zuckten und ihre Nasen wackelten, während sie vielleicht zehn Schritt von der Hütte und einen von einer seltsamen Gerätschaft entfernt, die auf der Wiese stand, grasten.

Will runzelte die Stirn. »Was ist das denn für 'n Ding?«

Entschlossen verzog das Gesicht. »Das ist eine Falle, die uns das Frühstück liefern soll.«

»Ein Kaninchen? Kann man die essen?«

Der Vorqælf zog die rechte Braue hoch. »Hast du noch nie …?«

Will schüttelte den Kopf. »Soll wie Katze schmecken, hab ich gehört.« Er ging in die Hocke und tastete auf dem trockenen Boden vor der Hüttentür nach Steinen. »Ich würde einfach einen töten.«

»Dafür ist die Schlinge da, Junge. Jetzt sei leise, du willst sie doch nicht verjagen.«

Der Knabe schnaubte, dann flüsterte er: »Meine Stimme macht ihnen keine Angst, aber das Ding, das du da gebaut hast.« Er hob einen dunklen Stein auf. »Ich würde einfach eins mit dem Stein hier erlegen.«

»Ach ja? Na, wie wäre es dann mit einem leichten

Ziel?« Entschlossen deutete auf einen fetten Rammler an der Seite der Wiese. »Der da, mit der weißen Blesse …«

Bevor der Vorqælf ausgesprochen hatte, verlagerte Will das Gewicht und ließ sich weit schneller auf das rechte Knie fallen, als klug gewesen wäre. Er riss den rechten Arm seitlich vor und warf. Der Stein zischte durch die Luft und traf das Kaninchen am Kopf. Das Tier fiel zur Seite und zuckte. Noch bevor es still lag, war Entschlossen schon hinübergerannt, hatte es gepackt und ihm den Hals umgedreht.

Will biss die Zähne zusammen, als wilde Schmerzen durch sein Knie zuckten, entschlossen, sich vor dem Vorq keine Schwäche anmerken zu lassen. Das war der Preis, den er dafür bezahlte, angegeben zu haben, und er war nur froh, dass der Stein getroffen hatte. *Wenn ich daneben geworfen hätte …*

Der Vorqælf schaute ihn an, dann nickte er. »Guter Wurf.«

Will zuckte die Achseln und stand langsam auf. »Immerhin größer als die meisten Ratten. Ich hoffe, es schmeckt auch besser.«

»Das wird es.« Entschlossen deutete mit dem Daumen über die Schulter. »Wenn du uns etwas Brennholz besorgst, können wir ihn kochen.«

»Aber ich habe schon das Kaninchen erlegt.«

»Stimmt, aber das Frühstück zu besorgen war nicht deine Aufgabe. Brennholz sammeln schon.«

»Das hast du mir nicht gesagt.«

»Du hast ja nicht gefragt.« Entschlossen hockte sich auf den Boden und zog ein Messer aus dem Stiefelschaft. »Den habe ich schnell gehäutet und zerteilt. Sobald du Brennholz und Wasser besorgt hast, machen wir Frühstück.«

Will runzelte die Stirn. »Warum ist das meine …?«

»Hier draußen, Junge, gibt es Arbeiten, die ich erledigen kann und du nicht. Wenn ich deine Arbeit mache, kann ich meine nicht tun.« Entschlossen warf ihm einen leeren Wasserschlauch zu. »Es ist besser für dich, wenn ich meine Arbeit mache. Und jetzt geh Brennholz holen und sieh dich vor den Frostkrallen vor.«

»Frostkrallen?« Will kniff die Augen zusammen. »Hier gibt es keine Frostkrallen. Die sind alle im Norden. Ich bin kein Kind mehr, dem du Angst einjagen kannst.«

»Ach nein? Komm her, kleiner Junge.« Entschlossen führte ihn um die Hütte, auf die Höhle zu, in der sie die Pferde angebunden hatten. Dann ging er in die Hocke und stieß die Messerspitze in den Boden. »Siehst du diese Spur hier?«

Der Knabe kam näher und ließ sich auf das linke Knie hinab. Der Vorqælf deutete auf drei parallele Linien. Die mittlere war ein wenig länger und dicker als die beiden anderen. Sie waren nicht sehr deutlich, nur flache Dellen im Boden.

»Das ist eine Frostkrallenspur? Ist nicht gerade beeindruckend.«

»Du hast dein ganzes Leben auf Pflastersteinen verbracht. Jetzt kannst du etwas lernen.« Der Vorqælf deutete den Weg entlang, auf dem Will gekommen war. »Siehst du deine Stiefelabdrücke? Siehst du, wie deutlich der Absatz zu erkennen ist? Das liegt daran, dass der Boden noch nass vom Regen ist. Wenn er trocknet, werden die Ränder krümeln, und der Wind wird sie einebnen. Wenn es das nächste Mal regnet, werden die Ränder schmelzen, und die einzige Spur, die von deinem Absatz bleiben wird, ist eine flache, ovale Delle. Der Regen hat die Ränder dieser Spur aufgeweicht. Sie sind wahrscheinlich keine Woche alt.«

»Aber … Frostkrallen, die kann es hier nicht geben. König Augustus hat dafür gesorgt, dass so was nicht passieren kann.« Will schauderte, und plötzlich wurde ihm klar, dass die Stadt, in der er aufgewachsen war, weit hinter ihnen lag. Er war mitten im Freien, ohne Deckung, und in der Wildnis lauerten furchtbare Schrecken, mit denen er nichts zu tun haben wollte.

»Junge, die Welt, die du kennst, ist nur ein Mosaik, erinnerst du dich? Ein paar Teile davon sind wahr. Augustus hat die Welt für eine Weile sicher gemacht. Er hat Kytrin zurückgetrieben, *für eine Weile*. Aber im Laufe der Jahre ist sie stärker geworden und mutiger. Sie schickt Frostkrallen, Vylænz und Schnatterfratzen bis hier herab in den Süden: als Kundschafter. Sie kommt wieder, und es wird nicht mehr lange dauern.«

Entschlossen stand auf und schnitt das Kaninchen mit einer schnellen Bewegung der Länge nach auf. »Augustus hat der Welt eine Generation Zeit verschafft, sich auf ihre Rückkehr vorzubereiten. Wenn du ein Beispiel dafür bist, was sie hier erwartet, war diese Zeit verschwendet.«

Kapitel Vier

Will hörte den lauten Knall, mit dem Entschlossens offene Hand seinen Oberschenkel traf, bevor er den Schmerz spürte. Er griff mit einer Hand nach dem Sattelknauf, die andere spannte sich fester um das Seil. Er straffte sich und riss den Kopf hoch, hörte die Wirbel bei der Bewegung knacken.

»Ich habe die Pferde.« Er hob die Hand, um zu zeigen, dass er das Seil mehrmals darumgewickelt hatte. »Ich habe sie.«

Entschlossens Profil blieb vor dem sich verdunkelnden westlichen Horizont steinern. »Um die Pferde mache ich mir keine Sorgen, Junge. Es wird Nacht. Dann tauchen die Frostkrallen auf.«

Will schüttelte heftig den Kopf, um nach dem kurzen Einnicken im Sattel wieder klar zu werden. Entschlossens Tonfall machte deutlich, dass der Vorqælf eine Reaktion erwartete und nicht bereit war, ihm zu erklären, wie die aussah. In den letzten drei Tagen hatte er das schon öfter mitgemacht, während er alles Mögliche holte und schleppte, sich um die Pferde kümmerte, aufräumte und alle Vogelgesänge, Tierstimmen, Fährten und Pflanzen auswendig lernte, die ihnen begegneten. *Pflanzen!* Er hatte sich Blätter, Blüten, Früchte, Wurzeln einprägen müssen, Geruch, Geschmack und Heilkräfte. Will hatte Blumen und Bäume in diesen drei Tagen hassen gelernt und sehnte sich zurück in die Zivilisation, wo man Pflanzen nur in Parks und Gärten fand. Er konnte nicht mehr zählen, wie oft Entschlossen ihn plötzlich aufgeweckt hatte, indem er ihm irgendeine

Pflanze unter die Nase hielt und verlangte, dass er sie auf der Stelle bestimmte.

Es war natürlich nicht alles schlecht gewesen. Entschlossen hatte ihn Metholanthblätter kauen lassen, um die Schmerzen zu lindern, die ihn von Kopf bis Fuß plagten. Auch wenn der Vorrat an Metholanth nie ausreichte. Vielleicht waren seine Schmerzen auch nur zu allgegenwärtig. Jeden Abend brach er erschöpft und wund zusammen. Morgens erwachte er steif und verkrampft und bewegte sich noch schwerfälliger als Kräh.

Also denn, was will der Vorq diesmal? Will blinzelte und schaute sich um. Wenn es Abend wurde, würden sie sich nach einem Lagerplatz umsehen müssen. Normalerweise hatten sie die Hauptstraße um diese Tageszeit bereits einige Zeit verlassen und waren auf dem Weg zu einer Hütte oder Höhle, von der seine beiden Begleiter wussten. Aber diese Pfade hatten meistens durch den Wald geführt, und jetzt lagen grasbedeckte Felder zu beiden Seiten des Wegs.

Die Straße selbst war breiter geworden und die Pflanzen links und rechts waren keine Wiesengräser. Sie waren etwas anderes, auch wenn Will nicht wusste, was. Er konnte jedoch sehen, dass sie in halbwegs geraden Reihen wuchsen. Was das zu bedeuten hatte, wusste er nicht, aber natürlich schien es nicht zu sein. *Und wenn es nicht natürlich ist, bedeutet das …*

Der junge Mann grinste und stellte fest, dass selbst seine Gesichtsmuskeln schmerzten. »Jemand hat das Zeug hier angepflanzt. Es gibt Leute hier in der Gegend. Vielleicht sogar ein Dorf oder so was.«

Entschlossen schob das Kinn vor. »Und?«

»Und?« Will zuckte die nach vorne sackenden Schultern. »Und, und …«

»Denk nach, Junge, *denk nach!*«

»Wir können bei ihnen unterkommen?«

»Nein, nein, *nein!*«

»Können wir nicht?«

Entschlossen drehte sich im Sattel um und beantwortete Wills Frage mit einem verächtlichen Abwinken. »Das ist hoffnungslos, Kräh. Ich habe mich ja damit abgefunden, dass wir ihn möglicherweise erst anlernen müssen, aber er begreift nichts.«

Kräh gluckste, als er sein Pferd antrieb und zu den beiden anderen aufschloss, bis er und der Vorqælf Will zwischen sich hatten. »Du hast diese Lektionen in viel jüngeren Jahren lernen müssen, mein Freund. Du bist nicht in den Düsterdünen aufgewachsen. Er ist nicht dumm, nur müde.«

»Ich bin zu müde, um müde zu sein.«

Kräh klopfte ihm auf die linke Schulter. »Die Felder lassen dich vorausdenken, Will. Das ist gut, aber du musst auch zurückdenken. Was sagen dir die Felder?«

»Ich werde Schwierigkeiten haben, Brennholz zu finden?« Will schüttelte den Kopf. Irgendetwas nagte an ihm.

»Da siehst du's, Kräh. Er ist völlig auf seine Person fixiert.«

»Ruhig, Entschlossen. Warum das, Will? Warum wird es schwierig werden, Brennholz zu finden?«

»Keine Bäume.« Er seufzte tief, dann kam ihm plötzlich die Erleuchtung. »Keine Bäume, weil die schon jemand für Brennholz gefällt hat. Keine Bäume heißt: kein Wald. Kein Wald heißt keine Frostkrallen, weil die den Wald mögen.« Will drehte sich zu Entschlossen um. »Du hast versucht, mich zu täuschen, als du sagtest, es könnten Frostkrallen auftauchen.«

»Woher weißt du, dass sie es nicht tun?«

Der Knabe runzelte die Stirn und wollte auf die Felder zeigen, dann knurrte er. »Ich *weiß* es nicht, aber es ergibt Sinn. Irre ich mich? Werden welche auftauchen?«

Entschlossen zuckte die Achseln. »Ein paar, ja. In dieser Gegend dürfte es Schafe geben, einzelne Ziegen,

Kühe, Hühner und Pferde. Auf die werden sie Jagd machen.«

»Ich hatte also Recht?«

»Teilweise, aber du hast zu lange gebraucht, darauf zu kommen.« Der Vorqælf klopfte sich mit einem Finger an den Kopf. »Du musst immer wachsam sein, ständig auf der Hut. Die Welt sieht dich lieber tot als lebendig, und es gibt Legionen, die mit Freuden für deinen Tod sorgen würden.«

Der Ælf schlug dem Pferd die Fersen in die Seiten und trabte die Straße hinab voraus. Vor ihnen zog sie sich in einer Kurve zwischen zwei begrünten Bergen vorbei, dann fiel sie zum Tal hin ab. Ein leichter Windhauch trieb von dort herüber und trug den Geruch von Holzfeuern heran, eine Bestätigung, dass ein Dorf in der Nähe war.

Der Junge schaute zu Kräh. »Was hat er gegen mich? Ich habe ihm doch nichts getan. Ich habe ihm das Blatt besorgt, oder? Er sollte mir dankbar sein.«

Die Augen des alten Mannes glänzten im ersterbenden Tageslicht. »Erinnerst du dich, dass ich dir erklärt habe, das Leben sei ein Mosaik?« *Wie könnte ich es vergessen, wenn er es alle Nase lang wiederholt?* »Hier ist ein neues Stück für dein Mosaik, Junge.«

»Ihr hört euch fast so an wie er.«

Kräh kratzte sich das bärtige Kinn. »Für Entschlossen bist du ein Stück in seinem Mosaik, aber sein Mosaik ist eine Karte, eine Karte, die den Weg an ein Ziel beschreibt. Er will sichergehen, dass du passt. Er hofft, dass du passt, denn *falls* du es tust … ist er auf seinem Weg ein gutes Stück weiter.«

»Gut, das verstehe ich, aber sollte er dann nicht vorsichtiger sein, statt so …« Will hatte ›grausam‹ sagen wollen, aber dann erinnerte er sich an die Prügel, die er von Marcus für die unwichtigsten Kleinigkeiten bekommen hatte. »Ich meine, er ist so hart, versteht Ihr?«

Kräh nickte. »So war er schon immer. Als ich ihn kennen lernte, war er mir gegenüber genauso. In Entschlossens Vorstellung hat das Mosaikstück bereits eine ganz bestimmte Form angenommen. Er will, dass du diese Form annimmst. Du bist nicht ganz so, wie er es erwartet hat, also stutzt er dich zurecht.«

»Und was ist mit dem, was ich will?«

Der Mann lachte laut auf. »Hast du jemals bekommen, was du willst, Will? Weißt du überhaupt, was du willst, abgesehen von einem Bett und einem vollen Magen, und vielleicht noch etwas Metholanth und einem Becher gewässerten Wein?«

»Gut, ja, nein, aber ...« Krähs Frage hallte in seinem Innern wider und zeigte überdeutlich, wie leer er sich fühlte. Dann tröpfelte die Wärme des Blatts in sein Innerstes und füllte die Leere. »Ich will das Blatt.«

Kräh beugte sich zu ihm herüber und flüsterte. »Die Sorge, mit der du dich um das Blatt kümmerst, und die Tatsache, dass Raubtier es nicht an deinem Gürtel gesehen hat, sind vermutlich alles, was Entschlossen noch immer davon abhält, dich als Frostkrallenköder zu benutzen. Du willst das Blatt, weil das Blatt dich will.«

Dann richtete der weißhaarige alte Mann sich auf und feuerte eine Salve von Fragen auf ihn ab, die Will keine Gelegenheit ließen, das Thema weiterzuverfolgen. »Die Dinge, die du auf dieser Reise bisher gelernt hast, haben sie dir geschadet oder genützt? War die Arbeit tatsächlich so schwer oder nur ungewohnt? Behandelt Entschlossen dich irgendwie schlechter als dein früherer Meister?«

Will beantwortete die Fragen in Gedanken, sobald er sie hörte, und die Antworten gefielen ihm gar nicht. Das Zeug, das er hatte lernen müssen ... Von Metholanth zu wissen, war schon eine Hilfe, und der Rest würde es einfacher machen, zu erkennen, was sich bei einem Kräuterkundigen zu stehlen lohnte. Wasser und Brennholz holen, Aufräumen, das waren keine schweren Arbeiten, nur Aufgaben, die er in Marcus' Haushalt nicht mehr nötig gehabt hatte. Und was Marcus als Lehrmeister betraf ... Er schnaubte und sagte lieber gar nichts, als Kräh offen Recht geben zu müssen. Das ärgerte Will an den beiden am meisten. Wenn Entschlossen Recht hatte, hämmerte er es Will wieder und wieder ein. Aber Kräh, der schob es einem wie ein Stilett zwischen die Rippen. Man spürte nicht, wie es eindrang, er drehte es nicht einmal, aber sobald man sich bewegte, bemerkte man es garantiert.

Sie ritten weiter. Die einzigen Geräusche waren das Knirschen des Leders, das Klappern der Hufe, das Klirren der Geschirre oder das Schmatzen eines auf dem Gebiss kauenden Pferdes. Sie folgten Entschlossen durch die Kurve und ins Tal. Der Vorqælf hatte ein Stück voraus mitten auf der Straße angehalten. Hinter ihm loderte ein Scheiterhaufen auf dem Weg. Die Silhouetten dreier Männer zeichneten sich vor den Flammen ab, und Will zählte fünf andere, die auf der Dorfseite des Feuers standen.

Das Dorf selbst lag zu beiden Seiten der Straße. An seinem anderen Ende brannte ein zweites Feuer und blockierte den Weg nach Westen. Steinwälle und Zäune aus gespaltenen Holzpfählen umschlossen die Häuser, waren aber an keiner Stelle auch nur annähernd so stark wie die Mauern Yslins. Die meisten Häuser waren niedrige Lehmhütten mit Strohdächern, aber das größte Gebäude hatte ein Obergeschoss und ein Ziegeldach, und durch schief hängende Läden stahl sich helles Licht.

Entschlossen wartete, bis seine beiden Begleiter ihn erreicht hatten, bevor sie gemeinsam weiter auf das Feuer zuritten. Will erinnerte sich an eine von Entschlossens Lektionen und wandte die Augen von den Flammen ab. Die Männer auf der anderen Seite des Feuers würden keine Nachtsicht haben und sie nicht sehen können, falls die drei sich entschieden, es zu umgehen. Nur die drei Männer, die ihnen auf dieser Seite gegenüberstanden, konnten sehen, was sie taten. Einer war mit einem Schwert bewaffnet, die beiden anderen hielten Heugabeln.

Der Mann mit dem Schwert hob die Hand. »Stehen bleiben, Fremde.«

Kräh ritt langsam weiter und hielt etwa vier Schritt vor ihm an. »Fremde? Ich dachte, in Alcida werden Reisende als Freunde begrüßt.«

»Vielleicht in früheren Zeiten. Wer seid ihr, und was wollt ihr in Stellin?«

»Wir sind einfache Reisende, mein Freund, mein Neffe und ich. Auf dem Weg in die Berge.« Krähs Tonfall klang gelassen und locker. »Wir hoffen, hier Unterkunft und Futter zu finden.«

Der Dorfbewohner deutete mit einer Kopfbewegung auf Entschlossen. »Ist das ein Vorqælf?«

Entschlossen schlug den Mantel zurück und legte muskulöse Arme frei, die von dunklen Tätowierungen bedeckt waren. »Das dürfte offensichtlich sein.«

»Nun, euresgleichen wollen wir hier nicht.« Der Mann ließ die Hand auf den Schwertgriff fallen. »Ihr könnt machen, dass ihr weiterkommt, und eurer Herrin ausrichten, dass wir uns nicht übertölpeln lassen wie Ingens. Wir sind vielleicht kein großes Dorf, aber …«

Einer der anderen Männer trat mit verkniffenen Augen näher. Dann legte er dem Sprecher die Hand auf die Schulter. »An den erinnere ich mich. Ist vor etwa zwanzig Jahren hier durchgekommen. Hatte eine Frau von seiner Art dabei, und einen jungen Burschen. Das warst du, oder?«

Kräh nickte. »Wir waren auf dem Weg in die Berge, so wie heute. Ist das wirklich schon zwanzig Jahre her?«

»Die werden es sein. Es war kurz bevor Augustus' Gesicht auf den Münzen auftauchte.« Der ältere Mann lächelte ein wenig. »Die machen uns keinen Ärger, Quintus.«

Der runzelte die Stirn. »Woher willst du das wissen?«

Der Ältere tippte sich an die Nase. »Sie stinken nicht nach der Meute, und es gibt nur einen Vorqælf, der für Kytrin arbeitet, und das ist eine Frau.«

»Wenn es doch Ärger gibt, wirst du geteert und gefedert.«

Der Mann strich sich mit grober Hand über die Glatze. »Wär wenigstens mal wieder was da oben, was mich warm hält.«

Quintus lachte, dann stieß er den Daumen Richtung Dorfmitte. »Unsere Herberge ist das *Hase und Stall*. Da könnt ihr auch die Pferde unterstellen. Es sind noch andere Reisende da, deshalb ist möglicherweise nicht genug Platz für alle. Sagt dem Jungen, er soll den Rest zu mir bringen. Ihr reist morgen früh weiter, schätze ich?«

Kräh nickte. »Bei Sonnenaufgang.«

»Dann sehen wir uns dann wieder.« Er nickte ihnen zu. »Der Friede Stellins begleite euch, und möge euch die Seele verdorren, falls ihr ihn brecht.«

Kapitel Fünf

Will war sich nicht sicher, warum Entschlossen ihn nicht mit dem Stalljungen losschickte, die Pferde zu versorgen, aber er war froh, seinen Pflichten einen Abend zu entkommen. Er schnappte sich die eingerollte Decke und die halb leeren Satteltaschen, in denen seine verschlissenen Sachen steckten, und folgte den beiden anderen ins *Hase und Stall. Nach so langer Zeit auf der Straße bin ich froh, mal wieder wie gewohnt unterzukommen.*

Aber wie er schnell feststellte, kaum war er über die Schwelle getreten, war diese Dorfherberge meilenweit entfernt von dem, was er als gewohnt ansah. Sie sah wohl aus wie eine übliche Taverne, mit einem Eingang durch eine Nische, aus der mehrere Stufen hinunter in den Schankraum führten. Nicht weit entfernt an der rechten Seite erhob sich eine der kürzeren Wände des rechteckigen Gebäudes, und an ihrem hinteren Ende führte eine Treppe hinauf in den ersten Stock. Unter der Treppe duckte sich eine Theke, und eine Tür in der Längswand führte nach hinten in die Küche. Sie hatte ein Dach und einen Herd, halb hohe Wände und einen Boden aus gestampftem Lehm.

Der Schankraum lag links und an seiner entfernten Wand loderte ein großes Feuer in einem offenen Kamin. In den Ecken standen Bänke, lange rechteckige und kleinere runde Tische füllten den Raum. Will spürte die Wärme des Feuers schon von der Türe aus und war froh darüber, auch wenn es ihm für einen Sommerabend ungewöhnlich groß schien.

Entschlossen hing den Mantel hinter die Tür und setzte die Tasche darunter ab, dann half er Kräh und deponierte dessen Last daneben. Das gedämpfte Murmeln der Unterhaltung stockte für einen Augenblick, dann setzte es heftiger wieder ein. Will spannte sich unwillkürlich an. In der Düsterstadt hätte es augenblicklich eine Schlägerei ausgelöst, wenn ein Vorqælf sich in eine Menschentaverne gewagt hätte.

Die Lautstärke der Gespräche sank schnell wieder auf das anfängliche Maß, aber Will fing ein Gefühl der Angst auf, das die Menschen hier im Griff zu haben schien. Während er versuchte, sich darüber klar zu werden, was hier los war, fielen ihm noch andere Besonderheiten auf. Zum Beispiel war der Boden sauber und gut erhalten. Verrottete Bodendielen waren gegen neue ausgetauscht. Was den Barmann betraf, dessen Kleidung war sichtlich erst vor kurzem gewaschen worden. Die Kunden schienen nicht betrunken, und er hörte nicht einen Pfiff oder eine anzügliche Bemerkung, als ein junges Mädchen sich mit schäumenden Holzkrügen voll Bier den Weg zwischen den Tischen bahnte.

Dann erkannte er den Unterschied. Die Leute hier lächelten. Keiner beobachtete seine Umgebung oder suchte bei seinen Nachbarn nach einem Anzeichen von Schwäche. Die Tavernen, die er kannte, waren Wolfshöhlen. *Das hier sind Schafe. Bauern, Hirten, die sich ihr Brot durch Arbeit verdienen und hierher kommen, um Geschichten auszutauschen.* Er schauderte.

Kräh, der sich mit der rechten Seite an die Theke lehnte, deutete mit der offenen linken Hand zu Will und Entschlossen. »Man hat uns gesagt, meinem Begleiter, meinem Neffen und mir, dass wir hier ein Zimmer für die Nacht finden können.«

Der Herbergswirt, ein stämmiger Kerl mit einem schwarzen Haarkranz, rieb sich das unrasierte Kinn. »Tja, das letzte Zimmer hat der Herr dort mit seiner

Nichte belegt, aber sie haben noch nicht bezahlt … He, ihr.« Er schnalzte einen dreckigen Lappen in Richtung eines runden Tisches, an dem zwei Gäste saßen.

Ein älterer Mann drehte sich mit fragendem Blick zur Theke um, aber Kräh streckte die Hand aus und legte sie dem Wirt auf den Arm. »Das ist schon in Ordnung. Ihr habt sicher noch Platz auf dem Boden hier, beim Feuer?«

Der Barmann nickte. »Gewiss, da ist reichlich Platz. Ein Silber die Nase, und das schließt ein Bier heute Abend und eine Schale Brei morgen früh ein.«

»Gemacht.« Kräh griff nach der Geldkatze, aber der Wirt schüttelte den Kopf. »Wir rechnen ab, bevor ihr euch hinlegt. Ihr wollt sicher eine Suppe, nehme ich an? Und Brot? Käse?«

Kräh nickte. »Bitte.«

»Dauert nur einen Augenblick.«

Kräh lächelte seine Begleiter an. »Na also, wir sind versorgt.«

Will nickte und hörte kaum, was der alte Mann sagte. Er ließ die Blicke durch den Schankraum wandern und musterte sämtliche Gäste. Er teilte sie schnell in Reiche und Arme auf, was ihm nicht schwer fiel, da die meisten Bauern nicht einmal einen Ring am Finger trugen. Die Reichen hatten Geldbeutel, aber die meisten davon waren so leer wie seine Satteltaschen. Danach, wie vertrauensselig der Gastwirt mit Kräh gewesen war, schätzte er, dass die meisten Leute hier auf Kredit tranken, und einen beträchtlichen Teil ihrer Schulden in Gemüse, Käse und Mehl beglichen.

Ein Stoß in den Rücken riss ihn aus den Gedanken und scheuchte ihn hinter Kräh her. Sie suchten sich einen Weg durch den Schankraum an einen runden Tisch in der Nähe des Feuers. Der alte Mann in einem blauen Mantel, der auch schon bessere Tage gesehen hatte, begrüßte sie mit einem Nicken und winkte sie auf die freien Stühle.

Kräh bedankte sich. »Ich bin Kräh. Das sind mein Neffe, Will, und mein Freund Entschlossen.«

Der Mann erhob sich halb von seinem Platz und schüttelte ihm die Hand, dann nickte er Will und Entschlossen zu. »Ich bin Distalus. Das ist meine Nichte Sephi. Wir sind auf dem Weg nach Yslin, wo sie eine Lehrstelle bei einem Weber antritt.«

Will schob sich an Kräh vorbei und sicherte sich den Stuhl neben Sephi. »Ich bin Will.«

Das Mädchen wurde rot. »Sephi.« Selbst sitzend schien sie noch deutlich größer als er, aber das störte Will nicht. Das tiefschwarze Haar fiel ihr lang über den Rücken, und haselnussbraune Augen funkelten im Widerschein des Kaminfeuers aus einem hübschen Gesicht, dessen einziger Makel eine kleine Narbe über dem rechten Auge war.

Distalus hob grüßend den Krug in Krähs Richtung. »Das war nobel von Euch, mein Herr, uns nicht aus dem Zimmer zu vertreiben.«

Kräh zuckte freundlich die Achseln. »Nach der Zeit auf der Straße sind wir schon froh, uns aufwärmen zu können. Ihr habt noch ein weites Stück Wegs vor euch, und nicht viele Herbergen sind so gut wie diese.«

Will ließ die Satteltaschen auf den Boden sinken und warf den Mantel darüber. »Warst du schon mal in der Stadt, Sephi?«

Sie schüttelte den Kopf und lächelte schüchtern. »Mein Onkel sagt, es sei ein wundervoller Ort, und es wird mir dort gefallen.« Sie legte die kleinen Hände um ihren Krug. »Ich kann es kaum erwarten.«

Der junge Dieb lächelte und setzte gerade an, ihr von Yslin zu erzählen, als Kräh ihm den Ellbogen in die Seite stieß. Er drehte sich zu seinem älteren Begleiter um. »Was?«

»Du hast Besseres zu tun. Zum Beispiel dem Wirt zu helfen, unsere Suppe herüberzubringen.« Kräh schaute zu Distalus. »Noch ein Bier, mein Herr, wenn Will schon einmal unterwegs ist?«

»Oh, nun, das ist sehr freundlich von Euch, mein Herr, wirklich sehr freundlich. Reisen macht durstig, und Meister Julians Bier ist ausgezeichnet.«

Kräh hob zwei Finger zur Theke. »Noch zwei Bier bitte, für unsere Freunde. Beweg dich, Will.«

Will nickte und lächelte Sephi an. Er stand auf und ging um ihren Stuhl herum, wobei er die Finger der linken Hand ihre Schulter streifen ließ. Dadurch, dass er mehr auf sie achtete als darauf, wohin er seinen Mantel geworfen hatte, stolperte er und fiel gegen Distalus. Er fing sich gerade noch rechtzeitig ab, bevor er mit dem langsam verheilenden Knie auf den Boden schlug.

»Bitte um Vergebung, mein Herr.« Will richtete sich auf und zog das Hemd gerade, dann trat er zur Bar. Er schwenkte die Hüften nach links und rechts, schob sich durch die Lücken zwischen den Tischen und Stühlen. Er versuchte, aus der kurzen Strecke ein Schaustück an Beweglichkeit zu machen, in der Hoffnung, den Eindruck auszulöschen, den sein Sturz bei Sephi hinterlassen hatte.

Julian musterte ihn mit kritischem Blick. »Wenn du davon was verschüttest, kannst du es gleich vom Boden essen, denn bezahlen müsst ihr dafür.«

»Ich sehe mich vor.«

»Das will ich hoffen, Jungchen.« Julian stemmte ein Tablett mit Bierkrügen und ließ ein zweites mit Suppenschalen und Brot für Will auf dem Tresen. Der Junge folgte dem Wirt, mit einem gelegentlichen Blick um dessen breiten Rücken, ob Sephi ihn beobachtete. Sie tat es und kicherte. Will überholte Julian und bediente erst Entschlossen, dann Kräh und schließlich sich selbst. Seine Schale stellte er so ab, dass er den Stuhl dichter zu Sephi schieben musste, um vernünftig essen zu können. Das Brot legte er in die Tischmitte.

Julian nahm das leere Tablett entgegen und schob sich

beide unter den rechten Arm. Er zählte an den Fingern ab. »Also dann, ich würde sagen, Ihr schuldet mir sechs Silberlinge, mein Herr. Und Ihr, mein Herr, für das Mädchen und Euch, Unterkunft und Bier, das macht drei Silberlinge.«

Distalus' Hand senkte sich an den Gürtel, dann blinzelte er überrascht und schaute auf. »Mein Beutel scheint nicht mehr da zu sein.«

Entschlossens Augen wurden schmal. »Junge, gib ihn zurück.«

Will erstarrte, den Löffel auf halber Höhe zwischen Mund und Schale. »Ich hab ihn nicht.«

»Lüg mich nicht an, Junge.« Die Stimme des Vorqælfen wurde eisig. »So etwas dulde ich nicht.«

Der Löffel sank zurück in die Suppe und Will stand langsam auf. Er öffnete die Hände und streckte die Arme seitlich aus. »Durchsuch mich. Ich habe ihm nichts abgenommen.«

Distalus schüttelte den Kopf. »Ganz sicher hat der Junge nichts genommen. Meine Nichte wird es euch bestätigen, ich werde vergesslich. Er steckt sicher noch oben auf dem Zimmer in meiner Tasche.«

Kräh legte Entschlossen die Hand auf den Arm, dann fischte er einen Goldtaler aus seinem Beutel. Die Münze flog mit hellem Glockenton durch die Luft, als er sie zu Julian hinüberschnippte. Der Wirt fing sie geschickt auf und musterte sie mit ausgestrecktem Arm von beiden Seiten.

»Ein frisch geschlagener Orioser.« Der Mann knallte die Münze auf den Tisch, das maskierte Profil König Swindgers oben. Aus der Schürzentasche zog er eine kurze Metallstange, die an einem Ende spitz zulief. Er setzte die Spitze auf Swindgers Auge und drückte mit dem Handballen auf den breiten Knauf am anderen Ende. Die Spitze bohrte sich in das Goldstück und entstellte das Porträt.

Julian lächelte, dann schob er Münze und Stößel zurück in die Schürzentasche. »So, das hat er davon. Lasst es Euch schmecken. Ihr bekommt Nachschlag, wenn Ihr wollt, oder einen Silberling zurück.«

»Danke«, nickte Kräh. »Wir haben auch unsere Pferde bei Euch untergestellt, also schulden wir Euch noch was.« Mit einem Nicken zog der Wirt sich zurück, dann hob Distalus seinen frischen Bierhumpen. »Ich zahle es Euch zurück. Ich habe das Silber oben in der Tasche.«

»Hat keine Eile.«

Will runzelte die Stirn. Viele Goldstücke hat er in seinem Leben noch nicht gesehen, und noch weniger in der Hand gehalten, und wenn, dann nicht für lange. Ein paar der wenigen Münzen, die er gesehen hatte, hatten ausgestochene Augen oder zerkratzte Gesichter getragen, aber er hatte sich nie erklären können warum. »Was er da mit der Münze getan hat. Was sollte das?«

Distalus' Miene leuchtete auf. »Ich hätte gedacht, alle Welt weiß, wie Swindger König wurde, und wem seine Loyalität gehört.« Der Mann erhob ein wenig die Stimme und zog die Aufmerksamkeit der umliegenden Tische an sich. Plötzlich klang er mehr wie ein Geschichtenerzähler als ein …

Ich weiß gar nicht, was er ist.

Der Mann nahm einen Schluck Bier, dann wischte er sich mit dem Handrücken den Mund. »Vielleicht weißt du es schon, mein Junge, vielleicht auch nicht, aber Swindger von Oriosa zog vor einem Vierteljahrhundert mit unserem guten König Augustus aus in den Krieg gegen Kytrin. Mancher sagt, dass Swindger focht, ein anderer, dass er nie die Waffe zog. Manche sagen, zu viele seien gestorben, ihn zu beschützen, andere, er habe sich feige versteckt. Aber niemand kann bestreiten, dass er sich in der Festung Draconis aufhielt. Und dort blieb er, während König Augustus in Okrannel ein Aurolanenheer zurückschlug. Und dort war er, als der Feigling die

Nachricht von den Helden brachte, die ausgezogen waren, Kytrin zu vernichten.«

Stille hatte sich über den Schankraum gesenkt. Nur das Knistern und Knacken des Feuers und ein gelegentlicher leiser Rülpser begleiteten Distalus' Erzählung. Die Augen des Mannes leuchteten und er lächelte, als er seine Zuhörer betrachtete, nickte und lächelte. Was auch immer sein Beruf war, er umfasste das Geschichtenerzählen, und Will war es ganz recht, dass er ihm den Anlass geliefert hatte. Er war bestimmt nicht der Einzige, der die Erzählung noch nicht kannte, und selbst wenn, es war eine gute Geschichte, und die anderen hörten ihr gerne zu.

»Nun denn, vor fünfzehn Jahren war es, ein volles Jahrzehnt war vergangen seit dem Verlust unserer Helden und seit Augustus eine Braut gefunden hatte, dass die Ersten der neuen Sullanciri nach Süden kamen. Durch die Geistermarken war die Kunde eingetroffen, aus den Mündern der Renegaten, die sich Kytrin verschrieben hatten, dass ihre neun Dunklen Lanzenreiter unaufhaltsam waren. Sie nannten einen Zeitpunkt, einen Ort und ein Ziel: Königin Lanivette von Oriosa würde in ihrer Burg in Meredo den Tod finden. Es kam der Tag, düster und kalt, kalt wie der Winter, nass wie der Herbst. Die Wolken weinten, trauerten um sie, noch bevor sie den letzten Atemzug getan. Truppen bewachten die Burg, gürteten sie mit Stahl. Helden und Kämpfer, die zu Helden werden wollten, waren zur Stelle, sie zu beschützen. Die angekündigte Stunde kam, doch sie sahen nur die Blitze zucken. Da glaubten sie sich sicher und sie jauchzten und lachten, jubelten und feierten. Aber dann, was glaubst du, geschah dann, mein Junge? Was glaubst du?«

Will war von der Erzählung völlig in den Bann geschlagen und schüttelte den Kopf. »Ich weiß nicht.«

»Sie sahen etwas Furchtbares, mein Junge, das Grauenhafteste, was sie je gesehen.« Distalus hob den Arm und streckte ihn wie einen hohen Turm empor. »Der Blitz schlug in den höchsten der Türme ein, schleuderte die Soldaten zu allen Seiten davon, warf sie von den Zinnen, dass sie in blutigen Klumpen auf dem Burghof zerbarsten. Und als der Blitz verblasst war, stand ein feuriges Ross dort, wo er eingeschlagen war, mit breiten Schwingen wie die eines Drachen, und auf seinem Rücken saß ein Geist mit langem, wallendem Mantel. Der Mantel schien aus Federn gemacht, aber jede Feder war in Wirklichkeit eine Flammenzunge. Er hob einen verhüllten Körper über den Kopf und schleuderte ihn herab. Der Körper schlug auf Zinnen und Wehrgänge, als er fiel, und auf dem Wege befreite er sich von seinen Hüllen. Königin Lanivettes Leichnam, zerbrochen, zerfetzt und enthauptet, lag vor ihrer Burg.«

Distalus' Stimme senkte sich, und er unterbrach die Erzählung, während er sich die Kehle anfeuchtete. Dann schaute er in den Bierkrug und sprach weiter. »Die Posten und die Helden, sie stürmten in die Burg, in den großen Thronsaal. Dort fanden sie nur einen Menschen. Swindger, ihren Sohn. Er stand triefend in einer Pfütze seiner Pisse. In den Händen hielt er den abgeschlagenen Kopf seiner Mutter. Er starrte in ihre toten Augen, und ihre toten Augen starrten zurück. Er sagte kein Wort. Er bebte am ganzen Leib. Dann schloss jemand ihre Augen, und der Bann war gebrochen. Swindger brach zusammen, und als er eine Woche später das Bewusstsein zurückerlangte, war sein Haar schlohweiß. Seit jenem Tag stehen zwei Dinge über Oriosa fest. Zum Ersten, dass sein letzter Held, Boleif Norderstett, in den Norden zog, um seinen eigenen Vater zu erschlagen, den Sullanciri, der die Königin getötet hatte. Aber dieser Held wählte das Blut über das Reich. Sein Vater war Nefrai-kesh geworden, und er wurde zu Nefrai-laysh, dem zehnten

Sullanciri. So wie sie einst ein Heer gegen Kytrin führten, so bereiten Vater und Sohn sich jetzt darauf vor, ihre Armeen gegen uns zu führen.«

Unruhe machte sich breit, aber Distalus hob nur die Hand und sorgte für Stille. »Das andere, mein Junge, ist dies: Swindger hat solche Angst vor den Sullanciri, die ihm den Thron verschafft haben, dass er es nicht wagt, sich ihnen zu widersetzen. Seine Mutter hatte das Reich für einen neuen Krieg gestählt, aber er lässt sie verrosten. Alle Welt weiß, dass Oriosa ein sicherer Unterschlupf für aurolanische Kundschafter ist, und dass üble Magik Swindger erlaubt, durch die Münzen zu sehen, die sein Antlitz tragen. Deshalb blenden wir sie, um ihm diese Möglichkeit und Kytrin ihren Spion zu nehmen.«

Distallus beendete seine Geschichte mit einem kräftigen Schluck Bier. Andere taten es ihm gleich und riefen nach Nachschub. Der alte Mann sah zu Kräh hinüber. »Ihr kennt die Geschichte, nicht wahr?«

Kräh nickte langsam. »Aber sie war gut erzählt. Die Stelle mit dem Urin. Eure Erfindung, oder …?«

Der Geschichtenerzähler fuhr sich mit der Zunge über die Lippen. »Ich habe es von einem Soldaten gehört, der dort war.«

Entschlossen riss sich ein Stück Brot ab. »Dann verdient Ihr so Euer Auskommen? Indem Ihr Geschichten erzählt?«

»Ich tue dies und jenes, aber im Augenblick bringe ich meine Nichte in die Stadt. Vielleicht bleibe ich selbst ein wenig. Ich schätze, das hängt von den Umständen ab.« Distalus deutete mit einer Kopfbewegung hinüber zu Julian. »Falls er mir ein Angebot macht, bleiben wir noch. Ich kenne einige durstige Geschichten. Das war nur ein Vorgeschmack.«

Der Vorqælf nickte. »Und die Leute bezahlen für Geschichten über Kytrin?«

Distalus zuckte die Achseln. »Sie ist sehr beliebt. Sie ist die Schurkin von tausend Geschichten, jede schrecklicher als die vorangegangene. Natürlich haben alle Angst vor ihr, Angst, dass sie über einen Ort wie Stellin kommt und ihn zerstört. Manche halten es für bloße Habsucht, was sie treibt, andere vermuten ein düstereres Motiv. Mich kümmert es nicht. Alle Antworten sind gleich gut. Ich habe keinen Zweifel daran, dass sie die Südlande verwüsten will. *Warum* sie das will, ist nicht meine Sorge.«

Will runzelte die Stirn. »Aber wäre es nicht möglich, sie aufzuhalten, wenn man den Grund wüsste?«

Sephis Onkel neigte kurz den Kopf, dann nickte er. »Eine interessante Beobachtung, junger Mann. Ich vermute, wir werden ihre Absichten nie durchschauen, aber eine Geschichte, die sie andeutet, könnte ein Erfolg werden. Ich werde darüber nachdenken. Danke.« Damit stand Distalus auf und streckte seiner Nichte die Hand entgegen. »Komm, Kind, wir werden früh zu Bett gehen, damit die Menge sich zerstreut und unsere Freunde schlafen können. Eine gute Nacht wünsche ich. Schlaft gut.«

Will verzog das Gesicht, als das Mädchen sie verließ, aber dann drehte sie sich zu ihm um und verabschiedete sich mit einem Fingerwinken, das Distalus nicht sah. Dies heiterte ihn wieder auf und brachte ein Lächeln auf seine Züge.

Ein so breites Lächeln, dass nicht einmal Entschlossen es ersticken konnte, als er ihm die Hände auf die Schultern fallen ließ. Der Vorqælf hatte die Ablenkung durch Sephi dazu benutzt, aufzustehen und hinter Will zu treten. Der Junge wollte aufstehen, und Entschlossen wirbelte ihn herum. Der Stuhl krachte zu Boden, und Will fiel gegen den Ælf. Dann hob Entschlossen ihn an den Oberarmen in die Höhe.

»Wo hast du sein Geld versteckt?«

Will schüttelte den Kopf. »Ich hab ihn nicht bestohlen.«

Entschlossen schüttelte ihn heftig durch. »Doch, das hast du. Du hast sein Geld genommen, als du gefallen bist.«

»Habe ich nicht.« Die Nüstern des Jungen blähten sich. »Ich bin gestolpert, wirklich gestolpert, und habe mich an ihm abgefangen. Ich habe sein Geld nicht genommen.«

»Es war ein unbeholfener Versuch, den jeder durchschaut hätte, Junge.«

Will antwortete leise, aber mit einer vorher nicht vorhandenen Schärfe. »Ich bin viel besser als das, Entschlossen.«

»Eine richtige Blaue Spinne, was, Junge?«

»Noch nicht, aber ich bin gut!« Mit einer kurzen Handbewegung ließ er einen Beutel voller Münzen auf den Tisch fallen. »So gut.«

Der Vorqælf ließ ihn los, dann tastete er nach seinem Gürtel. »Jetzt gerade? Jetzt gerade hast du ihn mir abgenommen?«

Will nickte und setzte sich auf Sephis Stuhl. »Ja. Und ich habe Distalus' Geld nicht gestohlen, weil er gar keines hatte.«

Entschlossen nahm den Beutel vom Tisch und band ihn sich wieder an den Gürtel. »Aber die Tatsache, dass du das weißt, beweist, dass du es gestohlen hättest.«

Will blinzelte. »Wenn dir ein Hirsch über den Weg läuft, schießt du ihn.«

Entschlossen ballte die Fäuste. »Wenn du den Unterschied nicht begreifst, Junge …«

Kräh drehte sich auf seinem Stuhl um und beugte sich vor, die Arme auf die Knie gestützt. »Der Unterschied ist folgender, Will. Entschlossen schießt den Hirsch, aber nur, wenn er sein Fleisch braucht. Du brauchst das Geld nicht. Du brauchst nicht zu stehlen.«

»Aber das ist mein Beruf«, zuckte Will die Achseln. »Ich bin ein Dieb.«

»Jetzt nicht mehr, Will.« Kräh stieß ihm den Finger auf die Brust und traf in die Mitte der Tasche mit dem Blatt. »Als du das gestohlen hast, hat dein altes Leben geendet. Jetzt bist du zu Besserem berufen.«

Kapitel Sechs

Will verbrachte eine unruhige Nacht auf dem Boden des *Hase und Stall*. Erst war ihm zu warm, dann zu kalt. Dann wurde ihm mal dieser Körperteil vom Liegen auf einem Astloch taub, dann jener. Er warf und wälzte sich herum, und in seinem Halbschlaf wäre ihm sogar ein Tritt von Kräh oder Entschlossen willkommen gewesen, der ihn ganz geweckt hätte.

Schlimmer als die körperlichen Umstände waren die Träume. Immer wieder sah er Fetzen von Dingen, die sicher nicht für ihn bestimmt waren. Er sprang aus dem Sattel eines flammenden Pferdes, das die Schwingen einfaltete. Flammenzungen formten seinen Umhang und hinterließen Brandflecken auf dem roten Teppich. Er marschierte den Teppich entlang zum Thron, sah eine Frau dort trotzig auf ihn warten … eine Frau, die aussah wie Sephi. Sie unterhielten sich, erst freundlich, aber immer angespannt, dann grober. Die Frau winkte ihn fort und er griff zu, packte sie bei der Kehle. Mit derselben Leichtigkeit, mit der man einer Blume die Blüte abreißt, köpfte er sie. Dann legte er ihren Kopf in die Hände ihres Sohnes.

Als er sich in einem Spiegel sah, blickte er in Krähs Gesicht, nur viel jünger.

Fast hätte der Schreck über diesen Traum ihn ganz aufgeweckt, aber dann lockten idyllischere Bilder ihn zurück. Hand in Hand mit Sephi oder manchmal auch mit der Vorqælfe, Nächstenliebe, wanderte er durch Frühlingswiesen. Gräser und Blumen wiegten sich in einer warmen Brise. Er fühlte heiße Wallungen in sich aufsteigen und erkannte dieselben Gefühle in den Augen des Mädchens, aber dann brach jedes Mal ein eisiger Schneesturm über die Wiese herein, und die Welt ringsum verschwand in einem Meer von Weiß. Als er wieder sehen konnte, hatte das Objekt seiner Begierde sich in eine Eisfrau verwandelt, die Kälte ausstrahlte und zugleich anziehend und abstoßend wirkte, denn ihre Umarmung versprach kalten Trost und schmerzhaften Tod.

Endlich, nach Stunden voller furchtbarer Visionen, brach der Morgen an. Julians Tochter, sie flüsterte ihren Namen, Malva, weckte ihn, als sie in den Kohlen im Kamin stocherte und Holz nachlegte, um das Feuer wieder anzufachen. Irgendwie hievte Will sich hoch und schleppte sich über den Hof zur Toilette, dann bot er an, Holz zu hacken. *Wenn ich schon müde bin, will ich wenigstens einen Grund dafür haben.*

Julians Frau, allerdings nicht Malvas Mutter, die zwei Jahre zuvor an Sommerfieber gestorben war, bereitete das Frühstück für die Familie, Krähs Reisegruppe, Distalus und Sephi zu. Distalus unterhielt sie mit Berichten von der Goldenen Wölfin, einer Banditin aus den Bergen. Will hätte lieber Geschichten von der Blauen Spinne gehört, aber Distalus' Erzählungen waren erschreckend genug, ihn vollends aufzuwecken, und er fragte sich, ob sie ihr auf dem Weg in die Berge wohl begegnen würden.

Kräh beglich ihre Rechnung und zahlte für die Unterbringung der Pferde, dann brachen sie auf. Julian und Distalus saßen beisammen und unterhielten sich leise, als sie abzogen. Sephi winkte Will hinterher und schaute ihm nach, aber als er sich ein letztes Mal umdrehte, hörte sie schon Julian zu.

Sie sattelten auf und verließen Stellin in westlicher Richtung. Am zweiten Tag des Ritts bogen sie nach Nordwesten ab. Sie umgingen einen Salzsumpf, dann begann der Aufstieg ins Gebirge. Der Pfad, den sie benutzten, war überwuchert und schien kaum jemals benutzt zu werden.

»Ist eine Weile her, dass hier jemand entlanggekommen ist.«

Entschlossen zuckte die Schultern. »Ein Jahr.«

»Eher zwei, mein Freund.«

Der Vorqælf drehte sich im Sattel um. »Bist du sicher?«

»Wir sind am Ende des Sommers von hier fort, nachdem wir bei der Ernte geholfen hatten. Dann haben wir in Herana überwintert, und im Frühjahr waren wir in der Geistermark. Im Sommer wieder südwärts, aber nicht ins Gebirge, und letzten Winter Muroso.«

»Die Jahre verschwimmen.«

»Du hast mehr davon hinter dir als ich, Entschlossen.«

»Das ist keine Entschuldigung.« Der Vorqælf grinste Kräh an. »Und du hast Recht damit, wann wir zuletzt hier waren.«

Will räusperte sich. »Wo genau ist ›hier‹?«

Entschlossens Miene verdüsterte sich. »Was macht das für dich für einen Unterschied, Junge? Du weißt nichts von der Welt, also kannst du diesen Ort auch nicht in deinem Bild von ihr einordnen.«

»Vielleicht will ich es ja lernen.« Er deutete auf den Weg vor ihnen. »Soll ich dir sagen, woher ich weiß, dass hier lange niemand vorbeigekommen ist? Da, die Blauschuhe, sie haben dieses Jahr schon geblüht und werden bald diese Samenkapseln bilden, die ihnen erlauben, ihre Samen mit dem Wind davontragen zu lassen. Wären hier Reiter durchgekommen, hätten die Pferde die Pflanzen zertrampelt.«

Der Vorqælf schnaubte. »Ein Kind hätte das erkennen können.«

»Sicher, aber ich nicht. Nicht ohne das, was ich schon gelernt habe.«

Entschlossen schwieg für einen Augenblick, dann nickte er. »Du bist in Gyrvirgul, in der Nähe des Kreszentmeers. Sagt dir das irgendetwas?«

Fast hätte Will mit Ja geantwortet, aber dann zögerte er. *Wenn ich das sage, will er wissen, was, und dann weiß ich keine Antwort.* »Es sagt mir, dass ich weit weg von zu Hause bin. Und es heißt, wir kriegen vielleicht Gyrkyme zu sehen.«

»Das bezweifle ich. Die Geflügelten bleiben auf den höchsten Gipfeln weiter landeinwärts.« Entschlossen deutete nach Südwesten, wo am Horizont die Berge unter Wolken verschwanden. »Ich glaube auch kaum, dass wir dieser Goldwölfin begegnen.«

»Warum nicht? Ihr habt Gold dabei.«

Der Vorqælf warf einen schnellen Blick zur Geldkatze an seinem Gürtel. »Für eine Banditin wie sie wären wir kleine Fische.«

Der Knabe wollte ihn bitten, das zu erklären, aber dann verkniff er sich die Frage und dachte selbst nach. Distalus' Geschichten waren reichlich lückenhaft gewesen. Hauptsächlich hatte er sie als eine wunderschöne, mächtige Kriegerin beschrieben, die einen Trupp Reiter anführte. Sie führte ihre Raubzüge entlang der alcidischen Grenze mit Helurca aus, hatte er berichtet, und Stellin lag am äußersten Rand ihres Reviers.

Will runzelte die Stirn. »Irgendwas stimmt nicht mit der Goldenen Wölfin.«

Kräh, der die hinter ihnen trottenden Packpferde beobachtet hatte, drehte sich um und lächelte. »Wie meinst du das?«

»Na, es ist doch so: Wir sind zu dritt, mit neun Pferden. Wir können uns eine Hütte suchen oder ein Zelt aufschlagen und die Pferde grasen lassen oder ihnen Korn geben, wenn sie welches brauchen. Wir fangen ein

Kaninchen und braten es, wir suchen uns Wurzeln und sonst noch essbare Pflanzen. Für uns reicht das, aber für so eine große Truppe, wie sie sie dabei hat? Selbst wenn Distalus gelogen hat, bräuchten die mehr Essen und mehr Futter.«

Der alte Mann nickte. »Und daraus schließt du was?«

»Ich bin mir nicht sicher, aber die Leute in Stellin schienen die Geschichten von ihr zu genießen, statt es mit der Angst zu tun zu bekommen wie bei den Erzählungen über Kytrin.« Er zuckte die Achseln. »Sie haben keine Angst vor dieser Goldwölfin.«

»Nicht die Geringste, also werden wir uns auch nicht vor ihr fürchten.«

»Aber wie kann sie eine Banditenchefin sein, wenn die Leute, die sie angeblich überfällt, keine Angst vor ihr haben?«

Entschlossen knurrte. »Das ist eine unmöglich zu beantwortende Frage, Junge. Vielleicht kann Distalus sich eine Antwort für dich einfallen lassen, wenn du ihn das nächste Mal siehst.«

Kräh lachte. »Wenn wir Distalus das nächste Mal sehen, wird er in irgendeiner Düsterstadttaverne sitzen und den Profit versaufen, den er von Sephis Verkauf gemacht hat.«

Entschlossen nickte. »Sie war hübsch.«

Diese knappe Bemerkung tauchte den ganzen Abend für Will in ein neues Licht. »Sie geht nach Yslin, um die Röcke zu lüpfen?«

»Vermutlich, auch wenn sie es wahrscheinlich nicht ahnt.« Kräh schüttelte den Kopf. »Möglicherweise wissen es nicht einmal ihre Eltern. Distalus hat ihnen Geld gegeben und erzählt, dass sie noch mehr bekommen, und mit einem Schlag haben sie ein Maul weniger zu stopfen.«

»Ich wünschte mir, ich *hätte* ihm sein Geld gestohlen.«

Der Vorqælf lachte. »Ach, der Dieb schaut auf den Zuhälter hinab?«

»Es gibt auch unter Dieben so etwas wie ...« Wills Protest erstarb unter dem höllischen Feuer in Entschlossens Silberaugen. »Sie hätte eine Wahl bekommen müssen.«

»Die wird sie haben. Es wird nur möglicherweise keine leichte Wahl sein.« Kräh deutete mit einer Kopfbewegung den Weg hinauf, zu einer Stelle, wo er auf einer Bergkuppe nach links abbog. »Es ist nicht mehr weit.«

Will drehte sich wieder nach Osten, so, als könnte er Stellin noch sehen, obwohl das Dorf dafür schon zu weit entfernt lag. »Wir hätten etwas tun sollen.«

Entschlossen duckte sich unter einem tief hängenden Ahornast vorbei. »Da gab es für uns nichts zu tun, Junge. Wenn unsere Mission scheitert, spielt ihr Schicksal keine Rolle mehr.«

»Und was für eine Mission ist das?«

Der Vorqælf lächelte grausam. »Wir werden feststellen, ob du aus Stahl oder aus Bronze bist, Junge. Im einen Fall wirst du die Welt retten. Im anderen kannst du froh sein, wenn du dich selbst rettest.«

Der Weg führte sie den Berg hinauf und durch einen schmalen Pass, der so eng war, dass Will mit beiden Beinen an den Felswänden entlangscheuerte. Nach einem kurzen Stück weitete er sich und sie erreichten einen Birkenhain, dann kamen sie in ein Tal, bei dessen Anblick ihm der Atem stockte. Er ließ das Pferd den Weg verlassen und grasen, während er nur im Sattel saß und starrte.

Bis zu dieser Reise und seiner Ausbildung durch Entschlossen hatte Will nicht eine Pflanze von der anderen unterscheiden können. Obwohl sie nicht lange unterwegs gewesen waren, hatte er eine Menge gelernt. Jetzt war er sogar in der Lage, das Blatt als Eichenlaub zu bestimmen, auch wenn das silberne Metall nichts glich, was er irgendwo in Feld oder Wald hatte wachsen sehen.

Jedenfalls bis jetzt …

Reihenweise säumten Silbereichen den Weg ins Tal. Andere Pflanzen klammerten sich an die Bäume, erstrahlten in prächtigen Blüten, reich, groß, farbenfroh. Das Gebüsch strotzte vor Beeren, die Himbeeren glichen, aber rötlichgelb wie Melonen waren. Andere Blumen und Sträucher schienen vertraut, aber irgendwie lebhafter, grüner, lebendiger als die Pflanzen, die keine Meile die Straße abwärts wuchsen.

Kräh kam herübergetrabt und nahm Will die Zügel aus der schlaffen Hand. »Komm weiter, das ist nichts.«

Der Kommentar überraschte Will. »Was ist das für ein Ort?«

»Der Schatten eines anderen.«

Mit einem Schenkeldruck setzte Kräh sein Pferd wieder in Bewegung, und die beiden Tiere trotteten durch den Silbereichenwald weiter. Am Fuß des sanften Abhangs machte der Pfad eine Biegung nach links durch bepflanzte Felder. Will erkannte keines der Gemüse, die von den Pflanzen hingen, aber die Hühner, die vor ihnen davonstieben, schienen durchaus normal. Er sah ein Stück weiter ein Gehege mit Ziegen und Schafen, aber keinen Bauernhof, wie er zu den Feldern und dem Vieh gehört hätte.

Kräh hielt hinter Entschlossen und den Packpferden in der Nähe einer Höhle an. Eine Ælfe trat heraus. Will nahm an, dass sie eine Vorqælfe war, denn ihre Augen wirkten nahezu vollständig kupferfarben, aber in ihrer Mitte war ein weißer Punkt sichtbar. Die Punkte zuckten hin und her, als würde sie die drei beim Absteigen beobachten, aber Will bemerkte, dass ihr Blick den Geräuschen folgte, nicht den Personen.

Einen Augenblick lang fragte er sich, ob sie Entschlossens Ehefrau war. Er hatte zwar große Zweifel, dass irgendeine Frau dumm genug sein könnte, Entschlossen zum Gatten zu nehmen, aber falls es so wäre, hätte es erklärt, warum sie an einem Ort lebte, den er nur schwer erreichen konnte.

Entschlossen trat zu ihr und sank auf ein Knie. Er nahm ihre rechte Hand und küsste sie. »Unsere Abwesenheit war unverzeihlich.«

Sie tätschelte seinen Kopf wie den eines Hundes. »Verziehen, weil es unumgänglich war. Ich habe gesehen, wo du warst, Entschlossen. Und Kedyns Krähe, er begleitet dich noch stets.«

Kräh schwang sich aus dem Sattel und umarmte die Ælfe. »Es hat zu lange gedauert.«

Sie löste sich aus seinen Armen. »Und der, den ihr mitgebracht habt. Wer ist er?«

Ihre Stimme schmeichelte seinen Ohren und sein Herz raste. Will wusste nicht, wer sie war, aber wenn Entschlossen vor ihr niederkniete, musste sie jemand sehr Wichtiges sein. Doch Will hätte keine Beweise gebraucht, um zu erkennen, dass sie etwas ganz Besonderes war. Etwas in seinem Innern sagte ihm, dass sie etwas verband, eine tiefe innere Beziehung.

Er glitt aus dem Sattel und zog den Blattbeutel aus dem Hemd. Er streckte die Hand aus. »Ich bin Will, ein Kurier. Das ist für Euch.« So sehr es ihm widerstrebte, das Blatt aufzugeben, so sehr spürte er in seinem tiefsten Innern, dass es nie dafür geschaffen gewesen war, jemandes Eigentum zu sein. Es war geschaffen, benutzt zu werden. Von ihr benutzt zu werden.

»Ich bin Orakel, und ich danke dir, Will.« Ihre schlanken Finger streichelten seine Hände, als sie den Beutel entgegennahm. Sie lächelte, und Will war sich sicher, dass es an dem Blatt lag. »Wilmenhart, ja. Ein schöner Name. Ich wollte dich nicht beleidigen.«

»Ich, äh, d-danke.« Plötzlich war sein Mund wie ausgetrocknet. »Kein Problem.«

»Gut.« Das Wort kam leise über ihre Lippen, dann schloss sie die Augen und öffnete den Beutel. Das silberne Blatt schien heller zu strahlen als je zuvor, als sie es in die Hände nahm und ans Tageslicht holte. Sie presste es zwischen die gefalteten Hände, und sein Licht war so stark, dass es ihr Fleisch durchdrang und die Knochen dunkeln abzeichnete. »Ja, o ja, das ist ein wichtiges Teil. Kommt, jetzt kommt mit.«

Sie drehte sich auf dem Absatz um und lief fast in die Höhle. Will wollte ihr nachsetzen, aber Kräh fasste ihn an der Schulter. »Langsam, Will. Sie kennt die Höhle gut, und die Dunkelheit macht ihr nichts aus.«

Der Knabe nickte. »Ihre Augen. Sie ist blind, nicht wahr?«

Entschlossen knurrte. »Eine Sicht ist verloren, aber sie sieht, was sie sehen muss.«

Will zog eine Grimasse. »Kannst du nie einfach nur mit Ja oder Nein antworten?«

»Auf manche Fragen gibt es keine einfache Antwort, Junge.«

Kräh drückte Wills Schulter. »Ja, sie ist blind. Seit einigen Jahren schon.«

Wills Augen weiteten sich. »Wie ist das passiert?«

Entschlossen, in den Schatten der Höhle halb unsichtbar, verzog das Gesicht. »Sie hat sich selbst geblendet.«

»Was? Warum?«

»Jetzt sollst du deine einfache Antwort bekommen, Junge ...« Entschlossens Stimme hallte aus der Höhle, als er in der Dunkelheit verschwand. »Sie wollte verhindern, dass jemand anderes ihre Augen benutzt.«

Kapitel Sieben

Will folgte Entschlossen in die Höhle und durch eine Verengung, bevor der Weg nach links abknickte. Dort weitete er sich etwas zu einem flachen Oval, das an der weitesten Stelle mehrere Meter breit war. An einer notdürftigen Feuerstelle aus zusammengelegten Steinen brannte ein kleines Feuer, das mehr Wärme als Licht erzeugte. Der Qualm stieg zur niedrigen Decke der Kammer, wo er sich unter dem Fels verteilte. Ein Stück den Gang hinab stieg er wie Wasser, das langsam über einen Damm abfließt, durch eine Lücke im Höhlendach davon.

Der breite Rücken des Vorqælfen hinderte Will daran, das Innere der nächsten Kammer zu sehen, aber es musste ein spektakulärer Anblick sein. Grünlich silbernes Licht zeichnete Entschlossens Umrisse nach. Der Ælf zog den Kopf ein, um durch die niedrige Öffnung zu treten. Will folgte ihm, den Kopf erhoben.

Dann blieb er stehen. Der Atem erstarrte ihm in der Lunge.

Die ganze Reise zu den Bergen hatte Entschlossen ohne Unterlass darauf bestanden, dass Will nichts von der Welt wusste. Will hatte von ihm gelernt, mal widerwillig, bei anderen Gelegenheiten dankbar, aber nie hatte er seine Überzeugung aufgegeben, weit mehr zu wissen, als Entschlossen vermutete oder selbst je wissen würde. Die Höhle, die er jetzt betrat, fegte diese Selbstgefälligkeit hinweg.

Er fühlte sich verloren wie ein kleines Kind auf den Straßen Yslins.

Das weiche Licht glühender Erze und Moose erhellte die Höhle, die leicht groß genug für vier Herbergen wie das *Hase und Stall* war. Säulen aus Fließstein trugen ein dunkles Dach, an dem Lichter wie Sterne funkelten. Er glaubte sogar, ein paar Sternbilder zu erkennen, aber die meisten waren ihm fremd.

Weit erstaunlicher als der in Stein gesetzte Nachthimmel aber war die Höhle selbst. Als Will einen Schritt nach vorne trat, hatte er das Gefühl, sich durch Flüssigkeit zu bewegen … Nicht so dicht wie Wasser, aber ganz sicher auch keine Luft. Er fühlte ihren sanften, weichen Druck, wie das Gewicht einer leichten Decke. Es schmerzte nicht, war auch nicht unangenehm, aber es bremste ihn wie die Luft an einem schwülen Tag.

Rings um ihn herum in der ganzen Höhle hingen Dinge in der Luft. Blätter und Zweige hier und da, als wären sie die einzigen sichtbaren Teile in einem unsichtbaren Nebel verborgener Bäume. Zu seinen Füßen sah er ein Skelett, er nahm an, von einem Kaninchen, sorgfältig zusammengesetzt und mit einem mottenzerfressenen Fellmantel bedeckt. Darüber hing ein anderes Skelett im Sprung von einem Felsen in der Luft, die krallenbesetzten Tatzen ausgestreckt, um das Kaninchen zu zerfetzen. Will konnte die Muskeln beinahe sehen, die über den Knochen lagen, die Anspannung und die Veränderung in der Farbe des Raubtierfells.

Aber noch beeindruckender als die Knochen und Zweige waren die Wandgemälde. Zunächst konnte Will nicht erkennen, was sie darstellten, denn vom Eingang aus sah er nur einen schmalen Farbstreifen. Doch als er tiefer in den Raum trat, breiteten die Farben sich zu langen, rechteckigen Landschaften aus. Durch die Bilder, die mitten in der Luft hingen, manche Gemälde, andere Kreidezeichnungen oder Mosaike aus Steinen und Blättern, sah er, wie aus einem Felsen eine Landzunge wurde, oder aus einer Steinnadel der Rand eines Tals. Wenn er länger auf eines der Bilder starrte, schien die Darstellung zu verschwimmen. Die Farben vermischten sich, verschmolzen, lösten sich in die Tiefe hinein auf. Er wollte die Hand ausstrecken und durch sie den Ort berühren, den sie repräsentierten.

Entschlossen packte sein linkes Handgelenk, bevor er eines der Gemälde berühren konnte. »Nicht.«

»Nicht? Es scheint so wirklich.«

»Das ist es auch. Oder war es zumindest.« Zu Wills Überraschung brach Entschlossens Stimme ein wenig. »Was weißt du von Magik, Junge?«

Will spürte den Trotz in sich aufsteigen, aber er zuckte nur die Achseln.

Orakel, die – soweit Will das ausmachen konnte – einen hellblauen Farbkreis in die leere Luft gemalt hatte, drehte sich um. »Entschlossen, bei dir klingt das wie eine Anschuldigung. Natürlich weiß Wilmenhart nichts von Magik, denn er hatte keine Gelegenheit, es zu lernen.«

Will wollte das Gesicht verziehen, weil sie seinen vollen Namen benutzte, doch aus ihrem Mund klang er richtig. Sie benutzte ihn nicht, wie Marcus und ein Teil der anderen, um ihn zu beschimpfen und lächerlich zu machen. *So wie sie ihn ausspricht, passt er mir.*

Orakel lächelte ihn an und öffnete die Hände. Der Pinsel und die kleine Schale mit Farbe, die sie benutzt hatte, blieben in der Luft hängen. Sie trat um sie herum und breitete die Arme in einer Geste aus, die den ganzen Raum einschloss. »Dies ist ein magischer Ort, ein ganz besonderer Ort, und du bist jetzt einer der zwei Menschen, die von seiner Existenz wissen.«

»Danke?« Wills Verwirrung ließ ihn die Stirn kraus ziehen. »Warum solltet Ihr mir trauen?«

»Wir haben keine andere Wahl, Wilmenhart.« Sie drehte sich um und nickte Entschlossen zu. »Die Eichel, bitte.«

Der Vorqælf steckte die Hand in einen kleinen Beutel an seinem Gürtel und holte eine Eichel heraus. Sie sah aus wie jede Menge anderer Eicheln, die Will auf der Reise zu erkennen gelernt hatte, nur glänzte sie rotgolden statt braun oder grün. Entschlossen schnippte sie Orakel zu. Die Eichel flog schnell durch die erste Hälfte der Wurfbahn, dann wurde sie langsamer und schwebte bald nur noch wie eine Feder auf einem Flüsterhauch.

Orakel öffnete die rechte Hand, breitete die langen bleichen Finger aus, und die Eichel landete in der Mitte des Handtellers. »Diese Eichel stammt vom selben Baum wie das Blatt, das du gefunden hast, Wilmenhart. In der Magik sind viele Dinge miteinander verbunden. Manche sind natürlich, wie die Verbindung zwischen einem Blatt und einem Baum. Verstehst du?«

Will nickte.

»Manche Verbindungen sind gewachsen. Zum Beispiel hat Entschlossen diese Eichel zwei Jahre bei sich getragen. Sie trägt Spuren von ihm, so wie ein Stein, den du stundenlang in der Hand hältst, etwas von deiner Wärme aufnimmt.«

Will nickte. Dann wurde ihm klar, dass sie ja blind war und die Geste nicht sehen konnte. »Ich verstehe.«

Entschlossen schnaubte. »Sie hat es gewusst. Hat dein Hirn im Schädel klappern hören.«

Orakel schloss die Augen und seufzte. »Muss deine Ungeduld auf alles abfärben, Entschlossen?«

Der Vorqælf setzte zu einer Antwort auf Ælfisch an, aber Orakel runzelte die Stirn. »In der Menschensprache. Er sollte es verstehen.«

»Wenn es sein muss.« Entschlossens Nasenflügel bebten. »Vielleicht muss meine Ungeduld sich nicht Bahn brechen, aber wir wissen nicht, ob er derjenige ist, den wir brauchen.«

»Die Eichel hat dich zu ihm geführt, oder nicht?«

»Die Eichel hat mich zum Blatt geführt, und du hast

gesagt, das Blatt würde uns zu ihm führen. Dieser Knabe könnte nur ein Glied in der Kette sein.«

Sie lächelte und öffnete langsam die Lider. »Es war nicht leicht für mich, das Augenlicht aufzugeben, aber du weigerst dich, es auch nur zu gebrauchen.«

Will wurde unruhig. »Äh, Ihr benutzt vielleicht eine Sprache, die ich verstehe, aber, mhm, ich verstehe trotzdem nichts.«

»Das Verständnis wird kommen, Wilmenhart.« Sie drehte sich fast fröhlich im Kreis. Der Saum ihres weißen Kleides schwang nach außen, ihr langer weißer Zopf flog durch die Luft. »Diesen Ort haben wir aus Bruchstücken unserer Heimstatt, Vorquellyn, erschaffen. Du kennst die Geschichte: Vor eineinviertel Jahrhunderten haben die Aurolani-Heerscharen die Insel überrannt und uns vertrieben. Wenn Ælfen etwa dein Alter erreichen, werden sie in einem besonderen Ritual an das Land ihrer Geburt gebunden. Es macht uns verantwortlich für unsere Heimstatt, bindet uns an das Land, sodass wir seinen Schmerz fühlen. Die an Vorquellyn gebundenen Ælfen litten durch die Schändung der Insel so furchtbar, dass sie diese Welt verließen. Dadurch blieben nur wir Ungebundenen, Entschlossen, Vergütet, ich, andere mehr, hier, um durch die Welt zu ziehen und für unsere Heimat zu kämpfen. Vor einer Menschengeneration hofften wir, der Krieg gegen Kytrin würde Vorquellyn befreien, aber so kam es nicht. Deshalb begannen wir, heimlich tätig zu werden. Hier bringen wir Objekte unserer alten Heimat zusammen, denn diese Dinge verbinden uns mit ihr. Je mehr wir von ihnen finden, desto stärker wird die Verbindung.«

Will schaute zurück zum Eingang. »Die Bäume, sind die aus vorquellischen Samen gewachsen?«

»Nein, Wilmenhart, die Objekte aus Vorquellyn bringen wir hier herein. Die Pflanzen dort draußen kommen aus anderen Ælfenheimstätten, auch wenn sie ursprünglich von Vorquellyn stammen.« Sie zuckte die Achseln. »Wir hatten gehofft, eine Heimstatt aufbauen zu können, indem wir sie hier anpflanzen. Sie bieten uns eine Verbindung, aber sie ist nur schwach, weil die Bedingungen hier andere sind als auf unserer Insel. Aber in dieser Höhle wächst die Kraft. Manchmal kann ich die Brandung hören, die Meeresbrise fühlen, die Blumen und Früchte riechen.«

Entschlossen kratzte sich am unrasierten Kinn. »Um diesen Ort zu erschaffen – die Idee dazu stammt aus einer Reihe von Prophezeiungen, die Orakel während des Krieges machte –, haben wir von den Vorqælfen Erinnerungsstücke eingefordert. Manche, wie Raubtier, haben sich verweigert. Je mehr wir finden, desto stärker wird die Kraft.«

»Warum fahrt Ihr nicht nach Vorquellyn und holt Euch, was Ihr braucht?«

Entschlossen antwortete mit einem tiefen, bösartigen Lachen, aber ein Stirnrunzeln Orakels ließ ihn verstummen.

»Wilmenhart, diese Dinge hier stammen von Vorquellyn *vor* der Verseuchung. Alles, was jetzt dort existiert, würde unsere Feinde vor uns warnen, würden wir es hierher bringen, und das können wir nicht riskieren.«

Der Knabe nickte langsam. »Und welche Rolle spiele ich dabei?«

Die blinde Vorqælfe seufzte und wandte sich ab. »Folge mir.« Als sie tiefer in die Höhle ging, trat sie am Rand eines Gemäldes vorbei und verschwand außer Sicht.

Will ging ihr hastig nach und stieg eilig eine enge Treppe hinab, die grob aus dem Fels gehauen war. Leuchtmoos erhellte die Decke des Gangs, aber er lief nirgends Gefahr, sich den Kopf zu stoßen. Der Weg bog nach rechts und wieder nach links, führte die letzten zwanzig Meter steil abwärts, und öffnete sich zu einer kleinen Kammer, die seiner Schätzung nach ziemlich genau unter der Mitte der großen Höhle lag. Auch hier spendeten Moos und Mineralien Licht, und einen kurzen Augenblick lang beneidete er Orakel um ihre Blindheit.

Riesige, blutrünstige Bilder bedeckten Wände und Decke der Kammer. Sie wanden sich wie Regenbogennattern um Stalaktiten und Stalagmiten. Hier hing nichts in der Luft, aber die furchtbaren, apokalyptischen Bilder hätten sich aus den Gemälden gefressen, wären sie nicht an den Fels gefesselt gewesen. Menschen und Ælfen, urSreiði, Gyrkyme und andere Rassen zum Teil bestialischen Aussehens rangen in blutigen Schlachten miteinander. Leichen und blutüberströmte Leichenteile füllten die Lücken zwischen den Kämpfenden, und manche neuere Bilder waren über ältere gemalt.

In der Mitte dieses Chaos aus Tod und Gewalt enthielt ein schmaler Teil einer Wand nichts weiter als eine in Gold umrissene menschliche Silhouette. Orakel schwebte durch die Kammer darauf zu, dann steckte sie die Hände in die Manschetten ihres Kleids und senkte den Kopf. »Dies ist, so glaube ich, deine Rolle. Dein Gesicht ist es, das an diese Stelle gehört. Wir wissen nicht mit Sicherheit, ob du derjenige bist, den wir suchen, oder ob du, wie Entschlossen es gesagt hat, nur ein Glied auf dem Weg zu diesem Menschen bist. Festzustellen, ob du es bist oder nicht, kann gefährlich sein. Sehr gefährlich.«

Will schaute zurück zu Entschlossen, der den einzigen Ausgang der Kammer versperrte. »Ich bekomme keine Wahl?«

Orakel hob den Kopf. Ihr Gesicht war ausdruckslos. »Du hast immer eine Wahl. Falls dies dein Schicksal ist, ist der nächste Schritt der Entscheidende.«

»Und wenn nicht?«

»Dann kann ich dein Schicksal nicht voraussagen, aber ich wünsche dir alles Gute.« Sie schloss die Augen. »Es wäre besser, wenn du ohne Zwang handeltest.«

Entschlossen knackte mit den Fingern.

Will seufzte, hauptsächlich, weil es das einfachste Mittel gegen den kalten Schauder war, der ihm das Rückgrat hinaufstieg. Die Magik dieses Orts faszinierte ihn und machte ihm Angst, doch über die Furcht wusch blankes Erstaunen. Die Tatsache, dass Orakel, so blind sie war, zu alldem fähig gewesen war, was er gesehen hatte, hatte ihn beeindruckt, denn die einzigen Blinden, die er bisher gekannt hatte, waren Bettler. Bettler verhielten sich im Vergleich zu Dieben wie Ratten zu Wölfen, aber Orakel hätte selbst den größten Dieb in Erstaunen versetzt.

Trotzdem blieb die Angst. »Ich möchte Euch eine Frage stellen, Orakel. Ich weiß, was Entschlossen antworten würde, denn für ihn ist mein Tod nie weit entfernt. Was Ihr vorhabt, ist herauszufinden, ob ich derjenige bin, den Ihr sucht, richtig? Und das wird eine tödliche Gefahr für mich sein?«

Sie lächelte. »Nur, falls du derjenige bist, den wir suchen. Aber falls du es bist, werden wir alles tun, was in unserer Macht steht, um dich zu retten.«

Diesmal bremste kein Seufzer das Schaudern. Will drehte sich zu Entschlossen um. »Wenn ich es nicht bin, gehe ich hier nie wieder fort, oder? Ihr habt Vergütet nicht vertraut. Mir könnt Ihr nicht vertrauen.«

Der hünenhafte Vorqælf verschränkte die Arme und zuckte die Achseln. »Den Rest deines Lebens hier zu verbringen, wäre besser, als es in den Slums von Yslin zu beenden.«

So kurz dieser Rest auch sein mag. Will wollte Wut oder Angst über die Aussicht empfinden, hier gefangen gehalten oder umgebracht zu werden, doch es gelang ihm nicht. So wie er gewusst hatte, dass das Blatt mitgenommen werden wollte, so wusste er jetzt, dass er an diesen Ort gehörte. Fast musste er lachen. Alle Waisen, die Marcus aufgenommen hatte, hegten diese Fantasie.

Eines Tages würde jemand kommen und ihnen sagen, wer sie wirklich waren, würde sie an ihren rechtmäßigen Platz in der Welt führen. In seinen Träumen war es seine Mutter gewesen, die dem Feuer entkommen war, überlebt hatte und zur Piratenkönigin Vionna geworden war, mit der Blauen Spinne als ihrem Prinzgemahl.

Jetzt habe ich bekommen, was wir uns alle gewünscht haben, aber es hat seinen Preis. Ein Blick zu Entschlossen sagte Will, dass der Vorqælf einen Fluchtversuch erwartete. Er rechnete sich keine sonderlichen Chancen aus, dem Vorq zu entweichen, aber in gewisser Weise wollte er es dennoch versuchen.

Doch zugleich sperrte er sich dagegen, und dieser Impuls war der stärkere. Etwas in der Art, wie Orakel erklärt hatte, dass sie alles in ihrer Macht Stehende tun würden, ihn zu retten, machte ihm klar, wie wichtig er ihnen war. *Falls ich nicht derjenige bin, den sie suchen, bin ich doch ein Glied in der Kette.* Plötzlich erkannte er das Thema der Saga von Will Flinkfuß. Seine Geschichte würde eine Abfolge von Abenteuern sein, aufgereiht wie Perlen auf einer Schnur, und nun hatte er die Schnur. Er würde helfen, Vorquellyn zu befreien, wo immer das lag, und es würde ihm gelingen, denn seit sehr langer Zeit schon waren alle anderen daran gescheitert.

Er nickte und atmete langsam aus. »Was muss ich tun?«

Erleichterung zauberte ein Lächeln auf Orakels Züge. »Komm hierher und stell dich in dieses Becken, Wilmenhart.«

Will gehorchte, während Entschlossen die Kammer verließ. Der Knabe sah einen Eisenring, der im Zentrum einer flachen, etwa drei Meter durchmessenden Vertiefung im Boden in den Fels eingelassen war. Um den Rand war eine unregelmäßige rote Linie gemalt. Er stieß den Ring mit der Zehenspitze an. Er war schwer und fest im Boden verankert. Ein wütendes Meckern und das Klappern von Ziegenhufen auf Stein veranlassten ihn, sich umzudrehen. Entschlossen trat in die Kammer und machte Kräh Platz, der an einer Kette eine Ziege hereinführte. Die beiden Krieger tauschten einen kurzen Blick aus, dann grinste Kräh.

»Ich habe nie daran gezweifelt, dass Will zustimmt. Ich dachte mir, ich spare uns etwas Zeit.« Der alte Mann führte die Ziege in das Becken und befestigte die Kette am Eisenring, sodass noch zwei Meter Spiel blieben. Das Tier schien friedlich genug. Es kam herüber, um an Will zu schnuppern, dann stieß es ihn sanft mit dem Kopf an.

Orakel betrat die Senke, und die Ziege trottete zu ihr. Orakel streichelte ihr den Hals, dann strich sie ihr mit dem Daumen über die Stirn. Die Vorqælfe zog einen schlanken Dolch und brachte dem Tier einen kleinen Schnitt in der Mitte über den Augen bei. Die Ziege meckerte laut und sprang zurück, so weit die Kette es erlaubte. Blut trat aus der Wunde. Die Hufe des Tiers fanden auf dem glatten Stein kaum Halt, und die Ziege stürzte.

»Reich mir die linke Hand, die Herzhand, Wilmenhart.«

Er gehorchte und fühlte den Biss der Klinge, die über seine Handfläche fuhr.

Orakel deutete auf die Ziege, die sich unbeholfen wieder aufrichtete. »Wir müssen eine Verbindung zwischen euch herstellen. Leg deine Wunde auf ihre, sodass sich euer Blut vermischt. Schnell, es bleibt nicht viel Zeit.«

Will zog sich mit der Rechten an der Kette entlang zu der Ziege. Als er sie erreichte und die Hand auf ihre Stirn legte, hatten Kräh und Orakel das Becken bereits wieder verlassen. Orakel und Entschlossen standen am Rand der Senke und hielten sich an der Hand. Entschlossens Tätowierungen leuchteten in kräftig violettem Licht. Eine Vierteldrehung entfernt hatte Kräh einen kleinen Reiterbogen aus silberhellem Holz gezückt und einen Pfeil mit breiter Spitze aufgelegt, die mit Silber überzogen war.

Will schluckte mühsam. »Ich bin bereit.«

Kräh zwinkerte ihm zu. »Du machst das schon.«

Entschlossens silberne Augen wurden schmal. »Ich glaube ja. Er wird es schaffen. Die Frage ist nur, wie hoch wird der Preis werden, den sie uns für diesen Erfolg abtrotzen?«

Dann sprach Orakel.

Kapitel Acht

Die Worte tirilierten melodisch über Orakels Lippen. Manche sangen hell und klar wie das Läuten einer Kristallglocke, andere rumpelten wie ein schwer beladener Karren auf Kopfsteinpflaster. Jedes ihrer Worte schien für einen Augenblick in der Luft zu hängen, nachdem es ihren Mund verlassen hatte. Will glaubte, kurze Blicke auf sie erhaschen zu können, wie sie im Widerschein von Entschlossens Tätowierungen glänzten.

Die Klänge schwebten durch die Luft und formten sich zu Ketten. Das Echo verstärkte sie und zog sie heran, herab, rund um Will und die Ziege. Der Knabe hielt die Hand auf die Stirn des Tiers gedrückt und ignorierte die warme Nässe, die sie verband. Er verspürte ein Kitzeln in der Wunde, so, als würde das Echo der Worte in sie hineingesogen und durch sie hindurch in die Ziege.

Orakels Worte kamen schneller, wurden zugleich auch drängender. Der Rhythmus verdichtete sich, ließ den Klang vor Kraft pulsieren. Will fühlte, wie die Luft um ihn fester wurde, die Schärfe einer kalten Winternacht gewann. Etwas in dieser Atmosphäre schnitt in seinen Leib, zog kein Blut, raubte ihm aber trotzdem etwas. Plötzlich riss die Ziege sich von ihm los und unterbrach die Verbindung. Will setzte sich hart auf den Steinboden und krabbelte aus der Reichweite der Kreatur, die sich auf die Hinterbeine aufbäumte, deren Hufe verzweifelt nach Halt suchten. Die Kette spannte sich und die Ziege rutschte aus, krachte hart auf die Seite. Sie wand sich auf dem Fels. Ihr Meckern wurde schrill und verzweifelt, dann erstickte es zu einem grauenhaften Krächzen. Eine unsichtbare Kraft schlug in Wellen durch das Tier. Sein Rückgrat streckte sich und verstärkte das Zucken der Beine noch. Die Schnauze verkürzte sich, als der Tierkopf eine entfernt menschliche Form annahm. Die Hufe der Vorderbeine wurden länger, verwandelten sich in zwei Finger, die sich fest um die Kette klammerten. Der Unterleib dehnte sich, die Hinterbeine wurden menschlicher.

Schlimmer noch als diese körperlichen Veränderungen war der Gestank der Kreatur. Die Ziege hatte zwar nicht gerade geduftet, aber der Verwesungsgestank, der jetzt von ihr ausging, raubte Will den Atem. Es war ein Aroma, das ihn an grün verfärbtes Fleisch denken ließ, und seine Haut kribbelte wie von tausend Maden, die sich darunter wanden.

Ein letztes Mal schüttelte die Kreatur sich heftig, dann richtete sie sich in die Hocke auf, die Kette straff gespannt. Ein violettes Licht glühte in ihren Augen, und diese Augen zuckten, stellten sich allmählich scharf. Schwarze Lippen zogen sich über einem scharfen Raubtiergebiss zurück.

Das Ziegending blickte sich nach links und rechts um, dann nickte es Will mit seinem gehörnten Kopf zu. »Alte Freunde sehe ich, doch erkenne ich nicht dich. Ich bitte, sag mir fein, wer magst du sein?« Die Stimme klang sanft, aber sie war voller Häme, und von einem irritierenden Zischen begleitet.

Will richtete sich in die Hocke auf und presste die verletzte Handfläche auf den Oberschenkel. »Ich bin Will.«

»Will so heißt er, ins Grabe reist er.« Die Bestie neigte den Kopf und warf ihm einen schrägen Blick zu. »Er kommt nicht unerwart', dieser Bastard, der soll sein zum Retter beschieden eines Reiches hienieden.«

Der Knabe zuckte mit den Schultern, als ein Schauder ihn erfasste. »Was bist du?«

»Nefrai-laysh, so ist mein Name.« Der Ziegenmensch deutete eine Verbeugung an. »Ich diene der alles beherrschenden Dame.«

»Du bist ein Schwarzer Lanzenreiter!«

»Das bestätig ich dir, doch weshalb bin ich hier?« Der Sullanciri deutete nacheinander zu Kräh, Entschlossen und Orakel. »Mein kleiner Will, nimm dich in Acht vor den dreien. Sie wollen dir Böses angedeihen. Einen Schlüssel, ein Werkzeug sehn sie in dir, bist für sie nicht mehr als ein nützliches Tier.«

»Er lügt dich an, Will. Er kann nicht mehr anders.« Kräh trat an den Rand der Senke, den Bogen weiter schussbereit. »Du darfst ihm nichts glauben.«

»Du hast es nötig zu reden, du Strolch, der in den Rücken mir stach den Dolch.« Die Augen der Bestie verengten sich zu schmalen Schlitzen, als sie den Arm ausstreckte und die Kette zerteilte. »Ich hab's nicht vergessen, nichts vergeben dir. Wenn die Zeit kommt zu sterben, gehörest du mir. Dein Ende ist nicht mehr weit, doch noch ist reif nicht die Zeit. Doch sollst du nicht ruh'n, hier hast du etwas zu tun.«

Nefrai-laysh streckte die rechte Hand nach hinten und zeichnete ein Oval in die Luft, so hoch die kauernde Kreatur reichen konnte und so breit wie ein Mann. Seine Kralle zog eine dünne violette Spur durch die Luft, dann rammte das Biest seinen Ellbogen hart ins Herz der Figur. Die Realität im Innern der glühenden Linie barst wie Glas und hinterließ ein tiefschwarzes Loch mitten in der Luft.

Bevor die Bestie eine Gelegenheit hatte, durch das Loch zu springen, bohrte sich Krähs Pfeil in ihre Brust und nagelte ihr das Herz ans Rückgrat. Gleichzeitig drangen drei andere Kreaturen aus der Öffnung. Die beiden größeren, von menschenähnlicher Gestalt und bedeckt mit fleckigem Fell, hielten blanke Langmesser in den Händen. Sie stürzten sich in gerader Linie auf

Kräh und Entschlossen. Die Dritte, etwas kleiner und mit braunem Pelz, warf sich auf Will.

Der bösartig glänzende Dolch in ihrer Hand war zum Todesstoß erhoben.

Ohne zu überlegen ließ Will sich nach hinten rollen und trat mit beiden Füßen aus. Er erwischte die Kreatur mitten in der Brust. Mit krachenden Rippen fiel sie zurück. Sie schlug hart auf, kam aber schnell wieder hoch. Noch bevor sie ihr Gleichgewicht völlig zurückerlangt hatte, schloss und öffnete sie die Hand und fuhr scharfe Krallen aus. Knurrend wich sie einen Schritt zurück, um die Balance zu finden.

Dann stolperte sie über die Kette.

Die Metallglieder rasselten, als sie unter ihren Füßen wegrutschten. Die Kreatur stürzte und streckte die Hand aus, um sich abzustützen, verfehlte aber den Rand des Loches. Zumindest glaubte Will das, bis er den Daumen des Geschöpfes auf der Höhlenseite der Öffnung herabfallen sah.

Der Rand des Lochs in der Wirklichkeit erwischte die Pelzkreatur auf halber Höhe zwischen Schulter und Hüfte und schnitt durch ihren Brustkorb wie eine Weidenpeitsche durch die Luft. Die sauber abgetrennte obere Hälfte ihres Leibs verschwand in der Düsternis, die untere strampelte mit den Beinen und spritzte Blut und Eingeweide in das Felsbecken.

Rechts von Will wich Kräh mit einem Seitschritt einem Langmesserstoß aus. Er packte das Handgelenk des Angreifers und drehte es, um den Arm zu sperren. Krähs linker Arm schlug herab und knallte den Silberholzbogen auf das Ellbogengelenk, das mit einem satten Schmatzen brach. Er schleuderte die aufheulende Kreatur beiseite, sank in die Hocke und hob in einer geschmeidigen Bewegung das Langmesser vom Boden, um den sich aufrichtenden Gegner damit niederzustechen.

Orakel war der auf Entschlossen zuspringenden Kreatur ausgewichen. Der große Vorqælf zog mit der Rechten ein Langmesser und parierte den Stoß auf seine Magengrube. Dann schlug er mit der Linken blitzschnell zu und rammte dem Biest die Faust in die Kehle. Sie fiel gurgelnd nach hinten, eine Hand an die zerquetschte Luftröhre gepresst. Entschlossen schlug den kraftlosen Abwehrhieb beiseite und stieß sein Langmesser zwischen Hals und Schulter in ihren Leib. Blut spritzte, als er die Waffe wieder herausriss, und die Kreatur brach zusammen.

Will hatte sich gerade zu dem Portal umgedreht, als ein schweres Gewicht auf seinem Rücken landete. Das Ziegenwesen saß auf ihm, packte sein Hemd und zog seine Brust hoch, während der Rest seines Körpers unter dem Gewicht des Biests am Boden lag. Es schob die Schnauze vor, bis ihre Nasen sich fast berührten, und Blut tropfte ihm aus dem Maul auf Wills Gesicht.

»Will, mein Will, denke daran, verfolge mich und du stirbst, noch kein Mann.« Mit jedem Wort spritzte weiteres Blut. »Schmerz nur erwartet dich für deines Lebens Rest, falls du diesen Pfad nicht verlässt. Komm mit mir, komm diene ...«

»Nicht für alles Leid in den Düsterdünen!« Will brach den in der Brust der Kreatur steckenden Pfeil ab und stieß ihr das Holz durch den Hals. Das Biest bäumte sich auf, eine Hand an die Kehle gehoben. Sein Maul bewegte sich, aber statt Worten drang nur Blut heraus. Es hob einen Vorderfuß zum Schlag, doch bevor er sich wieder senken konnte, versetzte Entschlossen der Kreatur einen Tritt ins Gesicht, der sie davonschleuderte.

Der Knabe kroch hinter die Beine des Vorqælfen in Deckung und starrte zwischen ihnen hindurch auf das Ziegending. Es lag bei der unteren Hälfte der zweigeteilten Pelzkreatur. Sein Fell wurde schwarz und zerschmolz. Ein überwältigender Gestank von verwesendem Fleisch begleitete die brodelnde Zersetzung des Kadavers, und bleiche Knochen ragten aus der schwarzen Pfütze wie das Skelett eines auf schwarzem Sand gestrandeten Schiffes.

Ein violetter Lichtschein löste sich aus den leeren Augenhöhlen und schoss durch das Portal davon. Die Öffnung zog sich zu einem winzigen Punkt zusammen, der mit einem lauten Platschen in die gärende Pfütze fiel. Die Flüssigkeit brodelte eine Sekunde wild auf, dann floss sie durch scharfkantige Risse im zuvor glatten Felsbecken ab.

Will schauderte.

Entschlossen schaute auf ihn herab und nickte grimmig. »Du hast dich besser gehalten, als ich erwartet hatte.«

Der Magen des Jungen revoltierte und er erbrach die wenigen Überreste seiner letzten Mahlzeit.

Der Vorqælf packte ihn am Rücken des Hemds und zog ihn mit einer Hand hoch. »Wisch dir das Gesicht ab und atme tief durch.«

Kräh hob die Hand. »Sei milde mit ihm. Das hat keiner von uns erwartet.«

Will wischte sich mit dem Ärmel den Mund ab. »War das wirklich ein Dunkler Lanzenreiter? Ist er tot?«

Der alte Mann ging am Rand der Senke in die Hocke und legte den Bogen über beide Knie. »Es war ein Teil von ihm. Der Teil, den er hierher projizieren konnte.«

»Ein Teil von ihm, den wir hierher beschworen haben.« Orakel kam herüber und starrte mit blinden Augen auf Will herab. »Verzeih mir, dass ich dich in solche Gefahr gebracht habe, Wilmenhart. Wir glaubten, durch die Verwendung der Ziege die Verbindung brechen zu können: indem wir die Ziege töten. Es ist keine alltägliche Magik, aber sie hat über Jahrtausende gewirkt, auch wenn es hier nicht gelungen ist.«

Entschlossen hob Will auf den Rand des Beckens. Der Knabe zwang sich, Orakel zu fixieren und nicht mehr auf die Überreste der Ziege zu starren. »Warum hat es nicht geklappt?«

Die Vorqælf-Magikerin schüttelte den Kopf. »Kytrin ist selbst eine mächtige Zauberin. Vielleicht hat sie den Spruch enträtselt und einen Weg gefunden, ihn zu beeinflussen. Offensichtlich hat sie Nefrai-laysh sehr stark gemacht. Wir werden in Zukunft vorsichtiger sein.«

»Vorsichtiger? Vorsichtiger?« Will blinzelte ungläubig. »Wenn Kytrin solche Sullanciri erschaffen kann, mit solchen Kräften … Ich meine, ein paar von denen sollen schon tot sein, richtig? Und sie können zaubern!«

Kräh hob die Hände. »Ruhig, Will. Es stimmt, die Sullanciri sind mächtig. Sie waren früher unsere Helden. Aber sie sind nicht unbesiegbar.«

Entschlossen nickte ernst. »Sie sind auch nicht übermächtig. Man kann sie töten, und ihr Tod schadet auch Kytrin. Du hast Nefrai-laysh hier verwundet, als du ihm die Kehle durchbohrt hast. Kytrin weiß jetzt, dass sie auch vorsichtig sein muss.«

Der Knabe nickte zögernd. Es schien ihm die angemessene Reaktion, auch wenn er nicht viel verstanden hatte. »Was hatte das zu bedeuten, dass er hierher gekommen ist? War das gut oder schlecht? Ich meine, es war natürlich schlecht, aber wenn er tot ist …«

Kräh seufzte. »Er ist nicht tot, auch wenn ihn diese Begegnung verletzt haben mag. Er wird erschöpft sein. Und diese Fähigkeit, seine Gestalt zu verändern … Es passt zu ihm. Er konnte sich schon immer je nach Bedarf verwandeln. Er wird uns sehr gefährlich werden.«

»Eine kurze Lektion für dich, Junge.« Entschlossen zog die Kreatur, die er getötet hatte, in die Senke und warf sie vor Wills Füße. »Das ist ein Schnatterer oder eine Schnatterfratze. Kytrin benutzt sie als Soldaten. Ziemlich stark, nicht sonderlich schlau, aber hüte dich vor diesem Maul. Es kann dir mit einem Biss den Arm abtrennen. Man kann sie töten, doch sie sind zäh.«

Will blinzelte. »Aber Ihr und Kräh habt sie leicht besiegt.«

Entschlossen senkte den Kopf, bis sein Gesicht auf gleicher Höhe mit dem Wills war. »Wir haben Vorquellyn vor langer Zeit verloren. Seitdem töte ich Schnatterer. Ich bin ein Experte darin, sie zu erledigen, und ich übe bei jeder sich bietenden Gelegenheit.«

»Vermutlich waren sie auch etwas verstört, als sie hier ankamen«, setzte Kräh hinzu. »Das Vieh, das du getötet hast, war ein Vylæn. Kleiner, schlauer, sieht fast aus wie ein Kind im Bärenkostüm auf einem Maskenball, kann aber Magik wirken. Kytrin benutzt sie als Anführer für ihre Truppen. Das war ganz offensichtlich kein geplanter Angriff, sonst wären mehr von ihnen durch das Portal gekommen. Viel mehr.«

»Das gefällt mir gar nicht.« Will schüttelte den Kopf. »Ich will nach Hause und an all das nicht mehr denken müssen. Lasst mich gehen, bitte.«

Orakel kniete nieder und strich ihm mit dem Ärmel des Kleids über das Gesicht, um das Blut abzuwischen. »Davor gibt es kein Vergessen, Wilmenhart, keine Flucht, kein Versteck. Dies ist eine schicksalhafte Zeit, und deine Rolle in diesem Geschehen hat gerade erst begonnen. Und auch wenn dies wie ein Unheil scheint, das vor noch größerem Unheil warnt, es hat auch Gutes.«

Der Knabe erschauderte wieder und hatte Mühe, sich nicht noch einmal zu übergeben.

Kapitel Neun

In dieser Nacht schlief Will nur leicht und wachte bei der kleinsten Störung auf. Es plagten ihn keine Albträume, aber die Angst, sie könnten zurückkehren, hinderte ihn am Einschlafen. Er wusste, dass er keine unmittelbare Gefahr zu fürchten brauchte, denn Kräh stand am Eingang der Höhle Wache, und Entschlossen schlief in der Vorquellynkammer. Er hatte seine Decke in der Nische ausrollen dürfen, in der Orakel wohnte, aber nach dem Abendessen und einem kurzen Nickerchen war sie verschwunden.

Will saß in der Dunkelheit und dachte darüber nach, was in der unteren Höhle vorgefallen war. Die Bilder von Krieg, Tod und Vernichtung sandten ihm kalte Schauer über den Rücken, aber nicht wegen ihrer blutrünstigen Natur. Blut und Grausamkeiten waren für Will nichts Neues. In den Düsterdünen war Gewalt etwas Alltägliches, sei es in einer Straßenschlägerei oder weil ein Lastkarren ein Kind überfuhr, oder als Unterhaltung in einem der zwielichtigen Theater. Mord, Raub, Vergewaltigung, Kannibalismus, all das waren Dinge, die er kannte, die meisten aus düsteren Märchengeschichten, die man sich spät in der Nacht erzählte.

Aber etwas an den Wandbildern dort unten in der Felsenkammer war realer als ein Flüstern in der Nacht, die Zuckungen eines Schauspielers auf der Bühne oder selbst Blut, das in die Gosse lief. Diese Bilder strahlten Hass aus. Jeder Stich durchbohrte ihn, jeder Hieb riss ihn entzwei. Er fühlte weniger den Schmerz der Wunden als den Verlust der Leben.

Jeder Einzelne von denen stirbt am Hass eines anderen.

Er schlug die Decke zurück und schlich leise durch die Vorquellynkammer. Er erwartete, auf der Stelle von Entschlossen aufgehalten zu werden, aber nichts rührte sich. Tief in der Kammer, im Schatten eines Bildes, das einen Fels in einen bewaldeten Berg verwandelte, schlief der Vorqælf tief und fest unter einer Decke aus Schnattererfellen.

Will ging weiter in die untere Kammer, und dort fand er Orakel. Sie malte. Er blieb im Eingang stehen, um sie nicht zu stören, aber an ihren Bewegungen erkannte er, wie unwahrscheinlich das war. Sie arbeitete schnell, trug hier und da Farbe auf, trug scheinbar sinnlos Farbe auf die Wand, dann wechselte sie zu einem anderen Farbtopf und verteilte dessen Inhalt auf andere Stellen. Sie ließ die Farbe bestimmen, was sie darstellen wollte, und je mehr vom Stein verschwand, desto deutlicher wurden die Bilder.

Ein Teil ihres Gemäldes war fertig, und es traf Will wie ein Schlag. Wo vorher nur ein Umriss zu sehen gewesen war, sah er nun sich stehen. Seine Miene war steinern, und subtile Schatten arbeiteten Details der Felsenwand in sein Bild ein. Es schien fast, als trete er aus dem Fels, oder schlimmer noch, als sei er darin gefangen. Aber so furchtbar das schien, es machte ihm keine Angst.

Doch das Bild, an dem sie noch arbeitete, ließ ihn erstarren. Noch nicht ausgemalte Türme zeichneten sich zwischen roten und goldenen Flammen ab. Ein Drache hing, nur als Silhouette, am Himmel über dem höchsten Turm und spie einen Feuerstrom auf ihn hinab. Am Boden und auf den Zinnen der die Türme umgebenden Mauern trafen Armeen aufeinander. Zauberer schleuderten Magik und Schnatterer standen in Reih und Glied, seltsame, Feuer spuckende Waffen auf der Schulter. Vor den Schnatterern aufmarschierte Menschen fielen wie von unsichtbaren Pfeilen getroffen zurück.

Schwerter und Piken, Pfeile und Bogen, gepanzerte Lanzenreiter auf wuchtigen Rössern, sie alle hatten ihren Part in der Schlacht. Kreaturen mit gespaltenem Schädel bedeckten den Boden. Orakel kehrte zu ihnen zurück, salbte sie mit blutroter Farbe. Mehr als einmal löschte ein roter Farbfleck einen zuvor gemalten Kopf aus oder öffnete einen Riss in makelloser Rüstung. Es schien fast, als beobachte Orakel irgendwie den Verlauf der Schlacht und ändere die Einzelheiten des Bildes, um festzuhalten, wer lebte und wer starb.

Gerade als Will dieser Gedanke kam, bückte Orakel sich, um neue Farbe aufzunehmen, und gab den Blick auf ihn, Kräh und Entschlossen frei. Entschlossen ragte trotzig und erhaben aus dem Schlachtgetümmel, umgeben von einem Wall aus Schnattererkadavern. Und doch war eine Pike in seinen Rücken gedrungen, und ein Schnatterer hob ihn daran in die Höhe. Und Kräh, er blutete aus den kleinen Wundlöchern, die diese seltsamen Schnattererwaffen schlugen. Seine Pfeile hatten ihre Reihen gelichtet, aber Will konnte sehen, dass Kräh fallen würde, bevor die letzten aurolanischen Truppen verendeten.

Von sich selbst sah er wenig, denn um sein Bild war die Felswand leer. Er verstand nicht, warum das so war oder was es bedeuten konnte. Er trat einen Schritt in die Kammer, um besser sehen zu können, was Orakel in der Nähe seines Bildes malte.

Sie wirbelte herum. Der Topf mit gelber Farbe flog ihr aus der linken Hand. Die Farbe spritzte durch die Luft wie ein Kometenschweif. Will sprang vor, streckte die Hand aus, um ihn zu fangen, aber der Topf wurde langsamer und blieb in der Luft hängen, wie um seinen Versuch zu verspotten.

Orakel starrte ihn an. Ihre Stirn war gerunzelt, aber auf ihren Zügen breitete sich ein Lächeln aus. »Du siehst es, du siehst es, also ändert sich alles.« Sie trat vor, nahm den Topf aus der Luft und schöpfte die verspritzte Farbe wieder zurück. Die wenigen Tropfen, die sie übersah, fielen herab und zerplatzten auf dem Boden.

Eine Hand senkte sich schwer auf Wills Schulter. Der Knabe wirbelte herum und sah Entschlossen hinter sich stehen. Das Gesicht des Vorqælfen trug einen Ausdruck, den er bei ihm noch nie zuvor gesehen hatte. »Komm, Will. Für diese Nacht hast du genug gesehen.«

Er blinzelte überrascht und fragte sich, ob der Sullanciri Nefrai-laysh irgendwie den Körper des Vorqælfen übernommen hatte. »Aber was sie da malt …«

Der Ælf drehte ihn an den Schultern und gab ihm einen leichten Schubs zurück in den Gang an die Oberfläche. »Seit sie das Augenlicht … Orakel war schon immer eine Seherin. Jetzt sieht sie Fetzen und Augenblicke der Zukunft.«

Der Knabe versuchte sich umzudrehen, aber Entschlossen blockierte seine Sicht und hielt ihn in Bewegung. »Dann wirst du von einer Pike aufgespießt, und Kräh wird sterben?«

»Die Zukunft ist nicht leicht zu enträtseln. Stell dir dein Leben als einen Faden vor. Meines auch, und das Krähs. Streck diesen Faden von hier bis zum Horizont. Wie weit kannst du an ihm entlangsehen?«

Will zuckte die Achseln. »Ein gutes Stück, würde ich meinen.«

»Nun, die Belagerung, die Orakel malt, ist eine Stelle, an der Hunderte von Fäden aufeinander treffen. Stell es dir als einen gewaltigen Knoten vor. Manche der Fäden enden in diesem Knoten, andere führen hinein und wieder hinaus. Einen Knoten verwickelter Fäden in der Zukunft zu sehen, ist leicht für Orakel. Zu sehen, welche Fäden aus dem Knoten hinein und hinaus führen, ist schwieriger.«

»Du willst damit sagen, ich soll aus dem Wandbild nur schließen, dass es eine Belagerung von Türmen geben wird? So viel wissen wir, aber nicht, was genau geschehen wird?«

»So deute ich das, ja.« Sie erreichten die Vorquellynkammer. »Ich mache mir keine großen Sorgen, aber ich werde zur Vorsicht die Klingen schärfen. Du solltest jetzt gehen und schlafen.«

Der Knabe verzog das Gesicht und drehte sich zu Entschlossen um, der sich wieder auf seine Decke setzte.

»Die ganze Zeit hast du mich angeschrien und Junge genannt. Was ist plötzlich los? Bist du auf einmal nett zu mir, weil ich derjenige bin, nach dem ihr gesucht habt?«

Entschlossens silberne Augen verschwanden halb unter den Lidern. »Nein, das ist es nicht. Und du wirst auch in Zukunft nicht erleben, dass ich nett zu dir bin. Meine Aufgabe ist es, dich am Leben zu erhalten und dir zu helfen, der zu werden, den wir brauchen, um die Welt vor Kytrin zu retten. Aus der Sicht des Stahls ist der Schmied vermutlich äußerst grausam, aber es gibt nur eine Möglichkeit, ein Schwert zu schmieden. Und was meine nette Art betrifft …« Der Vorqælf breitete die Arme aus. »Zum ersten Mal seit über hundert Jahren schlafe ich an einem Ort, an dem ich eine Landschaft sehe, die ich aus meiner Jugend kenne. Nur einen flüchtigen Augenblick lang fühle ich den Frieden wieder, den ich damals kannte. Es wird nicht anhalten.«

Will nickte. »Es tut mir Leid.«

Entschlossen hob den Kopf und sah Will in die Augen. »Mir auch, aber ich lasse mich von diesem Frieden nicht verführen. Mein Leben ist der Befreiung Vorquellyns gewidmet, damit auch andere ihn erleben können.« Die alte Schärfe kehrte in seine Stimme zurück. »Und du, Junge, bist das Schwert, mit dem ich diesen Preis erringen werde. Also werde ich dich bearbeiten, bis du vollkommen bist.«

»Und wenn ich mich nicht bearbeiten lassen will?«

Die Haut um Entschlossens silberne Augen spannte

sich. »Lass dir eines gesagt sein, Junge. Deine Blutlinie ist für mich wichtiger als deine Person. Wenn ich dich auf ein Dutzend Frauen legen muss, damit ich deine Kinder ausbilden kann, werde ich das tun. Die Zukunft, die Orakel dort unten malt, ist eine Zukunft, die ich verändern will. Dieses Ziel ist wichtiger als dein Leben. Du wirst mir dabei helfen oder ich werde dich beiseite fegen wie jedes andere Hindernis auf diesem Weg in den letzten hundert Jahren.«

Auf gewisse Weise wirkte die Rückkehr des bösartigen Entschlossen beruhigend auf Will, aber sie war kaum geeignet, ihm das Einschlafen zu erleichtern. Er wälzte sich lange herum, während sich die Gedanken in seinem Hirn überschlugen. Die Vorstellung, ein Dutzend Frauen zu schwängern, hatte ihren Reiz – und sie passte sicher zu der Sage von Will Flinkfuß, die er sich ausgemalt hatte. Aber ihm war auch klar, dass Entschlossen die Frauen dafür ausgesucht hätte, und er war sich ziemlich sicher, dass der Vorqælf der Gelegenheit jeden Unterhaltungswert nehmen würde.

Will hatte keinen Bedarf, bei Intimitäten dieser Art überwacht zu werden.

Irgendwann schlief er doch noch ein, und viel zu bald danach rüttelte Kräh ihn wach. Die Pferde waren schon gesattelt und reisefertig gemacht. Langsam kam er zu sich und sammelte seine Sachen ein. Das Rumpeln im Bauch erinnerte ihn daran, dass seine letzte Mahlzeit den Körper auf demselben Weg verlassen wie betreten hatte. Doch als er sich daran erinnerte, warum, verging ihm der Appetit wieder.

Er warf die Bettrolle hinter den Sattel und schaute zu Kräh hoch. »Dann brauche ich mich wohl nur von Orakel zu verabschieden.«

»Das erledigt Entschlossen für dich.«

Der junge Dieb runzelte die Stirn. »Warum kann ich

das nicht selbst machen? Sie ist doch nicht wütend auf mich, weil ich sie gestern Nacht habe arbeiten sehen?«

Kräh schüttelte den Kopf. »Nein, sie ist nicht wütend. Nur erschöpft. Es gibt Prophezeiungen über dich oder jemanden deiner Linie, die dich für die Zukunft sehr wichtig machen. Hier und jetzt bist du so etwas wie ein Kiesel, den das Schicksal in den Teich der Zukunft geworfen hat. So nahe an Orakel sieht sie nur die ersten Wellen. Je weiter entfernt du bist, desto größer wird der Abstand, aus dem sie die Teichoberfläche sieht. Diesen Abstand braucht sie, und wir brauchen die Perspektive, die er ihr gibt.«

Will nickte kurz, dann kniff er die Augen zusammen. »Aber das ist nicht der einzige Grund, oder?«

»Wie meinst du das?«

Er deutete zurück zur Höhle. »Wenn ich dort hinabsteige und sehe, was sie gemalt hat, könnte ich Dinge sehen, die mir nicht gefallen. Ich könnte versuchen, diese Dinge zu verhindern, richtig? Und das würde alles ruinieren.«

»Eine interessante Erkenntnis. Aber ich mache mir keine Sorgen um das, was ich dort drinnen sehe. Orakel sieht Ereignisse, keine Ergebnisse. Entschlossen und ich haben über den belagerten Turm gesprochen. Wir sind ziemlich sicher, dass es sich um Festung Draconis handelt, deshalb werden wir dorthin reiten. Was sich daraus ergibt, nun, das wird davon abhängen, was wir tun, wenn wir dort ankommen.«

Entschlossen kam mit schnellem Schritt aus der Höhle. »Sitz auf, Junge, wir müssen los.«

Will zog sich in den Sattel. »Hat Orakel sich verabschiedet?«

»Etwas in der Art.« Entschlossen schwang sich aufs Pferd. »Sie hat gesagt, wir sollen nach Osten zum Spaltfels reiten und von dort südwärts. Wenn wir uns beeilen … Jedenfalls sollten wir uns besser beeilen.«

Kapitel Zehn

Schnell durch Bergwälder zu reiten, war nicht gerade leicht. Der Weg, den sie wählten, führte über schmale Pfade, die sich kurvenreich an Berghängen entlangwanden, felsigen Bachläufen folgten und in jeder Hinsicht der Landschaft angepasst waren. Danach, was Will auf dem Ritt ins Gebirge gelernt hatte, hatte ihr derzeitiger Weg ursprünglich als Wildpfad gedient, und der geringfügigen Rodung nach zu schließen, deren Spuren er bemerkte, wurde er so gut wie gar nicht benutzt.

Sie ritten so schnell sie konnten und rasteten nur, um den Pferden Wasser zu geben und sie umzusatteln. Bei einer dieser Gelegenheiten warf Entschlossen Will einen schweren, wattierten Waffenrock zu, unter dessen Aufprall er fast zu Boden ging. Eiserne Nieten verstärkten das Wildleder zusätzlich. Will hob ihn auf Schulterhöhe, und der Saum reichte ihm bis zu den Knien. Er hätte den Mantel als Zelt aufstellen können und noch Platz für das Pferd gehabt.

»Ja, er ist groß, aber etwas Besseres haben wir nicht.« Entschlossen zog ein klirrendes Kettenhemd über den eigenen Waffenrock derselben Art. »Zieh ihn über, Junge. Schnür ihn fest um die Hüften und binde die Ärmel mit Lederriemen ab.«

Der düstere Tonfall seiner Worte ließ Will ohne Widerspruch gehorchen. Der Waffenrock hing sehr locker herab, aber trotzdem speicherte er einen Großteil der Mittagshitze. Er band ihn wie befohlen um Taille und Handgelenke, mit dem Ergebnis, dass die Ärmel sich über den Unterarmen bauschten und das Leder an der Frontseite bis auf seinen Schoß über den Gürtel hing.

Entschlossen legte metallene Unterarmschienen an, dann warf er Will ein Schnatterer-Langmesser in der Scheide zu. »Schieb das in deinen Gürtel, auf dem Rücken. Dann versuch es zu ziehen.«

Das Heft der Waffe ragte auf der rechten Seite über der Hüfte hervor. Will packte den Griff und streckte den Arm aus. Das Messer glitt sauber und leicht aus der Scheide. Der Dieb riss die Spitze hoch und stellte fest, dass die Waffe für einen schnellen Hieb wunderbar ausbalanciert war.

»Er zieht gut blank, Entschlossen, aber vermutlich ist es das größte Messer, das er je in Händen gehabt hat.« Kräh spannte den Silberholzbogen. »Er ist ein guter Werfer. Gib ihm ein paar deiner Klingensterne.«

Entschlossen öffnete eine Satteltasche und warf Will einen Lederbeutel zu, der schwer in der Hand lag und laut schepperte, als er ihn fing. Der Ælf holte einen zweiten Beutel aus der Tasche und schnürte ihn an der rechten Hüfte an den Gürtel. Dann zog er einen vierzackigen Metallstern heraus, der aus den abgebrochenen Spitzen von Schnatterer-Langmessern geschmiedet war. Er hielt ihn zwischen Daumen und Zeigefinger, bog die Hand zurück und riss sie in einer peitschenden Bewegung nach vorne.

Die wirbelnde Klinge sauste als silberner Schatten durch die Luft und blieb mit einem Knall in einem zehn Meter entfernten Baumstamm stecken.

Will blinzelte. »Mann, was für ein Wurf. He, du hättest das Kaninchen auch ohne Schlinge töten können.«

»Ich bin nicht scharf darauf, zu essen, was ich hiermit töte«, schnaubte der Vorqælf. »Sieh dich vor, Junge, sie sind scharf. Und der rote Fleck in der Blutrinne, das ist ein übles Gift. Falls du dich schneidest und es kribbelt, gibst du mir besser *sofort* Bescheid.«

Alle drei saßen wieder auf und ritten weiter. Kräh ritt als Schlussmann und behielt den Bogen in der Hand, aber die Pfeile ließ er im Köcher, der ihm vor dem rechten Bein am Sattel hing. Die Packpferde folgten ihm. Entschlossen hatte die Führung übernommen und ritt ein Stück voraus, achtete aber darauf, dass sie einander nie aus den Augen verloren. Trotz der erhöhten Vorsicht kamen sie zügig voran, und die Sonne hatte sich gerade erst zum Horizont gesenkt, als auf einer fernen Bergkuppe der Spaltfels in Sicht kam.

Der morgendliche Ritt war locker und leicht gewesen, aber seit sie sich bewaffnet hatten, war die Anspannung gewachsen. Jede Vogelstimme, die an Wills Ohr drang, verglich er mit dem, was er auf dem Weg in die Berge gelernt hatte. *War das wirklich ein Beerenspatz, oder ein Zeichen?* Schlimmer noch war es, wenn sie nichts hörten außer den Geräuschen, die sie selbst verursachten. Er wusste nicht, was das Tierleben der Umgebung verscheucht hatte, aber er konnte sich ohne Mühe ein riesiges Aurolanenheer vorstellen, das durch das nächste Tal schlich, angeführt von einer verwachsenen Ziegenkreatur.

Am Spaltfels saß Entschlossen ab. Im Schatten eines riesigen Hünengrabs studierte er den Boden. Dann deutete er nach Süden, an der Kante der aus dem Findling gespaltenen Platte entlang. »Schnatterer, nicht weit entfernt. Wir müssen uns beeilen, aber seht euch vor.«

Der Weg nach Süden führte sie über eine Bergwiese auf einen dunklen Wald zu. Will lauschte angestrengt auf Kampfgeräusche. Er beobachtete den Weg vor ihnen und hielt Ausschau nach Spuren eines Hinterhalts. Das Klirren der Pferdegeschirre und das Donnern der Hufe auf dem Berghang erschwerten das Lauschen, und die Dunkelheit des Waldes schien undurchdringlich. Sein Herz raste – und er wischte sich die feuchten Hände am Leder des Waffenrocks ab.

Die Baumwipfel verdeckten die Sonne, und Wills Augen brauchten eine Weile, sich an die Dunkelheit zu gewöhnen. Als er wieder klar sah, hatte das Pferd eine Bodenwelle erklommen und bewegte sich schnell abwärts in eine bewaldete Senke, in deren Mitte ein Bach den Weg kreuzte.

Der Ort war für einen Hinterhalt wie geschaffen. Das blutige Wasser des Baches bestätigte Wills Einschätzung, ebenso wie das Bellen und Heulen der Schnatterer, die am anderen Ufer die Leichen und verstreuten Gepäckstücke zerfetzten. Knurren und Schnappen, helles Jaulen und ein gnadenlos gutturales Gelächter hallte durch die Senke.

Als eine der Schnatterfratzen sich umdrehte, und das blutverschmierte Maul rotfleckige Zähne freilegte, zischte ein Pfeil vorbei und traf die Schulter der Kreatur. Der Einschlag riss sie herum. Irgendwie hielt sich der Schnatterer aufrecht, dann rammte ihn Entschlossens Pferd. Das Untier flog mit gebrochenen Knochen in einen Knoten seiner Gefährten und die ganze Truppe fiel in die blutigen Wasser im Herzen des Tals.

Will fummelte an der Lasche des Klingensternbeutels, dann schaute er hoch und sah einen Schnatterer, der von einer Hügelkuppe aus mit einer Armbrust auf ihn anlegte. Er zerrte an den Zügeln und versuchte auszuweichen. Der Bolzen traf ihn mit harter Wucht und schlug ihn aus dem Sattel. Er krachte auf der anderen Seite des Weges auf den Boden und zerdrückte ein Gebüsch. Staub wirbelte auf, nahm ihm den Atem. Er wollte sich erbrechen.

Er war ziemlich sicher, dass als Erstes der Armbrustbolzen hochkommen würde.

Will lag eine Sekunde still da und wartete auf die Todesqualen, die mit Sicherheit folgen mussten, nachdem der Treffer ihn wie einen Apfel durchbohrt hatte. Sein kurzes Leben zog ihm vor den Augen vorbei, und er sah jämmerlich wenig, was der Erinnerung wert gewesen wäre. Nur die jüngsten Ereignisse schienen gewichtig genug, sich ans Leben zu klammern, aber sie waren wie Hohn für ihn. *Vielleicht wollte Orakel nicht, dass ich sehe.*

Er wartete auf den Schmerz, aber der kam nicht. Das Einzige, was er fühlte, war das Stechen und Kratzen des Gebüschs. Das verstand er nicht, aber falls er denn doch noch nicht tot war, entschied er, würde Will Flinkfuß nicht untätig bleiben.

Er rollte sich zur Seite, und hinter ihm richtete der Busch sich wieder auf und bot ihm Deckung, hinter der er hockend wieder hochkam. Der Armbrustbolzen hing wie ein Blutegel an dem ledernen Waffenrock. Er hatte Wills Körper verfehlt und sich stattdessen im überschüssigen Material der Jacke verheddert, und nur die Wucht des Aufpralls hatte ihn aus dem Sattel gestoßen. Der junge Dieb zog das Geschoss mit der Linken heraus und warf es beiseite. Dann verlagerte er das Gewicht, drehte sich nach rechts und öffnete den Klingensternbeutel. Eine der kühlen Metallwaffen schob sich ihm förmlich auf die Hand.

Er stand auf. Der Schnatterer, der auf ihn geschossen hatte, war noch damit beschäftigt, in gebeugter Haltung die Waffe nachzuladen. Die Hand des Knaben peitschte vor. Der vergiftete Metallstern wirbelte durch die Luft und traf die pelzige Kreatur in den Oberschenkel.

Sie starrte einen Herzschlag lang zu ihm herüber, dann brach sie in wilden Zuckungen zusammen.

Ein weiterer Pfeil aus Krähs Bogen zertrümmerte einem auf Entschlossen zustürmenden Schnatterer das Rückgrat. Der Vorqælf war abgestiegen und kämpfte mit einem Langmesser in jeder Hand. Er parierte einen Stich niedrig mit dem linken, dann durchbohrte er die Kehle des Schnatterers mit dem rechten. Als er die Waffe herausriss, spritzte das Blut über die Fratze eines anderen Aurolanen. Ein schneller Stoß nutzte dessen vorübergehende Blindheit aus. Dann trieben drei gemeinsam anstürmende Schnatterer Entschlossen zurück.

Will warf sich in den Kampf. Nichts in seiner Ausbildung, weder bei Entschlossen noch zuvor bei Marcus, hatte mit Kämpfen zu tun gehabt, aber die alltägliche Existenz in den Düsterdünen hatte es ihn gelehrt. Er hatte sich vielleicht nicht tagtäglich seiner Haut wehren müssen, aber häufig genug, um zu erkennen, was er konnte und was nicht. Am Besten war er, wenn es darum ging, Steine zu werfen und den Gegner auf Abstand zu halten, aber wenn das nicht möglich war und es hart auf hart ging, wusste er nur zu genau, dass es weder Regeln gab, noch Ehre.

Der erste Schnatterer bemerkte ihn, als Will mit lautem Platschen in den Bach sprang, das Langmesser zum Schlag erhoben. Er wirbelte herum, riss seine Waffe zu einem Querhieb herum, aber Will kam ihm zuvor. Seine Klinge biss tief in den rechten Oberschenkel der Nordlandkreatur. Blut bedeckte das Messer. Der krasse Kontrast von kaltem Silber und flüssigrotem Schwall brannte sich in seinen Geist.

Dann traf ihn ein harter Schlag zwischen die Schulterblätter. Er wurde vom Boden gehoben und durch die Luft nach vorne geschleudert. Wills Waffe flog ihm aus der Hand. Der Dieb drehte die Schulter vor, als er sich zu Boden senkte, um abzurollen, doch er schlug hart gegen ein Hindernis, das ihn sofort stoppte. Kopf und Schultern am Boden, die Füße hoch in der Luft, sah er einen humpelnden Schnatterer auf sich zukommen.

Schlimmer noch, ein Pfeil verfehlte das Monster und riss ihm kaum ein Büschel Haare vom Ohr.

Will wälzte sich herum und kam auf die Knie. Er packte mit der Rechten einen Stein und schleuderte ihn auf den Schnatterer. Das Biest lachte krächzend, als es das Geschoss mit offener Pranke beiseite schlug. Will schob sich nach hinten, in den Schatten des Kadavers, der sein Abrollmanöver gestoppt hatte, und warf mit einem zweiten Stein nach der Schnatterfratze.

Wieder wischte die Aurolanenbestie den Stein aus der Luft und kicherte grauenhaft. Will wich weiter zurück. Der Schnatterer winkte mit dem Langmesser, dann stieß er es zweimal in die Luft und unterstrich jede Bewegung mit lautem Gelächter. Will warf ein drittes Mal. Die Kreatur schlug mit der Tatze nach dem Geschoss, dann kreischte sie auf. Der Klingenstern hatte die haarige Pranke durchbohrt, und eine der Metallspitzen ragte aus ihrem Rücken. Der Schnatterer ließ das Langmesser fallen, um den Metallstern herauszuziehen, aber bevor er ihn gefasst hatte, setzte die Wirkung des Gifts ein. Die Kreatur stürzte zu Boden und peitschte mit konvulsiven Zuckungen das Bachwasser auf, während sie ihr Leben aushauchte.

Will wollte das Messer des Schnatterers aufheben und Entschlossen zu Hilfe kommen, erkannte aber fast sofort, wie unnötig das war. Ein Schnatterer wirbelte davon, die Hände hilflos an den aufgeschlitzten Hals gehoben. Ein anderer wankte, als der Vorqælf ihm das linke Langmesser tief in den Oberschenkel trieb. Die andere Klinge zuckte hoch, drehte sich und fiel in einem harten Schlag herab, der dem Biest den Schädel spaltete. Die Kreatur sackte zu einem Knäuel fleckigen Fells zusammen.

Aber es war nicht die Tatsache, dass seine Hilfe nicht benötigt wurde, die Will stoppte. Etwas zerrte an seinem linken Knöchel. Er drehte sich und versuchte wegzuspringen, schlug aber mit dem Stiefelabsatz gegen einen Stein und schlug hart auf. Eine blutige Hand klammerte sich an seinen Stiefel, während der dazugehörige Körper sich langsam, wie eine Raupe aus einem eingerollten Blatt, aus einem Haufen Tierfelle zog.

Riesige weiße Augen starrten ihn aus einem Gesicht

an, das eine Maske aus Blut war. Die Kiefer bewegten sich, doch kein Laut drang aus dem Mund. Dann erkannte Will, dass er die Zähne sehen konnte, alle Zähne, und das, was er für einen blutverklebten Bart gehalten hatte ... *Ihr Götter, sie haben ihm die Haut vom Gesicht gezogen!*

Der Knabe warf sich herum und erbrach sich. Auf Händen und Knien versuchte er fortzukriechen, aber sein Körper wurde von zu heftigen Krämpfen geschüttelt. Er konnte den gesichtslosen Mann durch den Sand näher kommen hören. Er konnte die Finger fühlen, die über seinen Stiefel tasteten, sich an den Absatz klammerten. Er schob sich etwa einen Schritt davon und schreckte vor einem toten Schnatterer im Bach zurück.

Plötzlich war er von Blut und Tod eingeschlossen. Sein Atem stockte. Er keuchte. Galle und Erbrochenes verdeckten den dunklen Blutfleck im Sand. Er schaufelte eine Hand voll Sand darüber, dann ließ er eine weitere Hand voll aus der Hand rieseln und sog den Staub in die Lungen. Der heftige Niesanfall, den er damit auslöste, säuberte seine Nase vom Gestank von Blut und Übelkeit.

Aber den Tod rieche ich immer noch.

Jemand ging vor ihm in die Hocke. »Es ist vorbei, Will. Alles vorbei.«

Will sank auf die rechte Hüfte und weigerte sich, nach hinten zu schauen. »Der Mann da.«

Kräh schüttelte den Kopf. »Er ist tot. Er hat vermutlich furchtbar gelitten, aber wenigstens hat er lange genug gelebt, um seine Mörder sterben zu sehen.«

»Aber was sie ihm angetan haben.« Will schüttelte sich. »Sie haben ihm das Gesicht abgezogen.«

»Kräh, hierher!« Entschlossen hockte auf einem Knie neben einem anderen Fellbündel und deutete mit der linken Hand zum Hang. »Will, Metholanth. Jetzt!«

Der Befehl pumpte Stahl in seine Glieder und Feuer in

die Muskeln. Will sprang auf und stürmte auf Händen und Füßen den Hügel hoch. An Baumwurzeln und Büschen zog er sich empor, ängstlich darauf bedacht, einen Bogen um das Gemetzel zu machen. Er fand den Metholanthbusch und brach mehrere Zweige ab, dann fasste er den Hauptstamm. All seine Wut und sein Zorn brachen sich Bahn, und er riss und drehte, zog mit aller Kraft. Er riss den Strauch in einem Schauer von Erdbrocken aus dem Boden und verlor den Halt. Er fiel nach hinten, schlug mit dem Rücken auf und rollte den Hügel hinab, prallte von Bäumen ab, wurde von abgestorbenen Ästen grün und blau geschlagen. Als er am Boden der Senke angekommen war, sprang der junge Dieb über den Leichnam, der nach ihm gegriffen hatte und schlidderte neben dem Körper, den Entschlossen und Kräh versorgten, zum Halt. Sie hatten die Felle von der jungen Frau gezogen. Er sah mehrere Schnittwunden an Armen und Beinen, eine auf ihrem Bauch und eine weitere an der Stirn, aber keine schien sehr tief. Kräh wischte mit einem feuchten Tuch das Blut weg. Entschlossen riss Blätter vom Busch und kaute sie. Er betrachtete den entwurzelten Strauch, dann blickte er zu Will hoch und schüttelte den Kopf. »Du hast einen Mund, Junge. Kau.«

Will nickte und machte sich an die Arbeit. Er zerkaute die Blätter zu einer grünen Paste. Das Aroma des Metholanth klarte seinen Kopf etwas auf, dann spie er den Brei in Entschlossens linke Hand. Der Vorqælf schmierte die Paste über den Bauch des Mädchens.

Als Kräh ihren Kopf drehte und ihr das Gesicht säuberte, erkannte er es. »Das ist Sephi.«

Der alte Mann nickte. »Stimmt. Der ohne Gesicht da hinten ist vermutlich Distalus. Die anderen beiden sind wohl einheimische Fallensteller, die sie als Führer angeheuert haben.«

Will blinzelte. »Aber sie wollten doch nach Yslin. Was tun sie hier?«

»Gute Frage, Junge. Wenn es uns gelingt, sie zu retten, bekommen wir vielleicht eine Antwort.« Entschlossen schnaufte und deutete mit einer Kopfbewegung zurück zum Bach. »Aber ich habe noch eine bessere Frage für dich. Was machen die Schnatterer hier? Wenn du eine Antwort darauf weißt, höre ich sie mir gerne an.«

Kapitel Elf

Sie schickten Will los, die Pferde wieder einzufangen, und er brauchte nicht lange dazu. Unterwegs fand er Spuren, die darauf hindeuteten, dass Sephi und die anderen hierher geritten waren, und einen Pferdekadaver, der von einer Armbrust erlegt worden war. Von den anderen Pferden, und er ging davon aus, dass es mindestens noch vier andere gewesen sein mussten, war kaum eine Spur zu entdecken. Als er zu den anderen zurückkehrte, erzählte er ihnen, was er gesehen hatte.

Kräh, der gerade die letzten Verbände um Sephis Stirn legte, nickte. »Wenn wir Glück haben, sind die Pferde davongerannt und finden von selbst den Weg zurück auf die Wiese unter dem Spaltfels.«

»Und wenn nicht?«

»Sie werden die Bäuche der Temeryxen nicht ganz füllen, also werden die Frostkrallen zurückkommen und nach einer weiteren Mahlzeit suchen.«

Entschlossen sah von dem toten Jäger auf, den er durchsuchte. »Die Kadaver hier sollten ihnen genügen. Kann sie reiten?«

Der alte Mann nickte und deckte sie zu. »Falls sie aufwacht. Falls nicht, müssen wir sie auf den Sattel binden.«

»Viel Zeit hat sie nicht. Du ziehst sie besser an und machst sie reisefertig,« Entschlossen löste den Gurt der Leiche und zog ihr die Wildlederhose aus. Sie hatte ein paar Blutflecke, schien aber sonst in gutem Zustand. »Zieh ihr die hier an. Sie wird ihr zu groß sein, aber dafür ist sie warm. Junge, geh ihr Gepäck durch, ob du was findest.«

Will machte sich auf der Stelle an die Arbeit. Und dafür hatte er zwei gute Gründe. Erstens schien Entschlossen damit zufrieden, sich selbst um die Leichen zu kümmern, und Will hatte kein Bedürfnis, ihm dabei zu helfen. Zweitens hoffte er, im Gepäck einen Hinweis darauf zu finden, warum Distalus und Sephi nicht nach Yslin geritten waren.

Er fing damit an, Sephis Sachen zusammenzusuchen und durchzusehen. Was sich an Kleidern noch in ihren Taschen befand, war sorgfältig zusammengelegt, und auch nachdem die Taschen vom Rücken eines scheuenden Lastpferds gefallen waren, waren die Sachen noch ordentlich gepackt. Er fand eine kleine Holzdose mit Federhaltern, Tinte und etwas Papier, aber auf keinem der Blätter stand etwas geschrieben. Das hätte ihm auch nicht viel genutzt, denn mehr als ein oder zwei Worte konnte Will ohnehin nicht lesen. Ein kleines, flaches Stück Zedernholz mit einer Kerbe an einem schmalen Ende steckte zwischen den Kleidern und duftete angenehm. Will hatte ähnliche Holzstücke schon in Kleidertruhen in Yslin gesehen. Sie dienten dazu, Ungeziefer fern zu halten.

Er entschied, dass er in Sephis Taschen nichts mehr finden konnte, und machte sich an Distalus' Gepäck. Er war sich nicht sicher, was er davon halten sollte, dass keiner der Schnatterer die Sachen des Geschichtenerzählers angerührt hatte. Daraus, dass seine Kleider ebenso sorgfältig gefaltet waren wie die Sephis, schloss er, dass sie beide Taschen gepackt hatte. Er fand eine weitere Dose mit Schreibzeug und ein in Leder gebundenes Tagebuch. Er öffnete es und sah verblichene braune Tinte auf den gelblich braunen Seiten. Ein Teil war mit Zeichnungen verziert, unter anderem von Vögeln und Pflanzen, aber viele zeigten auch Städte und Dörfer.

Die Worte konnte er nicht entziffern, aber auf der Seite, die mit einer schmalen Holzleiste markiert war, glaubte er eine Skizze Stellins zu erkennen. Er fand auch ein zweites Stück Zedernholz, wieder mit einer Kerbe.

Für ihn war allerdings eine Geldkatze von besonderem Interesse. Sie war schwer von Münzen, manche aus Gold, die meisten aus Silber. Er öffnete sie und schüttete einen Teil aus. Einige stammten aus Alcida, ein paar andere aus Savarra, und es war sogar eine aus Helurca dabei. Als er noch eine Hand voll zufällig herauszog, fand er Münzen aus Naliserro und Salnia, Jerana und Saporitia.

Will runzelte die Stirn. Er fand es sehr seltsam, keine Orioser Münze zu finden. Die Beziehungen zwischen Alcida und Oriosa waren zwar sehr kühl, aber Orioser Silber fand sich trotzdem reichlich in den Beuteln, die er in Yslin stibitzt hatte. Oriosische Münzen waren immer noch alltäglich genug, dass der Wirt in Stellin mit keiner Miene gezuckt hatte, als Kräh damit zahlte, und auch Distalus hatte den Eindruck gemacht, sie gut zu kennen.

Er ließ das achtkantige jeranische Silberstück in seiner Hand hüpfen. Der Rand war geriffelt und das Bild des Segelschiffs schien korrekt, aber irgendetwas stimmte nicht mit der Münze. Er dachte kurz nach, dann legte er die Münze auf sein rechtes Auge. Wenn er es zusammenkniff, konnte er sie zwischen Augenbraue und Wange einklemmen und ohne Probleme halten.

Er öffnete das Auge wieder und ließ die Münze klimpernd zurück in den Beutel fallen, den er sich danach an den Gürtel band. Dann warf er den größten Teil von Distalus' Kleidung weg. In die frei gewordene Hälfte der Satteltasche stopfte er das Buch und das Zedernholz sowie ein paar Beutel mit Getreide und Dörrfleisch, die aus einem aufgeplatzten Sack gefallen waren. Er stopfte noch weitere Nahrungsmittel in die andere Seite, zusätzlich zu denen, die Distalus dort schon gepackt hatte, und knotete die Satteltaschen sicher zu.

Er füllte die Nahrungsvorräte in Sephis Taschen auf, dann brachte er sie hinüber zu Kräh, der ihr gerade ein dunkelbraunes Lederhemd überzog. Er stellte sie neben dem Mädchen ab. »Ich füll mit dem Rest ihrer Vorräte unsere Taschen auf. Sollte nicht lange dauern.«

Kräh nickte. »Gute Idee. Pack die Sachen um, sodass sie auf der schwarzen Stute reiten kann. Der Sattel da drüben müsste passen.«

Will hängte Distalus' Satteltaschen seinem Pferd über, dann kümmerte er sich um die anderen Pferde. Entschlossen kam herüber und half ihm. Während sie arbeiteten, erzählte Will ihm, was er gefunden hatte, allerdings gab er die Anzahl der Münzen zu niedrig an und verschwieg dem Vorqælfen auch, dass der jaranische Silberling der Größe nach gefälscht war. Der Vorqælf seinerseits unternahm keinen Versuch, zu verbergen, was er den Leichen abgenommen hatte: Ein paar Münzen und neun Schnatterer-Langmesser.

Der Knabe grinste. »Wenn du willst, kann ich die Klingensterne waschen und neu schärfen.«

Entschlossen schüttelte den Kopf. »Nein, lass sie hier. Krähs Pfeile auch. Wir lassen sie immer bei den Kadavern, damit Kytrin weiß, wer ihre Truppen erlegt hat. Kräh hat die Angewohnheit von mir übernommen. Du hast zwei getötet, richtig, Junge?«

Will nickte. »Beide mit Klingensternen.«

»Ja. Ich habe den gesehen, der dem Tod die Hand entgegengestreckt hat. Das war reines Glück.«

Der junge Dieb wurde rot. »Ich weiß.«

Der Vorqælf drehte sich zu den Kadavern in der Senke um. »Ich habe vier getötet. Fünf, wenn du den mitzählst, den Kräh in die Schulter getroffen hat. Er hat noch einen gespickt, bleibt also einer übrig. Die Jäger sind in der ersten Salve aus dem Hinterhalt gestorben. Distalus hatte einen Bolzen im Leib. Sephi haben sie offenbar nur aus dem Sattel gezerrt.«

Will zuckte die Achseln. »Distalus hat einen erledigen können, bevor er starb.«

»Ohne Zweifel, aber *wie* er das gemacht hat, ist interessant. Komm mit.«

Er folgte Entschlossen, obwohl der Vorqælf ihn geradewegs über Distalus' Leiche führte. Hinter ihm, auf der anderen Seite der Senke, lag ein Schnatterer noch so, wie er gestorben war, Arme und Beine seltsam verrenkt. Will hegte keinen Zweifel daran, dass die Schnatterfratze tot war – und gestorben war sie eindeutig an dem klaffenden Loch im Brustkorb, knapp über dem Herzen.

Das Loch war in den Körper gebrannt. Knusprig verkohltes Fleisch zerfiel zu Krümeln, als Entschlossen gegen den Kadaver trat. »Er ist da und oben am Maul verbrannt. Das Vieh hat Feuer gespuckt, bevor es starb. Irgendetwas hat ihm Herz und Lunge ausgebrannt.«

»In Orakels Wandbild habe ich Waffen gesehen, die Feuer speien.«

Entschlossen nickte. »Die kenne ich. Das ist nicht die Art von Wunde, die sie schlagen. Es scheint, dass Distalus ein Magiker war, aber das haben wir ihm schon angesehen.«

Bevor der Vorqælf diese Bemerkung näher erläutern konnte, hörten sie Kräh rufen. »Sie ist wach.«

Die beiden trotteten hinüber zu Sephi, die sich mit Krähs Hilfe aufsetzte. Er hielt sie an der linken Schulter und am Ellbogen. Sie hatte die Knie angezogen und hielt sich den Kopf. Sie stöhnte leise, dann weinte sie.

Kräh strich ihr über das schwarze Haar. »Die Gefahr ist vorbei, Kind, wenigstens fürs Erste. Aber wir müssen aufbrechen. Wir dürfen nicht hier bleiben. Kannst du reiten?«

Sie schniefte, wischte sich mit dem Hemdsärmel die Nase und nickte. Als sie aufstehen wollte, nahm Will ihre rechte Hand, um ihr zu helfen. Er duckte sich unter ihren Arm und legte ihr den linken Arm um die schlanke Taille.

Sie lächelte zu ihm herab und flüsterte: »Danke.«

Will strahlte. »Hier drüben, Sephi, die schwarze Stute. Sie gehorcht ohne Rute.«

Sephi kicherte über den Reim, dann kniff sie einen Augenblick lang den Mund fest zu, bis ihre Lippen zu einem Strich geworden waren. »Was ist mit Distalus?«

Entschlossen schnitt Wills Antwort im Ansatz ab. »Er ist bei deiner Verteidigung gefallen.«

Will führte sie auf einem Weg zu den Pferden, der ihr die schlimmsten Szenen des Massakers ersparte, dann griff Entschlossen sie um die Hüfte und hob sie in den Sattel der Stute. Die Zügel warf er Will zu. »Du führst ihr Pferd. Du musst dich am Sattel festhalten, Mädchen. Wir werden schnell reiten, weil wir weit von hier fort sein wollen, wenn wir heute Abend das Lager aufschlagen.«

Sie schaute zu den Leichen. »Beerdigt ihr sie nicht?«

»Keine Zeit.«

»Und unsere Sachen?«

Der Ælf schüttelte den Kopf. »Will hat aufgesammelt, was wir als dein erkennen konnten, aber die Schnatterer haben alles zerstört, was sie nicht verstanden.«

Das Mädchen schien die Feststellung kommentarlos anzunehmen. Will fragte sich, warum Entschlossen sie belog, doch er war klug genug, ihn nicht vor ihr zur Rede zu stellen. *Wenn Distalus ein Zauberer war … Aber, Augenblick mal, könnte sie nicht eine Zauberin sein? Was, wenn sie den Schnatterer getötet hat?* Bei dem Gedanken lief ihm ein leichter Schauer über den Rücken, obwohl: Sie schien ziemlich jung für einen so mächtigen Zauber.

Entschlossen übernahm wieder die Führung, und Kräh folgte mit den Packpferden am Schluss. Dadurch ritt Will kurz vor Sephi, mit einem gewissen Abstand zu den beiden älteren Männern. Er drehte sich immer wieder zu ihr um, um sicherzugehen, dass sie wach war und sicher im Sattel saß. Obwohl sie erschöpft schien, hielt sie sich ziemlich gerade auf dem Pferd, und Will freute sich über ihr scheues Lächeln, wenn er sich zu ihr umschaute oder sie vor herabhängenden Ästen warnte.

Sie ritten den ganzen Nachmittag und bis in den Abend hinein, und hielten unterwegs nur an, um die Pferde zu tränken. Als es dunkel wurde, führte Entschlossen sie in ein steiniges Tal. Sie lagerten ohne Feuer und sperrten die Pferde in eine Höhle, die wohl irgendwann als Bergwerk gedient hatte. Aus den Haldenresten bauten sie Schutzwälle.

Will kramte Hartbrot und Dörrfleisch aus den Satteltaschen. Ihm schien es klüger, die Vorräte, die sie den Toten abgenommen hatten, noch aufzusparen, um Sephi nicht ohne Not daran zu erinnern, was ihr zugestoßen war. Sie aßen schnell und schweigend. Entschlossen teilte Will die erste Wache zu und forderte den jungen Dieb auf, Kräh zu wecken, wenn die Mondsichel über einer bestimmten Felsnadel stand.

Der Knabe setzte sich auf einen Steinhaufen. Er trug noch seine Rüstung, und als die Nacht kühler wurde, war er froh über die Wärme, die das Leder gespeichert hatte. Über die Beine hatte er ein Langmesser mit Scheide gelegt. Aus den Halden holte er sich flache, scharfkantige Steine. Er rieb sie an härteren Felsen, um die Kanten zu schärfen oder ihre Form handfreundlicher zu machen. Dann schob er sie mit in den Klingensternbeutel an seinem Gürtel.

»Ich kann nicht schlafen.«

Er drehte sich um und sah die in eine Decke gehüllte Sephi. Schatten verhüllten ihr Gesicht und verstärkten den Eindruck der Ferne, den ihre leise Stimme erweckt hatte.

»Nicht allzu überraschend, nach allem, was passiert ist.«

Sie schüttelte kraftlos den Kopf. »Ich weiß gar nicht richtig, was passiert ist. Cletus ritt an der Spitze. Er ist einfach aus dem Sattel geflogen. Numitor schrie hinter uns auf, und dann haben sie mich aus dem Sattel gezerrt. Danach weiß ich nichts mehr, bis ihr mich gefunden habt. Ein Glück, dass ihr vorbeigekommen seid.«

»Das war kein Zufall.«

»Nicht? Erzähl.« Sie kam näher und setzte sich zu seinen Füßen. Ihre rechte Hand kam unter der Decke hervor und schlang sich um seinen linken Knöchel. Sie lehnte sich an ihn, die Wange auf Kniehöhe. »Woher wusstet ihr, wo ihr uns finden konntet?«

Er setzte an, ihr von Orakel zu erzählen, und davon, was Entschlossen gesehen hatte, das sie veranlasste, nach Osten zum Spaltfels und von dort nach Süden zu reiten. Dann zögerte er. Er wusste nicht, was Entschlossen gesehen hatte. Der Vorqælf hatte es ihm nicht verraten. Dieser Augenblick des Zögerns bot ihm eine Chance nachzudenken. Das war auch gut so. Das schiere Gewicht der Frage, was sie und ihr Onkel in den Bergen zu suchen gehabt hatten, insbesondere wenn er ein Zauberer gewesen war, stach Wills Neugierde, bis sie sich in Misstrauen verwandelte.

Also log er, rundweg, locker und ohne Anstrengung. »Mein Onkel und sein Freund sind Jäger, sehr gute Jäger, besser als die Fallensteller, die euch geführt haben. Mein Vater, er ist ein berühmter Adliger, sehr berühmt. Wenn ich dir seinen Namen verraten würde, wüsstest du sofort, wer er ist, aber das darf ich nicht. Ich habe es geschworen, du verstehst. Also, mein Vater wollte, dass ich die Jagd auf Schnatterer und dergleichen lerne. Deshalb waren wir in den Bergen auf Jagd, und wir haben die Spuren der Biester gefunden, die euch überfielen. Nur haben wir sie zu spät eingeholt.«

Ihre rechte Hand glitt höher, und sie legte die Finger um sein Knie, sodass die Handfläche an dessen Innenseite lag. »Ach, hättet ihr doch nur eher kommen können. Hattet ihr Erfolg in den Bergen?«

»O ja, ich habe viel gelernt. Wusstest du, dass Metholanth wild wächst? Ich habe gepflückt, was sie auf deine Wunden geschmiert haben.«

»Danke.« Sephi wandte den Kopf und küsste sanft sein Knie. »Es geht mir schon viel besser.«

»Ich wünschte, ich hätte mehr tun können.« Ihr Kuss und ihre Hand ließen Will ein wenig unbehaglich werden, und er war froh, dass ihm der Waffenrock bis weit über den Schoß herabhing. *Entweder hat der Schlag auf den Kopf ihr mehr zugesetzt als irgendwer von uns sich vorgestellt hat oder sie will mich auf andere Gedanken bringen.*

Will wollte ihrem Charme erliegen. Schöne Jungfrauen zu retten und sich von ihnen auf eine Weise belohnen zu lassen, die diese Bezeichnung unzutreffend machte, war von Beginn an ein wichtiger Bestandteil in der Saga von Will Flinkfuß gewesen. Und unter genügend Decken wäre die Halde so unbequem nicht gewesen. Sephi schien sogar interessiert, und Entschlossen drohte ihm damit, ihn Kinder zeugen zu lassen.

Für Will stellte sich dabei nur ein Problem: Sephi benahm sich falsch. Er verstand, dass sie dankbar war, aber von den dreien, die an ihrer Rettung beteiligt gewesen waren, hatte er am wenigsten geleistet. *Allerdings bin ich der Jüngste und Dümmste.* Wäre er der Dummkopf gewesen, für den sie ihn offenbar hielt, hätte sie ihn mit einem Kuss und etwas Zungenspiel abgelenkt und ihn dazu gebracht, ihr für mehr davon alles zu erzählen, was sie hören wollte.

Als Dieb wusste Will genau, wie nützlich eine Ablenkung sein konnte, wenn man einen Geldbeutel vom Gürtel schnitt oder Wertsachen mitgehen ließ, und darum durchschaute er entsprechende Taktiken mit Leichtigkeit. Ihre Fragen schienen harmlos, aber sie hätten ihn dazu bringen können, Orakel und ihre Vorquellyn-Höhle zu verraten. Nach allem, was er von Entschlossen, Orakel und Kräh darüber gehört hatte, war das aber ein Geheimnis, das er niemals preisgeben würde, ganz gleich, wie hübsch die Fragestellerin war oder wie entsetzlich die Folter.

»Sephi, weshalb waren dein Onkel und du überhaupt in den Bergen?«

»Die Jäger haben meinen Onkel am Tag nach eurer Abreise in Stellin ein, zwei Geschichten erzählen hören. Sie sagten, in den Bergen gäbe es einen Adligen, der Geschichtenerzähler reich belohnt. Sie wollten uns zu ihm bringen ... Obwohl ich vermute, sie hatten geplant, Distalus zu ermorden und mich zu vergewaltigen.« Ihre Stimme sank zu einem rauen, erstickten Flüstern ab. Sie begleitete ihr Geständnis, indem sie seine Beine mit beiden Armen umklammerte, wobei ihr die Decke von den Schultern rutschte. »Gelobt sei Erlinsax, dass ihr gekommen seid und mich gerettet habt.«

Will zog ihr die Decke wieder über die Schultern. »Ja, Sephi, danke Erlinsax, dass wir weise genug waren, auf Jagd zu gehen, und Arel für das Glück, euch zu finden.«

Er tätschelte ihre Schultern und lächelte in der Dunkelheit, als sie mit der Wange an seinem Knie rieb. *Ich weiß nicht, was du für ein Spiel treibst, aber zum Glück kenne ich die Regeln.*

Kapitel Zwölf

Entschlossen sorgte dafür, dass sie beim ersten Anzeichen des Tagesanbruchs weiterzogen, als sich langsam Rosa- und Goldtöne in das Dunkelblau des Himmels mischten. Kräh hatte Will abgelöst, eine Weile nachdem Sephi ihn verlassen hatte. Sie hatte ihn allein gelassen, nachdem er mehr Fragen gestellt als beantwortet hatte. Nach der Ablösung streckte er sich auf seiner Decke aus und erwachte erst, als Sephi ihr Bettzeug neben seines legte. Schließlich teilten sie sich eine Decke, und er war froh über ihre Wärme.

Der Vorqælf führte sie hinaus aus dem Steinfeld und nach Südosten. Er erklärte, bis zum Abend Stellin erreichen zu wollen, oder sie mussten einen Einödhof suchen, auf dem sie sich verschanzen konnten, falls ihnen das nicht gelang. Er stellte das alles in völlig nüchternem Ton fest, aber irgendetwas in seiner Stimme ließ Will schaudern.

Am Vormittag kamen sie an den ausgebrannten Überresten eines Bauernhofs vorbei. Verkohlte Balken lagen am Fuß des steinernen Schornsteins übereinander. Die Fenster waren wie leere, schwarz geränderte Augen in der Seele des rußgeschwärzten Heims. Eine Reihe aus fünf frischen Gräbern vor dem Haus zeigte, dass das Ende der Hofbewohner nicht unbemerkt geblieben war.

Wichtiger als das Haus und die Gräber aber war das Zeichen, das an der großen Eiche zurückgeblieben war, die hinter der Ruine stand. Ein Schnatterer war an den Baumstamm gebunden, an Händen und Füßen und um den Leib gefesselt. Der aufgedunsene Kadaver machte deutlich, dass die Kreatur seit Tagen tot war, aber es war mehr als genug von ihr übrig, um sie zu erkennen.

Und um das Brandmal in ihrer Seite zu sehen. Den Ärmel des Waffenrocks über die Nase gepresst, ritt Will dicht genug heran, um Maden in den offenen Wunden des Schnatterers wimmeln zu sehen. Das Brandmal sah aus wie eine Wolfstatze, mit Schriftzeichen über und unter dem Bild.

Er lenkte das Pferd wieder fort. »Was ist das?«

Entschlossen zuckte die Achseln, und Kräh schüttelte den Kopf.

Sephis Stimme klang matt. »Ich habe es schon früher gesehen. Es ist das Zeichen der Goldenen Wölfin. Entweder hat sie den Schnatterer aus Rache für die Toten erlegt oder sie hat die Familie ermordet und will die Menschen glauben machen, dass es die Schnatterer waren.«

Kräh deutete zurück zum Hof. »Die Gräber. Warum sollte sie ihre Opfer bestatten?«

Sephi hob die Schultern. »Ich weiß nur, was mein Onkel gehört und mir erzählt hat.«

»Es spielt keine Rolle.« Entschlossen hob die Hand an die Augen. »Wir müssen ohnehin nach Stellin. Wir haben hier schon mehr als genug Zeit verschwendet.«

Auf dem Weg kamen sie an zwei weiteren verlassenen Bauernhöfen vorbei, sahen aber keine Gräber mehr. Die Häuser waren ausgeplündert, aber nicht niedergebrannt, und wiesen deutliche Spuren von Schnatterern auf. Will lernte, ihre Fährten zu lesen und fand zwischen ihnen auch solche von Frostkrallen und Vylænz. Er zweifelte nicht daran, dass sie echt waren, aber es beunruhigte ihn sehr, dass sich so viele von ihnen in der Gegend zu befinden schienen.

Ein entsprechender Kommentar nötigte Entschlossen

nur eine finstere Miene und die Aufforderung ab, schneller zu reiten. Obwohl sie sich beeilten und unterwegs kaum ein Wort wechselten, dehnte das schwächer werdende Sonnenlicht ihre Schatten gen Stellin. Will las es als schlechtes Zeichen, dass die Feuer auf der Straße Reihen spitzer Pfähle gewichen waren, lang genug, ein Pferd aufzuspießen. Weiter zurück, hinter einem Wall aus Flechtwerk und Erde, standen drei mit Heugabeln und Sensen bewaffnete Männer.

Einer von ihnen trat hinter der Deckung vor und ließ die Hand auf den Schwertgriff fallen. »Verschwindet!«

Entschlossen hielt an und sprang aus dem Sattel. Sein Kettenhemd zischte, als er mit zwei schnellen Schritten auf den Mann zu marschierte. Der Bauer versuchte das Schwert zu ziehen, doch der Vorqælf packte ihn am Handgelenk, bevor die Waffe aus der Scheide war. Mit einer brutalen Bewegung verdrehte er den Arm und zwang den Mann auf die Knie.

»Blöder Welpe. Hier haltet ihr niemanden auf.« Er deutete verächtlich auf die Palisaden. »Das hilft vielleicht gegen Kavallerie, aber Schnatterer reiten nicht. Sie werden zwischen den Pfählen hindurchlaufen. Und die Frostkrallen springen in einem Satz darüber weg und reißen euch die Leiber vom Hals bis zu den Beinen auf, noch bevor sie wieder landen.«

Einer der beiden anderen versuchte, seinem Kameraden zu Hilfe zu kommen, aber Kräh trieb sein Pferd vorwärts. Er hatte den Bogen gespannt und einen Pfeil auf der Sehne. »Ich möchte nicht gezwungen sein, den nächsten Schritt zu deinem letzten zu machen.«

Der zweite Bauer hielt mit vor Angst verzerrtem Gesicht an. »Wir versuchen nur, unsere Familien zu retten.«

Entschlossens Stimme peitschte auf den Mann zu seinen Knien ein. »Wie? Indem ihr Leute verjagt? Glaubt ihr, wenn die Schnatterer uns hier draußen erwischen, werden sie das Dorf aus irgendeinem Grund in Ruhe lassen? Euch verschonen?« Er verdrehte dem Bauern das Handgelenk. »Ist das der Gedanke?«

»Entschlossen, das hilft nichts.«

Der Vorqælf nickte und ließ das Handgelenk des Mannes mit einem Stoß frei, der ihn mit dem Gesicht voran auf die Straße warf. »Wo sind die Dorfbewohner?«

»Hase und Stall.«

»Dann reiten wir auch dorthin. Wie viele Posten wie diesen gibt es noch?«

Der Bauer richtete sich mühsam auf und rieb sich das Handgelenk. »Drei andere, einer in jeder Himmelsrichtung.«

Entschlossen trat zu den Pfählen und zog mehrere aus dem Boden, damit die Pferde durchkamen. »Zwei von euch, geht zu den beiden Nächsten und schickt einen Läufer ans andere Ende. Sie sollen aus den Pfählen ein Feuer machen und sich dann in die Dorfmitte zurückziehen. Stellt Posten auf, die Ausschau nach Bewegung vor den Flammen halten. Was ist? Worauf wartet ihr noch?«

Der Vorqælf führte sein Pferd durch die Lücke, dann saß er wieder auf. Vor der Herberge stieg er wieder ab und hämmerte gegen die Tür. Nach dem Schreien und dem Kreischen im Innern zu schließen, hielten einige der Dorfbewohner die Schläge für einen aurolanischen Rammbock, aber jemand zog den Riegel zurück und öffnete die Tür.

Entschlossen marschierte geradewegs hinein, Sephi, Will und Kräh im Gefolge. »Wer hat hier das Sagen?«

Ein Mann am Feuer trat vor. Will erkannte Quintus, den Dorfbewohner, der sie bei ihrem vorigen Besuch im Ort auf der Straße angehalten hatte. Die sich im Schankraum der Taverne drängenden Dörfler blickten von ihm zu dem Vorqælfen und zurück. »Ich habe den Befehl hier. Ich erinnere mich an euch. Wir haben hier keinen Platz für euch. Ihr hättet in den Bergen bleiben sollen.«

Ein Kind weinte und klammerte sich an den Rock seiner Mutter. Will konnte spüren, wie die Angst, die im Raum hing, zu Hass umschwang. Entschlossen richtete sich zu voller Größe auf, und der weiße Haarkamm auf seinem Schädel streifte die Decke. Das ließ noch ein paar Kinder ängstlich aufschreien, und mehr als ein Erwachsener wandte den Blick ab.

Kräh trat vor. »Hört mir zu. Wir sind nicht in den Bergen, wir sind hier. In den Bergen haben wir Schnatterer erlegt, die dieses Mädchen und ihre Begleiter überfallen hatten. Entschlossen und ich haben reichlich Erfahrung darin, Schnatterer zu töten. Wir können euch helfen, aber wir müssen wissen, wie viele es sind, und von wo sie kommen.«

Ein Dutzend Stimmen antworteten gleichzeitig, aber Quintus schlug mit einem Zinnkrug auf den Kaminsims, um sie zum Schweigen zu bringen. »Da seht ihr es. Sie sind überall. Das sind die Glückspilze, diejenigen, die es ins Dorf geschafft haben, als sie von den Angriffen auf die Höfe hörten. Die Pechvögel, die, die von den Schnatterern überfallen wurden, sind oben. Jedenfalls die, die es überlebt haben. Die Bestien haben unser Vieh gestohlen. Sie schlagen in Rudeln von einem Dutzend und mehr zu. Sie kesseln uns ein und ziehen langsam die Schlinge zu.«

Kräh nickte. »Ihr solltet die meisten dieser Menschen nach oben schaffen, zusammen mit ein paar Männern. Wenn die Schnatterer es auf das Dach schaffen und sich durch das Stroh schlagen, muss jemand zur Stelle sein, um sie zu töten. Aber eure besten Kämpfer sollten hier unten bleiben, denn hier wird sich der Hauptkampf abspielen. Wir haben Pferde. Wir müssen sie unterstellen.«

Quintus' Augen waren halb geschlossen. »Der Stall gehört euch.«

Will lief ein Schauder den Rücken hinab. Den Tonfall in der Stimme des Dorfbewohners hatte er schon zahllose Male bei Obdachlosen gehört. Sie wussten, dass sie sterben würden, und das Einzige, was ihnen blieb, war die Illusion von Würde. Quintus klammerte sich offensichtlich auch daran, was durchaus einen Sinn ergab, denn Stellin war ein Bauerndorf und sah sich plötzlich einem Problem gegenüber, das Krieger verlangte.

Kräh nickte langsam. »Ich verstehe. Wir lassen das Mädchen hier.«

»Lasst mich mitkommen.«

Kräh schüttelte den Kopf. »Hier hast du eine bessere Überlebenschance.«

Entschlossen schnaubte. »Nur zur Erklärung. Eure Palisaden brennen jetzt, damit die Posten sehen können, von wo der Angriff kommt. Wenn ihr Glück habt, halten die Feuer sie ab.« Er drehte um und riss Will grob zur Tür. Dann gab er ihm einen Stoß. »Bewegung, Junge. Zum Stall.«

Will wollte sich von Sephi verabschieden, aber Entschlossen versperrte ihm die Sicht. Der Knabe verließ die Herberge und griff nach den Zügeln seines Pferds. Mit einem sanften Zug drehte er es, dann nahm er auch die Leine der Packtiere auf.

Er sah hinüber zu Kräh, der sein Pferd und die Stute am Zügel führte, die sie Sephi gegeben hatten. »Sie werden da drinnen alle sterben, oder?«

»Ich hoffe nicht.«

»Warum haben wir Sephi dann bei ihnen gelassen?«

»Weil ihre Chance zu überleben da drinnen weit größer ist als unsere im Stall, mein Junge.«

Will drehte sich zu Entschlossen um. »Wenn der Stall eine solche Todesfalle ist, warum gehen wir dann hin?«

»Wenn wir in der Taverne bleiben, sterben unsere Pferde, und wir kommen nie zur Festung Draconis. Wenn die Schnatterer zahlreich genug sind, Bauernhöfe zu überfallen, haben wir zu Fuß keine Chance hier wegzukommen.« Der Vorqælf ging an der Herberge vorbei zum Stall, der hinter dem Haus lag. »Da drinnen wird es Panik und Chaos geben, und das wäre ein Problem. Das Töten ist kein Geschäft, bei dem Panik hilft.«

Will zog das Stalltor auf. Die Scheune war solide gebaut, auch wenn ein paar der Seitenbretter nicht genau passten oder sogar fehlten. Der Bau war länger als breit und besaß ein Obergeschoss, das hauptsächlich als Heuboden diente. An der Vorderfront war eine Ladeluke zu sehen, die aber geschlossen war. Diese Luke und das breite Tor am Boden waren die einzigen Eingänge. Zwei der zwölf Boxen waren belegt. Eine mit Werkzeug und altem Zaumzeug, die andere mit einem klapprigen Ackergaul.

Entschlossen musterte den Stall und schüttelte den Kopf. »Stell die Pferde ein, Junge, aber nimm ihnen nichts ab.«

»Aber es ist nicht gut für sie, wenn sie die ganze Nacht beladen bleiben. Ich meine, hast du mir das nicht selbst beigebracht?«

Die silbernen Augen des Vorqælfen wurden schmal. »Junge, falls wir durch ein Wunder den Morgen noch erleben, können sie sich dann ausruhen. Wahrscheinlicher ist, dass sie als Schnatterermahlzeit enden. Wenn wir die Chance zur Flucht bekommen, wollen wir uns nicht damit aufhalten, Pferde zu satteln und zu beladen.«

»Flucht?« Will führte sein Pferd in eine der Boxen. »Aber dann lassen wir Sephi hier zurück.«

Kräh, der die Leiter zum Heuboden hinaufgestiegen war, hockte sich an dessen Kante. »Wir fliehen nur, wenn die Aurolanen das Dorf in Brand setzen oder zu beschäftigt sind, um uns aufzuhalten.« Er ging nach vorne und öffnete die Luke einen Spalt. »Die Feuer brennen, aber es sieht nicht so aus, als würden sie ihre Stellungen aufgeben.«

Der Vorqælf knurrte und stellte ein weiteres der Pferde in die Box. »Narren. Sie hätten auf mich hören sollen. Ich habe an einem Tag mehr Schnatterer erlegt als die in ihrem ganzen Leben.«

Der alte Mann lachte. »Hättest du auf sie gehört, wenn die Rollen umgekehrt verteilt wären?«

»Wenn sie über etwas besser Bescheid wüssten als ich, ja.«

Will grinste zu ihm hinüber. »Soll das wirklich heißen, es gibt Dinge, über die du nicht alles weißt, was es zu wissen gibt?«

»Werd nicht frech, Junge. Es gibt nichts, über das ich nicht mehr wüsste als du.«

»Dann kannst du mir sicher erklären, warum Kytrin Stellin angreift.«

Entschlossens Miene wurde hart. »Ich kann keine Gedanken lesen. Vielleicht ist es nur eine Laune. Stellin anzugreifen kann ihr nicht viel nutzen, außer indem es Angst sät. Manche Menschen könnten zu dem Schluss kommen, dass König Augustus sie nicht mehr verteidigen kann, und das würde ihm Probleme bereiten. Vielleicht will sie, dass er hierher in den Westen Truppen schickt, während sie an einer anderen Stelle angreift. Aber nichts davon spielt eine Rolle, denn jetzt sind ihre Truppen hier, und wir müssen sehen, wie wir mit ihnen fertig werden.«

Ein unmenschlicher Schmerzensschrei zerriss die Nacht und erstickte Wills Erwiderung. Er hatte noch nie etwas Derartiges gehört. Es sandte ihm einen Schauder den Rücken hinab, der sich ihm wie Eis in die Knochen senkte. »War das eine Frostkralle? Oder ein Vylæn?«

Entschlossen schüttelte den Kopf. »Nur ein sterbender Bauer. Es kam von Süden, also erreichen sie den Stall vor der Herberge.«

Will rannte zum Stalltor und zog es zu.

»Lass es einen Spalt offen.«

»Weshalb?«

Entschlossen führte ein anderes Pferd in eine freie Box. »Wenn du ein Heerführer bist und ein verriegeltes Gebäude findest, was tust du?«

Der Knabe zuckte die Achseln und stellte ein weiteres Pferd ab. »Öffnen und einen Trupp Leute hineinschicken.«

»Und wenn es offen steht?«

»Einen Kundschafter.«

Entschlossen nickte. »Gut, Junge. Und was, wenn der Kundschafter nicht zurückkommt?«

Allmählich erkannte Will, worauf der Vorqælf hinauswollte. »Noch zwei, die wir auch abmurksen, und dann kommt der Trupp.«

»Mehr Schlachtvieh.« Entschlossen zog die Kette der Packpferde an den Boxen entlang und stellte sie nebeneinander ab. »Kräh, siehst du sie?«

»Ich habe nicht so scharfe Augen wie du, mein Freund, aber ich kann sie in der Ferne ausmachen, ja.« Er stand auf und reckte sich. »Sie greifen an, bevor es völlig dunkel ist. Sehr waghalsig. Schätze, sie haben vor nichts Angst, was hier auf sie warten könnte.«

Entschlossens Grinsen war das eines Raubtiers. »Ihr Fehler.« Er nahm eine Seilrolle von der Wand und warf sie Will zu.

»Bind das unten an den Pfosten da und zieh es hinüber auf die andere Seite. Lass erst einmal locker, aber wenn es so weit ist, zieh es stramm und bind es da drüben fest.«

Will fing das Seil auf und nickte. »Und wenn sie hereinstürmen, stolpern sie drüber. Ich könnte es auch einfach festhalten.«

»Nein, könntest du nicht, Junge, aber selbst wenn, würde das keine Rolle spielen. Du wirst genug damit zu tun haben, die umzubringen, die über das Seil stolpern.« Der Vorqælf öffnete die Taschen auf dem Rücken eines der Pferde und zog die Langmesser heraus, die sie den Schnatterern in den Bergen abgenommen hatten. Er legte zwei an den Pfosten, an den Will das Seil binden sollte, dann hing er die übrigen an Haken oder legte sie auf Regalbretter, wo sie leicht zu greifen waren.

»Darf ich eine Frage stellen, Entschlossen?«

»Was gibt es, Will?«

»Kräh hat ein Schwert. Warum hast du keines?«

Entschlossen schnaubte. »Sag ich ihm die Wahrheit, Kräh?«

»Vielleicht einen Teil davon, aber leise.«

In der kurzen Stille, die auf Krähs Bemerkung folgte, hörte Will jemanden mit den Fäusten an die Herbergstür hämmern. Die Forderung, eingelassen zu werden, wurde immer drängender, und die schriller werdende, sich gelegentlich überschlagende Stimme unterbrach sie zunehmend mit Flüchen. Dann wurde ein zischendes Geräusch lauter. Draußen leuchtete etwas grellgrün auf und tauchte Kräh in smaragdfarbenes Licht, bevor es erstarb.

Genau wie die Rufe.

Entschlossen kam zu Will herüber. »Kräh gibt dir ein Zeichen, wenn du das Seil spannen sollst. Wenn sie stürzen, schlag und stich. Und beeil dich. Du musst schnell zustoßen.«

»Das werde ich. Schnell und flink.«

Der Vorqælf nickte nachdenklich. »Ich benutze Langmesser, weil ich meine erste Schnatterfratze mit einem getötet habe. Auf Vorquellyn, als ich noch nicht einmal so alt war wie du. Damals genügte ein Langmesser, und bis jetzt habe ich nichts Besseres gefunden. Falls du etwas Besseres findest, lass es mich wissen.«

Krähs Flüstern drang durch die Dunkelheit. »Haltet euch bereit, Freunde. Dies wird entweder die längste Nacht unseres Lebens oder die letzte. So oder so, solange wir Aurolanen töten, ist die Zeit gut genutzt.«

Kapitel Dreizehn

Trotz der albtraumhaften Kakophonie von Heulen und Knurren, das die Luft erfüllte, hörte Will den ersten Schnatterer, bevor er ihn sah. Bevor er sich hinter dem Scheunentor versteckte, war Entschlossen mit einer Schaufel in die Pferdeboxen gegangen und hatte eine stinkende, triefende Masse von Stroh und Dung herausgeholt, die er am Eingang verteilte, damit der Gestank den Stall füllte.

Der Schnatterer schnupperte an der einen Spalt offenen Stalltür und blieb stehen. Ein paar der Pferde bewegten sich in den Boxen, und eines wieherte. Das Schnuppern wurde lauter, dann schob der Aurolane den Kopf durch die Tür. Er sah sich um, die buschigen Ohren aufgerichtet und alert, doch das Stampfen der Pferdehufe beanspruchte sichtlich seine volle Aufmerksamkeit. Er schob das Tor ein wenig weiter auf und schlich herein. Seine Tatzen waren an das Tor gelegt, um es hinter sich schließen und seine Beute in aller Ruhe betrachten zu können.

Entschlossen überraschte ihn völlig. Die Ohren zuckten nicht einmal zurück, als der Vorqælf ihm einen Futtersack über den Kopf stülpte und ihn grob nach hinten zerrte. Die Tatzen des Schnatterers flogen hoch an den Leinensack, der ihm die Sicht nahm. Entschlossen trieb den Dolch, den er für den Nahkampf reserviert hatte, mit blitzartiger Geschwindigkeit in den Rücken der Kreatur. Der Schnatterer versteifte sich, dann stieß er ein gedämpftes Seufzen aus und erschlaffte. Der Vorqælf ließ die Waffe im Rücken seines Opfers stecken, da sie ihm im bevorstehenden Gefecht wenig nutzen konnte, zerrte den Kadaver in die Ecke und zog ihm den Beutel vom Kopf. Er nahm sich eines der Langmesser und kehrte an seinen Posten hinter dem Tor zurück.

Will wischte sich zum wiederholten Mal die schweißnassen Hände an der Hose ab. Draußen tobte ein Schnattersturm. Er hörte die Schnatterfratzen jaulen und bellen. Aus den Häusern drang lautes Krachen, als die Bestien sie plünderten. An manchen Stellen blitzte es immer wieder grün auf. Menschliche Stimmen lieferten in einer Mischung aus Panik und Befehlston den Kontrapunkt zum Lärmen der Schnatterer, aber langsam wurde die Panik zur vorherrschenden Note.

Einerseits hasste er das Warten. Es schien so gar nicht heldenhaft, um nicht zu sagen feige. Es spielte keine Rolle, dass es Selbstmord gewesen wäre, hinaus ins Dorf zu stürmen. Irgendwie schien es falsch, dass sie nicht Schnatterer töteten, so schnell es ging.

Andererseits wusste er allerdings sehr gut, dass sie aus ihrer Stellung im Stall weit mehr Aurolanenkreaturen binden und erschlagen konnten, als es in der Herberge möglich gewesen wäre. Dennoch, die Vylænz dort draußen verfügten über Magik, und wenn es Kräh nicht gelang, die zauberkräftigen Geschöpfe zu erschießen, würde ihr Kampf schnell ein Ende finden.

Der Puls donnerte ihm in den Ohren und lieferte eine rhythmische Synkope zum lärmenden Getöse vor dem Tor, denn die Schnatterer hatten inzwischen erkannt, dass die ganze Bevölkerung des Dorfes sich zum Schutz in einem Haus versammelt hatte.

Will bewegte die Finger, dann fasste er das Seil fester. *Strammziehen, festbinden, und dann zuschlagen, zuschlagen, zuschlagen …* Bald würde seine Stunde kommen.

Zwei weitere Schnatterer kamen in die Scheune, etwas mutiger vielleicht, weil der Rest des Dorfes verlassen war, oder auch vorsichtiger, weil der Geruch von

Blut in der Luft hing. Sie kamen schneller als ihr Vorgänger durch das Tor: die Ohren aufgestellt, die Langmesser gezückt, die Augen glänzend.

Entschlossen stülpte einem den Sack über den Kopf und schleuderte ihn gegen die Stallwand. Der Nordländer schlug hart auf das Holz und prallte zurück, schaffte es aber, auf den Beinen zu bleiben. Der Zweite sprang durch das Tor und hieb nach dem Vorqælf. Das Langmesser erwischte Entschlossen an der Seite. Er zischte auf, dann schlug er zurück. Seine Waffe stutzte das Ohr des Schnatterers, schlug gegen seinen Schädel und ließ ihn taumeln.

Das einohrige Biest stolperte zurück durch das Tor und gab Alarm. Entschlossen drehte um und schlug einen schwachen Hieb des blinden Schnatterers zurück. Dann ließ er das Langmesser fallen, zog die Kreatur an den Körper, packte ihren Kopf und ihre Schnauze. Er drehte der Schnatterfratze mit einem lauten Krachen das Gesicht auf den Rücken und ließ den erschlaffenden Kadaver fallen.

Von oben rief Kräh. »Will, das Seil. Schnell!«

Will zog an und spannte das Seil knappe zwei Handbreit über dem Boden. Er wickelte es hastig um den Pfosten und verknotete es. Entschlossen nutzte die Zeit dazu, das Stalltor zuzutreten, dann marschierte er in die Mitte des Stalls und hob zwei frische Langmesser auf.

»Wie viele sind es, Kräh?«

»Ein guter kleiner Haufen. Acht, vielleicht zehn. Und, ja, da ist ein Vylæn. Aber keine Frostkrallen.« Über ihnen knirschten die Bohlen, als Kräh aufstand und den Bogen spannte. »Runter. Der Vylæn macht sich bereit, die Tür aufzusprengen.«

Ein schrilles Zischen wurde schnell lauter, und grünes Licht strahlte durch die Ritzen des Holztors. Der Zauber schlug in das Tor und schleuderte es auf. Eine schwarze, von grünen Flammen umringte Brandspur prangte im

Zentrum des Holzes. Der grüne Feuerball prallte von der Tür ab und flog tiefer in den Stall. Er schlug auf eine Wand und sprengte sie in brennenden Splittern auswärts in die Straße.

Heulend und kreischend, bellend und jaulend brodelten Schnatterer durch die Toröffnung. Die Fallschnur ließ die ersten drei übereinander purzeln. Zwei weitere fielen auf den Klumpen aus geflecktem Fell und Stahl. Der nächste Schnatterer sprang über seine gestürzten Kameraden, aber Entschlossens schneller Hieb schleuderte ihn in zwei Hälften davon.

Will sprang vor, ein Langmesser in jeder Hand. Er stach blindlings zu, machte durch Quantität wett, wozu Entschlossen nur einen präzisen Stoß benötigt hätte. Er hieb auf Hälse, wo immer sie sich zeigten, trat auf Tatzen, die sich nach Langmessern reckten. Er verlor sich im Rausch der Gewalt, tanzte zum Krachen der Knochen, zum Pfeifen der Klingen, zu den mit Stahl abgeschnittenen Grunzern.

Er bewegte sich so schnell er konnte, aber die nächsten in den Stall kommenden Schnatterer waren vorsichtiger und vermieden das Stolperseil. Manche schafften es allerdings gar nicht erst so weit, sondern wurden schon auf der Straße von Krähs Pfeilen erledigt. Die anderen stürzten sich fast augenblicklich auf Entschlossen, dessen Zwillingsklingen Tod und Verderben austeilten. Einer jedoch griff mit bleckenden Reißzähnen Will an.

Der Dieb duckte sich unter dem ersten Hieb weg und wirbelte davon, presste den Rücken an einen Pfosten. Der Schnatterer schlug wieder zu. Als er Will diesmal verfehlte, blieb die Klinge im Holz stecken. Will lachte und stieß ihm ein Langmesser tief in den Oberschenkel, überzeugt, seinem Gegner das Herz durchbohren zu können, bevor er die Waffe aus dem Pfosten befreit hatte.

Der Aurolane versuchte nicht einmal, das Langmesser zu befreien. Sein mit flacher Pranke ausgeführter Hieb riss Wills Kopf herum und schleuderte ihn zum Tor. Der Dieb blieb mit dem Knöchel am Seil hängen und stürzte. Seine Ohren klingelten und er schmeckte Blut, doch er war geistesgegenwärtig genug, abzurollen. Er benutzte den Schwung des Falls, um sich wieder aufzurichten. Als er aber wieder auf den Beinen stand, erfasste ihn ein plötzliches Schwindelgefühl, und er taumelte wie betrunken hinaus auf die Straße.

Sich drehend sank er auf die Knie und schaute hinüber zur Herberge. Ein von einem Pfeil durchbohrter Vylæn kämpfte sich auf die Beine. Andere Schnatterer rannten zum Stall, aber der, den er verletzt hatte, humpelte wieder heraus. Er hielt die linke Tatze auf die spritzende Wunde im Oberschenkel gepresst und hatte ein blutverschmiertes Langmesser in der Rechten.

Will schüttelte in dem vergeblichen Versuch, wieder klar zu werden, den Kopf. Er starrte auf seine leeren Hände und fühlte sich verraten. Als er wieder aufsah, war der Schnatterer näher, als er es für möglich gehalten hätte. Die Kreatur versetzte ihm mit blutiger Tatze einen Rückhandschlag, der ihn hilflos auf den Rücken schleuderte, dann hob sie das Langmesser, um es ihm ins Herz zu stoßen.

Plötzlich flog der Schnatterer nach hinten, sein Langmesser wirbelte davon. Ein Speer hatte in unmöglich spitzem Winkel seine Brust durchbohrt. Einen winzigen Augenblick, als der Speer durch seinen Rücken brach und in den Boden drang, hielt er die Bestie aufrecht. Sie stieß einen gurgelnden Schrei aus, dann riss sie die Waffe in ihren Todeszuckungen aus dem Erdreich. Der Schnatterer brach vor Wills Füßen zusammen.

Das Langmesser fiel neben ihm zu Boden.

Ein ohrenbetäubendes Kreischen zerriss die Nacht. Will erhaschte einen kurzen Blick auf eine geflügelte Gestalt, die sich aufwärts in die Dunkelheit schwang.

Sie schien ihm teils Geist, so schnell war sie verschwunden, teils Fantasie, denn sie war groß, schlank und wunderschön gewesen. Trotz des handfesten Beweises des vor ihm zuckenden Schnatterers fragte Will sich, ob er sie wirklich gesehen hatte, oder ob er sich das alles nur eingebildet hatte.

Als er sich auf ein Knie aufrichtete, erhielt er die Bestätigung für ihre Realität. Der Vylæn zwischen Stall und Herberge drehte sich in ihrer Flugbahn mit und grünes Feuer tanzte in seinen Händen. Der aurolanische Magiker krächzte und zischte in einer dem jungen Dieb unbekannten Sprache und hob die Arme himmelwärts.

Will griff nach dem Klingensternbeutel und schleuderte das erste Geschoss, das er zu fassen bekam, nach dem Vylæn. Der Stern erwischte das Biest an der Schulter und entlockte ihm einen schmerzgequälten Aufschrei. Der schien den Zauber ruiniert zu haben, denn das grüne Feuer erlosch, und das Gift auf dem Klingenstern sorgte dafür, dass das Lebenslicht des Magikers ihm folgte.

Aber sein Aufschrei hatte Hilfe alarmiert. Vier Schnatterer stürmten mit gezücktem Langmesser auf die Straße hinter der Herberge. Sie erfassten die Lage mit einem Schnuppern und stürmten ohne das geringste Zögern auf Will ein. Ein Klingenstern in den Bauch erledigte einen von ihnen. Ein Pfeil aus dem Heuboden des Stalls schleuderte einen Zweiten als leblosen Fellhaufen davon. Entschlossens Auftauchen im Tor der Scheune, wirbelnde, bluttriefende Klingen in beiden Händen, ließ die zwei Übrigen erstarren. Ihre Ohren zuckten vor und zurück, dann drehten sie um und rannten zur Vorderseite des Hauses zurück.

Panik machte sich im Jaulen der Schnatterer breit und darunter wurde ein tiefes Donnern lauter. Es kam von außerhalb des Dorfes, aber Will konnte es nicht einordnen, bis Entschlossen ihn erreichte und auf die Beine zog. »Was ist das?«

»Pferde, eine Menge Pferde.« Der Vorqælf zog ihn zurück zum Stall. »Ich weiß nicht, was hier geschieht, aber es macht den Schnatterern Angst, und das gefällt mir.«

Sie zogen sich in den Stall zurück und schlossen das Tor. Das Donnern wurde immer lauter, bis es das Bellen der Schnatterfratzen übertönte. Will beobachtete die Szene durch das in die Stallwand gebrannte Loch und erhaschte immer wieder kurze Ausblicke auf ins Dorf preschende Reiter. Er konnte nicht erkennen, ob sie die Schnatterer töteten, aber deren entsetzte Schreie deuteten sehr darauf hin.

Er hastete die Leiter zum Heuboden hoch, um einen besseren Ausblick zu bekommen und schob sich neben Kräh, der die Luke weiter aufgezogen hatte. Von diesem Aussichtspunkt konnten sie die Straße vor der Herberge sehen. Reiter versammelten sich, hielten nervöse Streitrösser im Zaum, machten Meldung, erwarteten Befehle. Ihre ganze Aufmerksamkeit war auf ihre Anführerin gerichtet, und auch Wills Blicke zog sie geradezu magisch an.

Er war sich nicht sicher, woran es lag, aber er redete sich ein, dass es nicht an ihrer Schönheit lag, auch wenn sie wahrlich kein unangenehmer Anblick war. Sie saß auf einem majestätischen Rappen, der einen golden schimmernden Kettenpanzer trug. Ihr langes, weißes Haar war zu einem dicken Zopf geflochten, der unter dem goldenen Helm herabfiel. Das im Bild eines zähnefletschenden Wolfs modellierte Visier war angehoben und gab den Blick auf edle Züge frei, hohe Jochbeine und ein markantes Kinn, eine lange, gerade Nase und volle Lippen.

Auch die Art, wie sie im Sattel saß, erzwang Bewunderung, denn nicht einmal der lange Waffenrock aus goldenem Kettenpanzer zog ihre Schultern vor oder beugte ihren Rücken. Sie saß kerzengerade, hörte aufmerksam zu, nickte knapp, dann hob sie richtungweisend den Arm und bellte Befehle, die ihre Männer auf der Stelle ausführten.

Ihre Stimme trug weiter, als deren Helligkeit hätte vermuten lassen. Die Sätze waren knapp und offenkundig eindeutig, denn niemand fragte nach. Die Geschwindigkeit, mit der die Reiter gehorchten, zeigte ein Vertrauen in ihre Führung, das angesichts ihrer Jugend kaum glaublich schien.

Gerade wollte Will einen entsprechenden Kommentar abgeben, als Kräh ihn grob beiseite stieß. Blitzschnell zog der alte Mann einen Pfeil bis an die Wange zurück und schoss. Eine Sekunde zu spät stützte Will sich ab und griff, in der Hoffnung, den Schuss abzulenken, nach Krähs Bein. Es schien ihm unfassbar, dass der alte Mann den Verstand verlieren und auf sie schießen konnte, aber es schien keine andere Erklärung zu geben.

Dann, als er hinausschaute, um nachzusehen, ob sie unverletzt war, sah er einen Vylæn auf der anderen Seite des Platzes aus einer Gasse stürzen. Grünes Feuer floss wie Öl aus seinen Tatzen und zeigte einem kleinen Trupp Schnatterer den Weg. Wütend heulend warfen die Aurolanenkreaturen sich auf die Reiter, und mit dem letzten Blick sah Will die goldene Reiterin einen schweren Säbel ziehen und ihr Ross in die feindlichen Reihen lenken.

Kräh packte ihn am Kragen und zog ihn herum. »Runter zu den Pferden, schnell. Entschlossen, wir sollten uns besser beeilen. Diese Reiter jagen die Schnatterer aus der Stadt.«

Der Vorqælf nickte und führte die Pferde aus den Boxen. »Wir reiten nach Süden.«

Will stieg die Leiter hinunter und sprang die letzten Meter. »Warum warten wir nicht und reden mit ihr?«

»Wir wissen nicht, wer sie ist und was sie hier will, und wir können es uns nicht leisten, von irgendeiner Banditenkönigin aufgehalten zu werden.« Kräh schwang sich, Bogen und Köcher über die linke Schulter geschwungen, von der Leiter aus in den Sattel. »Schlimmstenfalls verlangt sie ein Lösegeld und wir hängen hier fest.«

»Korrekt.« Entschlossen hob Will in den Sattel und reichte ihm den Strick der Packpferde. »Du folgst Kräh nach Süden. Ich komme nach.«

»Was machst du?«

»Sie jagen Schnatterer. Ich werde ihnen eine ungewöhnliche Jagdbeute liefern.« Der Vorqælf ging neben einem Schnattererkadaver in die Knie und zog dessen Unterlippe vor. Er lächelte. Dann schob er die Daumen in die toten Nasenlöcher und drückte mit den Fingern auf die leeren Augen. Er sang mit leiser Stimme und eine der Tätowierungen auf seinem linken Unterarm leuchtete auf. Der Schnatterer zuckte wie eine Fahne in einer steifen Brise, dann wälzte er sich auf die Beine und rannte durch das Loch in der Stallwand. Dass ihm der größte Teil des rechten Arms fehlte und er eine klaffende Brustwunde hatte, schien ihn gar nicht zu stören.

Entschlossen zeigte zum Tor. »Los, bewegt euch. Noch zwei, drei Lockvögel, und wir sind sicher. Wir reiten etwa einen Tag südwärts, dann geht es nach Osten und Nordosten. Zur Festung Draconis.«

Kapitel Vierzehn

Der Pfeil zischte knapp genug an Alyx' Gesicht vorbei, dass sie den Luftzug fühlte. Sogleich folgten ihre Augen der Flugbahn. Der Schuss war vom Heuboden des Herbergsstalls gekommen. Aber das gutturale Keuchen zu ihrer Linken lenkte sie von dem Schützen ab.

Ein Vylæn stolperte, das Herz von einem schwarz gefiederten Pfeil ans Rückgrat genagelt, aus einer Gasse und brach im Staub des Dorfplatzes zusammen. Das grüne Feuer unvollständiger Aurolanenmagik strömte aus seinen Pranken. Im Licht der Flammen sah sie das Leuchten von Raubtieraugen im Schatten hinter dem Kadaver. Sie riss Streiters Zügel herum und trieb ihn an, in gerader Linie auf die angreifenden Schnatterer zu. Mit metallischem Klingen zog sie den Säbel blank und hieb zu.

Mit gespaltenem Schädel sank eine Schnatterfratze in den Dreck. Streiter schleuderte einen anderen Schnatterer zurück, dann brach Alyx einem Dritten den Arm, den er zur Abwehr ihres Hiebs erhoben hatte. Er heulte auf, aber der Rückschwung schnitt ihm in die Kehle und erstickte den Protest.

Alyx schaute hoch, als sich auf einem Dach die Silhouette eines Aurolanen erhob. Das Mondlicht glänzte kalt auf der Schneide des Langmessers. Die Kreatur machte Anstalten, sie anzuspringen. Sie brachte die Waffe hoch und stieß sie in Richtung des Monsters. Der Schnatterer würde sich selbst darauf aufspießen, während er sie aus dem Sattel warf. *Wenigstens wird der mir keinen Ärger mehr machen, wenn er tot ist, bevor wir aufschlagen.*

Aber bevor der Schnatterer springen konnte, ertönte ein Kreischen, und eine geflügelte Gestalt schwang sich durch die Luft. Die geknotete Seilschlinge in ihrer Hand legte sich um den Hals der Bestie und riss sie rückwärts über den Dachfirst. Mit einem mächtigen Schwingenschlag erhob sich die Gyrkymsu in den Himmel. Die Schlinge zog sich zu und schnitt dem strampelnden Schnatterer die Luft ab, noch bevor er aus Alyx' Sicht verschwand.

Andere Reiter stürmten vor und trieben die Schnatterer zurück in die Gasse oder die Straße hinab. Ein paar der aurolanischen Bestien konnten ausweichen und ihr Leben eine Weile verlängern. Andere, die sich bei der Flucht auf ihre Schnelligkeit verließen, zuckten bald an den Enden der Lanzen. Alyx' Truppen zeigten den Schnatterfratzen nicht mehr Gnade als die Aurolanen den Ælfen Vorquellyns oder den Bewohnern Okrannels gezeigt hatten. Sie hetzten und erschlugen sie, wo sie sie fanden, nicht aus Rache, aber im gerechten Zorn eines von Raubtieren bedrohten Volkes.

Alyx drehte Streiter um und trabte zurück auf den Dorfplatz. Die Gyrkymsu landete in der Mitte des Grasfleckens und faltete die braunen Schwingen. Die gefalteten Flügel ragten hoch über ihren Kopf auf. Braune Flecken sprenkelten das elfenbeinweiße Daunenkleid, das ihren Körper vom Kopf bis zu den Füßen bedeckte. Um die großen, bernsteingelben Augen waren die Federn von dunklerer brauner Farbe und die Zeichnung zog sich über die Wangen herab wie Tränen. Abgesehen von einem braunen Lendenschurz und einem schmalen Oberteil aus demselben braunen Leder war die Geflügelte nackt.

Alyx lächelte sie an. »Wie viele sind noch in der Stadt, Peri?«

Die Gyrkymsu schüttelte einmal scharf den Kopf. »Läufer, verstreut. Die Rotkappen jagen sie und sichern den Ort. Die meisten sind im Osten. Die grüne Kompanie hat sie im Griff. Auch ein paar Frostkrallen, aber sie sterben schnell. Blau kommt von Süden, um ihnen den Rückzug abzuschneiden.«

»Gut. Flieg zurück zur weißen Kompanie und bringe sie her.«

»Wie Ihr befehlt, Hoheit.« Peri breitete die Schwingen aus und setzte zum Abflug an.

»Warte.« Alyx lächelte und hob die Hand. »Danke für die Rettung, Schwester.«

Peri zwinkerte ihr zu. »Familientradition, Alyx. Ich bin bald mit den Weißen zurück.«

Die Gyrkymsu verschwand im Nachthimmel, und Alyx widmete sich der Herberge. Sie nickte einem Krieger ihrer Leibgardekompanie zu. Er ritt zur Tür, stieg ab und hämmerte gegen die Tür.

»Aufmachen, in Namen der Goldenen Wölfin!«

Vereinzelte Angstschreie und panisches Kreischen drangen durch die verriegelten Fenster. Eine laute Männerstimme übertönte den Lärm. »Lasst uns in Ruhe. Wir haben nichts für euch.«

Alyx schob den Säbel zurück in die Scheide und trieb ihr Pferd ein paar Schritte vor. »Hört zu, und hört gut zu. Meine Truppen haben die Schnatterer davongejagt. Euer Dorf ist unser, aber ich bin bereit, es euch zurückzuverkaufen. Mit jedem Pulsschlag, den ihr euch weigert, herauszukommen, steigt der Preis.«

Das Donnern von Hufen übertönte die Diskussion im Innern der Gaststätte. Agitar, von dessen Helmspitze ein rotes Band wehte, brachte sein Ross vor ihr zum Stehen. Er sprang aus dem Sattel und sank auf ein Knie, die Arme vor der Brust gekreuzt, die Fäuste an die Schultern gepresst. »Hoheit, ich weiß keine Worte, mein Entsetzen …«

Alyx schlug mit der flachen Hand auf den Oberschenkel und unterbrach den Soldaten, dessen Kopf sich augenblicklich hob. »Warum verschwendet er Zeit damit, sich dafür zu entschuldigen, dass das Dorf nicht gesichert ist, bevor die Arbeit erledigt wurde?«

»Ich dachte nicht …«

»Allerdings nicht.« Sie deutete auf sein Pferd. »Steig er zurück in den Sattel. Ich erwarte seine wahrheitsgemäße Meldung, dass er jedes Gebäude nach Schnatterern abgesucht hat, und ich erwarte sie, bevor der Mond Segel setzt. Ab!«

Der Soldat nickte, dann zog er sich in den Sattel und ritt davon. Ein weißbärtiger Krieger ihrer Leibgarde, von dessen Helm ein goldenes Band schlaff herunterhing, kicherte fast unhörbar. Alyx' violette Augen wurden schmal und er erbleichte.

»Erlaubnis, Hauptmann Agitar bei seiner Aufgabe behilflich sein zu dürfen, Generalin?«

Sie ließ sich seine Bitte einen Augenblick durch den Kopf gehen. *Ebrius hat wenigstens gelernt, dass er meinen Zorn nicht abwenden kann, indem er mich Hoheit nennt.* »Nein, Ebrius, er wird eine seiner Position entsprechende Aufgabe erhalten. Der Stall. Ein Pfeil vom Heuboden tötete einen Vylæn, der mich angreifen wollte. Finde er den Bogenschützen, der mir das Leben gerettet hat. Bewegung.«

Als Ebrius davontrabte, erklang aus dem Innern der Herberge das Schnappen eines zurückgezogenen Riegels, und die Tür öffnete sich. Ein Mann trat heraus, und unmittelbar hinter ihm fiel sie wieder zu. Er drückte die Hände hinter sich ans Holz, dann brachte er sie nach vorne. Sie waren leer. Er trat einen Schritt auf sie zu, dann sank er auf ein Knie und beugte den Kopf.

»Ich bin Quintus.«

»Und ich bin die Goldene Wölfin. Er weiß, wer ich bin?«

»Ja, wir haben Geschichten gehört.«

»Und er fürchtet mich?«

»Nein, denn die Geschichten ...«

Alyx' Stimme wurde scharf. »Lüge er mich nicht an, Quintus. Seine Angst ist unüberhörbar. Ich ziehe ehrliche Angst Lügen im Mantel falscher Tapferkeit vor.«

»Ja, wir fürchten Euch.« Die Schultern des Dorfbewohners sackten, als er es zugab. »Wie können wir Euch dienen?«

»Indem er mich begleitet, Quintus. Er wird mit mir zu seinem Stall gehen.« Sie lenkte Streiter um die Herberge, und Quintus schloss hastig auf. Er blickte zu ihr hoch, während er neben ihrem rechten Bein herlief. In seinem Blick bemerkte sie eine Spur von Angst, so als rechne er jeden Moment damit, dass man nach ihm trat oder ihn mit den Zügeln schlug.

Die Szene am Stall ließ sie beide plötzlich anhalten. Ein halbes Dutzend Schnatterer oder mehr lagen auf einem Haufen. Schwarz gefiederte Pfeile hatten ihnen allen das Leben genommen. Alyx schätzte die Entfernung vom Heuboden zu den Kadavern. Die Distanz war nicht allzu groß, aber nachts mit einer solchen Treffsicherheit zu schießen, war keine Kleinigkeit. *Besonders bei dem Weitschuss.*

Sie saß ab und warf Quintus Streiters Zügel zu. Drei lange Schritte brachten sie zu einem Vylæn, dem ein Pfeil in einer Schulter steckte und eine seltsame, sternförmige Metallwaffe in der anderen. Der dunkle Schaum auf den Lippen der Kreatur ließ vermuten, dass sie vergiftet worden war.

Ebrius trat mit gezogener Waffe aus dem Stall. »Hier drinnen sind noch mehr, Generalin, viel mehr. Die Schnatterer haben ein Drittel ihrer Stärke hier verloren.«

Sie nickte. »Wie viele haben dem Bogenschützen geholfen?«

Ebrius ging in die Hocke und studierte die Spuren am

Boden. »Mindestens zwei. Ich habe drinnen drei Spuren über den Fährten der Schnatterer gefunden. Eine ist sehr groß, eine eher groß für einen Menschen, die Dritte ist die eines Knaben.« Er deutete auf den Schnatterer, der auf Peris Speer aufgespießt war. »Der Knabe ist dort entlang gelaufen. Es sieht so aus, als hätte Perrine ihn gerettet.«

Und der Bogenschütze hat den Gefallen erwidert. Alyx schaute von dem Vylæn zu dem Speer, dann auf die Spuren seiner letzten Schritte. Der Aurolanenmagiker hatte offenbar zu dem aufgespießten Schnatterer geschaut und sich dann umgedreht. Vor ihrem geistigen Auge konnte sie das kleine Biest Peris Flug verfolgen sehen, sehen, wie es seine Zauberkräfte sammelte, um sie zu töten. Die Tatzen des Nordländers waren verbrannt, von einem aufgebauten, aber nicht geschleuderten Zauber. Das löschte jeden Zweifel an der Reihenfolge der Ereignisse aus.

Sie dachte kurz nach, dann nickte sie. »Ebrius, wenn die Weißen eintreffen, wird dies alles aufgezeichnet. Sie werden alles abmessen, Entfernungen, Winkel, alles. Hier gibt es eine seltsame Waffe. Sie ist vergiftet. Sie werden sie aufbewahren, ebenso wie alle anderen dieser Art, und die Pfeile. Unsere besten Bogenschützen sollen den Schuss auf den Platz nachstellen, einhundert Versuche, auf ein Ziel von der Größe eines Vylæns.«

»Sofort, Goldene Wölfin.«

Sie drehte sich zu Quintus um. »Wer war im Stall?«

Der Mann zögerte. Seine Augen wurden für einen Moment groß. »Reisende. Sie kamen schon vor einer Woche vorbei, und gestern Nacht waren sie wieder zurück. Wir hatten keinen Platz mehr in der Herberge, also haben wir sie in den Stall geschickt. Ein Mann und sein Neffe. Und ein Vorq, ein großer Kerl, mit weißem Haarkamm.«

»Namen?«

»Weiß ich nicht. Ich kenne sie nicht. Hab auch nicht viel mit ihnen geredet.«

Ihre Augen wurden schmal. »Schade, denn einer von ihnen hat entweder versucht, mich umzubringen, oder er hat mir das Leben gerettet. Das Wissen darum, wer sie sind, wäre Lösegeld genug für dieses Dorf.«

»Stellin, hohe Dame.«

»Einer von ihnen hieß Stellin?«

»Nein, hohe Dame, dieses Dorf heißt Stellin.« Quintus hob die Arme. »Ich kenne sie nicht, aber sie haben ein Mädchen hier gelassen. Ich kann es holen. Sie müsste sie kennen.«

»Dann gehe er und hole sie. Los.«

Er setzte an, ihr die Zügel zu geben, dann ließ er sie fallen wie Giftschlangen und rannte los.

Sie hockte sich neben den Vylæn und runzelte die Stirn. Sie verfolgte die Aurolanen seit über einer Woche. Es war ihnen die meiste Zeit gelungen, ihr auszuweichen, aber die Fährtenleser hatten Anzeichen dafür entdeckt, dass mehrere Banden sich zusammenschlossen. Militärisch hatten ihre Angriffe auf dieses Gebiet keine erwähnenswerte Wirkung, aber durch das Verwüsten von Einsiedlerhöfen, das Abschlachten von Reisenden und, wenn sie in genügender Anzahl zusammenkamen, das Entvölkern eines Dorfes ließ sich die Bevölkerung ernsthaft einschüchtern.

Was sie überraschte, war, dass drei Krieger, die gut anderthalb Dutzend dieser Bestien erlegt hatten, nicht im Ort geblieben waren, um eine Begleiterin mitzunehmen oder mit ihr zu sprechen. *Die Männer, die so viele getötet haben, können keine Angst vor mir gehabt haben – wie Quintus.* Gesetzlose hätten sich ihr mit Freuden angeschlossen. Ihre Flucht ließ darauf schließen, dass sie unentdeckt bleiben wollten, aber da sie gegen die Aurolanen gekämpft hatten, lag das anscheinend nicht daran, dass sie für Kytrin arbeiteten.

Quintus' atemlose Rückkehr mit dem Mädchen unterbrach ihre Überlegungen. »Das ist sie.«

Das schwarzhaarige Mädchen neigte den Kopf. »Sephi, Herrin. Ich heiße Sephi.«

Alyx stand langsam auf und schaute auf das Mädchen hinab. »Und ich bin die Goldene Wölfin. Sie ist mit den Leuten im Stall nach Stellin gekommen. Wer waren sie?«

Ein Schluchzen ließ den ganzen Körper der Kleinen erbeben, dann sank sie auf die Knie und schlug die Hände vors Gesicht. »Es war furchtbar, Herrin.«

»Erzähle es, Kind.« Alyx' Tonfall blieb hart, aber sie wurde eine Spur leiser. »Was weiß es von ihnen?«

»Mein Onkel und ich haben sie hier kennen gelernt, vor einer Woche. Sie haben die Stadt vor uns verlassen und gesagt, sie wollten in die Berge. Wir sind am nächsten Tag in der Begleitung von Jägern aufgebrochen. Diese drei, sie haben uns überfallen. Sie töteten meinen Onkel und die Jäger und nahmen mich ...« Wieder schluchzte sie, und ein stummer Angstschrei endete als klägliches Wimmern. »Sie wollten mich zu ihrem Vergnügen behalten oder mich verkaufen, sagten sie, aber die Schnatterer trieben sie hierher zurück. Ich konnte niemandem etwas davon erzählen. Sie haben gesagt, sie würden mich umbringen, aber ich weiß, Ihr werdet mich beschützen.«

»Allerdings, Kind, das werde ich.« Alyx schaute an Sephi vorbei die Gasse hinab, die hinter der Herberge vorbeiführte. Dort setzte Peri lautlos auf. Hinter ihr warteten drei Reiter in den Schatten.

Alyx drehte sich zu Quintus um. »Meine Leute sichern den Ort. Eure Leute werden in ihre Wohnungen zurückkehren und meine Männer aufnehmen. Wir werden morgen abreisen und wir werden Sephi mitnehmen. Er gehe und treffe die nötigen Vorkehrungen und halte fest, was wir unseren Gastgebern schulden. Sephi bringe er hier in der Herberge unter. Ich werde ebenfalls dort wohnen.«

Quintus blinzelte überrascht. »Ihr wollt, dass wir Euch den Aufenthalt hier in Rechnung stellen?«

»Ich wiederhole mich nicht gerne, Quintus. Beim zweiten Mal sage ich möglicherweise etwas anderes. Hat er verstanden?« Alyx fixierte ihn ärgerlich. »Der Zugang zum Stall und zu diesem Bereich vor ihm ist verboten, bis wir hier fertig sind. Und er nehme das Mädchen wieder mit. Fort!«

Sephi beugte sich vor und küsste Alyx' Stiefel, dann zerrte Quintus sie grob davon. »Komm mit, Mädchen. Du hast gehört, sie wiederholt sich nicht gerne.«

Sobald sie um die Ecke der Herberge verschwunden waren, ging Alyx hinüber zu Peri, die vor den Reitern wartete. Sie lächelte die Gyrkymsu an. »Das war ein sauberer Wurf mit dem Speer.«

Peri blinzelte langsam. »Die Schnatterfratze war abgelenkt.« Sie hob die linke Hand, die, wie bei allen Gyrkyme, einen Finger weniger aufwies als die eines Menschen. Die Nägel an Daumen und Zeigefinger waren kurz geschnitten, aber die beiden anderen Finger trugen gefährlich krumme Raubvogelkrallen. »Wollte zurückkommen und mir den Vylæn holen, aber ich fand eine andere Beute.«

»Ich habe den Eindruck, die Ablenkung hat dir den Vylæn abgenommen.« Alyx unterbrach sich und verschränkte die Hände auf dem Rücken. »Dieser Ort ist so gut wie gesichert. Wir können dir später zeigen, was wir getan haben. Morgen früh sollten wir die Schlacht vollständig rekonstruiert haben.«

Der kleinste Reiter, ein kleiner Mann mit einem Gesicht, so runzlig, dass es wie ein Porträt auf zerknüllter Leinwand aussah, lächelte. »Ich habe bereits eine Nachricht von unserem Sieg nach Yslin geschickt.« Er hielt eine kleine, rechteckige Tafel hoch, die so lang war wie sein Unterarm und halb so breit. »Die Arkantafal hat noch keine Antwort erhalten, aber die Nachricht ist ja auch gerade erst übermittelt.«

Sie nickte. »Wir haben gesiegt, aber wir hatten Hilfe. Drei Mann. Ein Mädchen, das sie begleitet hat, wollte mir einreden, sie wären Mörder und Vergewaltiger, aber das passt nicht dazu, wie sie den Stall verteidigt haben. Wir werden Verhöre durchführen und sehen, wie viel wir über sie in Erfahrung bringen können. Sobald wie möglich werden wir einen vollständigen Bericht abliefern. Es wäre ratsam, wenn auch andere nach ihnen Ausschau hielten.«

Der dritte Reiter, ein schlanker Mann, beugte sich im Sattel vor und stützte die gekreuzten Unterame auf den Widerrist des Pferdes. »Kein Grund, so düster dreinzuschaun, Hoheit. Was wir in der Woche gesehen haben, die wir Euch begleiten, übersteigt unsere Erwartungen. Ihr habt Euch hier gut geschlagen, Ihr habt gesiegt. Der jeranische General Androgans wird es mit einer neuen Rivalin zu tun bekommen, wenn es um den Feldzug zur Befreiung Okrannels geht. Darauf solltet Ihr stolz sein.«

»Bei allem Respekt, mein Fürst, ich betrachte mich sicher nicht als Rivalin Androgans', und ich werde mir keinen Stolz erlauben, bis ich alle Einzelheiten kenne. Wir haben eine Gruppe von Personen übersehen, die ernsthaften Schaden hätte anrichten können, und ich muss wissen, wie und warum das geschehen konnte. Die drei im Stall haben Stellin verlassen und sind vermutlich an der Blauen Kompanie vorbei, als sie nach Osten ritt, um den Schnatterern den Weg abzuschneiden. Wie hätten wir abgeschnitten, wenn diese drei nicht so viele unserer Feinde getötet hätten? Es gibt hier noch zu viele unbeantwortete Fragen, als dass ich bereits Grund zu Freude oder Stolz sähe.«

Peri legte ihr die Hand auf die Schulter. »Meine

Schwester, sie ist eine Gyrkymsu bis auf die Schwingen. Wollte sie, so könnte sie fliegen.«

»Damit hast du ohne Zweifel Recht, Perrine.« Der mittlere Reiter, ein stämmiger Mann, hob die Hand und rückte die Klappe zurecht, die er über dem rechten Auge trug. »Eure Zurückhaltung ist lobenswert, Hoheit. Ihr erfüllt tatsächlich alle Hoffnungen. Wir werden es unseren Herren übermitteln.«

Alyx nickte zögernd. »Würzt den Bericht mit etwas Realität. Ich wurde ausgebildet, etwas zu tun, was Legende werden wird. Anzunehmen, ich wäre dazu schon vor dieser Tat fähig, ist ganz und gar närrisch. Die Rettung Stellins ist ein gutes Omen, aber die Zukunft daraus abzuleiten ist bestenfalls schwierig. Wir haben noch weit mehr zu lernen und zu erreichen, und Eure Herren sollen wissen, dass ich eben dieses zu tun gedenke.«

Kapitel Fünfzehn

Der Ritt nach Süden erschöpfte Will, und die Notwendigkeit, bei jeder Rast eine Wache aufzustellen, hinderte ihn, auszuschlafen. Das Schlimmste daran waren die Träume, die ihn in den wenigen Stunden Ruhe, die er bekam, verfolgten. Wieder und wieder sah er die geflügelte Frau den Schnatterer töten und zurückkehren, nachdem er den Vylæn erlegt hatte. Sie schloss ihn in ihre Arme und Schwingen und drückte ihn an sich, um sich bei ihm für die Lebensrettung zu bedanken.

Mitten in einem dieser Träume aufgeweckt zu werden, war ausgesprochen peinlich … und Entschlossen hatte ein nachgerade übersinnliches Gespür für den ungünstigsten Zeitpunkt, um ihn wachzurütteln. Jedes Mal übernahm Will seine Wache und kehrte ins Traumland zurück, sobald sie vorbei war. Und jedes Mal wurde es Morgen, bevor der Traum seinen Höhepunkt erreichte.

Unterwegs erwähnte er die Träume im Gespräch mit Kräh. Der alte Mann lächelte und zwinkerte ihm zu. »Keine wirkliche Überraschung, oder? Dass du von ihr träumst? Sie hat dir das Leben gerettet, und du wahrscheinlich ihres. Und sie war bildhübsch. Sich mit einer so exotischen Schönheit zu vergnügen, wäre wirklich ein Liebes-Abenteuer.«

Entschlossen drehte sich im Sattel um und schnaubte. »Das wäre es auch, ein Schaf zu stoßen, aber das macht es nicht empfehlenswerter.«

Kräh runzelte die Stirn. »Höre ich da die traditionelle

ælfische Sicht der Gyrkyme aus deinem Mund, Entschlossen?«

Der Vorqælf schüttelte den Kopf. »In den Augen meiner Brüder bin ich eine ebensolche Verirrung wie sie. Meine Sorge gilt der Linie des Jungen. Mit ihr zu vögeln, wird der Prophezeiung kaum dienlich sein, deshalb rate ich davon ab.«

Will hob die linke Augenbraue. »Moment. Was halten die Ælfen von den Gyrkyme?«

»Vor Jahrhunderten, lange bevor Kytrin zu einer Gefahr wurde, gab es einen Zauberer, Kajrûn, der einen ælfischen Prinzen und seinen Heldentrupp in Bann schlug. Er zwang sie, einem Schwarm Araftii beizuwohnen. Wilden Vogelkreaturen mit dem Kopf und Körper einer Frau, aber Schwingen, Federn und Krallen eines Adlers. Aus dieser Vereinigung entstanden die ersten Gyrkyme – und die pflanzten sich danach fort.« Kräh deutete hinter sich in Richtung der Berge, in denen sie Orakel besucht hatten. »Die urSreiði schufen Gyrvirgul für sie, zum Abscheu der Ælfen, die sie als das pervertierte Ergebnis einer Vergewaltigung betrachten.«

Ein dumpfes Knurren stieg aus Entschlossens Kehle. »Dass viele der Gyrkyme anfangs Anspruch auf den Besitz ihrer Väter erhoben, hat ihrer Anerkennung auch nicht gerade geholfen. Ihre Gesellschaft ist eine Parodie der ælfischen, zumindest sehen das die meisten Ælfen so. Aber die wenigen, die ich kennen gelernt habe, waren wilde Kämpfer, und sie haben sich meinen Respekt verdient.«

Der Knabe runzelte die Stirn. »Du hast gesagt, ich könnte ihr kein Kind machen, aber die Ælfen haben die Araftii geschwängert. Wie kann das sein?«

Der Vorqælf zuckte die Achseln. »Die meisten erklären es mit Kajrûns Magik, was bedeutet, dass es keine natürliche Begattung war. Wenn etwas Derartiges geschieht, wenn eine Menschenfrau von einem Ælfen schwanger wird, so selten das auch vorkommt, wird das

Kind anerkannt. Aber zum Wohle deiner Linie solltest du dir Gedanken an Exotik aus dem Kopf schlagen. Träum lieber von Sephi.«

Will grinste. »Das dürfte so schwierig nicht sein. Ich frage mich, wie es ihr geht, nachdem wir mit all ihren Sachen davongeritten sind – und denen ihres Onkels.«

Der Vorqælf schüttelte den Kopf. »Ein paar armselige Kleider wird sie nicht vermissen.«

»Wahrscheinlich würde sie auch das Buch ihres Onkels wollen, und die anderen Sachen.«

Kräh sah zu Will hinüber. »Buch? Andere Sachen?«

»Ein Paar Käferbretter. Ihr wisst schon, diese Zedernholzdinger, um Kleider vor Ungeziefer zu schützen. In dem Buch sind Zeichnungen und Worte und Zeug.«

»Warum hast das nicht schon eher erwähnt?«

»Hab ich doch. Ich hab's Entschlossen erzählt, als wir aufgeladen haben und Ihr sie versorgt habt.«

Der Vorqælf nickte, während er das Pferd um eine Biegung des Wildpfads lenkte, dem sie durch die Berge folgten. »Ja, er hat es mir erzählt, Kräh. Aber solange das Mädchen in der Nähe war, hatte ich keine Gelegenheit, es dir zu sagen. Das Buch hat mich nicht überrascht, bei einem Zauberer.«

Will kratzte sich im Nacken. »Woher wusstest du, dass er ein Zauberer war?«

»Der Schnatterer war durch Magik gestorben, und seine Kumpane hatten Distalus das Gesicht abgezogen. Die Schnatterfratzen glauben, Magiker wären vom Geist eines Vylæns besessen. Sie ziehen ihnen die Gesichtshaut ab, um dem Geist die Freiheit zu geben, sodass er als Vylæn wiedergeboren werden kann. Je mehr und lauter das Opfer schreit, desto mächtiger ist der Geist.«

Will schüttelte sich. Dann griff er nach hinten und holte Distalus' Satteltaschen von der Kruppe seines Pferdes. Er grub darin herum und reichte Kräh das Buch. »Vielleicht könnt Ihr damit was anfangen.«

Kräh öffnete das Buch und schlug die mit der Holzleiste markierte Seite auf. »Der Text ist verschlüsselt, aber das ist eine Zeichnung von Stellin, mit Hinweisen auf Stärken und Schwachstellen.« Er klopfte mit dem Lesezeichen auf die Seite. »Aber vor allem haben wir hier einen Streifen Magilexholz, eingefärbt, damit er nach Schwarzeiche aussieht.«

Entschlossen hielt das Pferd an und drehte sich um. »Warum hast du mir davon nichts gesagt, Junge?«

Will zuckte die Achseln. »Vermutlich, weil ich es nicht wusste. Was ist das?«

»Was hatten sie noch? Käferbretter, hast du gesagt?« Kräh schloss das Buch und legte die Magilexleiste auf den Umschlag. »Gib sie her.«

Will fand das Brettchen in Distalus' Tasche ohne Schwierigkeiten und reichte es Kräh. Um das andere zu holen, musste er absteigen und zu einem der Lastpferde laufen, wo er eine Weile suchte. Er lief zurück und reichte es dem alten Mann. »Was glaubst du, dass es ist?«

Kräh legte die beiden Käferbretter mit den Längsseiten aneinander, sodass die Kerben an der Oberseite aneinander stießen. Er schob die Magilexleiste in die Kerbe und schob sie erst nach links, dann nach rechts, wo sie an einer Stelle einrastete, an der die Kerbe etwas enger wurde. Augenblicklich zuckte ein blauer Lichtblitz die Tafel hinab und hinterließ leuchtende blaue Buchstaben.

»Ich kann nicht lesen. Was steht da?«

Kräh schüttelte den Kopf. »Ich erkenne nicht einmal die Schrift. Entschlossen?«

Der Vorqælf starrte den Text eine Weile an, dann runzelte er die Stirn. »Ich habe sie noch nie gesehen. Vermutlich ein Code, wie im Buch.«

Kräh zog den Magilexstreifen aus der Kerbe und die Schrift verschwand. »Sie hatten also beide eine Hälfte einer Arkantafal dabei. Die beiden Hälften zu kombinieren und mit der Magikereiche zu verbinden, das ist ziemlich fortgeschrittene Magik. Ein Karte Stellins im Buch, mit codierten Beschreibungen. Ich würde sagen: Die beiden haben für jemanden spioniert.«

»Für Oriosa«, grinste Will. »Ganz klar für Oriosa.«

Der Vorqælf hob die rechte Augenbraue. »Und wie kommst du zu diesem bemerkenswerten Schluss?«

»Durch die Münzen in Distalus' Geldkatze. Eine gute Mischung, teilweise falsch, und keine aus Oriosa.«

Der alte Mann lächelte. »Ein Indizienbeweis, aber interessant. Da die Arkantafal ihnen gestattet, sich direkt mit ihren Herren in Verbindung zu setzen, meinst du, sie haben Anweisung erhalten, uns zu suchen, und waren deshalb in den Bergen?«

Entschlossen schüttelte nachdenklich den Kopf. »Wenn sie nach uns gesucht hätten, hätten sie uns nicht das Märchen von Yslin aufgetischt. Ich möchte wetten: Während sie in Stellin gewartet haben, hat ihnen jemand erzählt, dass wir Jahre vorher mit Orakel durch den Ort gekommen sind. Sie sind uns nachgeritten, haben versucht, uns zu folgen, aber es ist ihnen nicht geglückt. Durch ihre Prophezeiung damals vor der Expedition ist sie bekannt, also waren sie vermutlich auf sie angesetzt. Ihren Aufenthaltsort zu finden, wäre Swindgers Leuten einiges wert.«

Will schloss die Augen. In seinem Verstand kollidierten die Fakten. »Aber, wenn das stimmt, was Distalus über König Swindger erzählt hat – und er arbeitet für Kytrin – warum sollten die Schnatterer Distalus dann umbringen?«

Kräh schmunzelte. »Swindger gewährt den aurolanischen Truppen zwar Unterschlupf in Oriosa, aber den anderen Monarchen gegenüber leugnet er das, und er lässt ihnen Berichte seiner Kundschafter über mögliche aurolanische Bewegungen zukommen. Er versucht beide Seiten gegeneinander auszuspielen und ist nur deshalb noch am Leben, weil beide von ihm profitieren.

Möglicherweise wusste Kytrin nicht, dass Swindger Spione in der Gegend hatte.«

»Oder«, warf Entschlossen ein, wendete das Pferd und ritt weiter, »sie wusste es sehr genau und wollte sie loswerden.«

Die Überlegungen, wer wann was gewusst haben könnte, beschäftigten Will für einen Großteil seiner wachen Stunden. Sie reisten Richtung Ostnordost, ein Flusstal entlang, das Yslin im Süden umlief. Sie hielten sich von Ortschaften fern und zogen es vor, auf Holzfäller- und Wildpfaden durch die Wälder zu reiten. Eine ganze Woche, zehn volle Tage, folgten sie der Strecke, die Will in Gedanken den Gesetzlosenweg taufte.

In den Bergen und Tälern fanden sie abends Höhlen oder Lichtungen, wo sich andere Reisende versammelt hatten. Es waren meist Männer, aber auch gar nicht wenige Frauen, und alle wirkten sie hager und hungrig. Sie erinnerten ihn eher an ein Rudel Wölfe als an eine Gruppe Menschen. Sie überraschten Will. In den Düsterdünen war er harte Gesellen und Schurken gewohnt gewesen, aber verglichen mit denen, die es in die Wildnis getrieben hatte, waren sie Weichlinge. Die meisten dieser Gesetzlosen schienen beinahe wilde Tiere. Er bezweifelte keinen Augenblick, dass sie ihre verstädterten Gegenstücke zerfetzt hätten, wären sie in einer Stadt in die Enge getrieben worden.

In der Stadt muss man sich vor seinen Feinden in Acht nehmen, wenn man überleben will. Hier draußen ist die ganze Welt dein Feind, und nur die Würmer merken, wenn du krepierst.

Nach Namen fragte auf dem Gesetzlosenweg niemand. Niemand wollte wissen, wohin sie wollten, nur, woher sie kamen und was sie gesehen hatten. Will betrachtete die Hälfte der Antworten als reine Lüge, und den Rest als zu übertrieben, um zu irgendetwas nutze zu sein.

Einmal, in einer grünen Senke mit ein paar Findlingen

und einem Bach, nickte ein älterer Mann, der eine oberflächliche Ähnlichkeit mit Kräh hatte, während er an einer Pfeife zog. »Ich wäre an eurer Stelle vorsichtig. Ich komme gerade aus dem Osten. Da erkundigen sich Reiter nach drei Leuten, die zusammen unterwegs sind: einem Vorq, einem Mann und einem Jungen. Würde euch nicht wünschen, dass man euch mit denen verwechselt. Müssen ziemlich verzweifelt sein, wenn die Soldaten nach ihnen suchen.«

Kräh lachte leise. »Wir nicht, Freund. Wir haben nichts getan, außer Schnatterer zu erschlagen und am Wegrand Beeren zu pflücken. Vielleicht will König Augustus, dass wir ihm die besten Büsche zeigen.«

»Na, die Beerensuche wird schwieriger werden, wenn ihr weiterzieht, aber eure andere Freizeitbeschäftigung, die dürfte euch beschäftigt genug halten.« Er schüttelte den Kopf. »Früher waren sie schon ärgerlich, aber jetzt sind sie besser organisiert. Überfallen Bauernhöfe und einzelne Dörfer. Ihr werdet ganze Familien auf der Straße treffen.«

»Die Leute werden aus ihren Häusern getrieben?«

Der Mann nickte. »Ich habe schon Schlimmeres gesehen. Ich war noch ein junger Bursche in Jerana, als Kytrin Okrannel überfallen hat. Kann mich noch erinnern, wie sie über die Grenze geströmt sind. Aber wenn sie wieder südwärts kommt, Freunde, lange wird es wohl nicht mehr dauern, steht uns eine Flut bevor.«

Nach diesem Abend versteckten sie sich sogar vor den Gesetzlosen. Die Logik dieser Entscheidung war so folgerichtig wie unausweichlich. Wenn Soldaten nach ihnen suchten, waren sie umso sicherer, je weniger Menschen sie zu Gesicht bekamen. Sich abseits jeder etablierten Route einen Weg durch die Wildnis zu bahnen, bremste sie, aber einige Tage bemerkten nur Vögel, Waldtiere und Pflanzen ihr Vorbeikommen.

Die selbst gewählte Isolation endete am zehnten Tag nach dem Aufbruch aus Stellin, also nach genau einer Woche. Ihre Vorräte gingen allmählich zur Neige. Tief im Wald nordöstlich von Yslin, fast an der saporischen Grenze, stießen sie auf ein kleines Stück Ackerland. In der Mitte des Felds stand eine kleine Blockhütte, offensichtlich aus den Bäumen gebaut, die für den Acker gerodet worden waren.

Nach einer kurzen Diskussion am Waldrand entschieden sie, Will zum Haus zu schicken, damit er nachfragte, ob die Besitzer ihm etwas Nahrung verkaufen konnten. Pökelfleisch, Mehl oder Schrot, Käse – was gerade verfügbar war. Da kein Rauch aus dem Schornstein stieg, hielten sie es auch für möglich, dass die Hütte leer war. In diesem Falle sollte Will seine besonderen Fähigkeiten einsetzen, um ihnen Proviant zu besorgen, und Geld als Bezahlung zurücklassen.

Die Vorstellung, Geld dazulassen, ging Will gegen den Strich, ebenso wie die Ermahnung, nicht die besten Vorräte mitzunehmen. Er verstand sehr gut, dass die Nahrungsmittel, die er stehlen sollte, wertvoll waren. *Warum sonst würde ich sie wohl mitnehmen?* Aber dafür Geld in der Hütte zu lassen, das war für ihn wie eine Belohnung für den Besitzer, weil er sein Eigentum nicht gut genug gesichert hatte. *Wahrscheinlich kommt später jemand anderes, holt sich den Rest der Vorräte und das Geld, das ich daließ.*

Er grinste, als er auf die Hütte zuritt, und entschied, als Bezahlung das Falschgeld dazulassen. *Als Lektion.*

Auf halbem Weg zur Hütte zog er das Pferd zu einer flachen Stelle in einem Graben, der quer durch den Acker verlief. Durch diesen Kurswechsel kam ein neues Stück Wald hinter der Hütte in Sicht. Dort sah er fünf Schnatterer mit einem bärtigen Gefangenen unter dem Blätterdach hervortreten. Der nackte Mann, dessen Hände an eine Stange gebunden waren, die quer über seinen Rücken lag, trug eine Seilschlinge um den Hals und stolperte hinter einem daran zerrenden Schnatterer aus dem Wald.

Augenblicklich stieß Will dem Pferd die Fersen in die Seiten und galoppierte auf die Schnatterer zu. Seine rechte Hand griff in den Klingensternbeutel. Der erste Wurf wirbelte eines der Metallprojektile in den Bauch eines der fleckigen Pelzmonster. Es heulte erst laut auf, winselte dann und fiel um. Der zweite Wurf traf den Bewacher des Gefangenen in die Brust. Er stolperte, dann kippte er vornüber zu Boden und riss den Menschen mit um.

Ein schwarz gefiederter Pfeil pfiff an Will vorbei und streifte die obersten Blätter der halb hohen Maispflanzen. Er durchschlug den Unterarm eines Schnatterers und nagelte ihn an die Brust. Das wütende Jaulen der Schnatterfratze erstickte im Blut, das ihm aus dem Mund schäumte. Ein zweiter Pfeil stieß in einer gebogeneren Flugbahn herab und durch den Brustkorb eines anderen Schnatterers. Blut spritzte aus der Wunde, dann verdrehte er die Knopfaugen und fiel um.

Das letzte Monster kam hinter dem Gefangenen hervor und hob den Speer, den es über der Schulter getragen hatte. Will zerrte an den Zügeln, und das Pferd drehte sich, sodass es dem Schnatterer die Flanke zeigte. Will zog einen Klingenstern und warf, aber der Aurolane schlug ihn mit der Speerspitze aus der Luft.

Das Biest griff an und Will sprang aus dem Sattel. Er zog das Langmesser und duckte sich zwischen die Maisreihen, um den ersten Angriff des Schnatterers ins Leere laufen zu lassen. Er hatte vor, den Rhythmus der Angriffe abzupassen, vorzuhechten und den Schnatterer zu töten, aber der Nordländer spielte nicht mit. Er schwang den Speer wie eine Sense, schlug Will den Schaft in die Seite und trieb ihn ins Freie. Dann kam er geduckt auf ihn zu, während dicht hinter seinem Rücken ein Pfeil vorbeizuckte.

Kapitel Sechzehn

Alyx stand allein am Waldrand und sah hinab auf die sich nach Osten erstreckende Ebene. Sie hatte den linken Ellbogen auf die rechte Hand gestützt und das Kinn zwischen Daumen und Zeigefinger. Ein Windzug von der Ebene spielte mit dem weißgoldenen Haar, aber nicht einmal die ihr übers Gesicht peitschenden Strähnen konnten ihre Konzentration brechen.

Das zu beiden Seiten des Salersena gelegene Porasena war von steinernen Mauern umschlossen. Türme bewachten die Tore, durch die der Fluss, der vor langer Zeit einmal die Grenze zwischen Alcida und Oriosa gebildet hatte, die Stadt erreichte und verließ. Über das Wasser gestreckte Ketten hinderten Schiffe am Eindringen. Zwischen den Häusern flatterte Wäsche an den Leinen und die bunten Stände der Händler füllten den Marktplatz ... auch wenn sich dort an diesem Morgen keine Menschenmassen drängten.

Grüne, frisch bestellte Felder umgaben die Stadt. Zusammen mit den über den Fluss gehandelten Nahrungsmitteln hätten sie den Lebensunterhalt der fünftausend Einwohner gedeckt. Aber die diesjährige Ernte auf den Feldern, ein aurolanischer Heerwurm, versprach alles andere als Leben. Seine dunklen Tentakel breiteten sich wie Schimmel über die Äcker aus, und zwischen den Truppenlagern erhoben sich dürre, an Insekten erinnernde Belagerungsmaschinen.

Alyx knetete ihre Unterlippe, während sie die Aufstellung der Truppen studierte. Auf der anderen Seite des Flusses erhoben sich in mehreren Meilen Entfernung die ersten Ausläufer des Vorgebirges, die andere Seite des Tals und die derzeitige Grenze mit Oriosa. Sie wusste, die Angreifer waren aus Oriosa anmarschiert. Kundschafter und Überlebende der Überfälle auf die Grenzfestungen hatten daran, trotz allen Leugnens des Orioser Botschafters, keinen Zweifel gelassen. Sobald sie angriff, würden sie sich nach Oriosa zurückziehen, und sie konnte sie nicht verfolgen. Das hätte ihre Tarnung als Banditenanführerin auffliegen lassen. Immerhin würde ein Teil ihrer Angriffsstreitmacht aus der Reitergarde des alcidischen Königs bestehen.

Die Antworten auf den Erfolg in Stellin hatten Neuigkeiten über die Streitmacht enthalten, die Porasena belagerte. Mordbanden aurolanischer Schnatterer und Vylænz hatten einer größeren, besser organisierten Truppe Platz gemacht. Während sie sich mit Hilfe von Arkantafaln weiter über die Situation informiert und das nötige Personal und Material angefordert hatte, um der Bedrohung Herr zu werden, hatte Alyx ihre Kerneinheit im Gewaltmarsch an Yslin vorbei quer durch das Reich geführt. Ein kleines Kontingent hatte sie mit Sephi zur Hauptstadt geschickt. Der Rest war auf direktem Weg zu den bewaldeten Bergen über den Senaebenen gezogen.

Sie hörte Peri in der Nähe landen, drehte sich aber nicht zu ihr um.

»Ich hätte nicht geglaubt, dich jemals trotzig zu erleben, meine Schwester.«

»Glauben sie das, Peri?«

»Allmählich macht sich der Eindruck breit.« Die Gyrkymsu legte ihr die Hand auf die Schulter. »Sie sind rastlos. General Caro platzt fast vor Ideen, was seine schwere Kavallerie dort unten auf der Ebene tun wird.«

»Und die anderen?«

»Caro ist eine starke Persönlichkeit, Alyx. Er hat mit

dem König in Okrannel gedient. Sein Ruhm ist nicht unverdient. Er hat viele von ihnen ausgebildet oder kennt sie seit Jahren schon. Je länger du zögerst, desto leichter wird es für ihn, sie umzustimmen.«

»Es ist besser, hart kämpfen zu müssen, um ihre Loyalität zurückzugewinnen, als sie morgen dort unten in den Tod zu schicken.« Alyx deutete hinab auf die aurolanischen Linien. »Sie haben sich auf der stromabwärts gelegenen Hälfte der Ebene in einem Halbkreis aufgestellt. Der Fluss teilt ihre Linien. Die Truppen im Westen sind tot, denn die nächste Furt liegt sieben Meilen flussabwärts. Die, über die sie gekommen sind, befinden sich zehn Meilen stromaufwärts – durch schwieriges Gelände. Sie haben keinen Fluchtweg. Wir werden sie niedermetzeln.«

Peri blinzelte mit den großen, bernsteingelben Augen. »Ich habe alles abgesucht und nirgends getarnte Verstärkungen entdeckt. Es ergibt keinen Sinn. Vielleicht ist der Aurolanenkommandeur ein Dummkopf.«

»Könnte sein, Schwester, könnte sein, aber darauf darf ich mich nicht verlassen. Ich muss mich fragen, warum er sein halbes Heer opfern sollte. Er muss gewusst haben, dass wir Truppen schicken, um auf die Invasion zu reagieren. Die Stadt hat Wasser, sie hat genug Nahrungsreserven, um mindestens einen Monat durchzuhalten, und wir können durch die ungeschützte Hälfte der Stadt zusätzlichen Nachschub heranschaffen. Wir brauchen ihn nur flussabwärts treiben zu lassen.«

»Was ist mit dem Weirun des Flusses?«

»Nach den letzten Berichten steht er auf der Seite Porasenas. Er war immer sehr ruhig und stolz auf den Wohlstand, den der Handel der Stadt bringt. Das schließt natürlich nicht aus, dass Kytrin ihn auf ihre Seite gezogen hat, aber in dem Falle würde ich erwarten, dass das Wasser sinkt und der Stadt Trinkwasserprobleme bereitet.«

»Du glaubst, dieser Teil der Armee ist ein Köder.«

»Ja, aber für was?« Alyx schob sich eine Haarsträhne hinters rechte Ohr. »Für General Caro? Wohl kaum. Eine Eliteeinheit der alcidischen Reiterei zu zerschlagen, bringt Kytrin nicht viel. Sie hätte mehr davon, im Norden Festung Draconis zu belagern, und uns hier mit ihren Truppen am Aussenden von Verstärkungen zu hindern. Nein, irgendetwas geht hier vor, und es gefällt mir nicht, dass ich nicht erkenne, was es ist.«

»*Das* ist meine Schwester.«

Alyx lächelte. »Das lässt mir natürlich nur eine Wahl.«

»Ja?«

»Sie bieten uns eine halbe Armee als Köder. Ich sage, wir verdoppeln den Preis.« Sie wandte sich von der Ebene ab und marschierte zurück zum Lager ihrer Truppen. »Kytrin will uns aus einem bestimmten Grund hier haben, und wir werden ihr Gelegenheit geben, darüber nachzudenken, ob das wirklich eine so gute Idee war.«

Sie betrat den Wald allein, denn Peri erhob sich wieder in die Lüfte und flog über die Äste und Sträucher, die an Alyx' Kleidung zupften. Zwei Posten verstellten ihr den Weg, dann zuckte ein Erkennen über beide Gesichter. Der Mann, ein Soldat aus einer der leichten Fußkompanien, lächelte und salutierte. Die Frau von den Rotkappen verlangte das Passwort.

Alyx antwortete, dann zeigte sie auf den Infanteristen. »Er wird sich am Ende der Wache bei seinem Kommandeur zur Bestrafung für Pflichtvergessenheit melden. Ich werde das nachprüfen.«

Der Mann stammelte eine Antwort, doch seine Begleiterin schlug ihm mit der offenen Hand auf die Brust, bevor sie zackig salutierte. Der Infanterist tat es ihr nach, und Alyx erwiderte den Gruß. Sie ging ohne anzuhalten weiter und ignorierte den knurrenden Dialog hinter ihr.

Müde Soldaten hievten sich auf die Beine, als sie vorbeikam. Ihre Wölfe zeigten den deutlichsten Stolz. Die anderen respektierten ihren Rang, aber sie konnte Misstrauen in ihren Blicken lesen. Die anderen Generäle der alcidischen Armee waren berühmt und ihre Kampfgeschichte inspirierte zu Vertrauen. Alyx kannte niemanden, und für die Soldaten war sie damit so gefährlich wie ein x-beliebiger adliger Gockel mit einem erkauften Offizierspatent und einer Vorliebe für Paraden.

Sie marschierte durch das Waldlager auf den Pavillon zu, der in einer sandigen Senke auf der Bergkuppe errichtet worden war, vorbei an einem Spalier aus Bäumen und Soldaten. Sie hielt den Kopf erhoben und bewegte sich mit weiten Schritten. Sie reagierte nicht auf Gesten welcher Art auch immer, sondern ging weiter, würdigte selbst Krieger keines aufmunternden Blickes, die in der Vergangenheit schon für sie geblutet hatten und es aller Voraussicht nach wieder tun würden.

Zwei Soldaten zogen die Zeltplanen des Eingangs vor ihr zur Seite. Sie trat ein und blieb stehen, während die Leinenbahnen sich hinter ihr wieder schlossen. Sie gestattete ihren Augen ein, zwei Pulsschläge, sich an die Dunkelheit zu gewöhnen. Jeder langsam deutlich werdende Eindruck der Umgebung wurde von ihr wahrgenommen. Sie untersuchte alles, als wäre die Besprechung ein Feldzug in sich, und ihr war klar, ein Sieg hier würde ihr den Sieg über die Truppen unten in der Ebene sehr erleichtern.

Ein langer, schmaler Tisch stand in der Mitte des Pavillons. Es waren Karten darauf ausgebreitet, eine des Tals und eine der Stadt. Holzblöcke in verschiedenen Farben standen auf den Karten und markierten Truppenpositionen, und ein schneller Blick über die Aufstellung zeigte ihr, dass jemand Bewegungen für den morgigen Tag vorausberechnet hatte.

An der linken Seite stand General Caro, einen goldenen Weinpokal in der Hand. Er war von fleischiger Statur – mit weißem Haar und dunklen Augen. Sie hatte sich sagen lassen, dass er gut aussah. Dadurch, dass sie bei den Gyrkyme aufgewachsen war, stimmte ihre Vorstellung von Schönheit nicht immer mit der anderer überein, aber sein Anblick stieß sie auch nicht ab. Er war früher erkennbar schlank gewesen, auch wenn jetzt herabhängende Wangen die Kinnlinie verdarben und sein Bauch zu weit über den Gürtel ragte.

Andere Offiziere, meistens jünger, umringten ihn. Ihr leises Gelächter verklang, als sie Alyx' Ankunft bemerkten. Sie schauten stumm zu Caro, dann zu ihr, und harrten der Dinge, die da kommen mussten.

Dieser Gruppe gegenüber standen ihre Anhänger. Ebrius wirkte ohne Rüstung deutlich unbehaglich. Er beobachtete Caro und dessen Leute mit dem Blick eines Strauchdiebs, der reiche Kaufleute die Straße herabkommen sah. Um die Mundwinkel des dünnlippigen Hauptmanns Agilar, der die rote Kappe seiner Kompanie leicht nach hinten geschoben hatte, spielte ein scheues Lächeln. Er war angewiesen worden, an der Besprechung teilzunehmen, wusste aber nicht, warum, und hatte sichtlich Angst, sie würde ihn für Stellin vor den anderen herunterputzen. Und schließlich Peri. Die Gyrkymsu stand etwas abseits, blinzelte träge und studierte ihre Krallen, wenn einer von Caros Männern ihre schlanke Schönheit zu lange musterte. Das war ein Spiel, bei dem Alyx ihre Schwester schon oft ertappt hatte, mit Menschen ebenso wie mit anderen Gyrkyme. Sie wusste wohl, dass beide Parteien ihren Spaß daran hatten, betrachtete es aber als pure Zeitverschwendung. Der einzige Sinn, den sie in dieser Flirterei entdecken konnte, lag darin, dass sie die Aufmerksamkeit zu schärfen und nervöse Anspannung zu lösen schien.

Caro stellte den Wein auf dem Tisch ab und neigte den Kopf. »Prinzessin Alexia von Okrannel, schön, Euch wiederzusehen. Haben Sie heute Morgen dort draußen irgendetwas gesehen, das den Verlauf der Schlacht morgen beeinflussen könnte?«

Alyx antwortete nicht, sondern trat stattdessen ans andere Ende des Tisches und studierte die Aufstellung der Einheiten. Caro wollte die leichten Fußtruppen die Hänge hinab in die Ebene schicken und die schwere Infanterie stromaufwärts einsetzen. Seine schwere Reiterei sollte am Flusslauf entlang von Norden herabstoßen und die am Westufer des Flusses aufgestellten Aurolanentruppen zerschmettern.

»Ein faszinierender Plan, General.« Sie streckte die Hand aus und schob die schwere Infanterielinie etwa fünfzig Meter vor. »Der Säsonalzufluss hat hier einen Graben ausgehöhlt, der es erleichtert, die Stellung zu halten.«

»Das stimmt, das würde er.« Caro lächelte und hob seinen Weinpokal wieder vom Tisch. »Aber ich habe nicht die Absicht, die Nordlandhorden morgen diese Linie erreichen zu lassen. Wir werden sie lange vorher niederreiten.«

Alyx' violette Augen schauten auf, als Caros Verbündete lachten und anstießen. »Ihr setzt unser leichtes Reiterbataillon nicht an der nördlichen Front ein.«

»Doch, um die Furt zu halten.«

»Und meine Wölfe?«

»Ihr seid meine Reserve.«

Sie kaute kurz auf der Unterlippe, dann richtete sie sich auf und verschränkte die Arme. »Es ist ein interessanter Plan, General, doch er weist erhebliche Fehler auf. Wir werden ihn morgen nicht umsetzen.«

Der Mann starrte sie an, als habe sie ihm eine Ohrfeige versetzt. »Prinzessin, ich weiß, Ihr hattet einen gewissen Erfolg …«

Ihr Blick wurde hart. »Erstens, General, werdet Ihr mich als Generalin ansprechen. Meinen *Titel* habe ich durch Geburt. Ein Amt, das es nur dem Namen nach gibt, da mein Heimatland seit einer Generation nicht mehr wirklich existiert. Meinen *Rang* habe ich mir verdient.«

»Mit dem taktisch geschickten Einsatz kleiner Einheiten, Generalin.«

»Verdient zu Lebzeiten der meisten Soldaten, die ich befehlige, General, nicht bevor sie geboren wurden.« Alyx' Stimme war leise, aber hart wie Stahl. »Ihr und Eure Leute seid hier, weil ich um Eure Anwesenheit *gebeten* habe, nicht, weil ich Eure Vormundschaft benötige. Ich weiß Eure Einsicht zu schätzen, aber diese Expedition untersteht meinem Befehl. Ich treffe letztlich die Entscheidungen.«

»Ah ja, ich verstehe.« Caro neigte leicht den Kopf in ihre Richtung. »Ihr sagtet, mein Plan sei fehlerhaft ...«

Hauptmann Agitar räusperte sich. »Verzeihung, der Herr General.«

»Ja?«

»General Caro, ich habe unter Euch und unter Generalin Alexia gedient. Hört Euch ihren Plan doch einfach an.«

Der ältere Mann lächelte herablassend. »Ich erinnere mich an ihn, Agitar. Ich hielt ihn einmal für viel versprechend.« Er wandte sich wieder Alyx zu. »Die Fehler.«

»Sie sind so einfach wie flagrant.« Sie deutete auf die aurolanischen Einheiten am Ostufer des Flusses. »Diese Truppen stellen eine Bedrohung für Eure Reiter dar. Es gibt keine sichtbaren Hinweise auf Draconellen in ihrem Lager, aber sie könnten in den Zelten versteckt sein. Sobald Eure Königliche Garde angreift, ziehen die Aurolanen sich zurück, öffnen die Linien, und die Truppen am gegenüberliegenden Ufer feuern.«

Die bloße Erwähnung einer Draconelle ließ einige der Offiziere um Caro erbleichen. Eine Generation zuvor, bei der Belagerung der Festung Draconis, hatten die

Aurolanenhorden eine neuartige Waffe von furchtbarer Gewalt offenbart. Sie bestand aus einem schweren Metallrohr, das mit einem explosiven Pulver gefüllt war. Wurde es entzündet, schleuderte es steinerne Kugeln mit genug Wucht über weite Entfernungen, um Stadtmauern zu zertrümmern. Experimente mit der bei Festung Draconis erbeuteten Waffe ließen darüber hinaus vermuten, dass ein einzelner Schuss große Mengen Fußtruppen oder Kavallerie töten konnte, falls sie mit kleineren Geschossen geladen wurde.

Alyx sprach weiter. »Ebensowenig wissen wir, ob die Aurolanen nicht mit Draconetten ausgerüstet sind.«

Caro winkte ab. »Es gibt keine Beweise, dass diese Dinger wirklich existieren. Das sind Kneipengeschichten, dazu gedacht, dem Erzähler einen Drink zu verschaffen. Wer kann denn Kerlen glauben, die behaupten, in Aurolan gewesen zu sein und gesehen zu haben, wie Kytrin ihre Truppen ausbildet?«

Sie schüttelte den Kopf. »Selbst wenn die Geschichten über die mit leichten, einschüssigen Draconellen ausgerüsteten aurolanischen Soldaten reine Fabeln sind, würdet Ihr Eure Truppen in einen Kampf schicken, in dem sie mit solchen Waffen dezimiert werden könnten? Ihr braucht nicht zu antworten. Es spielt keine Rolle, ob Ihr dieses Risiko eingehen würdet oder nicht, General, denn ich werde es nicht tun. Bis wir einen Gegenbeweis haben, werde ich davon ausgehen, dass das östliche Heer bestens bestückt ist.«

»Und das westliche nicht?«

Alyx lachte auf. »Euer Plan beweist, dass Euch sehr deutlich ist, wie verloren die westlichen Truppen sind. Sie sind der Köder für eine Falle. Es könnte gut sein, dass diese Falle aus Draconellen besteht, die auf der anderen Seite des Salersena versteckt sind. Ich weiß es nicht, aber ich weiß: Eine entschärfte Falle kann meinen Truppen nicht mehr schaden. Die östliche Armee ist die

Schlinge dieser Falle – und sie muss ausgeschaltet werden. Der zweite schwere Fehler Eures Plans ist folgender.« Sie zog die Entfernung von der Position der Schweren Reiterei zu den aurolanischen Linien nach. »Dreihundert Schritt. Das ist zu weit, um bei einem Sturmangriff die Einheitsintegrität zu wahren. Ihr seid besser über hundert Schritt. Auf diese Distanz seid Ihr unaufhaltsam.«

Caro hob die Hand. »Ihr habt etwas übersprungen. Die östliche Armee. Wie wollt Ihr sie ausschalten?«

»Ganz einfach. Ich sende eine Kompanie leichter Fußtruppen nach Süden, zur Oberlauffurt. Sie setzt nach Osten über. Die anderen leichten Fußtruppen bleiben hier in den Wäldern, und wir werden sie ganz ähnlich Eurem Plan einsetzen. Eure Reiter werden hier am Waldrand warten.«

»Das ist vierhundert Schritt vom Feind.«

»Ich weiß.« Alyx nickte ernst. »Die schwere Infanterie wird hier Aufstellung nehmen. Stromabwärts, an der Nordfurt, werden meine Wölfe und zwei Bataillone Leichte Reiterei übersetzen und nach Süden vorstoßen. Wir greifen an und zerschlagen das Ostheer an den Mauern Porasenas.«

Caro runzelte die Stirn. »Schön und gut für Euch, Generalin, aber ich stehe immer noch tausend Nordlandtruppen in zu großer Entfernung für einen effektiven Sturmangriff gegenüber. Ihr könnt nicht ernsthaft annehmen, ein einzelnes Bataillon schwere Infanterie würde sie uns in die Arme treiben.«

»Das wird es nicht müssen. Das werden die Leichte Reiterei und meine Wölfe erledigen.«

»Unmöglich.« Caro deutete auf die Karten. »Eine Furt ist zehn Meilen entfernt, die andere sieben. Dieselben Faktoren, die es der Ostarmee unmöglich machen, ihre Kameraden zu unterstützen, begrenzen Eure Fähigkeit, gen Westen anzugreifen. Bis Ihr über den Fluss gesetzt seid, haben die Westtruppen sich durch die Infanterie gekämpft und sich im Land verteilt.«

»Ihr irrt Euch, General Caro. Ihr irrt Euch sogar sehr.« Alyx schenkte ihm ein kaltes Lächeln. »Eure Truppen werden der Amboss für unseren Hammer sein. Wir haben einen Vorteil, den die Aurolanen nicht besitzen, und in zwei Tagen wird ihre Invasion an diesem Vorteil scheitern.«

Kapitel Siebzehn

Entschlossen donnerte auf seinem Pferd heran, knurrte etwas auf Ælfisch, das Will einen kalten Schauer über den Rücken jagte, und galoppierte vorbei. Er verschwand im Wald, auf den Spuren der Schnatterer. Fast hätte Will sich in den Sattel geschwungen, um ihm zu folgen, aber dann überlegte er es sich anders. *So wütend, wie er jetzt ist, möchte ich nicht in seiner Nähe sein, falls er keine Schnatterer findet, die er erschlagen kann.*

Der Dieb rannte zu dem am Boden liegenden Mann, kam ihm jedoch lieber nicht zu nahe. Der Hüne atmete noch, aber es fiel ihm sichtlich schwer, und seine Haut hatte einen erkennbaren Blaustich. Das sah gar nicht gut aus. Will zog ein kleines Messer aus dem Stiefel, ließ sich auf ein Knie hinab und durchtrennte die Schlinge um seinen Hals. Die Atmung des Bewusstlosen wurde leichter, doch er wachte nicht auf, was Will erst einmal ganz recht war.

Er ließ ihn liegen und ging schnell von einem Schnatterer zum Nächsten und schnitt ihnen zur Sicherheit die Kehle durch. Wahrscheinlich würde Entschlossen ihm eine Strafpredigt dafür halten, dass das nötig war – es bewies, dass Will sich seiner kämpferischen Fähigkeiten nicht sicher war –, aber besser das als die Schimpfkanonade, die ihn erwarten würde, hätte er sich nicht vergewissert, dass alle Bestien tot waren.

Es kostete ihn reichlich Mühe, dem Schnatterer, den der Fremde getötet hatte, die Kehle durchzuschneiden. Der Griff des Hünen hatte ihm den Kehlkopf zerquetscht und die Knochen regelrecht pulverisiert. Will hatte nicht den geringsten Zweifel daran, dass er tot war, und als er sich an den Ausdruck in den Augen des Bärtigen erinnerte, während der auf ihn zugestürmt war, schnürte es ihm selbst den Hals zu.

Kräh ritt schnell heran, die Packpferde im Schlepptau. Er schwang sich aus dem Sattel, den Bogen noch gespannt, einen Pfeil auf der Sehne. Er verzog das Gesicht, als er sah, was Will tat. »Hast du nach dem Mann gesehen?«

»Er atmet.« Will wischte sich am Fell des Schnatterers die Hände ab. »Bevor er zusammengebrochen ist, wollte er mich angreifen.«

Kräh schob den Pfeil in den Sattelköcher und verstaute den Bogen wieder in der Scheide. Dann ging er hinüber zu dem Fremden und hockte sich neben ihn. Er drückte ihm zwei Finger an den Hals und untersuchte die wunden Stellen auf der Haut. »Nicht zu schlimm. Aber er hat Blut im Haar, vermutlich von ein paar harten Schlägen. Hilf mir, ihn ins Haus zu tragen.«

Die beiden mühten sich ab, den riesigen Kerl anzuheben und schafften es selbst zu zweit kaum, ihn in die Blockhütte zu zerren. Will öffnete die Tür und sie hievten ihn auf das Bett in der hinteren Zimmerecke. So, wie er an beiden Seiten und am Fußende über den Bettkasten hinausragte, war dies nicht seine Hütte. *Eine Ratte in einem Fingerhut hätte mehr Platz als der Kerl in dieser Hütte.*

Auf Krähs Befehl hin holte Will Wasser und Metholanth, damit sie den Mann waschen und seine Wunden versorgen konnten. Seine Füße waren stellenweise wund, und die Platzwunde auf dem Schädel sah gar nicht gut aus, nachdem Kräh genug verklebtes Haar weggeschnitten hatte, um sie freizulegen. Sie zerrissen die verschlissenen Kleidungsstücke, die sie in der Hütte fanden – sie hätten dem Fremden ohnehin nicht gepasst – und machten Verbände daraus. Der Mann regte sich nicht, während sie ihn verarzteten.

Sie waren damit fertig, und Will hatte sich daran gemacht, das einzige Zimmer der Hütte nach versteckten Vorräten zu durchsuchen, da kehrte Entschlossen zurück. Das veranlasste den jungen Dieb, seine Suche zu verstärken, aber die Bodenbretter waren fest, und die grob gezimmerten Möbel bargen keinerlei Geheimnisse.

Entschlossen musste sich ducken, um die Hütte zu betreten. »Der Mensch?«

Kräh zuckte die Achseln. »Bewusstlos. Braucht Essen und Trinken, sonst aber ist er in sehr guter Verfassung. Hast du auf der Spur irgendetwas entdeckt?«

»Nichts von Bedeutung.« Der silberne Blick des Vorqælfen fand Will. »Ich muss mit dir reden, Junge.«

Will unterdrückte das ängstliche Flattern in der Magengrube. »Du wirst mir jetzt erzählen, was ich alles falsch gemacht habe, ja? Du wirst mir erzählen, wie dumm es von mir war, loszureiten und ihm zu Hilfe zu kommen, ja? Du wirst mir das erzählen, obwohl du an meiner Stelle genau dasselbe getan hättest.«

Entschlossen hob den Kopf. Der Haarstreifen auf seinem Schädel streifte über die Decke und eine Schulter stieß gegen den Mittelbalken. Eine Mischung aus Wut und grimmiger Resignation stand ihm ins Gesicht geschrieben. Er verschränkte langsam die Arme vor der breiten Brust und betrachtete Will eine Weile lang schweigend.

Dann nickte er. »Ganz genau das hätte ich getan, hätte ich gesehen, was du gesehen hast und *wäre* ich so unerfahren, wie du es bist. Glaubst du, Kräh und mir hätte es gefallen, zu sehen, wie er an einem Strick mitgezerrt wurde – wie ein Stück Vieh? Du bist fünfzehn Jahre alt, vielleicht sechzehn. Du hast nicht mit ansehen müssen, wie Schnatterer deine Mutter auf diese Art wegschleppen, wie sie deine Freunde in Stücke hacken. Ich schon, und ich habe denselben Fehler begangen wie du, aber das war vor über hundert Jahren.«

Will runzelte die Stirn. »Und jetzt sind Fehler nicht mehr erlaubt?«

»Nein, Junge, das sind sie nicht. Dir nicht.« Entschlossen deutete zurück Richtung Westen. »Hast du die Berge vergessen? Hast du vergessen, dass du derjenige bist, den wir brauchen, um Kytrin zu besiegen? Für dich war es unverzeihlich und unverantwortlich, einen derartigen Selbstmordangriff zu starten. Wärst du gestorben ...« Er knurrte und schlug mit der rechten Faust gegen den Dachbalken.

Staub regnete grau von der Decke. Will wünschte sich, er würde ihn zudecken und vor Entschlossens Zorn isolieren. Aber das war nicht möglich. *Ich kann mich nicht verstecken – und ich habe auch gar keinen Anlass dazu.* Seine grauen Augen wurden schmal und er fletschte wütend die Zähne.

»Was war daran so anders als das, was wir in Stellin getan haben? Da wären wir beinahe alle draufgegangen, ich eingeschlossen, *ich* eingeschlossen, deine Hoffnung, Kytrin zu besiegen! Da war ich dem Tod näher, als ich es hier je gekommen bin, aber da hast du mich nicht versteckt. Da hast du mich der Gefahr ausgesetzt! Warum?«

Entschlossen schlug sich mit der Faust in die linke Handfläche. »Da hatten wir keine Wahl, Junge. Hier schon.«

»Ja, ihn krepieren lassen.«

»Schluss jetzt, alle beide!« Kräh stand auf und breitete die Arme aus. »Entschlossen, Will ist nicht tot. Er hat den Fehler überlebt. Er weiß, dass es ein Fehler war. Er hat ihnen die Kehlen durchgeschnitten, um sicherzugehen, dass sie uns keine Probleme mehr machen. Du hast es gesehen. Du weißt es. Du hast dafür gesorgt, dass ihm klar ist, wie ernst sein Fehler war.«

Das triumphierende Grinsen, das sich auf Wills Zügen breit machte, erlosch, als Kräh herumwirbelte. Wut loderte in den braunen Augen des alten Mannes. »Und du! Wage es keinen Moment zu glauben, dass die Prophezeiung wirklich auf dich zutrifft und dich irgendwie vor Schaden beschützt, nur weil es den Anschein hat. So wie sich die Dinge, die du in der Höhle gesehen hast, dadurch ändern konnten, dass du sie gesehen hast, können sich Dinge ändern, ohne dass wir davon wissen. Und bilde dir nur nicht ein, selbst *falls* du die Person sein solltest, die in der Prophezeiung genannt wird, dass diese Prophezeiung wahr ist!«

Will blinzelte konsterniert. »Sie könnte gelogen sein?«

»Wir wissen es nicht, Will, aber wir haben das letzte Vierteljahrhundert damit verbracht, für die Bedingungen zu sorgen, unter denen sie wahr werden kann. Zu glauben, eine Prophezeiung ließe die Dinge ohne weiteres Zutun geschehen und Wahrheit werden, ist wie anzunehmen, eine Karte zu besitzen, wäre das Gleiche, wie eine Reise zu unternehmen. Beides ist eine Illusion.«

Kräh kam zu ihm hinüber und legte die Hände auf Wills Schultern. Dann ging er weit genug in die Hocke, um ihm auf gleicher Höhe in die Augen zu schauen. »Es war nicht falsch, dass du dein Leben riskiert hast, um diesem Mann zu helfen, nur, wie du es getan hast. Du konntest nicht wissen, ob diese fünf nicht nur die Vorhut einer ganzen Horde waren, oder ob sie Verbündete in der Nähe hatten. Oder ob die Hütte voll von ihnen war. Wären sie dabei gewesen, ihn umzubringen, ja, dann hättest du auf der Stelle eingreifen müssen. Aber so wie die Dinge lagen, hättest du warten, uns ein Zeichen geben oder eine Menge anderer Dinge tun können, um die Gefahr zu verringern.«

Entschlossen nickte langsam. »Unsere Mission verlangt, dass wir unser Leben riskieren, uns aber nicht unnötig dumm dabei anstellen.«

Will zitterte, dann sackte er zurück gegen die Wand der Hütte. »Es ist *eure* Mission. Mich habt ihr entführt und glauben lassen, dass es ein Abenteuer wird. Ich dachte an Geschichten und Legenden, an *meine* Legende, die ich schreiben will. Ihr habt immer gewusst, was ihr tut, aber ich …?« Er runzelte die Stirn. »Was tue ich hier?«

»Leben … retten …« Das heisere Krächzen kam aus der hinteren Ecke des Zimmers. Das Bett und das Seilgewebe in seinem Rahmen ächzten, als der Hüne sich bewegte. Er rieb mit der rechten Hand über den Verband an seinem Hals. »Danke.« Das Wort war kaum mehr als ein Flüstern, aber das Nicken, das es begleitete, unterstrich seine Ehrlichkeit.

Will stemmte sich von der Wand weg und folgte Kräh, als die drei zum Bett gingen. Kräh reichte dem Mann einen Wasserschlauch und half ihm zu trinken. Der Fremde trank gierig. Ein Teil des Wassers lief ihm übers Gesicht und durch den Bart, von wo es auf die breite Brust fiel und das dichte, schwarze Haar dort durchnässte.

Die Hände hinter dem Kopf an den Hauptdachbalken gelegt, beugte Entschlossen sich vor. »Wie heißt Ihr?«

Der Mann runzelte kurz die Stirn, schloss die eisblauen Augen, dann nickte er. »Dranæ.« Er sprach den Namen langsam aus und dehnte beide Silben. Dann legte er eine riesige Hand auf die Brust und wiederholte das Wort.

Will schnitt ein Gesicht. »So einen Namen hab ich noch nie gehört.«

Kräh hob die linke Braue. »Sollen wir uns wirklich über Namen unterhalten?«

»Nein.«

»Ich habe von einem ähnlichen Namen schon einmal gehört.« Entschlossens Stimme klang sanft und leise, aber deutlich. »Es ist ein alter Name, ein alter Menschenname. Vermutlich wurde er nach einem Vorfahren so genannt.«

Dranæ schüttelte den Kopf. »Ich weiß nicht.«

»Nach dem Schlag auf den Schädel kann es eine Weile

dauern, bis Eure Gedanken sich klären. Ich bin Kräh, das ist Will, das Entschlossen. Wohnt Ihr hier in der Nähe?«

Wieder schüttelte Dranæ den Kopf. »Ich weiß nicht viel.«

Kräh drückte den Hünen zurück aufs Bett. »Das ist schon in Ordnung. Ruht Euch aus. Schont Euren Kopf und Eure Kehle. Ihr seid in Sicherheit.«

Der Mann versuchte, sich zu widersetzen, doch er unterlag und sank zurück aufs Bett. Entschlossen ging hinaus zu den Packpferden und kam mit einer Decke zurück, die er über ihm ausbreitete. Sie bedeckte kaum seinen Körper. Die Füße und der größte Teil der Schienbeine ragten darunter hervor, aber das schien nicht viel auszumachen. Dranæs Atmung wurde gleichmäßig.

Will schlich aus der Hütte und kümmerte sich um sein Pferd. Die beiden anderen folgten ihm und versorgten ebenfalls die Pferde, unterhielten sich dabei aber leise auf Ælfisch. Das ärgerte Will ein wenig, doch seine Wut verrauchte schnell, als die Angst zurückkehrte, die er vor dem Erwachen des Riesen gespürt hatte.

Was tue ich eigentlich hier? Er wusste, er hatte sich von der Verlockung des Abenteuers verführen lassen ... und dem Wunsch, Yslin und Marcus' Zorn zu entkommen. Unterwegs hatte Entschlossen ihn ständig angetrieben, ihn hart arbeiten lassen und ihm zum Nachdenken kaum Gelegenheit gelassen. Die Reise war nicht allzu aufregend verlaufen, aber er hatte viel gelernt, und seit der Höhle waren sie unablässig in Gefahr. *Und jetzt, da ich eine Chance habe nachzudenken, stecke ich so tief drin, dass es keine Rolle mehr spielt, was ich denke.* Ihm wurde klar, dass die ganze Reise eine Illusion gewesen war. Es war ein Märchen, das sich um ihn herum entfaltete, und Personen wie Orakel oder die schöne Gyrkymsu machten alles nur noch bizarrer. Selbst die Erinnerung an die harten Schläge, die er hatte einstecken müssen, verblasste mit den blauen Flecken, die sie hinterlassen hatten. Es schien ihm, dass er nichts von alledem als real erkennen konnte, aber dann stiegen ihm zwei Dinge ins Bewusstsein, die dem widersprachen.

Das Erste war das Gefühl, als Entschlossen ihm das Blatt anvertraut hatte. Der bizarrste Aspekt der ganzen Reise, seine Beziehung zu diesem uralten Blatt, erschien ihm auch als der wirklichste. Dieses Gefühl hatte ein Fundament gebildet, mit dem es leicht gewesen war, alles hinzunehmen, was seine Begleiter sagten. Das Blatt hatte ihn zur Höhle geführt, dann hatten die Angriffe der Schnatterer übernommen und die Gegenposition unterstrichen.

Eine Sache drängte ihn weiter, die andere versuchte ihn aufzuhalten, aber beide waren zwei Seiten einer Medaille, die ihn zwang weiterzumachen.

Das Zweite war der Klang von Dranæs Worten. Will *hatte* ihm das Leben gerettet, und der Mann war dankbar. Seine Worte waren, so heiser sie auch klangen, ehrlich gemeint und ermöglichten Will, Entschlossen und Kräh zu verstehen. *Länger als ich lebe, haben sie daran gearbeitet, Leben zu retten. Ich bin für sie jetzt ein notwendiger Teil dieser Arbeit.* Wills Erkenntnis erklärte etwas von Entschlossens Verzweiflung, auch wenn es sie nicht leichter zu ertragen machte.

Nachdem er dem Pferd den Sattel abgenommen hatte, riss er ein paar Hand voll Gras aus und rieb das Tier ab. Je länger er sich die Lage durch den Kopf gehen ließ, umso deutlicher wurde, dass er sich wie ein Dummkopf benahm. Er näherte sich einer ausgezeichneten Chance, das Leben zu verlieren, und niemand hatte auch nur einmal irgendeine Belohnung oder einen Schatz erwähnt, in dessen Besitz er dadurch gelangen konnte. Es war zwar alles schön und gut, wenn er Kytrin besiegte, aber falls er mit leeren Taschen nach Yslin zurückkehrte, würden die Düsterdünen von beißendem Spott widerhallen.

Und doch, noch während er zu diesem Schluss kam, sah er hinüber zu Kräh. So müde der Mann war, so arm er war, in seinem Blick lag etwas, das niemand in den Düsterdünen je gekannt hatte. Will hatte nie eine Spur von Bitterkeit im Lachen des alten Mannes gehört. Er hatte nie einen verschlagenen Blick von ihm gesehen. So sehr er oder Entschlossen Will auch an die Kandarre nahmen oder schalten, keiner der beiden war boshaft.

Sie sind nicht wie gewöhnliches Volk. In den Düsterdünen waren die Leute darauf aus, noch einen Krug Bier umsonst zu ergattern, oder sich zu verschaffen, was nötig war, damit eine Frau die Beine spreizte. Sie heckten Pläne aus, an ein königliches Lösegeld zu kommen, und andere schmiedeten Pläne, es ihnen abzujagen. Alle kümmerten sich nur ums eigene Wohl – und Marcus war keine Ausnahme gewesen. Er hatte zwar Waisen aufgenommen und ihnen Unterkunft und Nahrung geboten, aber sie arbeiteten zu seinem Nutzen. *Und sobald sie drohen, ihm ebenbürtig zu werden, schafft er sie sich vom Hals.*

Plötzlich sah Will seine Träume, legendär zu werden, aus einem anderen Blickwinkel. *Will Flinkfuß will ich werden, der König der Düsterdünen. Ich will größer werden als Marcus und die Blaue Spinne. Ich will einen Schatz, den mir niemand stehlen kann. Er wird mir Krüge voll Bier verschaffen. Er wird mir Schenkel öffnen. Er wird nie vergehen.* So glorreich all das sein würde, plötzlich erkannte Will, dass dem Bild etwas fehlte.

Die Dankbarkeit in Dranæs Stimme; die Leidenschaft, die Orakel die Kraft verliehen hatte, sich selbst zu blenden; der Zorn, der Entschlossen antrieb: All das packte ihn. Seine Sicht der Welt weitete sich über die Grenzen der Düsterdünen hinaus. Er entschied nicht plötzlich, er könnte mehr sein als der König der Düsterdünen, er erkannte nur, dass er für jemanden wie Dranæ als Will viel wichtiger war, als er es als König der Elendsviertel von Yslin je hätte sein können.

Der Knabe fluchte und schleuderte das Gras in seiner Hand angewidert auf den Boden. Er warf Kräh und Entschlossen einen Blick aus purem Gift zu. »Ich hasse euch, alle beide.«

Entschlossen schnaubte nur, aber Kräh wandte sich mit einem seltsamen Gesichtsausdruck um. »Und wie kommt das?«

»Diese Reise. All das, was ihr mir erzählt habt. All das, was ihr mir nicht erzählt habt. Alles.« Wills Hände öffneten und schlossen sich krampfartig. »Ich kann nie wieder der werden, der ich einmal war, oder?«

Kräh schüttelte langsam den Kopf. »Nein.«

»Und es ist alles eure Schuld!«

»Nein.« Der alte Mann seufzte. »Es ist Kytrins Schuld.«

»Das lässt sich leicht sagen, aber sie hat mir nie was getan.«

»Nicht?« Entschlossen schob sich an Kräh vorbei. »Wenn du das glauben willst, bitte, aber die Wahrheit ist, dass sie dir alles angetan hat. Ohne sie wäre ich nicht hier, Orakel wäre nicht, wie sie ist, Raubtier wäre irgendein fröhlicher Gärtner, es gäbe keine Vorqælfen in Yslin, Kräh wäre nicht Kräh. Eine Menge Leute wären nicht gestorben und dein Leben sähe völlig anders aus.« Der Vorqælf stieß ihm den Finger auf die Brust. »Du fragst dich, ob du der je wieder werden kannst, der du einmal warst, aber in Wahrheit warst du niemals so. Du hättest jemand völlig anderer werden sollen. Kytrins wegen ist dir *bestimmt*, ein anderer zu werden. Die Taten anderer haben längst festgelegt, wer du *bist*, Wilmenhart, aber wir geben dir die Chance zu entscheiden, wer du *werden* wirst und wie.«

Will knurrte. »Du kannst es nicht wieder auf mich schieben. Das ist nicht fair.«

»Nein, ist es nicht.« Entschlossen schüttelte den Kopf. »Es ist auch nicht fair, dass ich meine Heimat und meine Zukunft verloren habe. Ich bin hier, um zu verhindern, dass anderen dasselbe blüht. Bei Kräh ist es genauso. Du, du hast möglicherweise eine Zukunft, aber nur, wenn du dafür zu kämpfen bereit bist. Versagst du, hat sie gesiegt. Dann verlierst nicht nur du, sondern alle anderen mit dir. Und der Verantwortung dafür, Junge, kannst du niemals entfliehen.«

Kapitel Achtzehn

Alyx saß rechtauf auf ihrem Ross, gehüllt in ihre goldene Rüstung, und beobachtete das Aurolanenlager. Sie sah Bewegung, hörte aber keine Trompeten Alarm geben. Feuer brannten und Posten patrouillierten, aber niemand schien der sich im Osten formierenden Kavallerie viel Beachtung zu schenken. Die Schnatterer und Vylænz mussten sie ebenso deutlich sehen können, wie sie die Nordländer sah, und der Mangel an Nervosität überraschte sie für einen Augenblick.

Dann, langsam, nickte sie. Für die Schnatterer war Sicht weniger von Bedeutung als für Menschen, und der von Süden wehende Wind trug die Witterung ihrer Formation vom Gegner fort. Darüber hinaus hatte sich der Gestank der Stadt über die Ebene gelegt, und zudem hatte sie ihre Truppen in der Nacht herangeführt und so aufgestellt, dass sie aus der aufgehenden Sonne anreiten würden. Sie standen noch im Schatten der Berge, während die warmen Sonnenstrahlen bereits über das feindliche Lager zogen.

Die ehrbare Reaktion auf diese Situation hätte darin bestanden, den Trompeter ihrer Kompanie eine Herausforderung blasen zu lassen, die den Feind aufgeweckt hätte. Alyx war klar, dass General Caro genau das getan hätte, jedoch weniger, um dem Gegner eine Chance zu geben, als um dessen Augen auf das Banner seiner Einheit zu ziehen, damit er wusste, gegen wen er kämpfte. *Bei ihm wäre es ein Akt der Arroganz, und kein Edelmut.*

Sie schüttelte den Kopf. *Im Krieg ist weder Platz für*

Arroganz noch für Edelmut. Sie drehte sich mit einem schrägen Lächeln zu ihrer Schwester um. »Sind sie so dummdreist, Peri, oder wollen sie uns in Sicherheit wiegen?«

Die Gyrkymsu blinzelte mit den großen Vogelaugen. »Vielleicht sind sie ihrer Falle dummdreist sicher?«

Sie lachte. »Das könnte es sein. Du weißt, welche zwei Zelte du angreifen musst?«

Peri nickte und hob einen der beiden Flammhähne empor, mit denen sie ausgerüstet worden war. Das Gerät, das nicht viel länger als ihr Unterarm war, bestand aus einer Keramikkugel am vorderen Ende, die durch einen gusseisernen Kragen mit einer Fiederung aus getrockneten Maisblättern verbunden war. Es erinnerte frappant an einen riesigen Federball. »Das rote und das mit dem Wimpel. Ich bin bereit.«

»Dann los, und viel Glück.«

»Kein Glück, nur Vertrauen in deine Planung.« Die Gyrkymsu entfaltete die Schwingen und erhob sich mit einem kräftigen Schlag in die Luft.

Alyx zog das Schwert und streckte es in die Höhe. Die Wölfe in der Mitte ihrer Schlachtreihe hoben die Lanzen. Auch die Leichten Reitereieinheiten an beiden Flanken hoben die Lanzen, und alle drei Bataillone trabten an. Auf das Zeichen würden sie angreifen. Sie würden wie eine unaufhaltsame Woge aus Stahl und Pferden über das Aurolanenlager kommen und geradewegs hindurch pflügen.

Wenn alles läuft wie geplant.

Das Zeichen ließ nicht lange auf sich warten. Die hoch über dem Nordländerlager kreisende Peri warf den ersten Flammhahn. Die Gusseisenkammer enthielt glimmende Holzkohle. Bevor sie das Gerät abwarf, drehte sie die Abdeckung des Kragens und öffnete mehrere Luftschlitze. Während des Sturzes erhitzte der durch die Schlitze dringende Luftzug die Holzkohle, bis die Maisblätter etwa hundert Schritt über der Erde Feuer fingen. Der Flammhahn traf auf das rote Zelt und schlug hindurch. Beim Aufprall zertrümmerte der Eisenkragen die ölgefüllte Keramikkugel. Die brennenden Maisblätter entzündeten das Öl, und dies setzte augenblicklich das ganze Zelt in Brand.

Auch die zweite Bombe traf ins Ziel, das ebenfalls in Flammen aufging. Schnatterer hetzten bellend und knurrend umher. Der Lärm ihrer Stimmen übertönte das Donnern der sich nähernden Reiter. Manche der Biester liefen ihre Waffen holen, um eine Verteidigung aufzubauen, andere rannten kopflos zum Fluss.

Auf den letzten fünfzig Metern klappte Alyx das Helmvisier herab. Die Wölfe waren den anderen Reitern nur deshalb ein Stück voraus, weil diese sich wie geplant etwas zurückgehalten hatten. Die etwas besser gepanzerten Wölfe bildeten die Speerspitze des Angriffs. Ihr Keil brach durch die Verteidigungsposten an der Rückseite des Lagers und bohrte sich tief in die aurolanischen Stellungen.

Rechts und links kreischten die Schnatterer. Lanzen barsten mit lautem Knall, schleuderten durchbohrte Körper davon. Sie stellte sich in die Steigbügel, hieb abwärts und an der Parade eines Schnatterers vorbei, der nach ihr geschlagen und sie verfehlt hatte. Sie war schon an ihm vorbei, als sie den Aufschlag spürte. Ihre Klinge kam bluttriefend wieder hoch.

Die Wölfe jagten wie ein Sturmwind durch das aurolanische Lager. An ihrer Rechten stob das Siebte Leichte Reitereibataillon am Fluss entlang in das Camp. An der Linken stellte die Königliche Leichte Leibreiterei den Feind und schwenkte anschließend westwärts, um die Schnatterer in die Fluten zu treiben. Alyx war klar, dass viele von ihnen versuchen würden, sich auf die andere Flussseite in Sicherheit zu bringen, aber sie bezweifelte, dass die meisten gegen die Strömung des Salersena ankämen. Noch weniger würden den Weirun abwehren können, und mit etwas Glück war sein Appetit auf Schnatterer beträchtlich.

Rechts flog das Zelt, über dem der Wimpel wehte, mit einem lauten Donnerschlag in die Luft. Eine Druckwelle schüttelte sie. *Draconellepulver, um die Mauern zu sprengen?* Brennende Schnatterfratzen flogen in hohem Bogen durch die Luft. Einige Reiter hatten Mühe, ihre Tiere in dem Lärm und dem blutigen Kadaverhagel unter Kontrolle zu halten, aber Streiter wurde nur schneller und stürmte weiter durch das Feindeslager. Alyx und ihre Wölfe brachen durch die Feindlinien auf der gegenüberliegenden Seite und schwenkten nach Osten, als die Leibreiterei in ihrem Kielwasser zuschlug. Alyx lächelte. *Der Plan funktioniert tatsächlich.*

Die Wölfe erreichten die östliche Straße nach Porasena im Galopp. Als sie an den Mauern ankamen, waren die massiven Torflügel des östlichen Stadttors weit geöffnet, und die Reiter donnerten in die Stadt. Eisenbeschlagene Pferdehufe schlugen Funken auf den Pflastersteinen, als sie durch enge Straßen und über die hohe Brücke ans andere Flussufer galoppierten, die Straße hinab zum Westtor. Die Soldaten auf den Türmen und über den aufschwingenden Stadttoren jubelten ihnen zu, als sie auf die westliche Senaebene stürmten.

Die Aurolanen wie auch General Caro hatten vergessen, dass Porasena einen Weg über den Fluss bot, und solange alcidische Truppen die Stadt kontrollierten, war es kein Problem, von einem Ufer ans andere zu gelangen. Die Nordlandtruppen hatten keine Möglichkeit, den Salersena hier zu überqueren, aber für sie war es ein Leichtes.

Die aurolanischen Truppen auf der westlichen Ebene hatten den zusätzlichen Tag Kampfruhe dazu genutzt, Verteidigungsstellungen gegen die aufmarschierten alcidischen Einheiten vorzubereiten. Sie hatten nach hinten einfache Wälle aufgeschüttet, um die Schwere Reiterei aufzuhalten. Die Abwehranlagen gegen einen Ausfall aus der Stadt reichten aus, um die schweren Fußtruppen zu stoppen. Im Augenblick des Angriffs am anderen Ufer waren Caros Truppen am Rand des Waldes in Sicht gekommen und langsam vorgerückt. Das hatte die Aurolanen an die hinteren Stellungen gezwungen und die vorgeschobenen Posten geschwächt.

Die Wölfe trafen etwa auf einem Viertel der Höhe vom Ende der Linien auf die aurolanischen Belagerer. Der äußere Ankerpunkt der Linien war so schwer befestigt, dass er fast einer eigenen Festung glich, aber auf dem Rest der Strecke waren die Stellungen weniger sorgfältig angelegt. Durch die Biegung der Linien war die Stelle, an der sie zuschlugen, nicht von der Schweren Reiterei gefährdet gewesen. Um sich gegen sie zu verteidigen, mussten die Schnatterer jetzt wieder mitten durch das Lager zurückrennen.

Peris Luftaufklärung der Aurolanenlinien hatte eine Lücke in den Stellungen ausgemacht, durch die der Gegner Ausfälle gestartet hatte. Jetzt stürmten einige der Reiter an Alyx vorbei voraus und schlangen unter der Deckung eines Pfeilhagels von den übrigen Wölfen Enterseile um die stachelbesetzten Baumstämme, die sie blockierten. Sie zogen die Baumsperren beiseite, dann brachen Agitar und seine Rotkappen hindurch. Alyx folgte mit ihrer Leibgarde, dann strömte der Rest der Wölfe durch die Öffnung. Sie preschten durch das Aurolanenlager, hackten und schlugen, ritten Schnatterer nieder, spickten Vylænz mit Pfeilen und verwüsteten, was ihnen in den Weg kam.

Die Aurolanen flohen. Manche rannten in den Fluss, andere nach Süden, durch die eigenen Reihen, auf die Stadt und die langsam anrückende Schwere Infanterie zu. Manche flüchteten nach Westen, kletterten die Berghänge hinauf vor die Schwerter der wartenden leichten

Fußtruppen. Aber die meisten liefen nach Norden, vor den Wölfen her. Sie wählten den leichtesten Fluchtweg, griffen in ihrer Panik nach dem erstbesten Strohhalm. Aber es war eine Wahl, die sie bereuen würden.

Alyx ritt auf einen der höchsten Punkte der aurolanischen Linien und beobachtete, wie die Schnatterer davonstoben, so schnell ihre Füße sie trugen. Vor ihnen, in einer dunklen Linie am Rand des Waldes, wartete die Königliche Reitergarde. Caro war in der Mitte der Schlachtreihe leicht genug zu erkennen. Hinter ihm warteten zwei Reiter, einer mit der Gefechtsstandarte der Einheit, der andere mit der Fahne seiner Familie. Die Kavallerie blieb an ihrem Platz. Die Rösser schnaubten. In der kalten Morgenluft stieg weißer Dampf aus ihren Nüstern. Sie warteten, ließen den Feind kommen.

Sie hatte ihn mit der Bemerkung beschämt, dass seine Leute in einem Sturm über kurze Distanz die beste Leistung lieferten. Alyx erwartete halb, dass er sie auf größere Entfernung angreifen ließ, nur um es ihr zu zeigen. Aber das tat er nicht. Wie befohlen hielt er sie zurück. Bis die Schnatterer auf hundertfünfzig Schritt heran waren, zog er nicht das Schwert. Er hob es langsam, wartete, bis sie sich der vereinbarten Grenze näherten, dann riss er es abwärts, und seine Einheit stürmte vor.

Für einen Kavallerieangriff bedeuten unorganisierte Fußtruppen, was reife Weizenhalme für die Sense sind. Die Schwere Reiterei traf wie eine Wand aus Stahl auf die Schnatterer. Zerschmetterte Kadaver flogen durch die Luft. Zuckende Pelzkreaturen wurden von Lanzen durchbohrt und wie grausame Wimpel in die Höhe gehoben. Krummsäbel versprühten mit jedem Hieb frisches Blut. Hufe trampelten Kadaver in den aufgerissenen Boden und ließen unbestimmbare blutige Massen in ihrem Kielwasser zurück. Manche Schnatterer drehten um, wollten fliehen, aber die Woge ihrer Kameraden erfasste sie und trug sie weiter auf die Kavallerie zu. Sie rollte über sie hinweg, als wären sie bereits die bloßen Schatten, zu denen sie Augenblicke später wurden.

Die Wucht des Sturmangriffs ging irgendwann verloren, aber Caros Truppen griffen nur zu anderen Waffen. Schwerter hoben und senkten sich. Streitkolben zerschmetterten Arme und Schädel. Äxte hackten, Kurzspeere stachen. Die Reiter, die ihre Lanzen noch besaßen, benutzten sie, um damit Schnatterer zu durchbohren. Der Kampf verwandelte sich in ein reines Gemetzel. Die Schwere Reiterei übernahm die Arbeit ohne Zögern und mit dem gerechten Zorn von Kriegern, die ihre Heimat von Eindringlingen säuberte.

Alyx verlagerte ihre Aufmerksamkeit an das Ende der aurolanischen Linien. Dort waren die Wälle höher, und die Verteidiger feuerten Pfeile auf die Reiter, verfehlten sie jedoch zum größten Teil. Die wenigen, die trafen, blieben in den Rüstungen stecken oder prallten ab. *Ein paar Flammhähne gefolgt von einem Pfeilhagel sollten genügen.* Sie bezweifelte, dass der Vylæn, der die Stellung befehligte, sich ergeben würde, aber sie würde ihm die Gelegenheit dazu geben, bevor sie ein Massaker befahl.

Im Süden und Westen stellten die Fußtruppen fliehende Schnatterer. Die Wölfe und die Schwere Reiterei trafen sich in der Mitte der Linien und schwenkten westwärts, um die Schnatterer in den Bergen einzukesseln. Die nach Norden Flüchtenden verteilten sich am Flussufer, und als die schwere Reiterei angriff, blieb ihnen nur eine Wahl. Die meisten ergriffen sie und ertranken dabei.

Langsam trieben Kadaver den Strom hinab. Hier und da tauchten weitere auf, nackt, ohne Schmuck oder Rüstung. Alyx hatte gehört, der Weirun des Salersena sei habgierig und freue sich über die Goldopfer der örtlichen Kaufleute. Sie fragte sich, ob das Plündergut von den Leichen an den Marktständen auftauchen würde und schüttelte sich bei dem Gedanken.

Sie schickte Hauptmann Agitar los, um dem Vylæn, der die Verteidigung am Ende der Aurolanenlinien befehligte, die Kapitulation anzubieten. Agitar befestigte einen weißen Stoffstreifen am Ende seines Bogens, ritt hinüber und überbrachte ihr Angebot. Magisches Feuer sammelte sich in den Tatzen des Vylæns, aber bevor er es schleudern konnte, zog Agitar einen Pfeil aus dem Köcher, legte an und schoss.

Der rot gefiederte Pfeil durchbohrte das Herz des Vylæns. Magische Energie kletterte seine Unterarme hinauf wie Efeu einen Turm und verbrannte ihm das Fell. Der Aurolane brach zusammen. Ein Hagelsturm aus Pfeilen deckte Agitars Rückzug. Hoch über der feindlichen Stellung stieß Peri einen kreischenden Schrei aus, dann explodierte ein Flammhahn in ihrem Zentrum. Die Rotkappen rückten vor und bald danach war die letzte aurolanische Gegenwehr zerschlagen.

Hoch im Turmbau, der Porasenas Bürgermeister als Amtssitz diente, erschien Alyx zu einem hastig geplanten Mittagsempfang. General Caro hatte ihr allen nötigen Respekt für die Planung des Angriffs gezollt, doch er unternahm keinen Versuch, das blumige Lob abzuwehren, mit dem die örtlichen Handelsprinzen ihn überschütteten. Wie sich herausstellte, hatten die meisten ihr Frühstück in den Türmen eingenommen und zum Tee die Schlacht beobachtet. Ihre Töchter und jungen Frauen drängten sich um einige der jüngeren Offiziere. Die Frauen lauschten mit großen Augen und mitfühlenden Seufzern den Geschichten vom Todesmut ihrer Helden, und tausende Schnatterer mehr verloren dabei ihr Leben, als je die Senaebenen betreten hatten.

Alyx schüttelte den Kopf und trat mit ihrem Weinpokal auf den nach Norden gelegenen Balkon des Turms. Der Fluss wand sich in einem blauen, mit silbernen Lichtblitzen gefleckten Band nach Norden. Längst hatte er die meisten Kadaver davongetragen, und qualmende Scheiterhaufen an beiden Ufern erledigten den Rest. Die magere Beute, die in den Nordlandlagern zu finden gewesen war, war nach dem Ende der Kämpfe schnell verschwunden.

»Machen die Märkte ein gutes Geschäft mit aurolanischem Handwerk?«

Peri blinzelte langsam. »Die meisten echten Beutestücke sind bereits fort, doch es gibt reichlich Kopien. Ein schlauer Bursche schlägt zur Erinnerung an die Schlacht einen Stern auf Geldmünzen.«

Die Prinzessin mit dem hellen Haar stellte den Pokal auf die Steinbalustrade. »Die Leute feiern das, als wäre es ein gewaltiger Sieg. Es bedeutet nichts. Kytrin hat aus Gründen, die nur sie kennt, Truppen, die wir töten sollten, hierher geschickt. Dass wir ihr einen höheren Preis abverlangt haben, als sie erwartet hatte, ist gut, aber möglicherweise war der einzige Zweck dieser Schlacht, uns auf die Probe zu stellen.«

»Ja, meine Schwester, es stimmt, was du sagst.« Peri kam herüber, trat neben Alyx, nahm den Pokal und trank daraus. »Aber du musst auch einsehen, dass dies für die Bevölkerung von Porasena ein großer Sieg *ist*. Dieses Tal ist ihre Welt und wir haben es für sie gerettet. Könntest du irgendeine andere Reaktion erwarten?«

Alyx schüttelte den Kopf. Sie wusste, Peri hatte Recht, aber die geradezu willentliche Weigerung, die Welt außerhalb ihrer Region wahrzunehmen, die sie bei den Stadtbewohnern feststellte, erstaunte sie. Alyx hatte mehr von der Welt gesehen als die meisten Bewohner von Porasena. Sie war in Okrannel geboren worden, und der Flug nach Gyrvirgul – als kleines Kind – war nur die erste Reise ihres Lebens gewesen. Sie hatte die Geschichte studiert und kannte die Gewalten und Elemente, die diese Welt geformt hatten, bis in die kleinsten Einzelheiten.

Und sie wusste, welch eine unglaubliche Gefahr Kytrin für all das darstellte. Ein Vierteljahrhundert zuvor waren zahllose Krieger, darunter auch ihr Vater, gefallen, um Kytrins Invasion des Südens abzuwehren. Es war damals nicht gelungen, sie zu stürzen, aber zumindest, ihre Horden aufzuhalten. Doch neue Vorstöße wie die Belagerung Porasenas deuteten darauf hin, dass Kytrins Macht wuchs – und mit ihr der Drang, sie nach Süden auszudehnen.

»Ich verstehe, was du sagen willst, Peri, aber ich ...« Sie schauderte. »Es ist, als würden sie feiern, trocken geblieben zu sein, weil der erste Regentropfen eines Gewitters sie verfehlt hat.«

»Ich habe nie behauptet, es sei klug, Schwester, nur unvermeidlich.« Peri schnitt eine Grimasse. »Dieser angebliche Wein hat den Leuten den Verstand geraubt. Essig ist süßer.«

»Immer noch besser als ihr Bier. Es ist wässrig und hat die Farbe deiner Augen.« Alyx nahm den Pokal zurück und hob ihn an den Mund, um zu trinken, aber dann bemerkte sie etwas über seinen Rand. »Was ist das?«

Peris Augen verengten sich, als sie auf den Fluss hinaus schaute. »Eine Art Welle, die den Strom herabzieht. Sie ist rot. Blutrot.«

Es dauerte zwölf Pulsschläge, bis die Welle nahe genug heran war, sodass auch Alyx sie erkannte, und ihr war klar, dass ihr einige der Einzelheiten entgingen, die die Gyrkymsu sah. Die Farbe entsprach ihrer Beschreibung, aber Alyx fiel auf, dass die Krone keinerlei Schaum zeigte. Sie bewegte sich gegen den Strom und kam schnell näher.

Eine weit höhere Woge schlug ihr von der Stadt aus entgegen und stieg bis zur Krone der Stadtmauern. Sie rollte nach Norden, stieg weiter aufwärts, schlug über und stürzte auf die kleinere rote Welle hinab. Die rote Welle verschwand für einen Augenblick unter der

Gischt, mit der die große Woge zusammengestürzt war, dann stieg eine blutige Fontäne aufwärts und schlug durch das Herz der Woge. Flusswasser spritzte auf und auswärts, über die Ufer, wo es Hunde wegspülte und Krähen auf dem Schlachtfeld aufscheuchte, das sie nach Kadaverresten absuchten.

Fische fielen aufs Ufer, andere trieben tot im Wasser. Ein paar Schnattererkadaver erschienen an der Oberfläche. Riesige Gasblasen stiegen an die Wasseroberfläche und platzten mit fauligem Verwesungsgestank.

»Was war das?«

Peri schüttelte den Kopf. »Ich bin mir nicht sicher. Die große Woge, das war der Weirun. Das steht fest.«

Alyx schaute wieder hinunter auf den roten Fleck, der sich von einer Speerform in einen amorphen Klumpen verwandelt hatte. »Hat das Ding ihn getötet?«

»Der Fluss lebt noch.«

Der rote Fleck trieb langsam ans westliche Ufer. Eine abgerundete, glatte Säule aus öligem Plasma streckte sich aus dem Wasser an Land. Ihr Ende formte sich zu einer Hand, die das lange Gras fasste. Der Rest des Flecks floss zu dieser Hand wie Wachs, das die Gestalt eines nackten Mannes ausformte. Sobald Beine und Füße erkennbar waren, zog die Gestalt sich ans Ufer.

Er blieb kaum mehr als eine Sekunde nackt, dann nahm seine Haut die Falten und Säume von Stoff an. Es sah aus, als stiege die Kleidung durch seine Haut nach außen. Die rote Farbe verblasste, bis er ganz in Schwarz gekleidet schien, von den Stiefeln über die Hose bis zum Hemd. Auch ein schwarzer Kapuzenmantel floss aus der Gestalt, und eine schwarze Maske erschien auf ihrem Gesicht, die es von der Oberlippe bis zur Stirn verbarg.

Die Augen blieben nur für kurze Zeit dunkle Löcher. Dann flammten helle, goldorangefarbene Feuerzungen darin auf. Auch am Rand des Mantels zuckte ein Funken, und er ging in Flammen auf. Das Feuer verzehrte schnell den gesamten Umhang, der schließlich aus winzigen, leckenden Flämmchen zu bestehen schien, gegen deren Berührung Haut und Kleidung des Mannes immun schienen.

Ein Bogenschütze auf der Mauer unter ihnen legte auf ihn an. Der Pfeil schoss auf sein Ziel zu, dann, nur eine Manneslänge von dessen Herz, wurde er langsamer. Es schien Alyx beinahe, als wäre er in Wasser oder eine noch zähere Masse eingedrungen. Die Gestalt streckte den Arm aus und pflückte den Pfeil beiläufig aus der Luft. Sie sagte etwas in einer seltsam zischenden Sprache, und der Pfeil begann zu brennen.

Auf der Mauer loderten auch die übrigen Pfeile im Köcher des Bogenschützen auf. Er riss ihn sich von der Schulter, und andere Soldaten traten die Flammen aus, während einer seiner Kameraden das brennende Wams des Schützen mit einem Mantel erstickte. Laute, überraschte Rufe verklangen und ein kaltes Lachen der dunklen Gestalt legte sich wie ein eisiger Nieselregen über die Stadt. Sie rieb die Hände aneinander, um die Asche des Pfeils abzustreifen, dann steckte sie die Daumen in den Gürtel. Das Gelächter verklang und machte einer Männerstimme Platz, die zugleich kräftig und melodiös war. Trotzdem fehlte ihr jeder Hauch von Wärme.

»Schenke, Porasena, mir deine Ohren, Stadt, deren Zukunft ist verloren. Feiere den Sieg an diesem Morgen, denn die Zukunft bringt Trauer und Sorgen.« Der Mann sah sich um, dann stampfte er mit einem Fuß auf und scheuchte ein räudiges Rudel Hunde auseinander, das sich ihm näherte. »Mächtig ist Blut, und in einer Stunde gut habt vergossen ihr Mengen. Nun erwartet die Glut, die mit feuriger Wut wird euch alle versengen.«

Der Mann griff nach hinten und zog sich die Kapuze über den Kopf. Dann zuckten seine Hände zu den Schultern, packten den flammenden Mantel und schlossen ihn fest um seine Gestalt. In einem Augenaufschlag verwandelte er sich in eine Feuersäule, die sich in ölig-schwarzen Qualm auflöste. Der Wind trug den Qualm in die Stadt und er stank noch grässlicher als das Flussgas.

Alyx nahm einen Schluck Wein und behielt ihn im Mund, bis sein Aroma den Gestank aus ihrer Nase vertrieben hatte, dann schluckte sie mühsam. »Das war ein Sullanciri.«

Peri nickte. »Das glaube ich auch, Schwester.«

»Das war also alles nur ein Köder, um uns hierher zu locken und uns etwas zu zeigen, von dem Kytrin wollte, dass wir es sehen. Und er war hier, um uns deutlich zu machen, dass das alles nur ein Vorspiel war.«

»In dem Falle wäre es klug, jetzt zu gehen.«

Alyx drehte den Pokal um und schüttete die letzten Tropfen Wein über der Stadt aus. »Wenn wir abziehen, wird das eine Panik auslösen. Es wird Aufruhr geben und Plünderungen. Unsere Bemühungen, die Stadt zu retten, werden völlig vergeblich gewesen sein. Nein, wenn wir abziehen, dann evakuieren wir Porasena auf geordnete Weise.«

»Keine leichte Aufgabe.«

»Nein, meine Schwester, keine leichte Aufgabe, aber eine notwendige.« Alyx seufzte. »Komm mit. Es wird kein leichter Kampf, aber wenn wir Caro auf unsere Seite bringen, könnten wir es vielleicht einrichten, ein paar Leute lebend von hier wegzuschaffen.«

Kapitel Neunzehn

Will gefiel es, dass Dranæ sich ihrer Gruppe angeschlossen hatte. Während sein Hals verheilte, sprach er zwar kaum, doch er half bei den anfallenden Arbeiten. Er holte Wasser und sammelte Brennholz, ohne dass man ihn dazu auffordern musste. Er fand Kräuter und Blätter im saporischen Regenwald, um den Kaninchenbraten zu würzen. Und die Frühwache kurz vor Sonnenaufgang, die Will besonders verhasst war, schien ihm nichts auszumachen.

Dranæ einzukleiden hatte sie vor Schwierigkeiten gestellt, denn nichts von den Sachen, die sie dabei hatten, passte ihm. Schließlich wickelten sie ihm eine Decke wie einen Rock um die Hüften. Anfangs zog er die hintere Seite zwischen den Beinen hoch und steckte den Stoff am Bauch fest, aber bald ließ er ihn auf Kniehöhe baumeln. Will fand, dass er lächerlich aussah, aber Entschlossen bemerkte, es gäbe auf dem Kreszentmeer reichlich Matrosen, die ähnliche Kleidung trugen, was die Möglichkeit andeutete, dass der Hüne einer von ihnen war oder vielleicht sogar ein Pirat aus Wruona. Will fragte ihn danach aus, aber Dranæ kannte nicht einmal den Namen der Piratenkönigin und erinnerte sich erst recht an keine Hochseeabenteuer.

Kräh nähte zwei Gürtel zusammen, die sie Schnattererkadavern abgenommen hatten, um etwas Passendes für ihren neuen Begleiter herzustellen. Ein Gürtel zog sich um seine Taille und der andere kreuzte von der rechten Hüfte zur linken Schulter die Brust. Tagsüber blieb das die einzige Bekleidung, die Dranæ am Oberkörper trug, doch wenn es abends kühler wurde, legte er sich eine Decke als Mantel um.

Aus weiteren Lederstücken, die sie den Schnatterern abnahmen, stellte Kräh ein Paar einfache Sandalen her. Sie waren sich einig, dass die nicht lange halten würden, aber sie hofften, in Sanges nicht nur eine Passage zur Festung Draconis zu finden, sondern auch passenderes Schuhwerk für Dranæ.

Sie kamen recht zügig voran, von Alcida nordwärts in den Regenwald Saporitias. Indem sie sich an kaum benutzte Wege hielten, verloren sie zwar etwas Zeit, vermieden aber eine Entdeckung. Will wäre geneigt gewesen, dagegen zu protestieren, und wenn auch nur, weil er wütend darüber war, wie er in dieses Abenteuer hineingezogen worden war, aber Dranæ nickte nur verständnisvoll, als Entschlossen ihn über ihre Pläne in Kenntnis setzte. Mehr noch, Dranæ nahm ihre Sicherheitsbedenken ernst und verdiente sich reichlich zustimmendes Kopfnicken von dem Vorqælfen – und sogar gelegentlichen Dank.

Der Regenwald Saporitias unterschied sich von den alcidischen Wäldern. Er schien älter und war weit dichter. Reichlich Unterholz flankierte die Pfade. Die Bäume wuchsen höher, und im fernen Halbdunkel – das durch den dichten Baumbestand so fern nicht war – konnten sie riesige moosbedeckte Stämme sehen, die Überreste umgestürzter Baumgiganten. Wasser tropfte von Felsvorsprüngen, die von rostbraunen Nadeln bedeckt aus Berghängen ragten, und sammelte sich zu Bächen oder versank in Sümpfen, die sie umgingen oder mühsam durchwateten.

Will rümpfte die Nase im Morastgestank. »Warum wirken diese Wälder so anders als die anderen, die wir durchquert haben?«

Entschlossen, der an der Spitze ging, warf einen Blick zurück. »Hier gibt es mehr Regen und weniger Menschen.«

»Mehr Regen, also ist es nasser. Das verstehe ich.« Er sah sich zu Kräh und Dranæ um. »Und weshalb gibt es hier weniger Menschen?«

Der Vorqælf antwortete ihm, bevor einer der beiden anderen Will eine Erklärung anbieten konnte. »Saporitia war lange Zeit ein Pufferstaat zwischen dem Estinischen Reich und Loquellyn. Im Laufe der Zeit, als die Menschen vorrückten, zogen die Ælfen die Grenzen Loquellyns zurück. Die meisten Menschen siedelten an der Küste und um die große Bucht, die auf halber Höhe weit ins Land ragt. Aber während dieser Zeit waren Panqui in diesen Teil des Landes eingewandert. Den Wünschen der Drachen entsprechend neigen sie dazu, Menschen auf Abstand zu halten.«

Will runzelte die Stirn. »Wovon redest du?«

Entschlossen schüttelte den Kopf. »Wie kannst du in deinem Alter noch nichts von der natürlichen Ordnung in der Welt erfahren haben? Erst kommen die urSreiði in die ælfischen Heimstätten und errichten Berge, um die Ælfen zu vertreiben. Dann kommen Drachen und treiben die urSreiði aus den Gebirgen, um sich selbst dort niederzulassen. Drachen gestatten den Panqui, in den Bergen oder in der Nähe zu leben, um Menschen fern zu halten. Warum? Weil Menschen Steinbrüche in den Bergen einrichten und den Fels stehlen, um ihre Städte damit zu bauen.«

»Ach so, und dann kommen die Ælfen und dehnen ihre Heimstätten aus, um die Menschen zu vertreiben und den Kreislauf von vorne zu beginnen?«

»Nein, Junge, das tun Ælfen nicht. Und deswegen wird es eines Tages keine Ælfen mehr in dieser Welt geben.«

Die kalte Endgültigkeit in Entschlossens Antwort erschreckte Will. Er hatte nüchtern eine Tatsache festgestellt, die bedeutete: Eines Tages würde sein Volk aus dieser Welt vertrieben werden. Und trotzdem kämpfte er dafür, dass der Kreislauf, den er beschrieben hatte, nicht durch eine Invasion aus dem Norden zerstört wurde. Will verstand durchaus die Logik des Kampfs gegen Kytrin, denn ihr Sieg hätte auch die Vernichtung der Ælfen zur Folge. Aber das Wissen, dass die Ælfen eines Tages würden weiterziehen müssen, hätte Wills Enthusiasmus für diesen Kampf erheblich gedämpft, wäre er an Entschlossens Stelle gewesen.

Dranæ ergriff mit leiser Stimme das Wort. »Freund Entschlossen. Das ist eine interessante Sicht der Welt. Ich habe Vermutungen gehört, dass Ælfen ständig auf der Suche nach einem Ort sind, der ihre Heimat sein soll. Stellt sich heraus, dass ein Ort diese Heimat nicht ist, ziehen sie weiter.«

Entschlossen hielt das Pferd an und drehte sich zu ihnen um. Sein Gesichtsausdruck schien eine Mixtur aus Verwirrung und Unzufriedenheit. »Die Ælfen, die vor seiner Entweihung an Vorquellyn gebunden waren, zogen *nach Westen*. Das ist euer Ausdruck für das, was sie taten. Es erklärt nicht viel. Mancher sagt, es gibt viele Welten, wie Perlen auf einer Kette, und Ælfen wandern von einer zur nächsten, indem sie nach Westen ziehen oder sterben und wiedergeboren werden. Ich weiß es nicht, denn es ist ein Geheimnis, das mir vom Schicksal vorenthalten wurde.«

Der junge Dieb betrachtete Entschlossens Gesicht und versuchte sich den Ton seiner Stimme einzuprägen. Er hatte ihn in der ganzen Zeit mit ihm noch nie gehört, außer möglicherweise in der Vorquellynhöhle. Ihm hatte Entschlossen nur die stählerne Schneide seiner Persönlichkeit offenbart. Dranæ schien ihn auf einer anderen Ebene anzusprechen, und Will brauchte einen Augenblick, bis er den Unterschied erkannte. *Ich fordere heraus, er sucht nach Wissen.*

Dranæ zuckte mit den riesigen Schultern. »Ich habe schon früher gehört, was du über die natürliche Ordnung gesagt hast. Aber ich glaube, die Panqui halten Drachenberge für eine gute Wohngegend, weil nur wenige Menschen sich dorthin wagen. Dieser dichte Wald liegt ihnen.«

»Hast du schon mal einen gesehen?« Will schaute sich um, ob er in den Schatten etwas erkennen konnte. »Ich glaube, ich habe als Kind mal einen gesehen. In einem Käfig, in der Düsterstadt.«

Kräh schüttelte den Kopf. »Das war ein kostümierter Mensch. Panqui sind riesig, wirklich riesig. Wenigstens die männlichen. Gigantisch.«

»Habt ihr mal einen getötet?«

Entschlossen lachte. »Ich bin nie nahe genug an einen herangekommen, um ihn zu töten, und Kräh in unserer gemeinsamen Zeit auch nicht.«

»Und ich bedauere es auch ganz und gar nicht.« Kräh grinste. »Sie haben Reißzähne so lang wie deine Finger, und an ihren Händen gefährliche, krumme Krallen, die sie einziehen können. Aber das Schlimmste sind diese Knochenplatten in ihrer Haut, von der Farbe her variieren sie von Schildkrötengrün bis Gold. Ich weiß nicht, was dafür verantwortlich ist. Die Platten halten Pfeile auf und vermutlich sogar eine Axt. An Gesicht, Hals und Gelenken haben sie eine schwarze, ledrige Haut. Ihr dicker Schwanz ist ungeheuer stark. Und es sind auch keineswegs dumme Tiere. Sie fahren als Piraten auf dem Kreszentmeer.«

Will zog die Schultern hoch und sah sich ängstlich um. »Und wir sind nicht auf der Hauptstraße. Warum nicht?«

Die anderen lachten laut. Entschlossen schüttelte den Kopf. »Hast du nicht zugehört, Junge? Sie sind nicht dumm. Falls sie uns beobachten, sehen sie keinen Vorteil darin, uns anzugreifen. Außerdem ziehen sie im Sommer an die Küste. Nur im Winter kommen sie landeinwärts. Wir sind wahrscheinlich sicher.«

»Wirklich?« Will sah sich zur Bestätigung zu den anderen um. Kräh nickte. Dranæ nickte ebenfalls, dann lächelte er – und prustete plötzlich los.

Will kniff die Augen zusammen. »Ihr macht euch über mich lustig!«

Der dunkelhaarige Mann schüttelte abwehrend den Kopf. »Deine Reaktion erinnert uns nur alle daran, wie wir in deinem Alter oder jünger gebibbert haben, wenn wir die Geschichten von Panqui und Schnatterern hörten. Das Grinsen und Lachen gilt nicht dir, sondern uns selbst in deinem Alter.«

»Bei euch beiden glaube ich das, aber nicht bei Entschlossen.« Will warf ihm einen schiefen Blick zu. »Der war nie in meinem Alter.«

»Falsch, Junge. Aber in deinem Alter hatte ich nicht mehr deine Unschuld.« Entschlossen zeigte Will die Andeutung eines Lächelns. »Wir wollen hoffen, dass es für dich weniger schmerzhaft wird als für mich, ihr zu entwachsen.«

Drei Tage später konnten sie sich nicht länger auf Wildpfade beschränken, denn alle Wege führten früher oder später auf die Hauptstraße nach Sanges. Sie hatten entschieden, dass die schnellste Möglichkeit, nach Festung Draconis zu kommen, darin bestand, ein Schiff nach Norden zu nehmen. Falls sich in Sanges keine Passage fand, konnten sie sich nach Narriz einschiffen und dort ein Schiff suchen. Narriz, die Hauptstadt Saporitias, verfügte sogar über eine ælfische Botschaft, und Entschlossen hielt es für denkbar, sich dort die Erlaubnis zu einem Besuch Loquellyns zu besorgen und dort eine Passage für sich und seine Begleiter zu buchen.

Sanges erstreckte sich über die steilen Hänge eines Flusstals. Der Fluss strömte hinunter ins Meer und endete in einem Wasserfall, der den Hafen zweiteilte. Piere ragten wie die Bohlen eines zerschlagenen Fasses ins

Wasser, und an jedem lagen mehrere Schiffe vertäut. Weitere Schiffe lagen im Hafen vor Anker. Obwohl Yslin eine weit größere Stadt war, konnte Will sich nicht erinnern, dort jemals so viele Schiffe gleichzeitig im Hafen gesehen zu haben.

Die Hauptstraße in die Stadt zog sich kreuz und quer über den Berghang südlich des Flusses, obwohl ihn reichlich Brücken überquerten. Dicke Mauern und Schindeldächer hielten die Sommerhitze ab. Die Häuser waren alle im gelblich weißen Farbton alter Knochen gestrichen, aber bunte, fröhliche Bilder von Tieren und Blumen verwoben sich in der dekorativen Bemalung von Türen und Fensterläden. Je näher sie dem Hafen kamen, desto älter und armseliger wurden die Häuser, auch wenn nichts hier an den Verfall der Düsterdünen heranreichte.

Sie fanden eine Herberge und nahmen sich Zimmer und Stellplätze für die Pferde. Nachdem sie ihre Habe abgestellt hatten, machten sie sich auf den Weg zu den Docks. Soweit Will das beurteilen konnte, unterschied sich der Seehafen von Sanges kaum von dem Yslins, nur war diese Stadt kleiner, und es schwebten weder Ballons über der Stadt, von denen aus die Kaufleute ihre Schiffe schon von weitem sehen konnten, noch gab es Seilkörbe, in denen man über die Straßen schweben konnte. Das Fehlen dieser modernen Errungenschaften verlieh ihm ein Gefühl der Überlegenheit und gab seinem Schritt frische Energie.

Entschlossen und Kräh schienen sich auszukennen. Sie gingen ins Büro einer Handelsgesellschaft und fragten nach dem Weg. Danach kehrten sie dem Meer den Rücken zu, und gingen ein Stück zurück, quer über eine Gasse auf einen Innenhof. Anscheinend war ein Gebäude an dessen Rückseite ihr Ziel, denn Kräh deutete auf das Holzschild, das knarzend im Wind über der Tür schwankte. Dass eine Menschenmenge zwischen ihnen und dem Eingang stand, schien ihm nichts auszumachen.

Vier Männer in rot-goldener Uniform, drei von ihnen mit Piken, kamen um die Menge herum und auf die Reisenden zu. Der Unbewaffnete, ein fülliges Exemplar mit spärlichem Haar, das zu kämmen zwei Finger genügt hätten, entrollte ein Pergament, als die Pikeniere sich um sie herum aufstellten. Seine Stimme klang ziemlich hell, aber er brüllte, um seine Autorität zu unterstreichen.

»Auf Befehl Königs Fidelis haben alle Seeleute sich auf der Stelle bei ihren Schiffen zu melden. Wer keine Koje hat, melde sich am Großen Pier zur Zuteilung auf ein Schiff. Alle rechtschaffenen Menschen von gesunder Manneskraft und im Alter von mindestens fünf und zehn Jahren, jedoch nicht mehr als drei mal zwanzig, sind zum Schutze Saporitias zu den Waffen gerufen. Die Verteidigung ihrer Heimat verlangt dieses Opfer.«

Er senkte das Pergament. »Einreihen.«

Entschlossen schüttelte langsam den Kopf. »Eure Befehle gelten nicht für mich. Ich bin kein Seemann, ich stamme nicht aus Eurem Land, ich bin kein Mensch, und ich bin älter als drei mal zwanzig Jahre. Verschwindet.«

Der Bürokrat legte die Stirn über den dunklen Augen in Falten. »Auf mich wirkst du jung genug, Ælf, aber es spielt keine Rolle. Deine Begleiter hier entsprechen den Vorschriften. Sie kommen mit.«

Der Vorqælf ließ die Hand auf den Schwertknauf fallen. »Sie gehören zu mir und sind ebenfalls ausgenommen.«

Der Mann warf einen Blick auf sein Dokument. »Davon steht hier nichts. Ich will keinen Ärger, aber ...«

»Wenn Ihr keinen Ärger wollt, verzieht Euch.«

Der kleinwüchsige Mann nickte den Pikenieren zu, doch keiner der drei schien sonderlich versessen darauf, sich mit Entschlossen anzulegen. Die Matrosen, die sie bereits auf dem Hof zusammengetrieben hatten, verteilten sich langsam und wurden unruhig. Ein paar von ihnen hoben Pflastersteine auf und Will folgte ihrem Beispiel. Flüche wurden laut, und auf die Stirn des Beamten trat der Schweiß.

Bevor es zu einem Gewaltausbruch kommen konnte, schob sich ein schlanker Mann durch die Menge. Er wirkte nicht weiter bemerkenswert auf Will, abgesehen von der blauen Maske, die sein Gesicht von den Jochbeinen bis zum Haaransatz bedeckte. Sie kennzeichnete ihn als Angehörigen eines der drei Völker, die das Tragen einer Maske als Ehre betrachteten. Das Material war von den verschiedensten Zeichen bedeckt, und die Matrosen verstummten, als er auf den Bürokraten zuging. »Einen Augenblick, Wart. Dies sind meine Leute.«

Der Saporit drehte sich um und stemmte die Fäuste in die Hüften. »Kapitän Brunberg, Euer Schiff ist bereits voll besetzt. Das habt Ihr mir selbst erklärt.«

»Das habe ich in der Tat, Cirris, aber ich habe diese Männer hier dabei mit eingerechnet, denn ich habe ihre Ankunft erwartet.« Brunberg trat einen Schritt vor und reichte Kräh die Hand. »Schön, Euch wiederzusehen, Kapitän Kräh. Und du hast dich nicht verändert, Entschlossen. Und diese beiden sind die zwei, von denen Ihr mir erzähltet, die sich für ein Seefahrerleben interessieren?«

Kräh nickte schnell. »Ja, das sind sie. Will hier ist mein Neffe, und Dranæ ein entfernter Vetter. Wir müssen uns für die Verspätung entschuldigen, aber in letzter Zeit ist das Reisen schwieriger geworden.«

Wart Cirris, der sein Pergament wieder fest aufgerollt hatte, tippte Brunberg damit auf die Schulter. »Ihr hättet mir ihre Namen geben müssen. Das ist höchst irregulär, Kapitän.«

Brunberg blähte die Nasenflügel. »Und was ist es, alle

Männer der Stadt zwangszuverpflichten, Wart?« Der Mann tippte mit dem Finger an ein kleines Symbol, das unter dem rechten Auge auf seine Maske gemalt war. »Wenn man sich dieses Zeichen verdient hat, Wart, bedeutet das, man trägt die Verantwortung für seine Besatzung. Die *volle* Verantwortung. Was ich ihm über sie mitteile oder nicht, ist allein meine Sache. Diese Männer haben sich bei mir gemeldet, was einer Meldung auf ihrem Schiff gleichkommt. Er ist hier fertig und verschwinde.« Der Kapitän drehte sich um und winkte ihnen. »Kommt ins Büro, dort können wir reden.«

Will folgte Kräh und Entschlossen, und als er an dem Beamten vorbeikam, ließ er den Stein so aus der Hand gleiten, dass er dem Fettwanst auf die Zehen fiel. Der jaulte und hüpfte auf einem Fuß herum. Weitere Steinwürfe aus der Menge sorgten dafür, dass er weitertanzte. Selbst die Soldaten lachten, und die Anspannung, die über dem Hof gelegen hatte, löste sich.

Brunberg ging ins Büro einer Handelsgesellschaft voraus, an Schreibern vorbei, die Schriftstücke lasen, mit anderen Schriftstücken verglichen und auf noch anderen Schriftstücken Eintragungen machten. Das Kratzen der Federn auf dem Papier verpasste Will eine Gänsehaut, aber das Geräusch verklang, als sie Brunberg eine Hintertreppe hinauf in einen größeren Raum folgten, der sichtlich als Unterkunft für Matrosen diente, die auf die Abreise warteten. Der Kapitän winkte sie an einen großen, von Bänken eingerahmten Tisch.

»Ihr seid doch Kräh, oder? Ich meine, Entschlossen vergisst man nicht, aber Ihr habt euch schon verändert.«

Kräh nickte und setzte sich. »Zehn Jahre ist es her. Ich bin überrascht, dass Ihr Euch überhaupt an mich erinnert.«

»Wie könnte ich das vergessen? Kommt mit einem von Rauns Spilfair persönlich unterzeichneten Passierschein nach Yslin, der mich auffordert, ihm in jeder Hinsicht behilflich zu sein. Und dann wolltet ihr zwei nach Norden segeln und an der Geistermark abgesetzt werden.« Brunberg schüttelte den Kopf. »Ich habe mich die ganze Zeit gefragt, ob ihr es zurück geschafft habt, auch wenn ich eigentlich davon ausging. Irgendwie glaubte ich nicht daran, dass sie euch erwischen.«

»Haben sie auch nicht. Wir hatten Glück.« Kräh schaute sich um. »Der Hafen ist voll, und trotzdem sind Unterkünfte frei. Was ist los?«

»Nichts, worüber Ihr Euch Sorgen zu machen bräuchtet. Ich kann Euch unten Passierscheine ausstellen lassen, mit denen Ihr gehen könnt, wohin es nötig ist. Die *Seewanderer* legt um Mitternacht ab, und wenn Ihr mir Euer Wort gebt, Euch rechtzeitig zum Dienst an Bord zu melden, werde ich leider ohne Euch ablegen müssen.«

Entschlossen stützte beide Ellbogen auf den Tisch. »Das ist nett von Euch, aber keine Antwort auf seine Frage.«

Brunberg grinste. »Ich weiß. Ehrlich gesagt ist es verrückt, aber es sind Berichte eingetroffen, Kytrin habe eine Übereinkunft mit Vionna geschlossen. Gemeinsam sollen sie die Piraten von Wruona zu einer schlagkräftigen Flotte organisiert haben, die Kytrin mit eigenen Schiffen verstärkt hat. Sie segeln nach Süden.«

Kräh nickte. »Daher der Befehl des Königs, alle Mann hoch nach Narriz zu schicken, damit sie die Hauptstadt verteidigen.«

Der Kapitän lachte. »*Das* würde sogar einen Sinn ergeben, aber dorthin fahren wir nicht. Wir segeln westwärts, nach Vilwan.«

Entschlossen blinzelte überrascht. »Vilwan?«

»So ist es.« Brunberg zuckte die Achseln. »Aus Gründen, die nur sie selbst kennt, glaubt Kytrin anscheinend, sie könnte die Festung der größten Magiker unserer Zeit vernichten. Wir fahren aus, sie zu stoppen.«

Kapitel Zwanzig

An einem schmalen Fenster in einem hohen Turm auf Vilwan stand Kjarrigan Liest und hob zum Schutz vor der Morgensonne die Hand an die Augen. Erst ein Viertel der Sonnenscheibe war über dem Horizont aufgetaucht, aber das genügte bereits, Dutzende schwarzer Punkte zu erkennen, die auf dem Wasser wogten und sich der Insel näherten. In seinen ganzen siebzehn Jahren hatte er noch keine so große Flottille zu Gesicht bekommen, und er war sich ziemlich sicher, dass auch vorher niemand so etwas gesehen hatte.

Er wandte sich vom Fenster ab und streckte einen Finger aus, suchte die Einbände der Bücher in den Regalen ab, die vom Boden bis zur Decke seines Wohnzimmers reichten. Er fand den dicken Wälzer, nach dem er suchte, flüsterte ein Wort und krümmte den Zeigefinger. Das Buch glitt aus dem Regal und schwebte schnell und gleichmäßig durch das Zimmer. Es schob sich geschmeidig in seine wartende Hand, aber sobald es die Haut berührte, erlosch der Zauber, und Kjarrigan musste hastig mit der anderen Hand nachgreifen.

Trotzdem brachte ihn das Gewicht des Buches aus dem Gleichgewicht. Er beugte sich vor, um es abzufangen, und machte einen schnellen Schritt nach vorne. Sein Fuß verfing sich im Saum des ein wenig zu langen weißen Morgenmantels, rutschte aus und stürzte hart auf das linke Knie. Er keuchte vor Schreck und Schmerz, als er sich das Knie aufschürfte. Das Buch an die Brust gedrückt, sackte er hilflos zur Seite, konnte aber verhindern, dass der Band auf den Boden schlug.

Wütend zerrte er den Fuß aus der Umklammerung des Stoffs und hörte etwas reißen. Er rollte sich auf den Rücken und hob die Beine, eine Übung, die der dickliche Magiker nur mit Mühe fertig brachte und auch nicht lange durchhielt. Der Saum war ausgerissen. Schlimmer noch, ein roter Fleck breitete sich am linken Knie über den Stoff aus. Kaum sah er Blut, bohrte sich ihm der Schmerz wie mit brennenden Nadeln ins Bewusstsein, und seine Unterlippe zitterte. Er schüttelte sich, eine Bewegung, die sich in Wellen durch den fülligen Körper fortsetzte. Kjarrigan weigerte sich, zu weinen, redete sich ein, dass es nichts sei, nur ein Kratzer. Aber er war *verletzt*! Er wollte das Knie hochziehen, um es sich anzusehen, doch das war unmöglich, solange das Buch auf seinem Bauch lag.

Der junge Magiker legte den Band ehrfürchtig auf den Boden und blies erst den nicht vorhandenen Staub fort, bevor er es ablegte. Dann zog er das Knie an, soweit es ging und hob vorsichtig den Morgenmantel beiseite. Sein Atem zischte durch die zusammengebissenen Zähne, als er den Oberschenkel fasste und zog, um das Knie näher zu betrachten. Sein Leibesumfang behinderte ihn, aber es gelang ihm, die Schürfwunde deutlich zu sehen. Sie blutete ein wenig. Hauptsächlich trat eine farblose Flüssigkeit aus.

Er wedelte mit den fetten Fingern und hoffte, die Flüssigkeit würde an der Luft trocknen. Dann mühte er sich in eine sitzende Stellung hoch und achtete darauf, das Knie gebeugt und bloß zu lassen. Kjarrigan warf einen Blick auf den Blutfleck im Stoff, dann auf den zerfetzten Saum, und zuckte die Achseln. Er war sich ziemlich sicher, dass der Mantel weder gesäubert noch geflickt werden konnte. Also würde er aus seiner Garderobe verschwinden.

Der Gedanke beruhigte ihn. Er zog das schwere Buch auf den Schoß und blätterte. Prächtige, große Schrift, die hier und da variierte, wenn im Laufe der Jahrhunderte andere Schreiber Eintragungen gemacht hatten, bedeckte die Hälfte der Seiten. Sie enthielten auch Illustrationen und Diagramme, aber nur wenige, und verglichen mit ähnlichen Motiven in den Spruchsammlungen auf den Regalen wirkten sie primitiv und unvollständig.

Kjarrigan erreichte den Anfang der leeren Seiten und blätterte ein Stück zurück, bevor er zu lesen begann. Das Buch auf seinem Schoß war eine Geschichte Vilwans und magisch mit der Großen Historie in der Bibliothek der Insel verbunden. Wie bei Arkantafaln bestand auch zwischen diesen Büchern ein Zauberband. Sobald der Magister Historiker Vilwans neue Seiten anlegte, erschienen sie auch in Kjarrigans Kopie.

Der junge Magiker hatte immer Trost in der Geschichte gefunden, und ihr Studium war eine der wenigen Aufgaben, die all seine Lehrer gefördert hatten. Kjarrigan hatte den Verdacht: Weil es ihnen eine Gelegenheit verschaffte, sich nicht mit ihm auseinander setzen zu müssen. Und er war ziemlich sicher, dass sie nicht wussten, wie froh er seinerseits war, dabei Ruhe vor ihnen zu haben. Er suchte nach Hinweisen. Er wusste nicht genau, worauf, nur generelle Hinweise, die es ihm ermöglichten, einen Sinn zu erkennen.

Er fand eine Passage, die sich mit der Flottille vor der Küste beschäftigte, und konzentrierte sich darauf. Das Stechen im Knie erschwerte die Konzentration, aber es gelang ihm trotz der Ablenkung. Er hatte den Zauber schon häufig benutzt, und Übung machte es leichter, ihn einzusetzen.

Ein blaues Leuchten drang aus seinen Händen und legte sich um das Buch. Ein dünner Ausläufer glitt davon und zeichnete die ätherische Verbindung des Bandes mit der Großen Historie nach. Das Leuchten sank in die goldenen Seiten, dann tauchte es am Rand anderer Seiten weiter vorne wieder auf. Kjarrigan blätterte zurück und begann mit der ältesten hervorgehobenen Eintragung. Zu Anfang lag ein leerer Ausdruck auf seinem Gesicht, aber als er eine Stelle nach der anderen überflog, stahl sich ein Lächeln auf seine Züge.

Er erreichte die letzte Eintragung mit einem triumphalen Grinsen. Ein Vierteljahrhundert zuvor, als die zur Rettung Okrannels ausgeschickte Flotte Vilwan passiert hatte, war sie vier Dutzend Schiffe stark gewesen, weniger als halb so viele, wie jetzt auf die Insel zuhielten. Er hatte Recht behalten – und das behagte ihm. Die Freude grub das Lächeln tief in die fleischen Wangen und strahlte aus den grünen Augen.

Sein Magen knurrte und erinnerte ihn daran, dass er noch nicht gefrühstückt hatte. Kjarrigan schob eine Strähne dünnen schwarzen Haars hinter das linke Ohr, schloss das Buch und wollte sich auf das rechte Knie erheben. Durch die Bewegung strich der Morgenmantel über die Schürfwunde, und der Schmerz frischte auf. Er zischte und hätte das Buch fast wieder fallen lassen. Doch er fasste mit fetten Fingern nach und drückte es wie einen lieben Freund an die Brust, während er am Boden kauerte und darauf wartete, dass der Schmerz abklang.

Die gut geölten Angeln der Tür verrieten mit keinem Laut, wie sie sich öffnete, das Scharren von Sandalen auf dem Stein aber schon. Kjarrigan schaute überrascht auf. Er griff mit einer Hand nach dem Knie, in der Hoffnung, die Verletzung zu verbergen. Wieder rieb der Stoff an der Wunde und verstärkte die Schmerzen. Er schrie auf, dann biss er die Zähne zusammen und kämpfte gegen die Tränen an.

Er senkte den Kopf und atmete durch die Nase, bis er sich wieder in der Gewalt hatte. »Guten Morgen, Magisterin Orla.«

Die Robe der Frau war vom gleichen Grau wie ihr Haar, und der lange Zopf, zu dem es geflochten war, glich zum Verwechseln dem Seil, das sie um die Taille trug. Sie stand mit erhobenem Kopf und leuchtend braunen Augen in der Tür und beobachtete ihn aufmerksam. Sie beobachtete ihn ständig, wie alle seine Lehrer, doch sie hielt nach mehr Ausschau als ihre Vorgänger. Das faltige Gesicht und die ledrige Haut deuteten auf ein hartes Leben hin, aber soweit er es wusste, hatte sie Vilwan in den letzten dreißig Jahren nicht öfter als ein-, zweimal verlassen.

Sie besaß eine kräftige Stimme, die das ganze Zimmer füllte, doch sie blaffte ihn weder an noch säuselte sie.

»Du hast dich verletzt.«

»Ja, es schmerzt.«

»Das denke ich mir.« Sie schloss einen Moment lang die Augen und gestikulierte. Die Geschichte riss sich aus seinem Griff los und schwebte in ihre ausgestreckten Hände. Sie fing sie geschickt auf. Einen Moment hoffte er, seine Lehrerin würde stolpern, wie es ihm passiert war, aber das Gewicht des Buches machte ihr nichts aus.

Orla ging zum Regal und schob den Band zurück an seinen Platz. Dann drehte sie sich zu ihm um. »Ich würde vorschlagen, dein Knie zu behandeln.«

»Ja, ruft einen Heiler.« Kjarrigan schob trotzig die Unterlippe vor. »Ich will einen Heiler.«

»Heil es selbst.«

Kjarrigan schaute auf sein Knie und hob vorsichtig den Stoff. »Das ist ein ælfischer Spruch.«

»Ein Spruch, den du beherrschst. Benutze ihn.«

Er hob den Kopf. »Ich darf ihn nicht unüberwacht einsetzen.«

Ihre Lippen verzogen sich langsam zu einem Lächeln, das die Falten an den Augenwinkeln vertiefte. »Warum bestehst du auf dieser Komödie, Adept Lies? Wir wissen beide sehr gut, dass ich keinen Ælfen bestellen werde, damit er zuschaut, wie du dein Knie heilst. Du weißt auch, es macht mir nichts aus zu wissen, dass du einen Spruch gemeistert hast, den ich nicht erlernen könnte, stünde mir auch mein ganzes Leben noch einmal zur Verfügung. Und schließlich wissen wir beide, dass du dich vor allem deshalb nicht selbst heilen willst, weil dieser Vorgang schmerzen wird. Mehr schmerzen, als es die Wunde im Augenblick tut.«

»Es ist keine Komödie. Es gibt *Regeln*, Magisterin. Es gibt schon immer *Regeln*. Die Regeln leiten mich. Ich halte mich in allem, was ich tue, an sie. Die Regeln schreiben vor, dass ich Aufsicht benötige, wenn ich ælfische Magik oder urSreiði-Zauber oder irgendetwas ausreichend Magisteriales einsetze.« Er antwortete ihr sorgfältig und genau, sogar etwas langsamer als gewöhnlich. »Wenn ich die Regeln verletze, werde ich bestraft.«

Sie schloss die Augen und seufzte. »Kjarrigan, du weißt, ich bestrafe dich nicht dafür, zu tun, was ich sage. Ich bin nicht wie deine früheren Lehrer. Du weißt, ich habe mehr Spielraum als sie. Warum tust du nicht einmal, was ich dir auftrage, ohne dass wir diese Scharade durchziehen müssen?«

Der junge Adept kniff die Augen zusammen. »Ich will die Schiffe sehen. Ich will zum Hafen und die Schiffe sehen.«

»Ach, ist es das?« Sie öffnete die dunklen Augen und neigte leicht den Kopf. Die Bewegung ließ ihn zusammenzucken. »Na schön, das kann ich wohl gestatten, vorausgesetzt, du befolgst meine Anordnungen genau.«

Kjarrigan nickte zögernd. »Ja, Magisterin.«

»Sehr schön. Heile als Erstes dein Knie.«

Er wollte aufstehen und streckte die Hand aus, damit sie ihm auf die Beine half, aber sie schüttelte den Kopf. »Nein, mach es da, auf dem Boden.«

»Aber so wie ich den Zauber einsetze … Ich muss mich umziehen …«

»Und noch einen Mantel versauen? Kommt nicht in Frage.« Ihr Blick wurde hart. »Du hast dem Handel zugestimmt, Adept Lies, lass es mich nicht bedauern. Da wo du bist. Du kannst es.«

Er schüttelte den Kopf und antwortete leise: »Es ist falsch.«

»Willst du mir sagen, du *kannst* den Spruch nicht auf dem Boden einsetzen? Nachdem ich zahllose Ælfen ihn habe an Bord von Schiffen, auf dem Schlachtfeld, neben Pferdekarrenunfällen benutzen sehen? Vielleicht können sie es einfach so viel besser als du, weil es ein ælfischer Zauber ist. Ist es das?«

»Nein!« Er blähte trotzig die Nüstern. »Ich kann es.«

»Ich warte. Lass mich nicht zu lange warten.«

Kjarrigan atmete tief durch die Nase ein und langsam durch den Mund wieder aus. Danach atmete er nur noch flach und schloss die Augen, um Ablenkungen auszublenden. Er lockerte die Finger, dann legte er vorsichtig die linke Hand auf die Verletzung. Der Schweiß auf der Handfläche brannte in der Wunde, aber er verdrängte den Schmerz.

Er leerte seinen Geist so gut er konnte und wob den ælfischen Heilzauber. Kjarrigan mochte ælfische Magik, weil deren Zauber wie lebende Wesen schienen. Während ein menschlicher Zauberspruch Kanten und Kreuzungen besaß, scharfe Brüche und Ecken, flossen ælfische Sprüche, als wüchsen sie aus Wurzeln im Erdreich oder wie Zweige, die sich zur Sonne reckten. Menschliche Zauber schienen im Vergleich *konstruiert* und waren leicht zu meistern, während ein ælfischer Zauber ein Flechtwerklabyrinth war, das sein Geist durchwandern musste, um ans Ziel zu gelangen.

Seine linke Hand leuchtete mit blauer Energie. Sie war dunkler als bei seinem Indexzauber. Während der vom zerbrechlichen Blau eines Vogeleis gewesen war, lag in diesem Blau die Tiefe des Meeres. Die Energie floss in das Knie, lockte das Gewebe, schneller zu wachsen, zu heilen, Blut und Flüssigkeit zu absorbieren, die Wunde zu schließen. Während das geschah, nahm der Schmerz zu. Kjarrigan wusste: Es war die Gesamtsumme seiner Wundschmerzen, der Stiche, des Brennens und Juckens, die er während der natürlichen Heilung erfahren hätte. Konzentriert bohrten sie sich wie eine stählerne Nadel geradewegs durch das Knie, dann verschwanden sie, eine Illusion, die er nie mehr beschwören würde.

Er schaute auf und zog die Hand beiseite. Die Haut hatte sich geschlossen, es war nicht einmal die Andeutung einer Narbe geblieben. An seiner Handfläche klebte noch Blut und er wischte sie am Morgenmantel ab. Er stieß sich mit der rechten Hand vom Boden ab, stand auf und fühlte, wie sich der Mantel um seinen fülligen Leib spannte.

»Sehr gut, Adept Lies.« Sie musterte ihn von oben bis unten, und ihre Augenbrauen glitten wie die Schenkel eines Winkels aufeinander zu. »Als Nächstes wirst du deinen Rock ausziehen, nähen und waschen.«

»Was?«

»Du hast mich gehört, Kjarrigan.« Orla deutete zur Tür. »Ich weiß, du hast Dienstboten, die dir das unter normalen Umständen abnehmen, aber die Umstände sind weit entfernt vom Normalen. Alle Bewohner der Insel sind gezwungen, andere Pflichten zu erfüllen. Heute wirst du deine Robe selbst waschen und dir dein eigenes Frühstück holen.«

Er lächelte. »Aus der Küche?«

Sie nickte. »Den Weg findest du?«

»O ja.« Kjarrigan hatte Mühe, ein Lächeln zu unterdrücken. Niemand enthielt ihm irgendein Essen vor, und die Diener hasteten oft genug zwischen seinem Zimmer und der Küche hin und her, um ihm mehr Brot oder Suppe, Fleisch oder Obst zu holen, doch bei den wenigen Gelegenheiten, zu denen er selbst die Küche betreten hatte, hatte der Anblick ihn ganz und gar in Bann geschlagen. All seine Magik wirkte er im Arkanorium über den Wohnräumen. In der Küche wirkten Magister und Adepten, selbst Akoluthen Zauber, die Teig für Brot kneteten, einen Ofen anheizten, Gewürze mahlten, Töpfe umrührten. Er kannte viele dieser Sprüche sehr gut, weil er mit ihnen die Zutaten seiner Zauber vorbereitete, und er stellte seine Elixiere und Tinkturen mit derselben Gewissenhaftigkeit her, mit der er jede seiner Aufgaben erfüllte, in der Küche aber sah er eine direkte Beziehung zwischen seinen theoretischen Studien und ihrer praktischen Anwendung.

Und das Ergebnis dieser Anwendung hielt seinen Bauch angenehm warm und voll.

»Gut, obwohl dir eine Enttäuschung bevorsteht. Auf Grund der Flotte und der Notwendigkeit, ihre Besatzungen zu versorgen, sind die Lebensmittel auf der Insel rationiert.« Sie klopfte sich mit einem Finger ans spitze Kinn. »Du bekommst einen Schoppen gestrecktes Bier und einen kleinen Laib Brot.«

»Ich werde verhungern.«

»Du wirst nicht lange hungern müssen, Adept Lies.«

Er verzog das Gesicht. Die Delikatessen, die er schon hatte schmecken können, zerfielen in seinem Mund zu Staub. »Nähen und Waschen, dann Essen, und *dann* kann ich mir die Schiffe ansehen?«

»Ja.«

Er fixierte sie misstrauisch. »Aber das wird mir kaum Zeit lassen, sie zu sehen, denn wenn ich mit dem Essen fertig bin, wird es fast Zeit für den Unterricht sein.«

Orla schmunzelte. »Ah, nun, Adept Lies, das ist der Grund für meinen Besuch. Jeder auf der Insel wird zur Arbeit eingeteilt, selbst ich. Ich habe gleich einen Termin beim Magister Kampf, um mich über meine neuen Pflichten zu erkundigen. Du hast bis Mittag frei.«

»Deshalb seid Ihr gekommen?« Kjarrigan runzelte die Stirn. »Ihr hättet mich auf jeden Fall gehen lassen?«

»Ja?«

»Warum dann …?«

»Weil du dich entschieden hast, Spielchen zu spielen, Adept Lies, und du hast verloren.« Orla ging zur Tür. Im Rahmen blieb sie stehen und sah über die Schulter zurück. »Wenn du darauf bestehst zu spielen, *wirst* du verlieren. Sei froh, dass dich die Niederlage diesmal nicht viel gekostet hat. Zieh deine Lehre daraus. Angesichts deiner Fähigkeiten ist die Wahrscheinlichkeit groß, dass bei einer künftigen Niederlage weder du überlebst noch deine Umgebung.«

Kapitel Einundzwanzig

Die Müdigkeit brannte schlimmer in Alyx' Augen als das Licht der Morgensonne. Was sie in den vergangenen drei Tagen an Schlaf gefunden hatte, ließ sich in Minuten zählen und drohte noch keine Stunde zu füllen, und das war nach dem langen Ritt zu dem Hinterhalt für die Aurolanen gewesen. Mit General Caros Hilfe war es ihr gelungen, die Handelsprinzen davon zu überzeugen, dass ihre Stadt verloren war. Caro hatte Wert auf die Feststellung gelegt, bei einer nicht ordnungsgemäßen Evakuierung, womit er eine buchstabengetreue Ausführung seiner Befehle meinte, sei mit Plünderungen zu rechnen. Das hätte die Händler mehr gekostet als ein Abzug, und sie hatten sich widerwillig bereit erklärt.

Caro hatte die Arbeit aber keineswegs nur den Händlern überlassen. Die Stadt war in Nachbarschaften aufgeteilt worden, und deren einflussreichste Persönlichkeiten, gleichgültig ob Kaufleute oder Diebe, Priester oder Gelehrte, waren in den Regierungsturm bestellt worden, um sich anzuhören, wie die Operation verlaufen würde. Der General hatte keinen Zweifel daran gelassen, dass man Plünderer auf der Stelle hinrichten würde. Auf sein Zeichen war ein sich heftig wehrender Mann in der Uniform seiner eigenen Reitergarde auf das Podium des Audienzsaals geführt worden. Der Leinensack, der sein Gesicht verbarg, hatte auch seine Worte verschluckt.

Caro hatte einen Dolch aus dem Gürtel gezogen, sich vorgebeugt und zu dem Gefangenen gesagt: »Los schon, tue er wenigstens etwas Gutes und sterbe wie ein Mann.« Danach hatte er ihm den Dolch in die Brust gestoßen, bis die blutige Spitze zum Rücken herausragte, und die Waffe erst zurückgezogen, als der Mann leblos in den Armen der Wachen hing.

Er hatte es nicht für notwendig erachtet, die versammelten Städter davon in Kenntnis zu setzen, dass der Mann, den er soeben hingerichtet hatte, ein verurteilter Mörder aus dem städtischen Kerker war, den man eigens für diese Demonstration in eine Kavallerieuniform gesteckt hatte.

Der General hatte die versammelten Honoratioren mit bluttriefendem Dolch in der Hand gemustert, während seine Leute den Leichnam davonschleppten. »Wie bereits gesagt, *alle* Plünderer werden hingerichtet. Männer, Frauen, Kinder. Es wird für jeden genug zu tun geben, die eigene Habe aus der Stadt zu schaffen oder für diejenigen zu arbeiten, die größere Gütermengen zu bewegen haben.«

Am Westufer des Salersena waren Zeltstädte errichtet worden, und die Kaufleute schafften den Inhalt ihrer Lagerhallen dorthin. Manche von ihnen unterhielten dort ein gut gehendes Geschäft mit dem Verkauf von Artikeln, die andere zur Flucht benötigten. Die Preise hielten sich jedoch im Rahmen, nachdem Caro Wucherei und Preistreiberei öffentlich mit Plünderung gleichgesetzt hatte.

Alyx seufzte. Die ganze Evakuierung wäre ohne die Ankunft einer Reitergruppe aus Yslin zusammengebrochen. Sie hatten die zehn Rittmeilen von der Hauptstadt schnell zurückgelegt und waren sicher in der Erwartung einer Freudenfeier für den großen Sieg eingetroffen. Von der Vorhut ausgeschickte Boten machten sie in Porasena ausfindig, und am Nachmittag des zweiten Tages ritt sie mit General Caro zurück in ihr Heerlager.

Sie und Caro hatten die Befreiung Porasenas als Rivalen begonnen, aber die Evakuierung hatte sie geeint. Caro hatte es ihr gedankt, dass sie ihm die Verantwortung für diese Operation übertragen hatte. Er benutzte ihr Ansehen als die Architektin des Sieges dazu, bei den Stadtbewohnern den Eindruck zu erwecken, sie könnten sich gegen unliebsame Befehle beschweren, aber sie hatte ihm in allen Fällen den Rücken gedeckt. Mit wachsender Unzufriedenheit in der Stadt wurde die Allianz der beiden fester. Und weder Alyx noch Caro waren begeistert, die Stadt verlassen zu müssen.

Der Bote brachte die beiden zurück zu ihrem Stabszelt, und Alyx war mehr als bereit, dem Neuankömmling, der es gewagt hatte, sich dort einzunisten, eine Lektion zu erteilen. Caro nickte ihr zu, als sie eintraten, um ihr seine volle Unterstützung anzuzeigen, aber zwei Schritte im Innern hielt der breitschultrige General plötzlich an. Dann sank er vor dem in der Mitte des Zeltes stehenden Mann auf ein Knie. Alyx sah ihn nur einen Lidschlag lang, bevor sich die Zeltplane hinter ihr schloss und das Sonnenlicht abschnitt, doch das reichte, auch sie auf die Knie zu zwingen.

Sie neigte den Kopf. »Hoheit, wir hatten keine Ahnung.«

»Ich habe euch dieselbe Vorwarnung gestattet wie ihr Kytrins Truppen. Erhebt euch, alle beide. Ihr dient mir gut.«

Als sie den Kopf hob, sah sie ein Lächeln. Obwohl sie groß genug war, mühelos einige der weißen Narben auf seinem kahlen Kopf zu sehen, fühlte Alyx sich in Gegenwart König Augustus' von Alcida winzig. Das rührte teilweise daher, dass sie ihn schon als Kind kennen gelernt hatte. Damals hatte er reichlich schwarzes Haar gehabt. Im Lauf der Jahre war es dünner und so weiß geworden wie sein ausladender Schnauzbart, und der König hatte sich angewöhnt, den Kopf zu rasieren. Trotz der Spuren, die fünfundfünfzig Jahre an ihm hinterlassen hatten, und den Falten, die sein Gesicht zeichneten, schien die Kraft und Vitalität in den braunen Augen ungemindert. Sie offenbarten einen Mann, dessen Geist und Verstand noch hellwach waren, eine Qualität, die Alyx immer mit Ehrfurcht erfüllte.

Caro stand auf und schüttelte dem König die Hand. »Hoheit, das ist eine unerwartete Freude.«

»Du lügst so gut wie immer, Caro. Ich bin der Letzte, den du hier sehen willst, erst recht, wenn die Gerüchte stimmen, die mir zu Ohren gekommen sind.« Augustus wandte sich an Alyx. »Und du, Alexia? Du weißt schon, dass ich nicht gekommen bin, dir deinen Sieg zu nehmen, oder?«

Sie nickte und begrüßte ihn ebenfalls, genoss den festen, trocken ledrigen Druck seiner Hand. »Wir haben den Sieg für Euch errungen, Ihr könnt uns nicht nehmen, was Euch bereits gehört.«

Der König lächelte. »Ich bin auch nicht hier, um dich zur Rivalin von Androgans auszurufen, aber indem du deine Truppen hierher geführt und diesen Sieg errungen hast, stellst du ihn in den Schatten. Das behagt mir. Er mag befähigt sein, und er hat sogar Kytrins Truppen in Okrannel überfallen, aber es gefällt mir nicht, von ihm abzuhängen. Er wird hart nach vorne getrieben, als sei er der Norderstett, der Kytrin besiegen wird. Ich bin nicht erfreut über die Kräfte, die sich um ihn scharen.«

»Verständlich, Hoheit«, seufzte Alyx. »Aber trotz meiner Bedenken ihm gegenüber wäre ich froh über seine Einsichten zu dieser Lage.«

»Diese Evakuierung, ja. Ein kniffliges Problem?«

Caro nickte. »Sie verstehen, was es bedeutet, die Stadt zu verlassen, aber sobald sie außerhalb der Mauern sind, wissen sie nicht mehr weiter. Ihr müsst auf Eurem Ritt Leuten auf dem Weg zur Hauptstadt begegnet sein.«

»Allerdings, und ich habe mir Gedanken darüber gemacht. Lasst mich euch von einer Idee erzählen, die mir gekommen ist.« Er winkte sie zu einer Karte, die er auf dem Tisch ausgebreitet hatte. »Es ist keine so saubere Lösung wie euer Angriff auf die Aurolanen, müsste aber gelingen.«

Was der König vorschlug, war zugleich kühn und mitreißend. Zwei Rittmeilen flussaufwärts, kurz vor der dortigen Furt, hatte der Strom auf seiner rastlosen Wanderung ein hübsches Tal in das Mittelgebirge gegraben. Der König schenkte den Händlern große Ländereien unter der Voraussetzung, dass sie sich dort ansiedelten und verschiedene weitere Bedingungen erfüllten. Dass die Hälfte des Landes in Oriosa lag, fiel in der ersten Begeisterung über die Schenkung niemandem auf.

Die Stadtbewohner erhielten kleinere Landschenkungen und damit einen Besitz, den sie nie zuvor gekannt hatten. Augustus verbot einen Verkauf dieser kleineren Schenkungen innerhalb der nächsten zehn Jahre, aber da die meisten Bewohner Porasenas bisher nur davon hatten träumen können, jemals eigenen Grund und Boden zu besitzen, reagierten sie auf die Großzügigkeit des Königs mit ungeahnter Begeisterung.

Angesichts der Gefahr für jeden in der Nähe Porasenas wäre ein Rückzug des Monarchen nach Yslin weise erschienen, doch Augustus dachte nicht daran. Er stellte durchaus zutreffend fest, dass die meisten Flüchtlinge ihm bei einer Flucht nach Yslin in die Hauptstadt gefolgt wären. Der König besuchte die Stadt mehrmals und half bei der Evakuierung. Er versprach den Leuten, sie in ihrer neuen Stadt zu besuchen und wies sogar einen eingetroffenen Nachschubkonvoi an, nach Neupora vorauszuziehen und sich um die Ansiedlung zu kümmern.

Von ihrem Aussichtspunkt konnte Alyx den schlammigen Pfad, der sich etwa parallel zum Fluss entlangzog, als schmutzig braune Verfärbung erkennen. Kleine Familiengrüppchen zogen nach Süden und rangelten mit anderen Reisenden, die einem überladenen Maulesel über schwierigere Wegstellen halfen. Alcidische Soldaten leisteten Hilfestellung und regelten den Verkehr.

Augustus trat neben sie und ließ die Kapuze des schwarzen Wollmantels nach hinten auf die Schultern sacken. »Die Evakuierung läuft gut, Alyx, und ja, ich weiß, alles Lob dafür gebührt Caro. Ich habe mich bereits angemessen bei ihm bedankt.«

Sie nickte und deutete hinunter zur Stadt. »Die meisten Familien sind fort. Jetzt sind nur noch die Dummköpfe und Waghälse unterwegs. Sie kehren in die Stadt zurück, um zu holen, was sie vergessen haben. Könnten Entschuldigungen für kaum verhohlenes Plündern sein, aber Caro hat niemanden hingerichtet.«

»Plünderungen hätten die Evakuierung behindert, aber jetzt ...« Der König zuckte die Achseln. »Ich bezweifle, dass die Stadt noch viel von Wert enthält.«

»Ihr habt ohne Zweifel Recht, Hoheit.«

Augustus lächelte und seine Mundwinkel verschwanden unter den geschwungenen Enden des buschigen Schnauzbarts. »Du hast gehört, wie der Sullanciri den Untergang Porasenas ankündigte. Soweit ich es verstanden habe, enthielt die Ankündigung keinen Hinweis darauf, wie oder wann.«

Alyx schüttelte den Kopf. »Ich bin überrascht, dass es uns gelungen ist, die Stadt zu evakuieren. Heute bei Sonnenuntergang dürften wir fertig sein. Wir können abziehen und sie zurücklassen. Die große Frage ist, ob wir sie niederbrennen.«

»Ja, das sollten wir tun.« Der König schaute hinab auf die Stadt und die Türme, die in ihrem Herzen aufragten. »Wenn wir ihnen einen Ort lassen, den sie besetzen können, kommen die Oriosen. Ich würde ihnen hier lieber keine Festung überlassen.«

»Hoheit, ich will Eure Weisheit nicht in Frage stellen, aber warum duldet Ihr, dass Oriosa aurolanischen Truppen Zuflucht gewährt?«

Der König strich sich mit der Hand über das Kinn, während er hinaus ins Tal blickte. »Oriosa daran zu hindern, würde eine Invasion erfordern. Oriosische Truppen sind verbissene Kämpfer, erst recht, wenn sie ihre Heimat verteidigen. Und was den politischen Druck betrifft, nun, du kennst die Geschichte, wie Swindger auf den Thron gelangt ist?«

»Ja, Hoheit. Ein Sullanciri tötete seine Mutter.«

»Er tötete sie auf furchtbare Weise. In jenem Jahr sollte eigentlich Oriosa das Herbstfest ausrichten, doch wegen Königin Lanivettes Tod wurde es um ein Jahr verschoben. Swindger war einmal mein Freund, und der Mann, den ich sah, als mein Vater mich als Repräsentant Alcidas zur Beerdigung schickte, war völlig gebrochen. Er besaß noch immer Swindgers Heimtücke und politisches Geschick, aber das wenige an Mut, über das er einmal verfügt hatte, war restlos verschwunden.« Der König schüttelte sich. »Er hindert sie nicht daran, Oriosa zu durchqueren, aber er fürchtet sie so sehr, dass er sie nicht aus den Augen lässt. Er hat überall seine Spione und teilt deren Informationen mit mir, um einer Invasion zuvorzukommen. Tatsächlich hat die Nachricht deines Sieges ihn veranlasst, mir einiges zu verraten, was sich noch als nützlich erweisen könnte. Kytrin ist ziemlich waghalsig.«

»Dann sieht mein nächster Auftrag wie aus?«

Augustus lachte laut. Der satte, tiefe Klang dieses Lachens verlor sich in der Weite des Tals. »Du wirst mit mir nach Yslin zurückkehren. Das Herbstfest naht, und wie am Vorabend der letzten Invasion Kytrins wird Alcida es ausrichten. Ich möchte, dass du teilnimmst. Kytrin macht vielen Angst, aber du bist ein Mittel gegen diese Angst. Sie mag ein harter Gegner sein, doch sie ist nicht unbesiegbar, und die Völker der Welt brauchen es, daran erinnert zu werden.«

»Ich werde tun, was Ihr verlangt, Hoheit, aber mein Platz ist im Feld, im Kampf.«

»Ich weiß, Alexia.« Die Lippen des Königs wurden für einen Augenblick zu einem schmalen Strich, dann lächelte er sie schüchtern an. »Ich konnte deinen Vater aus dir sprechen hören. Er wäre sehr stolz auf dich, aber selbst er würde dir sagen, dass Kytrins augenblickliche Aktivitäten nicht deine Sorge sind. Die Arkantafaln melden, dass sie eine Flotte gegen Vilwan schickt.«

Alyx' Kopf zuckte hoch. Der Wert von Zauberern in der Kriegsführung war seit langem das Thema hitziger Debatten. Es stimmte zwar, dass selbst der einfachste Zauber militärischen Nutzen haben konnte, aber die Möglichkeit von Gegenzaubern schränkte ihre Nützlichkeit sehr ein. Normalerweise wurden Magiker hinter den Linien gehalten, um Ausrüstung, Soldaten oder Meckanshii zu reparieren, die eine Mischung aus beidem waren. *Trotzdem, ein Angriff auf die Magikerfestung ist reiner Wahnsinn.* Sie runzelte die Stirn. »Das ergibt nur dann einen Sinn, wenn sie einen gewaltigen Zauber oder Mechanismus entwickelt hat, der sie auslöschen könnte.«

»Das stimmt wohl, aber ihre Beweggründe könnten auch weit schlichter sein. Die Piraten von Wruona sind bei diesem Angriff ihre Verbündeten, aber in der Vergangenheit haben sie Kytrins Schiffe oft genug angegriffen. Es könnte sein, dass die Hexe sie loswerden will und deshalb ihre Feinde aufeinander hetzt. Eine Menge Heerführer müssen noch lernen, wie gefährlich es ist, sich mit ihr einzulassen.«

»Dann frage ich mich, Hoheit, was die Truppen, die sie gegen Porasena schickte, getan haben, sie zu verärgern.«

Auf der Ebene nordöstlich der Stadt zuckte ein grelles Licht. Silberweiß lodernd, so gleißend wie ein Blitzschlag, nahm der Sullanciri Gestalt an, den sie drei Tage zuvor gesehen hatte. Die Aurolanenkreatur schaute zur Stadt, dann hob sie die Nase und schnupperte. Sie wandte sich zu der Bergkuppe, auf der Alyx mit dem König stand.

»Ich rieche Blut und nur zu gut, doch kitzelt meine Nase Blut von seiner Art reinster. Der Duft, der mich ruft, ist der unserer Feinde feinster. Hoch lebe Augustus, der König, hat Ritterlichkeit nicht wenig und eine Miene sehr bald tränig.«

Augustus schloss die Augen, senkte den Kopf und schüttelte ihn mit beinahe schmerzlicher Miene. »Zu gestelzt, Leif, aus dir wird nie ein großer Dichter.«

Obwohl der König die Bemerkung kaum lauter als im Flüsterton gemacht hatte, reagierte der eine halbe Meile entfernte Sullanciri wie nach einem Schlag ins Gesicht. Er zischte und zog den Kopf ein, schlug den flammenden Mantel wie einen Panzer um den Körper. Dann richtete er sich langsam auf, plötzlich wieder mutig, und deutete nach Osten.

»Seht, wie erzählt, Porasena vergeht!«

Alyx schaute hoch zur Orioser Grenze, dann wich sie unwillkürlich einen Schritt zurück. Ohne sich dessen bewusst zu werden, zog sie das Schwert und trat schützend vor den König. »Bewegt Euch, Hoheit, flieht.«

»Nein, Alexia. Ich habe seinesgleichen schon gesehen. Davonzulaufen hat keinen Sinn.«

Gegen die aufgehende Sonne zeichnete sich die Silhouette der Kreatur ab, die so tiefschwarz erschien wie der gigantische kreuzförmige Schatten, der über den Berghang und die Felder glitt. Als der Drache unter die Horizontlinie des Bergkamms sank, ließen die elfenbeinweißen, goldgefleckten Schuppen ihn wie das Werk eines Meistergoldschmieds erscheinen. Die Geschmeidigkeit und Eleganz, mit der er sich bewegte, schien für eine so riesige Kreatur unmöglich, aber die Flüssigkeit seiner Bewegung war geradezu katzenhaft.

Er senkte den linken Flügel und glitt in einem engen Kreis über Porasena. Ein Feuerwerk von Farben wirbelte in den großen blaugrünen Augen wie ein sichtbarer Bote der Gedanken im Innern des gehörnten Schädels. Der Drache schien die Menschen in der Stadt bei der panischen Flucht zu beobachten. Er schnappte träge nach einem Mann, der wie erstarrt auf einem Turmbalkon stand.

Der Drache verfehlte sein Opfer, das im Vergleich so winzig war, dass es im Innern des gewaltigen Rachens verschwunden wäre. Erschreckt sprang der Mann zurück und stürzte in den Tod. Mit mächtigem Flügelschlag schoss der Drache himmelwärts, Flügelspitzen und stachelbewehrten Schwanz wie die Spitzen eines Dreizacks parallel, und erhob sich über die Stadt. Mehrere hundert Meter höher rollte er sich zu einer Kugel ein und überschlug sich in einem Salto rückwärts. Er fiel abwärts, dann breitete er mit einem Knall die Schwingen aus. Aus dem Fall wurde ein schneller Sturzflug geradewegs auf die Stadt zu.

Knapp oberhalb der höchsten Turmspitze über Porasena hinweggleitend spie er Feuer. Die Hitzewelle traf Alyx mit der Wucht eines spielerischen Knuffs, und das war nur ein schwacher Abklatsch der Gewalten, die über die Stadt tosten. Die rotgoldene Feuerfontäne krachte ins Herz der Stadt und verdampfte die Brücke, über die sie mit ihren Wölfen galoppiert war, bevor die Flammen durch die Straßen rollten. Zurückgelassene Holzmöbel und anderer Müll verging in einem Augenaufschlag. Das Feuer schleuderte die Flüchtenden vor sich her, wirbelte sie herum wie von einer Sturmflut erfasst, versengte sie zu schwarzen Silhouetten und verzehrte sie restlos.

Das Donnern der Flammen übertönte ihre Schreie mühelos.

Sie wuschen, mehr flüssig als gasförmig, so schien es, über die Türme der Handelsprinzen. Das Feuer brach sich an ihnen, verbrannte sie weniger als dass es sie erodierte, so wie die Brandung Sandburgen davonschwemmt. Ganze Türme, in deren Innerem Wandbehänge und aufgegebenes Mobiliar hell lodernd verbrannte, sackten zusammen wie überhitzte Kerzen. Alyx konnte zwei von ihnen zusammenstoßen und buchstäblich verschmelzen sehen – zu einem Bogen über dem Inferno im Herzen der Stadt.

Wieder kreiste der Drache, röstete mit kurzem Feuerschnaufen aus den Nüstern Gestalten auf den Mauern oder setzte die Hütten der Bettlerviertel in Brand. Der Fluss trug brennende Trümmer nach Norden. In einer zweiten Umrundung und einer dritten säte der Drache sein Feuer in der ganzen Stadt. Keiner dieser Angriffe war so brutal wie der erste, aber sie genügten, Porasena ganz und gar in Flammen aufgehen zu lassen, unter einer gewaltigen grauschwarzen Säule aus Qualm.

Der Drache kreiste noch ein letztes Mal über der Stadt, dann schlug er mit den Schwingen und flog nach Osten davon. Als er jenseits der Orioser Grenze verschwunden war, schlenderte der Sullanciri in die Stadt. Er wanderte durch die brennenden Straßen, nicht ganz so hell lodernd wie die Feuerhölle ringsum. Das machte es leicht, ihn zu beobachten, bis er das Herz der Stadt erreichte.

Alyx beobachtete das Inferno genau, wartete darauf, dass er verschwand, aber das tat er nicht. Stattdessen waberte und flackerte das Feuer plötzlich in der ganzen Stadt, als würde ein eisiger Sturmwind es peitschen. Die Flammen zogen sich von den Mauern zurück, flohen stadteinwärts. Plötzlich verschwanden sie fast völlig, ballten sich zu einem lodernden Wirbelsturm, der sich im Sullanciri und seinem Flammenmantel auflöste.

Die winzige Figur verbeugte sich mit großer Geste, salutierte spöttisch in Richtung des Königs und wirbelte um die eigene Achse. Ihr Mantel loderte grell auf, dann starb das Feuer mit einem hörbaren Knall und hinterließ tiefe Dunkelheit.

Alyx blinzelte und schaute kopfschüttelnd noch einmal hinab auf die Stadt. Rauch stieg aus verbogenen, verdrehten Türmen auf. Hier und da flammten durch die Hitze neue Brände auf, aber im Vergleich mit der Gewalt des Drachenfeuers waren sie ein kümmerlicher Abklatsch. Wo einmal die Brücke sich über den Fluss gespannt hatte, lag nun ein Becken, das sich langsam mit kochendem Flusswasser füllte. Sie konnte fast spüren, wie sich der Weirun des Salersena in Schmerzen wand, als ein Teil seines Wesens als Dampf zum Himmel stieg.

Alyx zitterte, obwohl ihr ganz und gar nicht kalt war. »Die Machtdemonstration verstehe ich, aber wenn der Sullanciri wusste, dass Ihr hier seid, warum hat der Drache Euch nicht getötet? Euer Tod wäre ein furchtbarer Schlag für die gegen Kytrin versammelten Mächte.«

Der König nickte. »Ja, aber mein Bericht über das, was ich hier gesehen habe, wird ein noch schlimmerer Schlag sein. Vor einem Vierteljahrhundert hat sie schon einmal einen Drachen benutzt. Sie hatte ihn mit einem Bruchstück der Drachenkrone versklavt. Wir haben ihn erschlagen. Das hat uns Mut gemacht … möglicherweise zu viel Mut. Nun hat sie einen neuen Drachen.«

»Wird sie ihn nicht einfach gegen Yslin schicken, um die Fürsten der Welt zu töten, wenn sie zum Rat der Könige zusammenkommen?«

»Du würdest das tun, ich auch, aber nicht Kytrin.« Der König schlug die Kapuze hoch und sein Gesicht verschwand in ihrem Schatten. »Sie hat uns gewarnt, dass sie zurückkehren wird. Dies war eine weitere Warnung. Sie legt Wert darauf, ihre Gegner zu brechen, bevor sie sie besiegt. Glaube mir, Alexia, die Vernichtung

Porasenas wird den Willen mancher unter denen brechen, die gegen sie stehen. Bei diesem Licht besehen, waren die Truppen, die sie durch deinen Sieg verloren hat, nichts. Falls es uns nicht gelingt, uns gegen sie zusammenzuschließen, wird die Welt unter ihrer Knechtschaft versinken.«

Kapitel Zweiundzwanzig

Das Flicken des Saums hatte weniger Zeit gekostet als das seines Selbstwertgefühls, aber Kjarrigan hatte beides geschafft. Wie befohlen hatte er den Saum des Morgenmantels genäht und sich dabei nur ein paarmal an der Nadel gestochen. Bei Gelegenheit musste er eine Näherin suchen und auch deren Magik lernen, damit seine Finger heil blieben. Dann hatte er den Mantel gewaschen, und indem er einige der Akoluthen beobachtete, die mit Wascharbeiten bestraft wurden, hatte er gelernt, das Kleidungsstück auszuwringen und zum Trocknen an die Leine zu hängen.

Keiner seiner anderen Lehrer hatte je etwas Derartiges von ihm verlangt, und natürlich war Orlas Erklärung, durch die Ankunft der Flotte herrsche ein Mangel an Dienstboten, nur eine Entschuldigung. Alle anderen Lehrer, die er bisher gehabt hatte, hätten ihn zur Strafe Magik üben lassen, mit stupiden Wiederholungen von Zaubern, die er seit Jahren kannte.

Er wusste, seine Lehrer lenkten ihn. Sie zeigten ihm neue Zauber, lehrten ihn neue Techniken, dann bestraften sie ihn, indem sie ihn zwangen, Grundbegriffe zu üben. Weil ihn das langweilte, widmete er sich dem neuen Material, das sie ihm beibrachten, williger und aufmerksamer.

Dachten sie zumindest.

Kjarrigan hatte schon sehr früh erkannt, dass seine Lehrer in eine von zwei Kategorien fielen. Der erste Typ interessierte sich nur für Leistung. Er hatte eine Zielvorgabe erhalten. Kjarrigan wusste nie, wie dieses Ziel aussah, bis er es erreicht hatte, aber danach wurde der Lehrer ersetzt. Diese Art Lehrer war leicht zu beeinflussen. Er konnte Fortschritte versprechen, eine Serie von Rückschlägen erleiden und sich dann zusammenreißen und einen Satz nach vorne machen, bevor er wieder auf einem Leistungsplateau hängen blieb. Im Einklang mit seinen Fortschritten überwogen bei den Lehrern Freude oder Enttäuschung. Da diese Lehrer es sichtlich darauf anlegten, ihn loszuwerden, konnte er sie bestrafen, indem er bei ihnen den Eindruck erweckte, sie seien auf ewig mit ihm geschlagen.

Die zweite Art Lehrer konzentrierte sich auf Präzision. Im Großen und Ganzen beschrieb das die meisten seiner Lehrer in den letzten sieben Jahren. Häufig waren sie nichtmenschlich und von erkennbaren Zweifeln geplagt, ob er überhaupt in der Lage war, die Magik zu meistern, die sie ihm zeigten. Aber obwohl er nur ein Zehntel so alt war wie einige der ältesten menschlichen Magiker, und einen noch winzigeren Bruchteil des Alters der nichtmenschlichen Lehrer erreicht hatte, arbeitete er sich durch deren Zauberrepertoire. Die meisten konnten es nicht fassen, also ließen sie ihn die Sprüche immer wieder wiederholen. Bei ihnen entwickelte er eine manische Genauigkeit. Ihm blieb gar nichts anderes übrig. Orla mochte ihn bestraft haben, indem sie ihn zwang, einen Zauber kniend auszuführen, aber Magister Phyreynol hätte ihn eben dafür eine Woche lang bestraft. Diese letztere Gruppe seiner Lehrer zu befriedigen erwies sich als leichter als er gedacht hätte. Kjarrigan liebte Ordnung und Präzision. Er bevorzugte Ruhe und Frieden, mochte keine Ablenkung. Er genoss es, das Wesen der Magik, die er wob, zu spüren und zu erleben. Für ihn war es, als trüge der Wind ihm Musik zu. Er spürte andere große Magik im Äther, doch er erhielt zu wenig Hinweise, um sie einzufangen.

Schon früh hatte er ein anderes Mittel gefunden, seine

Lehrer zu manipulieren: Essen. Er bestand darauf, dass sie seine Mahlzeiten mit ihm teilten. Weigerten sie sich, trotzte und verweigerte er sich, bis sie zustimmten. Dann bestellte er die verschiedensten Gerichte und fand schnell heraus, was ihnen schmeckte und was sie verabscheuten. Da sie bei diesen Gelegenheiten dasselbe aßen wie er, konnte er sie belohnen oder bestrafen, indem er entschied, was er aß und was nicht. Es gefiel ihm besonders, die Mageren zu mästen.

Kjarrigan dachte an Orla, während er auf einem robusten Hocker in einer Ecke der Küche saß. Rings umher waren Magister, Adepten und Akoluthen hart am Werke, schleppten gewaltige Mehlsäcke, mixten Zutaten in riesigen Schüsseln, schoben Holzscheite in die Feuer unter den Herden. Er fragte sich, warum sie nicht wie sonst Magik für diese Arbeiten benutzten, dann erkannte er: Sie sparten ihre magische Kraft für andere Aufgaben auf.

Orla hätte sich über diese Einsicht gefreut, das wusste er. Aber sie wäre nicht damit zufrieden gewesen. Sie hätte mehr verlangt.

»Warum?«, war eine Frage, die sie unablässig stellte. Sie verlangte von ihm, gründlicher nachzudenken, als es je zuvor jemand gefordert hatte, und stellte ihm Aufgaben, auf die kein anderer seiner Lehrer gekommen wäre.

Während er an seinem dunklen Brot kaute, fragte Kjarrigan sich, warum alle ihre Magik aufsparten. Tatsächlich schienen sich die Arbeiten auch mit Muskelschmalz und nichtmagischen Mitteln durchführen zu lassen. Es dauerte länger, Brot zu kneten, aufgehen zu lassen und zu backen, wenn man keine Magik einsetzte, aber es funktionierte. Der kleine Laib in seiner Hand war an einer Seite angebrannt, was er bisher noch nie erlebt hatte, schmeckte aber trotzdem und füllte auch den Magen.

Er zuckte die Achseln. Mit ziemlicher Sicherheit war irgendeine Anordnung des Großmagisters dafür verantwortlich, deren Hintergründe nur er selbst verstand. Die meisten Dinge, die Kjarrigan nicht begriff, wurden ihm so erklärt, und er fand diese Erklärung beruhigend. Wann immer er einen Lehrer fragte, *warum* er etwas so oder so tun sollte, erhielt er diese Antwort.

Außer von Orla. Sie forderte ihn jedes Mal auf, selbst einen Grund zu finden. Er tat immer sein Bestes, und sie nahm hin, was er anbot. Doch er spürte eine gewisse Enttäuschung. Sie erwartete erkennbar eine andere Antwort. Da seine Antworten aber nicht falsch waren, wusste Kjarrigan nicht, was sie noch von ihm hören wollte.

Er aß das Brot auf, bis auf die angebrannte Kruste, die er einem Hund zuwarf, und wusch es mit wässrigem Bier hinunter. Es schmeckte furchtbar, aber er trank es trotzdem. Die Tasse warf er in eine Abwasch-Schüssel auf dem Weg zur Tür. Die Akoluthin, die bis zu den Ellbogen in der dampfenden Seifenlauge hing, schleuderte ihm einen wütenden Blick zu. Er blähte die Nasenlöcher in ihre Richtung und wanderte frohgemut aus der Küche.

Kjarrigan hob kurz schützend die Hand an die Augen, um nicht von der Sonne geblendet zu werden, dann schlenderte er einen gewundenen Fußpfad zum kleinen Hafen hinab. Als der Weg hinter die waldbedeckten Berge bog, verlor er das Meer und die Schiffe aus den Augen, aber der Strom von Leuten, die ihm landeinwärts entgegenkamen, sorgte dafür, dass er sich trotzdem nicht verlaufen konnte.

Vilwan war seit jeher seine Heimat, und auch wenn er die Turmanlage, in der er wohnte und lernte, nur selten verließ, fühlte er sich auf der Insel daheim. Die Vegetation der Berghänge war ein dicht und üppig wachsender Regenbogenteppich von Farben. Die Farben waren keineswegs eintönig, da zum Beispiel die roten Pflanzen blaue Beeren oder silberne Blüten trugen und so weiter, aber aus der Reaktion der Reisenden schloss Kjarrigan, dass sie es als exotisch empfanden.

Für ihn selbst waren die Reisenden exotisch. Sie amüsierten ihn und machten ihm zugleich Angst. Sie waren in einen Tumult von Farben in zahllosen Schichten gekleidet. Sie trugen sogar Hosen. Er sah kaum eine Robe. Viele waren mit Schwertern und Dolchen bewaffnet und trugen Bögen und Köcher voller Pfeile. Narben verunstalteten ihre Haut, sie hatten gelbe, krumme Zähne, und der Geruch erst! Kjarrigan war sicher, allein mit Hilfe seiner Nase den Hafen zu finden.

Die Reisenden verteilten sich über die ganze Insel. Jede Art der Magik besaß ihren eigenen Turmkomplex, und im Zentrum Vilwans erhob sich der Turm der Magister. Dort lebte Kjarrigan, und die Lehrer kamen zu ihm – nicht er in ihre Türme – um dort zu lernen. Mit Ausnahme der Akoluthen, die mit niederen Arbeiten bestraft wurden, sah er kaum jemanden seines Alters, und noch weniger Magiker seines Rangs.

Die Prozession der Besucher auf der Insel war zwar überraschend und interessant gewesen, aber ihre Bewegung den Pfad hinauf hatte doch einen generellen Eindruck von Ordnung hinterlassen. Der Hafen selbst war dem Chaos anheim gefallen. Schiffe lagen unbehaglich vor Anker, hoben und senkten sich mit der Bewegung der Wellen. Akoluthen drängten sich, lachten und brüllten. Matrosen antworteten, dann schickte ein Adept sie die Planken hoch, um beim Entladen zu helfen.

In diesen Mahlstrom der Umtriebigkeit schlenderte Kjarrigan in seinem persönlichen Tempo. Er staunte über alles, was er sah, versuchte es sich einzuprägen. Er wollte seine eigenen Eindrücke sammeln, um sie später mit der offiziellen Geschichte zu vergleichen. Er hatte so viel in deren Seiten gelesen, aber nur wenig hatte in seinem Geist lebendige Gestalt angenommen. Hier sah er mehr als je zuvor und labte sich an der Vielfalt der Eindrücke.

Die Farben, die Formen, die Geräusche, die Gerüche, die Stimmen, die Akzente, all das hämmerte auf ihn ein. Er hob sich jeder neuen Welle entgegen, lachte ohne sich dessen bewusst zu werden. Er fing die Blicke von Adepten auf, sah sie einander zunicken. Er nahm an, dass sie über ihn redeten, konnte sich aber nicht vorstellen, warum. Hier am Hafen fühlte er sich wie alle anderen.

»He, du, wie wäre es, wenn du mal mithilfst?«

Kjarrigan blinzelte und drehte sich in Richtung der Stimme um. Dort, an der Reling eines Schiffes, stand ein Ælf. Mit einer Hand hielt er einen dicken Sack. Auf der Laufplanke unter ihm liefen Akoluthen und junge Männer aus der Schiffsbesatzung wie Ameisen auf und ab und schleppten die Säcke zu einem Wagen.

»Meinst du m-mich?« Kjarrigans Stimme zitterte, aber nicht vor Angst. Der Ælf unterschied sich grundlegend von all seinen ælfischen Lehrern. Er war über und über tätowiert und sein weißes Haar zog sich in einem flach gestutzten Kamm senkrecht über den sonst kahlen Schädel. Der junge Adept brauchte einen Augenblick, ihn als Vorqælf zu erkennen. Nicht, weil er von deren Existenz nicht gewusst hätte, aber er hatte nie zuvor einen gesehen. Der Anblick ließ ihn lächeln.

Der Vorqælf nickte. »Ja, du.«

»Ich helfe gerne.« Kjarrigan schob die Ärmel der braunen Robe zurück. Er lockerte die Finger, streckte die offenen Hände aus und wob einen Zauber. Wie er es mit dem Buch getan hatte, wollte er den Sack vom Schiff auf den Karren levitieren. Die Entfernung und das Gewicht abzuschätzen war nicht ganz einfach, aber die Art und Weise, wie der Vorqælf den Sack ohne erkennbare Anstrengung in einer Hand hielt, zeigte ihm, dass er nicht allzu schwer sein konnte.

Er bereitete den Zauber vor, schloss die Augen, um sich zu konzentrieren, dann öffnete er sie wieder. Er suchte nach seinem Ziel, fand es aber nicht. Die Menge um ihn herum starrte in den Himmel und er folgte ihren Blicken. Er fragte sich, was sie wohl anstarrten, denn er konnte gar nichts sehen. Der Himmel war nicht zu erkennen.

Einen halben Herzschlag später schlug der Fünfzig-Pfund-Mehlsack auf seine Brust. Der Aufprall riss ihn von den Füßen und warf ihn hart auf den Rücken. Sterne explodierten vor seinen Augen, als er mit dem Kopf aufschlug. Er prallte kurz ab, dann spürte er ein erstickendes Gewicht auf der Brust. In einem Wutausbruch setzte er den Spruch ein, den er vorbereitet hatte und schleuderte den Sack Mehl davon, aber er konnte noch immer nicht atmen.

Ein Adept, den er nicht kannte, ließ sich neben ihm auf ein Knie herunter. Er versuchte, die Arme um Kjarrigans Taille zu legen und ihn aufzurichten, aber er rutschte ab. »Er ist zu dick. Ich brauche Hilfe.«

Kjarrigan strampelte in heller Panik. Der Atem loderte in seiner Lunge. Er wollte vor Schmerzen in Kopf und Rücken schreien, aber die gelähmte Lunge gab den Atem dazu nicht her. Tränen strömten sein Gesicht herab, zunächst wegen der Schmerzen, dann wegen des Gelächters, das in seinen Ohren dröhnte. Durch die Tränenschleier sah er Gestalten, die sich vor Lachen krümmten und stammelten.

Plötzlich füllte der Vorqælf sein Gesichtsfeld. Kjarrigan fühlte Finger am Rücken. Der Vorqælf hob ihn an, und kühle Luft strömte ihm in die Lunge. Der Magiker atmete aus, als der Vorqælf ihn wieder herabließ. Noch dreimal half der Ælf ihm atmen, dann ließ er los.

Er ragte hoch über Kjarrigan auf. »Ein Wunder, dass du überhaupt Luft bekommst.«

Kjarrigan wurde auf der Stelle rot. Er wälzte sich nach

rechts, um aufzustehen, aber bevor er auch nur ein Knie unter den Leib gezogen hatten, traf ihn ein neuer Schlag. Er rollte ein Stück weiter und hatte kaum Zeit, die Alarmrufe der Menge zu verarbeiten, dann schaute er sich zu der Stelle um, an der er gelegen hatte.

Der Mehlsack schlug mit einem lauten Knall auf und explodierte in einer weißen Wolke, die ihn mit harter Wucht erfasste. Kjarrigan schüttelte den Kopf und nieste Mehl. Die Innenseite seines Mundes war von einem klebrigen Mehlfilm überzogen. Er wischte sich den weißen Staub aus den Augen und kam mühsam auf die Beine.

Rings um ihn herum standen Akoluthen, Adepten, Seeleute und Soldaten, zeigten mit dem Finger auf ihn und lachten. Er schaute an sich herab. Sein ganzer sichtbarer Leib, von der breiten Kurve des Bauches aufwärts, war mit Mehl bedeckt. Ohne Zweifel galt dasselbe für die Teile seiner Anatomie, die er nicht sehen konnte. Sein Gesicht brannte vor Scham, und er wünschte, das Mehl hätte ihm die Ohren verstopft, damit er das Gelächter nicht hätte hören müssen.

Das Gelächter peitschte auf ihn ein. Panik stieg in ihm auf, während sein Kopf unter der Mehlschicht tiefrot glühte. Herabgesetzt, beschimpft, bedrängt und bedroht zu werden, damit hatte er zu leben gelernt, aber gegen Spott hatte er keine Verteidigung. Allein, verletzt und entsetzt, wusste er keinen Rat. Er konnte keinen klaren Gedanken mehr fassen, also reagierte er ohne zu denken.

Zum ersten Mal in seinen Leben rannte Kjarrigan Lies.

Kapitel Dreiundzwanzig

Orla trat in das runde Turmzimmer des Magisters Kampf, stieg jedoch nicht die einzelne Stufe hinab in die kreisrunde Vertiefung im Zentrum des Raumes. Rings um die Senke bedeckten Regale die Wände, die mit Büchern, Schriftrollen, Karten, Waffen, Knochen und anderen Artefakten des Krieges gefüllt waren. Der Tür gegenüber, durch die sie eingetreten war, lag ein Balkon, und dort stand der Magister, die Hände auf dem Rücken verschränkt, und schaute hinaus – nach Norden aufs Meer.

Man hätte den Raum leicht mit dem Quartier eines Generals verwechseln können. Nicht nur wegen des Inhalts der Regale. Die spärliche, funktionale Einrichtung besaß überhaupt nichts Mystisches und war alles andere als raffiniert. Die harten Holzstühle luden nicht zum Verweilen ein. Die in der Nähe des Balkons stehende Koje war gemacht, aber das Bettzeug bestand nur aus Laken und einer dünnen Wolldecke. In ein, zwei Regalschubladen musste die Kleidung des Magisters liegen, aber es war wenig genug, um deutlich zu machen, dass er sein Geld nicht in die Garderobe steckte.

Der Magister selbst trug die graue Robe eines Seniormagikers, doch er war kein Sklave der Mode – soweit es auf Vilwan so etwas gab. Stattdessen hatte er den Oberkörper frei gemacht und die Ärmel der Robe wie einen Gürtel um die Taille gebunden. Trotz des Gegenlichts konnte sie auf Rücken und Schultern helle Narben und dunklere Tätowierungen erkennen.

Diese Schultern waren einmal stark und kräftig gewesen, so wie der Magister selbst. In jüngeren Tagen hatte er den Körper eines Kriegers gehabt, wenn auch schlank genug für einen Ælfenkrieger. Sein Kopf, den er täglich rasierte, hatte damals langes dunkles Haar getragen, das er, ähnlich wie sie, zu einem Zopf geflochten hatte.

Sie räusperte sich. »Ihr habt nach mir geschickt, Magister.«

Er wartete einen Augenblick, bevor er sich umdrehte und zurück ins Zimmer trat. Mit jedem Schritt schien er zu altern. Die Unvollkommenheiten, die das Gegenlicht auf dem Balkon verborgen hatte, wurden deutlich sichtbar. Der große, stolze Mann, den sie in der Jugend gekannt hatte, war geschrumpft, als hätte das Gewicht der Verantwortung und Macht, die ihm zur Verfügung stand, ihn niedergedrückt. Seine Macht konnte sie jedoch noch immer spüren, und sie sah sie in den glühenden braunen Augen. Das machte deutlich, wie dumm es war, einen Magiker nach dem Aussehen zu beurteilen.

»Du weißt von der bevorstehenden Invasion, Orla. Kytrin hat mit Vilwan vor, was sie vor über hundert Jahren mit Vorquellyn getan hat.« Seine Stimme klang gelassen, nur das Alter ließ sie gelegentlich schwanken. »Morgen oder übermorgen wird es mit dem Frieden dieser Insel vorbei sein.«

Sie nickte. »Ich halte ihren Angriff auf Vilwan für keinen weisen Schachzug.«

Der Magister Kampf hob die Hand und blockte weitere Kommentare ab. »Ob weise oder nicht, er ist eine Tatsache. Wir wissen von einem Versuchsangriff auf eine Stadt in Alcida. Dort verlor sie mehr Truppen als erwartet und rächte sich mit einem Drachen. Sie ist im letzten Vierteljahrhundert stärker geworden, möglicherweise auch arroganter. Sie kommt, und wir werden uns ihr entgegenstellen.«

Orla hob den Kopf. »Was soll ich tun?«

Der Magister Kampf lächelte. Für einen Pulsschlag

streifte diese Geste die Jahre ab und sie standen wieder Seite an Seite in Okrannel und boten den aurolanischen Truppen die Stirn. »Ich muss wissen, wie es mit dem Jungen steht.«

»Euch haben sie diese Aufgabe anvertraut? Glaubt der Großmagister, unsere lange Beziehung würde mich daran hindern, eine ehrliche Antwort zu geben?«

Er schüttelte den kahlen Kopf. »Wäre das die Idee dahinter gewesen, hätte ich ihnen die schnell ausgetrieben. Wir stehen vor einer Invasion, und ich muss wissen, ob er mir etwas nutzt oder nicht.«

Orla schnaubte verächtlich. »Seit meinem letzten Bericht vor dem Rat hat sich nicht viel geändert. Adept Lies ist ohne Zweifel der größte menschliche Zauberer aller Zeiten. Er hat das Talent seiner Eltern voll und ganz geerbt. Er studiert gewissenhaft, ist aber aufgezogen worden wie ein Pferd mit Scheuklappen. Er kennt die Magik, alle Formen der Magik. Er hat Zauber von unsagbarer Macht gemeistert und kann mit Leichtigkeit Sprüche auseinander nehmen, untersuchen, verbessern, neu zusammensetzen und zu Zaubern verbinden, die sich noch kein Mensch jemals hat träumen lassen.«

Der Magister nickte. »So war es geplant.«

»Ja, so habt Ihr es geplant. So habt ihr alle es geplant.«

»*Ihr?*« Der Magister fixierte sie mit schmalen Augen. »Ich erinnere mich noch sehr gut, dass du während seiner Geburt bei mir warst. Wir haben uns alle freiwillig für diese Aufgabe gemeldet. Wir haben an diese Aufgabe geglaubt. Hast du deine Meinung geändert? Findest du, wir hatten Unrecht?«

»Nein.« Sie schüttelte entschieden den Kopf. »Ihr habt Recht, wir haben uns alle freiwillig für diese Aufgabe gemeldet. Wir alle, außer einem: Kjarrigan. Er wurde gegen seinen Willen verpflichtet, noch bevor er einen Willen hatte, und wurde geformt und gemacht. Er wurde abgerichtet wie ein Hund, zu einem ganz bestimmten Zweck.

Zumindest begann er die Ausbildung mit einem bestimmten Ziel, aber im Laufe der Zeit hat sich dieses Ziel geändert.« Orla seufzte und deutete mit einer Armbewegung nach Süden, ins Herz der Insel. »Habt Ihr ihn jemals außerhalb der Prüfungen gesehen?«

»Nein.«

»Das solltet Ihr. Der ganze Rat sollte ihn sehen. Ihr habt keine Vorstellung davon, was diese Ausbildung ihm angetan hat. Wir waren uns einig, ja, auch ich habe mit zugestimmt, ich weiß, dass weder Kjarrigan noch irgendeiner der anderen von ihrer Bestimmung erfahren sollte. Die Belastung wäre zu gewaltig gewesen. Schon die Ausbildung hat die anderen erschlagen, aber er macht weiter. Warum? Weil er nicht mehr danach fragt, welchen Sinn seine Existenz hat. Er hat früh gelernt, dass er auf solche Fragen keine Antwort erhält, also hat er die Suche nach diesem Wissen aufgegeben.«

»Und indem er das tat, hat er so viel erreicht.«

»Das stimmt, aber welchen Nutzen hat es?«

Der Magister Kampf schmunzelte. »Einen gewaltigen Nutzen, wenn er auch nur einen Bruchteil der Macht einsetzen kann, die du andeutest. Ich habe es bei den Prüfungen gesehen, es ist kein Zweifel möglich.«

»O ja, er kann es, aber Ihr habt ihn in der Prüfungskammer gesehen.« Sie schüttelte den Kopf. »Im Kampf, wenn Pfeile um ihn herum schwirren, Männer brüllen, Flammen lodern, öliger Qualm die Atemwege reizt, wäre er nutzlos. Magister, heute Morgen hat er sich das Knie aufgeschürft. Es war eine Verletzung, auf die Ihr ebensowenig wie ich einen zweiten Gedanken verschwendet hättet, aber für ihn wurde sie zum beherrschenden Mittelpunkt seiner Existenz. Er weigerte sich, einen Zauber zu ihrer Heilung zu sprechen, bis ich es ihm befahl, und dann wollte er erst eine saubere Robe anziehen, um sich vorzubereiten. Als ich ihn zwang, den Spruch auf dem Boden kniend einzusetzen, als ich ihn *beschämt* hatte, ihn auf dem Boden zu sprechen, da hat er ihn angewandt. Es war ein guter Erfolg, aber selbst da war er ungestört. In einem Arkanorium gibt es niemanden, der ihm ebenbürtig wäre, im Feld aber würde ich ihm jeden Erstlingsakoluthen vorziehen.«

»Und doch ist er das Beste, was wir aufzubieten haben.« Der Magister Kampf seufzte schwer. »Er wird uns in diesem Kampf also keine Hilfe sein.«

»Er könnte zur Not ein paar Verwundete heilen, aber das dürfte es auch schon gewesen sein.« Sie schürzte die Lippen. »Steckt ihn unter einen Schutzzauber, gebt ihm eine Leibwache und befehlt ihr, ihn zu töten, falls es den Aurolanen gelingt, die Insel zu überrennen. Und, bevor Ihr auf die Idee kommt, ich werde das nicht übernehmen. Ganz davon abgesehen, dass Ihr mich, ehrlich gesagt, anderswo nötiger braucht.«

»Du hast Recht und auch wieder nicht, Orla.« Die Andeutung eines Lächelns spielte um seine Mundwinkel. »Läge es an mir, würden wir beide wieder Seite an Seite in den Kampf ziehen und die Piraten davonjagen.«

»Es liegt an Euch. Die Verteidigung Vilwans liegt in Eurer Verantwortung. Ich bin vielleicht nicht mehr die Jüngste und nicht mehr so flink wie früher, aber ich bin immer noch eine der besseren Kampfmagikerinnen hier.«

»Das würde ich niemals bestreiten, Orla, niemals.« Er verschränkte die Hände über dem Knoten, den er aus den Ärmeln seiner grauen Robe gebunden hatte. »Aber die Tatsache bleibt bestehen, dass du eine wichtigere Aufgabe als die Verteidigung Vilwans hast. Nein, warte, lass mich ausreden. Es *gibt* eine wichtigere Aufgabe. Du wirst Adept Lies von der Insel evakuieren. Deine Aufgabe besteht darin, ihn sicher von hier fortzuschaffen.«

Orla fühlte, wie eine Flutwelle aus unendlicher Müdigkeit über sie hereinbrach. »Das kann nicht Euer Ernst sein. Meine Fähigkeiten wären völlig verschwendet.«

»Nichtsdestotrotz verhält es sich so.« Der Magister Kampf beugte sich näher. »Er ist dein Schützling, und ich habe keine Angst um ihn. Und da du überzeugt bist, dass er mehr außerhalb des Arkanoriums unterrichtet werden sollte, ist das deine Chance, ihm diesen Unterricht zu geben.«

Sie hob den Kopf. »Oh, ich verstehe. Der Rat ist bereit, meinem dementsprechenden Antrag stattzugeben, und er benutzt die Invasion als Vorwand. Das ist ja auch viel besser, als zugeben zu müssen, sich geirrt zu haben.«

»Orla, liebe Freundin, du bist klug genug, glückliche Fügungen nicht zu hinterfragen.« Der Magister lächelte, dann trat er zu ihr und legte ihr die Hand auf die Schulter. »Geh hinaus und lehre ihn, was nötig ist. Falls wir nicht besiegt werden, kann er zurückkehren. Falls doch, ist es besser für die Welt, wenn er nicht mit uns untergeht.«

Will war sicher, dass er sich vor lauter Lachen die Rippen angeknackst hatte. Er ließ den Mehlsack fallen, den er trug, und hielt sich die Seiten. Die Überraschung auf dem Gesicht des fetten Jungen kurz bevor der Mehlsack ihn getroffen hatte, war unbezahlbar gewesen. Wie sein Ausdruck sich von erhabener Selbstsicherheit in pure Panik verwandelt hatte, war eine Erinnerung, die Will noch lange hegen und pflegen würde. Und dann, als wäre es noch nicht genug gewesen, war der Mehlsack in die Höhe geschossen, wieder herabgefallen und hatte den Knaben von Kopf bis Fuß in Mehl gebadet. Er war heulend davongerannt und hatte einen Schleier von Mehl hinter sich hergezogen.

Und er war selbst schuld. Entschlossen hatte ihn gerufen und aufgefordert, sich bei den anderen einzureihen. Stattdessen hatte der Bursche nur dagestanden und majestätisch gestikuliert. Er hatte sogar noch die Augen geschlossen, den Vorqælfen geradezu herausgefordert, den Sack zu werfen. *Wenn ich das getan hätte, hätte Entschlossen mir nicht beim Atmen geholfen, er hätte mir bei lebendigem Leib die Haut abgezogen.*

»Fertig gelacht, Junge?«

Die schneidende Kälte in Entschlossens Stimme ließ Wills Lachen jäh verstummen. »Ja, ja, hab ich.«

»Gut.« Der tätowierte Hüne packte ihn mit einem Schraubzangengriff am rechten Arm. »Heb den Sack auf, den du fallen gelassen hast, und bring ihn zum Karren. Dann besorg dir einen Besen. Feg das verstreute Mehl auf und schaufele es zurück in den Sack.«

»Was?«

Entschlossens Augen wurden zu schmalen silbernen Schlitzen. »Aus dem Mehl könnte unser letztes Brot gebacken werden. Mehr Nachschub bekommen wir nicht. Das ist alles. Wir können es uns nicht leisten, etwas davon zu verschwenden.«

»Verstanden.« Er versuchte, den Arm aus seinem Griff zu befreien, schaffte es aber nicht.

Der Vorqælf hielt ihn noch einen Pulsschlag länger fest, dann ließ er los. »Beeil dich, Junge.«

Will bückte sich und hob den Mehlsack auf, dann trug er ihn zur Karre. Dranæ nahm ihn entgegen und warf ihn an seinen Platz. Der Karren knirschte, als der Sack landete.

»Erkläre mir etwas, Will.« Der Riese nahm einen Sack vom Rücken eines Akoluthen und warf ihn auf den Stapel. »Was war daran komisch?«

Will war überrascht. »Fandest du das nicht zum Lachen?«

»War es das? Der junge Mann machte sich fertig, den Sack mit Magik zu bewegen. Wahrscheinlich hätte er den ganzen Wagen bewegen können.«

Der junge Dieb runzelte die Stirn. »Woher weißt du das?«

Dranæ zögerte kurz, dann rieb er sich das Kinn. »Ich

weiß es einfach. Für mich schien das offensichtlich. Wir sind auf Vilwan. Er trägt eine Robe und gestikuliert.«

Will nickte. »Ja, das verstehe ich.« *Was ich nicht verstehe, ist, wie du auf die Idee kommen konntest, dass er mächtig war.*

»Was war daran komisch?«

»Na, er ist umgefallen. Er war überrascht. Und dann war er voller Mehl und ist weggerannt und hat geheult wie ein Kind.«

»Aber das war alles ein Missverständnis.«

Will wurde unbehaglich. »Na, ich wusste nicht, dass es ein Missverständnis war, oder?«

»Er war offensichtlich verletzt.«

»Ich wusste nicht ...«

Die Haut um Dranæs blaue Augen spannte sich. »Du weißt, wie schwer die Säcke sind. Du hast gewusst, dass er sich verletzt haben musste.«

»Na ...« Wills Eingeweide verkrampften sich. »Die anderen haben gelacht.«

»So ist es.« Dranæ schlug Will mit beiden Händen auf die Schultern. Der Schlag ging ihm durch Mark und Bein. »Aber die anderen waren zum größten Teil selbst Magiker. Denk daran, Will: Es ist keine gute Idee, bei einem Magiker den Eindruck zu hinterlassen, man hätte sich über ihn lustig gemacht. Wenn du das vergisst, wirst du hier auf Vilwan eine Menge Ärger bekommen.«

Wills Miene wurde säuerlich. Die Überfahrt nach Vilwan hatte ihm nicht gefallen. Er hatte sich leicht genug an die Bewegung des Schiffs gewöhnt, aber unglücklicherweise hatte er neben jemandem gestanden, für den das nicht galt. Bevor Will sich das Erbrochene hatte von den Kleidern wischen können, hatte Entschlossen ihn bereits angestellt, um das Deck zu putzen. Eine Menge anderer Arbeiten hatten ihn beschäftigt gehalten, und als er endlich schlafen gehen konnte, war das in einer stinkigen Hängematte unter Deck gewesen. Seine Knochen schmerzten vor Müdigkeit und sein Magen knurrte. An Bord hatte es nicht viel zu essen gegeben, und das meiste davon war älter gewesen als er. Der harte Zwieback hatte nicht schlecht geschmeckt – er hatte überhaupt keinen Geschmack gehabt –, dafür war er aber von Getreidekäfern befallen gewesen. Will kam zu dem Schluss, dass der König von Saporitia allen Grund hatte, so viele seiner Untertanen nach Vilwan in den Tod zu schicken. Nach dieser Gelegenheit miserables Essen, noch schlechteres Wasser und eine lange Seereise zu genießen, wären sie vermutlich bereit gewesen, sein Schloss zu stürmen und ihn davonzujagen.

Will fragte eine Akoluthin, an der roten Robe leicht zu erkennen, wo er einen Besen finden konnte. Die Lehrmagikerin grinste und erzählte ihm, die würden auf den Spielfeldern aufbewahrt. Sie deutete zur Mitte der Insel.

Will zuckte die Achseln und machte sich auf den Weg, aber ein Adept in waldgrüner Robe hielt ihn auf. Als Will ihm erklärte, wohin er wollte, schnaubte er und sagte ihm, dass es keine Spielfelder gab. »Wir benutzen Besen für dieselben Arbeiten wie jeder andere auch, wie deine Akoluthin selbst bald feststellen wird. Versuch es in einem der Hafengeschäfte, sie werden einen haben, den du leihen kannst.«

In einer Taverne lieh man ihm einen Besen. Der Weg durch den Hafen gab ihm Gelegenheit, sich umzusehen. Er fand Vilwan ein wenig enttäuschend, denn das Gebiet um die Docks, oder wie die Einheimischen es nannten, die Seestadt, unterschied sich kaum vom Hafenviertel jeder anderen Stadt, die er je besucht hatte. Schmutzig, heruntergekommen, mit ein paar breiten, geraden Straßen und einem Labyrinth dreckiger Gassen, die zu einem Dickicht von Lagerhallen und baufälligen Häusern führten. Es machte ihm nichts aus, aber er hatte etwas Exotischeres erwartet.

Die Adepten und Akoluthen langweilten ihn auch.

Manche schienen nur dumm aus der Wäsche schauen zu können, wie der, den der Mehlsack getroffen hatte, und starrten die Truppen an, die zum Schutz ihrer Insel eintrafen. Andere trugen die Nase hoch wie Adlige, die sich einbildeten, ihr Blut wäre irgendwie besser als seines. Und das Ärgerlichste aus seiner Sicht war, dass nicht einer von ihnen einen Geldbeutel hatte. Es störte ihn nicht, wenn jemand sich eingebildet aufführte, solange er Gelegenheit hatte, ihn um eine Hoffartsteuer zu erleichtern.

Will seufzte und kehrte mit dem Besen zurück, um das Mehl aufzukehren. Der Adept von zuvor kam herüber und zerrte die Akoluthin, die ihn angelogen hatte, am Ohr mit. »Wolltest du dafür den Besen, um das Mehl aufzufegen?«

Will nickte. »Ja, mein Herr.«

»Gut.« Der Adept drehte sich zu der Akoluthin um. »Du wirst ihm dabei helfen.«

Die Akoluthin, ein rothaariges Mädchen, dessen Brust entwickelt genug war, um Will vermuten zu lassen, dass sie nur ein paar Jahre jünger war als er, nickte. »Ja, Adept.«

Will setzte den Besen auf, danach deutete er mit einer Kopfbewegung auf den Sack. »Halt ihn auf, dann kann ich das Mehl hineinfegen.«

Während sie langsam den Sack holte, zog er den Besen durch das Mehl. Dem Besen fehlten jede Menge Borsten, er eignete sich besser zum Rechen als zum Fegen. Nach mehreren Versuchen hatte er mehr Dreck als Mehl im Sack.

Die Akoluthin spießte ihn mit einem verächtlichen Blick auf. »Dumpfling. So dauert das ja ewig.« Sie gestikulierte kurz und ein blauer Funken löste sich aus ihrer Rechten. Er traf den Besen in der Mitte des Stiels und riss ihn Will aus den Händen. Wirbelnd und hüpfend tanzte der Besen durch das Mehl und trieb es in einer wachsenden Woge in den wartenden Sack. Innerhalb von Sekunden war jedes Körnchen Mehl aufgefegt und der Besen wollte sich an die Spuren machen, die der davonlaufende Knabe hinterlassen hatte, aber die Akoluthin rief ihn zurück und beendete den Zauber.

Will zwinkerte ungläubig und der Mund fiel ihm auf. »Wie? Ich dachte, er hätte gesagt, ihr benutzt Besen für dieselben Sachen wie wir alle.«

»Das tun wir ja auch.« Sie lächelte süß. »Wir benutzen sie nur nicht auf dieselbe Weise wie ihr. Der Sack ist voll. Ich bringe den Besen für dich zurück.«

Er schauderte. »Ich habe ihn von ...«

»Ich weiß, woher du ihn hast.« Sie kam seiner nächsten Frage zuvor. »Es ist Magik.«

Will nahm den Sack und band ihn zu. Er hob ihn auf den Rücken, spürte das Gewicht aber kaum. *Wenn so ein Kind das kann ...* Bilder durch die Luft wirbelnder Schlagstöcke tanzten durch seine Gedanken. *Dranæ hat Recht. Es ist keine gute Idee, Zauberer auszulachen, und sie zu beklauen ist eine noch schlechtere.*

Kapitel Vierundzwanzig

Alyx weigerte sich, in den Spiegel zu sehen und begegnete den Blicken der Frauen, die ihr beim Ankleiden halfen, nur zögernd. Sie war so verlegen, dass sie ihnen am liebsten gar nicht in die Augen gesehen hätte, aber das wäre zu undankbar gewesen, nachdem sie sich solche Mühe gegeben hatten. Sie hatten sie gebadet, ihre Haare gebürstet und geflochten, sie frisiert, sie angezogen. Alyx hätte schneller ohne Hilfe eine komplette Kettenrüstung überziehen können, als es den Zofen gelungen war, sie in das goldene Kleid zu stecken. *Und in der Rüstung hätte ich mich leichter bewegen können und mich weniger verwundbar gefühlt.*

Sie nahm den beiden Frauen ihre Anwesenheit und Hilfe nicht übel. Sie hatte sich zwar schon seit Jahrzehnten selbst angezogen, aber die Kleidungsstücke, die sie bei den Gyrkyme getragen hatte, waren sehr einfach gewesen … kaum mehr als Säcke. Die Gyrkyme waren dank ihrer herrlichen Federkleider kaum auf die Hilfe der Mode angewiesen, um sich attraktiver zu machen. Ein Fetzen Stoff hier oder da reichte den Schamhafteren, und Schamhaftigkeit war für Alyx erst spät in der Pubertät ein Anliegen geworden. Selbst dann hatte sie sich an die gesellschaftlichen Konventionen mehr angepasst, um anderen Verlegenheit zu ersparen als sich selbst.

Doch das Kleid, das man für den Ball für sie ausgesucht hatte, hätte sie niemals ohne Hilfe anlegen können. Lange, wallende Röcke fegten über den Boden und zwangen sie, Schuhe mit Spitzen zu tragen, die sich aufbäumten wie zum Biss aufgerichtete Schlangen. Bei jedem Schritt warf diese schlängelnde Schuhspitze den Saum des Kleids voraus, damit sie nicht darauf trat. Die Röcke wurden an ihrer schlanken Taille unter einer steifen Korsage gesammelt, in die sie fest verschnürt war. Sie bekam kaum Luft, und eine Verbeugung war in diesem Kleid völlig unmöglich, da der vordere Teil der Korsage wie ein Schutzpanzer bis unter ihre Weiblichkeit reichte. Über der Korsage, die ihren Busen kaum fasste und deren Oberkante so tief angesetzt war, dass man den Vorhof der Brustwarzen sah, flatterte ein dünner, hauchzarter Seidenschal von einem Handgelenk über die Schultern zum anderen. Alyx, die sich in diesem Kleid eingesperrt fühlte, erschien er wie eine goldene Kette zwischen seidenen Handschellen.

Sie seufzte, allerdings sehr flach, denn die Korsage gestattete ihr keinen tiefen Atemzug. Sie war dankbar für die Hilfe der Zofen, aber der Grund für ihre Anwesenheit ärgerte sie. Kaum mehr als ein Jahrzehnt zuvor, bei ihrem einzigen vorherigen Besuch in Yslin, hatte man ihr ein ähnliches Ballkleid besorgt und sie damit sich selbst überlassen. Sie hatte das Kleid studiert wie ein Schlachtfeld und es dann angelegt. Da es ohne Hilfe unmöglich gewesen wäre, es am Rücken zu verschnüren, hatte sie geschlossen, dass die Schnürung nach vorne gehörte, und so hatte sie es angezogen. Der Halt, den die steife Korsage ihrem Rücken gegeben hatte, war ihr angenehm gewesen, und dank ihrer Jugend bei den Gyrkyme hatte die Tatsache, dass ihr vorne nur die Schnüre eine nicht erwähnenswerte Bedeckung boten, sie nicht weiter gestört.

Glücklicherweise war ihre Tante erschienen, um nach ihr zu sehen, und hatte den Fehler korrigiert, bevor sie das Zimmer verlassen konnte. *Sie hätten wissen müssen, dass ich aus meinen Fehlern lerne.* Sie hätte noch einmal geseufzt, aber sie zögerte, die wenige Atemluft zu verschwenden, die ihr dieses Monstrum von Kleid erlaubte. Stattdessen lächelte sie und bedankte sich mit einem Kopfnicken bei den Damen. »Vielen Dank für die Hilfe.«

Sie sanken beide mit einem tiefen Knicks in ein Meer aus Röcken, dann erhoben sie sich langsam wieder. »Es war eine Ehre, Euch zu Diensten sein zu können, Hoheit.«

Alyx lächelte ihnen gnädig zu, als sie das Zimmer verließen. Sie griff nach hinten, um die Korsage zu lockern, aber ein schnelles Klopfen an der Tür ertönte nur einen Sekundenbruchteil vor dem leisen Quietschen, mit dem sie sich öffnete. »Wenn du das machst, fällst du aus dem Kleid und es gibt einen Skandal.«

Ihre violetten Augen blitzten wütend, als der Mann ins Zimmer trat. Er war kleiner als sie und von eher fülliger mittelschlanker Statur. Das schwarze Haar trug er lang und unregelmäßig geschnitten. Der Schnurrbart hing ihm weit über das Kinn hinab, aber der Kinnbart war nicht mehr als ein kleines schwarzes Dreieck auf der weißen Haut. Goldene Strümpfe bedeckten seine Beine bis unter ein ebenfalls goldenes Hemd, über dem er einen schwarzen Wappenrock trug. Auf dessen Brust prangte ein aufsteigendes geflügeltes Pferd in Weiß.

Seine Augen weiteten sich schockiert beim Anblick ihrer wütenden Miene. Er trat einen Schritt zurück und presste die Hand auf die Brust. »Habt Ihr mich vergessen, Cousine?«

Alyx blieb für einen Augenblick der Mund offen stehen, dann lächelte sie. »Mischa?«

»Niemand Geringeres.« Er verbeugte sich tief, riss sich die goldene Kappe vom Kopf und wischte sich damit über die Schuhe. Als er sich wieder aufrichtete, grinste er. »Jetzt heiße ich natürlich Herzog Mikhail.«

»Natürlich.« Sie trat vorsichtig zu ihm und küsste ihn auf beide Wangen. »Nicht ganz derselbe Cousin, mit dem ich eine Traumjagd geteilt habe.«

»Ich bin erwachsen geworden, aber du auch.« Er trat

zurück und sein Lächeln wurde breiter. »Ich war vielleicht zu voreilig mit meiner Weigerung, mich auf eine arrangierte Hochzeit einzulassen.«

Alyx tätschelte seine Wange. »Süßer Mischa, du hast es versprochen, und ich weiß, du hättest dir eher selbst den Dolch ins Herz gebohrt, als dein Wort zu brechen.«

Er zuckte die Achseln. »Um die Wahrheit zu sagen, Cousinchen, ich würde dich auf der Stelle als meine Frau akzeptieren, wenn ich dadurch nicht noch einmal mit Leuten verwandt wäre, die ich so schon nicht ausstehen kann.«

»Wie geht es ihnen?«

»Manche sind wortwörtlich tot, andere bewegen sich noch. Ein paar von uns sogar realistisch.« Mischa zuckte die Achseln und packte eine Hand voll seines langen Haars. »Die Sitten, die sie uns aufzwingen, sind nicht so furchtbar. Den Sommer über die Haare nicht zu schneiden, aus Trauer um den Tod deines Vaters, wie es unser Großvater tat und immer noch tut, ist nicht schwer. Was sie den Jüngeren antun und wie sie unsere Blutlinien kreuzen, nun, mein Vater versichert mir, dass sie sich schon immer eingemischt haben.«

»Und jetzt haben sich dich geschickt, mich zu holen?«

Seine braunen Augen weiteten sich. »Herzog Mikhail? Alle Götter, nein, kleine Alyx. Wüssten Sie, dass ich hier bin, wären sie außer sich. Ich wollte nur sichergehen, dass du deinen Cousin erkennst und weißt, du hast einen Verbündeten dort drinnen.«

Es klopfte erneut, diesmal weit lauter, heftig genug, die Türe zu erschüttern. Mikhail tänzelte hinter einen Wandschirm und rutschte fast in der Wasserpfütze vor der nicht ganz dichten hölzernen Badewanne aus. Er duckte sich hinter die Wanne und nickte Alyx zu.

»Herein.«

Die Tür schwang langsam auf, und ein kleiner, aber breit gebauter Mann wurde unter dem steinernen Türbogen sichtbar. Wie Mischa war er in Schwarz auf Gold gekleidet, aber durch seine lange weiße Haarpracht und den buschigen Bart wirkte er prächtiger. Er hatte keinen Schnurrbart, und seine Haut besaß jene bronzene Farbe, die von einem Leben im Freien kündete. An ein paar Stellen auf den Händen und einer auf der Stirn waren Narben sichtbar, die sich der Bräune widersetzten, aber davon abgesehen war der Mann ein Muster an robuster Gesundheit.

Obwohl Alyx ihn seit über zehn Jahren nicht gesehen hatte, war es unmöglich, ihn nicht zu erkennen. »Onkel Valeri. Schön dich zu sehen.«

Die Miene des alten Mannes leuchtete auf, als er das Zimmer betrat und sie drückte. Er küsste sie auf beide Wangen und sein Bart kitzelte sie im Gesicht und am Hals. »Alexia, mein Bruder wäre so stolz auf dich.« Die tiefe Stimme wurde rau vor Rührung.

Er trat einen halben Schritt zurück, dann reckte er sich. »Es ist meine Pflicht und Ehre, profunde und tief, dich in den Kronzirkel zu geleiten.« Er hielt ihr den rechten Arm entgegen, und sie schob die linke Hand durch die Beuge, dann führte er sie seitwärts durch die Tür auf den Korridor.

Die Feste Gryps war in früheren Zeiten die größte Festungsanlage in ganz Yslin gewesen. Inzwischen hatte ihr die Feste Libertas den Rang abgelaufen, die am Ostkap die Einfahrt zum Hafen bewachte. König Augustus war so freundlich gewesen, Feste Gryps der okranischen Exilantengemeinde zur Verfügung zu stellen – nicht als ständige Unterkunft, aber als Zentrum ihrer gesellschaftlichen Anlässe. Für besondere Zusammenkünfte verwandelte sich der gewaltige Felsenbau mit seinen hohen Decken und massigen Steinsäulen, Friesen und Wandteppichen in einen Ort, an dem der Glanz Okrannels Auferstehung feierte.

Alexia erinnerte sich nicht an den Fall ihrer Heimat.

Sie war in den letzten Tagen des Kriegs gegen Kytrin aus ihrem Zuhause nach Gyrvirgul gebracht worden. Okrannel war gefallen, und ihr Vater hatte sich mit seinem loyalen Gefolge zurückgezogen, um Festung Draconis weit im Norden zu verteidigen. Er war dort gefallen und sie war bei den Gyrkyme aufgewachsen.

Als sie heranwuchs, hatte man ihr gesagt, die Gyrkyme hätten ihre Erziehung übernommen, weil das der letzte Wunsch ihres Vaters gewesen sei. Als sie alt genug gewesen war, das zu hinterfragen, weil sie erfahren hatte, dass die Todesart ihres Vaters ihm nicht die Zeit gelassen hatte, irgendwelche letzten Wünsche weiterzugeben, was immer auch die Lieder behaupteten, hatte sie sich gewundert, warum ihr Großvater, ihre Tante, Onkel und Vettern nicht selbst für sie hatten sorgen wollen. Nicht lange danach hatte sie Yslin jenen ersten Besuch abgestattet, um zum ersten Mal dem Kronzirkel vorgestellt zu werden.

Danach hatte sie sich nicht länger gefragt, warum man sie nicht gewollt hatte, sondern sich nur noch gefreut, dass die Gyrkyme sie aufgenommen hatten.

Am Arm ihres Onkels schwebte sie mit Röcken, die gegen die Beine schlugen, durch eine verwandelte Festung. Alle Wandteppiche, manche neu, grell und plakativ, andere alt, fleckig und düster, zeigten Bilder aus der okranschen Geschichte. Die Neueren schienen mehr ein Produkt der Fantasie als real, und eine Reihe von ihnen besaßen eine traumhafte Qualität, die ihre Inspiration verriet.

Sie schüttelte den Kopf und hoffte, dass ihr Onkel es nicht bemerkte. Nach der Vertreibung aus der alten Heimat war der okransche Adel nach Yslin gezogen und hatte sich hier niedergelassen. König Stelin hatte geschworen, hier zu bleiben, bis Okrannel befreit war. Der königliche Hof im Exil nannte sich Kronzirkel, und der Kronzirkel entschied über – und diktierte – das okransche Leben. Die Wirkung seiner Edikte ließ zwar mit jeder Rittmeile Entfernung nach, sodass die in Jerana lebenden Flüchtlinge sie mit milder Belustigung oder tiefer Verachtung quittierten, aber in Yslin waren sie Gesetz.

Eines der Edikte verpflichtete jedes Kind des Adels im Alter von fünfzehn Jahren eine Reise nach Okrannel zu unternehmen, um eine Nacht auf heimatlichem Boden zu verbringen. Es hieß, die Träume jener Nacht seien prophetisch und wurden als ebenso geheiligt angesehen wie die Norderstett-Prophezeiung von den Vorqælfen.

Erst mit siebzehn Jahren war sie zusammen mit ihrem Onkel Valeri, einem Trupp loyaler Diener und ihrem Vetter Mischa auf diese Reise gegangen. Sie hätte sie schon mit Fünfzehn antreten sollen, so wie Mischa es getan hatte, aber der Kronzirkel hatte zwei Jahre benötigt, über seinen Schatten zu springen und ihr die Erlaubnis zu erteilen. Die beiden waren nach Okrannel eingedrungen und hatten dort geschlafen, dann hatten sie sich ihre Träume erzählt und sie gegenseitig ausgefeilt, damit sie beeindruckend genug für den Kronzirkel wurden.

Einen Herzschlag lang schnürte ihr Bedauern die Kehle zu. Sie hätte dem Kronzirkel nichts von ihrem Traum erzählt, hätten dessen Mitglieder sie nicht auf diese ganz besondere Weise angestarrt, als sie ihnen vorgestellt worden war, und hätte Großherzog Valeri sie später nicht alle zum Schweigen gebracht, damit Alyx ihren Traum erzählen konnte. Die Begeisterung auf ihrem Gesicht, als sie ihm erzählte, was sie geträumt hatte, und die Freude in seiner Stimme, als er jemanden geschickt hatte, ihr Tee mit Milch und genug Honig zu holen, um ihn dickflüssig zu machen, hatte sie überzeugt, dass sie das Richtige getan hatte. Jetzt lächelte ihr Onkel sie wieder mit derselben Freude an, als zwei uniformierte

Höflinge die Türen zum Großen Saal öffneten. »Komm, liebes Kind. Man erwartet uns.«

Dichter Weihrauch ergoss sich kaskadengleich von hoch auf gewaltigen Steinsäulen montierten Behältern und füllte den Saal kniehoch mit duftendem Nebel. Öllampen spendeten eine herzlich dürftige Beleuchtung. Männer und Frauen verbargen sich in den Schatten, alle in Gold gekleidet, das von Schwarz bedeckt war. Alyx allein hatte das Recht erhalten, ganz in Gold zu erscheinen, und sie entschied, das Keuchen, das ihr hinter Bärten, Händen und Fächern entgegenschlug, dem Schock über die Reflexionen des schummrigen Lichts auf ihrem Kleid zuzuschreiben.

Der Großherzog führte sie getragenen Schrittes weiter. Er hatte die Linke auf ihre Hand gelegt und drückte sie fest auf seinen Arm. Sie fühlte kein Zittern, das auf eine Furcht hätte hindeuten können, sie könnte auszureißen versuchen. Stattdessen wurden seine Schritte immer sicherer und erhabener, als sie tiefer in den langen Saal kamen und sich dessen Stirnwand näherten.

Als er sie das letzte Mal hier entlang geführt hatte, war sie ein unbeholfenes Kind gewesen, das sich an seinem Arm gewunden und all die zurückweichenden Gestalten angestarrt hatte. Jetzt führte er sie als erwachsene Frau und gestandene Kriegerin vor den Kronzirkel, und der schiere Stolz darüber ließ die Musken des Arms anschwellen, auf dem ihre Hand lag.

Schließlich hielten sie drei Meter vor dem Thron an, der am äußersten Ende des Saals dräute. Sie beugte den Kopf vor ihrem Großvater, so wie Krieger einander grüßten, dann knickste sie unbeholfen. Die schwarz verhüllten Damen um den Thron atmeten auf, als sie knickste, nachdem sie bei dem anfänglichen Kopfnicken vor König Stelin die Luft angehalten hatten.

Ihr Großvater hing mehr auf dem Thron, als auf ihm zu sitzen, die Krone leicht schief auf dem Kopf und so tief, als sei sie ihm zu groß. Er wirkte fast wie ein Kind in den Kleidern seines Vaters, aber die dunklen Augen waren so tot, wie es für ein Kind unmöglich gewesen wäre. Der Mann saß dort auf dem Thron, erschlagen nicht nur von den Jahren, sondern auch von der Hand des Todes, die ihn übergangen hatte, um ihm den Sohn und die Heimat zu rauben.

Die Augen des alten Mannes hoben sich und erwiderten ihren Blick nur für einen kurzen Moment. Er hatte geschworen, nicht zu sterben, bis sein Heimatland befreit war. Viele, die derartige Gelübde ausstießen, taten es nur halbherzig, aber diejenigen, die sie mit vollem Wissen um ihre Bedeutung und mit tief empfundener Absicht taten, wurden oft genug für diesen Wagemut bestraft. In dem kurzen Moment, in dem sich ihre Blicke trafen, erkannte Alyx, dass ihr Großvater ein Gefangener seines Körpers war. *Und er sieht in mir seine Befreierin.*

König Stelin murmelte etwas. Die vertrockneten Lippen bewegten sich kaum. Eine der Frauen hinter ihm bewegte sich, und trotz des schweren Weihrauchs in der Luft fing Alyx einen Hauch des schimmligen Geruchs auf, der sie umgab. Sie war furchtlos durch aurolanische Schlachtreihen galoppiert, aber jetzt, als diese Frau sich ihr näherte, zitterte sie, und hätte Valeri ihre Hand nicht immer noch festgehalten, wäre sie einen Schritt zurückgewichen.

Der Geruch weit mehr als der Anblick der leichendürren Frau mit den scharfkantigen Zügen schleuderte Alyx zurück durch die Zeit zu ihrer ersten Vorstellung. Damals war der König noch lebhafter gewesen und hatte bei ihrem Anblick sogar gelächelt. Großherzogin Tatjana hatte nicht einmal den Versuch dazu unternommen. Obwohl sie nur zehn Jahre älter war als der König, war sie seine Tante, und er gestand ihr große Freiheiten zu. Sie war auf die junge Prinzessin zugestürmt und hatte Alyx grob gepackt, sie gedreht und an ihr gezerrt und dabei gemurmelt und geschnalzt.

Dann hatte sie mit spitzen, knochigen Fingern den Mund des Mädchens aufgezwungen und die Finger hineingestoßen, um die Zähne zu zählen und abzutasten. Alyx hatte sich gewehrt, hatte gewürgt, als die Finger sich in ihre Kehle schoben, aber die Finger der anderen Hand hatten sich schmerzhaft in ihren Unterarm gegraben. Die Alte hatte sie boshaft angezischt und geschüttelt, damit sie stillhielt.

Und da hatte Alyx zugebissen.

Sie hatte die Haut nicht gebrochen, obwohl sie dazu leicht imstande gewesen wäre, wenn sie den Unterkiefer nur etwas bewegt hätte. Dann hätten die Zahnkanten die dünne Haut der Vettel zerschnitten. Tatjana hatte die Hand aus Alyx' Mund gerissen und vors Gesicht gehoben, als hätte sie erwartet, ihr würden ein paar der Finger fehlen. Alyx hatte sich aus dem Griff ihrer Rechten gerissen und war zurückgewichen, ohne sich darum zu kümmern, dass sie den Saum des Kleids zerriss. Dann hatte sie sich geduckt und die Fäuste geballt.

Diesmal kam Tatjana nur bis neben den Thron. »Seine Hoheit sagt, er sei erfreut, seine vom Schicksal auserwählte Enkelin wiederzusehen.«

»Ebenso erfreut wie ich, *ihn* zu sehen.« Sie wusste, Tatjana war die Betonung nicht entgangen. »Und Ihr, Großtante Tatjana, geht es Euch gut?«

»So gut es mir gehen kann, wenn das Herz vom Atmen fremder Luft schmerzt, vom Schlaf auf fremdem Boden in der Sehnsucht nach dem Heimatland.«

»Ja, es ist eine Last.« Alyx wünschte sich, die Korsage des Kleides hätte ihr die Möglichkeit gelassen, genug Luft für ein herzhaftes Knurren zu holen. Tatjana, deren Ruf als Mystikerin mit den Jahren gewachsen war, fungierte als engste Beraterin des Königs und deutete seine häufig unverständlichen Bemerkungen. Viele der neueren vom Kronzirkel beschlossenen Traditionen stammten von ihr. Ein Jahr nach dem Fall Okrannels hatte sie eine Vision gehabt, die sie veranlasst hatte, heimlich die erste Traumjagd zu unternehmen. Sie war auch verantwortlich für Bekleidungsedikte, die, wie Mischa einmal festgestellt hatte, weniger gedacht schienen, irgendwelche okranschen Traditionen zu bewahren, als sicherzustellen, dass die Exilokraner sich deutlich von den Einwohnern der Länder unterschieden, in denen sie lebten.

Wieder murmelte König Stelin, und Tatjanas verhärmte Miene lockerte sich ein wenig, als sie die Lippen zu einem Lächeln verzog. »Seine Majestät sagt, er freue sich, dass du uns heute Abend Gesellschaft leisten kannst. Die Nachricht von deinen Siegen ist dir vorausgeeilt und macht uns sehr stolz.«

Alyx neigte vor dem greisen König das Haupt. »Man sollte diese Kämpfe nicht überbewerten, Großvater. Meine Truppen haben einer nach Nahrung schnuppernden Bärin nur einen Schlag auf die Nase gegeben. Wenn sie sich entschließt, zurückzuschlagen, könnte es weit schlimmer aussehen.«

»Ich glaube, du bist zu vorsichtig, liebste Nichte.« Tatjanas eisblaue Augen schauten einen Moment in unbestimmte Fernen. »Es gibt jene unter uns, die in deiner Zukunft große Siege sehen. Du selbst sogar hast sie gesehen.«

»Ich habe es nicht vergessen.« Alyx' Augen wurden schmal. Tatjana zog sich häufig in eine Kammer tief in den Verliesen der Feste Gryps zurück und blieb tagelang dort unten. Diener füllten sie mit Weihrauch und heißer Luft, damit ihre Großtante die richtigen Bedingungen für ihre Visionen hatte. Alyx hatte sagen hören, eine Räucherkammer voller Schinken wäre eine angenehmere Umgebung. Sofern die Visionen nicht das Verhalten der okranschen Exilanten betrafen, sagten sie regelmäßig die Befreiung Okrannels voraus und zeigten

Alyx an der Spitze einer vielstämmigen Streitmacht, die durch das Land stürmen und bis nach Aurolan vorstoßen würde, um Kytrin zu vernichten.

Alyx hatte kein Problem mit der Gewaltigkeit dieses Kreuzzugs. Mit genügend Truppen, ausreichend Nachschub und etwas Glück war ein solcher Feldzug zu gewinnen. Tatjanas Visionen enthielten immer eine Entscheidungsschlacht, die den Aurolanenheeren das Genick brach. Alyx wusste, es würde einen weit längeren Feldzug und gänzlich andere Taktik erfordern, doch als sie mit Mischa von ihrer Traumjagd zurückgekehrt war, hatte sie erzählt, ihr Traum habe Tatjanas Visionen bestätigt.

Alyx' Lüge hatte den okranschen Exilanten große Hoffnung gemacht. Die Nachricht von ihren Siegen im Osten und Westen, so klein sie auch waren, musste sie von neuem angestachelt haben. Mit ihrem Erscheinen an König Augustus' Seite in Yslin erwartete der Kronzirkel sichtlich, dass der Tag der Befreiung Okrannels kurz bevorstand.

Wieder schauderte Alyx. *Und die Vorqælfen warten schon fünfmal so lange wie wir auf die Befreiung ihrer Heimat.*

Tatjana hob einen Finger, einen von denen, in die Alyx sie damals gebissen hatte, und ihr Lächeln verflachte. »Die Zeit ist gekommen, Kind, das Schicksal zu erfüllen, das dein Vater für dich gewählt hat. Er starb, damit du leben konntest. Es ist deine Pflicht, Okrannel zu befreien. Du bist unsere Retterin.«

Eine zweite Stimme, stark und männlich, hallte vom Eingang her durch den Saal. »Ich will hoffen, Großherzogin, dass ich an diesem Schicksal auch nicht unbeteiligt bin.«

Alyx drehte sich um, so schnell Kleid und Onkel es erlaubten, und war froh, Tatjanas giftigen Blick an sich vorbeizucken zu sehen. Durch den dichten Rauch schritt König Augustus. An Stelle des Golds der Exilokraner hatte er Silber gewählt. Er trug den schwarzen Wappenrock mit dem aufsteigenden geflügelten Ross, aber auf der silbernen Halsberge, die er darüber angetan hatte, prangte das heraldische Seepferd, das er als Wappen seiner Herrschaft gewählt hatte.

Neben ihm schritt in Gold und Schwarz, allerdings mehr vom Ersteren als vom Letzteren, Königin Ielena. Sie war eine stämmige Frau, ebenso groß wie ihr Gatte, und in ihrem braunen Haar zeigten sich nur einzelne graue Strähnen. Ihre braunen Augen loderten wild. Tatjana ließ sich von den Blicken der Königin nicht einschüchtern, forderte sie aber auch nicht heraus.

Trotz der im ganzen Saal spürbaren Spannung musste Alyx lächeln. Die Geschichte, wie König Augustus Ielena aus dem vom Feind überrannten Okrannel gerettet hatte, während er Kytrins Armee zerschlug, war in zahllosen Variationen überliefert. Als kleines Mädchen hatte sie alle genossen. Die Königin war die Heldin der jungen Alyx gewesen, und sie war sehr stolz auf ihre entfernte Verwandtschaft zu Ielena. Mehr als ein Lied hatte erzählt, wie Ielena und Augustus Rücken an Rücken gefochten und einander das Leben gerettet hatten, und in der oftmals wilden und immer kriegerischen Gyrkymegesellschaft gab es keine romantischere Beziehung.

Tatjanas Stimme zischte. »Okrannels Schuld Euch gegenüber, König Augustus, lässt sich nie zurückzahlen. Durch Alexia werden wir einen Weg finden, uns zu befreien und Euch nicht mehr zur Last zu fallen.«

»Mir zur Last fallen?« Augustus hob die Hand der Königin an die Lippen und küsste sie. »Ihr seid vom selben Blut wie meine Gattin und Erben. Wie könntet Ihr mir eine Last sein? Und Eure Enkelin hier. Majestät, Ihr wisst, wie gut sie mir und meinem Volk gedient hat. Die Schuld, von der Ihr sprecht, ist längst beglichen. Es ist eine andere Schuld, die beglichen gehört.«

König Stelin krächzte etwas. Tatjanas Augen wurden schmal. »Andere Schuld?«

»Als wir nach Okrannel die Segel setzten, war seine Befreiung unser Ziel. Das geschah vor einem Vierteljahrhundert. Wir schulden Euch diese Befreiung, und Ihr sollt sie bekommen.«

Ein Lächeln glitt über die untere Gesichtshälfte der Mystikerin. »Ihr habt uns die Mittel gegeben. Alexia ist gut ausgebildet.«

»Wahr, wohl wahr. An der Spitze eines Heeres könnte sie Okrannel befreien. Für eine Weile.«

Alyx hatte zu Augustus' Feststellung genickt, aber seine letzten drei Worte ließen sie erstarren. Seine Stimme wurde ernst.

Er schaute sie an. »Ich will Euch nicht beleidigen, Generalin, denn Euer Können ist erstaunlich, aber wir alle hier wissen, solltet Ihr Kytrin Okrannel entreißen, würde sie Euch keine Atempause gönnen, um es zu befestigen. Ihr hättet keine Chance, Euer Heimatland gegen die nächste Invasion zu beschützen.«

Sie nickte. »Ich kann Eure Vision der Zukunft nicht bestreiten, Hoheit.«

Augustus wandte sich an Tatjana. »Ich weiß, ich bin hier nur geduldet, denn meine Beziehung zur okranschen Gesellschaft beruht allein auf meiner Ehe. Manche von Euch sehen mich als Bruder oder Sohn, aber die meisten betrachten mich als Hausherrn, der Euch bisher die Miete stundet. Ihr fürchtet, sie könnte fällig werden, und Ihr wisst, es wird nicht mehr lange dauern. Ihr habt von Kytrins Vorstößen nach Alcida gehört und wisst, dass sie eine Flotte nach Vilwan entsandt hat. Und Ihr habt Recht, ich werde eine Forderung an Euch stellen. Glaubt nicht, Alexia könnte, so brillant sie ist, Eure Heimat allein retten. In wenigen Wochen steht das Herbstfest an und die Delegationen treffen bereits ein.« Augustus hob die Stimme, sodass man ihn im ganzen Saal hören konnte. »Gemeinsam, mit Okrannel als Bruderland, werden wir uns vereinen, um Kytrin aus unseren Reichen zu vertreiben, sie zu säubern. Okrannel natürlich auch. Alexia wird der Schlüssel dazu sein. Ich bitte Euch, verliert in Eurer Hast, die eigene Freiheit zu erlangen, nicht die Person, die am ehesten geeignet ist, für uns alle die Freiheit zu erringen.«

Die Mystikervettel ließ seine Worte verklingen, dann nickte sie langsam. »Seine Hoheit sagt, Okrannel sei immer bereit, die Klinge des Speers zu sein, der Kytrin aufspießt. Wir verlangen nur, dass wir nicht verschwendet werden und unsere Interessen das angemessene Gewicht finden. Ist dies gewährleistet, wird Okrannels Rolle im kommenden Krieg mit Aurolan offensichtlich und eindeutig sein und zum endgültigen Sieg führen.«

Augustus lächelte. »Wie es sein sollte.«

Tatjana nickte. »Wie es vorhergesagt wurde.«

Das Raunen im Saal zeigte, dass Tatjanas Worte den Anwesenden Mut machten, auch wenn das für Alyx ganz und gar nicht galt. Es war weniger, *was* sie gesagt hatte, noch das *wie*, das sie beunruhigte. Es war der Blick, den der Großvater ihr zugeworfen hatte, als die Mystikerin sprach. Als sein dunkler Blick ihre Augen streifte, erfasste sie eine eisige Hand.

Sie las Angst in seinem Blick, eine furchtbare Angst. Nicht vor dem Tod, nicht vor dem Sterben. Er wusste, dass er erst ins Jenseits konnte, wenn seine Heimat frei war. Nein, König Stelin hatte unbeschreibliche Angst davor, ewig leben zu müssen.

Kapitel Fünfundzwanzig

Selbst mit geschlossenen Läden und dicht zugezogenen Vorhängen konnte er das Sonnenlicht nicht aus dem Arkanorium verbannen. Kjarrigan saß in tiefster Dunkelheit und wusste: Kein Lichtschimmer konnte ihn erreichen – dennoch fühlte er die Hitze der Sonne. *Wenn Licht das ist, was man sieht, ist die Wärme der Sonne Atem.*

Er konnte es nicht erwarten, dass die Sonne unterging, denn wie so viele andere hatte sie seine bodenlose Erniedrigung mit angesehen. Der Vorqælf hatte gesehen, was er tat, und absichtlich den Sack nach ihm geworfen. Fünfzig Pfund waren sicher und gerade auf ihn zugeflogen, ohne Warnruf, ohne Pfiff, Zischen oder Rascheln, um ihn darauf aufmerksam zu machen. Hätte er nicht in letzter Sekunde die Augen geöffnet, er hätte nicht gewusst, wie ihm geschah.

Wut loderte in ihm auf, und die Härchen auf seinem Handrücken stellten sich auf, als Funken an den Fingerspitzen knisterten und zwischen den Fingern übersprangen. Die Erinnerung an das Gelächter schlug in aufeinander folgenden Wogen über ihm zusammen. Sie warfen ihn nieder, hämmerten auf ihn ein, ließen seine Seele ebenso schmerzen, wie es Rücken, Rippen und Kopf bereits taten. Er wollte die Knie an die Brust ziehen, doch das schmerzte.

Er hätte den Heilzauber einsetzen können, der am Knie so gut gewirkt hatte, aber er tat es nicht. Kjarrigan redete sich ein, es läge daran, dass er ihn nicht unüberwacht benutzen durfte, aber er wusste sehr wohl, dass es in Wahrheit nicht daran lag. Hätte er Erlaubnis bekommen ihn einzusetzen, hätte ihm jemand zustimmen müssen, dass er keine Schmerzen hätte haben dürfen. Und er wusste, dass er sie verdient hatte. Er hatte einen schweren Fehler begangen, und die Schmerzen waren die gerechte Strafe.

Letztlich aber spielte der Zauberspruch gar keine Rolle, denn er hätte das spöttische Gelächter auch nicht auslöschen können, das in seinen Gedanken widerhallte. Er war nicht dumm. Ihm war klar, dass der Vorqælf nicht wirklich hatte wissen können, was er tat. Keiner der anderen Adepten oder Akoluthen hatte Magik eingesetzt. Er war breit gebaut und hätte durchaus körperlich in der Lage sein können, den Sack zu fangen, wäre er an derartige Aufgaben gewöhnt gewesen. Aber das war er nicht, und er hatte auch nicht erwartet, ihn fangen zu müssen.

Was ihn am meisten schmerzte und dornige Ranken trieb, die sich ihm ums Herz legten, war das Wissen, wie die anderen hier auf Vilwan über ihn dachten. Viele waren Akoluthen seines Alters, Jahre davon entfernt, es zum Adepten zu bringen. Für sie war er ein Kuriosum oder ein Ungeheuer. Er hatte Gerüchte gehört, manche Akoluthen würden die Ausbildung mit der Warnung beginnen, sich anzustrengen, damit sie nicht wie Kjarrigan endeten, in einem Turm eingesperrt, mit Magistern als Wärter.

Adepten, die seinen Rang teilten, betrachteten ihn mit Misstrauen. Manche glaubten zweifellos nicht, dass er es wert sein konnte, ihren Rang zu tragen. Andere, die seine Prüfungen beobachtet hatten, vermuteten, er hätte eigentlich Magisterrang erhalten müssen. Ein Adept hatte sogar in verstohlenem Flüsterton erwähnt, er sei deswegen nicht höher eingestuft worden, weil er so viele Zauber beherrschte, dass keine der Magikschulen Anspruch auf ihn erheben konnte.

Und die Magister schienen ihn zu verachten, wenn sie erschienen, um ihn zu unterrichten. Manche wünschten sich spürbar, nichts mit ihm zu tun haben zu müssen. Ein paar, die Ehrgeizigen, kultivierten ihn, bis er ihnen durch trotziges, störrisches Verhalten deutlich machte, dass er sie und ihre Pläne, wie immer die auch aussehen mochten, nicht unterstützen würde. Orla, die ihr Bestes tat, seine Wünsche bezüglich Arbeit, Zeiteinteilung und Belohnungen zu durchkreuzen, betrachtete ihn nicht mit Ehrfurcht.

Kjarrigan war überzeugt davon, dass Ehrfurcht angebracht gewesen wäre, denn er wusste, wie außergewöhnlich er inzwischen war. Er hatte das heimliche Verlangen gehegt, die Ehrfurcht auf ihren Gesichtern zu sehen. Deshalb war er am Hafen so bereitwillig gewesen, seine Macht vorzuführen. Er war bereit gewesen, die Bewunderung zu ernten, die ihm vorenthalten worden war, stattdessen aber hatte man ihn mit Spott überhäuft.

Ich hätte es besser wissen müssen. Es war dumm von ihm gewesen zu glauben, Fremde könnten verstehen, welche Ehrfurcht sie ihm schuldeten. Sie besaßen das Wissen nicht, konnten keine Magik wirken und hätten daher keine Beachtung verdient. Er hatte nur durch Lehrer und Lektüre Erfahrung mit Dumpflingen, aber die Erniedrigung am Hafen bestätigte ihm lediglich, was er tief im Innern bereits gewusst hatte.

Dass Dumpflinge eingeladen waren, bei der Verteidigung Vilwans zu helfen, bedeutete gar nichts. Kjarrigan war sich sicher, dass die Magister in einem direkten Magikduell Kytrin vernichten konnten, aber sie hatte sich mit Vionna und ihren Wruonapiraten verbündet. Mit ihren eigenen Zauberer-Renegaten und Vylænz würden die Invasoren über Gegenzauber zur Abwehr der vilwanischen Magik verfügen, die es Angreifern ermöglichten, an Land zu gehen. Durchaus sinnvoll, Dumpflinge von Dumpflingen bekämpfen zu lassen. *Hunde, die sich raufen, während ihre Herren streiten.*

Noch während der Gedanke sich formte, wusste Kjarrigan schon, dass er falsch war. So wütend er war, und so sehr er die nach Vilwan gekommenen Dumpflinge hassen wollte, er erkannte die Gefahr, in der sie schwebten. Tief im Innern wusste er, dass seine Schmerzen ein Klacks waren – gegen das, was sie bei der Verteidigung einer Insel erwartete, die nicht einmal ihre Heimat war.

Die Falltür zur Treppe öffnete sich, und schwaches, graues Licht zeichnete die Lukenöffnung in den Boden. Orla schob Kopf und Oberkörper herein und wirkte noch mehr wie ein grauer Geist als sonst. »Wenn du fertig bist, dich selbst zu bemitleiden, wird es Zeit, dass wir aufbrechen.«

»Geht ohne mich.«

»Du täuschst dich in mir. Ich will überhaupt nicht fort, aber du bist zu wertvoll, um dich hier zu lassen.« Ihre Stimme wurde eine Spur sanfter. »Ich habe alles zusammengepackt, was du für die Reise brauchst.«

Mehr aus Neugierde, was sie gepackt hatte, als aus irgendeinem anderen Grund wiegte Kjarrigan sich vor und zurück, um Schwung aufzubauen, und stand schließlich auf. Er wankte etwas, dann stampfte er zur Treppe und stieg in sein Zimmer hinab. In der Mitte des Bodens lag ein kleiner, randvoll gestopfter Rucksack, an dessen Unterseite eine eingerollte Decke hing.

»Ist das alles?« Er betrachtete das winzige Paket zu seinen Füßen und schüttelte sich. *Meine ganze Person lässt sich auf dieses bisschen reduzieren?* »Ich brauche Bücher. Ich brauche meine anderen Sachen, meine Vorräte.«

Orla verstellte ihm den Weg die Treppe hinauf, zurück ins Arkanorium. »Im Augenblick müssen wir dich nur von der Insel schaffen. Nachschub ist jetzt nicht wichtig. Den finden wir überall.«

»Aber … *meine* Sachen. Ich brauche sie.«

Ihre Stimme wurde scharf. »Mir gefällt das ebensowenig wie dir, Adept Lies. Ich habe kein Interesse daran, dass die Aurolanen oder Wruoner meine Zimmer durchwühlen, meine Wertsachen stehlen, alles betatschen, das meiste zerstören, anderes entweihen. Es gefällt mir ganz und gar nicht, aber im Augenblick habe ich kein Recht, mich darüber zu beschweren.«

Sie drehte sich um und zeigte ihm den Rucksack auf ihrem Rücken, der dieselbe Größe wie seiner hatte, aber nicht annähernd so voll gepackt war. »Wenn wir zurückkehren, werden wir unsere Habe zurückerhalten. Aber im Augenblick wirst du alles, was du sonst noch mitnehmen willst, selbst tragen müssen, und ehrlich gesagt, Kjarrigan, bezweifle ich, dass du viel mehr als das tragen kannst.«

Der junge Magiker bückte sich und hob den Rucksack auf. Er bekam ihn ohne Probleme vom Boden, hatte aber Mühe, den Arm durch die Tragschlaufe zu stecken. Orla half ihm beim Anlegen. Der Sack hing schwer auf dem Rücken, und die Riemen scheuerten unter den Armen, aber er verzichtete darauf, sich zu beschweren. Er bewegte ein wenig die Schultern, um das Gewicht zu verteilen, dann nickte er.

Orla ging zur offenen Tür und nahm einen langen Ebenholzstock, der fast so groß war wie sie. »Gehen wir.« Kjarrigan warf einen letzten Blick auf sein Zimmer. Er wollte ein Buch mitnehmen. Erst dachte er an seinen Lieblingsfolianten, die Geschichte Vilwans, doch er wusste, dass er zu schwer war. Dann suchte er nach irgendeinem Buch, aber sie alle wären zu schwer gewesen.

Besiegt ließ er den Kopf hängen, seufzte und folgte Orla aus dem Turm und fort von Vilwan. Kjarrigan überlegte, ob er seinem Heim einen letzten Blick schenken sollte, entschied sich aber dagegen. Irgendwie wusste er, falls er je zurückkehrte, würde er es anders sehen als zuvor, also schien die Zeit und Energie verschwendet, die es gekostet hätte, sich den Anblick einzuprägen.

Er folgte Orla zum Hafen, zum Schauplatz seiner Erniedrigung. Obwohl seit dem Zwischenfall kaum sechs Stunden verstrichen waren, erwähnte ihn niemand. Als die Sonne im Westen versank, bestiegen Kjarrigan und die Magisterin ein siebeneinhalb Meter langes Fischerboot mit einem einzelnen Segel und einem greisen Rudergänger. Es hatte zwei Mann Besatzung, die einander und dem Skipper ähnlich genug sahen, um verwandt zu sein, und vollauf mit dem Lösen der Leinen und dem Trimmen des Segels beschäftigt waren. Andere Flüchtlinge, hauptsächlich junge Akoluthen, drängten sich unter ihre Decken, als ob sie ihr Angstzittern mit Wärme vertreiben könnten.

Das Boot glitt durch den Hafen und hinaus aufs Kreszentmeer. Dort wurden die Wellen größer, und das winzige Boot wurde wild umhergeschleudert. Der Wind blies weiter von Südwesten. Das hatte der Flotte geholfen, Vilwan zu erreichen, aber es erschwerte die Reise in die umgekehrte Richtung und zwang den Kapitän, nach Backbord und Steuerbord zu lavieren. Das Boot lag ständig schräg zu den Wellen und hüpfte entweder kräftig auf und ab oder wurde hart durchgeschüttelt, wenn es den Kurs änderte.

Kjarrigan klammerte sich ans Dollbord, und trotzdem schien jede Bewegung des Boots ihn über Bord schleudern zu wollen. Und da er größer und fülliger war als die meisten anderen Flüchtlinge, konnte er sich nicht wie sie ducken, wenn das Wasser über die Reling schlug, mit der Folge, dass ihm schon nach kurzer Zeit die Augen brannten und das dunkle Haar am Schädel klebte. Seine Robe stank. Er verdrängte den Geruch aus dem Bewusstsein und biss die Zähne zusammen.

Die ständige, unregelmäßige Auf- und Abbewegung hatte eine katastrophale Wirkung auf seinen Gleichgewichtssinn. Sein Magen überschlug sich, aber da er außer dem kargen Frühstück nichts gegessen hatte, hielt sich die Übelkeit in Grenzen. Er hatte sich schon mit dem Mehl lächerlich gemacht und wollte sich keinesfalls übergeben. Er schüttelte den Kopf, um klar zu werden, was ganz und gar nicht hilfreich war, dann zwang er sich, tief durch die Nase einzuatmen und die Luft kräftig durch den Mund auszustoßen. Er konzentrierte sich ganz auf die Atmung und blendete alles andere aus.

Er hatte seinen Magen tatsächlich einigermaßen unter Kontrolle, als die rothaarige Akoluthin rechts neben ihm plötzlich ans Dollbord stürzte. Sie hätte es rechtzeitig schaffen können, aber Kjarrigan hatte zur besseren Standfestigkeit die Beine gespreizt. Sie stolperte über seine breiten Schenkel und stürzte vornüber – ihm in den Schoß. Dann übergab sie sich.

Der saure Geruch traf ihn wie ein Hieb ins Gesicht, als er das nächste Mal einatmete. Sein Magen verkrampfte sich, und er würgte, brachte aber nichts hoch. Rippen und Eingeweide stachen und brannten, als der Würgkrampf ihn schüttelte, und er weinte. Dann schlug eine Welle über den Bug, das Meerwasser schwappte ihm in den offenen Mund, nahm ihm den Atem. Er spuckte es in einem heftigen Hustenanfall aus und voll über die Akoluthin, die ihn vollgekotzt hatte, bevor sie zurück an ihren Platz kam.

Das Boot stampfte und rollte weiter durch die Nacht, während die Kälte an Kjarrigans Fingern und Zehen nagte. Er hatte sich weniger an das von der Bewegung des Boots ausgelöste Schwindelgefühl gewöhnt, eher fehlte ihm die Energie, darauf zu reagieren. Selbst sein Magen hatte den Protest aufgegeben.

Die durchnässte Robe klebte an ihm, ebenso wie das Mädchen, das unter seinen rechten Arm gekauert neben ihm lag. Ihre Nähe machte ihm Angst, aber nicht, weil sie lüsterne Gedanken weckte. Er hatte schon früher an Frauen gedacht, hatte von ihnen geträumt. Beim Studium der Ælfenmagik hatte er einiges über Biologie und Sinnlichkeit gelernt. Das war unumgänglich gewesen, da sich ein Großteil ihrer Zauber mit dem Leben befasste. Ihre Magik erforderte eine Intimität, die er verstehen musste, um sie einsetzen zu können. Durch seine Studien verfügte er über theoretische Kenntnisse, die weit über seine praktische Erfahrung hinausgingen. Um genau zu sein, war dies mit Sicherheit der engste und längste Kontakt, den er je mit einem weiblichen Wesen gehabt hatte.

Der Gedanke an Sex machte ihm keine Angst, wohl aber die Verletzlichkeit des Mädchens. Um genauer zu sein, es schockierte ihn, dass sie sich Schutz suchend an ihn gedrückt hatte. Wärme stieg zwischen ihnen auf und sie gab leise, zufriedene Laute von sich. Sie fühlte sich sicher bei ihm, und das entsetzte Kjarrigan, denn er wusste, dass er kaum in der Lage war, für sich selbst zu sorgen, geschweige denn für jemanden, der so klein und hilflos war.

Die Stimme des Rudergängers erhob sich über das Knallen des Segels. »Da dräut Ärger hinter uns, Magisterin.«

Kjarrigan drehte sich gerade weit genug, um zum Heck zu schauen, ohne das Mädchen zu wecken. Orla ging langsam nach hinten. In der Ferne hoben und senkten sich zwei Lichter. Eines brannte knapp über dem Horizont, das andere schien zwischen den Sternen zu liegen. In der Nähe des höheren Lichts blitzte es gelegentlich rot und blau auf. Orla hockte sich neben den Rudergänger. »Könnte es ein anderes Schiff sein, das nach Saporitia zurückfährt?«

»Keines von unseren. Hoher Mast, rot und blau, das müssen Wruoner sein.« Der Mann schüttelte den

Kopf. »Und sie holen uns ein. Wenn Ihr etwas Magik wüsstet …«

Sie lachte. »Ich weiß eine Menge Magik, aber nichts davon beschleunigt uns. Wir können ihnen nicht entkommen?«

»Nee. Sie hat mehr Leinwand als wir. Mit solchen Lichtern – und wie sie uns gefunden hat, ich schätze, sie hat Magiker an Bord, die mit Eulenaugen gucken.«

Orla nickte. Kjarrigan hob die rechte Hand, um sich über die Augen zu streichen, und bereitete sich darauf vor, einen Zauber zu sprechen, wie der Fischer ihn gemeint hatte. *Wenn ich einen Falkenaugenzauber darauflege, sehe ich sie auch besser.* Er verdrängte die Gedanken an das schlummernde Mädchen und konzentrierte sich wieder auf seine Atmung, sammelte die nötige Kraft für den Zauber.

»Kjarrigan, nicht.« Orlas Befehl war ein scharfes Flüstern. »Falls sie wirklich Magiker an Bord haben, kennen sie diese Zauber.«

Der junge Mann zögerte. Er überging vorerst die Frage, woher sie gewusst hatte, was er plante, und beschäftigte sich stattdessen mit den Bedeutungen ihrer Erklärung. Die Zauber, um die es hier ging, waren leicht zu sprechen, aber schwierig zu erlernen. Mit ziemlicher Sicherheit waren Orla und er die Einzigen auf dem Boot, die sie beherrschten. *Und wenn ich sie spreche, wissen unsere Gegner, dass wir Magiker an Bord haben. Möglicherweise halten sie mich sogar für einen mächtigen Magister.*

Orla rieb sich die Stirn. »Fliehen können wir nicht. Wir haben ein Boot voller kranker Kinder. Unsere Zauber können sie abwehren. Wir haben nur einen Schuss, einen Moment der Überraschung.«

»Der sollte besser sitzen, Magisterin.«

»Das wird er, Kapitän.« Sie drehte sich um und streckte die Hand aus. »Kjarrigan, meinen Stock.«

Der junge Mann hob ihn vom Deck und zog ihn mit

einer Drehung zwischen den Sitzbänken vor. Er fuhr mit den Händen über das glatte Holz und wischte das Wasser ab, dann reichte er ihn ihr. Sie nahm ihn mit einem dankbaren Nicken entgegen.

»Was werden sie vorhaben, Kapitän?«

Er zuckte die Achseln. »Wenn sie jagen, werden sie töten. Uns rammen, uns mit Pfeilen spicken, es gibt reichlich Möglichkeiten. Vielleicht haben sie eine Draconelle.« Seine Stimme stieg bei dem Gedanken an. »Das wäre mal eine Art zu sterben.«

»Ich will hoffen, dass wir gar nicht sterben. Ich glaube, wir können ihnen schaden, wenn sie nahe genug herankommen. Halt er sich bereit, einzuschwenken und in den Wind zu drehen.«

»Beeilt Euch, Magisterin. Ihr mögt keine Zauber kennen, die ein Schiff beschleunigen, aber für die gilt das nicht.«

Ein rötliches Glühen erleuchtete das ganze Schiff und zeichnete die drei Masten und geblähten Segel als scharfe Silhouette in die Nacht. Gestalten bewegten sich auf der hohen Back und entlang des Dollbords. Plötzlich flammten Fackeln auf, dann kleine Feuer. Die kleinen Feuer erhoben sich in die Lüfte und flogen auf das Fischerboot zu, stürzten aber harmlos ins Wasser, wo sie zischend erloschen.

»Also Brandpfeile.« Der Rudergänger spuckte aus. »Sie wollen uns nur erlegen.«

Orla nickte, dann stieß sie die beiden Akoluthen, die ihr am nächsten saßen, mit dem Stock an. »Rückt ein Stück. Ich brauche Platz.«

Sie standen auf und krochen näher an die Bank, auf der Kjarrigan saß.

Die Augen der alten Zauberin wurden schmal. »Zweihundert Schritt?«

Der Rudergänger nickte. »Mehr oder weniger, und sie kommen jeden Augenblick näher.«

»Gut, bereit zur Wende.« Sie griff den Stab mit der Linken am oberen Ende, mit der Rechten auf halber Höhe. Ein heller blauer Funke leuchtete an der Spitze auf. Orla zog den Stock zurück, dann peitschte sie ihn vor und schleuderte den Funken auf das feindliche Schiff. Eine dünne blaue Lichtbahn streckte sich hinter ihm, nicht dicker als ein Spinnwebfaden, aber knisternd vor Energie.

Die magische Peitsche schlug gegen die Reling. Wo sie aufs Holz traf, loderten Flammen auf. Der Funken an ihrem Ende traf die Brust eines Matrosen und verbrannte ihn zu einem verkohlten Skelett, das in einer Explosion aus grellweißem Licht verging. Wo der Tentakel die Takelage traf, rissen mit qualmenden Enden die Seile.

Matrosen warfen sich in die zerfetzte Takelung. Manche verbanden die Leinen zwischen den Zähnen, andere packten die Enden mit beiden Händen. Ein rötliches Licht stieg aus ihren Handflächen und reparierte den Schaden. Bald war die Takelage bis auf einzelne Bereiche, die wütend rot glühten, vollständig repariert.

Andere Kreaturen liefen an der Reling entlang. Sie waren zu klein, um sie mit Menschen zu verwechseln, und die magische Energie, die grün leuchtend zwischen ihren Händen zuckte, erkannte sie als Vylænz. Einer von ihnen hob die Arme, dann schleuderte er sie vor. Ein Dutzend Pfeile aus grünem Feuer zuckten auf das kleinere Schiff zu.

Orla schnaufte verächtlich. Mit einer kurzen Bewegung ihres Stocks wirbelte der Tentakel um die Pfeile und formte einen Kegel aus blauer Energie. Sie schlugen gegen seine Wände, konnten sie aber nicht durchbrechen. Orla riss den Kegel abwärts und schleuderte sie ins dunkle Wasser, wo sie drohend weiterglühten, bis die Fluten sie löschten.

Das Piratenschiff kam weiter näher. Der Rudergänger riss an der Steuerstange und brachte den Bug herum.

Die Wellen krachten gegen das kleine Boot und nahmen ihm die Fahrt. Als es sich weiterdrehte, und der Wind das Segel wieder blähte, heftete ein Brandpfeil die Hand des Mannes an die Pinne. Er schrie auf und riss sie zurück, aber die Stange folgte der Bewegung. Das Boot drehte sich erneut und lag tot im Wasser. Schlimmer noch: Als das Segel wieder umschlug, traf die Spiere hart Orlas Rücken und warf sie aufs Deck.

Pfeile schossen durch die Dunkelheit, zerfetzten das Segeltuch. Das Mädchen in Kjarrigans Schoß schrie auf, als einer sie in den Oberschenkel traf. Sie rollte, das Bein umklammert, aufs Deck und sah Hilfe suchend zu ihm auf. Er beugte sich zu ihr hinab, um zu helfen, bemühte sich so gut er konnte, die Ruhe zu finden, die er benötigte, um sich zu konzentrieren und den ælfischen Heilzauber zu sprechen, aber dann hob eine Welle das Schiff in die Höhe und schleuderte es nach hinten. Seine Beine verfingen sich an der Bank und er überschlug sich. Er schlug hart auf und wollte schreien, aber in diesem Augenblick durchbohrte ein Pfeil den Hals des Rudergängers. Der Mann brach über der Pinne zusammen, die Hände an den Hals gerissen. Kjarrigan fühlte sich von allen verlassen.

Panik wallte in ihm auf. Er konnte nichts tun. Das Boot schüttelte sich, die Passagiere schrien. *Ich habe meine Sachen nicht, keinen Platz zum Arbeiten.* Eine Million Gründe, warum er nichts tun konnte, drängten auf ihn ein, aber irgendwie stemmte er sich auf die Beine und presste den Rücken an den Mast. Er wischte sich das Wasser aus dem Gesicht und biss die Zähne zusammen. *Jetzt hängt alles von mir ab. Ich muss etwas tun!*

Ein Pfeil erstickte seine Flammen im Fleisch des jungen Adepten, durchbohrte seine Brust, heftete ihn an den Mast. Schmerz explodierte in der Wunde, brennend, bohrend, scharfkantig, grell. Agonie durchtoste ihn, wrang ihn aus, schüttelte ihn. Das löste neue

Schmerzen in der Wunde aus. Er wollte husten. Als es ihm gelang, wurde der Schmerz stärker, und er schmeckte Blut. *Mein Blut.*

Schmerzen, Blut, die Schreie, das hievende Boot, dessen Bewegung an dem Pfeil zerrte, all das hätte ihn erschlagen müssen. Da stand er nun, fern der Heimat, durchnässt, trostlos. Das Mädchen, das bei ihm Schutz gesucht hatte, krümmte sich winselnd unter einer mit Pfeilen gespickten Bank. Zerfetzte Segelbahnen knallten im Wind. Eine neue Pfeilsalve schlug in die Planken.

Und doch konzentrierte er sich in all diesem Chaos auf eine einzige Sache. Die Vylænz stießen ein hohes, heulendes Lachen aus, das mit größerer Gewalt auf ihn einhämmerte als alles Gelächter auf Vilwan. Das Lachen dort hatte geschmerzt, aber dieses Lachen schlug ihm die Zähne in den Leib und zerfetzte ihn. Irgendwo tief im Innern seines Geistes erkannte Kjarrigan, dass sie ihn töten wollten und dieses Lachen nur eine weitere grausame Waffe war, die sie dazu einsetzten.

Bis auf einen wichtigen Punkt war Kjarrigan kaum mehr als ein Kind. Verschreckt und verwundet schlug er nach dem Piratenschiff. Er kannte Hunderte Zauber, darunter eine vernichtende Auswahl Kampfzauber, aber er griff das Wruoner Schiff mit einem Zauber an, der ihm so vertraut war wie kaum ein anderer. Solange er zurückdenken konnte, hatte er ihn mehrmals täglich eingesetzt. Hätte er nachgedacht, hätte ihm sogar der Gedanke kommen können, dass die Vylænz gegen einen Alltagszauber wie diesen keine Gegenwehr vorbereitet haben würden. Aber er dachte nicht nach.

Er reagierte nur.

Thaumaturgische Energien schlugen wie eine unsichtbare Woge aus ihm und rasten auf das Ziel zu. Sie schwollen an und bekamen das Schiff in ihren Griff. Er hob die rechte Hand und das Schiff stieg aus dem Meer. Wasser stürzte in Kaskaden vom muschelverkrusteten

Rumpf. Drei Mannshöhen, sechs, immer höher stieg es in die Nacht. Kjarrigan knurrte, wollte das Schiff bis zum Mond heben, dann wollte er die Hand schließen und es zerquetschen. Er wollte die Planken zwischen unsichtbaren Fingern splittern, zerbrochene Mastbäume durch den Himmel fliegen sehen, Takelung und zerfetzte Leinwand wie Flammen nachziehend, während sie herabstürzten.

Aber dazu fehlte ihm die Kraft. Also öffnete er einfach die Hand, als das Schiff den Mond verdeckte, und ließ es fallen.

Das Schiff legte sich etwas zur Seite, während es stürzte. Ein Teil der Besatzung fiel von Bord, der Rest klammerte sich an Reling und Takelage. Ein paar der Taue brachen, und Matrosen peitschten am Ende der Seile umher wie ein Knoten am Ende einer Peitsche. Diejenigen, die sich nicht halten konnten, wurden weggeschleudert, wirbelten durch die Nacht davon. Die Segel blähten sich, rissen an Masten und Spieren. Die Leinwand riss, die Masten krachten.

Dann schlug das Schiff auf das dunkle Wasser. Der Rumpf war darauf ausgelegt, das Hämmern der Wellen selbst im schwersten Sturm auszuhalten. Aber aus der Höhe, aus der er nun herabstürzte, hätte das Wasser ebensogut Granit sein können. Spanten brachen und Masten splitterten wie dürres Geäst. Decksplanken rissen sich los und flogen sich überschlagend davon. Das Schiff prallte ab, hüpfte einmal, dann ging es mit lautem Brodeln unter. Die Segel legten sich wie zerfetzte Leichentücher über das sinkende Wrack.

Ins Dunkel der Nacht gehüllt packte Tagostscha das Schiff und zerrte es gierig hinab in sein Reich.

Verletzt, blutigen Nebel hustend, sah Kjarrigan zu, wie das Piratenschiff starb. Er sackte nach vorne, brach irgendwo hinter sich den Pfeil ab und fiel auf die Knie. Er lächelte mit blutigen Zähnen dem Feind hinterher. Er genoss den Sieg einen Augenblick lang, ging ganz in ihm auf.

Im nächsten Moment traf ihn eisige Angst.

Die Piraten rächten sich. Die gewaltige Woge, die der Sturz ihres Schiffs aufgewühlt hatte, ließ Kjarrigans Boot kentern.

Kapitel Sechsundzwanzig

Die mahlenden Schmerzen in Wills Schultern wetteiferten mit dem Stechen in seinem Kreuz darum, welcher Körperteil mehr schmerzte. Hintern und Beine kamen in diesem Wettbewerb nicht einmal in die Nähe der Trophäe und begnügten sich damit zu brennen. Das gelegentliche Zittern der Muskeln in den Oberschenkeln oder Armen lieferte einen gewissen Kontrast, verbesserte die Lage aber in keinster Weise.

Und doch fand Wills körperliches Unbehagen, als sich der Abend über Vilwan senkte und er einen Eimer Meerwasser nach dem anderen von einem Akoluthen annahm und den Hang aufwärts zum Nächsten weitergab, nur in einer Ecke des Hinterkopfes Platz. In seinem Geist loderte helle Wut, und wäre er nicht erschöpft bis an den Rand des Zusammenbruchs gewesen, hätte er ihr in einer Schimpfkanonade Luft verschafft, die die Akoluthen um ihn herum hätte in Deckung sprinten lassen. Er fühlte sich erniedrigt und lächerlich gemacht, schlimmer noch, verwirrt, und all das fachte seinen Zorn an.

Die Eimerkette trug Wasser die Steilklippe der Nordküste Vilwans hinauf. Über der Akoluthenkette, gute sieben Mannshöhen über dem Meeresspiegel, krallte sich eine zinnengekrönte Festungsmauer ins dunkler werdende Blau des Himmels. Krieger patrouillierten auf der Mauer und tauchten nur sekundenlang zwischen den Mauerzacken auf. In Abständen von zwanzig Schritt erhoben sich schlanke Türme, an deren Spitze Krieger Feuer entzündeten, und Will konnte Entschlossen und Kräh als Silhouetten auf dem nächstgelegenen Turm erkennen.

Der Angriff der Piraten wurde nicht am natürlichen Hafen auf der Ostseite der Insel erwartet, sondern an ihrer nördlichsten Spitze. Der Hafen selbst war geschlossen worden, nachdem die Evakuierungsschiffe ausgelaufen waren. Niemand schloss einen Ablenkungsangriff auf den Hafen aus, aber es war einfach eine Tatsache, dass die Eroberung des Hafens Vilwans Fall nicht garantieren konnte.

Die Insel bestand aus zwei Gebirgsketten, zwischen denen sich ein Tal von Norden hinab zum Südosten erstreckte. Es existierten zwar Lücken in den Gebirgszügen, aber sie zu verteidigen wäre nicht schwierig gewesen. Das Tal war die einzige Route ins Herz der Insel, wo sich der Zentralturm erhob. Unterwegs würden die Angreifer noch den Turm des Magisters Kampf belagern müssen, der ihren Weg wie eine quer im Hals steckende Gräte blockierte. Aber der lag fast fünf Meilen hinter der Küstenfestung, auf einem Hügel, auf dem jeder Zoll Boden teuer erkauft werden musste. An Schlüsselpunkten der Route waren Truppen aufgestellt, um den Blutzoll zu fordern, der Kytrins Kräften das Genick brechen sollte.

Nicht, dass ich ihnen etwas davon abzwingen dürfte. Will zitterte vor Wut. Es hatte ihm nichts ausgemacht, die Schiffe zu entladen und den Nachschub zu schleppen, weil er wusste, dass der für den Kampf benötigt wurde. Er konnte sogar verstehen, dass die Magiker ihre Zauberkräfte für die bevorstehende Schlacht schonen mussten. Dass dies körperliche Arbeit nötig machte und er als Arbeiter mithelfen musste, konnte er hinnehmen. Er hatte es sogar verstanden, als die jüngeren Akoluthen und andere von der Insel evakuiert worden waren, obwohl das seine Belastung erhöht hatte.

Aber er hasste es, nicht mitkämpfen zu dürfen. Entschlossen hatte diese Entscheidung getroffen und sich geweigert, Wills Gegenargumente zur Kenntnis zu nehmen. Als er sich bei Kräh beschweren wollte, hatte der alte Mann nur die Schultern gezuckt. Er hatte Will erklärt, der junge Dieb habe sich zwar tatsächlich in den verschiedenen Gefechten gut bewährt, die sie während des vergangenen Monats geschlagen hatten, aber dass sie in all diesen Kämpfen gegen kleine, schlecht organisierte Feindgruppen angetreten waren.

Man brauchte kein Großmagister zu sein, um sich ausrechnen zu können, dass diese Schlacht brutal werden würde. Der bloße Gedanke einer Invasion Vilwans schien verrückt, aber Will zweifelte nicht daran, dass irgendeine bizarre Logik dahinter steckte. Eines der wirkungsvolleren Ablenkungsmanöver beim Diebstahl von Geldkatzen bestand darin, verrückt zu spielen. Während das Opfer versuchte herauszubekommen, was mit einem los war, oder einfach nur fortzukommen versuchte, war es verletzbar.

Aber das spielte kaum eine Rolle für Will, denn das Leben auf der Straße hatte ihn nicht nur diese eine Lektion gelehrt. Er hatte auch gelernt, dass es in einem Kampf keine Zurückhaltung gab. Es ging darum, dem Gegner so viel Schaden zuzufügen wie möglich. Und so wie er das sah, konnte man umso mehr Schaden anrichten, je mehr Kämpfer man einsetzte. Er wollte einer dieser Kämpfer sein.

Ein Adept unten am Wasserspiegel rief etwas, das Will nicht verstand. Die am nächsten am Wasser stehenden Akoluthen verließen die Kette und schleppten die Wassereimer selbst hoch. Der Adept winkte sie weiter und Will folgte ihnen. Er schleppte seinen letzten Eimer hoch und ärgerte sich etwas, dass ihm das passieren musste, kurz bevor er an der Reihe gewesen wäre, mit den Burschen in der Leereimerkette hinter ihm den Platz zu tauschen.

Der Aufstieg war recht kurz, aber schwierig. Die Felsenküste erhob sich steil über einem von der Brandung verwitterten Fels, der in nassem Zustand sehr rutschig war. Truppen, die auf diesem Weg vorrückten, bot er kaum Deckung, und die einzigen sich anbietenden Wege verengten sich zu zwei Engpässen. An diesen Stellen würde reichlich Blut fließen, und so lange den Verteidigern die Munition für Katapulte und andere Belagerungsmaschinen nicht ausging, würde es den Angreifern schwer fallen, mehr als einen prekären Brückenkopf zu etablieren.

Oben angekommen leerte Will den Eimer in eine Zisterne. Danach warf er ihn auf den Wagen, auf den die anderen ihre eigenen stapelten und ging zu der kleinen Nische, in der er seinen Gürtel mit dem Langmesser und dem Klingensternbeutel deponiert hatte. Er legte den Gurt um, zog das Langmesser an seinen Platz auf der linken Hüfte und schaute hinauf zu dem Turm, auf dem er Entschlossen und Kräh gesehen hatte.

Scheppernd und quietschend schob sich ein Mann in sein Blickfeld. »Bist du Will?«

Der Knabe nickte und versuchte, nicht zu starren. »Ja, bin ich.«

»Ich wurde geschickt, dir deinen Platz zu zeigen. Folge mir.«

Der Mann drehte sich um und marschierte vom Turm fort. Will wollte protestieren, doch der Mann – *nein, er ist ein Meckansh* – faszinierte ihn dermaßen, dass er nicht anders konnte, als ihm zu folgen. Das linke Bein war von der Mitte des Oberschenkels abwärts von Metallstreben und Gestängen ersetzt. Drähte und ausgefranste Fetzen Kettenhemd hingen wie Spitze daran herab. Auch die linke Hand und der Unterarm waren durch eine Gelenkkralle mit zwei Fingern und einem Daumen ersetzt. Über Arm und Bein und sogar bis hinauf zur Schulter war Kettenpanzer in seine Haut eingeschmolzen.

Will hatte schon oft von Meckanshii gehört, aber noch

nie einen getroffen. Eine Kompanie von ihnen war am späten Abend aus Festung Draconis eingetroffen und an der Nordküste gelandet. Woher Dathan Cavarr, der Markgraf Draconis, gewusst hatte, dass sie benötigt wurden, konnte sich niemand erklären, aber das machte sie nicht weniger willkommen.

Den wenigen Gesprächsfetzen, die er aufgeschnappt hatte, entnahm er, dass die Meckanshii die Verteidigung Vilwans als Schutz ihrer Heimat ansahen, auch wenn keiner von ihnen tatsächlich von hier stammte.

Der Mann schaute sich über die Schulter nach ihm um. »Was ist, Junge, hinke ich zu schnell für dich?«

Will schüttelte den Kopf und schloss hastig auf. »Ich habe noch nie …«

»Ja, das sehe ich daran, wie du mich anstarrst.« Er seufzte. »Also schön, Will, ich erzähle es dir. Ich war ein Müllersohn in Gurol. Als ich etwa in deinem Alter war, vielleicht etwas älter, fiel ich in den Bach und hab Arm und Bein im Mühlrad verloren. Es waren keine Ælfen in der Nähe, die mich hätten heilen können, also haben meine Eltern mich an den Markgrafen Draconis verkauft.«

»Verkauft?«

»Gegen eine Pension, für meine Dienste. Sie wussten, dass ich nicht zurückkomme. Zum Betteln taugte ich nicht, also nahmen sie das Gold. Ich wollte auch. Oben in der Festung hat der Markgraf alle Sorten Magiker auf uns angesetzt, Ælfen, Menschen, urSreiði. Beim letzten Versuch, die Festung zu erobern, hat Kytrin einen Zauber eingesetzt, der die Heilung der Verwundeten rückgängig machte. Wir sind alle Einzelstücke. Uns kann kein allgemeiner Zauber aufhalten. Sie müsste uns jeden einzeln analysieren, um unsere Magik zu kontern.«

Will blinzelte. »Könnt Ihr mit den Dingern fühlen?«

»Wo sie sind, ja, aber warm oder kalt, weich oder hart, nein.« Er zuckte die Achseln. »Die Magik hilft mir, das

Gleichgewicht zu halten, aber wir trainieren auch alle ständig. Wir sind nicht gerade leise, deshalb können wir uns nicht anschleichen, aber im Kampf sind wir nicht zu verachten. Ich heiße Gerhard.«

»Will, aber das wisst Ihr schon.«

»Tatsache.« Gerhard ging voraus, eine breite Treppe hinab, die mehrmals an einem Absatz die Richtung umkehrte, und über einen Hof zu einem wuchtigen, gedrungenen Gebäude mit engen Fenstern. Ein dickes Mauerstück ragte im rechten Winkel aus der Wand und schirmte den nach Norden gelegenen Eingang ab. Sie traten in einen runden Vorraum von etwa vier Schritten Durchmesser, dann führte der Weg eine schmale Treppe hoch in ein großes Zimmer. Von dort führten links und rechts Treppen weiter hinauf.

Ein blonder Adept wartete am Kopf der Treppe. »Danke, Hauptmann.«

»War mir ein Vergnügen.« Der Meckansh nickte Will knapp zu. »Du wirst hier bei Adept Jarmy bleiben.«

»Ich will draußen an die Front.«

»Natürlich willst du das, Sohn.« Gerhard hob den linken Arm, öffnete langsam die Kralle und schloss sie mit einem blechernen Schnappen wieder. »Alles zu seiner Zeit, jeder an seinem Ort. Dein Ort ist hier. Passt auf ihn auf, Jarmy.«

Will sah dem Soldaten nach, dann drehte er sich zu dem Adepten um. Er erinnerte sich dunkel an ihn. »Und, habt Ihr einen Besen für mich, mit dem ich aufkehren kann?«

Der Adept kniff für einen Moment die braunen Augen zusammen, dann nickte er. »Ach ja, gestern, am Hafen. Nein, nichts dergleichen. Komm mit.«

Will folgte ihm die Treppe hinauf, am nächsten Stockwerk vorbei unters Dach. Sie gingen einen Korridor entlang nach Süden und bogen rechts ab in einen Raum mit niedriger Decke. In die Nordwand war ein langer

Schlitz eingelassen, ähnlich einer Schießscharte, aber parallel zum Boden. Sie traten an die Wand, und Will konnte die Festungsmauer, das im Mondlicht schimmernde Meer und ein Heer schwankender Lichter sehen, die anrückende Flotte.

Er schluckte schwer. »Das sind eine Menge Schiffe.«

»So ist es, und es sind nicht einmal alle Schiffe, die Kytrin hat.«

»Wie meint Ihr das?«

Jarmys Kaumuskeln spannten sich. »Nicht alle Schiffe sind nach Sanges durchgekommen. Die Piraten haben ihnen aufgelauert und die Boote angegriffen. Sie haben Krieg gegen Kinder geführt. Hier gibt es kein Pardon.«

»Wie viele sind verloren?«

»Wir wissen es nicht. Zu viele.« Der Adept deutete nach Norden. »Es beginnt.«

Will verzog das Gesicht. »Und wir warten hier?«

»Bis es soweit ist, ja.« Jarmy sah zu Will herab. »Vielleicht brauchen sie uns nicht.«

»Und wenn doch?«

»Halten wir sie auf.« Der Adept schaute wieder nach Norden, und Will lehnte sich vor, gegen den Stein. Draußen in der Dunkelheit konnte er nicht viel erkennen, aber es dauerte nicht lange, bis sich das Geschehen überdeutlich abzeichnete. Ein Schiff hatte parallel zur Festung gedreht. Bevor Will sich auch nur fragen konnte, wozu das gut sein mochte, brachen je drei Flammenzungen aus Back und Achterdeck. Einen Pulsschlag später schüttelte ihn ein Donnerschlag durch. Unter ihnen an der Mauer traf ein Projektil eine Mauerzinne – und der Stein barst wie Glas. Die Soldaten, die in der Nähe gestanden hatten, verschwanden einfach, während andere von Steinsplittern getroffen zu Boden sanken und sich vor Schmerz wanden.

Ein anderes Projektil verfehlte die Mauer, krachte aber auf den Laufgang dahinter. Die Eisenkugel prallte ab und hinterließ einen kleinen Krater, dann hüpfte sie hinab und über den Festungshof. Sie streifte einen Soldaten und riss ihm das rechte Bein ab, dann verlor Will sie aus den Augen. Die restlichen Schüsse trafen die Festungsmauer. Die Männer über den Einschlagstellen verloren den Halt und fielen um, blieben aber am Leben.

»Was war ...?«

»Draconellen, ein halbes Dutzend.« Jarmy klopfte gegen die Mauer. »Der Markgraf Draconis ist ziemlich zurückhaltend mit Informationen, aber unsere Leute, die ihm bei der Herstellung von Meckanshii geholfen haben, waren sehr aufmerksame Beobachter. Einen hohen Turm können die Draconellen umreißen, aber wenn er breit und niedrig ist wie dieser, fällt es ihnen schwerer.«

Aus der Flotte schob sich ein Dutzend langer, niedriger Schiffe vor, die vor Rudern strotzten. Selbst auf diese Entfernung waren die Stimmen der Antreiber zu hören, die auf die Ruderer einbrüllten. Die Galeeren glitten in gestaffelter Linie näher. Die Wellen schlugen hart gegen ihre seltsam abgeflachten Buge. Will kannte sich mit Schiffen nicht sonderlich aus, aber diese wirkten nicht gerade seetauglich. *Gut, dass sie nicht weit zu fahren brauchen.*

Unter ihnen hallte ein Befehl, und eine Hand voll Katapulte schleuderte ihre Ladung hoch in die Luft. Mehrere der Projektile brannten, und einer dieser Meteore schlug ins Heck einer Galeere ein. Das Holzfass brach auseinander und spritzte Naphtalm über das ganze Achterdeck und in die Ruderergänge. Matrosen schrien und schlugen panisch um sich. Manche sprangen über Bord, andere brachen zusammen. Auch der Steuermann brannte und überließ das getroffene Schiff sich selbst, als er über die Seite ins Wasser hechtete.

Es rammte eine andere Galeere und rasierte ihr die Ruder weg. Schlimmer noch, die Riemen schlugen hart auf Leib und Rücken der Ruderer, zertrümmerten Rippen und Wirbelsäulen. Neues Kreischen stieg von beiden Schiffen auf. Das eine lief auf ein unter der Wasseroberfläche lauerndes Riff, das andere, das immer heller loderte, setzte sein Schwesterschiff jetzt mit in Brand.

Trotzdem glitten die anderen weiter auf die Küste zu und hinter ihnen folgte bereits eine zweite Welle. Als die ersten Galeeren das Ufer erreichten, schoben sie den Bug über die Felsen und blieben hängen. Angesichts der Wucht, mit der sie aufgeschlagen waren, würde es eine Ewigkeit dauern, sie freizubekommen. Etwa im selben Augenblick kam Will der Gedanke, es könnte gar nicht beabsichtigt sein, sie je wieder flottzumachen.

Der abgeflachte Bug der Galeeren explodierte in einer Fontäne magischen grünen Feuers auswärts. Krieger – Menschen und Schnatterer – strömten aus den Laderäumen und stürmten brüllend und bellend die Felsen hinauf. Weitere Naphtalmfässer explodierten, badeten den Fels in Flammen oder entzündeten die aufgelaufenen Schiffe. Matrosen brachten sich an Land in Sicherheit.

Aber Sicherheit war Mangelware. Bogenschützen stiegen aus dem Festungshof auf die Mauern, spannten und feuerten. Ein Hagel von Pfeilen schwirrte durch die Nacht. Tuchellenlange Schäfte bohrten sich in Ziele, die vor den brennenden Schiffen deutlich sichtbar waren. Ein Pirat, dem ein Pfeil in die Schulter gedrungen war, brach ihn trotzig ab. Als er den zerbrochenen Schaft triumphierend in die Höhe hielt, schlug ein halbes Dutzend weiterer Pfeile in seinen Leib und streckte ihn zu Boden.

Wieder donnerten die Draconellen, zertrümmerten Stein und verstreuten die Soldaten auf den Balustraden. Ein kleiner Teil der Mauer stürzte ein und öffnete eine schmale Lücke nahe ihrer Mitte. Der Einsturz war zu weit nördlich, um den Angreifern viel zu nutzen, aber er unterstrich die Macht der Draconellen.

Mehr Galeeren schoben sich auf den Strand, und die aus ihnen steigenden Männer trugen große Schilde, die sie zu Sturmdächern verbanden. Pfeile spickten sie, konnten sie aber nicht aufhalten. In der Nähe eines Sturmdaches brach ein Fass Naphtalm auseinander und setzte es in Brand, und ein Katapultstein zertrümmerte ein anderes mitsamt den Kriegern, die es trugen. Trotzdem rückten immer mehr davon an und positionierten sich als Schutz entlang der gefährlicheren Stellen des Aufgangs.

Will beobachtete das Geschehen in einer Mischung aus Faszination und Entsetzen, aber er schüttelte den Kopf. »Das spielt keine Rolle, oder? Sie kommen trotzdem nicht die Mauer hoch. Es sind zu viele Verteidiger.«

Jarmy nickte. »So sehe ich das auch. Sie hat nur die Draconellen gegen die Bogenschützen, und die konzentrieren sich darauf, die Mauer zum Einsturz zu bringen. Falls sie nicht noch ein As im Ärmel hat …«

»Soldaten mit Draconetten?«

Der Adept schüttelte den Kopf. »Nicht treffsicher genug.«

»Was dann?«

»Ich weiß es … O nein, liebe Götter.« Jarmy deutete zum Himmel. »Da, beim Mond.«

Will schaute hoch und fühlte, wie sein Magen sich verknotete.

Ein Drache glitt über die Mondscheibe, wirkte wie das Bild auf einer Münze. Ein Flügel hob sich, der andere senkte sich, und er stieß herab wie ein Falke, der sich auf die Beute stürzt. Zwei kleine Flammenbahnen zogen sich von seinen Nüstern nach hinten, ließen goldene Schuppen brillant erstrahlen, liebkosten mit ihrem Schein rötlich schwarze Augen. Er glitt tief über die Mauer, und als er den Punkt erreicht hatte, den die Angreifer am leichtesten erreichen konnten, brach ein Inferno aus seinem Maul.

Kapitel Siebenundzwanzig

Das flüssige Naphtalmfeuer strömte, das Drachenfeuer aber *jagte*. Seine Flammenzungen leckten Steinzinnen zu Dampf. Es schmiegte sich wie Efeu um einen der Türme, dann zog es sich zusammen, und geschmolzener Stein brach hervor wie Saft aus einer zerquetschten Frucht. Rotgoldene Flammen schmolzen Fleisch von Knochen, bevor sie die geschwärzten Skelette verzehrten. Ein Meckansh, der von der Taille abwärts aus Metall bestand, glühte erst rot auf, dann weiß, dann verdampften Unterleib und Beine. Er atmete Flammen ein. Das brachte sein Kreischen zum Verstummen, aber reichlich Kehlen schrien sich heiser, und auch Will keuchte vor Entsetzen.

Der betroffene Teil der Mauer sackte weg und sank auf die Höhe der Klippenwand hinab. Was Vilwan noch Sekunden vorher unangreifbar gemacht hatte, wies jetzt eine Bresche auf, die nicht zu schließen war. Hitze stieg von dem verflüssigten Stein auf, doch formte sich schnell eine harte, schwarze Kruste. Die kräftigen Schläge der Drachenschwingen kühlten ihn ab und schleuderten die Verteidiger zurück, die kamen, um die Mauerlücke zu verteidigen.

Der Drache stieg hoch in die Luft. Seine Schuppen glänzten in goldenem Feuer. Er wirbelte und rollte durch den Nachthimmel. Die Drehung setzte sich bis in den Schwanz fort, dessen Spitze sie mit einem Peitschenschlag abschloss. Ein spielerischer Feuerstrahl schoss aus seinen Nüstern.

Will starrte Jarmy an. »Tut etwas!«

Der Magiker schauderte. »Wenn ich fünftausend Jahre alt würde, ich könnte nichts dagegen machen.«

Draußen in der Nacht, auf der Mauer, erkannte Will Krähs Silhouette an der Spitze eines Turms. Und Entschlossen und Dranæ waren nicht zu verwechseln, als sie neben ihm auf die Bresche zuhielten. Jenseits der Mauer tauchten die ersten Schnatterer auf. Sie zögerten keine Sekunde, trotz des Schmerzgeheuls der Ersten, die auf den qualmenden Fels traten.

»Der Drache braucht nur zurückzukommen und die Mauer abzuflammen ...« Wills Magen überschlug sich. *Sie sind tot, meine Freunde sind verloren.*

»Nicht so hastig, Will.« Jarmys Blick wurde ernst. »Der Drache da draußen ist noch ziemlich jung, und er ist hier herausgeflogen. Der Feuerstoß hat ihn erschöpft. Wenn er etwas älter wäre und ausgeruhter, dann wäre deine Angst berechtigt.«

»Also tun wir gar nichts?«

Der Kampfmagiker schaute auf ihn herab. »Es ist eine der Regeln der Kriegsführung, Will. Die Seite, die ihre Reserven zuletzt einsetzt, gewinnt. Unsere Zeit ist noch nicht gekommen.«

Und unsere Verstärkungen sind machtlos gegen ihre, jung und erschöpft oder nicht. Will legte die Linke um den Griff des Langmessers. »Ich muss da hinaus.«

»So versessen darauf, zu sterben?«

»Versessen zu töten, meinen Freunden zu helfen.«

Jarmy legte ihm die Hand auf die Schulter. »Du wirst deine Chance noch bekommen.«

Wieder dröhnten die Draçonellen. Manche Schüsse schlugen in die Mauern und brachten sie zum Erzittern. Ein Teil der Geschütze jedoch hatte diesmal statt einer schweren Eisenkugel eine Salve kleinerer Geschosse geladen, die als Querschläger durch die Festung peitschten. Eine knallte nicht weit von Will entfernt in den Stein. Sie verloren Schwung, wenn sie durch lebende Körper schlugen, aber nur langsam, und hinterließen reihenweise Leichen und einen in dunklem Blut schwimmenden Festungshof.

Entschlossen und Dranæ waren flankiert von Menschen und Meckanshii in die Bresche getreten. Die beiden Klingen des Vorqælfen blitzten silbern im Mondlicht, bevor sie dunkelnass glänzten, als seine Attacken die Feinde durchbohrten und aufschlitzten. Er war so weit in die Mauerlücke vorgerückt, dass seine Stiefel qualmten, und wenn die Schnatterer zu Boden sanken, die gegen ihn anstürmten, verkochte ihr Blut auf dem glutheißen Stein.

Dranæ steckte in einem Kettenpanzer, der ihm wie ein Rock um die Beine schwang. Er schwang einen Kriegshammer, mit flacher Schlagfläche auf einer Seite des Kopfes und einer brutal gekrümmten Klaue auf der anderen. Ein fester, beidhändiger Hieb trieb die Schnatterer in den Boden, dann bohrte sich die Klaue in Rüstung oder Schädel. Selbst die stählerne Schutzkappe am Ende des Schafts war tödlich, wenn er ihn herumriss und mit ihr Kehlköpfe zerquetschte.

Trotz ihrer heldenhaften Anstrengungen und der Trupps von Bogenschützen, die von den Mauern hinab in die Bresche feuerten, wurden die Verteidiger Zoll um Zoll zurückgedrängt. Immer neue Boote landeten und spien Legionen von Schnatterern aus. Draconellesalven pflügten über die Mauern und hielten blutige Ernte unter den Bogenschützen. Kugeln flogen durch den Hof, töteten die Katapultmannschaften und zerschlugen mindestens ein Fass mit Naphtalm. Es fing Feuer und setzte die Belagerungsmaschine in Brand, auf der es geladen war. Das Halteseil brannte durch, das leckende Fass wurde abgefeuert und zog eine Flammenspur über Festungshof und Mauer.

Über all dem tanzte gemächlich der Drache und glitt mal hierhin, mal dorthin. Dann, als Kräh ein Fass

Naphtalm aufhob und in die Bresche warf, und die Fackel, die ihm folgte, einen Flächenbrand auslöste, reagierte er. Der Drache glitt herab, und bis auf Entschlossen und Dranæ duckte sich alles. Die riesige Echse zog am Ende des Sturzflugs wieder aufwärts und in eine Schleife, dann schlug sie einmal mit den Schwingen und kam zurück, um die Bresche zu säubern. Ein ohrenbetäubender Schrei schnitt durch den Kampflärm und übertönte sogar das Donnern der Draconellen. Der goldene Drache drehte aufwärts, aber ein schwarzer Schatten schlug hart auf ihn herab. Der goldene Drache schlug auf den Boden auf, hart, sehr hart, hart genug, dass Will sich an der Mauer festklammerte, um nicht zu stürzen, als die ganze Insel unter dem Aufprall erzitterte. Der Schatten hob sich in die Nacht und sein wütender Schrei verwandelte sich in ein Triumphgebrüll.

Der goldene Drache kam hinter der Bresche wieder auf die Beine und schüttelte sich wie ein nasser Hund. Zerquetschte Schnattererteile flogen nach allen Seiten davon, nasse Streifen zogen sich über die Schuppenhaut. Er antwortete mit einem herausfordernden Kreischen, dann schlug er mit den Schwingen und erhob sich wieder über die Mauerkrone.

Als er an der Mauer vorbeiglitt, erhielt Will den ersten Eindruck seiner wahren Größe. Keinen ganzen Herzschlag lang sah er einen Mann in dem schwarzen Schlitz der Pupille verschwinden, als das Ungeheuer sich in die Lüfte erhob. Goldene Schuppen von der Größe eines Kriegerschilds bedeckten seinen Leib, und die Pranken waren so groß wie ein Brauwagen, das Gespann eingeschlossen. Als es die Schwingen senkte, traf die Spitze des rechten Flügels einen auf der Mauer stehenden Bogenschützen und zertrümmerte ihn wie eine Reisigpuppe.

Von der Nase bis zur Schwanzspitze war die Kreatur länger als die größten Ozeansegler, aber der Drache, gegen den sie sich zum Kampf emporschwang, wirkte noch gigantischer. Die bis auf blutrote Streifen, die sich schwungvoll von der Bauchseite aufwärts zogen, in mitternachtsschwarze Schuppen gehüllte Echse war breiter. Und es war kein Fett, es waren Muskeln, die sie ihrem Gegner gegenüber wirken ließen wie Dranæ neben Kräh. *Gewaltig und mächtig, gewaltig mächtig.* Trotz seiner größeren Ausmaße wich der schwarze Drache dem Angriff des goldenen aus, als dieser zu ihm emporschoss. Dann biss er blitzartig nach dem linken Hinterbein des Goldenen und hinterließ eine dunkle Wunde an dessen Hüfte.

Der Golddrache kreischte wieder und wälzte sich in der Luft herum. Er stieß sich drehend herab und versuchte, in den Gleitflug überzugehen. Eine Flügelspitze schlug durch die Takelage eines Wruoner Schiffs. Der Drache riss den Körper herum, um den Flügel zu befreien, dabei aber peitschte sein Schwanz unter einem gewaltigen Bersten der Bohlen durch den Schiffsrumpf. Der Segler wurde förmlich zerfetzt, das Heck in eine Richtung gedrückt, während die Back hinab ins Meer tauchte.

Hinter ihm schwang der Schwanz des Schwarzen wie ein Anker durchs Wasser. Die goldene Echse wand sich und versuchte, sich auf den Rücken zu drehen, um ihren Schwanz zu befreien. Es gelang, aber das Manöver hatte sie so viel Geschwindigkeit gekostet, dass sie sich nicht mehr in der Luft halten konnte. Der Drache schlug hart aufs Wasser, wobei er ein weiteres Schiff unter sich zertrümmerte, und sein Aufprall schleuderte eine Woge auf, die manche Schiffe in die Höhe hob und andere verschluckte.

Die Welle erreichte das Ufer, schleuderte die auf Grund gelaufenen Galeeren den Abhang hinauf und spülte auf dem Rückzug die Kadaver ins Meer. Noch immer jagten neue Galeeren heran und schoben sich auf die Insel. Mindestens eine schlug auf ein Riff, brach entzwei und schleuderte ihre Fracht ins aufgewühlte Meer.

Aus Krähs Turm stieg ein blauer Feuerball hoch in die Luft. Jarmy zog die Arme aus der Robe und knotete sich die leeren Ärmel in Bauchhöhe um. »Jetzt, Will. Jetzt ist unsere Zeit gekommen.«

Als Jarmy aus der Hand eines zweiten Zauberers einen tiefschwarzen, mit Runen und Symbolen bedeckten Stock annahm, trat noch ein Dritter an die Mauer und drückte die Hand auf den Stein. Ein blaues Licht strömte durch die Haut des Magikers und in die Wand, zeichnete jede Fuge und Linie in diesem kleinen Abschnitt der Mauer nach. Eine Kältewelle schlug durch das Zimmer, dann explodierte die Wand auswärts. Die Steinblöcke, aus denen sie geformt war, flogen durch die Luft und formierten sich paarweise zu weiten Bögen, verbunden nur durch drei Schritt lange, nahezu durchsichtige Regenbogensektionen. Andere, ähnliche Brücken, einige hohe Bögen, andere serpentinenartig gewunden, verbanden die Festung an anderen Stellen mit den Mauern.

Bevor Will fragen konnte, was geschah, rannten Jarmy und ein halbes Dutzend weiterer Adepten hinaus auf die Regenbogenbrücke. Die meisten hatten für den Kampf ebenso wie Jarmy den Oberkörper entblößt, einschließlich einer dunkelhäutigen Magikerin. Ihre Stöcke leuchteten mit einem inneren Glanz auf, dessen Farbe sich von Blau zu einem Weiß steigerte, unter dessen grellem Licht Will die Augen schmerzten. Nur die in das Holz gravierten Symbole blieben tiefschwarz, und Will schauderte, als er ein paar von den Tätowierungen auf Entschlossens Haut wiedererkannte.

Aus dem Stock eines Magikers sprangen dunkelgrüne Kreaturen, die aus nichts als einem mit scharfen Zähnen gefüllten Maul und zwei dürren, krallenbewehrten Armen bestanden, um den Kugelkörper zu bewegen.

Sie hüpften über die Mauern wie zuvor die Projektile der Draconellen, dann stürzten sie sich herab und verschlangen Schnatterer.

Andere Magiker schleuderten Feuerbälle in die wogende Masse der Invasoren. Die Zaubergeschosse brannten Schneisen durch die Angreifer, bis irgendein Vylæn den Spruch neutralisierte. Wieder andere Zauberer duellierten sich mit den Vylænz, parierten deren Sprüche und schlugen mit eigenen Zaubern zurück.

Jarmy sprang von der Brücke in die Bresche und landete links neben Entschlossen. Er wirbelte den Stock wie einen Kampfstab, dann ließ er ihn über die Steine streifen. Wo immer das Holz einen Stein berührte, flammte blaues Feuer auf und zeichnete einen Kreis, den er von Schnatterern freihalten wollte. Die Herausforderung blieb nicht ohne Antwort. Der Stock wirbelte mit einer übernatürlichen Geschwindigkeit, die es dem stumpfen Holz ermöglichte, durch Schnatterfratzenglieder zu schneiden wie rasiermesserscharfer Stahl oder ihre Schädel mit der Gewalt eines Schmiedehammers zu zertrümmern.

Der Adept, der die Brücke geformt hatte, schaute Will an. »Geh jetzt – oder bleib hier. Ich kann sie nicht ewig halten.«

Will nickte und rannte hinaus auf die Brücke. Er hetzte hinüber, so schnell er konnte, denn mit jedem Schritt schien sie weiter nachzugeben. Das letzte Stück bis zur Mauer sprang er. Als er durch die Luft segelte, sah er die letzten Steinblöcke herabfallen und seinen Pfad aus Licht verblassen.

Er landete mit beiden Füßen, rutschte aber ab und fiel auf den blutnassen Stein. Er schlidderte in die Mauer und duckte sich mit dem Rücken an den Felsen. Die Draconellen wummerten. Der Widerschein ihres Feuers zuckte über die fugenlose Fassade der Festung. Der Einschlag einer großen Kugel in die Mauer warf Will nach vorne aufs Gesicht. Kleinere Kugeln prallten von den Wänden ab und ein Mann stürzte unmittelbar vor ihm mit halbiertem Schädel zu Boden.

Der Dieb kroch rückwärts von dem Leichnam weg, doch bevor er die Mauer wieder erreichte, packte ihn eine Hand am Hemd und zerrte ihn auf die Füße. Kräh zog den Knaben in die Deckung des Turms. »Du gehörst nicht hierher, Will.«

»Aber Jarmy hat gesagt …«

Die Narbe auf Krähs Wange machte dessen Miene noch strenger. »Komm mit, nach oben.«

»Aber ich will kämpfen.«

»Du kannst uns auf andere Weise helfen.«

Kräh stieß ihn vorwärts, und Will lief auf Händen und Füßen wie ein Hund die steile Wendeltreppe hinauf. Er stieg durch die Falltür, dann duckte er sich unwillkürlich wieder, als die Draconellen dröhnten. Ein Zittern schlug durch den Felsen, und Will starrte ins Gesicht einer Frau, deren ledrige Haut gerade erst anfing, ihr Alter zu zeigen.

»Ich bin Will.«

»Ein Dickkopf bist du.«

Sie stand auf. Will ebenfalls. Er schaute zwischen den Zinnen hinab auf den breiten Heerzug der Invasoren, der sich die Klippen heraufbewegte. Vorher, bei Jarmy, hatte er nur einen Teil des Ufers sehen können, und jetzt erkannte er, dass Kytrin weit mehr Truppen aufbot, als er bisher geahnt hatte. Hier und da zuckten grüne Flammen und verrieten die Positionen von Vylænz. Sie duellierten sich mit den vilwanischen Verteidigern, und in den meisten Fällen starben um sie herum die Schnatterer an den auf die Nordlandmagiker abgefeuerten Pfeilen.

Am Draconellenschiff wurden Ruder sichtbar, und die Besatzung drehte eine Winde, um den Buganker einzuholen.

»Kräh, sie bewegen das Schiff.«

Der weißhaarige Mann nickte. »Sie bringen es herum, um durch die Bresche zu feuern.«

»Können wir nichts tun, um sie aufzuhalten? Magik? Sonst etwas?«

Die Zauberin schnaubte. »Wenn du rausschwimmen und ihnen den Rumpf anbohren willst, kann ich dir einen Dolch leihen.«

Will runzelte die Stirn. »Könnt Ihr es nicht mit Magik stoppen?«

»Pass auf.« Sie wedelte abfällig mit der linken Hand in Richtung des Schiffes und schleuderte einen blauen Lichtfunken. Als er sich dem Ziel näherte, traf er eine schimmernde Wand. Farbe zeichnete einen Teil davon in die Nacht, mit blauem Licht, das allmählich zu Grün verblasste. Offenbar lag eine Art unsichtbarer Schüssel über dem Schiff.

»Ihr bekommt keinen Zauber hindurch?«

»Ich vermute, das ist nur eine Schicht von vielen. Ich *könnte* durchbrechen, aber es würde lange dauern.« Sie knurrte wütend, während sie mit der Rechten einen Zauber schleuderte, der mit einem Speer aus blauem Licht die Brust eines Vylæns durchbohrte. »Die Zauber, die Kytrin über dieses Schiff gelegt hat, sind so schwer zu brechen wie die der Meckanshii.«

Will nickte verstehend, dann wurde sein Stirnrunzeln noch tiefer. »Wenn wir nichts tun, werden die Draconellen die Bresche leer fegen.«

»Genau deshalb sind wir hier oben und nicht da unten.« Kräh legte einen Pfeil an und spannte. Er schoss – und ein Schnatterer klappte mit durchbohrtem Leib zusammen.

»Könnt Ihr keinen Brandpfeil darauf abfeuern?«

»Es ist außerhalb meiner Reichweite, und auch der unserer Ballistas.«

Eine weitere Salve der Draconellen hämmerte auf die

Mauern. Ein paar Verteidiger fielen, aber andere hatten gelernt, in Deckung zu gehen, sobald sie das Mündungsfeuer der Schiffsgeschütze sahen. Diese Einschläge näherten sich bereits der Bresche. Die nächsten würden ohne Zweifel die Verteidigungslinien durchschlagen, und auch wenn sie dabei eine enorme Anzahl Schnatterer mit vernichten würden, waren genug der Bestien auf dem Strand versammelt, um durch die Bresche zu stürmen und die Festung zu überfluten.

Sie werden sterben. Entschlossen, Dranæ und Jarmy hielten sich tapfer, aber selbst ihre heldenhaftesten Anstrengungen konnten sie nicht gegen die Vernichtungskraft der Draconellen beschützen. *Sie werden einen guten Tod sterben und wir werden unser Leben nicht weniger teuer verkaufen.*

Der schwarze Drache verdunkelte den Mond und segelte mit der lässigen Gleichgültigkeit einer über einem Fischerboot fliegenden Möwe an dem Draconellenschiff vorbei, die Schwingen ausgebreitet, als wollten sie die Sterne abernten, den Schwanz ausgestreckt und den Flug als Ruder steuernd. Er zog einen trägen Kreis um das Aurolanenschiff. Die Echse neigte den Kopf zum Wasser, und eine Lanze grünen Feuers schoss zu ihr empor. Der magische Angriff schlug über die rechte Vordertatze des Drachen, grüne Blitze knisterten an den Rändern der Schuppen entlang, und Funken stoben von der Spitze einer der Krallen.

Falls der Zauberschlag den Drachen verletzt hatte, war ihm das nicht anzumerken. Aber der Schwarze hob den Kopf, dann neigte er ihn zur Seite und musterte das Schiff mit dem rechten Auge. Der Kopf des Drachen zuckte dreimal auf und nieder, und beim dritten Mal spuckte er einen lodernden Ball aus goldenen Flammen.

Der Ball stürzte wie ein Komet durch die Nacht, dann traf er die Schüssel, die über dem Schiff lag. Das Feuer breitete sich langsam aus, wie Soße, die über einen Knödel geschüttet wurde, und rann an den Seiten hinab. Das grelle Licht des Drachenfeuers ließ es an der Nordküste Vilwans vorzeitig Morgen werden, brachte aber keine Wärme.

Als das Feuer ins Wasser floss und es zu Dampf zerkochte, erbebte die Schüssel und schrumpfte. Schwarze Löcher erschienen in ihrer Oberfläche und die Flammen flossen darauf zu und strömten hindurch. Plötzlich schlug das Feuer in leuchtenden Fontänen durch die Löcher zurück, dann verschwand die Schüssel, als ein gewaltiger Donnerschlag Meer und Insel erschütterte. Trümmer, teils brennende Schiffsfragmente, teils dunkle, nicht identifizierbare Objekte, klatschten ins Wasser, durchbohrten andere Schiffe und prallten von den Klippen ab.

Vom Draconellenschiff blieb nur ein qualmendes Loch im Meer, das schnell in einem Strudel aus Gischt und Trümmern verschwand.

Die Trümmer flogen weit genug, um einige Schnatterer zu zerfetzen, aber die meisten entgingen ihnen. Der schwarze Drache glitt tief über das Ufer, spie aber kein Feuer. Will hoffte, er würde sich im Vorbeiflug ein paar der Invasoren greifen, aber auch das tat er nicht. Stattdessen flog er weiter, hinaus aufs Meer, fort von Vilwan, und senkte sich nur kurz herab, um den im Wasser treibenden Goldenen zu packen und Kytrins Drachen in seinen Klauen davonzutragen. Der Goldene protestierte, aber ein zweiter schneller Biss brachte ihn zum Schweigen.

Der Abflug des schwarzen Drachen mochte die Angreifer ermutigen, aber nicht annähernd so sehr wie der Untergang des Draconellenschiffs den Verteidigern neue Hoffnung machte. Männer, die bis jetzt hinter den Mauern gekauert hatten, standen auf und schleuderten Pfeile, Steine und Zaubersprüche auf die Nordlandhorden hinab. Kampfadepten sprachen Zauber, die magisches Feuer auf die Aurolanen in den hinteren Reihen regneten, und auch wenn die Vylænz die Flammen mit ihren Zauberkräften löschten, stank verbranntes Fell dennoch, versengte Haut warf trotzdem Blasen, und die Schreie halb verkohlter Schnatterer machten ihren Kameraden Angst.

Die Horden brachen auseinander. Die hinteren Reihen flohen zu den Galeeren und strömten über die Schiffe wie Ameisen über faulendes Obst. Aus dem Festungshof stiegen neue Fässer mit Naphtalm auf. Felsbrocken hüpften donnernd die Klippen hinab. Zaubersprüche zerfetzten Sturmdächer oder setzten Dämonen frei, die sich mit ungehemmter Blutgier auf die Angreifer stürzten.

Jetzt stürmten die Meckanshii aus der Bresche und trieben einen Keil in die Schnattererfront. Das dichte Getümmel verhinderte, dass irgendjemand effektiv die Waffe schwingen konnte, aber die Meckanshii waren selbst halbe Waffen. Mechanische Hände schlossen sich um Köpfe und zerquetschten Schnauzen. Scharfe Metallkrallen zerrissen Kehlen und durchbohrten Leiber. Schnattererhiebe, die einem Menschen die Haut abgezogen oder einen Arm abgerissen hätten, prallten wirkungslos von Metall ab.

Am Wasser warfen die Schnatterer die Waffen beiseite und rissen sich die Panzer vom Leib. Will hatte keine Ahnung, ob sie schwimmen konnten oder nicht, aber eine Menge von ihnen versuchte es. Ihre einzige Hoffnung lag darin, die Galeeren zu erreichen, die die Landungsboote zur Insel geschleppt hatten, aber deren Wruoner Kapitäne schienen bereit, Anker zu lichten und Kurs zurück in ihre ferne Heimat zu setzen. Zwischen den Schnatterern und den Schiffen zogen dunkle Schatten durchs Wasser. Will wusste, was unter den dreieckigen Flossen lauerte, die lautlos die Meeresoberfläche zerteilten.

Die Meckanshii und die anderen Krieger trieben die Schnatterer zurück an den Rand der Klippe. Reihenweise fielen sie nach hinten, rollten abwärts und warfen ihre Kameraden um. Die vordersten Reihen fochten mutig weiter, aber die unerbittlichen Meckanshii ließen sich nicht stoppen. Als die letzten Schnatterer am Kopf der Klippe starben, befanden die Höhen sich wieder im alleinigen Besitz der Vilwaner und ihrer Verbündeten.

Von der Turmspitze aus beobachtete Will den Rückzug der Angreifer aufs Meer. Wenigstens ein Vylæn überlebte lange genug, um eine Galeere magisch zurück aufs Wasser zu ziehen. Schnatterer kraulten schnell darauf zu, unbeeindruckt von einem Fass Naphtalm, das am Ufer detonierte und einen Flammenteppich über das Wasser ausbreitete. Andere Schüsse verfehlten das Schiff und gestatteten den Verteidigern, eine Farce sich verheddernder Riemen zu beobachten, als das Boot durch die Trümmer brennender Wracks rammte. Irgendwie gelang es ihm, nach Norden zu drehen und mit dem stumpfen Bug durch die Wellen zu pflügen.

Aus der Bresche stach ein blauer Flammenspeer in die Nacht. Er formte sich zu einer Art leuchtendem Armbrustbolzen, zog langsam aber drohend durch die Dunkelheit, badete von Haien angefressene Kadaver in kaltem Licht, während sie im Wasser tanzten. Schließlich senkte er sich in die Back der Schnatterergaleere. Einen Augenblick lang brannten die Planken, dann neigte das Boot die Nase zum Meeresboden. Der Rudermann fiel vom Deck, und Schnatterer klammerten sich kreischend an die Riemen, als das Heck sich aus dem Wasser hob und die dunklen Fluten das Schiff gierig verschlangen.

Will warf einen Blick in die Bresche und sah Jarmy. Sein noch immer weiß glühender Stock war auf die sinkende Galeere gerichtet. Der Schuss hatte offensichtlich die Landungsluken aufgesprengt und das Meer eindringen lassen. *Aber warum?* Dann erinnerte Will sich.

Die Piraten hatten einen Teil der Flüchtlinge von Vilwan ermordet. *Er hat gesagt: kein Pardon, aber das war eiskalter Mord.*

Will schaute hinaus zu den Kadavern im Wasser, auf den Klippen, hörte die Kakophonie der Schreie nach Rettung oder Erlösung von den Verwundeten, und er erhielt seinen ersten Ausblick in die Zukunft. *Ihr Angriff war Wahnsinn und ist furchtbar fehl geschlagen. Er war ganz und gar sinnlos.*

Er schüttelte den Kopf. Sinnlos oder nicht, ihr Angriff hatte Tod und Verwüstung hinterlassen, gebrochene, vernichtete Leben. Er verstand sehr gut, warum Kräh sich ihr entgegenstellte und den Kampf nie aufgeben würde. Es leuchtete ihm ein, dass er dasselbe tun sollte, aber dieses Gemetzel machte ihm deutlich, dass es schierer Wahnsinn war.

Er konnte nur hoffen, dass er die Kraft in sich finden würde, sich für den Kampf zu entscheiden, wenn es darauf ankam – oder zumindest das Glück, dem Wahnsinn zu entgehen.

Kapitel Achtundzwanzig

Ein schmerzhaftes Husten holte Kjarrigan zurück ins Bewusstsein, aber es war der harte Stoß eines Fingers auf seine Brust, der ihn die Augen aufreißen ließ. Er starrte mitten in ein breites, tierisches Gesicht mit warziger Haut von fleckig grünbrauner Farbe. Die hohen Ohren endeten in Büscheln schwarzer Haare, und eine ebenso schwarze Haarmähne bedeckte den Kamm des Kopfes. Die dunklen Augen der Kreatur weiteten sich überrascht, geradeso wie die Kjarrigans. Der Magiker schrie auf und die Kreatur sprang zurück.

Durch den Aufschrei musste Kjarrigan erneut husten, und Schmerzen durchzuckten ihn. Er rollte auf die rechte Seite und kratzte hilflos mit der Linken im Sand. Seine Robe war triefnass, und die Morgensonne stand noch nicht hoch genug, um sie zu trocknen. Wieder hustete er und spuckte aus, sah aber nur wenig Blut im Sand.

Die Kreatur, die ihn geweckt hatte, sprang über ihn hinweg, landete und drehte sich um. Dabei schleuderte ihr wuchtiger Schwanz Sand in alle Richtungen davon. Sie ließ sich in die Hocke sinken, krallenbewehrte Pranken auf den Knien, und neigte den Kopf zur Seite, um ihn zu betrachten. Dann gesellte sich eine Zweite derselben Art zu ihr, und noch eine Dritte. Die beiden Letzten wirkten etwas kleiner und versteckten sich hinter der hockenden.

Kjarrigans Gedanken überschlugen sich. Er erkannte die Kreaturen aus seinen Studien, und alle Zuversicht

verließ ihn. Die Panqui waren berüchtigt für ihre Wildheit und Grausamkeit. Normalerweise hätte er die Geschichten, die er über sie las, nicht allzu ernst genommen, wären nicht immer wieder nach Vilwan fahrende Schiffe zur Beute von Panquipiraten geworden.

Die Schmerzen in der Brust erinnerten ihn an den Kampf gegen Kytrins Piraten. Ein Teil des Pfeils steckte noch immer in seinem Körper. Etwa eine Daumenlänge ragte ihm noch aus der Brust und beulte die Robe aus. Er erinnerte sich, dass er das Piratenschiff zerschmettert hatte, aber danach sah er nur noch die riesige schwarze Wasserwand, die das Boot erfasst hatte. Er hatte keine Erinnerung daran, was dann geschehen war. Er schaute den Strand hinab, sah aber keine anderen Überlebenden, noch irgendwelches Strandgut.

Orla ist tot. Das Mädchen, tot, alle sind tot, und alles meinetwegen. Er schlug mit der Faust in den Sand. Er kannte hundert Sprüche, die das Piratenschiff hätten zerstören können, ohne irgendeine spürbare Auswirkung auf das Meer zu haben. Richtig angewendet, hätte der Zauber, den er benutzt hatte, um die Piraten zu vernichten, sein Boot aus der Reichweite der Bogenschützen heben können. Er hätte sie gegen Pfeile und Magik beschützen können.

Hatte er aber nicht. *Ich habe sie umgebracht. Ich habe sie alle umgebracht.*

Der Panq kam auf den Fingerknöcheln und krummen Beinen näher. Er schnupperte, dann streckte er einen Finger aus und stieß gegen Kjarrigans Knöchel. Der Adept zog den Fuß ein. Er versuchte, rückwärts davonzukriechen, doch er hatte ebenso viel Erfolg mit dem Versuch, den beleibten Körper elegant über den Sand zu schieben, wie ein angeschwemmter Wal.

Die beiden anderen Panqui heulten auf, dann kamen sie aus der Deckung ihres Beschützers. Sie stürzten auf Kjarrigan zu, schlugen nach seinen Beinen, seinem

Kopf. Er duckte sich unter einem Hieb weg, dann knurrte er, als ein Schlag mit offener Tatze auf seinem linken Oberschenkel landete. Er wälzte sich auf den Rücken und ein Stoß traf seinen Kopf.

Die kleineren Panqui packten seine Arme, als er sie hob, um den Kopf zu schützen. Sie zogen ihn auf die Füße und wirbelten ihn herum. Die Welt verschwamm vor Kjarrigans Augen und er taumelte. Ein erneuter Hieb an die rechte Schläfe trieb ihn höher den Strand hinauf, auf trockeneren Sand, dann wirbelte ein anderer ihn wieder herum und schickte ihn zurück Richtung Wasser.

Der größere Panq kam näher und brüllte. Der junge Magiker zuckte aufkreischend zurück. Einer der anderen versetzte ihm einen heftigen Stoß. Kjarrigan stolperte und fiel auf ein Knie, dann warf ihn ein Tritt in den Rücken aufs Gesicht. Er schmeckte Sand im Mund, fühlte das Brennen der Körner in den Augen, dann schüttelte ihn ein neuer Hustenanfall und er spuckte helles Blut.

Das ließ die Panqui noch lauter brüllen und heulen. Ihr Geschrei wurde panikartig schrill, als ein dumpfes Grollen ertönte und zu einem wilden Röhren explodierte. Der Boden zitterte, als etwas vor ihm aufschlug und die drei Panqui in die Flucht jagte. Die beiden Kleinen kreischten und rannten ins Wasser. Der Größere zog sich wütend bellend zurück.

Ein Knurren antwortete ihm.

Kjarrigan blinzelte, um mit den Tränen den Sand auszuspülen, dann schaute er hoch. Ein vierter Panq ragte über ihm auf, leicht anderthalbmal so schwer wie die Kleineren und einen Kopf größer als der Größere. Während die schuppige Haut der drei Ersten von erbsengrüner Farbe gewesen war, glänzte seine in einem deutlich dunkleren Farbton, mit blassen dunkelbraunen und schwarzen Flecken über den Knochenplatten. Silberne Streifen zogen sich über die Panzerplatten auf seinem

Rückgrat und Schwanz und einzelne silberne Haare glänzten an den Ohren und auf dem Schädel. Die Kreatur schaute auf Kjarrigan hinab und in den dunklen Augen des Panq las der Mensch kein Mitgefühl.

Der erste Panq stieß eine bellende Herausforderung aus und griff an. Der Größere antwortete und stürmte ihm entgegen. Daraufhin brach das kleinere Echsenwesen den Angriff ab und wollte umdrehen, doch sein Gegner versetzte ihm einen Schlag, der es sich mehrmals überschlagend auf den Strand schleuderte. Der erste Panq rollte aus und richtete sich unsicher auf, dann ließ er sich auf den Rücken fallen und schlug den breiten Schwanz zwischen den Beinen aufwärts über Scham und Bauch.

Der Große stand über ihm und brüllte. Er schleuderte Sand auf die am Boden liegende Kreatur, warf ihn mit beiden Händen, trat ihn, schaufelte ihn mit dem Schwanz. Der kleinere Panq winselte hilflos und rollte sich zu einem Ball zusammen, den Kopf zwischen die Arme geduckt.

Kjarrigan stemmte sich hoch und zog die Knie unter den Leib. Er tat sein Bestes, ein Aufhusten zu unterdrücken, doch es gelang ihm nicht. Blutiger Speichel rann sein Kinn hinunter und er verschmierte ihn mit dem Handrücken zu einem sandigen roten Brei. Sein Atem ging stoßweise und war von Schmerzen begleitet.

Der junge Adept hatte keine Ahnung, wann sein Retter sich wieder um ihn kümmern würde, machte sich aber keine Illusionen darüber, wie lange er das überleben würde. Seine einzige Rettung lag in der Möglichkeit, die Bestie mit Hilfe von Magik zu überwältigen. Aber solange das Stück Holz in seiner Brust steckte und seine Lunge blutete, brachte er die Konzentration für die Batterie von Zaubersprüchen nicht auf, die nötig sein würden, ihn zu heilen.

Er hob die rechte Hand an das Pfeilbruchstück und

versuchte, das abgebrochene Ende durch das Loch in der Robe zu drücken. Er bekam es nicht richtig zu fassen, und schon der leichteste Druck genügte, ihn aufkeuchen zu lassen. Er schloss die Augen, um sich zu konzentrieren, dann schob sich etwas vor die Sonne. Als er die Lider hob, saß der große Panq vor ihm auf dem Sand.

Ohne Umstände streckte das Echsenwesen die Hand aus, packte die Robe und riss sie auf. Die Nüstern des Panqs blähten sich, als er die Luft einsog, dann schlossen sie sich wieder. »Wundsauer.«

Kjarrigan fiel der Mund auf. »Was?«

»Wundsauer. Du sterben.« Der Panq ließ sich zurücksinken. »Kein Leben wundsauer.«

»Stimmt nicht.« Der Knabe verzog schmerzhaft das Gesicht, als er versuchte, das Bruchstück sicher zu fassen. Irgendwo im Hinterkopf fragte er sich, was er da eigentlich tat. Er wusste sehr gut, dass er weder über die Kraft noch über den Mut verfügte, es herauszuziehen. Er schaffte es kaum, den Daumen und zwei Finger um das Holzstück zu legen. Hätte er einen Zauber benutzt, um den Pfeil zu entfernen – der Spruch, mit dem er das Schiff zerstört hatte, hätte sich dazu angeboten –, hätte er, zumindest befürchtete er das, nicht mehr die Kraft besessen, sich anschließend zu heilen. *Wenn ich das nicht schaffe, sterbe ich wirklich.*

Die beiden kleinsten Panqui kamen aus dem Wasser und klammerten sich zitternd aneinander. Der Große knurrte sie an, dann drehte er sich wieder zu Kjarrigan um. »Stock weg, Wundsauer bleiben.«

»Er muss raus.« Kjarrigan zerrte daran, dann stöhnte er auf und seine blutigen Finger rutschten ab.

Der Panq beobachtete ihn aufmerksam, dann beugte er sich vor. Seine rechte Pranke fiel schwer auf Kjarrigans Schulter und hielt ihn bewegungslos fest. Dann hob der Panq die Linke. Daumen und Zeigefinger glitten am Schaft des Pfeils entlang. Pure Qual schlug durch den Adepten, als der Panq die Haut zurückdrückte und einen größeren Teil des Schafts freilegte. Die Kreatur packte fest zu, dann riss sie den Pfeil mit einer leicht drehenden Bewegung heraus.

Kjarrigan schrie und kippte vorwärts, so weit er konnte. Seine Schultern zuckten unter Schluchzern, und Tränen strömten ihm übers Gesicht. Er zog keuchend Luft in die Lunge, dann hustete er sie wieder aus. Schmerz und Angst erreichten einen neuen Höhepunkt, als unter bösartigem Zischen blutige Blasen aus der Wunde brodelten. Blut und Eiter rannen ihm über den fülligen Leib. Er öffnete den Mund zu einem wortlosen Aufschrei. Seine Unterlippe zitterte. Dann wurde er grob nach hinten gestoßen.

Der Panq ragte über ihm auf. »Seelsauer.«

Der jähe Stoß erschreckte Kjarrigan. Er schniefte und wischte sich mit dem Ärmel die Nase. »Was?«

»Wundsauer, du sterben. Seelsauer, du tot.« Der Panq schnaubte abfällig. »Lombos Zeit nicht wert.«

»Nicht?« Der Magiker kämpfte sich auf die Knie. »Pass auf, Lombo.«

Kjarrigan wischte sich die rechte Hand am Bein ab, dann drückte er sie auf die Wunde. Der Druck ließ die Verletzung noch stärker schmerzen, und die Blasen zerplatzten auf seiner Handfläche. Er zwang sich, fest zuzudrücken, und unterdrückte ein Aufkeuchen. Er atmete so tief er konnte durch die Nase ein, schloss die Augen und ordnete seine Gedanken. Er fasste die Ränder des Schmerzes und glättete sie in die fließenden Windungen ælfischer Heilzauberei, zog mehr und mehr der Schmerzen in die Magik, um sie zu speisen.

Der Spruch erfüllte seinen Zweck und beschleunigte den Heilprozess, doch er hatte seinen Preis, und dieser Preis bestand in jedem Iota Schmerz und Unbehagen, das Kjarrigan bei einer gewöhnlichen Heilung empfunden hätte. Monate grausamer Schmerzen konzentrierten sich auf zehn Herzschläge, dann zwanzig. Eine halbe Minute verging. Der Schmerz wurde immer stärker und überwältigender, doch Kjarrigan hielt durch. Er trieb sich die Fingernägel in die Schulter, um die Hand an ihrem Platz zu halten, obwohl ihm schien, eine rot glühende Eisenstange würde ihm in den Leib gerammt, um die Wunde auszubrennen.

Eine Minute. Immer noch nahmen die Schmerzen zu. Er knirschte mit den Zähnen. Sein Körper bebte. Er wollte sich übergeben, aber auch das hielt er zurück. Noch ein Herzschlag, und noch einer. Schweiß brannte ihm in den Augen und lief ihm salzig in den Mund. Er hob den Kopf und knurrte, weigerte sich aber zu schreien.

Dann brach der Schmerz so unvermittelt ab, dass Kjarrigan hätte schwören können, einen Knall gehört zu haben. Er öffnete die Augen, zog die Hand zurück und sah makellose, gesund rosafarbene neue Haut. Er atmete schnell, aber schmerzfrei. Seine Brust pumpte. Er schob erst den rechten Fuß vor, dann den linken, und richtete sich irgendwie auf.

Er schaute zu Lombo hinab. »Wundsauer fort.«

Der Panq blickte ihn an, dann schnupperte er. »Mensch hat Ælf-Magik?«

Kjarrigan nickte zuversichtlich. »Allerdings.«

Lombo sprang auf und warf sich mit einem Hechtsprung auf Kjarrigan, bei dem der junge Adept über der rechten Schulter des Echsenmannes einklappte. Kjarrigan hätte aufgeschrien, doch der Schlag trieb ihm die Luft aus der Lunge. Bevor er irgendetwas tun oder sagen konnte, war der Panq mit ihm den Strand hinaufgerannt, den Stamm eines umgestürzten Baumes hoch und in die zehn Meter über dem Boden liegenden Wipfel hinein. Er rannte einen breiten Ast entlang, dann revoltierte Kjarrigans Magen, als der Panq mit ihm ins Leere sprang.

Ein anderer Ast und reichlich Zweigwerk bremste ihren Fall, dann schwangen sie sich hoch und zur Seite. Baumwipfel ächzten und krachten, als der Panq sie durchquerte. Der Schwanz der Kreatur umfasste keine Äste, aber Kjarrigan hatte reichlich Gelegenheit, ihn mal hierhin schwingen zu sehen, mal dorthin, als er ihren Flug zwischen den Bäumen ausbalancierte.

Er hatte keine Ahnung, wie weit sie gekommen waren, oder in welcher Richtung der Strand lag, als Lombo sich aus den Bäumen auf eine Lichtung fallen ließ, auf der robuste, aus Baumstämmen errichtete Hütten mit Dächern aus geflochtenem Astwerk ein Quadrat formten. Die langen Bauten waren an den Seiten offen, aber die Dächer hingen weit über, sodass kaum Regen eindringen konnte.

Zwischen den Hütten bewegten sich Panqui, und Kinder rannten zwischen ihnen durch den Staub und ärgerten einen angepflockten Hund. Mehrere Erwachsene lagen in geflochtenen Hängematten und wiegten sich mit langsamen Bewegungen des breiten Schwanzes.

Lombo schälte sich Kjarrigan von der Schulter, drehte den Knaben herum und zog ihn halb, halb schob er ihn zu einer der Bauten. Dort lag ein älterer Panq in einer Hängematte. Kjarrigan stützte diese Einschätzung auf die zahlreichen silbernen Streifen, die er auf der Haut des Echsenmannes sah, und die reinweiße Farbe seiner Kopf- und Ohrbehaarung. Mehrere andere Panqui bemühten sich um ihn. Angesichts ihrer großen, schwingenden Brüste schloss Kjarrigan, dass sie weiblich waren.

Lombo hockte sich neben die Hängematte und schälte ein nasses Tuch vom rechten Schienbein des Alten. Ein Brei aus zerstampften Wurzeln und Kräutern war in die Wunde gedrückt, aber darunter konnte Kjarrigan Knochenenden durch die Haut ragen sehen. Sobald das Tuch sich hob, stieg dem jungen Adepten ein starker Verwesungsgeruch in die Nase.

»Wundsauer böse.« Lombo schloss die Nüstern. »Ælf-Magik.«

»Ich weiß nicht.« Kjarrigan schaute sich um und schüttelte sich. »Ich habe sie schon bei mir und anderen angewendet, allerdings nur bei Menschen und Ælfen. Noch nie bei einem Panq.«

»Du musst es tun, Adept Lies.« Die Stimme drang aus den Tiefen des Langhauses und war von Kettenrasseln begleitet. »Ich habe getan, was ich konnte, aber es war nicht genug.«

Kjarrigan stierte in die Schatten. An einem der hinteren Pfosten lehnte eine verhärmte, graubleiche Orla. Ein Metallkragen lag um ihren Hals. In ihrem Schoß lag das rothaarige Mädchen, mit bandagiertem Knie. Nach der Ausbeulung des Verbands zu schließen, war ihre Verletzung ebenfalls mit Kräutern voll gestopft. »Magisterin Orla, warum habt Ihr Euch anketten lassen?«

Sie schüttelte den Kopf. »Mein Rücken ist gebrochen. Ich kann nicht laufen. Ebenso wenig wie sie hier.«

Kjarrigan trat auf sie zu, doch Lombo versperrte ihm den Weg. »Xieniki.«

Orla seufzte. »Heile den Alten, dann lassen sie zu, dass du dich um uns kümmerst. Sonst sind wir alle tot.«

Kjarrigan schauderte es. »Und wenn es mir nicht gelingt?«

»Tot ist tot, Adept Lies.«

Er nickte und ging hinüber zu dem greisen Panq. Xienikis Augen waren geschlossen, sein Atem ging rasselnd und stoßweise. Der Magiker zwang sich, tief durchzuatmen. »Die Magik wird ihm Schmerzen zufügen, während sie ihn heilt.«

Lombo nickte einmal ernst.

»Kjarrigan, nein.«

Er schaute sich zu Orla um. »Was ist, Magisterin? Ihr habt gesagt, ich müsse ihn heilen.«

»Ja, aber du musst die Schmerzen auf dich nehmen. Der Schock könnte ihn umbringen.«

»Aber – sein Bein. Es ist gebrochen. Die Wunde ist brandig.« Kjarrigan blinzelte. »Das wird schmerzen. Ungeheuer schmerzen.«

»Das sind Panqui. Glaubst du, von ihnen getötet zu werden, wird weniger schmerzhaft sein?«

Der Knabe schluckte und streckte die Hand aus. Die Haut des Panqs war wärmer, als er erwartet hatte, und an der Wunde sogar regelrecht heiß. Er wusste, das lag an der Infektion, drückte aber trotzdem die Hand darauf. Der alte Panq zuckte, doch Lombo trat ans Kopfende der Hängematte und legte ihm die riesigen Pranken auf die Schultern.

Wieder schloss Kjarrigan die Augen und rief den Ælfenzauber auf. Er verlagerte das Bewusstsein in den Körper des Panqs. Es fühlte sich an, als würde er mit bloßem Fuß in dichten Schlamm tauchen, der zwischen den Zehen aufquoll. Dann stieg ihm ein Geruch in die Nase, der vermuten ließ, dass es sich nicht wirklich um Schlamm, sondern um Kot handelte. Ein Schaudern durchlief ihn, und er wollte sich zurückziehen, weil sich alles so fremd und falsch anfühlte.

Aber es war genau dieses Gefühl der Fremdartigkeit, das ihn festhielt und weiter vordringen ließ. Nachdem er den Zauber erst kurz zuvor benutzt hatte, um sich selbst zu retten, war ihm die Erinnerung an die Schmerzen seiner Wunde noch frisch im Gedächtnis. Er untersuchte die Unterschiede zwischen seiner und dieser Verletzung, dann folgte er den Ähnlichkeiten und benutzte sie, um den Weg zu deren Wesen zu finden. Schließlich erreichte er den Schmerz selbst, einen mächtigen, grell strahlenden Strom, rasiermesserscharf, sägezahnstarrend.

Obwohl jede Faser seines Körpers sich dagegen sträubte, durchtrennte Kjarrigan den Fluss und leitete ihn in sich um. Er zwang die Magik durch den so entstandenen Kanal zurück, beschleunigte den Fluss der Schmerzen, indem er sie einengte, dann ließ er sie durch seinen Leib strömen. Sein Körper bebte, seine Zähne knirschten. Nadeln aus purem Schmerz durchbohrten ihn gründlicher, als es der Pfeil gekonnt hatte, und die Nadel, die seinen Unterleib traf, kostete ihn die Kontrolle über die Blase. Seine zuckenden Muskeln brachten das füllige Fleisch zum Wogen. Schweiß lief ihm in Sturzbächen über die Haut. Er floss ihm den Rücken hinab, in die fleischigen Falten auf Brust und Bauch, tropfte von Nase und Kinn.

Sein Geist bemerkte jedes Zucken, jedes Schwabbeln, jeden Atemzug, jede beschämende Einzelheit, von der Wärme des Urins, der ihm die Beine hinablief, bis zu den Winsellauten, die seiner Kehle entwichen, aber er verdrängte sie alle. Sein scharfer Verstand staunte über die Fremdartigkeit des Panquikörperbaus. Die Natur der Kreatur, die er heilte, fesselte ihn. Wenn der Körper sich dem Zauber widersetzte, verschob er den Ansatzpunkt und versuchte es erneut. Er stellte fest, dass die Panqui robust gebaut waren und Verletzungen meist schnell verheilten. Dadurch konnte er Xienikis Körper eine schnellere Heilung zumuten, als es bei Menschen oder Ælfen möglich gewesen wäre. Bei der Arbeit veränderte und verbesserte er den Zauber, warf unnötigen Ballast ab, verfeinerte die Wirkung an anderen Stellen. Er zog die Energie aus dem eigenen Körper, die der durch das Zittern und Beben erzeugte, und verstärkte damit die Magik.

Die Schmerzen brandeten durch seinen Leib, aber Kjarrigan ließ sich nicht unterkriegen. Die Begeisterung, die das Arbeiten an einem Panq in ihm weckte, gestattete ihm, die Schmerzen zu registrieren und leidenschaftslos zu beobachten, denn selbst sie waren ein weiteres Stück Information, ein Stück Wissen, das nur er allein besaß. Der Drang, es zu mehren, trieb ihn an, bis er mit einem gewissen Widerstreben und Bedauern feststellte, dass der Schmerz nachließ und er sein Ziel erreicht hatte.

Er öffnete die Augen und hob die Hand vom Bein des alten Panqs. Die Wunde hatte sich geschlossen, die Haut war verheilt, nicht die Andeutung einer Narbe war zu erkennen. Kjarrigan lächelte und wollte etwas sagen, doch die Zunge lag ihm wie ein Stück Blei im Mund, und ein Ring aus Eisen schien sich um seine Brust zu spannen.

Müdigkeit schlug über ihm zusammen, zerrte seine Lider bodenwärts. Er versuchte, sich an der Hängematte festzuhalten, aber die Finger verweigerten ihm den Dienst. Er fühlte das Scheuern von Stoff auf der Haut, dann wurde es schwarz um ihn, noch bevor er den Aufschlag auf den Boden fühlen konnte.

Kapitel Neunundzwanzig

Als er am frühen Morgen an einem Zinnenzahn lehnte und aufs Meer hinausschaute, erkannte Will, dass er sich geirrt hatte, als er den Flug des schwarzen Drachen in der Schlacht gegen Kytrins Truppen in Gedanken mit dem einer Möwe verglichen hatte. Die Vögel hingen in der Luft, die Schwanzfedern nach links und rechts zuckend, um sie in einen Aufwind zu steuern, dann falteten sie die Schwingen ein und stürzten sich abwärts auf die an der ganzen Küste liegenden Kadaver. Manche der Vögel saßen auf Leichen, die im Wasser trieben, während andere sich um ausgebleichtes Aas zankten.

Mensch, Schnatterer, Vylæn, es schien ihnen gleichgültig, womit sie sich den Magen vollschlugen. Krabben stritten um die am nächsten beim Wasser liegenden Kadaver, und draußen im Meer knabberten Fische und Wasserschildkröten die auf den Wellen tanzenden Körper an. Haie konnte Will keine mehr sehen. Schon im Morgengrauen waren ihre Angriffe träger geworden. Sie schienen satt zu sein.

Der junge Dieb hätte schaudern müssen, aber was er hier beobachtete, reichte nicht annähernd an das Entsetzen der Schlacht heran. Nachdem es gelungen war, die Aurolanen zurückzuschlagen, war eine entsprechende Nachricht an die weiter landeinwärts aufgestellten Truppen gegangen. Sie waren vorgerückt und hatten die Verwundeten ins Innere der Insel evakuiert, in den Turm der Heilzauber. Das hatte das Stöhnen und Kreischen zumindest im Innern der Festung verstummen lassen und ihren Bewohnern Gelegenheit gegeben, die Toten zu bergen und zu betrauern.

Will hatte daran keinen Anteil. Niemand, den er kannte, war gefallen. Entschlossen und Dranæ hatten beide viele Wunden davongetragen, und ein Langmesserhieb hatte den linken Arm des Vorqælfen unbrauchbar gemacht, bis er ihn mit einem Zauber geheilt hatte. Der Spruch war schwierig gewesen, und Entschlossen hatte laut gestöhnt. Danach hatte er sich auf der Mauer hinter den Zinnen ausgestreckt und geschlafen.

Selbst Hauptmann Gerhard und Jarmy hatten die Schlacht überlebt. Gerhard hatte einige seiner Meckanshii verloren und war anschließend durch die Reihen der Verwundeten gegangen und hatte Männer und Frauen ausgesucht, die Gelegenheit bekommen würden, an ihre Stelle zu treten. Will hatte keine Ahnung, nach welchen Kriterien der Meckansh neue Rekruten auswählte, erst recht nicht an einem Ort, an dem Zauber verfügbar waren, die alle Verwundeten heilen konnten. Trotzdem deutete ein gelegentliches Nicken zerschlagener Krieger und ein schwaches Salutieren mit bandagierten Armstümpfen darauf hin, dass sein Angebot angenommen wurde.

Auch Jarmy hatte Mitglieder seiner Septe verloren. Will konnte nicht sagen, ob sich Kampfadepten üblicherweise zu sieben in einer Einheit zusammenschlossen, oder ob es auch Gruppen anderer Größen gab. Er sah ein paar niedergeschlagene Trupps von fast einem Dutzend Mitgliedern, und eine Gruppe aus vier Magikern, die recht guter Dinge schien. Jarmy schnitt nur ein Gesicht, dann stampfte er unten zwischen den Kadavern umher, überzeugte sich, dass die Vylænz wirklich tot waren und nahm ihnen alles ab, was als Talisman oder ähnlich magisches Objekt dienen konnte.

Die Schlacht war für Will enttäuschend gewesen. Er war dabei gewesen, hatte das Kampfgeschehen beobachtet, doch er hatte nicht gekämpft. Er hatte nicht einmal einen Klingenstern geworfen, und das beschämte ihn. Obwohl er Entschlossen, Dranæ, Jarmy und die Meckanshii im Kampf gesehen hatte und sich daher sehr wohl darüber im Klaren war, dass er höchstens bluten, nicht aber konstruktiv zum Geschehen hätte beitragen können. Was ihn beschämte, war das Wissen um seine Schwäche. Die fehlende Gelegenheit, das Gegenteil zu beweisen, kam noch dazu.

»Du solltest etwas essen, Will.«

Der Knabe drehte sich um und nickte Kräh zu. Er nahm einen kleinen Laib Brot und einen Keil Käse von dem alten Mann an. Der kräftige Geruch des Käses, als er ihn an die Nase hob, war ihm höchst willkommen, denn er vertrieb den Gestank des Todes, der vom Strand heraufzog.

Kräh ließ sich an der Mauer herabsinken und lehnte sich mit dem Rücken an den Stein. »Es isst sich leichter, wenn du nicht da runter schaust.«

Will zuckte die Achseln und setzte sich im Schneidersitz auf den Mauergang. »Ich habe gerade daran gedacht, dass ich den Drachen in Gedanken mit einer Seemöwe verglichen habe. Das würde er wahrscheinlich übel nehmen.«

Der ältere Mann brach ein Stück Brot von seinem Laib ab, dann biss er in den Käse. »Einen Augenblick lang kann ich das bei dem Drachen nachvollziehen. Wie er da unten gesegelt ist, ja. Aber das war so ziemlich das Einzige, was einen an Möwen erinnern konnte.«

Der Knabe schüttelte sich. »Was er mit dem Schiff gemacht hat … Wie? Warum?«

»Wie?« Kräh deutete mit dem Finger auf einen Pulk Zauberer, die weit entfernt auf einem der Türme der Festung standen. »Ich schätze mal, die da hinten debattieren gerade über diesen Punkt, und werden sich darauf einigen, dass er Drachenmagik eingesetzt hat. Drachen sind alt, uralt. Und sie sind ungeheuer mächtig. Deshalb dürfen wir nicht zulassen, dass Kytrin die Bruchstücke der Drachenkrone erbeutet und sie wieder zusammensetzt.«

»Einen Teil davon hat sie schon, oder?«

Kräh nickte besorgt. »In Swarskija hat sie ein Bruchstück erobert. Drei Fragmente sind auf Festung Draconis versteckt. Eines liegt in Lakaslin, der Hauptstadt Jeranas. Dann gibt es noch Geschichten über ein Bruchstück, das auf Vorquellyn gelegen haben soll. Die Ælfen behaupten, es evakuiert zu haben, verraten aber niemandem, wohin.«

Will kaute an einer Brotkruste. »Dann wird es ihr wenigstens schwer fallen, an das Stück zu kommen. Das eine Teil, das sie schon hat, erlaubt ihr aber schon, Drachen zu kontrollieren?«

Kräh zuckte unbehaglich die Achseln. »Es sieht ganz danach aus. Vor Jahren, bei der Belagerung von Festung Draconis, hatte sie schon einen Drachen unter ihrer Kontrolle, aber der ist gestorben. Er war golden, wie der von letzter Nacht, nur etwas größer. Schon ein Fragment der Krone verleiht ihr eine begrenzte Kontrolle, wie einem Puppenspieler über eine Marionette, deren Fäden nicht alle intakt sind. So wie ich das verstehe, wird ihre Kontrolle umso größer, je mehr Teile sie besitzt.«

»Aber um die volle Kontrolle zu erringen, würde sie alle Teile brauchen, oder?«

»Ich weiß es nicht. Die Sache ist die, als Kajrûn die Drachenkrone vor achthundert Jahren erschuf und sie benutzte, um den Süden anzugreifen, richteten die Drachen eine Verwüstung sondergleichen an. Kajrûns großer Fehler damals war, dass er nicht über genügend Fußvolk verfügte, um die eroberten Städte zu besetzen. Menschen, Ælfen und urSreiði schlugen zurück und konnten ihn in eine Falle locken. Sie erschlugen ihn und zertrümmerten die Krone. Soweit das jemand sagen kann, war Kytrin seine Schülerin, also könnte sie die Zauber kennen, mit denen er die Drachenkrone erschuf. Und selbst wenn nicht, wenn es ihr gelingt, genug Teile in die Hand zu bekommen, könnte sie möglicherweise herausfinden, was genau fehlt, und sie auch ohne die letzten Originalfragmente wiederherstellen.«

Er deutete mit dem Daumen über die Schulter auf das Meer hinter der Festungsmauer. »Kytrin ist nicht dumm, und sie hat aus Kajrûns Fehler gelernt. Wenn sie bereit war, dermaßen viele Schnatterer für einen idiotischen Angriff wie diesen hier in den Tod zu schicken, muss sie Abertausende von ihnen in Reserve haben. Mit den Drachen zum Zerschlagen der Opposition und den Schnatterfratzen, um zu halten, was sie erobert, wird ihr die Welteroberung gelingen.«

Will brach ein Stück Brot ab und warf es in die Luft. Eine Möwe stieß herab und schnappte den Krumen, bevor er zurückfallen konnte. »Und wir waren unterwegs nach Festung Draconis, um die Leute dort dazu zu bringen, die Kronenteile noch besser zu verstecken?«

Entschlossen kam herüber und ragte hoch über Will auf. »Wir müssen sie verteilen, und dann müssen wir Kytrin töten.« Der Vorqælf schaute zu Kräh. »Der Großmagister ist hier, um den Schaden zu begutachten. Er will mit dir reden.«

Kräh stand auf und Entschlossen half ihm mit fester Hand dabei. »Ich habe ihm eine Nachricht zukommen lassen, in der ich um eine möglichst schnelle Passage nach Festung Draconis bitte.«

Will stand auf, steckte die Reste der Mahlzeit in die Tasche und folgte den beiden. Die drei näherten sich einer Gruppe von grün gekleideten Adepten. Als sie eine Gasse bildeten, wurde in ihrer Mitte ein kleiner, greiser Mann in einer weißen Robe sichtbar. Diese Robe bildete einen deutlichen Kontrast zu seinem langen, gelblichen Bart. Er hielt einen Stock in der Hand, der größer war als er selbst, und stand so gebeugt, dass Will ohne Probleme über ihn hinwegsehen konnte.

Kräh verbeugte sich ehrfürchtig. »Es ist mir eine besondere Ehre, Großmagister.«

Der kleine Mann bewegte sich ein, zwei Pulsschläge nicht, dann hob er kaum den Kopf. »Du bist Kräh? Du fühlst dich nicht an wie eine Krähe.«

»Nein, Magister, heute fühle ich mich wie ein alter Mann.«

Der Magiker kicherte, und eine Sekunde später stimmten die Adepten höflich in sein Gelächter ein.

Will war erstaunt. Als Entschlossen die Ankunft des Herrschers über Vilwan angekündigt hatte, hatte er jemanden erwartet, der dem Titel ›Großmagister‹ gerecht wurde. Er hatte sich einen großen, stahläugigen Hünen mit noblen Zügen ausgemalt, nicht einen kartoffelköpfigen, missgestalten Zwerg, unbeweglich und verkrümmt. Er hätte erwartet, dass ihn eine Aura der Macht umgab, unter deren Einfluss die Luft um ihn herum knisterte.

Die braunen Augen des Großmagisters hoben sich langsam an Entschlossen und Kräh vorbei und begegneten Wills Blicken. »Das ist der Knabe, den ihr mitgebracht habt?«

»Ja.«

»Komm her, Bursche.«

Obwohl der Befehl kaum lauter als ein Flüstern war, konnte Will sich nicht widersetzen. Er trat näher, bis knapp vor den greisen Magiker. Der Großmagister hob die linke Hand und packte ihn am Kinn. Er zog den Kopf des Jungen ein wenig herab, dann begegneten ihre Blicke sich ein zweites Mal.

Ein Schlag durchzuckte Will. Hätte der Magiker ihn nicht beim Kinn gehalten, wäre sein Kopf nach hinten geflogen, als hätte ihn ein Pferd getreten. Eine fremdartige Präsenz brach in seinen Geist. Der Knabe hatte das Gefühl, gedehnt zu werden, dann knackte etwas. Noch ein Knacken, dann folgte ein drittes, leiseres, dann wandte der Großmagister den Blick ab und ließ Will los.

Der Junge stolperte nach hinten und Entschlossen fing ihn auf. Wills Hand fiel auf den Knauf seines Langmessers, und er war kurz davor, blankzuziehen und es dem Greis für sein Handeln in den Leib zu rammen, doch der Griff des Vorqælfen stoppte ihn. Will schleuderte wütende Blicke zu ihm hoch, aber Entschlossen schüttelte nur den Kopf.

Will schauderte. *Er hat Recht. Ich wäre tot, noch bevor ich einen Schritt getan hätte.*

Der Großmagister nickte langsam. »Er hat Möglichkeiten.«

»Danke, Großmagister. Deshalb wollen wir so schnell wie es nur geht zur Festung Draconis reisen.«

Der alte Thaumaturg wischte die Bitte mit einer Handbewegung beiseite. »Ich kann euch nicht dorthin schicken. Ihr werdet anderen Orts benötigt.«

»Anderen Orts?« Will schüttelte sich. »In Festung Draconis lagern die Drachenkronenstücke, die Kytrin benutzen wird, um ein Heer von Drachen hierher zu schicken. Wo sonst könnte man uns auch nur annähernd so dringend brauchen?«

»Er hat Temperament. Das ist gut.« Der Großmagister blinzelte träge, dann schaute er Kräh an. »Ihr werdet die vilwanische Delegation zum Herbstfest nach Yslin begleiten. Ihr werdet zum Rat der Könige dort eintreffen.«

Kräh runzelte die Stirn. »Aber Magister, Vilwan entsendet keine Delegation zum Rat der Könige.«

»Es kommt nicht häufig vor, dass eine Nordlandhexe versucht, die Insel der Magiker zu erobern.« Der alte Zauberer zuckte mit den dürren Schultern. »Die Zeiten ändern sich. Außerdem nimmt der Markgraf Draconis an der Konferenz teil, und ihr wollt mit ihm reden, oder?«

»Der Schneefuchs kommt nach Yslin?«

»Ja, Kräh.« Der Großmagister streckte die Hand aus und legte sie Kräh auf die Brust. »Du hast dich lange und hart auf die Zeit vorbereitet, die nun anbricht. Das Gewicht deiner Mühen und dein Ruf sind notwendig, um einen Ausgleich zu schaffen. Deine Weisheit ist notwendig, Richtung zu geben.«

Kräh lachte. »Kein König wird sich anhören, was ich zu sagen habe.«

»Das nicht, aber ihre Untergebenen werden deine Worte hören, und viele Münder werden deine Weisheit mit denen teilen, die ihrer bedürfen.«

Will runzelte so stark die Stirn, dass es schmerzte. »Können Zauberer sich grundsätzlich nicht verständlich ausdrücken oder liegt das an Eurem Alter?«

Wieder kicherte der Großmagister, aber diesmal stimmten die Adepten nicht ein. Stattdessen starrten sie Will strafend an. Der Dieb beachtete es nicht. Was stechende Blicke betraf, konnte keiner von ihnen mit Entschlossen mithalten, und Will fühlte die Augen des Vorqælfen bereits Löcher in seine Schädeldecke brennen.

»Wilmenhart, würdest du in einen vollen Krug Wasser gießen?«

»Nur, wenn ich eine Sauerei anrichten wollte.«

»Genauso ist es mit verständlichen Worten. Du und meine Adepten seid bereits voll, vor allem was Kräh betrifft.« In den Augen des Großmagisters funkelte es. »Aber wenn du gestattest, hätte ich gerne von dir eine Antwort, die hilft, mich zu füllen.«

»Häh?«

Der Magiker sprach weiter, als hätte er Wills verwirrte Reaktion nicht bemerkt. »Gestern Nacht hast du den schwarzen Drachen kommen und den goldenen verjagen sehen. Warum, glaubst du, hat Vriisuroël das getan?«

»Vriisuroël?«

Der Großmagister nickte langsam. »So heißt er. Er ist für uns kein Unbekannter. Er lebt auf Væl. Warum sollte er hierher kommen und den goldenen Drachen angreifen?«

»Keine Ahnung. Hat er was gegen Kytrin? Hat er was gegen den Goldenen?« Will zuckte die Achseln. »Er betrachtet Vilwan als sein Revier?«

Die leiseste Andeutung eines Lächelns zuckte um die Mundwinkel des Magikers. »Eine Revierfrage? Ein interessanter Gedanke. Lass dir Folgendes durch den Kopf gehen, Wilmenhart. Vriisuroël entstammt einer alten, edlen Linie, einst jedoch diente er Kajrûn. Jetzt stellt er sich gegen Kajrûns Erbin. Warum?«

Will schnaubte. »Er will nicht, dass sie die Drachenkrone wieder zusammensetzt und ihn nochmal versklavt.«

»Aha, aber genau das ist der Punkt. Ich sagte, er diente Kajrûn, nicht, dass er von ihm versklavt wurde. Er diente freiwillig.« Der kleine Zauberer hob die linke Braue. »Jetzt, kaum ein Jahrzehnt später in der Zeitrechnung der Drachen, hat er sich von dessen Sache abgewandt. Natürlich haben wir allen Grund, uns über diesen Sinneswandel zu freuen, aber solange wir nicht verstehen, was ihn veranlasst hat, besteht die Gefahr, dass wir ihn ungewollt verärgern und zurück in Kytrins Lager treiben.«

Der Großmagister deutete mit einer nickenden Kopfbewegung hinüber zum Meer und dem in Nordwesten nebelverhangen am Horizont erkennbaren Væl. »Kytrins Drache war beschränkt auf Fänge, Krallen und Feuer, weil ihre Kontrolle begrenzt ist. Frei, wie Vriisuroël es ist, oder völlig unter der Gewalt der Krone, können die Drachen all ihre Magik einsetzen. Hat Kytrin erst diese Macht, kann ihr niemand mehr etwas verweigern.«

Kräh schüttelte sich. »Wir werden sie aufhalten.«

»Ja, ihr habt die Mittel dazu, Kräh. Das sehe ich.« Der Großmagister nickte. »Nach Yslin mit euch dann. Ihr habt die Mittel, nun braucht ihr die Erlaubnis, sie einzusetzen.«

Kapitel Dreißig

Hätte er je gelernt zu fluchen – statt nur auf magische Weise zu *ver*fluchen –, hätte Kjarrigan das jetzt mit ziemlicher Gewissheit getan, bis sich die Balken bogen. Durch das unfreiwillige Bad im Meer waren seine Stiefel eingelaufen und quetschten seine Füße wie in einem Schraubstock. Er hatte Blasen, und auch wenn es leicht gewesen wäre, sie zu heilen, half die Magik nicht dabei, Schwielen aufzubauen, die seine Füße schützen konnten. Jeder Schritt, den er tat, war eine Qual, und die Schmerzen aus den Füßen strahlten in Knie und Hüften aus.

Die Riemen seines Tornisters, eines muffigen alten Dings, das die Panqui irgendwo ausgegraben und ihm mit großer Zeremonie überreicht hatten, scheuerten ihm die Schultern wund. Da Lombo ihm die Robe aufgerissen und niemand es für nötig erachtet hatte, sie zu flicken, rieb einer der Riemen unmittelbar über die bloße Haut.

Nachdem er sich von der Erschöpfung erholt hatte, die ihn nach der Heilung des alten Panqs übermannt hatte, hatte Kjarrigan Orla und das Mädchen heilen dürfen. Es war nicht schwierig gewesen, und beide hatten die Schmerzen ihrer Heilung bereitwillig selbst auf sich genommen. In Orlas Fall hatte Kjarrigan, als er den Bruch ihrer Wirbelsäule reparierte und ihr den Gebrauch der Beine zurückgab, sich auch gleich um ein paar Überbleibsel alter Verletzungen gekümmert, etwas altes Narbengewebe entfernt, ein paar durchtrennte Nerven wieder verbunden und einzelne Knochenwucherungen in Hüften und Knien geglättet.

Mit dem Ergebnis, dass Orla jetzt in einer Geschwindigkeit durch den saporischen Regenwald marschierte, bei der selbst die junge Lariika kaum mithalten konnte. Die alte Frau wirkte fröhlicher als Kjarrigan sie je erlebt hatte. Sie hatte ihn zwar getadelt, weil er mehr als nötig getan hatte, aber es schien ihr nichtsdestotrotz zu gefallen, sich wieder unbeschwert bewegen zu können.

Lariika, die froh war, den Schiffbruch überlebt zu haben und geheilt zu sein, kicherte ständig und streunte herum. Sie entfernte sich aber nie weit von den anderen und holte sie immer schnell wieder ein, weil Kjarrigan nur langsam vorankam. Wenn sie auf ihn warten mussten, üblicherweise auf einer Hügelkuppe, plauderten sie fröhlich über dies oder das. Nachdem er aufgeschlossen hatte, gönnten seine Begleiterinnen ihm ein, zwei Minuten Ruhe, dann ging es weiter.

Lombo war ganz und gar keine Hilfe. Bei der Zeremonie, in der sie Kjarrigan den Tornister überreichten, hatte Xieniki lange und ausgebreitet auf die versammelten Panqui eingeredet. Der junge Magiker schätzte den Stamm auf ungefähr dreihundert Mitglieder, wenn auch nur etwa fünfzig aus dem Lager stammten, in dem sie sich aufgehalten hatten. Er vermutete, dass es eine Reihe anderer Dörfer in der Gegend gab und nahm sich vor, alles über die Panqui zu lernen, was er in Erfahrung bringen konnte, sobald er zurück auf Vilwan war.

Während der Zeremonie war so ziemlich das einzige Wort, das Kjarrigan verstanden hatte, Yslin gewesen. Dann hatte der alte Panq Lombo zu sich gewunken und ihn Kjarrigan vorgestellt. Lombo hatte übersetzt und erklärt, er würde sie auf dem Weg nach Yslin begleiten und den Menschen als Führer dienen. Anschließend hatte er Beispiele seines Muts aufgezählt, auf die viele der versammelten Panqui mit lautem Geheule reagiert hatten. Das meiste davon hatte nach lokalen Abenteuern geklungen, doch der Echs hatte eine Zeit als Besatzungsmitglied eines Wruoner Piratenschiffs erwähnt, in der er auf der Insel gelebt hatte.

Ungeachtet Kjarrigans Bitten, ihm Gelegenheit zum Ausruhen zu geben, waren sie am Tag nach der Zeremonie aufgebrochen, und seitdem hielt der Panq sich weitgehend in den Baumkronen auf. Er jagte der Gruppe voraus und brüllte Herausforderungen, auf die er nur selten Antwort erhielt. Dann wartete er irgendwo hoch in einem Baum, bis seine Schützlinge ihn einholten, während er sie beobachtete und die meiste Zeit Obst, Nüsse oder kleine Baumbewohner kaute, die sich nicht schnell genug davongemacht hatten.

Der Panq war großzügig mit den Schätzen des Regenwalds, besonders, wenn sie abends ihr Lager aufschlugen. Er brachte ihnen die besten Früchte, und die Gruppe wusste, dass es die besten waren, denn Lombo hatte jede davon angefressen, um sich davon zu überzeugen. Die allerbesten bekam Kjarrigan, danach kam die weißhaarige Orla an die Reihe und schließlich Lariika. Kjarrigan versuchte, höflich zu sein, trug seinen Anteil aber grundsätzlich an einen nahen Bach, um ihn zu waschen, bevor er davon aß.

Lombo folgte ihm jedes Mal und sah ihm zu, was Kjarrigans Unbehagen nur noch vergrößerte. Der Panq hockte sich grundsätzlich stromaufwärts ins Wasser, und der junge Magiker befürchtete, dass die Echsenkreatur sich in den Bach erleichterte, während er das Essen wusch. Das verdarb ihm den Appetit, bis sein Magen schlimmer schmerzte als die Füße, und Lombo ihm, falls Kjarrigan das Obst nicht zusagte, eine lebende Schlange brachte, damit er sie selbst töten und essen konnte.

Kalt und müde, schmerzgeplagt und hungrig zog der Knabe sich von den beiden Frauen zurück und würdigte sie kaum eines Blickes. Ihre Fragen beantwortete er nur grunzend und knurrend. Er wusste selbst, dass das ihnen gegenüber nicht gerecht war, war sich aber nicht sicher, wie er sich anders verhalten sollte. Das körperliche Unbehagen machte ihn mürrisch, aber das hätte er überwinden können. Irgendetwas anderes zehrte an ihm.

Als Orla und Lariika in der zweiten Nacht über einen privaten Witz kicherten, hielt Kjarrigan es nicht länger aus. Er drehte sich langsam und nachdrücklich zu ihnen um und raunzte sie über das kleine Lagerfeuer hinweg an: »Wie könnt ihr lachen? Sie sind alle tot, die anderen sind tot!«

Lariika blinzelte unschuldig. »Wir leben noch. Ist das kein Grund, sich zu freuen?«

Orla legte dem Mädchen die Hand auf die Schulter. »Doch, Kind, das ist es, aber darauf will Adept Lies nicht hinaus, oder? Spuck's aus, Kjarrigan. Es nagt eine Made an deinem Geist. Lass sie heraus.«

Kjarrigan stierte sie an, dann drehte er sich zu Lombo um. Bei der Erwähnung des Wörtchens ›Made‹ war der Panq näher gerutscht, aber Kjarrigan hatte keinen Bedarf, von dem Echsenmann nach Läusen abgesucht zu werden.

»Sie sind tot. Lombo hat gesagt, man hätte sonst niemanden aus dem Meer gezogen.«

»Das kannst du nicht wissen, Kjarrigan. Andere könnten von Booten in der Umgebung aufgefischt worden sein.«

»Die sind wahrscheinlich auch tot.«

»Manche vielleicht, aber du hast die Bedrohung für sie alle ausgeschaltet.«

Kjarrigans Hände ballten sich zu Fäusten, und er hämmerte mit einer davon auf den linken Oberschenkel, um seine Worte zu unterstreichen. »Ja, aber ich habe die andern damit umgebracht! Die Welle hat das Schiff kentern lassen. Sie sind alle ins Meer gefallen. Sein Weirun hat meinetwegen mehr als genug Fleisch zum Füttern seiner Haustiere. Ich habe sie umgebracht. Ich habe sie umgebracht.«

Schneller, als er es für möglich gehalten hätte, stand Orla auf und verabreichte ihm einen harten Schlag mitten ins Gesicht. Der Schmerz der Ohrfeige schockte ihn. Seine linke Hand hob sich an die Wange. Er starrte sie mit offenem Mund an, dann zitterte seine Unterlippe und er brach in Tränen aus.

»Warum?«

Orla strich ihre Robe gerade und starrte auf ihn herab. »Du wurdest hysterisch. In dem Zustand kann man nicht mehr klar denken. Hier und jetzt brauchst du einen klaren Verstand, Adept Lies, kein Gefühl, keine Angstzustände. Das war der erste Grund für meinen Schlag.«

Sie setzte sich langsam wieder an ihren Platz und wärmte sich die Hände am Feuer. »Der zweite Grund war, dir zu beweisen, dass du kein Mörder bist. Auch wenn ich mir bei allen Göttern wünschte, du wärest einer. Einer von deiner Macht hätte mich reflexartig zu Asche verbrannt. Denk nach, Kjarrigan. Denk daran, wo du warst. Rings um dich herum schreiende, sterbende Menschen. Mitten in einem Seegefecht hat dir ein Pfeil die Brust durchbohrt, und was tust du? Du benutzt einen Lagerverwalterspruch! Du hebst das Schiff in die Luft, und dann zertrümmerst du es wie ein Spielzeug. Hättest du das Herz eines Kriegers, wäre das Schiff ebenso zerstört.«

»Ja, aber die anderen nicht. Es hätte keine Woge gegeben.«

»Wieder verrät dich deine Unfähigkeit, Konsequenzen zu erkennen.« Orla zog die rechte Braue hoch. »Hättest du das Schiff in Brand gesetzt, hätte die Explosion ebenfalls eine Woge ausgelöst. Hättest du seinen Bug zertrümmert und es zum Sinken gebracht, hätte der Sog unser Boot mit in die Tiefe gerissen. Es gibt Dutzende anderer Möglichkeiten, mit denen du unser kleines Boot hättest ebenso zum Kentern bringen können, und woher willst du überhaupt wissen, ob es durch die Schäden, die es bereits hatte einstecken müssen, nicht ohnehin schon nicht mehr seetüchtig war? Möglicherweise war es zu diesem Zeitpunkt schon leck. Entschuldigt das die Tatsache, dass du die Woge erzeugt hast, die unser Boot versenkte? Nein. Bedeutet es, du hättest die anderen getötet? Auch nicht. Du weißt nicht, wie viele von ihnen schon tot waren. Du weißt ebenso wenig, wie viele andere überlebt haben. Ja, einige, möglicherweise sogar tatsächlich alle außer uns, sind umgekommen ... aber sie wären jetzt ebenso tot, hättest du nicht gehandelt.«

Kjarrigan schniefte. »Trotzdem klebt Blut an meinen Händen.«

»Ja, Junge, es klebt Blut daran, und wahrscheinlich wird noch viel mehr daran kleben, bevor diese Sache ausgestanden ist.« Orla schlang die Arme um den Leib. »Genau das habe ich ihnen vorhergesagt.«

Der junge Adept wischte sich die Tränen ab. »Wovon redet Ihr?«

»Von deiner Ausbildung.« Sie atmete tief ein und stieß die Luft mit einem Ruck aus. »Na schön, dies ist eine neue Runde deines Trainings. Kjarrigan, du musst lernen, die Folgen der Magik zu bedenken, die du einsetzt. In einem Arkanorium, wo alles bis aufs Kleinste vorbereitet ist, weißt du, wie sie aussehen. Aber du bist intelligent genug, darüber hinauszudenken, dir auszumalen, was ein Spruch im Feld bewirken kann. Das musst du dir angewöhnen.«

Er nickte zögernd. »Ich will es versuchen.«

Orla seufzte. »Immerhin schon besser als ›Ich kann nicht‹. Und im Augenblick ist es vermutlich das Beste, worauf ich hoffen kann.«

Sie brachen früh am nächsten Morgen wieder auf. Orla schaute sich nach dem Ast um, den sie als Wanderstock benutzt hatte, konnte das knorrige Stück Eichenholz aber nirgends finden. Sie warf einen misstrauischen Blick ins Feuer, in der Befürchtung, Lombo könnte den Stock zerbrochen haben, um es zu füttern, aber der Stapel Brennholz, den sie am Abend zuvor gesammelt hatten, war noch nicht aufgebraucht, also schien diese Erklärung wenig plausibel.

»Magisterin, der ist für Euch.« Kjarrigan wälzte sich auf die Beine und zog sich an einem anderthalb Schritt langen Ebenholzstock hoch. Er reichte ihn ihr hinüber, und sie nahm ihn vorsichtig in Empfang.

Aus Vorsicht erblühte Überraschung. Sie kannte diesen Stock. Die kühle Glätte des dunklen Holzes, die winzige Scharte, wo sie einmal das Langmesser eines Schnatterers pariert hatte, selbst die Länge und fein austarierte Balance erkannte sie wieder. Sie wirbelte ihn in beiden Händen, strich von oben bis unten am Holz entlang.

Es gab keinen Zweifel. *Das ist* mein *Stock, aber der liegt am Boden des Kreszentmeers!* Selbst wenn Kjarrigan irgendwie mit Tagostscha, dem Weirun des Meers, verhandelt und den Geist dazu bewegt hätte, den Stock herauszugeben, war es unmöglich, dass er in der kurzen Zeit von ihrem Lager ans Meer und wieder hätte zurückkommen können.

»Woher hast du …?«

Kjarrigan lächelte schüchtern. »Nirgends wirklich *her*, Magisterin. Ich habe ihn gemacht.«

»Was?«

Er bewegte unsicher die Schultern. »Als ich noch jünger war, hatte ich Wutausbrüche, bei denen ich Sachen zerschlug. Dafür wurde ich bestraft. Dann später, wenn mir etwas versehentlich zerbrach, wurde ich wieder bestraft. Also habe ich gelernt, Dinge zu reparieren. Wenn ich etwas berührt hatte und kannte, konnte ich ein ähnliches Material nehmen und es wiederherstellen. Euer Stock, mit dem Ihr gewandert seid. Den habe ich benutzt, weil er schon eine Verbindung zu Euch hatte. Euren Zauberstock hatte ich schon in der Hand gehalten und Magik mit ihm gewirkt, daher kannte ich ihn.«

Orla lief ein kalter Schauer den Rücken hinab. »Du hast nie jemandem davon erzählt, dass du das kannst?«

Er schüttelte den Kopf. »Hätten die Magister es gewusst, hätten sie mich dafür bestraft, dass ich Sachen zerbreche, oder dafür, dass ich es ihnen nicht schon früher erzählt habe. Es ist nicht sonderlich schwierig, eigentlich. Ein wenig Konstruktion gemischt mit Beschwörung, gewürzt mit einer Spur Heimlichkeit und Hellseherei. Ich könnte Euch zeigen, wie es gemacht wird.«

Sie hob die Hand an den Mund. *Er hat vier Magikschulen in einem Zauber vereinigt.* Sie hatte noch nie von etwas Derartigem gehört. Ein Zauber, um einen Verteidigungswall zu errichten, konnte Konstruktions- und Kampfzauber vereinen, oder ein Zauber, der einem Pfeil ermöglichte, ein fernes oder unsichtbares Ziel zu treffen, mochte Kampfmagik und Hellseherei verbinden. Sie hatte von einem urSreiði-Zauber gehört, einem Spruch, den sie nicht hätte meistern können, hätte sie noch fünfzig Jahre darauf verwendet, der eine klapprige Mähre in ein stolzes Ross verwandelte, das seinen Reiter unsichtbar und zu einem besseren Kämpfer machte. Dieser Spruch vermischte Kampfzauber, Hellseherei und Heimlichkeitsmagik und war der bei weitem komplexeste Zauberspruch, von dessen Existenz sie wusste.

Und er hat diesen Zauber als Kind entwickelt, um seine Fehler zu verstecken? Sie schauderte. *Sie haben keine Ahnung, was sie in ihm erschufen.*

»Geht es Euch gut, Magisterin?«

Sie nickte und zwang sich zu lächeln. »Doch, Adept Lies, mir geht es gut, und ich stehe in deiner Schuld. Was deinen Zauber betrifft, ich bezweifle, dass mir genug Jahre bleiben, ihn zu erlernen.«

Kjarrigans Augen trübten sich für einen Moment. »Fühlt Ihr Euch nicht wohl?«

»Doch, Kjarrigan, danke.« Sie hob den Stock. »Und mit deinem Geschenk fühle ich mich noch besser. Ich bin sicher: Wenn wir in ein paar Tagen in Yslin eintreffen, werde ich mich ausgezeichnet fühlen.«

Kapitel Einunddreißig

Wills Stimmung wechselte hin und her zwischen Begeisterung, die ihn drängte, seine Freude hinauszuschreien, zu tanzen, zu lachen, zu singen, und furchtbarer Angst, aus der Feste Gryps oder in den städtischen Kerker geworfen zu werden oder noch Schlimmeres, falls ihn jemand erkannte. Im Augenblick stand er an einem Ort, den zu erreichen er sich sein ganzes Leben mit einer prahlerischen Gewissheit erträumt hatte. *Nur wirkte es in meinen Träumen nie so wie jetzt.*

Der Ort, an dem er stand, war der Große Saal der Feste Gryps, dicht hinter der Tür. Kräh stand auch hier, und Dranæ. Jarmy ebenfalls und eine ganze Horde anderer Vilwaner. Er hatte den Eindruck, als hätte sich jeder andere Zauberer welcher Sorte auch immer, der in und um Yslin lebte, dem vilwanischen Kontingent angeschlossen. Da Vilwan keinem Reich angehörte, wurde seine Gruppe nicht vorgestellt und als unbedeutendste Delegation behandelt.

Nur Entschlossen hatte sich von ihnen getrennt und stand bei einer kleinen Gruppe Vorqælfen. Die meisten von ihnen trugen helle Seidengewänder, die zu denen der anwesenden menschlichen Adligen passten. Entschlossen allerdings trug einen schweren Mantel, den er aus räudigen Schnattererskalps genäht und mit Vylænpelz besetzt hatte. Darunter hatte er eine gute lederne Jagdmontur in Grün und Braun angelegt, von der er allerdings die Ärmel entfernt hatte, damit man die Tätowierungen sah.

Will beneidete Entschlossen um dessen Kleidung, musste aber eingestehen, dass es schlimmer hätte kommen können, wäre er gezwungen gewesen, sich wie ein Adliger herauszuputzen. Deren spitze Schuhe konnten ja nur drücken, die hohen Krägen schnürten ihnen sichtlich die Luft ab, und die Hosen hatten viel zu viele Knöpfe. Will war bereit, darauf zu wetten, dass man Wasser abschlagen musste, bevor man sie anlegte, weil man sie danach auf keinen Fall mehr rechtzeitig öffnen konnte.

Was man ihm aufgezwungen hatte, war allerdings kaum besser, und er war sich ziemlich sicher, dass hier etwas vorging, wovon er keine Ahnung hatte. Weil Kräh, Dranæ und er als Teil der vilwanischen Delegation auftraten, waren sie in auffallende Roben gesteckt worden, die ihrem Status angemessen waren. Dranæ hatte eine dunkelrote Robe erhalten, die ihn als Adepten kennzeichnete, mit zwei farbigen Streifen auf den Manschetten. Die Streifen besagten, welche Arten von Magik er angeblich beherrschte, aber Will hatte keinen Schimmer, was Weiß und Grün bedeuteten.

Kräh hatte die graue Robe eines Magisters erhalten. Estafa, der Adept, der sie ausgestattet hatte, hatte erklärt, bei Kräh könne er wegen des weißen Haars und der machtvollen Erscheinung diesen Rang riskieren. Will hatte den Eindruck gehabt, letztere Bemerkung sei darauf abgezielt gewesen, Kräh zu schmeicheln, damit er etwas von seinem Hintergrund preisgab, aber falls dem so war, hatte es nicht funktioniert. Kräh hatte höflich geschwiegen. Statt Farbstreifen auf den Manschetten hatte er eine Robe mit geschlitzten Ärmeln erhalten, unter denen Seidenfutter in zwei Farben sichtbar war, in diesem Fall Rot und Gelb. Will wusste auch nicht, wofür diese Farben standen, aber da Jarmy eine blaue Robe mit einem roten Streifen um die Ärmel trug, nahm er an, dass Rot Kampfzauber repräsentierte.

Nachdem Entschlossen sich geweigert hatte, eine Magikertracht anzulegen, hatte Estafa sich zu Will umgedreht und ihn eine Weile gemustert. Dann hatte er die Achseln gezuckt, eine schwarze Akoluthenrobe vom Ständer gezogen und sie Will gegeben. Der hatte sie angelegt, und der Zauberer hatte hier und da gezupft, dann hatte er eine weiße Kordel um Wills Taille gebunden und genickt. »Kann so bleiben. Er ist fertig, Will.«

Der junge Dieb hatte gelächelt und die Daumen unter das Seil geschoben. »Wofür ist das?«

»Es hält die Robe um deine Hüften zusammen.«

»Nein, nein, welche Magik? Was kann ich?«

Estafa hatte ihm ein übermäßig großzügiges, ganz und gar unglaubwürdiges Lächeln voller Zähne geschenkt. »Ah, nun, Will, er braucht keine Streifen oder Schlitze. Er ist ein Akoluth, ein Anwärter. Niemand würde angesichts seiner Jugend irgendetwas anderes glauben. Aber mach er sich keine Sorgen.« Der Mann hatte ihm zugezwinkert. »Er ist trotzdem etwas ganz Besonderes.«

Will hatte das Gesicht verzogen. »Aber hier ist vorhin jemand durchgekommen, der eine Robe wie Jarmy bekommen hat, mit einer Menge Streifen, und der sieht jünger aus als ich.«

»Ah. Adept Lies. Ja, nun, er ist auf seine Weise auch etwas Besonderes. Auf dem Weg hierher hat er … Nun, es war eine lange Reise.« Estafas dünne Lippen hatten sich über seine Zähne geschoben. »Geh er jetzt, Will – und sei er es zufrieden, sich als Akoluth zu tarnen. Besser, er wird nicht bemerkt, bis es an der Zeit dafür ist.«

Will hatte nur die Augen gerollt und sich auf den Weg in das Zimmer gemacht, das er im Magikerturm erhalten hatte. Auf der ganzen, einen vollen Tag beanspruchenden Reise nach Yslin hatte er nicht einen Zauberer gefunden, dem ein klares Wort zu entlocken war. Allesamt schienen sie einen übermäßigen Gefallen daran zu finden, ihm Rätsel aufzugeben. Gewöhnlich hätte er sich damit abgefunden, nur hatte er sie immer wieder dabei ertappt, wie sie ihm spekulative Blicke zuwarfen. Ein paar von ihnen hatten sich aber doch als halbwegs erträgliche Burschen herausgestellt, Jarmy zum Beispiel, der bereit gewesen war, sich anzuhören, wie sie in den Bergen und im Herbergsstall in Stellin gegen die Schnatterer gekämpft hatten.

Der Turm ging ihm auch auf die Nerven. Als man ihm sein Zimmer zuteilte, hatte er gesagt bekommen, er solle zweimal links abbiegen. Er war den Gang hinab gegangen, einmal links abgebogen, dann noch einmal, und der Weg hatte ihn zu einer kleinen Nische geführt. Die einzige Tür vor ihm hatte sich in ein kleines Zimmer mit einem Bett, einer Kommode, einem runden Tisch, zwei Stühlen und einer Schiffstruhe mit großem Schloss geöffnet. Nur um in Übung zu bleiben, hatte er sich mit den Dietrichen das Schloss vorgenommen, doch es war bei der ersten Berührung aufgesprungen. Im Innern der Truhe hatte er Kleidung gefunden, die ihm passte. Im Laufe der nächsten Tage hatte sich die Art der Kleidung dem Wetter entsprechend verändert, und mindestens einmal hatte sie vor allem grüne Hemden enthalten, nachdem er morgens mit dem Gedanken aufgewacht war, dass dieser Tag sich irgendwie grün anfühlte.

Das hätte ihm weiter nichts ausgemacht, nur lag sein Zimmer immer hinter der zweiten Linksbiegung. Wenn er nach rechts abbog – und immerhin befand er sich in einem runden Turm – gelang es ihm nicht, sein Zimmer zu finden, so sehr er sich auch bemühte. Aber kaum drehte er um und bog zweimal links ab, stand er vor seiner Tür. Mehr noch, er konnte dreimal rechts abbiegen und die Treppe hinab zum Speisesaal gehen, sein Zimmer blieb zwei Biegungen nach links entfernt, meistens ohne eine Treppe, obwohl: Einmal kam er zum Frühstück nach unten und der Rückweg führte ihn vor der zweiten Korridorecke noch eine Treppe tiefer.

Das führte dazu, dass er den Turm kein einziges Mal verließ, um sich wieder in Yslin einzuleben. Trotzdem war es ein gutes Gefühl, wieder daheim zu sein, das Meer zu riechen, den vertrauten Akzent zu hören, die Sonne hinter den Bergen, in die er geritten war, untergehen zu sehen. Aus dem Turmfenster konnte er die Seilkörbe über den kurvigen Straßen zwischen den Gebäuden pendeln sehen. Die Düsterdünen sah er zwar nicht, weil seine alte Heimat auf der anderen Seite der Feste lag, aber es genügte ihm, zu wissen, dass sie da waren.

Und jetzt bin ich wirklich hier, in Feste Gryps. Da er in Yslin aufgewachsen war, wusste Will, dass die alcidische Regierung die alte Festung für wichtige Empfänge und Bälle nutzte. Zahllose Diebe schmiedeten Pläne, sich während einer dieser großen Feiern einzuschleichen. Sie würden die Adligen bis aufs Hemd ausziehen und sich dann rechtzeitig aus dem Staub machen, erklärten sie alle, kamen aber schließlich immer zu dem Schluss, dass es unmöglich wahrzumachen war. Sieben hatten es tatsächlich versucht – drei Einzelkämpfer und eine Viererbande. Von fünfen hatte Will nie wieder ein Wort gehört, aber der Kopf des Sechsten war auf einem Stahldorn über einem der von den Düsterdünen aus sichtbaren Ausfallpforten wieder aufgetaucht.

Der Einzige, der Erfolg gehabt hatte, war die Blaue Spinne, und er hatte ein Diadem gestohlen, das Kallistae, die älteste Tochter des Königs, zum fünfzehnten Geburtstag hatte erhalten sollen. Es war Allgemeingut in der Düsterstadt, dass König Augustus geschworen hatte, sich den Kopf kahl zu scheren, bis das Diadem zurückgebracht war. Die Blaue Spinne hatte Yslin nach diesem Raubzug verlassen. Manche sagten, er sei geflohen, andere, er habe sich größeren Dingen zugewandt. Will war der letzteren Meinung und froh darüber, dass sein Held nicht ertappt worden war und das Schicksal der anderen Diebe geteilt hatte.

Er schüttelt sich, aber nicht in Erinnerung an den aufgespießten Kopf des Verrückten Dick. Die Diebe hatten sich beim Ausmalen ihrer beabsichtigten Beute so gewaltig unterschätzt, dass sie vermutlich allesamt rotieren mussten, in welchem Loch man sie auch immer verscharrt hatte. Sie mochten ihre Fantasie bei der Planung der Raubzüge angestrengt haben, doch bei der Beschreibung der Beute, auf die sie es abgesehen hatten, waren sie ziemlich kleingeistig gewesen.

Wenn Juwelen Regentropfen wären, würde mancher hier ersaufen. Will grinste im Schatten der Kapuze, die zu seiner Robe gehörte, während Könige und Königinnen, Prinzen und Prinzessinnen vorbeikamen. Herolde kündigten sie an, dann schritten die Monarchen langsam einen roten Läufer hinab, der sie vor eine Empore führte, auf der König Augustus und seine Gattin die Besucher begrüßten.

Allein der Anblick des Königs, mit seinem rasierten Schädel, jagte Will schon einen Schauder über den Leib. Soweit er zurückdenken konnte, erzählte man sich Geschichten von König Augustus und seinem Feldzug in Okrannel. Hätte er nicht das Heer zerschlagen, das Kytrin ausgeschickt hatte, um das Land zu verwüsten, so die Barden, würde die Nordlandhexe heute ihren Arsch auf dem Alcider Thron plattsitzen. Dass er unterwegs noch eine Braut gefunden hatte, verlieh der Geschichte eine zusätzliche romantische Note.

Viele Männer in den Düsterdünen zeigten oft und gerne die Narben aus jenem Feldzug her, aber Will ließ sich nicht täuschen. Wären sie wirklich alle dabei gewesen, hätte Augustus weit mehr als die dreitausend Mann ins Feld geführt, die ihn tatsächlich begleitet hatten. Da nur die wenigsten der Prahlhänse einen okranschen Akzent hatten, konnten sie auch nicht als Partisanen gekämpft haben. Aber da sie zu jeder Narbe eine mitreißende Kampfgeschichte zum Besten gegeben hatten, hatte es Will nicht weiter gestört, dass diese mit an Sicherheit grenzender Wahrscheinlichkeit erfunden gewesen war.

König Augustus jedoch war eindeutig aus anderem Holz geschnitzt. Der kahle Kopf, die leuchtenden Augen und der ausladende Schnauzbart kündeten von einem Mann, der sich auf dem Schlachtfeld heimischer gefühlt hätte, oder vielleicht als Piratenkapitän auf dem Kreszentmeer. Augustus schien für ein Abenteurerleben geschaffen, und Wills Brust schwoll vor Stolz, als der König seine Gäste empfing.

Wills Grinsen wurde breiter, als er entschied, dass er Augustus die Krone lassen würde, wäre er auf einem Diebeszug.

Diese Rücksichtnahme erstreckte sich allerdings nicht auf König Swindger von Oriosa. Graue Strähnen zogen sich durch sein langes, braunes Haar, und die haselnussbraunen Augen unter der Maske, auch wenn sie durch die Sehschlitze schwer zu erkennen waren, zuckten ruhelos umher. Will hatte Gestalten wie ihn schon auf den Straßen gesehen. Die leicht vorgebeugten Schultern, die augenblickliche Reaktion auf jede schnelle Bewegung, das waren die Kennzeichen eines Mannes, der etwas zu verbergen hatte. Will hätte dem Kerl mit Freuden alles gestohlen, was er am Leibe trug, aber er rechnete halb damit, dass seine Krone mit Glassteinen besetzt war.

Swindger war mit bescheidenem Gefolge zum Rat der Könige gekommen. Will erinnerte sich dunkel daran, dass der Mann Witwer war. Seine Frau war in einem kleinen Segelboot aufs Meer gefahren und nicht wiedergekehrt. Bösartige Gerüchte behaupteten, sie habe ihn verlassen und lebe jetzt als Schäferin in den Bergen, und ihre Söhne würden sie besuchen, wann immer Swindger auf Reisen war. Will war nicht sicher, wie viel er davon glauben sollte, aber von den Orioser Prinzen war nichts zu sehen, obwohl es hieß, der jüngere habe Swindger begleitet.

Als Nächstes erschien die Delegation Okrannels. Hinter Will zischte der Magiker Estafa gehässig. »Von Rechts wegen hätte Okrannel vor Oriosa kommen müssen. Swindger besteht darauf, dass sein Reich den Vorrang erhält, weil er eines *hat*. Aber in Wahrheit ist Oriosa aurolanischer als die Okransche Mark.«

König Stelin von Okrannel schlurfte langsam den Teppich entlang, eine alte Vettel an einem Arm, einen Mann mittleren Alters am anderen. Ein Schwarm von Adligen folgte ihnen und formte die bis jetzt bei weitem größte Delegation von allen. Trotzdem, stellte Will fest, hatten sie zusammen weniger Schmuck als manche einzelnen Gäste. *Wenn Juwelen Regentropfen wären, würde in Okrannel Dürre herrschen.*

Eine bildschöne Frau, groß gewachsen und mit so hellblondem Haar, dass es beinahe an das Weiß von Krähs Schopf heranreichte, machte den Mangel an Schmuck in der okranschen Delegation mit ihren funkelnden, amethystvioletten Augen wett. Sie bewegte sich mit einer flüssigen Eleganz, die alle anderen Frauen ausstach, und nicht nur die hier im Saal. *In den Düsterdünen habe ich Frauen wie Lumina auf eine Weise tanzen sehen, dass den Männern das Blut in den Adern kocht, aber verglichen mit ihr würde sie keiner auch nur ansehen …* Will machte sich klar, dass er in seinem Leben überhaupt nur eine einzige Frau gesehen hatte, die so wunderschön war …

Sie ist es! Er beugte sich nach links, zupfte heftig an Krähs Ärmel und wisperte ihm zu: »Die Frau da, aus Okrannel. Das ist die aus Stellin. Die auf dem Pferd. Die Banditenführerin.«

Kräh beugte sich etwas vor und kniff die Augen zusammen. »Du könntest Recht haben. Wie hat der Herold gesagt, heißt sie?«

Will zuckte die Achseln, aber Estafa beugte sich vor. »Das ist Prinzessin Alexia, Prinz Kirills Tochter.«

Krähs Stimme wurde sehr leise. »*Das* ist also Alexia.«

Will runzelte die Stirn. »Ihr sagt das, als würdet Ihr sie kennen.«

»Ich ...« Kräh zögerte, dann hustete er in die Faust. »Ich erinnere mich gehört zu haben, dass sie den Tod ihres Vaters überlebte, aber seitdem habe ich nichts mehr von ihr gehört.«

Estafa zog die Nase hoch. »Sie ist in Gyrvirgul aufgewachsen. Man munkelt, Großherzogin Tatjana, die Tante des Königs, habe sie von Hofe verbannt. Sie ist von den Gyrkyme aufgezogen worden und, wie nicht anders zu erwarten war, eine Wilde.«

Will warf dem klatschhaften Magiker einen scharfen Blick zu, dann schüttelte er den Kopf. »Ich weiß nicht, woher Ihr Eure Informationen bekommt, aber sie sitzt hervorragend zu Pferd.«

»Ganz richtig.« Kräh lächelte Will zu. »Und das rote Kleid da steht ihr auch erstaunlich gut.«

Die Okraner Delegation zog nur langsam vorbei, doch lediglich König Stelin und Prinzessin Alexia begrüßten König Augustus, sodass die nächste Gruppe nicht zu lange warten musste, bis sie sich in Bewegung setzen konnte. Will wusste nicht, wer der kleine Mann an ihrer Spitze war, der ganz in königsblauen Samt mit schwarzen Litzen gekleidet war, aber er musste aus Festung Draconis stammen. Hinter ihm folgten zehn Personen, Männer und Frauen, paarweise, doch wie es aussah: allesamt Krieger. Dieser Schluss erforderte keine besonderen detektivischen Gaben von Seiten Wills: Sie waren alle Meckanshii und so gepaart, dass ihre künstlichen Arme und Beine an der Innenseite der Doppelreihe lagen und sie sich an den Metallhänden hielten.

Krähs Stimme klang leicht abwesend. »Das ist Dathan

Cavarr, der Markgraf Draconis. Ihn müssen wir überzeugen, die Fragmente der Drachenkrone zu verteilen.«

Der junge Dieb nickte. Cavarr war der erste Erwachsene in dieser Versammlung, der kleiner war als Will. Sein weißblondes Haar, das er lang und offen trug, entsprach farblich dem sauber gestutzten Schnurr- und Kinnbart. Die grauen Augen mit den blauen Einsprenkseln suchten den Saal ständig ruhelos ab. Auch ein solches Verhalten kannte Will von den Straßen der Düsterdünen, und für ihn war es weniger ein Zeichen von Angst oder Paranoia als vielmehr das äußere Merkmal eines Jägers.

Mehr als einmal schaute der Markgraf zu Kräh hinüber, und das jagte einen Schauder durch Wills Leib.

»Wer begleitet ihn?«

Kräh lächelte. »Das ist seine Frau, Rautrud, aus Oriosa. Sie ist Swindgers Schwester. Die Jahre waren gnädig zu ihr.«

Will zog fragend die linke Braue hoch, und der alte Mann nickte.

»Ich habe nicht nur von ihr gehört. Ich habe sie einmal hier auf dem Herbstfest gesehen, als es zuletzt in Yslin stattfand. Damals hatte sie weniger Falten im Gesicht, und von der weißen Strähne im rabenschwarzen Haar war keine Spur vorhanden. Aber sie besaß schon damals dieselbe Eleganz und Selbstsicherheit wie heute. Ihr Gefolge müsste aus den Kommandeuren der Festungsbataillone bestehen. Teilweise erst kürzlich befördert.«

Estafa räusperte sich. »Meine Quellen sind genauer. Die beiden Letzten sind neu. Sie ist Jancis Eisenbart aus Muroso. Der Mann ist ihr Gatte und kommt aus Oriosa. Er ist ein ziemlicher Pedant, was das Maskentragen betrifft, aber ich nehme an, es geht ihm darum, das wenige an Gesicht zu bedecken, was er noch hat.«

Will runzelte die Stirn. Die Frau sah ziemlich normal

aus, da ihr Kleid lang und weit genug war, um vollständig zu verbergen, was sie humpeln ließ. Über der linken Hand trug sie sogar einen blauen Lederhandschuh, sodass niemand hätte sagen können, ob sie überhaupt etwas verbarg, falls die Hand mehr als zwei Finger und einen Daumen besaß. Sie trug eine Maske aus blauem Samt mit schwarzem Rand, die vollendet zu den Uniformen der Festung passte.

Als er sich ihren Gatten ansah, musste Will dem Magiker allerdings zugestehen, dass seine Vermutung nachvollziehbar war. Irgendwann in der Vergangenheit musste Jancis' Ehemann den größten Teil des Gesichts einschließlich eines Teils seiner Nase verloren haben. Um die Ränder der schwarzen Maske, die mit Bändern und kleinen Symbolen in weißer Farbe dekoriert war, sah man deutlich den silbernen Kettenpanzer, der die Haut ersetzte. Will war sich nicht ganz sicher, glaubte sich aber zu erinnern, dass er einen Teil der Vorqs Panzer so feiner Art hatte tragen sehen, und er fragte sich, ob ein Ælf den Soldaten damit wiederhergestellt hatte.

Kräh legte die Stirn in Falten. »Hat der Soldat auch einen Namen?«

»Valkener, soweit ich weiß. Sallitt Valkener.«

Will riss die Augen auf. »Der Verräter?«

Der Magiker lachte leise. »Nein, er ist der Bruder, der König Augustus im Okrannel-Feldzug zur Seite stand. Derjenige, der den Familiennamen vor der Schande gerettet hat.«

»Als ob das jemand könnte.« Will schüttelte den Kopf. »Unmöglich.«

Der vilwanische Magiker schnaufte. »Auch nicht schwerer als seine Aufgabe.«

»Wie?«

»Die viel beschworene Prophezeiung der Vorqælfen.« Estafa schüttelte den Kopf. »Kenvin Norderstett und sein Sohn Boleif dienen Kytrin als Sullanciri, und trotzdem fordert die Prophezeiung, dass ein Norderstett sie vernichtet. Dieser Norderstett ist er, Will.«

»Was?« Er schaute zu Kräh und sah, wie sich auf dessen Zügen Schmerz ausbreitete. »Darum dreht sich das alles? Nein. NEIN!«

Kräh streckte die Hand aus, aber Will schlug sie weg. Dann drehte er um und rannte aus dem Saal. Er hörte Kräh ihm hinterher rufen, er solle warten, doch er ignorierte den alten Mann. Der junge Dieb knurrte die Wachen an und zuckte mit den Fingern, als wolle er einen Zauber schleudern. Als sie zurückwichen, stürmte er an ihnen vorbei und aus der Feste Gryps. Er lief in Schlangenlinien durch die Mengen auf den Straßen, bog nach Norden und verlor sich in den Düsterdünen.

Kapitel Zweiunddreißig

Während König Swindger in der ersten Sitzung des Monarchenrats seine Schmährede hielt, entschied Alyx, dass er seinem Ruf nicht nur gerecht wurde, sondern ihn sogar noch übertraf. Die grüne Maske auf seinem Gesicht, so protzig sie mit dem überschwänglichen Schmuck aus Bändern, Federn und aufgemalten Symbolen auch war, wirkte edler als der Mann, der sie trug. Der weinerliche Klang seiner Stimme verriet Stress, aber sein Sarkasmus war von purem Gift getränkt. Sie war versucht, von ihrem Platz in der zweiten Reihe der okranschen Delegation aufzuspringen, über den Tisch zu setzen und ihn mit einer kurzen Geraden zu Boden zu strecken.

Swindgers Oberlippe zog sich gehässig zurück und verschwand halb hinter der Unterkante der Maske. »Und jetzt erfahren wir ›nebenbei‹ von den Vilwanern, dass sie den Norderstett hatten, der Kytrin der Prophezeiung nach ein Ende bereiten wird, und ihn *verloren* haben? Wie kann die Gegenwart des Retters der Zivilisation nebenbei abgehandelt werden? Wie ist es möglich, dass sein Verschwinden dermaßen bagatellisiert wird?«

Swindger wanderte bei diesem Ausbruch wie gehetzt im inneren Kreis der Tische auf und ab. Die Frontstaaten Oriosa, Muroso, Sebtia und Jerana hatten ihren Platz in jener innersten Reihe, an langen Tischen, bedeckt mit den Bannern der Delegierten. Zwei kleinere Tische am Nordrand des Kreises boten den alcidischen Teilnehmern Platz. Zwischen ihnen saß Augustus als Vorsitzender der Versammlung auf seinem auf einer Empore stehenden Thron. Ihm gegenüber standen zwei andere kleinere Tische. Einer davon war als Höflichkeitsgeste Okrannel zugestanden worden, der zweite war der Delegation der Festung Draconis vorbehalten. Der Markgraf saß allein daran, nur zwei seiner Meckanshii-Offiziere hatten hinter ihm Platz genommen.

Ein Zauberer in einfacher grauer Robe stand am Tisch Vilwans im zweiten Rang der Delegationen auf und verschränkte die Hände. Dann senkte er sie, bis sie in den Ärmeln der Robe verschwanden. »Falls es König Swindger und seine erhabenen Mitfürsten gestatten, kann ich dies erklären, wenn man mir gestattet, den Bericht ohne Unterbrechung vorzutragen.«

König Augustus nickte. »Bitte, König Swindger, haltet Euch einen Augenblick zurück. Gestattet ihnen, sich zu erklären.«

»Gut, Augustus, das will ich tun, auch wenn sie meiner Ansicht nach das Pferd vom Schwanz her aufzäumen.«

Der vilwanische Delegierte neigte den Kopf. »Ich habe versucht, der hohen Versammlung einen chronologischen Rahmen der Ereignisse zu liefern. Wie ich bereits erklärte, kamen Freiwillige aus dem südlichen Saporitia nach Vilwan, um die Insel zu verteidigen. Als sie eintrafen, wurde uns berichtet, dass ein junger Mann in der Gesellschaft anderer Reisender vermutlich der prophezeite Norderstett sei. Wir leiteten Schritte ein, seine Sicherheit zu garantieren. Damit hatten wir Erfolg, und er wurde als Teil unseres Kontingents hierher gebracht, um ihn verborgen und sicher zu halten.«

Swindger lachte laut auf. »Das habt ihr verpatzt.«

»Unser Fehler, König Swindger, bestand darin, den Mitgliedern unserer Gruppe nicht mehr an Mitteilungen zukommen zu lassen als wir, irrtümlich, wie sich nun herausgestellt hat, für nötig erachteten. Wir waren abgelenkt. Als die Freiwilligen Vilwan erreichten, benutzten wir ihre Schiffe, um unsere Akoluthen von der Insel zu evakuieren, die Söhne und Töchter, die Euer aller Reiche uns als Anwärter anvertraut haben. Es sind die besten und begabtesten Kinder auf dieser Seite der Welt. Jedes einzelne von ihnen wurde von den Göttern mit besonderen magischen Talenten bedacht, die wir in unseren Schulen förderten. Nun, im Nachhinein scheint es jedoch, dass Kytrins Angriff auf Vilwan zwei Ziele verfolgte, und die Eroberung der Insel war nie wirklich Teil ihrer Planung. Ihre erste Absicht war die Dezimierung der Wruoner Piraten. Seit dem Fall Okrannels und dem Untergang seiner Flotte blieben die Piraten bei ihren Raubzügen im unteren Meer nahezu ungehindert. Sie griffen die nach Süden fahrenden Schiffe der Eishexe an, und so schloss sie zur Täuschung eine Allianz mit ihnen. Indem sie die Piraten zur Unterstützung der Invasion überredete, stellte sie sicher, dass ein bedeutender Teil von deren Schiffen und Besatzungen vernichtet wurde. Da keines ihrer bekanntesten Schiffe beteiligt war, halten wir es sogar für denkbar, dass Vionna sich auf die Zusammenarbeit mit Kytrin einließ, um sich bei der Invasion Gegner ihrer Herrschaft vom Halse zu schaffen.«

Der Magiker zögerte einen Augenblick und seine Schultern sackten. »Ihr zweites Ziel … Wie es scheint, hat sie unseren Wunsch vorausgesehen, die jüngsten unserer Schüler zu retten. Die Piraten lauerten ihnen auf, versenkten die Boote, setzten sie in Brand, rammten sie. Sie schlachteten Hunderte ab. Andere ertranken. Viele werden noch vermisst. Von den fast neunhundert Kindern, die wir evakuierten, ist es weniger als fünfzig gelungen, sich wieder bei uns zu melden.«

Großherzogin Tatjana stieß ein bellendes Lachen aus. »Ihr habt zugelassen, dass unsere Kinder wie Küchenabfall an die Fische verfüttert wurden? Es wird ein kalter Tag sein, bevor das nächste okransche Kind den Fuß auf Vilwan setzt.«

Der Zauberer nickte. »Eine verständliche Erklärung, und ich habe keinen Zweifel daran, dass viele in diesem Saal ihr zustimmen. Ich bin allerdings auch davon überzeugt, dass Kytrin genau diese Reaktion beabsichtigt hat. Nicht nur hat sie eine Generation neuer Magiker zerschlagen, sie hat den Boden mit Salz gesät, aus dem Ersatz erwachsen könnte. Gelingt es ihr, diese Dürre noch zehn oder gar zwanzig Jahre aufrecht zu erhalten, werden die Folgen bitter spürbar werden.«

Swindger stand wieder auf. »Aber sie wird doch vorher schon vernichtet sein, nicht wahr, von diesem Norderstett? O nein, ich vergaß. Den habt ihr ja auch verloren!«

»Ja, mein Fürst.« Als der Mann seufzte, konnte Alyx die bleierne Müdigkeit, die an ihm zehrte, förmlich spüren. »Unsere Leute suchen nach ihm.«

»Aber nicht mit Hilfe von Magik, wenn meine Quellen mich richtig in Kenntnis gesetzt haben.« Swindger schniefte triumphierend. »Waren vielleicht Eure toten Kinder die Experten im Suchen nach Verlorenem?«

Der Magiker versteifte sich. »Es steht Euch frei, die Kompetenz unserer Führung anzuzweifeln, König Swindger, aber besudelt mit Eurem Hohn nicht das Angedenken unserer Kinder, *Eurer* Kinder. Die schlichte Wahrheit ist, würden wir Magik einsetzen, um ihn zu suchen, könnten Kytrin oder ihre Agenten unsere Bemühungen benutzen, ihn vor uns auszumachen. Natürlich ist auch das Gegenteil möglich, und wir haben Leute an diese Eventualität angesetzt.«

Königin Carus von Jerana hob einen Finger. »Mit dieser Antwort deutet Ihr an, dass Kytrin bereits von der Existenz des Norderstett weiß?«

»Ja, meine Fürstin, so wurde ich informiert.«

»Wie ist das möglich?«

Die dunklen Augen des Thaumaturgen verengten sich. »Die von anderen, nicht von uns, eingesetzte Methode, sich seiner Identität zu vergewissern, hat Kytrins Agenten von seiner Gegenwart informiert. Zu ihrer Verteidigung sollte ich jedoch hinzusetzen, dass dieses Risiko unvermeidbar war.«

Augustus lehnte sich auf dem Thron vor. »Warum ist der Knabe davongelaufen?«

»Man hatte ihn nicht darüber informiert, dass er der Norderstett der Prophezeiung war. Als er erfuhr, wer er war … Nun, stellt Euch den Schock vor. Er rannte davon und hat sich versteckt.«

Die Augen des Orioser Königs funkelten. »Es war bekannt, dass er *der* Norderstett und damit einer *meiner* Untertanen ist, und er wurde nicht über seine Herkunft aufgeklärt? *Ich* wurde nicht über ihn informiert? Das ist ungeheuerlich!«

»Läge es an mir, Swindger, wüsstest du jetzt noch nicht von ihm.«

Die knurrende Stimme ertönte aus der zweiten Tischreihe, und Alexia musste sich nach links drehen, um den Sprecher zu sehen. Sie erkannte den weißhaarigen Vorqælfen vom Empfang des Vorabends. Er hatte den Schnattererskalpumhang abgelegt, sodass seine tätowierten Arme deutlich sichtbar waren. Sie überlegte kurz, dann nickte sie. *Entschlossen, er ist der, der sich Entschlossen nennt.*

Entschlossen ließ den Blick seiner silbernen Augen über den Saal schweifen. »Ich habe den Norderstett gefunden, hier in Yslin. Ich habe ihn an den Ort gebracht, wo seine Identität überprüft wurde. Ich war dabei, ihn nach Festung Draconis zu bringen und von dort zur Konfrontation mit Kytrin. Die Vilwaner spielten hierbei keine Rolle, abgesehen davon, dass sie uns an diesen Ort zurückgebracht haben.«

König Augustus strich sich nachdenklich über den Bart. »Ich kenne dich seit Jahren, Entschlossen, und deine Hingabe an die Befreiung Vorquellyns ist wohlbekannt. Was ich dich fragen will, soll keinen Zweifel an dir oder der Weisheit deines Handelns ausdrücken. Ich suche nur Informationen.«

Der Vorqælf nickte. »Euer Sinn für Gerechtigkeit ist bekannt, mein Fürst. Fragt.«

»Warum hast du dem Norderstett nicht gesagt, wer er ist?«

»Er ist kaum ein Mann, und selbst das nur an Jahren. Weder körperlich, noch geistig oder in seinem Verhalten ist er erwachsen. Ich fand ihn hier, in Euren Düsterdünen. Er ist ein Dieb, der nichts von der Welt außerhalb der Schatten Yslins wusste. Er musste erst noch vieles lernen – vor allem lernen, sein Schicksal anzunehmen.«

»Sein Schicksal anzunehmen?« Swindger breitete die Arme aus. »Der Knabe sollte von allen hier versammelten Reichen angenommen und gefeiert werden. Er ist unsere Rettung vor der Geißel des Nordens. Wir würden Armeen ausheben – und er würde uns zum Sieg führen.«

Der Blick des Vorqælfen wurde hart. »Ihr irrt Euch in zwei Punkten, mein Fürst. Erstens wissen wir zwar, dass er ein Norderstett ist, wir wissen jedoch nicht, ob er *der* Norderstett ist. In diesem Augenblick könnte irgendein Mädchen sein Kind unter dem Herzen tragen. Zweitens, selbst wenn er der Norderstett ist, wäre es dumm, anzunehmen, nur seiner Herkunft wegen bräuchte er keinen Widerstand zu erwarten oder besäße auch nur den Schimmer einer Ahnung, wie er Truppen gegen Kytrin zum Sieg führen kann.«

»Außerdem«, setzte der Markgraf Draconis hinzu, »ist es mehr als nur dumm, anzunehmen, wir bräuchten dieses Kind, um Kytrin zu vernichten. Wenn ich mich richtig an den Text der Prophezeiung erinnere, sagt sie voraus, das er *eine* Geißel des Nordens erschlagen wird, nicht unbedingt Kytrin. Er bräuchte nur einen ihrer Sullanciri zu töten, seinen Vater vielleicht oder sogar seinen

Großvater, und hätte die Prophezeiung erfüllt. Auch sollten wir nicht vergessen, dass die Prophezeiung nur die Erlösung Vorquellyns verspricht. Die guten Menschen zu meiner Linken halten die weitere Besetzung Okrannels sicher nicht für hinnehmbar.«

Tatjana stand plötzlich auf. »Allerdings nicht. Und wir sind auch alles andere als erfreut über den Orioser Versuch, sich den Norderstett anzueignen.«

Auf Swindgers Züge trat ein Lächeln. »Ihr missversteht mich, ihr alle hier, wenn ihr glaubt, ich wollte diesen Norderstett kontrollieren oder ihn zu irgendetwas drängen, wozu er noch nicht bereit ist. Nein, das ist ganz und gar nicht mein Bestreben. Meine Wünsche ihn betreffend sind ganz einfacher Natur. Erstens wünsche ich, dass er aufgefunden wird, damit Kytrin ihn nicht in ihre Hand bekommt. Zweitens bin ich der Ansicht, dass wir ihn benutzen können, da sie von seiner Existenz weiß und vermutlich Anstrengungen unternimmt, ihn zu finden. Wenn wir ihn heranziehen, ihn befördern, ihn an die Spitze eines Heeres stellen, wird sie das zwingen, ihm Aufmerksamkeit zu widmen. Sie hat Grund, ihn zu fürchten, und das wird sie von Euren Bemühungen ablenken, mein Bruder Dathan.«

Der Markgraf Draconis schloss kurz die Augen. »Sollte ich mich irren, wird sich das erweisen, aber mir scheint es, dass Kytrin leicht eine vorzeitige Erfüllung der Prophezeiung herbeiführen könnte, indem sie diesem Norderstett erlaubt, eine Geißel des Nordens zu vernichten *und* Vorquellyn zu erlösen. Sie könnte unsere Truppen im Kampf um die Insel ausbluten und sich dann zurückziehen. Das würde den Norderstett als Gefahr für sie aus dem Weg räumen, ohne ihr die Mittel zu einem Sturm des Südens zu nehmen. Deshalb müssen wir gegen sie losschlagen, schnell und hart. Ich habe Pläne dafür vorbereitet ...«

Königin Carus stand auf. »Ich muss gegen eine Vorstellung konkreter Planungen zu diesem Zeitpunkt protestieren, Brüder und Schwestern. Wie ihr wisst, habe ich den Thron erst kürzlich bestiegen, und auch wenn ich an diesen Beratungen schon zuvor teilgenommen habe, war es die erklärte Absicht meines Vaters, mich an den einen oder anderen von euch oder euren Verwandten zu verheiraten, bevor ich den Thron übernehme. Mein militärischer Ratgeber, General Markus Adrogans, ist unterwegs hierher, wird aber erst in fünf Tagen eintreffen.«

Alexia runzelte die Stirn. Sie besaß kaum zuverlässige Informationen über General Adrogans, und wollte ihn daher nicht zu harsch beurteilen. Er hatte eine bekannte Abneigung gegen Schiffsreisen und hatte Kytrins zum Angriff auf Vilwan zusammengezogene Riesenflotte als willkommene Entschuldigung genutzt, über Land anzureisen. Er hätte lange vor der Ratsversammlung in Yslin eintreffen sollen, aber Kytrin hatte in Erwartung seiner Abwesenheit einen Angriff aus der Okranschen Mark gestartet. Adrogans hatte sie jedoch getäuscht, indem er seinen Tross nur langsam südwärts geschickt hatte. Sein Heer hatte ihn zwei Tage lang begleitet, dann war es mit Hilfe von Reservepferden schnellstens zurückgeritten. Sie hatten die Aurolanen überrumpelt und zurückgeschlagen.

Die Königin sprach weiter. »Bei allem Respekt für den Markgraf Draconis ist die seiner Ansicht nach beste Art, sich Kytrin entgegenzustellen, nicht die einzige. Der Markgraf war zwar äußerst erfolgreich darin, Kytrin im Norden zu halten, mit Ausnahme der kleinen Einheiten, die sich an seiner Festung Draconis vorbeischleichen und im Süden vereinen konnten, um unsere Städte zu belagern, aber seine Erfahrung liegt auf dem Gebiet der Defensive. General Adrogans besitzt erhebliche Erfahrungen auf dem Gebiet der Angriffsoperationen und vertritt daher einen anderen Blickwinkel. Auch er wird ausgearbeitete Pläne mitbringen. Und fürchtet nicht, Dathan Cavarr, Festung Draconis ist auch für sie von Bedeutung. Adrogans wird auf sie angewiesen sein, so wie der Schmied für seinen Hammer auf den Amboss angewiesen ist.«

Cavarr lächelte kurz. »Es wärmt mein Herz, zu hören, dass Euer jeranisches Militär einen Wert in Festung Draconis erkennt. Ich hatte leichte Zweifel daran entwickelt, nachdem die aus Eurem Reich erwarteten Truppen nie bei uns eingetroffen sind.«

Die Königin nickte. »Als mir die Situation erklärt wurde, Markgraf, schien es mir, dass unsere Truppen bessere Dienste leisten konnten, indem sie Jerana vor der unmittelbaren Gefahr aurolanischer Überfälle beschützten. Ihr könnt unsere Freunde aus Valitia und Gurol fragen, ob wir in unseren Pflichten nachlässig waren.«

»Ich habe niemals eine Nachlässigkeit angedeutet, meine Fürstin, nur einen Mangel an Weitsicht. Kytrin lässt ihre Truppen hier im Süden Angriffe starten, um Euch allen Angst zu machen. Das veranlasst Euch, Eure Soldaten in der Heimat zu halten, was dazu führt, dass Festung Draconis, die ihre Legionen im Norden festhält, beständig schwächer wird. Falls Ihr glaubt, Kytrins Angriffe hier seien dumm oder verrückt, hat sie Euch bereits besiegt.«

Tatjana hob beide Hände. »Mein Fürst, meine Fürstin, dieser Streit kann uns nur schaden. Die Ansichten des Markgrafen Draconis sind uns wohlbekannt. Er ist überzeugt, wenn wir die Wurzel des Übels angreifen, werden seine Triebe verdorren. General Adrogans glaubt: Wenn es uns gelingt, das Blattwerk des Bösen zu stutzen, wird es umso leichter fallen, seine Wurzel auszureißen. Bis wir die Gelegenheit haben, beider Pläne zu vergleichen, oder noch besser, diese beiden militärischen Denker zu einer gemeinsamen Planung zusammenzubringen, kann eine Debatte nur dazu führen, dass sich die Beteiligten für die eine oder andere Seite entscheiden. Das würde aus einer militärischen Entscheidung eine politische machen, und das kann niemandem hier recht sein.«

Alyx verengte die Augen. Dass die Großherzogin sich nicht einmal mehr die Mühe machte, so zu tun, als spräche sie für den König, behagte ihr gar nicht, aber dazu kam noch, dass die Frau Vernunft und Vorsicht predigte. Zugegeben, sie wusste nicht viel über sie, aber was sie wusste, stellte Tatjana als eine mit allen Wassern gewaschene Politikerin dar. Wenn ausgerechnet sie die versammelten Monarchen drängte, die Politik hintanzustellen und der Vernunft zu gehorchen, konnte das nur ein politischer Winkelzug sein.

Alyx verspürte den Impuls, den Markgrafen Draconis zu warnen, aber sie zögerte. Tatsache war: Sollte der jeranische Plan sich durchsetzen, würde das erste Angriffsziel darin bestehen, die aurolanischen Horden aus Okrannel zu vertreiben. Das würde ihr die Heimat zurückgeben und ihrem Großvater den ersehnten Frieden. Gleichgültig, ob dies der beste Weg war, Kytrin loszuwerden, ihr setzte der Wunsch zu, ihr Heimatland befreit zu sehen.

Aber nur für einen Augenblick. Etwas in ihrem Innern, geboren aus jahrelanger Erziehung bei den Gyrkyme, drängte alle Sentimentalität beiseite. Es war keineswegs so, dass die Gyrkyme kein leidenschaftliches und emotionales Volk sein konnten. Im Gegenteil, und sie stellten es häufig genug unter Beweis. Aber das Leben machte ihnen immer wieder deutlich, wie zerbrechlich es war. Ein Mensch konnte betrunken umfallen, ein ähnlich berauschter Gyrkymsu, der versuchte, in diesem Zustand heimzufliegen, überlebte es nicht. Die Gyrkyme mischten Berechnung mit Stoizismus und der strikten Forderung an jeden Einzelnen, sein Bestes zu geben, und diese Lektionen hatten auch sie geformt. Spätere Lehrer hatten ihr alles andere beigebracht, was es über die Welt und den Krieg zu wissen gab, und sie hatte festgestellt, dass ihre Lektionen sich sehr gut in das Gerüst der gyrkymschen Philosophie und Ausbildung einpassten.

Auf emotionaler Ebene wäre der Vorstoß nach Okrannel zutiefst befriedigend gewesen, aber militärisch war er kaum zu verantworten. Ein Feldzug durch die okranschen Gebirgszüge war schwierig. Selbst wenn es ihnen gelingen sollte, die aurolanischen Horden zurückzudrängen, konnte unter den dortigen Geländebedingungen eine kleine Anzahl Truppen eine weit größere Armee aufhalten, und das hätte den Aurolanen Zeit gegeben, sich in die Boraberge oder die Geistermark zurückzuziehen. Aber nur wenn es gelang, sie zu vernichten, stellten sie keine Gefahr mehr für Okrannel dar. Die Freiheit, die sie so hart erkämpft hätten, wäre brüchig gewesen – und der Verlust Okrannels für Kytrin läppisch.

Aber der Markgraf Draconis brauchte ihre Warnung nicht. »Die Großherzogin ist zu gütig, die Weisheit König Stelins mit uns zu teilen. Obwohl ich seinen Sohn viel zu kurz kennen durfte, hat mich Prinz Kirill mit der okranschen Bereitschaft beeindruckt, zu tun, was immer nötig war, um einen Erfolg zu garantieren. Es ist keine Übertreibung zu sagen, dass Kirill uns mit seinem Leben das letzte Vierteljahrhundert Freiheit erkauft hat. Sein Opfer auf Festung Draconis wird unvergessen bleiben. Ich kann nur darauf hoffen, dass seine Selbstlosigkeit allen hier ein Vorbild ist.«

Augustus stand auf. »Meine Freunde. Ich finde, dies ist ein guter Moment, diese erste Runde unserer Gespräche zu beenden. Wir sind uns über zwei Punkte einig. Der Norderstett muss gefunden werden. Ich habe bereits Leute darauf angesetzt. Da er, zumindest derzeit, einer meiner Untertanen ist, behalte ich mir das Recht vor, die Suche nach ihm zu leiten. Mit anderen Worten: Er ist kein Preis, nach dem Ihr Eure Leute Ausschau halten lassen solltet. Lasst sie fürs Erste das Herbstfest genießen, denn wir wissen wohl alle gut genug, dass sie dazu später keine Gelegenheit mehr haben werden. Zweitens sind wir uns einig, dass wir keine Klärung der Frage erzielen können, wie wir am besten militärisch gegen Kytrin vorgehen, bevor General Adrogans hier eintrifft. Also wollen wir uns bis dahin mit Fragen der Versorgung und möglichen Truppenstärken befassen.«

Augustus' Miene wurde düster. »Vor einem Vierteljahrhundert hat man uns vor dem gewarnt, was bevorsteht. Nun wird es Zeit, dieses Problem anzugehen, oder unsere Welt wird in dem Orkan aus Stahl, Feuer und Reißzähnen, der uns aus dem Norden dräut, untergehen.«

Kapitel Dreiunddreißig

Kjarrigan wollte breit grinsen, doch er hielt seine Miene neutral, als er gemächlich aus dem Turm schlenderte, in dem man ihm ein Zimmer zugeteilt hatte. Niemand hatte gesagt, er dürfe das Herbstfest nicht besuchen. Es hatte ihm auch niemand die Erlaubnis dazu erteilt, aber er war sich ziemlich sicher, dass niemand ihn aufhalten würde, wenn er einfach losging. Er hatte eine dunkelblaue Robe und einen dazu passenden Mantel angelegt und wanderte geradewegs an den Adepten vorbei, die den Turmeingang bewachten. Er hatte damit gerechnet, dass man ihn anhielt, aber niemand sprach ihn auch nur an.

Einmal draußen auf der Straße, gestattete er sich das Grinsen. Ihm war nur zu klar, was für ein Glück er gehabt hatte. Orla war zu Gesprächen mit dem Markgrafen Draconis gerufen worden. Sie hatte keine Ahnung gehabt, worum es dabei gehen sollte, aber Kjarrigans Anwesenheit war nicht erforderlich. Sie hatte ihm vorgeschlagen, sich selbst eine Beschäftigung zu suchen, ohne die geringste Sorge darum zu zeigen, wie diese aussehen mochte.

Dieser Mangel an Besorgnis ärgerte ihn ein wenig. Immerhin war er ihr Schützling. Er verspürte einen gewissen Drang, sich in Schwierigkeiten zu bringen, allein um ihr zu zeigen, dass sie sich nicht auf seinen gesunden Menschenverstand verlassen konnte. Natürlich war ihm klar, wie idiotisch das gewesen wäre, deshalb gab er diesem Impuls auch nicht nach. Aber das Herbstfest zu besuchen, versprach ein nicht im Mindesten gefährliches Abenteuer.

Auf der Straße! Kjarrigan zitterte, und es lag nicht an der mit dem Abend hereinbrechenden Kühle. *Yslin!* Eine Großstadt, riesig, ausgedehnt, mit einem Hafenviertel und Tempeln, mit Türmen und der Feste Gryps, dem Palast und noch so viel mehr. Auf Vilwan war alles importiert. Es gab zwar am Hafen so etwas wie Geschäfte, doch feste Regeln bestimmten das Verhalten von Händlern und Kunden gleichermaßen. Man konnte Luxuswaren erstehen, in aller Regel aber war jede Spur ihrer Herkunft entfernt, denn die Zauberer wollten, dass die Bewohner Vilwans sich als Bürger der Insel verstanden, nicht als Besucher, die zum Lernen kamen und danach in ihre Heimat zurückkehrten.

In Yslin aber sah Kjarrigan Pulks von Personen in Kostümen, die vermutlich ihre Heimattracht waren. An den Masken erkannte er Besucher aus Oriosa, Alosa oder Muroso. Er konnte nicht genau sagen, woher sie kamen, aber er wusste: Diese drei waren die maskentragenden Staaten. Andere trugen bunte und einzigartig geschnittene Kleidung und sprachen mit so schwerem Akzent, dass sie kaum zu verstehen waren.

Für den jungen Magiker war dies gleichzeitig erregend und erschreckend. Einerseits wollte er zurück in den Turm rennen und sich verstecken, aber die Erinnerung an die lange Reise aus Saporitia bis in die Alcider Hauptstadt war stärker. Die Begleitung eines Panqs hatte eine Menge möglicher Gefahren ausgeschaltet, aber auch so war es ein Abenteuer gewesen. Danach war er erschöpft und fußkrank gewesen und hatte nach der Ankunft in der Stadt einen ganzen Tag lang geschlafen. Selbst jetzt schmerzten seine Füße noch, aber die Schmerzen verblassten, als er die Wunder der Stadt um sich bestaunte.

Er ging die Königsallee hinab, nach Süden vom Meer fort und einen leichten Hang zum Trockentor. Dahinter, auf der sich bis zu den fernen Bergen erstreckenden

Ebene, war eine kleine Zeltstadt entstanden. Er konnte Wimpel im Wind knallen hören und sah die Leute ihre Mäntel enger um den Körper ziehen, um sich vor der Kühle der anbrechenden Nacht zu schützen. Der vom Festgelände herübertreibende Rauch vereinte den Geruch bratenden Fleischs und Gemüses zu einem Aroma, das Kjarrigans Magen knurren ließ, obwohl er vor dem Aufbruch ein sättigendes Mahl verspeist hatte.

Aber vor allem bot das Herbstfest einen Festschmaus für Augen und Ohren – Herbstfeste waren auf Vilwan nicht unbekannt. Sie wurden etwas später gefeiert als hier in Alcida, waren aber auch auf der Insel ein großes Ereignis. Neue Schüler wurden willkommen geheißen und nach Talenten und Fähigkeiten sortiert, und die etablierten Schüler wurden geprüft, um ihren Ausbildungsweg für das kommende Jahr festzulegen. Große Zeremonien wurden für die Schüler abgehalten, die vom Akoluthen zum Adepten aufstiegen. Die Erhebung in den Magisterrang war Anlass zu würdigeren Feierlichkeiten. Aber nach all diesen Gelegenheiten warteten Spiele und Festmähler, Frohsinn, Musik, Tanz und andere Unterhaltung.

Für mindestens einen Tag im Jahr hatte Kjarrigan sogar an den Festen teilnehmen dürfen. Allerdings hatte ihn immer ein Lehrer beaufsichtigt. Zu Beginn hatte es noch andere Schüler gegeben, die ebenfalls eine beschleunigte Ausbildung durchmachten, aber er hatte schon seit Jahren keinen von ihnen mehr gesehen. Er wusste nicht, ob sie ausgeschieden waren oder die Feiern nur zu anderen Zeiten als er besuchten – doch er machte sich auch keine sonderlichen Gedanken deswegen.

Im Tumult der alcidischen Feier dachte er überhaupt nicht an sie oder daran, wie Orla reagiert hätte, hätte sie gewusst, dass er hier war. *Ich bin siebzehn und ein Adept, der ein Piratenschiff versenkt hat. Ich bin mit einem Panq durch Urwald und Steppe gereist. Mich kann hier nichts schrecken.*

Von diesem Gedanken ermutigt, stürzte er sich in die Festlichkeiten. Er achtete darauf, niemanden anzurempeln, der ein Schwert trug, und war es zufrieden, von den hinteren Rängen der Menge aus zuzusehen, wie Krieger mit Holzschwertern um das Privileg kämpften, gegen einen Champion anzutreten und vielleicht ein Preisgeld zu gewinnen. Kjarrigan erschien es offensichtlich, dass die gegeneinander antretenden Herausforderer sich gegenseitig so erschöpften, dass der Champion es nicht schwer haben würde, sie zu besiegen. Er ging davon aus, dass die übrigen Zuschauer das ebenfalls wussten, aber der Champion kämpfte mit solch blitzartiger Geschwindigkeit und Geschicklichkeit, dass es ein Vergnügen war, ihm zuzusehen.

Danach ging er weiter zu einem kleinen Puppentheater. Kinder und ein paar Erwachsene hatten sich vor der Bühne auf dem Boden und ein paar Bänken niedergelassen, um die Vorstellung zu verfolgen. Der Magiker staunte, wie lebensecht die Puppen wirkten, besonders ohne Anwendung von Magik. Er hatte Zauber gelernt, die es ihm ermöglichten, derartiges Spielzeug zu bewegen, aber seine Zaubersprüche verliehen den Holzpuppen kaum etwas, das man als Persönlichkeit hätte bezeichnen können.

Nur um sein Selbstwertgefühl zu beruhigen, vergewisserte er sich noch einmal und entdeckte nicht den Hauch von Magik an den Puppen.

Die Vorstellung basierte erkennbar auf einer der Plumpergeschichten. Sie liefen alle nach einem kaum variierten Prinzip ab und waren seit Jahrhunderten im Umlauf. Aber in den letzten fünfundzwanzig Jahren war der komische Bösewicht, der ihnen den Namen gab, zur Personifizierung des Feiglings geworden, der die Expedition nach Norden überlebt hatte. In den Puppendramen hieß Tarrant Valkener Plumper und schmeichelte sich bei einem wackeren Helden mit Ratschlägen ein, wie er eine von Kytrin gesandte Gefahr überwältigen könnte. Plumper versuchte irgendwann, den Helden an die Aurolanenherrscherin zu verraten, doch sein Plan schlug fehl, der Held siegte und jagte Plumper davon.

Kjarrigan wusste nicht allzu viel über die damalige Expedition gegen die Bedrohung aus Aurolan. Heslin, der Zauberer, der Baron Norderstett damals begleitete, war zwar auf Vilwan ausgebildet worden und hatte sogar einen Magisterrang in Kampf- und Heimlichkeitszauberei erlangt, doch er hatte auf der Expedition nicht Vilwan vertreten. Die vilwanischen Freiwilligen hatten König Augustus auf dem okranschen Feldzug begleitet. Ihre Leistungen verzeichnete die offizielle Geschichte Vilwans lang und breit. Aber da Heslin einer der zehn Sullanciri geworden war, tauchte er in der Vilwaner Chronik so gut wie überhaupt nicht auf.

Die Zuschauer lachten und applaudierten, als der Held Plumper davonjagte. Die Puppenspieler traten hinter der kleinen Bühne hervor und kamen ins Publikum, um Münzen zu sammeln. Kjarrigan bemerkte, dass manche Zuschauer bezahlten, während andere sich davonschlichen. Er zögerte kurz, dann griff er unter den Mantel und öffnete die Geldkatze an seinem Gürtel. Er zog eine der zwölf Goldmünzen heraus und ließ sie in den Beutel fallen.

Die Augen des Puppenspielers wurden groß. »Ergebensten Dank, mein Fürst.«

Kjarrigan lächelte und nickte ihm zu, dann bemerkte er, wie andere im Publikum ihn anstarrten. Er lächelte ihnen zu, dann drehte er sich um und tauchte in der Menge unter. Aus ihren Mienen schloss er, dass er etwas falsch gemacht hatte, aber der Puppenspieler schien das sichtlich nicht gefunden zu haben. Er dachte kurz darüber nach, dann lenkte das Klimpern von Münzen und das Klicken von Stein auf Holz ihn ab.

Er ging zu einem Zelt, in dem sich eine – hauptsächlich aus Männern bestehende – Gruppe von Zuschauern um eine sechseckförmige hölzerne Plattform versammelt hatte. Ein Mann wanderte an der Innenseite des die Plattform einschließenden Geländers entlang und nahm abwechselnd Geld von den Leuten entgegen und sammelte Steine aus der Mitte der Plattform auf. In deren Zentrum war ein riesiges Sechseck aufgemalt, das in einem Wabenmuster mit zahlreichen kleineren Sechsecken gefüllt war, deren Inneres zum größten Teil in einer von acht Farben gehalten war.

Die Spieler zahlten einen Einsatz, erklärten, auf welche Farbe sie zielten, und warfen einen Stein. Landete er vollständig im Innern einer entsprechend gefärbten Wabe, gewannen sie den doppelten Einsatz. Lag er auf der Linie, erhielten sie den Einsatz zurück. Zielten sie auf eine mehrfarbige Wabe und es gelang ihnen, sie zu treffen, brachte ihnen das den vierfachen Spieleinsatz. Die Zuschauer wetteten zwischen den Würfen heftig untereinander, was das Zelt in einen unablässigen Tumult von Stimmen tauchte, der regelmäßig von Freudenschreien und enttäuschtem Aufstöhnen unterbrochen wurde.

Ein Mann schob sich neben Kjarrigan. »Lust auf eine Wette?«

Der Adept stammelte. »Ich, ich habe noch nie ...«

»Oh, das Spiel ist einfach. Seht Ihr, es geht darum ...«

Kjarrigan hob die Hand und zog die Nase hoch. »Das Spiel kenne ich. Wir spielen bei uns daheim auch Kwyek, aber ein wenig anders.«

»Tatsächlich?« Der Mann lächelte freundlich. »Erklärt.«

Kjarrigan erwiderte das Lächeln und deutete auf den Mann auf der Plattform. »Nun, bei uns ist es nicht erlaubt, mit Magik zu beeinflussen, wo die Steine landen, so wie er es tut.«

Der Tumult von Stimmen um Kjarrigan wurde lauter, dann verwandelte er sich in einen echten Tumult, als die Menge sich auf den Besitzer des Spiels stürzte. Er schrie auf und warf mit beiden Händen Münzen ins Publikum. Die Hälfte der Spieler stürzte sich auf das Geld, um es einzusammeln und behinderte dabei die andere Hälfte, die den Betrüger in die Finger bekommen wollte. Der Mann sprang über das Geländer und rannte davon, wobei er mit einer Hand Geld hinter sich verstreute – wie ein Bauer, der Samen aussäte.

Der Mann, der mit Kjarrigan gesprochen hatte, packte ihn am Ärmel und zog ihn aus der Menge. »Hier entlang. Darin wollt Ihr nicht verwickelt werden.«

Kjarrigan stolperte ihm hinterher, dann nickte er dankbar. »Ich wollte nicht ... Ich wusste nicht ... Ich bin nicht von hier.«

Der Mann lächelte. »Das sehe ich, aber macht Euch keine Sorgen. Wir hier in Yslin halten gar nichts von diesen Betrügern, die auf unser Fest kommen, um uns zu übervorteilen. Ihr habt uns hier einen großen Dienst erwiesen, äh, wie ist Euer Name?«

»Kjarrigan Lies.«

»Nun, Guter Mann Lies, Ihr habt einen Betrüger entlarvt.« Der Mann streckte ihm die Hand entgegen. »Ich bin Gerro, und angesichts ich hier aus Yslin komme, möchte ich mich offiziell bei Euch für das, was Ihr geleistet habt, bedanken.«

Das Lächeln des Adepten wurde breiter. »Es ist wirklich gern geschehen.«

»Neu hier in Yslin – seid Ihr?« Gerro verschränkte die Arme vor der Brust und legte die Stirn in tiefe Falten. »Ich wette, Ihr denkt jetzt, wir sind alle Landeier hier, so wie der Kerl uns getäuscht hat. Ist nicht wahr, Kjarrigan, ganz und gar nicht. Angesichts das hier meine Heimatstadt ist und ein Ort, wo mir lieb und teuer ist, wäre es mir eine Ehre, sie Euch zu zeigen. Aber ich bin sicher, Ihr habt wichtigere Dinge zu tun als einen Rundgang durch die Stadt.«

Der Mann klang so enttäuscht, dass Kjarrigan augenblicklich den Kopf schüttelte. »Aber nein, ich habe keine Pläne. Wenn Ihr so freundlich wärt ...«

»Freundlich? Junge, Ihr habt mir mein Geld gerettet. Kommt, kommt mit.« Gerro winkte mit weiter, kräftiger Geste und marschierte schnellen Schrittes los. Kjarrigan schloss zu ihm auf und musste seine Schritte verlängern, um mit dem kleineren Einheimischen mitzuhalten. Sie verließen das Festgelände in westliche Richtung und betraten die Stadt durch ein kleineres Tor als das, durch das er sie verlassen hatte.

Gerro erwies sich als ausgezeichneter Fremdenführer. Er erklärte Kjarrigan, dass sie die Stadt durch das Goldtor betreten hatten, das geradewegs in die reicheren Bezirke führte. Sie kamen an einigen prachtvollen Bauten mit reich verzierten Fassaden vorbei. Dann duchquerten sie den Tempelbezirk und Gerro zeigte dem Adepten die verschiedenen Tempel.

Unter anderem deutete er auf einen, dessen Säulen wie fest gewickelte Schriftrollen aussahen. »Das ist natürlich der Tempel für Erlinsax, die Hüterin der Weisheit. Normalerweise würde ich ihm jetzt einen Besuch abstatten, weil drinnen auch ein Schrein für Arel steht, aber ich hatte ja schon Glück genug, Euch zu treffen, nicht wahr?«

Kjarrigan nickte, auch wenn er mit der Feststellung nicht viel anfangen konnte. Auf Vilwan gab es keine Tempel. Es war keineswegs so, dass die Zauberer nicht an Götter glaubten, sie pflegten nur keinen Umgang mit ihnen. Um genauer zu sein: Sie hatten kein Interesse daran, dass sich die Götter in ihre Magik einmischten. Die verschiedenen Aspekte eines Zauberspruchs richtig zu ordnen, war schon schwierig genug, auch ohne dass man sich zusätzlich noch um irgendeine freundliche oder verärgerte Gottheit kümmern musste.

Danach führte Gerro Kjarrigan einen Hang hinab auf einen älteren Teil der Stadt zu. »Jetzt kommen wir ins eigentliche Herz Yslins, mein junger Freund. Dort drüben, im Osten, seht Ihr die Feste Gryps, aber hier, in der Düsterstadt, gibt es manches, was nicht minder wichtig ist. Wenn Ihr Glück habt, erblickt Ihr sogar einen Vorqælfen oder zwei.«

Kjarrigan lächelte und hätte Gerro fast von dem Vorqælfen erzählt, den er auf Vilwan gesehen hatte, doch der Gedanke rief eine unangenehme Erinnerung wach, die sein Lächeln langsam verblassen ließ. Dem Adept fiel auf, dass es inzwischen wirklich Nacht geworden war, und als sie tiefer in die Düsterstadt kamen, wurde das Viertel seinem Namen allmählich gerecht. Die Laternenanzünder waren auf ihrer Runde sichtlich noch nicht bis hierher gekommen. Kjarrigan setzte an, Gerro zu fragen, ob er Licht machen solle.

Er kam nicht dazu, denn ein anderer Mann trat plötzlich aus einer Gasse und versperrte ihm den Weg. Hinter ihm kamen noch andere Gestalten auf die Straße, hauptsächlich Kinder, zum Teil in Lariikas Alter. Ihre Gesichter waren schmutzig, ihre Hände nicht weniger, und hätten sie versucht, sie sich an den Kleidern abzuwischen, hätte das auch nichts genutzt. Die Kinder verteilten sich und schlossen ihn ein, als Kjarrigan den Mann erkannte.

»I-Ihr habt das Spiel geleitet.«

»Das habe ich, das habe ich, und du hast mir die Tour vermasselt.« Der große, schlanke Kerl kratzte sich am spitzen Kinn. »Und dafür wirst du jetzt bezahlen. Du hast eine fette Geldkatze, die nach mir ruft.«

Kjarrigans Hand fiel schützend auf seinen Beutel. »Die gehört Euch nicht.«

Der Kreis wurde enger und höhnisches Gelächter schlug über Kjarrigan zusammen. Gerro knurrte. »Du bist weit von daheim, Jungchen. Gib her.«

»Nein.« Kjarrigan presste die Lippen fest aufeinander, damit man sie nicht zittern sah. Er wollte nicht weinen, aber die Angst hatte ihn in den Klauen. Er wusste: Er musste etwas tun, und seine erste Reaktion war, den Spielbetrüger hoch in die Luft zu heben, wie er es mit dem Piratenschiff getan hatte. Aber das war kein Kampfzauber und kaum geeignet, alle Gegner auszuschalten.

Weiter war er mit den Überlegungen noch nicht gekommen, als die erste Kinderfaust seinen Rücken traf, unmittelbar über einer Niere. Kjarrigans Fettpolster schützten ihn ein wenig, aber der überraschende Schlag versetzte ihm einen Schock. Er wollte sich umdrehen, da prallte ihm ein Kieselstein auf den Kopf. Er verlor das Gleichgewicht und stürzte. Sofort warfen sich die Kinder auf ihn, traten, schlugen und kratzten. Eines riss ihm den Geldbeutel vom Gürtel, hob ihn triumphierend in die Höhe und öffnete eine Lücke im Kreis, als es seinen Meistern die Beute brachte.

Kjarrigan war sich klar: Er hätte sich aufrichten und durch die Lücke fliehen sollen. Er hätte es auch getan, aber durch die Öffnung sah er jemanden, den er erkannte. Er wusste seinen Namen nicht, aber er war zur Eröffnungszeremonie des Rats in Feste Gryps gewesen. *Er war als Akoluth gekleidet.*

Der Adept rief ihn. »Hilf mir. Hilfe!«

Der junge Mann starrte Kjarrigan an, und als zwei der kleinen Grobiane sich umdrehten, um sich des Störenfrieds anzunehmen, hob er die Hände. »Ist nicht mein Kampf.« Er lief davon, und die beiden Kinder kehrten zurück, um noch härter auf Kjarrigan einzutreten.

Schockiert darüber, im Stich gelassen zu werden, erstarrte der junge Adept einen Augenblick lang. Die Tritte und Hiebe wurden schneller und wilder, aber sie waren nicht kräftig genug, ihm mehr als blaue Flecken beizubringen. Dann packte jemand seine rechte Hand und bog die Finger zurück. Der offene, kaltblütige Versuch, ihm die Finger zu brechen, ließ blinde Wut in ihm aufsteigen.

Kjarrigan wälzte sich zu dem Angreifer herum, dann wälzte er sich auf ihn. Er hörte das Kind aufschreien, wenn auch nur gedämpft, und fühlte, wie der Knabe sich zu befreien versuchte. Der Adept richtete sich auf ein Knie auf und stützte sich dabei unbeabsichtigt mit dem ganzen Gewicht auf den Brustkorb des Jungen. Das Kind kreischte auf, als eine Rippe brach.

Gerro knurrte, und sein Partner sprang vor und versetzte Kjarrigan einen harten Tritt in den Bauch. Der Adept klappte zusammen und hätte geschrien, aber er bekam keine Luft. Panik explodierte in seinem Geist. Er musste handeln, und das schnell.

Er hob die rechte Hand und schleuderte den Zauber, nach dem er Gerro hatte fragen wollen. Seine ganze Wut und Angst brach sich in dem Spruch Bahn. Statt einer sanft glänzenden kleinen Lichtkugel, eines Irrlichts, das mit weichem Schein die Nacht erhellte, flammte über seiner Handfläche ein blendend greller silberner Ball auf. Er warf einen Kreis harter Schatten, in denen sich die Menschen der Düsterstadt die zu Krallen verkrampften Hände vor die Augen schlugen. Schmerzensschreie begleiteten seine Geburt und steigerten sich zu einem andauernden Heulen, als der Kreis seiner Angreifer blind davontaumelte.

Kjarrigan beging den Fehler, zu dem Licht hochzuschauen, als es über seinen Kopf aufstieg, und sich augenblicklich selbst zu blenden. Er fiel nach vorn, auf alle viere, verzweifelt bemüht, aufzustehen und davonzurennen, oder die brennenden Gase auszuhusten, die in seiner Lunge loderten. Aber nichts von beidem gelang ihm. Doch er musste es schaffen, denn seine Angreifer würden nicht ewig geblendet bleiben, und seine einzige Hoffnung lag in der Flucht.

Dann hörte er plötzlich einen dumpfen Knall hinter sich und fühlte, wie starke Hände seine Taille fassten. Er wurde vom Boden gehoben, dann legte sich ein Arm um seinen Rücken und drehte ihn auf die Seite. Einen Herzschlag lang schien sein Gewicht sich zu verdreifachen, dann fühlte er sich fast schwerelos, bevor der Aufprall der Landung ihn durchschüttelte. Wieder wurde er gedreht, diesmal höher, und an der Hüfte eingeknickt. Als die Reise ihr Ende fand, hatte Kjarrigan erkannt, dass jemand ihn trug, und nachdem er schon im Regenwald über Lombos Schulter geworfen worden war, fiel es ihm nicht schwer, sich auszurechnen, wer sein Retter war. Seine Finger, die über die gepanzerte Panqhaut streiften, bestätigten die Vermutung des Adepten.

Die Reise endete, bevor seine Sehkraft zurückkehrte, und Kjarrigan war dem Schicksal dankbar dafür. Lombo hatte ihn auf einer Steinbank abgesetzt, die hoch genug war, seine Füße in der Luft baumeln zu lassen. Der junge Mann lehnte sich zurück und spürte grob behauenen Stein, konzentrierte sich aber ganz darauf, zu Atem zu kommen. Als sich das Brennen in der Lunge gelegt hatte, öffnete er die Augen und glaubte für einen Moment, immer noch blind zu sein, denn alles, was er sah, waren winzige Lichtpunkte.

Dann wurde ihm klar, dass diese Lichtpunkte die Straßenlaternen unter ihm waren. Weit unter ihm! Er krallte die Finger um die Kante der Bank, die sich als ein Sims um die obersten Bereiche von Feste Gryps entpuppte, und presste sich mit dem Rücken gegen die Steinmauer, so weit er konnte.

Kjarrigan wollte etwas sagen, aber die lockere, gelassene Art, wie Lombo hier neben ihm auf dem Sims hockte, erstickte alle Wutausbrüche. Der Panq wusste offensichtlich genau, wo sie waren, und hatte Kjarrigan bewusst hierher gebracht. Der Adept atmete tief ein und ließ die Luft langsam entweichen.

Der Panq nickte. »Langsamatem gut.«

Kjarrigan fixierte Lombo, um nicht nach unten blicken zu müssen. »Danke für die Rettung.«

»Kjarrigan bewachen Lombos Aufgabe.«

»Du hast mich bewacht?«

Lombo schaute ihn fragend an.

»Warum?«

»Grauhexe. Xieniki.«

»Du hast mich die ganze Nacht beobachtet?«

Der Echsenmann nickte, dann deutete er vom Turm hinunter zum Festplatz und einen ziemlich kurvigen Weg entlang. »Haus. Fest. Falle.«

Kjarrigan blinzelte. »Du hast gewusst, dass ich in eine Falle gehe?«

»Mann jagt Kjarrigan. Kjarrigan folgt.« Lombo zuckte die Achseln. »Andere stellen Falle.«

»Und du hast sie nicht aufgehalten?« Die Unterlippe des Knaben bebte. Alle blauen Flecken an seinem Körper pulsten. »Warum hast du sie nicht aufgehalten?«

Lombo hob stolz den Kopf. »Jäger, nicht Wilddieb.«

Jäger, nicht Wilddieb? Lombos Antwort tanzte durch Kjarrigans Kopf. Erst schienen ihm die Worte lächerlich, dann erkannte er andeutungsweise einen Sinn darin. »Du hast sie nicht aufgehalten, weil sie Jagd auf mich machten. Ich war ihre Beute, und du wolltest dich nicht in ihre, äh, Pirsch einmischen.«

Der Panq nickte ernst.

»Aber warum dann doch?«

»Kjarrigan nicht Beute.«

Der Adept schloss die Augen. Er brauchte nur einen Moment des Nachdenkens, bis ihm klar wurde, was geschehen war. Solange er sich nicht verteidigt hatte, hatte er sich verhalten wie ein Beutetier. Er war ein von Wölfen attackiertes Reh gewesen. *Aber in dem Augenblick, in dem ich zurückgeschlagen habe …* »Ich habe das Licht gemacht …«

Lombo lächelte und legte eine prachtvolle Garnitur Reiß- und Schneidezähne frei. »Beute kein Leben, keine Freunde. Lombos Freund hat Hilfe. Kjarrigan tötet leicht.«

Der junge Mann öffnete die Augen. Obwohl er Xieniki das Leben gerettet hatte, war Lombo bereit, ihn sterben zu lassen, wenn er sich benahm wie Beute. *Wenn ich mich zu dumm zum Leben anstelle, lässt er mich sterben.* Es ergab auf eine verquere Art einen Sinn und erinnerte entfernt an Lektionen, die Orla versucht hatte, ihm beizubringen. Daheim auf Vilwan, unter bis ins Kleinste kontrollierten Bedingungen, konnte er Wunder vollbringen. Aber draußen in der Welt war er ein Kind.

Kjarrigan hob den Kopf und berührte vorsichtig die Beule an seinem Kopf. »Autsch.«

Der Panq nickte. »Ælf-Magik.«

Der Adept wollte den Kopf schütteln, überlegte es sich aber schnell anders. »Nein, diesmal nicht. Prellungen verheilen von selbst, und vielleicht erinnern sie mich daran, mich nicht wie Beute zu benehmen.«

»Kjarrigan klug.«

»Kjarrigan lernt.« Er zuckte die Achseln und schaute zu seinem Retter hinüber. »Ich hätte sie nicht getötet.«

»Kjarrigan freundlich.«

»Nein, nur kein Mörder.« Er lächelte zögernd. »Zu töten ist nicht mein erster Gedanke. Damit kann ich leben.«

»Tote nicht reparieren.«

»Jedenfalls nicht mit der Magik, die ich kenne.« Das Lächeln des Adepten wurde breiter. »Und die Magik, die ich kenne, erlaubt mir auch nicht zu fliegen. Also wird es nicht einfach, von hier runter zu kommen.«

Lombo öffnete das Maul zu einem wölfischen Grinsen. »Lombo bringt dich heim. Auf Lombos Rücken, Kjarrigan. Wir gehen heim.«

Kapitel Vierunddreißig

Der König ist zurück. Als die Dunkelheit sich über die Düsterdünen senkte und Will in einen alten Mantel und sein Selbstvertrauen gehüllt hinaus in die Nacht huschte, schien die Welt des jungen Diebs wieder ihren gewohnten Tritt zu finden. Er war völlig aufgewühlt gewesen, als er aus Feste Gryps gestürmt war. Er hatte von Anfang an gewusst, dass Kräh und Entschlossen etwas vor ihm verbargen, aber er hätte sich nie träumen lassen, ihr Geheimnis könnte so abscheulich sein. Er hatte gehofft, er sei ein Prinz oder der Erbe einer besonderen Macht oder etwas ähnlich Heldenhaftes.

Stattdessen hatte er erfahren, dass er Sohn und Enkel von Sullanciri war. Er schauderte. Dieser Meckansh-Valkener musste nur mit der Schande leben, der Bruder des Feiglings zu sein. Möglicherweise waren sie sogar nur Halbbrüder oder der Feigling war adoptiert gewesen. Was immer. Valkener konnte sich leicht von dem Feigling distanzieren.

Doch von Sullanciri-Blut zu sein, das war eine ganz andere Angelegenheit. Der Gedanke hämmerte in Wills Schädel, bis er glaubte, der Kopf müsse ihm zerspringen. Er versuchte, seine allerersten Erinnerungen auszugraben, aber nie hatte er den Namen Norderstett in irgendeiner Verbindung mit seiner Person gehört. Man hatte ihm erzählt, dass seine Mutter bei einem Bordellbrand umgekommen war und er das Feuer überlebt hatte, aber mit Sicherheit wusste er das nicht. Er hatte keine Narben, die es bewiesen. Niemand, den er kannte, hatte diese Geschichte aus irgendeiner anderen Quelle als nur von ihm gehört. Er war sich nicht einmal sicher, ob er sich nicht verhört hatte.

Doch in einem Punkt war er sich vollkommen sicher: Niemand vor Estafa hatte ihn je Norderstett genannt. Daran hätte er sich bestimmt erinnert, denn es gab Dinge, die schlimmer waren, als eine namenlose Waise zu sein, und eines davon war, ein Norderstett genannt zu werden. Die gab es in der Düsterstadt, Männer und Frauen, die für die Ysliner Konstablerei arbeiteten und Jagd auf ehemalige Freunde machten. Mancher nannte sie Düstere Lanzenreiter, aber selbst im Scherz auf einen anderen Bewohner der Düsterstadt angewandt garantierte diese Bezeichnung einen gehörige Tracht Prügel.

Das Ding in der Höhle, so wie es aufgetaucht war und was es gesagt hatte, das hatte ihn wundern gemacht, was genau da vor sich ging. Er rief sich ins Gedächtnis, was die Ziegenkreatur gesagt, wie sie mit ihm gesprochen hatte. Sie hatte gewusst, wer er war, und es war Nefrai-laysh gewesen, der Sullanciri, der angeblich sein Vater war. *Hat er wirklich wie ein Vater zu mir gesprochen?*

Will schüttelte entschieden den Kopf. Das war Magik, und jeder wusste: Magik konnte ebenso leicht schief gehen wie gelingen. Und er war ein Sullanciri. Alle Welt wusste, dass man denen auf keinen Fall trauen durfte. Ebensowenig wie Kräh und Entschlossen, offensichtlich. *Mir ging's bestens, bis die beiden sich eingemischt haben, bevor ich irgendwas mit Magik zu tun hatte.*

Mit der Sturheit, die man sich auf der Straße aneignete, entschied Will, dass Kräh und Entschlossen und Estafa und wer ihn auch sonst noch für einen Norderstett hielt, sich schlicht und ergreifend irrten. *Ich bin kein Norderstett, Schluss, aus.* Er nickte einmal ernst und verdrängte die ganze Angelegenheit.

Das war auch besser so, denn es gab genug andere Dinge, um die er sich kümmern musste. Die Akoluthenrobe schaffte er sich schnell vom Hals, für den Fall, dass die Magiker ihn über sie aufspüren konnten. Er tauschte sie bei einem Lumpensammler gegen ein paar nicht völlig abstoßende Sachen ein, und kurze Zeit später hatte er sich schon in ein Haus geschlichen und passendere Bekleidung gestohlen.

Als es Mitternacht wurde, blieben von seiner Reise nur Erinnerungen, und das war ihm ganz recht so. Er konnte nicht sofort zurück zu Marcus und Fabia, so viel war klar, vor allem nicht, weil Kräh von ihnen wusste, und ganz sicher würde man dort zuerst nach ihm suchen. Beamte, die Marcus unerwünschte Fragen stellten, würden Wills Rückkehr in die Bande sicher nicht erleichtern, aber er sagte sich: Wenn er nur etwas Gutes stahl, würde Marcus ihm verzeihen. Und wenn nicht, verteidigte ihn vielleicht Fabia, falls ihr die Beute gefiel. *Ich werde Prügel bekommen, aber das wird so schlimm nicht werden,*

Für die erste Nacht brauchte er einen Unterschlupf. Er ging ein paar Verstecke ab, die er kannte, doch sie waren alle schon besetzt. Er schlich durch die Schatten, ohne von den Stadtwachen bemerkt zu werden. Es schien, als wären sie auf ihrem üblichen Streifengang, aber Will hätte darauf gewettet, dass sie ihn aus dem Versteck locken sollten. Er weigerte sich jedoch, auf ihre Finten hereinzufallen.

Er arbeitete sich durch die Düsterstadt vor, immer näher an die Dünen heran. Er fand Lumina ohne Probleme, und das war ihr Glück. Sie befand sich mit einem Münzfreier in einer Gasse, den Rock hochgeschlagen, die Schenkel um seine Beine gelegt, aber er war nicht zufrieden. Er schlug und beschimpfte sie. Ein Arm zuckte hoch, ein Messer glänzte stumpf.

Der erste Stein brach ihm das Handgelenk und schleuderte das Messer davon. Der Zweite traf ihn an der Stirn, als der Mann sich zu Will umdrehte. Seine

Augen rollten nach oben und er sackte mitten in der Gasse zusammen. Lumina starrte auf ihn hinab, mit pumpender Brust, die rechte Hand vor den Mund geschlagen, dann schaute sie zu Will hinüber.

»Freut mich, dich zu sehen, Lumina.« Will ließ sich auf ein Knie hinab und befreite den Geldbeutel des Mannes. Dann stand er auf und nahm sie bei der Hand. »Ich bin's, Will. Du erinnerst dich doch an mich?«

»Ja, Will, du bist mein Arelsbalg.«

»Ein Glückskind, das bin ich, ganz recht.« Er zog sie hinter sich her. »Wohnst du immer noch über dem Färberladen?«

»Ja.« Sie ließ die Röcke fallen und folgte ihm. »Will? Will. Wo hast du gesteckt?«

»Ich war in den Bergen und bis zum Mond und zurück. Ich brauche eine Unterkunft.« Er warf ihr die magere Börse zu. »Viel ist es nicht, aber kauft es mir trotzdem eine Nacht?«

»Ja, mein kleiner Held, das tut es.«

An diesem Punkt übernahm Lumina die Führung und brachte ihn zu ihrer Wohnung. Er konnte kaum glauben, dass ihr Zimmer ihm vor gerade einmal zwei Monaten luxuriös erschienen war. Inzwischen hatte er auf der Reise bessere Unterkünfte gefunden, sauberer und geschmackvoller dekoriert. Und sie war die schönste Frau gewesen, die er vor dieser Reise gekannt hatte, aber verglichen mit Sephi wirkte Lumina verhärmt. Und erst verglichen mit Alexia … Es war bestimmt besser, er verglich sie nicht mit Alexia.

Aber Luminas Dankbarkeit löschte die Welt außerhalb ihres Zimmers aus und verdrängte alles Bewusstsein davon aus Wills Gedanken. Nie zuvor hatte Will etwas so Intensives erlebt. Er hatte schon früher Mädchen geküsst und befummelt, aber das waren kichernde, atemlose Entdeckungsreisen gewesen, getrieben von unschuldiger Neugierde. Es hatte Spaß gemacht, und manche Erinnerung daran war geeignet, ihm die Schamröte ins Gesicht zu treiben, aber diese Erinnerungen waren Teil der Welt außerhalb von Luminas Schlafzimmer.

Lumina machte ihn mit ungebremster, rückhaltloser Leidenschaft bekannt. Manches zeigte sie ihm mit Worten, anderes durch eine Bewegung oder einen plötzlichen Atemzug. Gleichzeitig entzifferte sie sein Stöhnen, Keuchen und Grunzen, nutzte es als Wegweiser, um ihn steile Klippen der Freude hinaufzutreiben. Die Gipfelplateaus konzentrierten das Erlebte, brachten ihn zu sich selbst zurück und zum Gefühl ihrer Finger auf seiner Haut, ihres warmen Atems auf seinem Körper. Dann ging es weiter hinauf, höher und höher, an den Punkt, an dem er überzeugt war, explodieren oder den Verstand verlieren zu müssen.

Noch ein Gipfel, ein Aufstieg und ein Gipfel ... Höhen, die er sich nicht hätte erträumen lassen.

Als der Morgen graute, schien es, als hätte er ein ganzes Jahr von innen heraus in Flammen gestanden. Er lag da, in ihre Laken verheddert, eine knochenlose, schweißnasse Masse Fleisch. Schon zu lächeln kostete eine unbeschreibliche Überwindung, doch für sie gelang es ihm. Dann schlief er ein.

Er wachte kurz vor dem Abend wieder auf, und Lumina brachte ihm verdünnten Wein und etwas Brot. Sie gab ihm einen sanften Kuss und forderte ihn auf zu essen. Zwischen den Bissen fragte er nach Marcus und Fabia und bat sie, ihnen nichts von seiner Rückkehr nach Yslin zu verraten, bis er sich darüber klar geworden war, was er weiter tun wollte.

Lumina, deren Schönheit vom sanften gelben Schein der Talgkerzen erheblich profitierte, lächelte. »Keine Bange, Will. Marcus hat Fabia vor einer Woche davongejagt, vielleicht ist's auch schon etwas länger her. Es hat ihr das Herz gebrochen und sie fing an zu saufen. Schlief auf der Straße ein und wurde nicht wach, als die

Flut kam. Sie ist tot – und es ist seine Schuld. Er hat von mir nichts mehr zu erwarten, und das weiß er auch.«

Will beendete seine Mahlzeit und bedankte sich bei ihr. »Ich muss mich heute Nacht um ein paar Angelegenheiten kümmern, deshalb weiß ich noch nicht, wo ich unterkomme.«

Sie nickte. »Wenn du willst, kannst du hierher zurückkommen.«

»Wirklich?«

Sie lächelte. »Du bist ein Dieb. Selbst wenn ich wollte, könnte ich dich nicht daran hindern. Außerdem bin ich heute Nacht bei Raubtier.«

»Oh.« Eine kalte Faust legte sich um sein Herz.

Sie streckte die Hand aus und streichelte ihm die Wange. »Will, du weißt …«

Er küsste ihre Handfläche und zwinkerte ihr zu. Glücklicherweise gab sie sich damit zufrieden, denn er hätte kein Wort herausgebracht. Will glitt aus dem Bett und zog die Schuhe an. Über einem zögerte er einen Augenblick lang und schluckte den Kloß im Hals hinunter, dann grinste er sie an.

»Wenn du mich brauchst, finde ich dich schon.«

Sie log ihn mit einem Nicken an, und er ging. Auf dem Weg die Treppe hinunter in die Gasse hinter dem Färberladen warf er den Mantel zurück und ließ die Kälte herein, damit sie sein Herz panzerte. In der letzten Nacht, als die Welt nur aus Lumina und ihm bestanden hatte, hatte er sich erlaubt zu glauben, sie liebe ihn. In der Wirklichkeit des Tages wusste er, dass das nicht stimmte. Es tat weh, doch jeder Schritt fort von ihrem Bett ließ den Schmerz verblassen. Die Kälte drang ihm ins Herz und betäubte es, und Will sah keinen Grund, auf baldiges Tauwetter zu hoffen.

Ich bin Will Flinkfuß, der König der Düsterdünen. Er zog den Mantel um den Körper. *Der König ist zurück.*

Als er aus der Gasse trat, sah er Narbenjack und Gerro

mit ihrer Straßenkinderbande jemanden zusammenschlagen. Eines der Kinder schnappte eine fette Geldkatze und hielt sie triumphierend in die Höhe. Als er an dem Mädchen vorbeischaute, bemerkte Will ihr Opfer. Er erkannte den jungen Magiker, dann sah er, dass der ihn ebenfalls wiedererkannt hatte. Er streckte die Hand nach ihm aus und bettelte um Hilfe.

Will hob abwehrend die Hände, als Narbenjack sich zu ihm umschaute und zwei der Kinder auf ihn zuliefen. »Ist nicht mein Kampf.« Er lief die Straße hinunter, dann überquerte er sie und duckte sich auf der anderen Seite in eine Gasse. Er machte seinen Weg bis an ihr Ende, eine brüchige Treppe hinauf und übers Dach. Ein Satz trug ihn auf ein anderes Dach. Dann schlich er sich mit leisen Schritten weiter, an die Stelle, an der das Haus an ein anderes, höheres, anstieß. Er kletterte an der Ecke des anderen Hauses hoch und lief auf allen vieren über das Schindeldach.

Am First angekommen, folgte er ihm bis zur Mitte des Daches. Er legte sich auf den Bauch und fasste eine der Schindeln. Indem er sie vorsichtig hin und her bewegte, löste er sie, dann schaute er durch eine Lücke in den Dachsparren. Die Öffnung lieferte ihm einen guten Ausblick in den Schlafraum, in dem Marcus die Kinder hielt, die für ihn arbeiteten. Marcus, schlank, dunkel und mit bösartigen, eng zusammenstehenden Augen, stand an einer Seite des Zimmers. Er ging auf und ab und verschwand dadurch hinter einem Balken, doch seine Stimme klang laut und deutlich zu Will herauf.

»Die meisten von euch kennen Will. Er ist zwar schon eine Weile fort, aber ihr erinnert euch an ihn. Ich muss ihn finden. Ihr müsst ihn finden. Ihr müsst ihm sagen, dass er herkommen soll. Ich bin nicht böse auf ihn, überhaupt nicht. Keine Spur. Ich bin stolz auf Will. Jeder von euch könnte froh sein, wenn ich so stolz auf ihn wäre wie auf Will.«

Die Härchen in Wills Nacken stellten sich auf. Marcus' kalter Tonfall strafte seine Worte Lügen, aber die Kinder nickten alle zustimmend. Das erschien Will mindestens so seltsam wie die Tatsache, dass sie allesamt in Reih und Glied auf dem Boden saßen. Sie hatten sich sogar so aufgereiht, dass die Kleinsten ganz vorne saßen, wo sie gut sehen konnten. Die Ältesten saßen hinten, und niemand flüsterte, schubste oder feixte. Nicht einmal Ludy spottete. Es war nachgerade gespenstisch.

»Also macht euch auf die Suche. Hinaus mit euch. Ihr müsst Will für mich finden. Ich habe einen Goldgustus für denjenigen, der ihn mir bringt.« Marcus hielt die glitzernde Münze mit der rechten Hand in die Höhe. »Wenn ihr ihn findet, gehört der hier euch. Los jetzt, raus.«

Die Kinder standen auf, die erste Reihe zuerst, dann die zweite und so weiter, und verließen still und geordnet den Raum, alle über die Treppe hinunter zur Straße. Will beobachtete sie und erkannte, dass er sicher war, denn keines von ihnen war ins Südzimmer gegangen, um die Leiter hinauf auf die Dächer zu klettern. Die meisten in Wills Alter scheuten nach dem Wachstumsschub vor den Dächern zurück, und die kleineren Kinder waren einfach nicht allzu helle. *Und wie sie raus sind. Sehr seltsam.*

Marcus drehte sich auf dem Absatz um, als das letzte Kind fort war, und ging ins Westzimmer, das die ganze Breite des oberen Stockwerks einnahm. Früher hatte er es mit Fabia geteilt, und Will hatte das Innere nur zu Gesicht bekommen, wenn Fabia bei irgendetwas seine Hilfe brauchte oder Marcus ihn verprügeln wollte. Aber etwas wusste er über den Raum, und nachdem er die Dachschindel wieder zurück an ihren Platz gedrückt hatte, machte er sich auf, dieses Wissen zu nutzen.

Auf Händen und Füßen lief er hinüber zum Schornstein. Es stieg etwas Wärme und ein wenig Rauch daraus auf, aber der stammte bestimmt aus dem Erdgeschoss. Marcus hatte Angst vor Feuer, zumindest behauptete er das, sodass sie selbst im Winter ohne auskommen mussten. Will persönlich hielt es für wahrscheinlicher, dass Marcus einfach zu geizig war, Brennholz zu kaufen.

Der Dieb klammerte sich an die Schornsteinwand und lauschte. Die Zugklappe im Kamin des Westzimmers war kaputt – und er hatte schon früher unbemerkt Gespräche zwischen Marcus und Fabia auf diese Weise belauscht. Es hatte ihm ein paar Abreibungen erspart und sogar ermöglicht, ihnen gelegentlich etwas zu besorgen, das gerade ausgegangen war.

Marcus' Stimme überstand den Weg durch den engen Abzug bis aufs Dach recht gut. »Sie sind unterwegs. Sie finden ihn.« Die Antwort auf seine Feststellung kam zischelnd und schien sich den Schornstein heraufzuschlängeln, statt zu hallen – wie bei ihm. Das lag sicher nicht nur daran, dass es eine weibliche Stimme war. »Sehr schön, mein süßer Marcus. Du machst mir Freude.«

»Und du mir. Was du mit den Kindern …«

»Das war nichts. Ich zeige dir, wie es geht.«

»Es gibt eine Menge, wovon ich möchte, dass du es mir zeigst.«

»Ich weiß, Süßer. Vielleicht etwas in dieser Art?«

Ein, zwei Sekunden herrschte Stille, dann zerriss ein explosives Grunzen und Stöhnen aus Marcus' Kehle das Schweigen. Will fragte sich kurz, wo er ähnliche Geräusche schon einmal gehört hatte. Die vergangene Nacht schob sich in sein Gedächtnis und er spürte sein Gesicht brennen. *Aber, aber das hat Stunden gedauert. Wie kann …? Das waren gerade mal zwei Herzschläge, drei vielleicht.*

Ein Schauder lief ihm den Rücken hinab, dann stieg ihm ein übler Geschmack in den Mund, und er wollte ausspucken. Die Art, wie die Kinder sich benommen hatten, Marcus … Irgendetwas stimmte hier ganz und gar nicht. Was es noch schlimmer machte: Hier war beinahe sicher Zauberei im Spiel. *Ich werde es schwer haben, mich zu verstecken.*

Wills Augen verengten sich. *Versteckspiele waren noch nie meine Sache. Ich muss herausfinden, wer nach mir sucht. Und wenn ich das erst weiß …* Er grinste. Wenn er erst erfahren hatte, wer nach ihm suchte, würde, wer immer es war, lernen, dass sich mit dem König anzulegen hieß, das Schicksal herauszufordern.

Kapitel Fünfunddreißig

Alyx erwachte … Nein, sie verbesserte sich. Sie war zwar bei Bewusstsein, konnte aber unmöglich wach sein. Sie befand sich an einem nebelverhangenen, von diffusem Licht erhellten Ort. Sie fühlte sich weder warm noch kalt und der Dunst hatte eine bläuliche Färbung. Das verwirrte sie. Sie hätte eigentlich angenommen, dies sei ein Traum, doch sie träumte nie in Farbe.

Sie erhob sich aus der Hocke, konnte sich aber nicht daran erinnern, sich hingehockt zu haben. Das weiße Kleid, in dem sie steckte, war ärmellos. Das überraschte sie. Sie besaß kein Gewand dieser Art. All ihre Nachthemden waren praktische Flanellteile mit langen Ärmeln, die sie zur Not auch als Hemd unter dem Kettenpanzer tragen konnte.

Dem Kleid fehlten nicht nur die Ärmel, es war auch aus einem Stoff, den sie nicht erkannte. Es war weiß, leicht und durchscheinend, mit einer Pellerine, die ihr von den Schultern über den Rücken hing, und schien kaum mehr Substanz zu haben als der Nebel, der sie umgab.

In dem Augenblick, da ihr der Gedanke kam, änderte sich das. Dabei handelte es sich weniger um eine Veränderung des Stoffes, vielmehr fühlte er sich an ihrem Körper anders an. Einen Augenblick später konnte sie sich nicht mehr daran erinnern, wie er sich vorher angefühlt hatte. Jetzt allerdings bedeckten breite Schuppenbänder sie von den Brustwarzen bis zum Bauch. Auch an den Seiten zogen sich Schuppenstreifen herab, von den Achselhöhlen bis hinunter zum Saum, und das kurze Cape schien ebenfalls schuppenbesetzt.

Das sich verändernde Kleid und ihre Umgebung verwirrten Alyx. Wenn sie sich bisher bewusst geworden war, dass sie träumte, hatte dieser Schock genügt, den Traum zu zerstören. Sie war aufgewacht und seine Bilder hatten sich langsam verflüchtigt.

Diese fremdartige Umgebung jedoch verflüchtigte sich nicht. Stirnrunzelnd trat sie einen Schritt vor. Röcke und Nebelschwaden wirbelten ihr um die Beine. Der Boden unter ihren nackten Füßen war glatt und kühl. Als sie sich weiter durch den Nebel bewegte, wurden die Schwaden dünner, und dunkle Bilder formten sich.

Vor ihr, vielleicht eine Meile entfernt, erhob sich in spitzem Schattenriss der Gipfel eines dunklen Bergs. Er war von düsteren Gewitterwolken umringt, die sich auch hinter ihm auftürmten, und aus ihrem Innern zuckten helle Blitze. Tiefere Wolken umgaben den Berg wie ein Schneefeld und verbargen, was unter ihnen liegen mochte. Selbst wenn sie direkt nach unten schaute, sah sie nichts außer einer gelegentlichen Andeutung von Grün, wo der Nebel sich vor ihren Schritten öffnete.

Als sie nur ein oder zwei Schritte später wieder aufschaute, ragte der Berg über ihr auf, keine hundert Meter entfernt. Ein Höhleneingang klaffte in der Wand, und mit dem nächsten Schritt hatte sie ihn erreicht. Über dem Bogen des Eingangs waren Worte in den Fels gemeißelt.

»Für das Wohl aller Welt bleiben die Geheimnisse im Inneren Geheimnisse im Äußeren.« Alyx las den Satz laut ab und war nicht beeindruckt, weder von seiner Tiefgründigkeit, noch von seiner Schwere, falls es sich um eine Warnung handeln sollte. Aber dass sie ihn überhaupt lesen konnte, machte einen Traum unwahrscheinlich, denn bisher hatte sie in ihren Träumen noch nie lesen können.

Vorsichtig näherte sie sich dem Eingang, jetzt wieder in normaler Geschwindigkeit. Abgesehen von den Worten über dem Eingang schien die Höhle in ihrer Ursprünglichkeit belassen. Lange, an Raubtierfänge erinnernde Stalaktiten hingen von der Decke und zwangen sie, sich durch eine Phalanx von Tropfsteinen zu winden. Sie überquerte einen tiefen Abgrund über eine schmale Felsbrücke, dann führte ein gewundener Weg sie in eine weite Halle, in der sich ein riesiger See erstreckte.

Am Rand des Sees lag ein Schiff an einem Steg. Es hatte keine Masten und war einem Drachen nachempfunden. Fackeln brannten an Bug und Heck. Zwei Gestalten warteten am hinteren Ende, auf dem Steuerdeck, und beobachteten sie, während sie den Steg entlangging und mittschiffs an Bord stieg.

Die Kleinere der beiden Gestalten trat einen Schritt vor, doch es war ganz und gar kein kleiner Mann. Sie beobachtete ihn genau, verglich ihn mit den Militärs, die sie kannte. Statt einer Robe trug er einen schwarzen Wappenrock aus dem selben Material wie ihr Kleid, aber dieser Rock war in der ganzen Länge von Schuppen bedeckt, als wäre er aus Drachenhaut geschneidert.

Der Vergleich mit einem Drachen drängte sich ihr nicht nur durch das Schiff auf, auch durch den prächtigen Kopfputz, den der Mann trug, ebenso wie seine Handschuhe und Stiefel. Drachenkrallen zierten die Stiefelkappen, und die Finger der Handschuhe waren ähnlich geschmückt. Der Helm besaß eine weit vorspringende Drachenschnauze. Hörner und Ohren ragten von ihm auf. Was sie an dem Helm beunruhigte war: dass die Ohren sich bewegten und aus dem Maul eine lange, gespaltene Zunge zuckte.

Und diese großen, goldenen Augen scheinen geradewegs in meine Seele zu schauen.

Das Maul bewegte sich, als der Schwarze Drache

sprach. »Du möchtest beinahe so dringend erfahren, wo du bist, wie, warum du hier bist.«

Alyx nickte zögernd. »Das Letzte, woran ich mich erinnere, ist, dass ich in Yslin war, in der Feste Gryps.«

»Ein Teil von dir ist es noch.« Das lange Maul verzerrte die getragene Stimme des Schwarzen Drachen genug, um eine Identifizierung unmöglich zu machen, aber sie hegte den Verdacht, General Caro gegenüberzustehen. »Würde jemand dein Zimmer betreten, sähe er dich in tiefem Schlaf.«

»Aber ich träume nicht.«

»Ich habe mir erläutern lassen, dass Träume wie ein Theaterbesuch des Geistes sind, die Gelegenheit zu beobachten, zu lauschen, zu erleben. Dein Geist ist in die Ferne geschweift. Es gibt keinen Grund, dich deswegen zu fürchten, besonders nicht hier.« Die Ohren des Schwarzen Drachen zuckten. »Dieser Ort erlaubt uns auch eine größere Flexibilität in der Wahl unserer Erscheinung.«

Alyx nickte. Sie war stark versucht, ihr Kleid in eine Schuppenrüstung zu verwandeln, aber ohne genauere Kenntnisse darüber, wie das zu bewerkstelligen war, wäre der Versuch vermutlich fehlgeschlagen und hätte sie nur unnötig abgelenkt. »Trotz allem, was Ihr gesagt habt, weiß ich noch immer nicht, wo ich bin.«

»Dies ist der Versammlungsort der Hohen Kommunion der Drachen. Du bist eingeladen, eine Kommunikantin zu werden und wirst als Weißer Drache initiiert.« Der Helm des Schwarzen lächelte und offenbarte zwei Reihen weißer Zähne. Sein größerer, stahlgrauer Begleiter rührte sich nicht. »Es ist eine große Ehre.«

Sie schloss die violetten Augen halb. »Das denke ich mir. Die Energie, die man aufgewendet hat, um mich hierher zu bringen, ist beeindruckend.«

»Pragmatisch wie immer. Das ist gut.« Der Schwarze nickte langsam. »Die Kommunion der Drachen ist die älteste der Hohen Zünfte. Alle anderen sind Reflexionen ihres Vorbilds. Diese Zunft entstand vor der Gründung des Estinischen Reichs. Sie ahnte voraus, welche Macht die Menschen eines Tages erlangen würden. In diesen Tagen sehen viele in den Drachen nur Kreaturen gewaltigen Zorns und furchtbarer Vernichtungskraft, aber unsere Gründer erkannten, dass Drachen in ihrer Weisheit die ihnen anvertraute Macht lediglich einsetzen, wo dies erforderlich ist. Sie bestrafen schlechtes Verhalten und fördern wohlwollend das gute. Sie sind wie Eltern, die störrischen Nachwuchs disziplinieren und zur Ordnung rufen. Wir versuchen, in der menschlichen Gesellschaft diese selbe Aufgabe zu erfüllen. Die anderen Zünfte haben ähnliche Ziele, aber um sie zu erreichen, ziehen sie ihre Rekruten aus allen Bereichen der Gesellschaften. Wir wählen nur jene aus, die durch Ausbildung, Herkunft und Leistung bewiesen haben, der großen Verantwortung gewachsen zu sein, die damit verbunden ist, die Menschheit zu lenken.«

»Und Ihr haltet mich dieser Ehre für würdig?«

»Es ist meine Hoffnung, dass es so sein wird.« Der Schwarze sah sich zu dem stahlgrauen Drachenmann um. »Dies ist Meroth. Er ist ein magisches Konstrukt und steuert das Schiff auf der Überfahrt. Wenn du das nächste Mal hier erscheinst, wirst du zu ihm sagen: ›Meroth, befördere mich.‹ Er wird dich an den richtigen Ort bringen.«

»Und falls wir den Steg nicht verlassen, bin ich nicht in die Kommunion aufgenommen?«

»Es ist möglich, dass es dazu kommt. Doch in diesem Fall würdest du gar nicht bis hierher gelangen.« Der Schwarze legte die linke Hand auf die rechte Faust. »Du wirst oft die Aufforderung erhalten, dich der Kommunion anzuschließen, hierher zu reisen und mit deinen Zunftgeschwistern zu sprechen, aber die Entscheidung, diese Einladung anzunehmen oder auszuschlagen, liegt in jedem Fall bei dir allein. Auf der anderen Seite treffen wir uns zur Diskussion. Wir beraten einander und schlichten Streitigkeiten. Es gibt Momente, wenn auf der anderen Seite Zeit und Raum sich ins Nichts auflösen. Du wirst allzeit in deiner körperlichen Gestalt verankert bleiben, und was hier Stunden beanspruchen mag, wird in der Welt in einem Augenzwinkern verstreichen. Säße ich vor einem warmen Feuer, der Becher Wein in meiner Hand hätte keine Gelegenheit, meinen Fingern zu entgleiten, bevor unsere Angelegenheiten hier erledigt sind.«

Alyx schob das Kinn vor. »Falls ich beitrete, bin ich dann anderen gegenüber zum Gehorsam verpflichtet? Ich werde weder mein Heimatland noch mein Volk auf irgendjemandes Befehl hin verraten.«

»Andere Zünfte haben eine Hierarchie, die Gehorsam fordert, aber nicht so die Drachen. Mit zunehmendem Wissen wird sich deine Fähigkeit steigern, mit anderen in Verbindung zu treten. Wie ich bereits erwähnte, diskutieren, informieren und beraten wir. Wir üben keinen Zwang aus. Bestenfalls wirst du andere Drachen sich versammeln sehen, um sich Waghalsigkeit oder ungezügeltem Ehrgeiz entgegenzustellen.«

Der Schwarze verschränkte die Hände auf dem Rücken. »Die Kommunion ist kein Weg zur Macht. Sie soll sicherstellen, dass Macht weise und zum besten Nutzen eingesetzt wird.«

Sie nickte. »Ihr wisst, wer ich bin. Wann werde ich erfahren, wer Ihr seid?«

»Der Zeitpunkt wird kommen. Wir alle wählen selbst den angemessenen Zeitpunkt, an dem wir uns anderen Mitgliedern offenbaren. Du hast gewiss bereits entschieden, in mir General Caro zu sehen, aber das liegt nur daran, dass ich eine seiner Statur ähnliche Gestalt gewählt habe.« Der Schwarze wirbelte einmal um seine Achse und die stämmige, drachenbehelmte Gestalt verwandelte sich mit wehenden Röcken und schwellenden Brüsten. Einen Herzschlag lang erinnerte sie stark an die Großherzogin Tatjana, dann floss sie in die weit angenehmere Form Königin Ielenas. »Hast du das Vertrauen eines Kommunikanten, wirst du ihn sehen, wie er wahrhaft gesehen zu werden wünscht. Bis dahin sollten die Möglichkeiten dieses mentalen Spiegelkabinetts dich vorsichtig machen. Doch habe ich keinen Zweifel, dass du dies ohnehin bist und erst handeln wirst, nachdem du sorgfältig über alles nachgedacht hast, was du hier erfährst.«

Alyx erwischte sich bei der Überlegung, ob der flüchtige Blick auf ihre Urgroßtante Absicht oder nicht gewesen war. Dann wurde ihr klar, dass es keine Rolle spielte. *Ein Spiegelkabinett. Sehr treffend formuliert.* Langsam breitete sich ein Lächeln auf ihren Zügen aus. »Dann habt Ihr mich hierher geholt, um meine Erlaubnis einzuholen, bevor Ihr meinen Namen als Kandidatin für die Kommunion vorschlagt?«

»So ist es, Tochter.«

Alyx' Kopf zuckte hoch. »Tochter? Ihr vergesst Euch.«

»Bitte, verzeih mir. Innerhalb der Drachen sprechen wir einander auf diese Weise an. Du könntest mich als Vater anreden, oder als Onkel, wenn dir dies lieber ist. Vetter, Nichte, Neffe, Bruder, Großvater und so weiter, all diese Bezeichnungen benutzen wir, unsere Bindungen zu unterstreichen, statt Ränge und Unterschiede.«

Sie nickte zögernd. »Ich habe wohl viel zu lernen … Onkel.«

»Und du wirst die Zeit dazu haben.« Er erwiderte ihr Kopfnicken. »Falls du es gestattest, möchte ich dir einen Rat im Hinblick auf die weiteren Geschehnisse im Rat der Könige geben.«

»Und der wäre?«

»Du bist sehr befähigt, brillant sogar, besser, als es irgendjemand erwartet hat. Du könntest leicht jedem dort eine wertvolle Lektion erteilen. Bei Porasena hast du Caro eine erteilt. Kytrin aber ist keine Gegnerin, die sich mit einem Schlag besiegen lässt, und sicher nicht mit dem ersten. Höre zu, lerne. Erkenne die Stärken und Schwächen der Soldaten und Staatslenker. Studiere deine Freunde, wie du es bei deinen Feinden gewohnt bist, denn es wird der Tag kommen, an dem du sie ebenso wirst behandeln müssen, um ans Ziel zu gelangen.«

Alyx dachte einen Augenblick nach, dann nickte sie. »Ein kluger Rat, und wert, angenommen zu werden. Ich bedanke mich, Onkel.«

»Es freut mich, dass du meinen Rat als nützlich erkennst.« Die Gestalt kehrte in die Form des Schwarzen Drachen zurück, der sie begrüßt hatte. »Hast du noch andere Fragen?«

»Gibt es auf diesen Treffen irgendjemanden, dem ich vertrauen kann?«

Das Gelächter des Schwarzen hallte bis tief in die Höhle und kehrte nicht zurück. »Augustus sicherlich, und deinem Großvater – aber nur die Worte, die du mit eigenen Ohren aus seinem Munde hörst. Cavarr ist in den meisten Fällen auch vertrauenswürdig, obwohl die Voreingenommenheit für seine Markgrafschaft ihm gelegentlich den Blick verstellt. Und Kräh, ihm kannst du ebenfalls vertrauen.«

»Kräh?«

»Kedyns Krähe.«

»Der ist ein Schemen, ein Hirngespinst. Eine Legende mit einer Vorqælfenarmee.« Sie lächelte. »Die Bänkelsänger haben ihn erfunden, damit das arme Volk an jemanden glauben kann, der sich den Sullanciri entgegenstellt.«

»Er existiert. Ich kenne ihn seit langem. Er ist kein Drache, aber ich vertraue ihm trotzdem.« Die goldenen Augen des Schwarzen verschwanden halb unter den Lidern. »Und was die Bänkellieder betrifft: Wüssten die

Sänger nur einen Bruchteil dessen, was Kräh wirklich geleistet hat, würden sie es nicht wagen, darüber zu singen, denn niemand würde ihnen glauben.«

Alyx hob skeptisch die rechte Augenbraue. »Ich habe schon oft so etwas gehört, aber zum ersten Mal behauptet jemand, die Lieder würden wirkliche Geschehnisse herunterspielen statt sie aufzubauschen.«

Der Schwarze lächelte. »Der Unterhaltungswert der Geschichtsschreibung hängt weniger von ihrer Genauigkeit als von ihrer Dramatik ab, und wo die beiden in Konflikt geraten, gewinnt die Dramatik.«

»Was ist mit dem Norderstett? Kann ich ihm trauen, wenn er gefunden ist?«

»Ich weiß es nicht. Ich bin ihm noch nicht begegnet. Ich würde mich darauf verlassen, was Augustus und Kräh von ihm halten.«

»Das ist annehmbar.« Sie lächelte vorsichtig. »Wie weiß ich, ob ich angenommen wurde?«

»Du wirst ein Zeichen erhalten.«

»Und ich darf dies mit niemandem bereden?«

Der Schwarze schüttelte langsam den Kopf. »Wie die Warnung über dem Eingang sagte: Was hier geschieht, ist vertraulich und bleibt es auch. Du wirst dich an alles erinnern, aber es wird dir unmöglich sein, davon zu sprechen, es niederzuschreiben, abzubilden oder in irgendeiner anderen Manier weiterzugeben. Wenn du anderen Mitgliedern leibhaftig begegnest, wirst du spüren, dass du sie kennst und ihnen vertrauen kannst, aber du wirst nicht wissen, warum. Und es wird dich auch nicht interessieren.«

Er öffnete die Hände und breitete die Arme aus. »Und damit heiße ich dich in der Kommunion willkommen und sage dir fürs Erste Lebewohl.« Sein Körper dehnte sich zu einer schwarzen Kugel aus, die sie völlig umschloss. Die Welt um sie herum versank in Dunkelheit und sie bekam keine Luft.

Sie kämpfte gegen die Dunkelheit, dann schleuderte sie die Decke davon und setzte sich mit tiefen, keuchenden Atemzügen kerzengerade im Bett auf. Alyx strich sich das weißblonde Haar aus dem Gesicht, dann sank sie zurück auf die Kissen. Sie wollte liebend gerne glauben, all das nur geträumt zu haben, aber zu viel war bei dieser Begegnung geschehen, was ganz und gar nicht traumhaft war. Und auch wenn surreale Elemente vorgeherrscht hatten, hatte sie Farben gesehen und war in der Lage gewesen zu lesen. Beides widersprach der Vorstellung, es sei nur ein Traum gewesen.

Alyx zuckte die Achseln. Traum oder nicht, die Erfahrung bestätigte nur, was sie bereits als wahr angenommen gehabt hatte. Sie konnte König Augustus, ihrem Großvater und Dathan Cavarr vertrauen. Mit den beiden Ersten verband sie eine lange Geschichte des gegenseitigen Vertrauens, und der Eindruck, den sie in der ersten Ratssitzung von Cavarr erhalten hatte, war sehr positiv gewesen. Auch, dass er sich Tatjana ohne erkennbare Furcht entgegengestellt hatte, sprach für ihn.

Die Bemerkung über Kräh überraschte sie, und auch das widersprach dem Gedanken, es sei nur ein Traum gewesen. Für sie war Kedyns Krähe nur eine Legende, und sie hatte keinen Grund zu der Annahme, er würde an den Ratssitzungen teilnehmen. Sie hatte sogar erhebliche Zweifel daran, auch und gerade weil ein Mann von seiner Reputation von Beginn an eine wertvolle Rolle bei der Debatte hätte spielen können. *Andererseits drängt ihn seine bekannte Beziehung zu den Vorqælfen und der Wunsch, ihre Heimat befreit zu sehen, an den Rand, da nur wenige Menschen dieses Ziel teilen.*

Sie strich sich mit den Fingern durchs Haar und überlegte kurz, bevor sie den Kopf schüttelte. *Es war nur ein seltsamer Traum.* Sie schüttelte sich und wollte sich zudecken, doch die Decke war vom Bett gerutscht. Als sie sich vorbeugte, um sie vom Boden zu heben, durchzuckte sie ein Schreck.

Die Decke lag in einem Kegel aus Mondlicht vor dem Bett auf dem Boden. Der dunkle Wollstoff formte deutlich einen Kopf und Schwanz und eine Ecke war aufgeschlagen wie eine Drachenschwinge. So sehr sie sich auch bemühte, es gelang ihr nicht, in der Form vor sich auf dem Boden ein anderes Bild zu erkennen. Dann schob sich eine Wolke vor den Mond.

Ihre Decke lag zerknüllt auf dem Boden und wirkte um nichts bedeutungsvoller als ein beliebiges verdrehtes Stück Bettzeug.

Alyx knurrte und riss die Decke zu sich hoch. »Nur gut, dass ich es jetzt gesehen habe – so brauche ich nicht zu versuchen, in allem anderen ...« Sie wollte sagen ›ein Zeichen der Drachen zu sehen‹, aber ihre Kehle weigerte sich, die Worte zu formen.

Sie seufzte und schauderte unter der Decke. Als der Schlaf über sie kam, brachte er keine Träume, Wolken, Berge oder Drachen. Das war Alyx sehr recht, denn der Rat der Könige garantierte ihr für die nahe Zukunft mehr als genug, was ihr den Schlaf rauben würde.

Kapitel Sechsunddreißig

Auf den ersten Blick schien es ein vernünftiger Plan zu sein. Will wollte herausfinden, wer hinter ihm her war. Wer immer es war, er hatte Marcus eingespannt und irgendetwas mit den Kindern angestellt, das sie dazu brachte, sich wie kleine Soldaten zu benehmen. Will hatte schon vorher derartige Disziplin erlebt, aber nur nach brutalen Prügeln von Marcus oder dem Verschwinden eines der älteren Kinder.

Normalerweise hielt sie keine Stunde vor und verflog in direktem Verhältnis zur Entfernung vom Versteck der Bande. Will beschloss, eine Weile unterzutauchen und sich dann eines der jüngeren Kinder zu schnappen, um es auszuhorchen. Er entschied sich für Skurri, ein zerlumptes Mädel von etwa neun Jahren, weil sie schlauer war als der Durchschnitt und er häufig kleine Schätze mit ihr geteilt hatte. Sie strahlen zu sehen, wenn jemand ihr etwas Gutes tat, war immer eine Freude gewesen.

Die – ungefähr – eine Stunde, die er mit Warten zubrachte und sich dabei allmählich dem Teil der Düsterstadt näherte, in der Skurri für die älteren Beutelschneider häufig als Läuferin unterwegs war, nutzte Will dazu, sich zu überlegen, warum er gejagt wurde. Es konnte nicht um eine Belohnung gehen. Er war zwar ein kompetenter Dieb gewesen, hatte aber nie irgendetwas ausreichend Spektakuläres angestellt, was es gerechtfertigt hätte, einen Preis auf seine Ergreifung auszusetzen. Genau wie bei Kräh und Entschlossen konnte es nur einen einzigen Grund geben, warum irgendwer auf der Welt nach ihm suchen sollte: seine Abstammung.

Da er sich nicht an seine Mutter erinnerte und seinen Vater nie auch nur erwähnt gesehen oder von ihm gehört hatte, hatte er keine Ahnung, ob er wirklich der prophezeite Norderstett war. Die Möglichkeit war ihm niemals in den Sinn gekommen, auch wenn sich zahllose andere Waisenfantasien um seinen unbekannten Vater gerankt hatten. Er hatte sich immer ausgemalt, sein Vater könnte eines Tages auftauchen, um ihn von der Straße und in ein Leben des Luxus zu holen. Die Vorstellung, sein Vater könnte ein Norderstett sein, war einfach nie aufgetaucht. Die Tragik der Norderstetts war allgemein bekannt und Stoff für verschiedene Balladen. Unter den Vorqs war eine Prophezeiung aufgekommen, ein Norderstett würde für die Rettung ihrer Insel sorgen. Sein angeblicher Großvater war in den Großen Kreuzzug aufgebrochen und von Kytrin gefangen genommen worden. Sie hatte ihn in einen Sullanciri verwandelt. Wie Distalus ihm erzählt hatte, war sein Sohn nach Norden aufgebrochen, um den Namen der Familie reinzuwaschen, war aber selbst als Sullanciri geendet. ›Blut vor Reich‹ war der Refrain des Liedes gewesen, das von Boleif Norderstetts letztem Feldzug handelte.

Aus zweierlei Gründen kam es einem Waisen nie in den Sinn, ein Norderstett zu sein. Erstens sprach herzlich wenig dafür, mit den Anführern feindlicher Invasionsheere verwandt zu sein. Will hatte erlebt, wie Kinder dafür zusammengeschlagen wurden, von schwachsinnigen Stallburschen abzustammen. Er konnte – und wollte – sich gar nicht erst ausmalen, wie die Düsterstädter ihre Angst vor Kytrin an jedem ausgelassen hätten, der für sich beanspruchte, ein Norderstett zu sein.

Der zweite und weit subtilere Grund war, dass ein Norderstett zu sein eine schwere Verantwortung und die beträchtliche Wahrscheinlichkeit einer tragischen Zukunft mit sich brachte. Falls sich die Dinge so weiterentwickelten, wie er es in Krähs Gesellschaft erlebt hatte, erwartete Will kein Leben des Frohsinns und Glücks. Er würde als Waffe gegen Kytrin dienen. *Ob ich will oder nicht.*

Die Geschichte Boleif Norderstetts sandte dem jungen Dieb kalte Schauder durch den Leib. Der Mann war ein Held gewesen. Er hatte Sullanciri erschlagen. Distalus hatte ihn als Oriosas letzten Helden beschrieben, und trotzdem hatten sich seine Blutsbande als stärker erwiesen, stärker als die Treue zu seinem Heimatland. Wie konnte er, Will aus der Düsterstadt, den Versuchungen widerstehen, die seinen Vater und Großvater überwältigt hatten? *Wird mein Blut mich an sie fesseln?*

Die Frage traf ihn wie ein Fausthieb. Das Ritual in der Höhle brach mit ganzer Gewalt über ihn herein. *Mein Blut! Ich bin an sie gebunden. Das … Ding war mein Vater?*

»Verdammt sollen sie sein. Verdammt ihre Blicke, verdammt ihre Tücke.« Die Ausflüchte und Täuschungsmanöver Krähs und Entschlossens machten ihn wütend. Erst hatten sie ihm nichts gesagt, weil sie schützen wollten, nach wem immer sie suchten, für den Fall, dass er es nicht war. *Seit der Höhle aber haben sie gewusst, wer ich bin. Sie hätten es mir sagen müssen.*

Allerdings, so viele Vorwürfe er ihnen auch machte, es wollte ihm nicht gelingen, sich in einen heiligen Zorn zu steigern. Erstens: Als er erfahren *hatte*, wer er war, war er davongelaufen. Sie hatten gewusst, dass er so reagieren würde, und daran gearbeitet, ihn zu jemandem zu machen, der es nicht tat. Wie Kräh es ihm selbst erklärt hatte, Entschlossen und er hatten sich freiwillig zu diesem Kampf gemeldet. Will hatte dazu keine Möglichkeit gehabt. Er war zwangsverpflichtet worden, so wie es ihnen allen in Sanges beinahe ergangen wäre.

Zweitens hatten sie nichts mit seiner Abstammung zu tun. Sein Blut war genau das: *sein* Blut. Er musste damit fertig werden. Sie hatten versucht, ihn abzuschirmen, so gut es ging. Bei seiner einen Begegnung mit dem Sullanciri hatte Entschlossen den Ziegenmann von seinem Rücken getreten. Selbst auf Vilwan hatten sie ihn so gut es ging außer Gefahr gehalten.

Das Problem seiner Herkunft ruhte voll und ganz auf seinen eigenen Schultern. Er wusste, Kytrin wollte ihn, das war nach dem, was Nefrai-laysh ihm gesagt hatte, klar. Kräh und Entschlossen würden nach ihm suchen, aber sie würden nicht zu Marcus gehen. Das hatten sie auch vorher nicht getan, sondern sich bei der Suche nach ihm auf ihr eigenes Können verlassen. Blieb die Frage, wer sonst Interesse an ihm haben konnte.

Er entschied, sich auf diese Frage zu konzentrieren, und machte sich auf die Suche nach Skurri. Will hetzte über die Dächer, segelte über die Gassen, kam in der Hocke federnd auf oder rollte sich ab. Dann lief er weiter. Er wartete in den Schatten und beobachtete die Straßen. Dann sah er unter sich das braunhaarige Mädchen eine Gasse betreten. Die an deren Eingang postierten Bettler ließen sie passieren, ohne sie anzuhalten oder anzusprechen. Offensichtlich erkannten sie sie als Einheimische der Düsterstadt. Will stieg über eine Feuerleiter zum Boden hinunter und huschte über die leere Straße. Er nickte den Bettlern zu, hüpfte über einen Schlafenden und trottete zu Skurri hinüber, die sich mit einem zusammengekauerten Haufen zerfetzter Lumpen unterhielt.

»Skurri, auf ein Wort.«

Sie drehte sich langsam zu ihm um, erst den Kopf, dann die Schultern. Sie starrte ihn an, ohne ein einziges Mal zu blinzeln, und das grüne Leuchten in ihren Augen machte ihm Angst. »Er ist hier.« Er hörte das Flüstern kaum, und hätte er nicht gesehen, wie sich ihre Lippen bewegten, er hätte die Worte möglicherweise völlig überhört.

»Wer macht Jagd auf mich, kleine Schwester?« Er

packte sie bei den Schultern und schüttelte sie sanft, in der Hoffnung, sie aus ihrem Trancezustand aufzuwecken. »Wer, Skurri, wer? Ist es Nefrai-laysh?«

Bei der Erwähnung des Namens leuchteten die Augen des kleinen Mädchens auf, dann antwortete sie um eine volle Tonlage tiefer: »Du hast viel gelernt, Kleiner. Du hast meinen Bruder verletzt, sein Fell und seinen Stolz. Jetzt bist du mein.«

Skurri packte ihn hart an den Handgelenken. Will unterdrückte ein Aufjaulen, zog die Arme hoch, brachte sie dann in einem weiten Kreis auswärts und wieder zurück. Die Bewegung brach ihren Griff. Dann stieß er sie mit beiden Händen vor die Brust und warf sie zu Boden.

Als sie fiel, berührte sie den Bettler, mit dem sie geredet hatte. Plötzlich leuchteten unter den Lumpenschichten grüne Augen auf. Eine Hand packte Wills rechten Knöchel. Er stampfte auf den knochigen Unterarm, hörte ihn splittern, dann riss er den Fuß los. Er drehte sich und stürzte, fing sich aber mit den Händen ab und rannte zum Eingang der Gasse davon.

Er erreichte die Straße ohne Schwierigkeiten, dort aber starrten ihn plötzlich aus Gassen und Dächern leuchtend grüne Augen an, selbst unter Karren und aus dem Gesicht einer auf einem Fenstersims liegenden Katze. Er wirbelte herum, als er ein Geräusch hinter sich hörte, und sah eine schlurfende Masse Bettler auf sich zukommen. In den meisten Gesichtern loderten zwei grüne Augen, in manchen nur eines. Sie kamen nicht schnell näher, aber sie bewegten sich wie eine einzige Masse. Will bückte sich, um einen Stein aufzuheben, dann schleuderte er ihn so hart er konnte nach der vordersten Bettlerin. Das Geschoss traf sicher sein Ziel und schlug der Buckligen in die Mitte der Stirn. Sie fiel nach hinten, warf einen Einbeinigen um und blockierte für einen Augenblick den Gasseneingang.

Er warf sich herum und rannte nach Süden. Unterwegs hielt er nach drei Dingen die Augen offen: Nach losen Pflastersteinen, über die er hätte stolpern können, Steinen, die er als Wurfgeschoss benutzen konnte, und möglichen Zielen. Er achtete darauf, Schlaglöchern auszuweichen, denn er hatte kein Bedürfnis, das Desaster auf der Flucht vor den Grauneblern zu wiederholen, mit dem diese ganze Geschichte ihren Anfang genommen hatte. Die Steine, die er vom Boden hob, waren reichlich vorhanden, aber für ihre Ziele galt leider dasselbe. Er warf, so gut er konnte, und wenn ein Wurf keinen Rattenschädel einschlug, kam er in der Regel nahe genug, die schwarzen Biester in Deckung huschen zu lassen. Dasselbe galt für seine früheren Brüder, auch wenn er die nicht umzubringen versuchte, sondern nur hart genug treffen wollte, um sie von der Verfolgung abzubringen.

Zwei Dinge erkannte Will fast sofort. Erstens war hier ernsthafte Magik im Spiel, und sie schien ansteckend zu sein. Mit einer einzigen Berührung hatte Skurri die Bettler damit infizieren können, und sie konnten vermutlich andere auf dieselbe Weise anstecken. Will konnte sich nur zu gut ausmalen, wie ein paar seiner jüngeren Brüder in der Kanalisation Ratten fingen und sie auf die Straßen schickten, um nach ihm zu suchen. Das grüne Leuchten in den Augen bewies zwar, dass sie für ihr Handeln nicht verantwortlich waren, aber Will hatte keine Probleme damit, Ungeziefer zu töten.

Zweitens hatte die Jägerin Nefrai-laysh als ›Bruder‹ bezeichnet und sich damit als Sullanciri zu erkennen gegeben. Allzu viel Hirnschmalz hatte diese Schlussfolgerung nicht erfordert, da Kytrins Interesse an ihm das jedes anderen möglichen Verfolgers locker übertraf, und sie über genug Macht verfügte, magische Jäger auf ihn zu hetzen. *Und sie benutzt meine Freunde gegen mich … so wie sie meinen Großvater gegen seinen Sohn benutzt hat und beide gegen all ihre früheren Freunde.*

Immer mehr Gedanken taumelten ihm durch den Kopf, zuckten mit derselben Schnelligkeit auf, mit der sein Atem ging, seine Füße sich bewegten. Er hatte versucht, Raubtiers Schatz zu stehlen, weil er erkannt hatte, dass es Zeit wurde, sich selbstständig zu machen. Ja, er hatte gehofft, Marcus würde ihn wieder aufnehmen, aber insgeheim hatte er mit dem Gedanken gespielt, Marcus könnte ihn zu seinem Stellvertreter machen. Das wäre der erste Schritt auf dem Weg gewesen, sich von ihm zu lösen, oder seine Stelle einzunehmen. Der erste Schritt zur Unabhängigkeit.

Die würde Kytrin ihm nicht gestatten. *Sie würde mich gegen jeden benutzen.* Nefrai-laysh hatte ihn Schlüssel zum Schloss genannt, aber er war weit mehr, und das wusste er auch. Er konnte nicht davor davonlaufen. Kytrin würde niemals Ruhe geben. Für sie existierten nur zwei Möglichkeiten: Entweder er schloss sich ihrer Sache an, wie sein Vater es getan hatte. Oder er musste sterben. Er war zu gefährlich für sie, als dass sie eine andere Alternative akzeptieren konnten.

Seine einzige Alternative konnte nur Widerstand sein. Eine Prophezeiung hatte ihn zur Zielscheibe gemacht. Er konnte gegen diejenigen kämpfen, die auf die Erfüllung der Prophezeiung hofften, oder gegen die Frau, die sicherstellen wollte, dass es nicht dazu kam. Es war nicht einmal eine Frage, welche Seite Recht hatte. Die einfache Tatsache war: Sie wollte ihn zu einer ihrer Kreaturen machen. Und das passte ihm ganz und gar nicht.

Will sprang in eine Gasse, und ein wildes Kreischen ertönte. Etwas landete halb auf seinem Rücken, halb auf der rechten Schulter, dann bohrten sich ihm Krallen ins Fleisch. Er griff nach hinten und bekam einen Schwanz zu fassen, riss sich die Katze vom Rücken. Die Schmerzen wurden bestialisch, als die Krallen ihm die Haut zerfetzten. Will knurrte und schlug die Katze gegen die nächste Hauswand. Dann ließ er den erschlaffenden Kadaver fallen.

Ein Sirren füllte die Gasse, wurde lauter, als er weiterrannte. Die Gasse führte auf eine Kreuzung, und Will war sich ziemlich sicher, dass es nach links zurück auf die Straße ging. Bevor er sich entscheiden konnte, bewegte das Sirren sich nach rechts, dann brach es unvermittelt ab und wurde von einer schrillen Stimme ersetzt.

»Flink, flink. Lauf, hier entlang, lauf. Flink.«

Will zögerte. Die an der Gassenwand kauernde Kreatur, die sich mit zwei Beinen und vier Armen an einen Ziegelstein klammerte, war kaum größer als sein Arm. Vier durchscheinende Flügel wuchsen ihr aus dem Rücken, und zwei Fühler erhoben sich über glitzernden Facettenaugen in einem sonst beinahe menschlichen Gesicht. Ein Chitinpanzer bedeckte den Leib des Wesens und wirkte im Dunkel der Nacht schwarz, obwohl er an einzelnen Stellen grün zu glänzen schien.

Doch der Glanz lag nicht in den Augen, und das war für Will im Augenblick das Entscheidende. Außerdem war die Farbe mehr ein dunkles Immergrün, nicht der fahle Leichenschein, der ihn hetzte. »Hier entlang?«

»Ja, ja. Hier entlang. Ja.« Die Kreatur erhob sich mit sirrendem Flügelschlag in die Luft, dann überschlug sie sich und sauste in die Richtung davon, in die sie Will führen wollte. Zehn Meter weiter mündete die Gasse in einen Hof. Das Wesen stieß schnell herab und eine Ratte quiekte. Das Nagetier wälzte sich über den Hof und kämpfte gegen ein glitzerndes Netz, das sie völlig einschloss. Die dunklen Fenster der umstehenden Häuser schauten blind zu, wie sich das Netz zusammenzog und die Ratte erdrückte.

Will sprintete hinter der Kreatur her und folgte ihr zum Nordrand des Hofes. Hinter einem Bogengang sah er eine Straße frei von leuchtenden grünen Augen. Das Problem war allerdings, dass zwischen ihm und der

Freiheit ein schweres, eisernes Gittertor lag. Er packte die Gitterstäbe und rüttelte daran, dann schaute er zum Schloss. Mit dem richtigen Werkzeug konnte er es innerhalb einer Minute öffnen, doch er hatte sich noch kein neues besorgt.

Er drehte sich um und schaute zu seinem Begleiter hinüber, der auf einer der Querstreben saß. »So, und was nun?«

»Warten. Wir warten.«

»Warten? Worauf?«

Die Kreatur zuckte die Achseln. »Wir warten.«

Will drehte um und presste sich mit dem Rücken ans Tor. Dann überlegte er sich diese Strategie lieber noch einmal und rückte auf eine Speerlänge Abstand von dem Gittertor fort. Er befand sich noch immer im Schatten des Bogengangs, aber das spielte keine echte Rolle. Durch die Gasse, über die Mauern, aus allen Richtungen strömte ein Heer grünäugiger Kreaturen auf den Hof. Ratten und Katzen formten die Flanken der gespenstischen Horde, ein paar Hunde ihre Spitze. Bettler machten den Mittelteil aus, durchsetzt mit ein paar stämmigen Männern im Kernbereich, vermutlich Seeleuten, die sich den falschen Ort ausgesucht hatten, um ihren Rausch auszuschlafen.

Einer der Bettler schlurfte vor und hob die zweifingrige lepröse Hand. »Du hast die Wahl, Will Norderstett. Du kommst jetzt und willig zu uns – oder bevor der Morgen graut scheißen die Ratten dich aus.«

Will hob den Kopf. »Ist das die Art Geschäft, wie ihr es meinem Vater und Großvater angeboten habt?«

»Was dem Sohn fehlt, hat der Enkel im Überfluss.« Die Stimme des Bettlers wurde beinahe melancholisch. »Im Dienst unserer Herrin wirst du die Erfüllung all deiner Träume finden – selbst der Träume, von denen du noch gar nichts ahnst.«

Der Dieb schüttelte den Kopf. »Funktioniert nicht.«

»Nicht?«

»Nein.« Will grinste trotzig und wog einen Stein in der Rechten. »Meine Träume sind die Albträume deiner Herrin.«

»So sei …«

Der Stein traf die Kehle des Bettlers und schnitt ihm das Wort ab. Den Bruchteil einer Sekunde stellte Will sich vor, der Wurf könnte den Mann zurück auf die Reihe hinter ihm schleudern, und die zurück auf den nächsten Rang und so weiter, bis die ganze räudige Horde am Boden lag. Das war natürlich unmöglich, aber wenn Kytrin seine Träume wahrmachen wollte, wäre das ein netter Anfang gewesen.

Und doch, obwohl sein Wurf nicht annähernd stark genug gewesen war, um dieses Ziel zu erreichen, brach die Horde zusammen. Pfeile und Steine, Armbrustbolzen und sogar Dolche regneten aus den leeren Fenstern auf sie hinab. Männer und Frauen stürzten aus den Türen, schwenkten Keulen, mit denen sie um sich schlugen, Ratten, Katzen und Hunde erschlugen. Wills Retter stießen ein wildes Kriegsgebrüll aus und warfen sich mit einer gnadenlosen und effizienten Manier der Bewegung in den Kampf, wie Will sie schon früher gesehen hatte.

Bei Entschlossen. Dem Knaben ging der Mund auf. *Das sind alles Vorqs.*

Ein halbes Dutzend Vorqælfen betrat den Bogengang und baute sich als lebende Wand zwischen Will und dem Hof auf. Sie hatten Schwerter in der Hand, die Funken aus den Pflastersteinen schlugen, als sie Ratten abschlachteten. Nichts kam an ihnen vorbei – mit Ausnahme gurgelnder Gnadenschreie, die ein scharfer Schlag von Holz oder Metall auf Bein jäh beendete.

Die Vorqælfen, die sich zu seiner Leibwache formiert hatten, drehten sich um und umringten ihn. Raubtier stand im Zentrum der Reihe und Will stockte der Atem.

Aber bevor er etwas sagen konnte, zog Entschlossen Raubtier beiseite. Kräh schob sich durch die Lücke und packte Will bei den Schultern.

»Bist du verletzt?«

Will schüttelte den Kopf, dann ließ er den Atem entweichen und schüttelte sich. Über ihm war eine zweite geflügelte Kreatur an der Seite seines Führers erschienen. Die beiden wirbelten und drehten sich in einem komplexen fliegenden Tanz. Ihre hohen Stimmen schrillten durch den Bogengang und übertönten das Gurgeln der vom Leben zum Tode beförderten Verwundeten.

»Ganz ruhig, Entschlossen.« Raubtier befreite sich aus dem Griff des größeren Vorqælfen und strich sein Hemd glatt. »Ich hätte mich schon um ihn gekümmert.«

»Ich erinnere mich, wie du dich das letzte Mal um ihn gekümmert hast, Raubtier.« Entschlossens Augen wurden schmal, als er die Graunebler anschaute, die Will am nächsten standen. Die Vorqælfen wichen zurück. »Er ist unverletzt?«

»Natürlich ist er das. Wir kamen, wir sahen, wir erledigten.« Raubtier deutete zu den Flugwesen hoch. »Der Sprijt kam zu uns, sagte uns, dass wir um diese Zeit hier sein mussten und sehen würden, warum. Unseren Teil der Prophezeiung erfüllen. Wir waren hier, wir haben es gesehen, wir haben ihn erfüllt. Ohne deine Hilfe.«

Entschlossen knurrte. »Du weißt, wie Sprijsa sind. Sie wissen, wann sie benötigt werden, aber nicht immer, warum. Sprynt ist ein alter Freund. Er hat Kräh und mich geholt und uns hergebracht, so schnell wir konnten. Wir kamen gerade rechtzeitig, um zu sehen, dass es vorbei war.«

Einer der Sprijsa landete auf Krähs Schulter und nickte Will zu. »Sprynt. Erfreut, den Norderstett kennen zu lernen, erfreut.«

Der andere Sprijt setzte auf Wills Schulter auf. Sprynt

wies seinen Kameraden mit hartem Ton zurecht. Der grüne Sprijt schwang sich zurück in die Luft, dann schwebte er am Fleck.

»Qwc bettelt um Verzeihung, bettelt den Norderstett.«

Will schüttelte den Kopf, um klar zu werden. »Äh, nein, ist schon gut. Ihr heißt Sprynt und er Qwc?«

»Unbeherrscht. Ein Kind.«

»Nun, ich schulde ihm mein Leben.« Er hob die linke Schulter. »Nur zu.«

Der Sprijt landete und klammerte sich an Wills Hemd. Dann lehnte Qwc sich vor und streckte Sprynt die Zunge heraus.

Raubtier kam herüber. »Es geht dir doch gut?«

»Ja, danke.«

Der saphiräugige Ælf nickte. »Hätte ich gewusst, wer du bist ...«

»Hättest du mich trotzdem gehasst, Raubtier.« Will zuckte die Achseln, aber Qwc schaffte es, sich festzuhalten. »Das hat nichts zu bedeuten. Danke für die Rettung.«

Der Vorqælf nickte. Er schaute zu Entschlossen hoch. »Irgendwas dagegen, dass wir die Leichen durchsuchen?«

»Bedient euch.« Entschlossen verschränkte die Arme vor der Brust. »Du hast uns eine ziemliche Jagd beschert, Junge.«

»Wenn ich das nicht könnte, hätten sie mich erwischt.« Will seufzte. »Gut, ich akzeptiere, dass ich der Norderstett bin. Es gefällt mir nicht, aber Kytrin ist überzeugt davon, also bleibt mir keine Wahl. Falls ich nicht irgendwem ein Kind gemacht habe, von dem ich nichts weiß, bin ich wohl euer Mann.«

Kräh nickte. »Das kann dir nicht leicht gefallen sein.«

»Na ja. Jedenfalls leichter, als denen zu entkommen, die mich jagen.« Er deutete mit einer Kopfbewegung auf die Bettlerleichen. »Die hat eine Sullanciri gesteuert, und ich habe keine Kinder in der Menge gesehen. Ich weiß, wo sie sich versteckt. Wenn Kytrin schon Angst vor mir hat, nur weil ich ein Norderstett bin, sollten wir einen ihrer Generäle erschlagen und ihr einen Grund geben, sich Sorgen zu machen.«

Kapitel Siebenunddreißig

Die Situation behagte Alyx nicht, ganz und gar nicht. Nach ihrer Begegnung mit der Kommunion der Drachen hatte sie kaum eine Stunde geschlafen, als ein lautes Hämmern an der Zimmertür sie von neuem weckte. Sie hatte kaum die Decke beiseite geschlagen und sich das Haar aus dem Gesicht gestrichen, als die Tür sich öffnete und König Augustus eintrat.

Alyx sank auf ein Knie. »Mein Fürst.«

»Erhebe dich, Alexia. Es gibt eine Angelegenheit, um die du dich kümmern musst.« Der König trat aus der Tür und gab zwei Dienern den Weg frei, die eine mit Eisennoppen verstärkte Lederrüstung, ein kurzes Kettenhemd, Arm- und Beinschienen und einen Helm ins Zimmer trugen. »Zieh dich schnell an, dann gehe in den Kartenraum des Ostturms, im ersten Stock. Man erwartet dich.«

Sie hob die Hand vor den Mund, um ein Gähnen zu verdecken. »Worum geht's?«

Augustus schaute zu den beiden Dienern, dann schüttelte er den Kopf. »Du wirst es früh genug erfahren. Viel Glück.«

Er verabschiedete sich mit einer kurzen Handbewegung, dann verließ er das Zimmer und zog die Türe hinter sich ins Schloss.

Alyx zog sich hastig an. Einer der Diener schien sich mit Rüstungen auszukennen, und sie ließ sich von ihm beim Anlegen der Arm- und Beinschienen helfen. Den anderen schickte sie fort, ihr einen Schlauch Wasser zu besorgen. Sie war fertig, bevor er zurückkam und riss ihm den Schlauch auf dem Weg ins Kartenzimmer aus der Hand.

Im Innern des Zimmers traf sie eine Gruppe von Personen, von denen sie nur zwei kannte. Die Kriegerin in der Uniform der Alcidischen Throngarde beugte sich in der Mitte des Raums über einen Tisch und studierte einen alten Stadtplan. Daneben lag ein kleines Stück Pergament, auf dem jemand einen Gebäudeplan mit angrenzenden Straßen und Gassen aufgezeichnet hatte. Tristi Exemia tippte mit dem Zeigefinger auf die Karte, dann hob sie den Finger an den Mund und kaute am Nagel.

»Die Karten widersprechen sich. Die Darstellung auf unserem königlichen Messblatt entspricht nicht der Zeichnung.«

Ein junger, grauäugiger Bursche, auf dessen linker Schulter ein grüner Sprijt hockte, starrte sie wütend an. »Meine Karte stimmt. Ich war da. Ich erinnere mich genau.«

»Ich bin sicher, er glaubt sich zu erinnern, aber …«

Die Stimme des Knaben klang müde. »Hört, ich bin ein Dieb, ja? Ich lebe davon, mich genau an solche Einzelheiten zu erinnern. Mein Leben hängt davon ab.«

»Und jetzt werden unsere davon abhängen.«

Alyx trat an den Tisch und schob sich zwischen den großen Vorqælf Entschlossen und einen älteren Mann, der in ähnlichem Lederzeug steckte wie sie, und der sein Gesicht im Schatten einer ledernen Jagdkapuze verbarg. Sie schaute über den Tisch zu Agitar. »Ein kurzer Bericht, Hauptmann.«

Der Mann nickte zackig, dann deutete er auf den selbst erklärten Dieb. »Heute Abend wurde der Norderstett in der Düsterstadt vor einem Angriff gerettet. Er hat den Verdacht, dass eine Sullanciri vom zweiten Stock eines Gebäudes an der Schwarzmarkgasse und

Kaistraße aus operiert. Wir erwarten eine gegnerische Kampfstärke von einem erwachsenen Mann und etwa dreißig Kindern, aber die Sullanciri hat in einem vorangegangenen Gefecht Magik eingesetzt, um zusätzliche Kämpfer zu produzieren. Wir haben keine Meldungen über die Anwesenheit von Schnatterern oder sonstigen Nordlandtruppen.«

Sie runzelte die Stirn. Irgendwo im Hinterland einem Sullanciri zu begegnen war eine Sache, aber wenn sich eine Dunkle Lanzenreiterin im Herzen Yslins aufhielt, erst recht zu einem Zeitpunkt, da sich die Fürsten der Welt hier versammelt hatten, war das ein schwer wiegendes Problem. Sie waren zusammengekommen, um zu beraten, wie sie Kytrin begegnen wollten, aber die Anwesenheit eines ihrer Generäle verspottete den Rat. Wie sollten sie sich Kytrin vom Halse schaffen, wenn deren Vasallen sich ungehindert hier in der Stadt tummeln konnten?

Darüber hinaus war die Mission nahezu unmöglich. Sie stöhnte. »Ein Treppenhaus hoch eine Wohnung angreifen, in der sich möglicherweise eine Sullanciri und eine unbekannte Anzahl von Truppen aufhalten, und das mitten in der Düsterstadt? Das schmeckt mir gar nicht.«

Der Vorqælf schnaubte. »Ihr habt den Kern des Problems erkannt. Die Schale, die ihn umgibt, ist noch schlimmer. Sie werden uns Meilen vorher kommen sehen und wie Ratten in der Kanalisation verschwinden.«

Der Mann hinter ihr sprach mit leiser Stimme. »Dann haben wir noch das Problem, mit einer Sullanciri fertig zu werden. Sie zu töten, wird nicht leicht. Dazu benötigt man mächtige Zauber.«

»Vermutlich ist das der Grund, warum ich herbestellt wurde.« Eine grauhaarige Frau schloss die Tür hinter sich. »Ich bin Orla, eine Kampfzaubermagisterin aus Vilwan. Wissen wir, mit welchem Sullanciri wir es zu tun haben?«

Der Dieb zuckte die Achseln. »Es ist eine Frau, und sie hat Nefrai-laysh ihren Bruder genannt.«

»Sie sind nicht verwandt. Das ist nur eine Konvention. So nennen sie sich untereinander.« Orla legte die altersfleckigen Hände auf das obere Ende ihres Ebenholzstocks. »Es gibt fünf weibliche Sullanciri. Unglücklicherweise haben wir bisher noch kaum etwas von ihnen gesehen. Das erschwert es vorauszusagen, was sie kann.«

Der Norderstett runzelte die Stirn. »Sie konnte durch die Augen anderer sehen, auch Ratten und Zeugs. Und sie konnte ihr Handeln steuern.«

»Die Hellseherei ist nicht schwer, aber ermüdend. Durch viele Augen gleichzeitig zu sehen, kann manchen in den Wahnsinn treiben.« Sie überlegte kurz. »Ich kann wahrscheinlich eine kleinere Anzahl Personen vor ihren Spionen verbergen.«

Alyx lächelte. »Gut, das wird uns helfen.« Sie drehte den Stadtplan so, dass sie ihn lesen konnte. Exemia zeigte ihr das fragliche Gebäude. Alyx nickte. »Wie spät ist es?«

Der Vorqælf antwortete. »Knapp vier. Bis zum Morgengrauen sind es noch anderthalb Stunden.«

»Gut, dann haben wir genug Zeit.« Sie blickte zu Hauptmann Agitar hinüber. »Er nimmt die Wölfe und bringt sie nach Westen in die Nähe des Tempelsbezirks, dann kommt er hier an der anderen Seite unseres Ziels hinunter in die Düsterstadt und die Schwarzmark entlang ostwärts. Hauptmann Exemia, sie setzt sich mit dem größten Teil der Throngarde hier von Feste Gryps aus in guter Marschordnung in Bewegung. Sie ziehen die Breite Straße hinauf nach Westen und biegen dann über die Steinmetz ab zur Schwarzmark. Sie werden sich beide langsam bewegen und reichlich Aufsehen erregen, während sie sich auf diesen Punkt zubewegen, an dem sie sich kurz nach Sonnenaufgang treffen werden.«

Die dunkelhaarige Offizierin nickte. »Ihr spracht vom größten Teil der Throngarde. Wer bleibt hier?«

»Ich brauche sechs ihrer Marinesoldaten, die sechs Besten.« Alyx lief ein Schaudern den Rücken hinab. »Orla mag in der Lage sein, uns vor der Sullanciri zu verbergen, aber wenn sie nichts zu beobachten findet, wird sie das misstrauisch machen. Wir werden ihr mehr als genug zu sehen geben, damit sie uns andere nicht bemerkt.«

»Uns andere?« Der Kapuzenmann drehte sich zu ihr um – und sie stützte sich auf den Tisch und schaute sich über die Schulter zu ihm um. »Wer genau wäre das?«

»Sechs Marinesoldaten, Entschlossen, Orla, der Norderstett – um uns vor möglichen Fallen zu warnen – und er. Er wäre nicht hier, wenn er nicht von Nutzen für uns wäre.«

Der Norderstett lächelte. »Kräh ist eine Legende.«

Oh, das ist also Kedyns Krähe. Alyx studierte, was die Schatten von seinen Zügen erkennen ließen. Der weiße Bart und das Haupthaar von derselben Farbe täuschten Alter vor, ebenso wie die Falten an den Augenwinkeln und die Narbe auf der rechten Gesichtshälfte. Aber die braunen Augen leuchteten noch immer mit einer Kraft, die sie überraschte und diese Illusion zerschlug. Sie konnte sein Alter nicht einmal schätzen, aber es war kein Zweifel möglich, dass noch reichlich Leben in ihm steckte.

»Er ist Kräh. Man hat mir gesagt, ich könne ihm vertrauen.«

Kräh neigte den Kopf. »Ihr seid zu gütig.«

»Er wird feststellen, dass das ein Irrtum ist.« Alyx schaute zu Agilar und Exemia hinüber. »Sobald wir da sind, werden wir ein Pfeifsignal geben und sie stürmen.«

Hauptmann Exemia hob die Hand. »Sie werden sich immer noch in die Kanalisation verziehen können und wir werden ins Leere stoßen.«

Alyx schüttelte den Kopf. »Nein, werden sie nicht. Sie vergisst, warum diese Straße Schwarzmark heißt: Weil das an der Oberfläche zurückbleibt. Die Flut, die in etwa einer Stunde anbricht, reicht bis dorthin und lässt die Kanalisation überlaufen. Der Latrinenschlamm bleibt auf der Straße liegen, wenn das Wasser zurückweicht. Die Rohre werden ihnen keinen Fluchtweg bieten.«

Die Kommandantin der Throngarde nickte, dann wurden ihre Augen groß und ihr Lächeln breiter. »Ihr fahrt einfach mit einem Langboot die Kaistraße hinauf und legt an der Türschwelle an, habe ich Recht?«

»Kytrin hatte mit einem amphibischen Angriff auf Vilwan keinen Erfolg, daher wird sie nicht damit rechnen, dass wir eine derart lausige Taktik übernehmen.« Alyx zog die Zeichnung des Gebäudes herüber und studierte sie. »Wir müssen schnell zuschlagen, wenn wir Erfolg haben wollen, das Überraschungsmoment und unsere Magik nutzen. Wir müssen Orla ins Innere schaffen, damit sie sich um die Sullanciri kümmern kann.«

Ein tiefes Lachen stieg aus Entschlossens Kehle. »Sie ist nicht die Einzige, die mit einer Sullanciri fertig wird.«

»Ich weiß, ich habe die Aufzeichnungen gelesen. Ich weiß, wie die anderen gestorben sind. Falls er irgendwelche magischen Pfeile besitzt oder weiß, wo er Temmer finden kann, bringe er sie mit.« Die einfachste Methode, mit der Sullanciri fertig zu werden, hätte darin bestanden, einen Kader vilwanischer Kampfmagiker zusammenzuziehen und das Gebäude dem Erdboden gleichzumachen. Das wäre zwar effektiv gewesen, hätte aber zusätzlich unterstrichen, wie schwer es sein würde, Kytrin aufzuhalten. Der Angriff musste nicht zuletzt deshalb Erfolg haben, damit er bewies, dass es möglich war, sie zu besiegen.

Deshalb ist der Norderstett hier. Wenn sie mit seiner Hilfe siegten, würde das den Widerstand gegen Kytrin ermutigen und ihr Angst einjagen. Versagten sie, würden sich die Reiche des Südens verwundbar genug fühlen, möglicherweise Separatfrieden mit Kytrin zu suchen. Eine zerstrittene Opposition hätte keine Chance, ihr zu widerstehen. *Falls wir den Norderstett in einem Fehlschlag verlieren, macht das auch nichts aus, denn in diesem Falle gibt es keinen Widerstand mehr gegen sie.*

Die Hauptleute Agitar und Exemia salutierten und machten sich auf den Weg. Alyx trat um den Tisch und reichte dem Norderstett die Hand. »Ich heiße Alexia. Ich bin ziemlich sicher, er möchte nicht ›der Norderstett‹ genannt werden, und im Kampf wäre es ziemlich wertlos.«

»Ich heiße Will. Der Sprijt heißt Qwc.« Der Knabe schüttelte ihr mit festem Griff die Hand. »Ihr seid die Goldene Wölfin. Wir haben Euch in Stellin gesehen.«

Der Stall. Sie drehte sich langsam um und schaute zu Entschlossen und Kräh. »Allmählich ergibt es einen Sinn. Wer von ihnen hat den Pfeil abgeschossen?«

Will deutete über den Tisch. »Das war Kräh. Ich dachte, er wollte auf Euch schießen und habe versucht, den Schuss zu verreißen. Ein Glück, dass es mir nicht gelungen ist.«

Alyx nickte dem alten Mann zu. »Nicht nur kann man ihm vertrauen, er verfügt über ein beeindruckendes Geschick mit der Waffe.«

»Wenn man genug Zeit in Entschlossens Gesellschaft verbringt, lernt man vieles besser zu machen.«

Der Vorqælf nickte. »Hauptsächlich zu töten. Das ist mein Geschäft.« Er stieß einen Finger auf die Zeichnung des Sullanciri-Verstecks. »Bringt uns nur dort hinein, Prinzessin, und ihr werdet sehen, wie gut ich es beherrsche.«

Zwei der Marinesoldaten bewegten das Langboot mit Stangen langsam und gleichmäßig die Kaistraße hinauf. Orla hatte sie angewiesen, das Boot möglichst gleichmäßig zu bewegen, da es das einfacher für die Magikerin machte, sie zu tarnen. »Leute und Tiere verfolgen Bewegungen recht gut. Mein Zauber wird die Illusion erzeugen, dass etwas anderes unsere Bewegung verursacht hat. Während die Beobachter es zu verfolgen versuchen, gleiten wir vorbei.«

Kräh kauerte im Bug, Will hinter ihm, dann Entschlossen. Alyx hielt sich in der Mitte des Bootes, und Orla stand im Heck, umringt von einer Mauer aus muskelbepackten Soldaten. Die Throngardisten taten gewöhnlich auf dem königlichen Flaggschiff Dienst und waren bekannt für ihre Schlagkraft. Sie trugen Lederrüstungen und waren mit je zwei Kurzschwertern bewaffnet, die sich hervorragend für den Nahkampf eigneten. Entschlossen und Will hatten Schnatterer-Langmesser dabei. Alyx hatte die Klugheit ihrer Wahl und der Bewaffnung der Marinesoldaten eingesehen und auf ihren Säbel verzichtet. Stattdessen hatte sie ein Kurzschwert und einen kleinen stählernen Buckelschild mit eingesetztem Stoßdolch gewählt. Er gestattete ihr zu stechen und zu parieren – und Schläge mit dem Schildrand oder der Fläche konnten Knochen brechen.

Nur Orlas und Krähs Bewaffnung fiel aus dem Rahmen. Die Magikerin hatte ihren Stock, der für den Nahkampf etwas lang war. Aber Alyx hatte nicht vor, sich deshalb mit ihr anzulegen. Kräh trug ein Langschwert über der linken Hüfte und einen Köcher mit Pfeilen auf dem Rücken. Sein schwarz lackierter Bogen lag quer über den Dollborden, und der Pfeil, den er aufgelegt hatte, wies auf ihr Ziel.

Grüne Augen glühten in einem der unteren Fenster, folgten ihnen aber nicht. Nach dem Schuss, den sie in Stellin gesehen hatte, wusste Alyx, dass Kräh den Besitzer der Augen in einem Herzschlag töten konnte, aber das hätte die Sullanciri gewarnt. Sie alle hofften, die Dunkle Lanzenreiterin würde den Angriff erst bemerken, wenn ihr Herzblut bereits über die Wände spritzte.

Das Langboot schlug sanft an die Türschwelle des Gebäudes. Will huschte von Bord und öffnete die Tür. Er warf einen vorsichtigen Blick hinein, dann packte er das Seil, das Kräh ihm zuwarf, und machte das Boot fest. Entschlossen glitt lautlos an der Backbordseite ins Wasser und hob Orla aus dem Boot, während Alyx an Steuerbord ausstieg. Die Marinesoldaten schlossen sich der Prozession mit gezückten Schwertern an und betraten den Flur des baufälligen Hauses.

Die Freitreppe knickte einmal in die entgegengesetzte Richtung ab, bevor sie das erste Stockwerk erreichte, und ebenso zwischen der ersten und zweiten Etage. Will schlich wie auf Katzenpfoten hinauf, hielt sich dabei vorsichtig geduckt und suchte die Umgebung nach Gefahren ab, bevor er die anderen weiterwinkte. Entschlossen folgte ihm, dann Alyx, hinter ihr Orla und die Marinesoldaten. Kräh blieb am Fuß der Treppe und beobachtete ihren Weg, bereit, auf alles zu schießen, was sich bewegte und nicht zu ihnen gehörte.

Sie kamen bis zum Treppenabsatz im ersten Stock, und Will die halbe Strecke zum zweiten hinauf, dann ertönte über ihnen ein gellendes Heulen. Eine große, bizarr aussehende bleiche Kreatur hing über der Treppe an der Decke. Sie hatte ein menschliches Gesicht auf einem spinnenartigen Körper und ihre Augen glühten in jenem verräterischen Grün. Das Biest öffnete die Hände und ließ sich auf die Gruppe herabfallen, doch bevor es drei Meter weit gekommen war, spaltete Krähs schwarz gefiederter Pfeil ihm das Brustbein.

Das Ding schlug auf die Treppe und prallte einmal ab. Entschlossen trat es durch das Geländer nach unten. Alle acht Gliedmaßen zuckten und wanden sich, als der Schrei verklang, aber die Stille nützte nichts mehr. Im ganzen Haus hatten andere Kehlen das Geschrei aufgenommen und gaben den Alarm weiter. Türen schlugen auf und missgestaltete Kreaturen drangen ins Treppenhaus. Ihre Augen – und die meisten von ihnen hatten mehr als zwei, häufig über den Körper verteilt – loderten in höllisch grünem Feuer.

Entschlossen polterte an Will vorbei. Er hieb und stach auf das Ungetüm ein, das den oberen Treppenabsatz bewachte. Es hatte vier Arme, zwei menschliche, zwei entsprachen den Vorderbeinen eines Hundes. Das Gesicht wäre menschlich gewesen, hätte es nicht eine vorspringende Hundeschnauze mit bleckenden Reißzähnen besessen. Die Kreatur biss nach dem Vorqælfen, zerfetzte das Kettenhemd und schlug ihm die Zähne in den rechten Arm. Ohne auch nur ein Knurren trieb Entschlossen dem Ding ein Langmesser durch die Brust.

Sein Angriff trug die aufgespießte Kreatur über den Absatz zurück und bohrte die Klinge in die Wand. Das Biest heulte und knirschte mit den Zähnen. Es zog am Heft der Waffe, um sich zu befreien, löste damit aber nur einen Sturzschwall an Blut aus. Seine Kraft floss davon und es blieb schlaff auf dem Langmesser hängend zurück – die Füße mehrere Zentimeter über dem Boden.

Der Vorqælf brüllte eine Herausforderung auf Ælfisch, dann trat er die Tür zum Hauptraum des Obergeschosses auf. Als er hineinstürmte, sprang ihn etwas von einem Punkt über der Tür aus an. Er fiel in einer Rolle nach vorne und erdrückte den Angreifer unter sich. Das machte die Tür frei und erlaubte Alyx, ihm ins Zimmer zu folgen.

Sie taxierte den Raum mit einem schnellen Blick. An Wänden und Decke hingen weitere der Spinnenwesen. Was im schummrigen Licht des Treppenhauses nicht aufgefallen war, machte die Beleuchtung des großen Zimmers auf den ersten Blick deutlich. Die Kreaturen hatten menschliche Gesichter, weil sie Menschen waren – oder es zumindest einmal gewesen waren. Magik hatte die Körper zweier Menschen verschmolzen, sie mit den

Rücken aneinander geheftet, sodass sie über vier Beine, vier Arme und Gesichter an Vorder- und Rückseite des Schädels verfügten. Sie krabbelten über den Boden und die Wand entlang, starrten die Eindringlinge an und sprangen.

Alyx hieb eines der sie anspringenden Monster mit dem Buckler beiseite, dann durchbohrte sie ein anderes, das sie ins Knie beißen wollte. Sie sah ein Drittes auf sich zuhuschen, aber ein sirrendes Zischen endete in einem dumpfen Knall. Ein Klingenstern ragte aus der Stirn des Dings. Die Kreatur fiel nach vorn, wo der Metallstern sich in die Bodenplanken bohrte und ihre Rutschpartie beendete.

Will schleuderte einen zweiten Klingenstern in den Raum und heftete den Fuß eines Spinnenwesens an die Wand. Der Sprijt hob von seiner Schulter ab und jagte auf eine der Kreaturen zu. Qwc spie einen Klumpen Netzgewebe, der sich ausbreitete und die Bestie blendete. Als sie versuchte, das Gespinst abzureißen, erschien Orla in der Tür und äscherte die Kreatur mit einem magischen Feuerstoß ein.

Etwa in dem Augenblick, da Entschlossen wieder auf die Füße kam und das zerquetschte Spinnentier beiseite warf, öffnete sich die Tür zum Westzimmer. Ein nacktes Mann-Wesen sprang heraus und ging in die Hocke, während die ihm aus den Schultern wachsenden Katzenköpfe wütend fauchten. Katzenglieder hatten den Platz seiner Finger eingenommen und Fellflecken waren über seinen Leib verteilt. Grünes Licht loderte hell in seinen Augen, aber es griff nicht an.

Das Erscheinen der Sullanciri im Durchgang zum anderen Zimmer der Wohnung fesselte alle Aufmerksamkeit, selbst die Entschlossens. Ihre Haut und das hauchdünne Kleid um ihren Körper war von reinstem Weiß, bis auf die Stellen, an denen blau leuchtende Tätowierungen sie verzierten. Viele der Symbole entsprachen denen auf Entschlossens Armen, und sie pulsierten nachgerade vor Energie. Sie trug das lange schwarze Haar offen, und es wehte ebenso wie ihr Kleid in den Energieströmen reinster magischer Kraft, die wie ein leichter Sommerwind um sie tanzten. Das flüssige Gold ihrer Augen brach unter glutroten Blitzen auf, die durch die metallisch glänzenden Augäpfel zuckten, aber als deren Blick sie traf, fror Alyx.

Die goldenen Augen blitzten auf. »Das ist besser, als ich es hier an meinem Spielplatz erwartet hätte.«

Orla schwang den Stock in Linie mit der Sullanciri. Feuer schlug aus der Spitze, doch bevor es Kytrins Generalin treffen konnte, fing das Mannding den Zauber ab. Die Magik hüllte es völlig ein, bis auf eine kleine Flammenzunge, die aus seinem Rücken flog und den Oberschenkel der Dunklen Lanzenreiterin traf.

Die Flamme setzte das Kleid in Brand, aber die Sullanciri schlug das Feuer mit einer beiläufigen Bewegung aus. Sie stieß ein verächtliches Spucken aus, als der ölige Qualm, der einmal das Mannding gewesen war, hinauf zur hohen Zimmerdecke stieg. »Deine Magik, Magisterin, ist mir wohlbekannt, und ich bin dagegen gefeit.« Sie hob die Hand, und weder ihre Haut noch das Kleid zeigten irgendeine Spur von Verbrennung.

Die Sullanciri schaute Entschlossen an. »Ihr wisst, dass eure Magik nicht ausreicht, mich zu töten. Nur einer von euch ist eine Bedrohung.«

Die Stimme der Sullanciri verklang, dann sprang sie auf Will zu. Von ihrer Schnelligkeit völlig überrumpelt, versuchte er nicht einmal auszuweichen. Grüne Energie floss aus ihren krallenbewehrten Händen, und er konnte beinahe spüren, wie sie sich in seinen Leib fraß und seine Eingeweide durch das Zimmer zerrte.

Stahl sang auf, als Kräh das Schwert zog und sich zwischen Will und Kytrins Agentin schob. »Er ist nicht die Bedrohung. Das ist Tsamoc hier.« Ein milchiger

Edelstein im verstärkten Blatt der Klinge leuchtete im Spiel eines inneren Lichts.

Die Sullanciri zuckte zurück, dann verzog ein kaltes Lächeln ihre Lippen. Als sie die Arme hob und die Schultern ihres Kleids packte, stieg die magische Energie wie Nebel auf und verpuffte. Mit breitem Grinsen schälte sie das Kleid bis zur Hüfte herab und entblößte ihre Brüste. »Das könnte es sein, aber nicht in deiner Hand. Du könntest es mir nie in den Leib stoßen.«

Kräh streckte das Schwert aus – es lag ihm vollkommen ruhig in der Hand. »Ohne das geringste Zögern.«

Sie lachte, wich aber noch einen Schritt zurück. »Du würdest feststellen, dass Myral'maras Herz so hart wie deines ist, dummer Kerl, härter noch.« Die Sullanciri nickte ihren Gegnern anerkennend zu, dann lächelte sie. »Heute ist mein Tag nicht, und ich werde nicht im Gefühl des Sieges schwelgen. Ich verlasse euch nur ungern, aber ich werde zurückgerufen. Wenn wir uns das nächste Mal begegnen, werdet ihr euch an heute erinnern und wissen, wie gnädig ich mit euch war.«

Sie zog mit dem Finger einen Kreis um eine Tätowierung auf der rechten Brust. Der blaue Glanz ihrer Tätowierungen strahlte grell auf und blendete Alyx einen Augenblick lang. Als ihre Sicht zurückkehrte, war Myral'mara verschwunden. Sie drehte sich zu ihren Kameraden um, doch ihr Blick zuckte an ihnen und ihren entsetzten Gesichtern vorbei.

Sie hat es ihren Spielplatz genannt.

Ein Schaudern erfasste Alyx. Wo die Spinnenkreaturen gewesen waren, lagen jetzt die Leichen der nackten Kinder, aus denen die Sullanciri sie geformt hatte. Die Kreatur, die sie durchbohrt hatte, hatte sich in zwei separate Körper aufgeteilt, beide mit durchbohrtem Herzen. Einer hatte die Wunde in der Brust, der andere ihm Rücken.

Will saß auf dem Boden und streichelte das Gesicht

eines kleinen Mädchens. Er wischte ihr das Blut ab und schob ihr das strähnige Haar hinters Ohr. »Das war Skurri. Ich mochte sie.«

Kräh schob das Schwert zurück in die Scheide. »Sie hat uns Krieg gegen Kinder führen lassen. Euch, Prinzessin Alexia, und dich, ›den Norderstett‹. Ihr und eure Kameraden habt Kinder abgeschlachtet. Wir haben sie möglicherweise vertrieben, aber …« Er zog die Kapuze tiefer, um sein Gesicht zu verbergen.

»Aber warum hat sie uns am Leben gelassen?« Orla schüttelte verständnislos den Kopf. »Das sind Abgründe des Bösen, die ich mir nie hätte träumen lassen.«

»Wir haben nach ihrer Pfeife getanzt. Wir haben Krieg gegen Kinder geführt.« Alyx' Nasenflügel bebten. »Erst das Massaker unter den Kindern auf Vilwan, und nun das hier. Wenn sich die Gerüchte darüber ausbreiten, werden die Leute sich fragen, ob wirklich Kytrin die Böse ist.«

Will stand langsam auf und wischte sich die blutige Hand am Bein ab. »Sollen sie. Sie mag vielleicht glauben, sie hätte gewonnen, aber sie war hier, um mich zu holen, und das ist ihr nicht gelungen. Es spielt keine Rolle, was ihre Gründe waren: Es war ein Fehler. Sie hat meine Freunde auf dem Gewissen, und dafür wird sie bezahlen.«

Kapitel Achtunddreißig

Kjarrigan Lies tat sein Bestes, die Steifheit in seinen Gelenken zu verbergen, als er das große runde Arkanorium im obersten Stockwerk des vilwanischen Turms betrat. Das Kuppeldach verfügte über eine kreisrunde Öffnung, die kühle Luft und Sternenlicht einließ. Flackernde Flammen aus einem Dutzend Wandnischen lieferten ein unbeständiges Licht, aber es reichte, ihn die vier anderen Personen im Innern des Raums erkennen zu lassen.

Kjarrigan blieb unmittelbar hinter der Tür stehen und senkte den Kopf. »Magisterin Orla, Magister. Ihr habt mich bestellt?«

Orlas Stirn war in Falten gelegt, doch sie sagte nichts, sondern schaute zu dem hageren Mann in grauer Robe hinüber, der am nächsten beim Eingang stand. Kjarrigan betrachtete ihn kurz, dann stieg ein Schimmer des Erkennens in ihm auf.

»Magister Baoth, verzeiht mir, dass ich Euch nicht sofort erkannt habe.«

Der Mann, der einer seiner ersten Lehrer gewesen war, hauptsächlich für Konstruktionszauber, nickte. Er hatte noch immer stacheliges, kurz geschorenes Haar, inzwischen war es aber mehr grau als schwarz, sowohl auf dem Kopf wie auch in dem Bart, den er sich hatte stehen lassen. »Es ehrt mich, dass du dich an mich erinnerst. Dies sind die Magister Vulrasian von Croquellyn und Carok-Corax Ryss.«

Kjarrigans Augen weiteten sich etwas. Der hoch aufgeschossene Ælf mit dem glänzend schwarzen Haar und den blauen Augen hatte eine wichtige Rolle in den Chroniken der Aurolaneninvasion gespielt, in der die Horden des Nordens Vorquellyn erobert hatten. Obwohl er kein Magister des Kampfes war, hatte der Ælf eine Gruppe Croqælfen in die Geistermark geführt. Monatelang hatten sie Kri'tchuks Truppen dort bedrängt, Nachschubtransporte überfallen, Offiziere ermordet und generell für Chaos gesorgt. Gerüchteweise sollte die Nachricht vom Anrücken seiner Ælfentruppe genügt haben, die Aurolanen zur Evakuierung ganzer Dörfer zu veranlassen.

Von der urSreiði-Magikerin hatte Kjarrigan noch nie etwas gehört. Wie alle Mitglieder ihrer Art war sie klein von Wuchs, und ihre Haut hatte die Farbe von Erdreich, in diesem Fall den Rotton eisenhaltigen Bodens. Sie hatte das schwefelgelbe Haar zu einem dicken Zopf geflochten, den sie mit einem schwarzen Lederband umwickelt hatte. Wie Baoth und der Ælf trug sie eine graue Robe, die sie als Meisterin der arkanen Künste auswies.

Verspätet neigte Kjarrigan den Kopf. »Es ist mir eine Ehre.«

»So wie uns auch, Adept Lies.« Die Stimme der urSred war tiefer, als er erwartet hatte. Der Ælf nickte in stummer Zustimmung.

Magister Baoth zog eine vergilbte Schriftrolle aus einem Ärmel seiner Robe und hielt sie Kjarrigan entgegen. »Ich möchte, dass du dies hier liest und uns mitteilst, ob du es verstehen kannst.«

Der Adept nahm die Rolle. Schon bei der ersten Berührung spürte er, wie alt sie war. Er öffnete sie langsam und studierte den aufgezeichneten Text. Er war mit prachtvollen Illuminationen dekoriert, die ab und zu einzelne Wörter verbanden und dem ganzen Text einen fließenden Charakter verliehen. Kjarrigan erkannte sofort, dass die Schriftrolle einen Zauberspruch enthielt. *Aber was wichtiger ist: Der Spruch ist komplex genug, um nicht für sich allein angewandt werden zu können. Hier steht eine Menge, noch weit mehr aber fehlt.*

Er schaute von dem Dokument auf. »Ich verstehe es, aber es ist seltsam. Es ist ein menschlicher Zauber, so viel ist deutlich, doch er kratzt. Es ist fast, als wäre es eine menschliche Abschrift oder Adaption nichtmenschlicher Magik.«

Baoth nickte. »Eine faszinierende Beobachtung. Kannst du ihn sprechen?«

»Nicht für sich allein. Es fehlen Teile.«

Der Ælf musterte ihn einen Moment lang. Im Gegensatz zu den Augen von Vorqælfen, deren Augäpfel eine einzige, durchgängige Farbe besaßen, hatten die Augen des Croqælfen eine weiße Grundfarbe und eine schwarze Pupille in der Mitte der Iris. Kjarrigan wurde verlegen, als der intensive Blick des Magisters ihn vom Scheitel bis zur Sohle taxierte, doch es gelang ihm, nicht zu erröten.

Vulrasian klopfte sich mit einem Finger ans Kinn. »Beeindruckend, Adept Lies, wie viel du in einer einzigen Lektüre festgestellt hast. Es ist tatsächlich nur ein Drittel eines Zaubers. Carok-Corax und ich sind im Besitz der beiden anderen Teile. Unsere Teile werden die Wirkung auslösen.«

Kjarrigan runzelte die Stirn. »Ich habe natürlich von derartigen Zaubern gelesen, sie aber nie studiert. Wie soll ich ihn mit Euch koordinieren? Ich gehe selbstverständlich davon aus, dass Ihr von mir erwartet, diesen Zauber zu sprechen, warum sonst solltet Ihr mich ihn lesen lassen? Auch nehme ich an, dass weder Magister Baoth noch Magisterin Orla ihn sprechen können, obwohl es sich um einen menschlichen Zauber handelt.«

»Du hast Recht. Es ist ein alter Zauber, und diese Schriftrolle ist die Abschrift einer noch älteren, die inzwischen zu Staub zerfallen ist. Wir möchten in der Tat, dass du ihn sprichst, aber du brauchst dich nicht mit uns zu koordinieren, vielmehr sind wir es, die unsere Aktionen mit deinen abstimmen werden.« Der Ælf winkte ihn vor. »Zieh dich aus.«

Die Aufforderung ließ Kjarrigan rot werden. »Es wäre mir lieber, das nicht tun zu müssen, Magister.«

»Der Zauber erfordert deine Nacktheit.« Vulrasian blickte sich im Arkanorium um. »Du kannst unmöglich glauben, wir hätten noch nie einen nackten Menschen gesehen. Lege deine Kleider ab und tritt in die Mitte des Raums.«

Zögernd gehorchte Kjarrigan. Er trat in die Mitte des Saals, in eine fünfzehn Zentimeter tiefe Aushöhlung des Bodens. Sie hatte nur einen Durchmesser von etwa einem Meter, konnte ihn aber bequem ganz aufnehmen. Mit ein, zwei Worten hätte er die Runen und Zeichen, die in einem Kreis um die Vertiefung eingelassen waren, aktivieren und einen magischen Schild um sich aufbauen können, aber er hatte nicht den Eindruck, dass ihm jemand Böses wollte, also verzichtete er darauf.

Er reichte Magister Baoth die Schriftrolle zurück, dann schaute er hinüber zu Orla, die sich auf ihren Stock stützte. Sie begegnete einen Moment lang seinem Blick, dann schüttelte sie den Kopf und schaute zu Boden. Er hätte sie gefragt, was los war, doch es war offensichtlich, dass alle Bedenken, die sie möglicherweise hatte, von den anderen Magistern bereits zurückgewiesen worden waren.

Nachdem er die Kleider ausgezogen und beiseite geworfen hatte, stand Kjarrigan in der Senke, die Hände über das Geschlecht gelegt, und vom Halsansatz aufwärts glänzte sein Kopf puterrot. Selbst Orla studierte seinen nackten Körper. Allerdings war er sich ziemlich sicher, dass sie nicht aus Missfallen über seine Korpulenz das Gesicht verzog, sondern angesichts der blauvioletten Blutergüsse. Der Überfall in der Düsterstadt hatte ihm Spuren in hässlicher Farbenpracht auf den Leib gemalt.

Baoth schaute zu dem Ælfen hinüber. »Müsst Ihr Euch darum kümmern, bevor Ihr weitermachen könnt?«

Die urSred antwortete ihm. »Es ist ohne Bedeutung. Die Rekonstruktionsaspekte werden das erledigen.«

Der Ælf stimmte ihr mit einem Kopfnicken zu. »Wir können weitermachen.«

Baoth trat zur Tür und winkte jemanden die Treppe herauf. Drei Akoluthen traten ins Zimmer, alle mit einem von einem Deckel verschlossenen Eimer in den Händen. Was immer sich im Innern befand, schwappte hörbar, aber nichts trat aus. Die Art, wie die Akoluthen sich unter der Last vorbeugten, ließ Kjarrigan beinahe vermuten, sie würden geschmolzenes Gold transportieren. Als sie die Eimer um ihn herum absetzten, sodass sie die Winkel eines gleichseitigen Dreiecks formten, erkannte er, dass die Akoluthin zu seiner Rechten Lariika war.

Der Gedanke, dass er hier nackt vor ihr stand, ließ Kjarrigan in Schweiß ausbrechen. Er schaute hoch zu dem Ælfen und verzog das Gesicht, um ihm wortlos seine Verärgerung deutlich zu machen, aber Vulrasian ließ sich mit keiner Miene anmerken, dass er irgendetwas davon begriff. Stattdessen nickte der Ælf Baoth zu, der daraufhin die Hände bewegte. Der Eimer erhob sich unmittelbar vor Kjarrigan in die Luft und stieg langsam über ihm auf, dann kippte er und der Inhalt ergoss sich über den Adepten.

Die Flüssigkeit war dick, eher wie Öl oder Melasse als Wasser, und vom tiefen Rubinrot halb getrockneten Blutes. Als sie seinen Kopf traf, kitzelte die Berührung zunächst, aber dann verwandelte sich das Gefühl in den Biss von Dornen in der Haut, als sie an ihm herablief. Das Gefühl veränderte sich zu einem Brennen, so, als sei er nackt durch die Mittagssonne gelaufen und krebsrot verbrannt worden. Und es steigerte sich noch. Für einen Augenblick geriet er fast in Panik, aus Angst, in Flammen aufzugehen.

Die überschüssige Flüssigkeit sammelte sich im Becken und legte sich über seine Zehen. Die Akoluthen sanken in die Knie und wollten sie aufschöpfen, aber Kjarrigan winkte sie mit einer halb bedeckten Hand weg. »Dies soll mich vollständig bedecken?«

Der Ælf nickte. »Es schadet ihnen nicht, dir zu helfen.«

Kjarrigan schüttelte den Kopf. »Ich mache es selbst.« Er ging langsam in die Hocke und senkte die Hände in die zähe Flüssigkeit. Er schmierte sie sich über die Beine, die Schenkel hoch, über die Geschlechtsteile und die Pobacken. Er bedeckte jeden Zentimeter Haut, den er erreichen konnte, aber sein gewaltiger Leibesumfang machte es ihm unmöglich, jede Stelle zu erreichen.

Das Mädchen schob sich auf Knien vor, bis er sie aus dem Augenwinkel sehen konnte. »Adept, lasst mich Euch helfen, wie Ihr mir geholfen habt.«

Kjarrigan schloss die Augen. Dann nickte er. Er hörte sie hinter sich, dann fühlte er, wie das Brennen sich über den Rücken ausbreitete. Er spürte ihre Berührung erst, als sie sich aufrichtete und seine Ohren bedeckte, dann glitten ihre Fingerspitzen über seine Augenlider und die Nase hinab. Ihre Finger strichen über seine Lippen, dann sanft über das Kinn und um die Kehle.

Durch die Flüssigkeit in seinen Ohren klang Vulrasians Stimme seltsam fern. »Steh auf, Adept Lies.«

Langsam erhob er sich wieder, und an den Gelenken zog die klebrige Flüssigkeitsschicht ein wenig. Lariika träufelte zusätzliche Flüssigkeit auf die Stellen, an denen noch Haut sichtbar war. Als sie fertig war, stand er stumm da und wartete, während seine Haut sich anfühlte, als würde sie zerfressen.

Das Scharren, mit dem sich der Deckel vom zweiten Eimer löste, warnte ihn, dass es weiterging. Er öffnete gerade weit genug die Augen, um einen langsamen elfenbeinernen Ausfluss aus dem Gefäß zu erkennen.

Er schloss die Augen wieder und hielt den Atem an, dann hob er das Gesicht und ließ die Masse über sich herabströmen. Er hatte das Gefühl, in Brennesseln zu baden, und wieder verstärkte sich der Eindruck mit der Zeit. Was als Nadelstiche begann, verwandelte sich in Ahlen, dann Dolche, die ihn durchbohrten. Das Brennen in der Lunge war der Erwähnung nicht wert – im Vergleich zu den Schmerzen, die seine Haut peinigten.

Kjarrigan brauchte seine ganze Kraft, sich aufrecht zu halten. Sein Körper bebte vor Schmerz. Er wusste, wenn er sich jetzt hinhockte, würde es ihm nicht mehr gelingen aufzustehen. »Lariika, bitte.« Die Worte drangen ihm als Blasen in der Flüssigkeit aus dem Mund, und erst als neue Schmerzen in ihm aufloderten, wusste er, dass sie ihn gehört hatte.

Für den größten Teil berührte sie ihn nicht, außer an den Ohren und im Nacken, wo das Haar die Salbung behinderte. Auf seinen Bauch geschüttete Flüssigkeit floss ihm die Lenden hinab, und eine entsprechend großzügige Verteilung auf dem Rücken bedeckte seinen Hintern. Als die Flüssigkeit trocknete, schien es ihm, als sei er in eine eierschalendünne Schicht Putz gehüllt, und er wagte nicht, sich zu bewegen.

Bevor der Schmerz verklungen war, kroch eine dritte Flüssigkeit wie Harz über ihn. Er sah sie nicht, aber sie roch nach Minze und kühlte das Brennen der Haut. Sie schmolz die Dolche, die ihn durchbohrten. Sie floss schneller über seinen Leib … oder vielleicht erschien es durch das Fehlen von Schmerz nur schneller. Kjarrigan lächelte, als sie ihm am Körper hinablief und er begann, sie zu verteilen, bevor sie die Knöchel erreicht hatte.

Unter der Flüssigkeit wurde die Haut taub, und er spürte nicht mehr, ob Lariika ihn berührte. Er hob das Kinn, damit sie seine Kehle einschmieren konnte. Er rieb sie sich über Geschlecht und Hintern, dann senkte er den Kopf, damit das Mädchen sich um Ohren und

Nacken kümmern konnte. Schließlich rieb sie es über seine Lider und Lippen.

Als sie zurücktrat, öffnete er die Augen. Baoth schob sich vor sie, dann brachte Orla die Akoluthen zur Tür. Baoth hob die Schriftrolle und öffnete sie vollständig. Er stand an der Stelle, an der zuvor der erste Eimer gestanden hatte, während der Croqælf und die urSred an die beiden anderen Ecken des Dreiecks traten.

Vulrasians Stimme erklang leise und ernst. »Du beginnst, Adept Lies, wir passen uns dir an. Unterbrich den Zauber nicht, bevor er beendet ist. Wir werden etwas über deinen Anteil hinaus tätig sein, aber du leistest die Hauptarbeit. Nun beginne.«

Kjarrigan las den Text der Spruchrolle, langsam, aber sicher und im Rhythmus der Worte. Er hatte den Spruch zwar erst einmal zuvor gelesen, aber er besaß eine Kadenz und Melodie, die ihn von einem Wort zum nächsten trug. Die nahtlose Kette der Worte tanzte und wirbelte, spannte sich und lockerte sich wieder, als Silbe sich auf Silbe häufte, Rhythmen widerhallten und Refrains zu Schlupfwinkeln wurden, in denen er sich ausruhen und Kraft schöpfen konnte.

Die Stimmen der beiden Magister begleiteten ihn für den größten Teil, erhoben sich gelegentlich aber auch als Kontrapunkt. Seine Worte waren die Kette, doch ihre halfen, sie zu formen und auszulegen. Sie fügten hier Farbe zu, dort Energie, verfeinerten und gestalteten, was er tat. Ihre Stimmen trafen die seine, formten neue Worte und gaben alten zusätzliche Bedeutungen. Sie löschten Allgemeinplätze aus überbeanspruchten Formulierungen, speisten Verständnis in das Obskure und hoben manchen Ausdruck über das Verstehen hinaus.

Als er zu Ende gelesen hatte, schloss er die Augen und konnte seinen Teil des Zaubers in sich Wurzeln schlagen fühlen. Hart und kantig senkte es sich in sein Gebein. Dann kam die urSreiði-Magik, Qualm und wogende Schatten. Sie breitete sich wie ein Netz über seine Knochen, zerbrach den Zauber in Abertausende von Scherben. Der Schmerz der Stacheln verblasste, als neue, frische Qualen ihn schüttelten.

Der lindernde Trost der ælfischen Worte salbte seinen gefolterten Leib. Sie strömten in die Risse, heilten und versiegelten sie. Die Magik schweißte sie zusammen, dann breitete sie sich in Nerven, Muskeln und Haut aus. Er fühlte sich ganz und mehr als ganz und spürte, dass dies mehr war als nur die Heilung der Steifheit in den Gelenken und Prellungen im Fleisch. Er öffnete die Augen und sah, dass er in einer trockenen Senke stand. Die gesamte Flüssigkeit war von seinem Körper absorbiert worden, und nicht ein Tropfen lag noch auf der fahlweißen Haut. Er bewegte die Finger, beugte die Arme. Er packte sich mit beiden Händen an den Bauch und brachte ihn zum Schwabbeln. Er hatte sich verändert, daran war kein Zweifel möglich, aber er konnte nicht feststellen, wie.

Kjarrigan blickte sich um. »Was ist geschehen? Was haben wir getan?«

Vulrasians blaue Augen verengten sich. »Falls alles gut gegangen ist, haben wir dir große Schmerzen erspart.« Der Ælf winkte Orla mit einem Finger heran. »Magister, schlagt ihn mit Eurem Stock.«

Sie schüttelte den Kopf und warf dem Ælfen den Stock zu. »Ich war gegen Euren Plan und werde Euer Spiel nicht mitspielen. Wenn Ihr wollt, dass jemand ihn schlägt, dann tut es selbst.«

Vulrasian fing den Stock auf, wirbelte ihn im Kreis, dann schmetterte er ihn auf Kjarrigans linken Unterarm. Der Adept hörte den Schlag, bevor er ihn spürte, aber statt des Klatschens eines Knüppels auf der Haut und dem dazugehörigen Stechen erklang ein Knall von Holz auf Stein. Er war schon vor dem Hieb zurückgeschreckt und hatte den Arm abwehrend hochgerissen. Jetzt sah er eine elfenbeinerne Knochenplatte am Punkt des Aufschlags unter die Haut sinken.

Wieder kam der Stock herum und traf ihn diesmal auf der Brust. Eine Knochenplatte panzerte sie und ließ ihn harmlos abprallen. Der Stock zuckte zu seinem Gesicht hoch und glitt von einem Kamm auf der linken Wange ab.

Baoth lachte laut auf, als Kjarrigan vor Staunen der Mund aufklappte. »Es hat funktioniert.«

»So ist es.« Der Ælf warf Orla den Stock wieder zu. »Es scheint, Magisterin Orla, Eure Vorbehalte waren unnötig.«

»Dann habt Ihr sie nicht verstanden. Ich hatte nie Bedenken, er könnte den Zauber nicht schaffen. Ich war besorgt um seine Fähigkeit, mit den Auswirkungen des Zaubers auf ihn fertig zu werden.«

Kjarrigan runzelte die Stirn. »Wie meint Ihr das, Magisterin? Das ist doch fantastisch! Wenn wir das schon vorher gemacht hätten, hätten diese Grobiane in der Düsterstadt mich nicht zusammenschlagen können. Ich wäre unverletzt geblieben. Das ist unglaublich. Ich bin unverwundbar!«

Er zog den rechten Fuß zurück und trat gegen den Rand der Senke. Seine Zehen schlugen hart gegen den Stein, ohne dass auch nur eine Spur von Panzerung erschien. Aber er hörte ein Knacken und hüpfte zurück. Dabei blieb er mit der Ferse am gegenüberliegenden Beckenrand hängen. Er kippte nach hinten und schlug hart auf, nachdem die urSred hastig beiseite gesprungen war.

Kjarrigan hielt sich den Fuß. »Au, au, AU! Au. Was ist passiert? Ich versteh das nicht.«

Orlas Stimme wurde eisig. »Die Magik hindert andere daran, dich zu verletzen. Sie hindert dich nicht daran, das selbst zu besorgen, und das gilt auch nur für körperlichen Schaden. Zauber bringen dich immer noch um, wenn du sie nicht konterst. Andererseits, wenn dich jemand von einem Dach stößt, wirst du das vermutlich überleben. Spring vom selben Dach, und du stirbst.«

Er runzelte die Stirn. »Vermutlich?«

Sie nickte. »Wenn du unter einem ausreichend großen Felsen zu liegen kommst, wird er dich immer noch zerquetschen. Lass zu, dass ein Sullanciri dir eine verzauberte Lanze durch den Leib rennt, und du wirst qualvoll verenden.«

»Aber Kleinigkeiten können mir nichts mehr anhaben.« Kjarrigan setzte sich auf. »Warum wart Ihr der Meinung, das sei schlecht?«

Orla holte eine Goldmünze aus dem Beutel an ihrem Gürtel und warf sie auf den Boden. »Bring die Münze zum Schweben.«

Kjarrigan sah sie fragend an. »Ihr wisst doch, dass ich das kann.«

»Dann tu es.«

Der Adept winkte mit der rechten Hand in Richtung der Münze. Sie erhob sich dreißig Zentimeter über den Boden, bevor ihr Stock ihn an der Schulter traf. Der Schlag prallte an einer Knochenplatte ab, doch der Knall des Aufpralls erstarb unter dem hellen Klimpern der auf den Boden aufschlagenden Münze.

Kjarrigan starrte das sich auf dem Steinboden drehende Geldstück an. »Was ist geschehen?«

»Es ist ganz einfach, Adept Lies.« Orla schleuderte Baoth einen giftigen Blick zu. »Dieser Zauber ist jetzt ein Teil von dir. Er lässt sich nicht abschalten, ist immer tätig und entzieht dir bei Bedarf die benötigte Energie. Dabei lenkt er um, was du für andere Zwecke gebrauchen könntest. Dadurch kommst du in die seltsame Lage, dass du unfähig bist, anderen zu helfen, solange du selbst in Gefahr bist. Ein ælfischer Bogenschütze mit einem scharfen Auge und einem Silberholzbogen könnte dich daran hindern, auch nur einen einzigen Zauber zu sprechen, einfach, indem er von Zeit zu Zeit einen Pfeil auf dich abschießt.«

Ihre Nasenflügel blähten sich. »Du wirst mit ansehen, wie deine Kameraden niedergemetzelt werden, ohne dass du irgendetwas für sie tun kannst, aber du wirst überleben. Du wirst das ganze Leben die Erinnerung daran mit dir herumschleppen, wie du sie im Stich gelassen hast. Ich hoffe, du kannst damit leben. Ich könnte es nicht, und auch der einzige Mensch, auf4 den dieser Zauber vor dir gesprochen wurde, hat es nicht geschafft.«

Kjarrigan schüttelte den Kopf. »Wer war er?«

»Yrulph Kajrûn, der Schöpfer der Drachenkrone.« Orla schüttelte langsam den Kopf. »Sein Wahnsinn ist über die Jahrhunderte zurückgekehrt, um die Welt in Angst und Schrecken zu versetzen. Du hast den Zauber in der Hoffnung erhalten, dass es dir gelingt, diesem Irrsinnserbe ein Ende zu bereiten. Ich kann nur hoffen, Adept Lies, dass er dich nicht dazu treibt, uns ein noch Schlimmeres zu hinterlassen.«

Von MICHAEL A. STACKPOLE erschien in der Reihe
HEYNE SCIENCE FICTION & FANTASY:

Silberaugen · 06/5629
Es war einmal ein Held · 06/5956
Der Weg des Richters · 06/9155
Zum Helden geboren · 06/9183

DÜSTERER RUHM:

Zu den Waffen! · 06/9217
König der Düsterdünen · 06/9218
Festung Draconis · 06/9219 (in Vorb.)

Weitere Romane in Vorbereitung

BATTLETECH:

Band 5: En Garde · 06/4687
Band 6: Riposte · 06/4688
Band 7: Coupé · 06/4689
Band 10: Tödliches Erbe · 06/4870
Band 11: Blutiges Vermächtnis · 06/4871
Band 12: Dunkles Schicksal · 06/4872
Band 17: Natürliche Auslese · 06/5078
Band 21: Kalkuliertes Risiko · 06/5148
Band 25: Die Kriegerkaste · 06/5195
Band 30: Abgefeimte Pläne · 06/5391
Band 39: Heimatwelten · 06/6239
Band 43: Der Kriegerprinz · 06/6243

SHADOWRUN:

Band 27: Wolf und Rabe · 06/6137

In der ALLGEMEINEN REIHE:

Star Wars™ – Der Kampf der Jedi · 01/10218